Olov Svedelid
Gierige Geschäfte

Vom Autor bisher erschienene Bücher bei KBV:

»Wiedergänger«
»Die heimliche Macht«
»Piraten«
»Der Tag des Gerichts«
»Boten des Todes«
»Hassels Hölle«
»Aus der Balance«

Olov Svedelid (geb. 1932) zählt seit Jahren zu den erfolgreichsten schwedischen Kriminalautoren. Über den Stockholmer Inspektor Roland Hassel hat er nunmehr sechsundzwanzig Romane geschrieben, die in viele Sprachen übersetzt und zum Teil verfilmt wurden. Darüber hinaus verfasst er Theaterstücke, historische Romane, Geschichtslehrbücher, psychologische Spannungsromane sowie Kinder- und Jugendbücher.
Svedelid gehört neben Maj Sjöwall und Per Wahlöö zu den Begründern des schwedischen Polizeiromans. Kenner schätzen an seinen Roland-Hassel-Thrillern vor allem die Kombination von Spannung, Action, Gesellschaftskritik und Humor.
Seit den 1990er Jahren ermittelt Hassel im Dienst von Interpol auch im Ausland. »Gierige Geschäfte« ist der achte Roman Olov Svedelids, der bei KBV erscheint.

Olov Svedelid

Gierige Geschäfte

Aus dem Schwedischen von
Erik Gloßmann

KBV
KRIMI

Deutsche Erstausgabe

Telefon: 0 65 93 - 99 86 68
Fax: 0 65 93 - 99 87 01
www.kbv-verlag.de
E-Mail: info@kbv-verlag.de
Die Originalausgabe erschien 2002 unter dem Titel
»Nödens Handelsmän« im Forum, Stockholm.

Übersetzung: Erik Gloßmann, Berlin
Umschlagfotografie: Mauritius Images
Redaktion, Satz: Volker Maria Neumann, Köln
Druck: Grenz-Echo AG, Eupen
www.grenzecho.be
Printed in Belgium
ISBN 3-937001-58-1

1. Kapitel

Zwei Messerspitzen im Nacken, zwei diffuse Gestalten auf dem Rücksitz. Im Rückspiegel konnte ich sehen, wie ihre Augen aus den Schlitzen der Masken funkelten. Sie befahlen mir langsam zu fahren und wiesen mir mit gedämpften Kommandos den Weg.

Furcht, Angst und Schrecken können in verschiedenen Formen auftreten. Mal bauen sie sich langsam auf, mal überfallen sie einen spontan. Der Schüler, der weiß, dass er gemobbt wird, geht mit einem bangen Gefühl in der Magengegend zum Unterricht. Die Frau, die weiß, dass ihr Mann sie schlägt, wenn er getrunken hat, fürchtet sich mit jedem Glas, das er sich einschenkt, mehr. Der Patient, der vor dem Arzt sitzt und auf seinen Befund wartet, bringt die Frage kaum über die Lippen: Ist es ein ... Tumor? Angst befällt Menschen auch in vergleichbar harmlosen Situationen: Der Redner gerät ins Schwitzen angesichts des Vortrags, den er gleich halten soll. Finger umkrampfen das Lenkrad, weil es mit dem Einparken nicht klappt und die anderen schon hupen. Prüfungsangst macht Studentenhände feucht. Man fürchtet sich vor dem, was noch nicht eingetroffen ist, was einem die Phantasie jedoch suggeriert.

Aber keine Angst ist vergleichbar mit der Panik, die einen befällt, wenn die Bedrohung akut ist. Gehorchte ich nicht allen ihren Anweisungen, würden sich zwei Stilettklingen in meinen Hals bohren. Wenn ich nicht sofort starb, würde ich mit durchtrennten Nerven als Pflegefall enden. Dann lieber gleich tot als ein lebendiger Leichnam, der gewaschen, gefüttert und gewindelt werden muss.

Mit einem Messerstecher hätte ich den Kampf vielleicht aufgenommen, aber mit zweien? In Filmen haben die Helden nie

Probleme damit, bewaffnete Gegner anzugreifen, doch in der Realität sieht es anders aus. Es werden mehr Menschen durch Messer getötet oder zu Invaliden gemacht als durch Pistolen. Auch gedungene Mörder greifen gern zu der schnellen, lautlosen, effektiven und tödlichen Waffe. Einen Mann hätte ich eventuell überwältigen können, aber zwei?

Die kalten, scharfen Spitzen drückten gegen die Haut, und ich fuhr, wohin sie mich lotsten. Vom Drottningholmsvägen musste ich zum Essingeleden abbiegen. An einem gewöhnlichen Mittwoch wie diesem war der Verkehr am Nachmittag nicht allzu dicht, und ich wurde selbst auf der langsamsten Spur zum Bremsklotz. Über die Brücke ging die Fahrt nach Stora Essingen und hinunter in die eher ländlichen Gebiete. Ich hatte keine Ahnung, wie es um mich herum aussah, ob die Sonne auf dem Wasser glitzerte, ob weiße Wolken über den reklameblauen Himmel trieben, ob die Leute schon sommerfreundlich oder noch wintertraurig aussahen – ich konzentrierte mich ganz aufs Autofahren und auf die Messer in meinem Nacken.

Die Situation war nicht neu. Schon einmal war es passiert und genauso lähmend gewesen. Ich hatte die Autotür geöffnet und mich auf den Fahrerplatz gesetzt, ohne nach hinten zu schauen – warum auch? Die beiden Männer hatten sich hinter die Sitze geduckt. In dem Moment, als ich den Wagen starten wollte, waren sie da mit ihren Messern.

»Halt an der gelben Villa.«

Gehorsam hielt ich an der gelben Villa. Sie war schmutziggelb von der abgashaltigen Luft; der Putz war gesprungen, und die Fensterrahmen schienen jeden Moment herausfallen zu können. Eine Hand tastete sich in mein Jackett und zog die Dienstpistole heraus. Damit war die letzte Chance für einen überraschenden Befreiungsschlag – hätte ich mich überhaupt zu so etwas Riskantem hinreißen lassen – dahin.

»Geh hinein. Es ist offen. Aber ganz langsam.«

Ich lief also betont langsam über den Kiesweg zum Haus. Außer den Messern hatten sie nun auch noch meine Dienstwaffe, und sie würden nicht zögern, sie einzusetzen. Die Tür schrie wie das ganze Haus nach Farbe, aber ich hatte keine Ohren dafür. Dahinter befand sich ein altmodischer kleiner Flur mit Garderobenhaken an der Wand und einem kleinen Tischchen, auf dem das Schwarzweißfoto eines jungen Mädchens stand. Von dort ging es ins Wohnzimmer, das fast keine Möbel enthielt. Lediglich ein runder Tisch und vier Stühle mit blau gestreiften Bezügen standen darin.

»Setz dich.«

Ich nahm an, dass auch dieses ganz langsam zu geschehen habe, also nahm ich in Zeitlupe Platz und legte die verschränkten Hände auf den Tisch, um meine Friedfertigkeit zu demonstrieren. Die Angst verging allmählich, so wie sie stets nachlässt, wenn sie keine neue Nahrung bekommt. Sie hatten mich aus einem bestimmten Grund in eine Villa gebracht. Um mich zu töten, hätten sie nicht so einen Aufwand betreiben müssen. Sie standen hinter mir und warteten offenbar auf jemanden. Ihr Atem ging ruhig. Wer morden will, atmet schwer, denn es ist bei aller Abgebrühtheit keine leichte Sache, einen Menschen zu töten. Dazu kommt der Schweiß, der für den typischen Mordgeruch sorgt. Hier fehlte er; ich war wohl nicht unmittelbar in Gefahr.

Außerdem fehlte das Motiv. Ich hatte keine Ahnung, wer sie waren und warum sie mich bedrohten. In der Informationsabteilung der Stockholmer Polizei schafft man sich keine Feinde. Wir sammeln dort nur Personalien und müssen unsere Studienobjekte nicht persönlich kennen lernen. Andererseits hatte ich mir in den vielen Jahren als Fahnder den Zorn vieler zwielichtiger Gestalten zugezogen. Wollte hier jemand eine alte Rechnung begleichen? Besonders in den letzten Jahren war der Ton schärfer geworden, härter, kälter, grausamer: Wenn ich rauskomme, bist du dran ... Ich schneide dir die Leber raus, du Bullenschwein ... Ich kipp dir Säure ins Gesicht! In diesem Falle kamen hunderte Kriminelle in Frage, die ich erwischt und ins Gefängnis gebracht hatte.

Ich bemerkte eine angelehnte Tür, die wohl in die Küche führte. Dahinter war ein Poltern zu hören und danach ein halblautes Fluchen. Dann wurde die Tür aufgestoßen, und ich spannte instinktiv die Muskeln, um mein Leben so teuer wie möglich zu verkaufen.

Ein älterer, nachlässig gekleideter Mann trat ein. Er trug ein Tablett mit einer Thermos- und einer Teekanne, mit Tassen, Tellern, einer Platte mit verschiedenen Kekssorten und einer Wiener Rolle. Er stellte das Tablett auf den Tisch und verteilte Tassen und Teller.

»Ich erinnere mich, dass du immer lieber Tee als Kaffee getrunken hast«, sagte er, an mich gewandt. Meine beiden Bewacher forderte er auf: »Setzt euch, Jungs, ihr macht mich ganz nervös, wenn ihr wie Statuen in der Gegend herumsteht.«

Die beiden zogen die Masken von den Gesichtern, lächelten mich freundlich an, setzten sich auf die freien Stühle und gossen sich Kaffee ein.

Der Mann mit dem Tablett bediente mich mit Tee und sagte: »Lass es dir schmecken, Hassel. Die Kekse sind nicht selbst gebacken, aber selbst gekauft. Schmecken prima!«

Plötzlich saß ich in einem Kaffeekränzchen und begriff überhaupt nichts mehr. Träumte ich? Ich träume viel und kann mich oft daran erinnern, was ich geträumt habe, und die Träume sind meistens seltsam, mit einer verdrehten Logik. Alles wirkte so fremd, so unwirklich ...

Was heißt fremd? Der Mann mit dem Tablett war doch kein Unbekannter ... Das dünne graue Haar ... die Wangen mit der schlaffen Haut und dem Dreitagebart ... die kleinen, wachsamen Augen, darüber geschwungene, dünne Brauen ... füllige Lippen und ein schiefer Eckzahn ... Die Details fügten sich zu einem Gesamtbild, und ich erkannte ihn: Axel Wikman. Wie alt mochte er inzwischen sein? Reif fürs Bingolotto?

Äußerlich war er ein ganz gewöhnlicher alter Mann, doch ich kannte seine komplizierte innere Struktur. Seine kriminelle Karriere hatte mit dem vierzehnten Lebensjahr begonnen. Er war oft verurteilt worden, doch sicher nur für einen Bruchteil der Verbrechen, die er begangen hatte. Einbruchsdiebstahl war seine Spezialität gewesen, aber auch eine brutale Körperverletzung mit Todesfolge stand zu Buche.

»Greif zu, Hassel! Es ist alles umsonst.«

»Verdammt, Wikman, was willst du von mir?«

Er spielte den Erstaunten: »Was soll ich von dir wollen?«

Hatte ich doch nur geträumt, dass ich mit Waffengewalt hierher gebracht worden war? »Du schickst deine Gorillas, um mich ...«

»Ach so, das. Ich dachte immer, du hättest Humor, Hassel.«

Ja, das musste ein Traum sein. »Humor? Das wird dich teuer zu stehen kommen, Wikman. Entführung, Freiheitsberaubung, Nötigung mit Waffengewalt, Bedrohung für Leib und Leben ...«

»Ach, hör doch auf! Bedrohung für Leib und Leben, dass ich nicht lache! Toivo, stich dir mal in die Hand.«

Einer der jungen Männer, die aussahen, als wären sie den finnischen Wäldern entsprungen, zog ein Messer, legte die linke Hand auf den Tisch und hieb die Klinge hinein. Doch nichts passierte: Die Klinge verschwand im Griff.

»Ha ha ha«, lachte er. »Ein Theaterdolch!«

»Du siehst, Hassel, keine Gefahr«, grinste Wikman. »Damit kann man keiner Fliege etwas zuleide tun. Du bist ja bekannt in meinen Kreisen, und mancher hätte sich wohl daran gestoßen, wenn du von mir offiziell zum Kaffee eingeladen worden wärest. Also wählten wir diesen diskreten Weg. Haben dich meine Jungs erschreckt?«

»Kann man wohl sagen. Wenn einem die Messerspitze im Nacken sitzt, kann man einen Theaterdolch nicht von einem echten unterscheiden.«

Wikman winkte ab: »Ach was, so ein kleiner Schreck bringt den Kreislauf in Schwung und belebt die Lebensgeister. Trink jetzt Tee und genieße das Gebäck!«

»Vielen Dank, aber der Appetit ist mir vergangen.«

»Komm schon, Kaffee und Kuchen passen immer hinein.«

»Ich hoffe, du hast gute Gründe, mich auf diese Weise einzuladen. Ich kann sehr nachtragend sein.«

»Habe ich. Darf ich dir aber zuerst Toivo und Väino vorstellen? Kommen aus Tammerfors, reden aber *swedish*.«

»In welcher Branche sind sie? Raub oder Handtaschendiebstahl? Oder klauen sie Kekse und Wiener Rollen?«

»Nein, das sind ehrliche Jungs. Jedenfalls verhältnismäßig ehrliche, aus meiner Sicht. Ich habe ihnen mal beigebracht, wie man ohne Schlüssel Türen öffnet. Aber das war einmal. Jetzt stehen wir alle fest auf dem Boden des Gesetzes.«

»Wer's glaubt ... Und wovon leben sie?«

»Habe sie nicht gefragt ... Sind wir heute nicht alle irgendwie im Consultingbereich tätig? Sei nicht so misstrauisch, sondern trink deinen Tee.«

Ich nippte und biss in einen Keks. Das Traumgefühl verstärkte sich. Was war das? Gehörte das zu meinem Job? Hatte Kriminalinspektor Roland Hassel das Recht, während seiner Arbeitszeit mit Kriminellen Kekse zu knabbern? Toivo und Väino sprachen kein Wort, lächelten aber die ganze Zeit, um guten Willen zu demonstrieren.

»Okay, Wikman, komm zur Sache. Kein Wort mehr über Tee und Kekse.«

»Waren sie nicht gut?«

»*Please*, Wikman. Sonst rufe ich einen Streifenwagen, und wir unterhalten uns woanders.«

Er seufzte – Undank ist der Welten Lohn – und tupfte sich die Lippen mit einer Papierserviette ab.

»Gut. Was ich dir jetzt sage, meine ich ernst, und es ist die reine Wahrheit.«

»Aha. Was kommt jetzt? Lass mich raten: Nach einer religiösen Krise hast du dich bei Hare Krishna angemeldet.«

»Sind das nicht die Jungs in Orange, die herumtrommeln, als ob die Platte einen Sprung hat? Nein, nein, nicht mein Ding. Wart's ab.« Er zog einen Zettel aus der Tasche und legte ihn vor mich auf den Tisch. Es war eine Zahlungsanweisung. »Meine erste Rente, Hassel! Ich war ja keiner, der von acht bis sechzehn Uhr gerackert hat, aber eine Mindestrente steht auch mir zu. Verdammt, Hassel, ich hatte Tränen in den Augen, als der Wisch hier ankam. Ich habe keine großen Ansprüche und komme mit dem Geld vom Staat bestens aus. Diese Villa hier gehört einem alten Kumpel, der noch ein Jahr abzusitzen hat. Ich wohne hier gratis und halte den Kasten dafür in Ordnung. Toivo und Väino werden ab Montag tapezieren. Ich muss mir keine krummen Dinger mehr ausdenken. Kann jedem Bullen in die Augen schauen.«

»Wolltest du mir das erzählen?«

»Nein, aber das solltest du wissen, damit du mich verstehen kannst. In all den Jahren in der Szene und im Knast habe ich eine Menge Leute aus den verschiedensten Branchen kennen gelernt. Ich weiß, was läuft und wie sich die Dinge entwickeln. Und, Hassel, es läuft gar nicht gut. Mit anderen Worten: Etwas läuft verdammt schief.« Grimmig blickend schlug er mit der Faust auf den Tisch: »Früher, Hassel, früher hat man ein Ding gedreht, und damit war es gut. Jetzt tauchen immer mehr Leute auf, denen alles egal ist. Bei allem, was sie machen, gehen sie über Leichen. Und das Schlimme ist, sie beeindrucken die jungen Leute, die nur das schnelle Geld im Kopf haben. Alle Gefühle werden über Bord geworfen, denn sie rechnen sich nicht. Hassel, das Ganze geht den Bach runter. Vielleicht ist es schon zu spät!«

»War es nicht ein gewisser Wikman, der einen Menschen so misshandelte, dass er starb?«

Er hob abwehrend die Hände: »Man muss doch die Umstände beachten und den Hintergrund kennen. Ein ehrbarer Dieb neigt nicht zur Gewalt. Dieser Typ und ich, wir machten damals einen Bruch, den ich ausbaldowert hatte. Die Beute bestand aus Bargeld, von dem wir lange leben konnten, und Wertsachen, die wir in Laufe der Zeit absetzen wollten. Er hatte einen Mietwagen besorgt, und wir fuhren zu ihm, um die Beute abzuladen. Ich brachte dann den Wagen weg. Als ich nach höchstens einer Stunde zurückkam, war sein Haus leer. Der Kerl war samt Geld und Wertsachen verduftet. Ein halbes Jahr später bekam ich eine Postkarte aus Florida: Na, wie fühlt man sich, wenn man als Trottel dasteht? Nach einem weiteren Jahr traf ich den Typen zufällig in einem Park. Er hatte eine große Fresse, behauptete, das Geld gehöre allein ihm und drohte mir auch noch Prügel an. Wärest du nicht auch ausgerastet?«

Darüber musste ich nicht lange nachdenken: »Natürlich. Und was geschah?«

»Er war einen Kopf größer als ich und galt als harter Bursche, aber meine Fäuste trafen nur auf Weichkäse. Ein paar Minuten lang war ich wie weggetreten. Als er zur Verteidigung die Arme hob, war es wie das Strampeln eines Kleinkindes. Die einzige Schlägerei meines Lebens – und der Kerl kratzt ab! Ein Riss in der Milz war wohl die Ursache. Dennoch war der Kampf für mich von Nutzen. Ich hatte einen harten Burschen kaltgemacht und galt nun als einer, mit dem man sich besser nicht anlegte. Entscheide selbst, Hassel, wie du diese drei Minuten bewertest.«

»Okay, ich kenne jetzt den Hintergrund. Und jetzt will ich Fakten und keine Kekse mehr.«

Wikman erhob sich, ging in den Flur und kam mit dem Schwarzweißfoto des jungen Mädchens zurück, das in einem imitierten Silberrahmen steckte. Er heftete einen sorgenvollen Blick auf das Bild, biss von einem Haferplätzchen ab und sagte: »Ja, ich habe eine Tochter. Ich nenne sie Lena, sie ist inzwischen siebenundzwanzig und mein Augenstern. Wir sehen uns nicht oft, aber jedes Mal klopft mir das Herz, wenn sie mich ansieht. Ihre Mutter habe ich nur ein-, zweimal getroffen. Einmal, als es passierte, und das zweite Mal vor Gericht. Beim ersten Mal waren wir beide besoffen. Ich ließ einen Vaterschaftstest machen, weil ich nicht sicher war, der Vater zu sein, aber die Experten sagten Ja. Okay, ich zahlte Alimente. Das ist ihr Foto. Sieht sie nicht reizend aus?«

Ich hatte die Anekdoten aus seinem wechselvollen Leben jetzt gründlich satt. Eine Schlägerei hier, ein uneheliches Kind da, ich hatte Besseres zu tun. »Ich ruf jetzt einen Streifenwagen.«

»Verdammt noch mal, bleib doch ruhig! Willst du einen Rentner stressen? Als Bulle alter Schule solltest du wissen, wie wichtig der Hintergrund ist. Junge Frauen haben es heutzutage nicht leicht. Einerseits werden in ihnen Wünsche geweckt nach einem Leben in Wohlstand, ja Luxus, andererseits lauert die Versuchung überall. Ich denke an meine Lena. Du weißt, wie das heutzutage ist mit dem Sklavenhandel. Die jungen Dinger werden mit falschen Versprechungen ins Ausland gelockt, toller Job, gute Bezahlung und so weiter. Vor allem im ehemaligen Ostblock läuft es so. Manchmal werden die Mädels einfach gekidnappt.«

Das war nichts Neues für mich. So funktioniert der moderne Sklavenhandel. Banden durchkämmen arme Dörfer nach hübschen jungen Mädchen, die der Not entkommen wollen.

Mit dreißig abgehärmt, mit fünfzig keine Zähne mehr im Mund – was ist das für eine Perspektive? Befinden sie sich einmal in den Klauen der Sklavenhändler, gibt es kein Entrinnen mehr. Sie werden kommerziell bewertet und via Internet an Bordelle in den Großstädten Europas oder Südamerikas verkauft. Die Hauptorganisation des Handels liegt in Albanien. Den albanischen Gangsterbanden möchte keiner in einer dunklen Gasse begegnen.

»Was willst du mir damit sagen?«

»Dass es einfach schrecklich ist.«

»Da stimme ich dir zu. Und weiter?«

»Viele der Mädchen sind auf dem Weg hierher. Sie sollen aus Rumänien sein. Ein bettelarmes Land, soweit ich gehört habe. Ich habe den Namen des Verkäufers erfahren. Man könnte ihn auch als eine Art Agenten bezeichnen, der die Geschäfte vermittelt.«

Das war endlich ein Ermittlungsansatz. Wikman hatte seine Karten aufgedeckt. Er wollte sich uns als Informant andienen. Früher hatten selbst wir Polizisten Denunzianten verachtet, aber nun waren wir dabei umzudenken und behandelten diesen Menschenschlag geradezu zuvorkommend.

Solche Menschen verraten andere oft nicht nur wegen des Geldes. Manche wollen sich eines Konkurrenten entledigen, bei anderen ist es Neid oder wirklich die Tatsache, dass sie das geplante Verbrechen nicht akzeptieren können. Kriminelle haben zum Beispiel oft Frau und Kinder. Zwischen den das Einkommen verbessernden illegalen Aktionen leben sie ein ganz normales bürgerliches Leben und haben entschieden etwas gegen Drogenhandel, Kinderpornografie oder Betrug an alten Menschen. Es war absolut denkbar, dass die Liebe zur Tochter Wikmans Zunge löste. Jetzt war er interessant für uns, und wenn ich brav noch ein paar Kekse verputzte, verriet er mir vielleicht wichtige Details.

»Und wie lautet der Name?«

»Berloccio. Mit Vornamen Tomasio, glaube ich. Spaghetti mit schwedischem Pass. Offiziell hat er einen Großhandel für Klamotten.«

Der Name sagte mir gar nichts, aber was hieß das schon? »Mehr Einzelheiten, Wikman!«, forderte ich ihn auf.

»Wie ich hörte, soll Berloccio ein richtiger Teufel sein. Lebt auf großem Fuß wie so viele, die ihre Einkünfte verschleiern können. Mit dem Typen würde ich aber keine Pferde stehlen wollen. Gierig bis zum Gehtnichtmehr. Dieses neue Geschäft mit den Mädchen aus dem Osten passt zu ihm wie die Faust aufs Auge. Viel Geld, menschliche Waren, die nicht aufzumucken wagt, und keine Beweise.«

»An wen verkauft er?«

Wikman zuckte übertrieben mit den Schultern. »Ich habe keine Namen, aber Interessenten gibt es genug, das weißt du genauso gut wie ich. Oder besser.«

Es standen mehrere mafiaähnliche Organisationen zur Auswahl: die Bulgaren, die Jugos, die Chilenen, die Asiaten, eine russisch-finnisch-schwedische Connection und einige kleinere Banden. Für die Zuhälter alten Schlags gab es nichts mehr zu holen; hier hatten nur noch die Großen das Sagen. Mir aber hing dieses ganze Geschäft zum Halse raus. Bis zu einer gewissen Grenze kann man Gier und Rücksichtslosigkeit ertragen. Wenn in unseren internen Besprechungen das Thema Prostitution angeschnitten wurde, ließ ich die Gedanken schweifen und hörte gar nicht richtig zu. Zum Kampf gegen den modernen Menschenhandel hatte ich meinen Beitrag geleistet. Bei solchen Gelegenheiten war ich immer dankbar, dass ich die operative Arbeit hatte verlassen können. Mein Arbeitsplatz war ein Bürosessel vor einem Computer; ich sammelte Daten und verarbeitete sie zu Statistiken.

»Ist das nicht ein heißer Tipp?«, wollte Wikman wissen.

»Könnte sein.«

Natürlich war es so. Wenn wir rechtzeitig Informationen über diesen Berloccio sammelten, konnte die Kripo beizeiten zuschlagen. In Stockholm gab es schon genügend Mädchen aus Russland und anderen osteuropäischen Ländern, die kaum ein Wort Schwedisch sprachen und für skrupellose Geschäftsleute anschaffen gingen. Mit Prostitution verdient man so viel Geld, dass sie der ideale Einstieg in viele andere Bereiche des Verbrechens ist. Aber damit sollten sich jüngere Kollegen herumschlagen.

»Berloccio soll noch mit anderen Geschäften befasst sein, sagt man. Näheres weiß ich noch nicht. Mit Drogen oder so hat es wohl nichts zu tun.«

»Okay. Wenn du noch etwas erfährst, gibst du uns Bescheid. Jetzt muss ich aber los. Willst du, dass wir uns für den Tipp finanziell erkenntlich zeigen?«

Wikman straffte sich und sagte würdevoll: »Du sprichst mit einem Rentner. Der Staat bezahlt mich fürs Nichtstun. Du dagegen bist immer noch Lohnsklave, Hassel. Das ist ein gewaltiger Unterschied!«

Ich mochte meinen Job bei der Informationsabteilung der Kripo. Mein direkter Vorgesetzter war lange Zeit Kommissar Åke Sundgren gewesen, ein wahrer Gentleman. Er hatte die Abteilung als selbstständig arbeitende Einheit aufgebaut und zu einer gefragten Wissensquelle für alle polizeilichen Bereiche gemacht.

Unsere Hauptaufgabe besteht darin, die verschiedenen Abteilungen mit Informationen über Verbrecher, ihre Aufenthaltsorte und ihren Umgang zu versorgen. Weiterhin erstellen wir Statistiken über die Häufigkeit bestimmter Delikte in verschiedenen Regionen, über Verbrechensmuster und vieles andere. Mit unseren Dateien und unserem Hintergrundwissen können wir oft sehr schnell ermitteln, wer als Täter für ein bestimmtes Verbrechen in Frage kommt.

Am Anfang wurden wir von Kollegen anderer Abteilungen misstrauisch beäugt, denn viele Polizisten sind konservativ eingestellt. Doch allmählich erkannten auch die Skeptiker, dass wir zuverlässige Unterstützung geben können. Regelmäßig stellen wir Informationen über gesuchte Bankräuber ins Internet und veröffentlichen Bilder von gestohlenen Schmuckstücken und anderen Gegenständen.

Ich arbeite in der operativen Sektion der Abteilung; wir sind sieben Kollegen. Die einen beschaffen und sammeln Informationen, die anderen werten sie aus und sind für die Veröffentlichung zuständig.

Eine andere Sektion kümmert sich um Analysen und besondere Aufgaben. Letztere bestehen derzeit hauptsächlich aus den Problemen, die sich aus dem Schengen-Abkommen ergeben, sowie der Internet-Überwachung.

Nachdem Åke Sundgren befördert und in eine andere Abteilung versetzt worden war, bekam ich eine neue Chefin: Maud Gudmunds-Sundgren, Åkes Ehefrau. Sie hatte sich gegen diese Ernennung gesträubt, denn sie befürchtete, es könnte böses Blut geben. Aber alle Kollegen sahen ein, dass niemand mehr als sie geeignet war, den Job zu machen, und so erhob sich kein Wort der Kritik. Maud arbeitet seit über zwanzig Jahren bei der Polizei und war zuletzt Kommissarin bei der Stockholmer Kripo. Sie ist kollegial und kompetent und beeindruckt mich vor allem durch ihr geradezu fotografisches Gedächtnis. Taucht in einer Ermittlung ein Name auf, weiß sie ihn sofort einzuordnen. Ihre humorvolle Art bewirkte, dass sie schnell von allen akzeptiert wurde. Einige dieser schrecklichen Chauvi-Schweine behaupten, sie habe sehr schöne Beine – und es stimmt.

»Tomaso Berloccio«, wiederholte sie, schloss die Augen und lehnte sich zurück. »Tomaso Berloccio ... warte ... Berloccio ... Jetzt hab ich ihn. Schwedischer Staatsbürger, geboren in Turin. Er war angeklagt, große Mengen anaboler Steroide importiert zu haben, wurde aber freigesprochen, aus Mangel an Beweisen. Die polizeilichen Ermittlungen waren außerordentlich schlampig geführt worden; so hatte die Verteidigung ein leichtes Spiel.«

So ist es heutzutage leider oft. Wenige Ermittler haben einen Berg von Aufgaben zu bewältigen, können nicht alle Zeugen hören und den Angaben nicht auf den Grund gehen. So ist die Anklage oft nicht fundiert genug. In den großen Fällen, die für die Massenmedien von Interesse sind, kommt so etwas selten vor, aber für die übrigen neunundneunzig Prozent wird es immer knapper. Der schwedische Rechtsstaat korrodiert; viele Beamte resignieren.

»Berloccio wurde im Umfeld von Dragan gesehen; du weißt, dieser Typ, der in einem Café oder Restaurant erschossen wurde. Mit den neuen Banden, die den Zigarettenschmuggel übernahmen, hat er aber nichts zu tun. Ich kann es noch mal nachprüfen, aber ich glaube, man bringt ihn mit einem Menschenhändlerring in Verbindung, der von den Iranern dominiert wird. Interessant, Rolle, sehr interessant!«

Ihr Mann Åke pflegte immer zu sagen, wenn er mal die Seite wechseln sollte, dann wäre Menschenhandel sein Ding. Ein fast risikofreies Verbrechen! Man lässt sich im Voraus von Leuten bezahlen, die nicht wagen aufzumucken, schickt sie in Flugzeugen oder auf Schiffen auf die Reise und instruiert sie, bei einer Zollkontrolle schnell die falschen Pässe zu vernichten und die einzigen Worte zu stammeln, die man ihnen beigebracht hat: Hej! Asyl! Asyl! Dann müssen sich die schwedischen Behörden um sie kümmern, und das dauert seine Zeit. Den armen Menschen, die vor Armut oder politischer Verfolgung aus ihrem Heimatland fliehen oder auch nur der Wehrpflicht oder einer Gefängnisstrafe für ein Verbrechen entgehen wollen, kann man es nicht verdenken, wenn sie eine Chance nutzen. Die Schmuggler verdienen viele Millionen an den Verzweifelten. Wenige werden entdeckt, noch weniger werden verhaftet, und wenn es zu einer Verurteilung kommt, dann fällt sie ausgesprochen milde aus.

»Vielleicht wird das Thema am Wochenende in Harsa behandelt. Worüber sollst du sprechen? Waffenschmuggel?«

Ich nickte lustlos. Die Konferenz war ein Alptraum für mich. Vor einer exklusiven Gruppe fremder Menschen zu stehen und einen Vortrag auf Englisch zu halten, war das Letzte, was ich mir wünschte, aber ich war nun einmal dazu verdammt, obwohl man es als Auszeichnung dargestellt hatte. Das Publikum sollte aus Kommissaren aus verschiedenen Ländern bestehen, aus Experten, Mitarbeitern von Inter- und Europol sowie Kriminologen. Beabsichtigt war, durch Vorträge und Diskussionen zu einer Verbesserung der Zusammenarbeit zu gelangen. Wie ich, ein Stockholmer Straßenkater unter all diesen glänzenden Hermelinen, dazu etwas Wesentliches beitragen sollte, war mir ein Rätsel, aber meine Vorgesetzten meinten, mit meinen englischen und deutschen Sprachkenntnissen sei ich geradezu prädestiniert für so eine Aufgabe. Ich hatte den Verdacht, dass unsere Koryphäen einfach keine Lust gehabt hatten, und so war man auf mich gekommen.

»Hast du dich ordentlich vorbereitet?«

Meine Erfahrung mit Wochenendkonferenzen war, dass viel Lärm um Nichts gemacht wurde. Wenn man ein paar bekannte Fakten in neuer Perspektive präsentierte, war man schon aus dem Schneider. Es gab Konferenzprofis, die nur Gemeinplätze von sich gaben, aber mit einem Elan, der sie zu gesuchten Rednern machte. Reisen erster Klasse, luxuriöse Unterbringung, gutes Essen, edle Weine – solche Typen gibt es in jeder Branche, vor allem unter Akademikern. Manchmal schaut ich in den Spiegel und frage mich, warum ich nicht auch so werden kann; dann schaue ich ein zweites Mal hin und begreife warum.

»Für die wird es schon reichen, und du musst dich meiner nicht schämen. Jedenfalls nicht allzu sehr.«

Virena nahm die Nachricht, unser gemeinsames Wochenende müsse ausfallen, mit der Gelassenheit einer langjährigen Polizistenfrau hin. Inzwischen bin ich ein Neun-bis-Fünfer, aber früher war ich den Bedingungen des Polizistenberufs voll unterworfen gewesen. Nächtelang hatte ich in einer Toreinfahrt gestanden oder in einem Wagen gesessen und eine Haustür überwacht. Oder ich hatte bei Minusgraden auf einem Dach gelegen und durch einen Feldstecher gespäht. Ob ich meine Tätigkeit bei der Fahndung vermisse? Nicht wirklich.

Am Donnerstagmorgen war ich auf dem Weg zu dem Betonkoloss auf Kungsholmen, in dem die Polizei ihr Hauptquartier hat, als mein Mobiltelefon *Take the A-train* von Duke Ellington spielte. Ich murmelte meinen Namen.

Die Stimme klang gehetzt: »Bist du *der* Hassel?«

»Klar. Und wer bist du?«

»Hier ist Toivo. Wikmans Toivo.«

»Toivo mit dem Theaterdolch. Was willst du?«

»Es geht um Axel. Er ... er ...«

»Ich höre ...«

Der finnische Einschlag in seiner Stimme wurde immer deutlicher: »Du musst hierher in die Villa kommen. Sofort, es ist wichtig. Sehr wichtig!«

Da stand ich nun mit einem schweigenden Telefon in der Hand. Was war so wichtig an Wikman? War es wichtig für mich?

Mein alter Partner aus der Zeit bei der Fahndung, Pelle Pettersson, kam herangejoggt, um mich zu begrüßen. Manchmal begegnen wir uns auf dem Flur oder in der Kantine, aber beruflich haben wir kaum noch miteinander zu tun.

»Hast du Zeit, mich nach Stora Essingen zu begleiten?«, fragte ich ihn. »Es dauert bestimmt nicht lange.«

»Okay. Im Gegensatz zu dir Sesselfurzer bin ich ja bei der Fahndung und kann meine Zeit selbst einteilen.«

Wir liefen gemeinsam zu meiner Garage am Pontonjärpark, und es war schön, mal wieder mit Pelle zusammen zu sein. Er war ganz der Alte. Sein kupferrotes Haar glänzte nicht mehr so wie früher, aber er wirkte noch immer durchtrainiert und sprühte vor Energie. Ich ließ ihn nicht ans Steuer, denn er war früher Rennen gefahren, und das saß ihm noch im Blut. Pelle war ein unkomplizierter Mensch, der Probleme direkt anging. Er und seine Frau Gullan konnten nicht genug voneinander bekommen, und in früheren Zeiten hatte ich ihn manchmal aus dem Bett zum Dienst holen müssen.

»Was erwartet uns in dieser Villa?«

»Ein frisch gebackener Rentner.«

»Hat er einen Namen?«

»Axel Wikman.«

Pelle pfiff überrascht: »Der Plattwurm! Ist er es wert, bis nach Stora Essingen zu fahren?«

»Einer seiner Handlanger hat angerufen. Er meint, es sei sehr wichtig, zu Wikman zu kommen. Und nach altem Fahnderbrauch ist es wohl besser, zu zweit auf feindliches Territorium zu gehen.«

»Den alten Brauch hast du am häufigsten ignoriert.«

»Man lernt immer dazu. Bei manchen dauert es etwas länger.«

Die Villa war noch genauso schmutziggelb. Als unsere Schritte auf dem Kiesweg knirschten, erschien Toivo in der Eingangstür:

»Ich sah euch kommen. Perkele ... Er sitzt im Wohnzimmer.«

Toivos Erregung übertrug sich auf uns. Als wir hineinkamen, sahen wir Wikmans Hände auf den Armstützen liegen. Die Rückenlehne verbarg seinen Körper. Wir traten näher. Toivo schlich wie ein scheuer Hund hinter uns her.

Gleichzeitig wandten wir uns Wikman zu und prallten zurück. War das wirklich Axel Wikman? Das Gesicht war eine blutige Masse. Pelle und ich waren Profis und hatten eine Menge gesehen, aber man gewöhnt sich nie an solche Zeugnisse ungehemmter Brutalität.

»Erzähl, Toivo. Was ist passiert?«

»Er sagte, er erinnere sich nun daran, was er dir noch über Tomaso Berloccio sagen wollte. Dann rief er jemanden an, ich weiß nicht wen, und dann schickte er Väino und mich mit verschiedenen Aufträgen los. Als ich zurückkam, sah ich ... das hier ...«

Ich griff nach Wikmans Hand; sie war eiskalt. Nach dem Puls zu fühlen war überflüssig.

»Sagte er euch, was ihm noch eingefallen war?«

»Nein«, stieß Toivo hervor. »Nur, dass ... dass ...«

»Dass was?«

Er wischte sich über die Stirn und vermied es, den misshandelten Wikman anzusehen. »Dass du das große Zittern kriegen würdest, wenn du erfährst, womit sich Berloccio beschäftigt!«

2. Kapitel

Nun hatte sich Axel Wikman in einen Mordfall verwandelt. Bald würde es einen beschrifteten Aktenordner geben, eine Datei im Computer und was sonst noch dazugehört. Ich hatte mit dieser Ermittlung nichts zu tun. Pelle telefonierte nach der Spurensicherung und dem Rechtsmediziner. Währenddessen befragte ich Toivo. Ich wollte wissen, ob er noch etwas aufgeschnappt hatte, dessen Bedeutung ihm vielleicht gar nicht bewusst war.

»Du sagtest, er rief jemanden an, aber du weißt nicht wen.«

»Ja. Er telefonierte, als mein Bruder und ich hinausgingen.«

»Wer ging zuerst?«

»Väino.«

»Also konntest du mehr hören. Berichte alles, Schritt für Schritt, als du zur Tür gingst. Du setzt dich in Bewegung. Er nimmt den Hörer auf und wählt die Nummer.«

Toivo gab sich Mühe. Er schloss sogar die Augen, um mehr mentale Kraft zu sammeln: »Ja, er wählte. Die Nummer habe ich nicht mitbekommen.«

»Gut. Weiter. Die Nummer ist gewählt, das Signal geht hinaus. Hörst du ihn etwas sagen?«

»Nein. Äh, doch! Er sagte natürlich Hallo.«

»Wenn man jemanden anruft, sagt man doch nicht nur Hallo, sondern stellt sich auch vor. Er sagte also Hallo, aber was sagte er noch?«

»Er sagte ... eigentlich sagte er gar nicht Hallo, verdammt noch mal, was sagte er denn ...«

»Ruhig, Toivo. Konzentrier dich.«

»Er sagte ›Hej, ich bin's. Wir müssen über eine Sache reden.‹ Dann waren wir draußen und hörten nichts mehr.«

Nicht viel, aber wenigstens etwas. Er musste mit der Person, die er angerufen hatte, gut bekannt gewesen sein, weil er sofort zur Sache gekommen war. Ich würde dieses Detail dem Leiter der Ermittlung mitteilen, mochte er seine Schlüsse daraus ziehen.

»Wie gut kanntest du Wikman?«

»Oh, Axel war unser Cousin. Wir gehören zum finnischen Zweig der Familie Wikman. Ein sehr netter Mann. Er half uns, als es uns richtig schlecht ging.«

»Hast du eine Idee, wer ihn ermordet haben könnte? Hatte er Feinde?«

Toivo schüttelte den Kopf. »Alle mochten Axel. Niemand hatte etwas gegen ihn.«

»Einer schon, Toivo. Dieser Tomaso Berloccio wird sich nicht gefreut haben, dass Wikman ihn verpfiffen hat.«

»Ja, aber woher soll er denn gewusst haben ...« Er schwieg plötzlich und kratzte sich am Kopf.

Polizisten und Techniker kamen herein, und ich erzählte Kriminalinspektor Bo Stark, was ich wusste. Der Kollege war noch ziemlich jung und galt allgemein als arrogant. Alten Hasen wie Pelle und mir konnte er natürlich nichts vormachen.

Für mich war's das gewesen. Ein kleiner Mord am Morgen gehört zum Alltag des Polizisten, könnte man zynisch meinen, doch Pelle und ich waren keine Zyniker. Ein Mann war brutal ermordet worden, das hatte uns mitgenommen. Aber in unserem Job muss man umschalten können, sonst geht man kaputt. Außenstehende, die Polizisten über ihren Beruf reden hören, halten diese oft für gefühllos, doch wir haben einfach gelernt, das Emotionale in uns einzuschließen, um uns nicht gegenseitig verrückt zu machen.

Pelle und ich fuhren zum Polizeigebäude zurück und hatten nicht viel zu besprechen. Der schwedische Sommer war in seine graue Phase eingetreten; die Sonne strahlte nicht mehr so intensiv, und die Farben wirkten matter. Das spärliche Grün von Stora Essingen schien sich bereits auf den Herbst vorzubereiten, und die vielen Boote auf dem Mälarsee kreuzten lustlos vor sich hin.

Als wir über die Mariebergsbrücke fuhren, nickte ich hinunter: »Da bei Klastorp haben wir oft gebadet, als ich Kind war.«

»Aha.«

Damit war das Thema erschöpft. Straßenbauarbeiten zwangen zum Fahren im Schritttempo. Am Västerbroplan hatten wir uns so weit gefasst, dass wir wieder über Berufliches reden konnten.

»Was denkst du spontan über Wikmans Tod?«, fragte ich.

»Ein normaler Auftrag, ausgeführt von einem Berufskiller, und davon gibt es viele.«

In Filmen hatte ich gesehen, dass man versucht, die Tätigkeit eines gedungenen Mörders zu intellektualisieren und ihr eine mythische Dimension zu verleihen, aber das ist aberwitzig. Auftragskiller sind nichts anderes als skrupellose Verbrecher. Sie misshandeln und töten für Geld; ein Gewissen ist für sie ein Luxus, auf den sie gern verzichten.

In der gewaltbereiten Gesellschaft von heute haben Auftragskiller so viel zu tun, dass sie sich Seidenunterwäsche leisten können und sich einbilden, feine Kerle zu sein. Die Fernsehgeneration hat gelernt, dass Gewalt die einzige Möglichkeit ist, Konflikte zu lösen, und dass Sieger immer die sind, die zum Schluss den Rauch von der Mündung der Waffe blasen, wenn alle Feinde niedergemäht sind.

Die Verantwortlichen für die einschlägigen Filmproduktionen wehren sich gegen alle Vorwürfe, sie würden die Gewalt verherrlichen und Jugendliche dahingehend beeinflussen. Die Zuschauer wüssten sehr wohl zwischen Phantasie und

Wirklichkeit zu unterscheiden, argumentieren sie. Unterstützt werden sie von Wirrköpfen unter den Kulturjournalisten, die von der Ästhetik der Gewalt faseln.

Wenn Bilder in Film und Fernsehen den Menschen nicht beeinflussen, dann frage ich mich, warum Kosmetikfabrikanten Millionen für einen dreißig Sekunden langen Werbespot ausgeben. Doch wohl, um Menschen dazu zu bringen, ihre Produkte zu kaufen.

Ich teilte Pelle meine Überlegungen mit und fragte: »Stimmst du mir zu?«

»Ja, klar doch.«

»Die amerikanischen Filme über die Straßenbanden mit ihrem strengen Ehrenkodex haben Nachahmer in Schweden gefunden. Ohne die filmische Verherrlichung von Motorradgangs hätten sich die Hells Angels und andere Schlägerbanden hier nie festgesetzt. Ich weiß, wo du wohnst – solche Schlagworte, um Zeugen zum Schweigen zu bringen, hört man jetzt auch in unseren Vorstädten. Habe ich nicht Recht, Pelle?«

»Sicher, aber Gullan und ich schauen uns nur Pornos an, um neue Anregungen zu bekommen.«

»Ich merke schon, ich werfe Perlen vor eine Sau.«

»Was kann ich dafür, wenn wir uns im Bett sauwohl fühlen?«

»Ich meine, niemand hat etwas gegen spannende Unterhaltung, aber wenn dabei sinnlose Gewalt verherrlicht wird ...«

»Rolle, was ist denn los mit dir? Du hältst mir hier endlose Vorträge über moralische Probleme, aber ich bin ganz auf deiner Seite. Schreib es auf und schick es an eine Zeitung. Ich meine, wer geht denn noch ins Kino? Die ganz Jungen, Unreifen. Klar, dass man die mit Gewalt beeindrucken kann. Also werden solche Filme gedreht. Das ist ein Industriezweig, in dem Millionen verdient werden! Mensch, wir haben freie

Marktwirtschaft, da geht es um Gewinne, da kannst du dir deine Moral an den Hut stecken!«

»Du meinst, dagegen kann man nichts machen?«

»Natürlich nicht. Der Dollar regiert die Welt. Damit müssen wir uns abfinden. *Yes, indeed.*«

Ich wusste ja, dass er Recht hatte, aber ab und zu musste ich meinem Herzen Luft machen, damit es nicht erstickte. Deshalb verschonte ich ihn mit meinem Vorschlag, man solle Errol-Flynn-Filme in den Schulen zeigen, damit die Jugendlichen begreifen, was wirklich spannende Unterhaltung ist.

Maud Gudmunds erhielt von mir sowohl einen mündlichen als auch einen schriftlichen Bericht, und damit hatte ich meine Schuldigkeit getan. Am Abend ließen wir uns zu Hause ein kleines Festmahl schmecken, denn meine beiden Damen mussten ein paar Tage ohne den geliebten Gatten beziehungsweise Papa auskommen. Elin plauderte voller Vorfreude über das Reitlager, das sie bald besuchen würde, und ich merkte, dass meine elfjährige Kleine bald ein großes Mädchen sein würde. Sie hatte ihren eigenen Willen und eine gewisse Selbstständigkeit erreicht. Wenn sie es an der Zeit fand, ging sie zu Bett. Ich durfte ihr noch Gute Nacht wünschen, aber mit den Märchen und Geschichten auf der Bettkante war es vorbei.

Virena und ich traten mit einem Glas Weißwein auf den Balkon hinaus. Die Aussicht war herrlich und die Kühle angenehm. Ich wurde ein wenig melancholisch bei der Feststellung, wie schnell die Zeit doch verging. Virena lächelte, als ich ihr meine Gedanken anvertraute.

»Ja, die Zeit steht für keinen still.«

»Ich weiß gar nicht mehr, wie ich mit Elin reden soll«, klagte ich. »Sie ist schon eine richtige kleine Dame.«

»Das finde ich ganz in Ordnung. Sie wird ein richtiger Teenager, dann eine junge Frau – und wie eine Schwester für mich.«

»Verdammt, ich bin ihr Papa und nicht ihr Bruder!«

»Das musst du nicht befürchten. Die Väter stehen immer etwas außerhalb, wenn die jungen Mädchen heranwachsen.«

»Aha, außerhalb. Sie wird einen Freund haben, sich verloben, heiraten und fünf Kinder bekommen, und der arme, alte Papa steht außerhalb!«

Virena lachte und streichelte meine Wange: »Armer Papa, alt und kraftlos.«

»Kraftlos bin ich noch lange nicht!«

»Nein? Es klang so.«

Blitzten ihre Augen nicht verführerisch? War ihr Lächeln nicht zweideutig? Legte sie den Kopf nicht kokett zur Seite? Jeder Gedanke an ein kraftloses Alter war verflogen. Jetzt fühlte ich mich wie ein junger Draufgänger.

»Es wird kühl hier draußen. Lass uns hineingehen. Wir sollten uns hinlegen.«

»Oh ja. Lass uns ins Bett gehen.«

Ich zog sie an mich und flüsterte: »Wer spricht von schlafen?«

»Ich vielleicht?«

Sie biss mich leicht ins Ohrläppchen, lachte leise, und es war um mich geschehen. Mit ihr würde ich immer ein junger Draufgänger bleiben!

Der Zug fuhr direkt nach Järvsö, und das war eine Überraschung. Ich hatte erwartet, in einem uralten Bus nach Norrland geschaukelt zu werden, doch es war eine angenehme Fahrt, und ich musste zugeben, dass Hälsingland sehr schön ist – vom Abteilfenster aus betrachtet. Natürlich fuhr ich als Polizist zweiter Klasse, weil es eine dritte Klasse nicht gab. Ich hatte mir sogar Tee und ein Käsebrötchen bestellt – ich hörte schon das Klagen der Reisekostenstelle: Musste da wirklich Käse drauf sein?!

Als ich ausstieg, schaute ich mich erst mal um. Aha, das war also das berühmte Järvsjö, die Perle des Nordens! Ich war wirklich beeindruckt, ließ mir aber nichts anmerken; als Großstädter hat man einen Ruf zu verlieren. Außer mir hatten nur zwei Männer den Zug verlassen und schleppten ihr Gepäck zum Bahnhofsgebäude.

»Bist du Hassel?«

Eine Dame in mittleren Jahren trat auf mich zu, und ich nickte. Ehe ich mich versah, hatte sie meine Tasche geschnappt und lief auf einen geparkten Ford zu.

»Ich komme vom Hotel Harsagården und soll dich abholen. Steig ein. Ist es das erste Mal?«

»Wenn du meinst, dass ich noch nie vorher hier gewesen bin, dann stimmt es.«

Während wir durch den Ort fuhren, schwärmte sie von den Vorzügen Järvsjös, von der tollen Lage am See und der schönen Umgebung. In Stockholm sei sie nur einmal gewesen, fügte sie hinzu, und das sei einmal zu viel gewesen. Ich enthielt mich eines Kommentars, der Worte Stenmarks gedenkend: Es lohnt nicht, dem etwas zu erklären, der nichts begreift.

Harsagården liegt knapp zwanzig Kilometer südwestlich von Järvsjö. Sie hielt vor dem zweistöckigen Hauptgebäude mit flachem Anbau. Als ich ausstieg, fühlte ich mich sofort auf eine fast kindliche Weise wohl. Es war, als weckten das rustikale Haus und der geschwungene Hang hinunter zum Harsasee alte Erinnerungen; der Skiboden und das Bootshaus mit Kanus und Kajaks ließen mich an Klassenfahrten denken, wo man tagsüber herumtobte und abends Kakao trank.

»Du wohnst in Haus achtzehn. Ich bring dich hin.«

Bevor sie danach greifen konnte, schnappte ich mir meine Tasche. Wir umgingen das Hauptgebäude und liefen hinauf zu einigen Baumgruppen, zwischen denen moderne Holzhäuser standen. Ich erhielt den Schlüssel zu Nummer achtzehn.

»Kennenlernen und Kaffee Punkt vierzehn Uhr. Um drei beginnt dann die Konferenz, hat man mir gesagt. Und um neunzehn Uhr gibt's Abendessen.«

Die Holzhütte war rustikal und zugleich gemütlich. Ein weicher Sessel, eine stabile Sitzecke, ein Fernseher und eine voll ausgestattete kleine Küche sorgten für Bequemlichkeit. Hier konnte ich gut ein paar Nächte zubringen.

Was mich wunderte, war die Wahl des Konferenzortes. Gewöhnlich finden solche Treffen in Luxusherbergen statt, die alles Notwendige zu bieten haben: eine geräumige Bar, möglichst mit Tanzfläche, und je nach Zusammensetzung der Teilnehmer auch ein paar attraktive Damen. Harsagården gehört dem schwedischen Touristikverband und erinnert eher an eine Feriensiedlung. Ich fragte mich, ob der für die Organisation Verantwortliche das wusste oder ob er anschließend mit Klassenkeile rechnen konnte.

Es war erst Viertel nach eins, und ich beschloss, die Umgebung zu erkunden. Langsam schlenderte ich zum Harsasee und hielt die Hand in das ruhige Wasser. Eiskalt, nicht einmal die Wikinger hätten hier gebadet. Höchstens Harald, irgendwie musste er seinen Beinamen Blauzahn ja erworben haben. Aber ich beschloss, den nächsten Morgen mit einer Paddeltour zu beginnen, um mich noch mehr wie in meiner Jugend zu fühlen.

Noch immer hatte ich viel Zeit, bis ich mich mit den anderen Konferenzteilnehmern treffen musste. Wahrscheinlich waren es ausschließlich hohe Tiere, die ein Arbeitstier wie mich belächeln würden. Ich stieg die kleine Treppe zur

Rezeption hinauf. Wie erwartet stand dort kein Empfangschef in schwarzem Anzug, weißem Hemd und dezenter Krawatte, sondern ein Mann in mittleren Jahren, der eine Jeansjacke trug. Neben dem Schlüsselbrett hingen Wimpel von verschiedenen Wintersportvereinen; auf einem Regalbrett standen Souvenirs zum Verkauf.

»Hej, ich bin Astor Wikberg. Herzlich willkommen!«, wurde ich begrüßt.

»Hej. Rolle Hassel, ich gehöre zur Kriminalkonferenz.«

»Willst du was trinken, bevor ihr loslegt? Wir haben alles da.«

Ein paar ältere Gentlemen in Anzug und Schlips saßen im Restaurant bei Whisky und Mineralwasser. Sie gehörten sicher zu meiner Konferenz, aber ich verkniff es mir, hinzugehen und mich bekannt zu machen. Hallo Jungs, ich bin Rolle, darf man Platz nehmen, was schluckt ihr denn, Bourbon, okay, ich bin dabei, wie ist die Lage? Solche Anbiederungen lagen mir nicht; ich würde die Herren schon früh genug kennen lernen.

Das Restaurant war groß; in einem Prospekt hatte ich etwas von einhundertsechs Plätzen gelesen. Darüber hinaus sollte es kleinere Räume für geschlossene Gesellschaften geben. Auch hier dominierte rustikales Holz. Weiter hinten saß eine Gruppe durchtrainierter Männer um einen Tisch; sie bevorzugten Bier aus großen Gläsern. Ihre lebhafte Unterhaltung wurde gelegentlich durch herzhaftes Lachen unterbrochen.

»Nein, danke«, antwortete ich Wikberg. »Es soll ja bald Kaffee geben. Gehören die da hinten zu einer anderen Konferenz?«

Astor Wikberg lächelte wie über einen guten Witz: »Die Jungs kommen von verschiedenen Fuhrunternehmen in Hälsingland. Sie trainieren für den jährlichen Wettbewerb im Axtwerfen. Keine Angst, sie zielen auf eine Wand oder einen Baumstein und nicht aufeinander oder auf andere Gäste. Sind lustige Typen, irgendwie wie Kinder, die spielen. Das wollen wir doch alle hin und wieder.«

Noch immer war eine halbe Stunde Zeit, und ich schlenderte zu meiner Behausung. Es war sonnig und warm; ich fühlte mich pudelwohl. Eigentlich sollte man den ganzen Nachmittag spazieren gehen, statt in einer Konferenz herumzusitzen, aber vielleicht flogen einem dann draußen die Äxte um die Ohren.

Wie sollte ich mich kleiden? In der zu erwartenden illustren Gesellschaft wollte ich nicht wie ein Hinterwäldler aussehen. Das war ich meiner Heimatstadt schuldig. Andererseits war ich wirklich nicht der Schlipstyp, besonders nicht im Sommer. Drittens hatte ich zu bedenken, dass ein Abweichen vom offiziellen Konferenzstandard mich zu einem Außenseiter stempeln würde. Als Schwede hatte ich die Fähigkeit zum Kompromiss verinnerlicht und beschloss, einen Anzug zu tragen, die Krawatte jedoch in die Tasche zu stecken. Wenn die anderen Wert darauf legten, konnte ich mich in Sekunden in einen korrekt gekleideten Beamten verwandeln.

Ich ging in die Hütte, nahm den blauen Anzug aus der Reisetasche und strich ihn mit der Handfläche glatt. Die Luft war irgendwie unangenehm, und ich öffnete das Fenster. Ich hatte einen ganz trockenen Hals und ging zum Kühlschrank, aber darin stand nur eine Flasche Mineralwasser von der Sorte mit der vielen Kohlensäure, die mir absolut nicht schmeckt. Also begnügte ich mich mit einem Glas Leitungswasser.

Als ich im Anzug steckte, kam ich mir lächerlich vor. Zu dieser Gegend passten robuste Hosen, karierte Hemden und Wetterjacken, aber ich hatte mich an den Dresscode zu halten. Verdammt, wonach roch es denn hier ... Endlich kam ich darauf – nach Zigarettenrauch!

Mit den Jahren reagierte ich auf Tabakqualm beinahe allergisch. Meinetwegen sollten die Leute rauchen und sich Lunge, Haut, Herz und Kreislauf ruinieren, aber bitte nicht in meiner Nähe! Wütend stapfte ich zur Rezeption und erklärte Astor, ich wolle eine andere Hütte, weil jemand in Nummer achtzehn geraucht habe.

»Es riecht nach Zigarette? Nummer achtzehn führen wir strikt als Nichtraucherhaus. Ich komme mit; davon muss ich mich überzeugen. In der achtzehn hat seit fünf Tagen keiner gewohnt.«

Noch immer waren es zehn Minuten bis zum großen Kennenlernen bei Kaffee und Kuchen. Auf dem Hotelparkplatz standen inzwischen mehrere Autos, und es waren nicht die billigen Modelle. Warum auch sollte ein Polizist im gehobenen Dienst, der dazu noch bei einer internationalen Behörde tätig ist, schlechter motorisiert sein als ein kleiner Drogendealer? Das sollte allerdings auch für Stockholmer Kriminalinspektoren gelten.

»Du hast Recht! Hier riecht es nach Qualm. Das ist doch nicht möglich! Wie auch immer, du ziehst in die dreizehn. Ich bringe deine Sachen hinüber. Den Schlüssel kannst du dir später an der Rezeption holen.«

Unten am Seeufer standen die Axtwerfer und trainierten. In den freien Händen hielten sie Bierbüchsen, sodass ich nicht sicher war, ob sie nicht vielleicht auch Kampftrinken übten. Ich ertappte mich bei dem Wunsch, zu ihnen zu gehören, mit der Axt zu spielen, Biere zu kippen und über ihre Witze zu lachen. Aber die Zeiten waren vorbei. Ich war ein reifer Mann, ein gut ausgebildeter Beamter, seriös und verantwortungsbewusst. Mir wurde plötzlich klar, dass ich mich zu einem richtigen Langeweiler entwickelt hatte.

In dem Teil des Restaurants, der jetzt für Kaffee und Kuchen eingedeckt war, saßen etwa zwanzig Personen, überwiegend Männer, aber ich konnte auch vier Frauen erkennen. Mein prüfender Blick erfasste sofort, dass Krawatte angesagt war. Mein Schlips steckte fertig gebunden in der Tasche; in wenigen Sekunden saß er am richtigen Platz. Ich holte mir Tee und ein Stück Zuckerkuchen und setzte mich an einen leeren Tisch, gerade so weit von den anderen entfernt, dass sie begreifen mussten: Ich gehörte dazu. Einige schienen sich von früheren Anlässen her zu kennen und plauderten miteinander. Ein großer, kräftiger Mann mit energischen Gesichtszügen und buschigen Augenbrauen klatschte in die Hände und sprach militärisch knapp auf Englisch:

»Herzlich Willkommen zur Konferenz über Tendenzen der modernen und globalen Kriminalität. Ich heiße Philip Bunter, Sir Philip Bunter, um genau zu sein, Superintendent bei Scotland Yard. Die Konferenzsprache ist Englisch.«

Ein Mann hob wie in der Schule die Hand und fragte mit einem Akzent, der seine Herkunft verriet: »Können die Beiträge nicht ins Deutsche übersetzt werden? Auch Deutsch ist eine Weltsprache.«

»Leider nicht. Wie auf der Einladung vermerkt, wird ausschließlich englisch gesprochen. Ich hoffe und rechne damit, dass es keine Verständigungsschwierigkeiten gibt. Unser Programm ist umfangreich, und wir benötigen jede Minute für die Vorträge und die Diskussion. Ich habe die Konferenz angeregt und werde die Moderation übernehmen. Ich verlese jetzt die Namen der Teilnehmer. Wer aufgerufen wird, erhebt sich bitte und nennt kurz seinen Heimatort und die genaue Berufsbezeichnung, damit wir schneller Namen und Gesichter zusammenbringen.«

Aus einem Diplomatenkoffer nahm er eine vom Computer ausgedruckte Liste, räusperte sich und begann. Sein dunkelblauer Anzug war von bester Savile-Row-Qualität, was selbst einem ungeübten Auge auffiel.

Verschiedene hohe Tiere von Interpol und Europol ließen sich beim Verlesen der Liste bestaunen, darunter ein paar

Schweden, die ich aber nur dem Namen nach kannte. Zwei der Damen gehörten der dänischen beziehungsweise norwegischen Polizei an, wobei ich aus ihren Dienstbezeichnungen nicht recht schlau wurde. Danach folgten zwei Deutsche und ein Österreicher, die keine Miene verzogen, als sie vorgestellt wurden. Die Italienerin, ein nicht mehr ganz junge Schönheit, hatte eine hohe Position in der staatlichen Kommission zur Bekämpfung der Mafia. Ein paar Belgier, dann ein Pole, und schließlich ertönte der Name Hassel.

Ich erhob mich, machte ein möglichst intelligentes Gesicht und sagte: »Roland Hassel. Kriminalinspektor aus Stockholm.«

Ich hatte den Eindruck, dass mich alle anstarrten, als wäre ein Rekrut aus Versehen in den Offiziersklub geraten. Vielleicht litt ich auch nur an einem Minderwertigkeitskomplex.

Von den beiden Amis, die von der CIA beziehungsweise dem FBI kamen, hätte ich einen lockeren Auftritt erwartet, doch sie schauten irgendwie verbiestert in die Runde. Vielleicht waren sie im Nebenjob Prediger und wetterten gegen die Sünde im Allgemeinen und im Speziellen.

»Therese Lager.«

Eine junge Frau, keine dreißig Jahre alt, erhob sich. Sie war dunkelblond und trug einen langen Zopf, der über den Rücken hing. Sie sah gut aus, wie die meisten Frauen, wenn sie jung sind.

»Ich bin bei der Kripo in Göteborg angestellt, nehme aber derzeit an einem Dreijahresprojekt zu internationalen Verbrechensprognosen bei Interpol in Lyon teil.«

Dann folgten weitere Deutsche, ein Mexikaner und noch ein Engländer – wohl, damit Bunter mit seinen Wertvorstellungen nicht allein war. Es handelte sich um einen großen, knochigen Mitarbeiter von MI 6 mit der blassen Haut und den rötlichen Haaren, die man bei vielen Briten antrifft. Ich hatte schon wieder vergessen, wie die Leute hießen, aber das würde sich im Laufe der Konferenz ändern.

Geplant war, dass wir jetzt in entspannter Atmosphäre zusammen Kaffee tranken und uns miteinander bekannt machten, bis in einer Stunde der Ernst des Lebens begann. Doch die Dominanz *Sir* Philips bewirkte, dass uns das Plaudern verging.

Endlich wurden wir erlöst: »Meine Damen und Herren, es ist fünf Minuten vor fünfzehn Uhr. Der Konferenzraum befindet sich im ersten Stock. Wir sollten jetzt aufbrechen, um pünktlich beginnen zu können.«

Auf der Treppe entstand ein regelrechtes Gedränge, weil es keiner riskieren wollte, auch nur eine Minute zu spät zu kommen und von Sir Philip gerügt zu werden. Der Konferenzraum war groß und luftig. In der Mitte waren Tische zu einem U zusammengestellt, an der offenen Seite stand ein Rednerpult.

Bunter nahm selbstverständlich im Präsidium Platz. Mit strengen Blicken überwachte er, dass sich alle zügig setzten. Eine Sekunde vor drei Uhr klopfte er vernehmlich auf den Tisch und begann: »Einige der Vorträge erfordern einen Overhead-Projektor. Ich habe deshalb beschlossen, diese Vorträge zu einem Block zusammenzufassen. Das heutige Programm lautet also wie folgt: Es beginnt Herr Doktor Schiller aus Deutschland, der dort beim Bundeskriminalamt die Entwicklung der Kriminalität in bestimmten Einwanderergruppen untersucht. Danach spricht Intendent Wickham vom MI 6 über globale Industriespionage. Mehr werden wir vor dem Abendessen nicht schaffen, das Punkt neunzehn Uhr serviert wird. Zwanzig Uhr dreißig treffen wir uns hier wieder zur zweiten Runde. Um zweiundzwanzig Uhr findet eine kleine Zusammenkunft in der Hütte am Strand statt. Die Teilnahme dort ist freiwillig.«

Er schaffte es, den geplanten kleinen Umtrunk wie die Mitgliederversammlung eines konservativen Klubs anzukündigen. Wir lächelten scheu und taten so, als freuten wir uns darauf. Dann begann Doktor Schiller seinen Vortrag in jenem abscheulichen Englisch, das man den Deutschen offenbar in der Schule beibringt. Ihm war anzumerken, dass er sich gar nicht wohl fühlte. Eintönig verlas er sein Manuskript, das von der Monopolstellung vietnamesischer Banden im illegalen Zigarettenverkauf handelte. Ich hörte nicht allzu aufmerksam zu.

Zur allgemeinen Erleichterung – nicht zuletzt seiner eigenen – wurde er vorzeitig fertig. Bunter dankte ihm für den sehr inspirierenden Vortrag und verzog dabei keine Miene. Jetzt war Wickham an der Reihe, und er glänzte mit interessanten Beispielen, wie schwierig es sei, Geschäftsgeheimnisse zu hüten.

Dann war es Zeit fürs Abendessen. Ich landete zwischen dem Mexikaner und den Amis. Man durfte sich selbst von einem reichhaltigen Buffet bedienen. Ich trank ein kleines Bier, der Mexikaner ein großes, und die Amerikaner begnügten sich mit Eiswasser. Einige hatten sich Wein bestellt; beim Trinken warfen sie Bunter schuldbewusste Blicke zu. Ich habe selten einen so autoritären Menschen erlebt; er diktierte den Stil und machte sich zur Vaterfigur für alle. Klar, dass er keine Opposition duldete; ein leichtes Heben der buschigen Augenbrauen hätte genügt, jeden in die Schranken zu weisen. Schon jetzt spürte ich, dass wir aneinander geraten würden. Es ist mein ewiges Problem, dass ich auf Druck bockig reagiere. Ich beschloss, mich wegen des Rufs meiner Behörde so lange wie möglich zurückzuhalten.

Es folgten Ausführungen über die aktuellen Wege des Drogenhandels quer durch die neuen Länder Osteuropas. FBI-Agent Danny Brent sprach sachlich und fasste sich erfreulich kurz. Am Ende verteilte er einen Handzettel mit der Kurzfassung seines Vortrags, und ich beschloss, diesen aufzuheben.

»Einen Beitrag schaffen wir noch. Wir sollten die Zeit effektiv ausnutzen. Bitte, Therese Lager.«

Mit federnden Schritten ging die junge Frau zum Rednerpult; ihr Zopf schwang hin und her. Sie unterstrich ihren engagierten Vortrag mit lebhaften Gesten. »Wir stehen vor einer Art von Verbrechen, die nicht neu ist, aber in der Häufigkeit extrem zugenommen hat. Dieses Verbrechen gründet sich darauf, dass ein kleiner Teil der Welt im Überfluss lebt, während der große Rest hungert. Wir im Westen sind an Butter- und Fleischberge gewöhnt und können gar nicht alles konsumieren, was uns zur Verfügung steht. Auch Weizenberge haben wir angehäuft, denn wir essen weniger Brot als früher. Teile dieser Berge sind in die falschen Hände gelangt und zu Niedrigpreisen in unterentwickelte Länder verkauft worden. Das klingt im ersten Moment nicht schlecht, doch haben Ökonomen darauf hingewiesen, dass solche Deals die Weltwirtschaft empfindlich stören können. Alles muss seinen Preis haben, sonst kollabiert das System. Aber es gibt noch andere Gefahren.« Sie trank einen Schluck Wasser und stellte fest, dass sie gut in der Zeit lag. »In den letzten Jahren wurden Rinder, Schafe und Hühner wiederholt von Krankheiten befallen. Man reagierte mit Notschlachtungen. Nun traten besondere Interessengruppen auf, die den Bauern die Kadaver abkauften. Die Bauern waren damit aus dem Schneider; sie meldeten den Behörden die Vernichtung der Tiere. Es entstand eine mafiaähnliche Organisation, die in vielen Ländern gute Geschäfte machte. Die Kadaver wurden eingefroren und meistbietend an Interessenten im Osten oder in Afrika verkauft. Verglichen mit den regulären Anbietern waren die Preise natürlich niedrig. So hat man hunderttausende salmonellenverseuchte Hähnchen verschoben. Kranke Tiere wurden zu Nahrungsmitteln.«

Wieder trank sie Wasser. War sie durstig oder nervös? Sie wirkte nicht gerade unsicher, aber was wusste ich schon von ihr?

»Muss ich Begriffe wie BSE oder Maul- und Klauenseuche überhaupt erwähnen? Millionen Kühe wurden geschlachtet und angeblich verbrannt, ebenso Schafe. Für die Organisation öffnete sich plötzlich ein Schlaraffenland. Sie verdiente Unmengen Geld und verdient nach wie vor. Es geht um den Verkauf über Strohmänner, es geht um gefälschte Papiere und gefälschte Dokumente. Wenn offiziell eine Million Kühe verbrannt wurde, landete stets mindestens ein Viertel bei der Organisation. Die Tiere werden sofort eingefroren und in Kühltransportern in Länder gebracht, wo man mit verseuchtem Fleisch viel Geld verdienen kann. Diese Praktiken sind natürlich von anderen Verbrechen begleitet: Schmiergeldzahlungen, Betrügereien, Fälschungen privater und offizieller Dokumente, Steuervergehen und so weiter und so fort. Den genauen Umfang des Unternehmens kennen wir nicht, wir wissen nur, dass es gigantisch ist.«

Sir Philip schaute diskret, aber dennoch demonstrativ auf seine Armbanduhr. Auf die junge Kollegin wirkte die Geste wie ein Peitschenhieb. Hektische rote Flecken erschienen auf ihrem Gesicht; die Stimme war plötzlich höher und klang wie gepresst.

»Niemand in dieser Branche hat ein Interesse zu reden. Verkäufer, Käufer, Zwischenhändler, alle halten dicht. Ich möchte behaupten, dass ...«

Ein Mann, den ich nicht kannte, betrat ohne anzuklopfen den Konferenzraum. Er sah aufgeregt aus und erkundigte sich: »Gibt es hier einen Roland Hassel?«

»Ja, hier!«, meldete ich mich.

»Komm bitte mit!«

Die anderen schauten mir nach, als ich zur Tür ging. Bunter verkündete in seiner gemessenen Art: »Den Rest dieses interessanten Vortrags hören wir morgen früh.«

»Aber ich bin gleich fertig!«

»Wie gesagt, morgen früh. Bis nachher in der Hütte am See.«

Mehr hörte ich nicht, denn der Mann schloss die Tür. Dann wandte er sich an mich: »Ich heiße Mille und arbeite derzeit für das Hotel. Du hast doch in der achtzehn gewohnt, nicht wahr?«

»Gewohnt ist zu viel gesagt. Ich bin umgezogen. Was ist passiert?«

Wir eilten die Treppe hinunter und traten ins Freie. Es dämmerte bereits. Die Axtwerfer hatten ihre Übungen beendet und tranken darauf, gesiegt oder verloren zu haben.

»Nach dir kam ein weiterer Gast. Ein Fernfahrer, ein großer, kräftiger Typ. Zigarettenrauch störe ihn nicht, sagte er.«

»Gut für ihn. Aber warum rennen wir wie die Feldhasen?«

Er warf mir einen Seitenblick zu und sagte: »Ein Arzt aus Järvsö ist gekommen. Und zwei Polizisten.«

»Polizisten?«

»Ja. Und der Doktor hat gesagt ... also angedeutet, dass ...«

»Was denn nun? Heraus mit der Sprache!«

»Dass du den Mann vergiftet hast!«

3. Kapitel

Vor Haus achtzehn standen die Kumpel des Opfers und redeten aufgeregt durcheinander. Mille bahnte uns den Weg. In der Hütte lag einer der kräftigen jungen Männer auf dem Bett und wirkte sehr müde und mitgenommen. Der Arzt war ein älterer Mann in einem feinen Anzug, den man offenbar aus einer Feier herausgeholt hatte. Auch zwei Polizisten in Zivil waren anwesend, also alles, was man an einem Freitagabend im unteren Norrland mobilisieren konnte. Der Arzt sprach mit ihnen, und ich entnahm der Anrede, dass es sich um einen Kommissar und einen einfachen Kriminalassistenten handelte.

Ich wies mich aus und stellte mich vor: »Roland Hassel, Kriminalinspektor bei der Kripo in Stockholm. Ich nehme hier an einer Konferenz über internationale Verbrechen teil. Was ist geschehen, und was wollt ihr von mir?«

Der Arzt und die Polizisten schauten sich an. Der Kommissar hustete in die Hand und sagte: »Tja, wir benötigen nur ein paar Auskünfte.«

»Wer seid ihr überhaupt?«

»Ich bin Kommissar Sten Åkesson, und das hier ist Kriminalassistent Börje Florin. Der Doktor heißt Teo Bertilsson. Wir sind alle Mitglieder eines Heimatvereins für Hälsingland und haben unser Jahrestreffen in Järvsö. Deshalb konnten wir so schnell hier sein.«

»Mille behauptet, ihr hättet gesagt, ich soll den Mann da vergiftet haben. Was ist denn das für ein Unsinn?«

Åkesson hob abwehrend die Hand: »Beruhige dich, Hassel. Niemand hat irgendetwas behauptet. Teo?«

Die Stimme des Arztes war heiser, als wäre er stark erkältet: »Hören wir uns an, was mein Patient Sören Wallgren zu sagen hat; anschließend können wir ihm Fragen stellen. Sören, hast du dich soweit erholt, dass du uns noch einmal berichten kannst, was vorgefallen ist?«

Der Mann auf dem Bett nickte schwach. »Ich kam spät und hatte kein Zimmer bestellt. Hatte eigentlich nicht die Absicht, das Wochenende hier zu verbringen, aber dann fuhr meine Frau zu ihrer Schwester nach Hudik, und ich sagte mir, warum nicht die Jungs treffen und ein paar Bierchen kippen?«

Er sprach den breiten Dialekt, der typisch ist für Hälsingland, aber ich verstand ihn problemlos.

»Bekam diese Hütte zugewiesen. Wen stört schon so ein bisschen Qualm?«

Mich, wollte ich schon sagen, hielt mich aber zurück.

»Ich packe gerade aus, da werde ich sehr durstig. Denke, holst du dir ein Bier aus dem Kühlschrank, aber da steht nur eine Flasche Mineralwasser. Ich gieß mir ein Glas ein und trinke, aber es schmeckt so scheußlich, dass ich die Hälfte wegkippe. Ich habe dann die Flasche ausgegossen, Leitungswasser eingefüllt und sie wieder kaltgestellt. Ja, und dann ging ich runter zu den Jungs, aber mir wurde übel. Es stach im Magen, als hätte ich ein Messer verschluckt. Ich kotzte mir fast die Seele aus dem Leib. Die Kumpels haben mich raufgeschleppt, aufs Bett gelegt und die Polizei angerufen. Dann bin ich wohl ohnmächtig geworden.«

Der Arzt nickte und erklärte: »Du hattest doppeltes Glück. Das Meiste hattest du schon erbrochen, den Rest habe ich aus dir herausgeholt.«

»So? Ich erinnere mich nicht ...«

»Die Symptome deuten auf eine Vergiftung.«

»Leider hast du die Flasche geleert und quasi ausgewaschen. Dadurch wird kaum zu analysieren sein, welches Gift verwendet wurde«, sagte Kommissar Åkesson.

»Vielleicht doch«, mischte ich mich ein. »Er trank aus dem Glas, das neben der Spüle steht. Das hat er sicher nicht abgewaschen.«

Åkesson zog eine Grimasse, die zeigte, dass er sich über seine Unbedachtheit ärgerte. Vielleicht vertrug er es auch nicht, von einem Stockholmer Bullen brüskiert zu werden.

»Ja, sicher, das Glas. Aber was ist mit der Flasche? Du«, er deutete auf mich, »musst sie in den Kühlschrank gestellt haben, denn in den letzten fünf Tagen war die Hütte nicht belegt. Als die letzten Gäste abreisten, war der Kühlschrank leer.«

Mille nickte zur Bestätigung und schaute mich an, fragend, distanziert und zunehmend misstrauisch.

Hier war hauptstädtischer Einsatz gefragt. Mochten sich die Hälsingländer Dorfbullen doch mit Hühnerdiebstählen beschäftigen. »Sören, war die Flasche noch verschlossen, als du sie nahmst?«

»Ich weiß nicht ...«

»Das weiß man doch. Als du den Verschluss abgeschraubt hast, hat es da gezischt?«

»Nein, sie war offen. Jetzt erinnere ich mich. Es hat nicht gezischt. Das Wasser schmeckte ja auch ganz eklig, so abgestanden ...«

Nun offenbarte Sherlock Hassel sein Genie: »Als ich die Hütte zum ersten Mal betrat, roch es noch nicht nach Tabak. Das wäre mir aufgefallen. Niemand wusste, dass ich gerade diese Nummer bekommen würde. Als ich zum zweiten Mal in meine Herberge ging, um mich umzuziehen, stank es nach Zigarettenqualm, und die Flasche stand im Kühlschrank. Ich hätte früher oder später Mineralwasser getrunken, aber die Marke *Linné* mag ich nicht. Zu viel Kohlensäure.« Ich schaute mir die Flasche näher an. »Gibt es *Linné* in Flaschen dieser Größe? Wenn ich recht überlege, habe ich diese Marke schon lange nicht mehr gesehen.«

Der Arzt murmelte: »*Linné* war mal meine Lieblingssorte, aber sie ist immer schwieriger zu bekommen.«

Sherlock Hassel bekam einen mentalen Tritt von Doktor Watson: Nun rück schon raus damit, oder hast du verlernt, die einfachsten Schlüsse zu ziehen? Für wen war das Wasser bestimmt? Doch wohl nicht für den unschuldigen Axtwerfer Sören Wallgren!

Natürlich, dieser Anschlag hatte mir gegolten! Jemand hatte mich beim Beziehen der Hütte beobachtet und die nächstbeste Gelegenheit genutzt, eine Flasche mit vergiftetem Mineralwasser in meinen Kühlschrank zu schmuggeln. Sein Fehler war gewesen, dass er dabei geraucht hatte.

Kommissar Åkesson kam zur selben Erkenntnis: »Tja, Hassel, da solltest du dir wohl Gedanken machen. Falls deine Darstellung stimmt.«

»Mhm«, brummte ich.

»Willst du gleich mit nach Järvsö kommen, damit wir ein Protokoll machen können?«

»Ich kümmere mich zentral darum. Soweit ich weiß, gibt es in Hälsingland keinen, der hinter mir her ist. Dass es gerade hier passiert ist, würde ich als reinen Zufall werten.«

»Ah, du regelst das zentral! Bist du der Polizeichef in diesem Land? Fallen Mordanschläge, die in Hälsingland geschehen, in deinen Kompetenzbereich? Was bildest du dir ein, wer du bist?«

Er wurde immer lauter, und ich begriff, dass ich dem Provinzbullen auf die Füße getreten war. Dabei hatte ich ihm die Kompetenz gar nicht absprechen, sondern ihn lediglich entlasten wollen. Würde der EU-Obersuperpolizeiintendent in unser Stockholmer Polizeigebäude stürmen und erklären, er wolle sich ab sofort um alle Verhöre selbst kümmern, wären wir allerdings auch nicht begeistert. Also riss ich mich zusammen und sagte: »Natürlich werden wir zusammenarbeiten. Dieser Fall könnte aber mit einem anderen zusammenhängen.«

Nur, verdammt noch mal, mit welchem? Ich bearbeitete doch gar keine eigenen Fälle mehr, sondern wirkte in einem nahezu unsichtbaren Team. Es gab keine Erklärung – es sei denn, der Mörder hatte mich mit jemandem verwechselt.

»Ich schlage vor, dass du Harsagården noch heute Abend verlässt«, meinte Åkesson. »Wir haben keine Leute, um dir Personenschutz zu gewähren.«

Sören Wallgren, das Opfer, war eingeschlafen und schnarchte, was man einem Fernfahrer wohl gönnen sollte. Oder war er sogar selbstständiger Fuhrunternehmer? Dann brauchte er die Ruhe noch mehr, denn in dieser Branche hatte er derzeit nichts zu lachen.

»Ich bleibe bis morgen. Ihr ruft mich gegen Mittag an, dann fällt es nicht auf, dass ich mich verdrücke. Die anderen sind Vollprofis. Es muss ganz natürlich wirken. Diese Konferenz ist lange vorbereitet worden, kostet eine Menge Geld und soll Prestige für Schweden bringen. Ich werde alle Augen offen halten. Mille, gibt es einen anderen Raum, wo ich schlafen kann? Zum Beispiel im Hauptgebäude?«

»Ja. Das Doppelzimmer gegenüber vom Konferenzraum ist frei.«

»Meine Sachen sollten in der dreizehn bleiben. Ich schleiche mich später hinüber, wenn du mir den Schlüssel gibst.«

Zögernd gingen sie auf meinen Vorschlag ein. Es war ja niemand getötet worden. Sören Wallgren schlief sich aus und träumte vielleicht von einem Axtwurfrekord. Und mir hatte niemand ein Haar gekrümmt. Die Kollegen Åkesson und Florin konnten samt Doktor Bertilsson zu ihrem Jahrestreffen zurückkehren und noch kräftig feiern.

»Etwas fällt mir noch ein«, sagte ich. »Ich stieg mit zwei anderen Herren aus dem Zug. Wer waren sie und wo sind sie geblieben? Sie gehören weder zu den Konferenzteilnehmern noch zu den Axtwerfern. Gibt es Bahnhofspersonal oder wohnen dort Leute in der Nähe, die etwas beobachtet haben können? Haben sie ein Taxi genommen? Weiß der Schaffner etwas? Kauften sie ihre Fahrkarten vielleicht bei ihm, und wenn ja, wohin? Meines Erachtens wussten nur wenige Personen, dass ich hierher fahren wollte, eigentlich nur meine Familie und die engsten Kollegen. Wenn sie hinter mir her waren, sind sie mir vielleicht bis zum Hauptbahnhof gefolgt und in denselben Zug gestiegen. Unterwegs haben sie dann aufgepasst, wo ich aussteige.«

Die beiden Provinzbullen wechselten sprechende Blicke – jetzt machte der Großkotz aus Stockholm wirklich Stress! Zugleich sahen sie ein, dass man einen Mordversuch ernst nehmen musste. Ich sah, wie sie ihre Party im Stillen abschrieben.

»Noch ist es nur Theorie, dass es sich um einen Giftanschlag handelt«, sprang ihnen der Arzt bei. »Wallgren kann sich auf andere Weise den Magen verdorben haben. Vielleicht ist er Allergiker? Oder er nimmt Drogen. Erst die Analyse des Rückstandes im Glas wird uns Gewissheit geben.«

Wir liefen zur Dreizehn hinüber. Ich packte mir Wechselwäsche und Zahnbürste in eine Plastiktüte und knotete sie zu wie einen Müllsack. Dann verließen wir die Hütte. Der Arzt versicherte den Axtwerfern, ihr Freund sei bald wieder auf den Beinen. Die Ursache der Krämpfe habe er noch nicht ermitteln können, aber es sei bestimmt nichts Ansteckendes. Damit waren die starken Männer beruhigt und kehrten an ihre Biergläser zurück.

Es war noch relativ hell, aber doch schon dunkel genug, dass ein Mörder ganz in der Nähe lauern konnte. Natürlich war Gift in der Flasche gewesen. Man hatte versucht, mich zu ermorden. Plötzlich befand ich mich in der schrecklichsten Situation, in der ein Mensch landen kann: Ich war einem unbekannten Gegner ausgeliefert, der immer und überall zuschlagen konnte. Nichts ist schlimmer; ich wusste Bescheid, denn ich hatte so etwas schon erlebt. Aber es war nichts, woran man sich gewöhnen konnte.

Überall sieht man Feinde. Ein Schatten wird zur Bedrohung, eine zufällige Bewegung zum Attentat. Stets versucht man, unter Leuten zu bleiben, weil man sich allein wie Freiwild fühlt.

Wir gingen ins Hauptgebäude. Mille übernahm die Plastiktüte, während ich die Abendzeitungen kaufte und das Restaurant betrat. Viele der Konferenzteilnehmer saßen dort beim Bier oder Wein und warteten darauf, zur Hütte am See hinunterzugehen, wo der Umtrunk stattfinden sollte. Ich entschied mich, unsozial zu sein, und verdrückte mich in eine Ecke. Dort studierte ich sämtliche Zeitungen, Seite für Seite. Ich erfuhr alles über das Liebes- und Drogenleben von Popstars und die Hochzeiten und Scheidungen der Reichen und Schönen. Man merkte deutlich, dass wir im Sommerloch lebten. Dagegen waren die Annoncen geradezu interessant. Ich ließ mich dazu herab, sogar die Sportseiten zu lesen.

Vier der Alkoholkonsumenten erhoben sich, um sich zur Seehütte zu begeben. Ich ließ die Zeitungen ohne Bedauern zurück und schloss mich den Kollegen an. Es war nicht weit bis zu dem flachen Gebäude, das im Stil einer samischen Kate errichtet war. Es war jetzt fast dunkel. Bäume hatten sich in bedrohliche Figuren mit langen Mänteln verwandelt, Büsche glichen knienden Schützen. Aber ich befand mich in einer Gruppe, da kann man die Angst kontrollieren.

Die Kate war überraschend groß und außerordentlich geeignet für die kontaktfreudigen Tagungsprofis. Viele meinen, Veranstaltungen wie diese seien das einzig Wichtige an solchen Konferenzen. Es gab Tische und Stühle in dem runden Partyraum, im Kamin flackerte das Feuer, und das Buffet hielt eine Menge Snacks bereit, an denen man sich, bewaffnet mit Papptellern und Plastikbesteck, bedienen konnte. Natürlich wartete auch eine Batterie an Bier- und Weinflaschen.

Die meisten Konferenzteilnehmer hatten sich bereits eingefunden, und bald waren wir vollzählig. Alle tranken tapfer, um sich in die richtige Stimmung zu bringen, doch diese wollte sich nicht einstellen. Wir kannten uns nur flüchtig, kamen aus verschiedenen Kulturen, und die Sprache legte uns zusätzliche Hindernisse in den Weg. Wer einen Witz erzählen wollte, war unsicher, ob die Pointe auf Englisch auch verstanden wurde.

Ich erinnerte mich an Beobachtungen, die ich im Laufe der Zeit gemacht hatte. Wenn man nicht wirklich mit Konversation beschäftigt ist, neigt man dazu, zu viel zu trinken. Irgendwann bricht dann die Hemmschwelle, und die jungen Damen wundern sich, dass die netten Konferenzteilnehmer sich in eitle Gockel verwandeln, die schnell vergessen, dass sie zu Hause brave Familienväter sind. Als ich jung und dumm war, hatte ich einmal an einem Weiterbildungskurs teilgenommen und ... Ich verdrängte den Gedanken sofort.

In der Mitte thronte unser großer Führer, Sir Philip, und schlürfte sein Porter aus einem hohen Glas. Mit mildem Blick überschaute er seine Herde. Nach einer halben Stunde lauen Gemurmels, das von denen erzeugt wurde, die sich ohne Wörterbuch verständigen konnten, nahm Bunter die Initiative und sagte: »Vielleicht hat jemand eine interessante Episode zu berichten, die unsere Arbeit betrifft?«

Niemand meldete sich; es war noch zu früh, um sich zu blamieren. Wickham hielt ebenfalls den Mund, vielleicht, um seinen Chef nicht bloßzustellen. Nicht einmal die Amis, die in der Schule lernen, bei jeder Gelegenheit das große Wort zu führen, hatten Lust, uns zu unterhalten.

Also trank Bunter sein Porter aus und verkündete: »Für mich wird es Zeit, zu Bett zu gehen. Wir haben morgen einen anstrengenden Tag vor uns.«

Damit wollte er sagen, dass auch für uns der Abend zu Ende war, denn wir hatten denselben Tag vor uns wie er. Mit einer Ausnahme: Ich würde irgendwann am Vormittag unauffällig verschwinden. Natürlich hätte ich erzählen können, dass ich bedroht wurde, doch das hätte die Konferenz wohl gesprengt und zu endlosen Diskussionen geführt.

Nacheinander stellten nun alle fest, dass sie müde seien, und verabschiedeten sich. Ich ging mit einer Fünfergruppe und hielt mich immer in der Mitte. Zwei kamen mit zur Rezeption, um etwas zu kaufen, während sich die anderen zu ihren Hütten begaben. Unauffällig schob mir Mille den Schlüssel zu, und ich stieg die Treppe hinauf.

Im Zimmer schloss ich hinter mir ab. Dann zog ich eine Matratze auf den Fußboden und legte ein Kissen darauf. Ich vergewisserte mich, dass mein Schlaflager vom Fenster aus nicht einzusehen war. Anschließend richtete ich das Bett so her, als ob sich unter der Decke ein menschlicher Körper befände. Solange der Inhalt des Glases nicht analysiert war, hatte ich keine klaren Beweise, dass mich jemand ermorden wollte, und ich wollte von meinen Kollegen auch nicht »der hysterische Hassel« genannt werden, aber ich war hundertprozentig überzeugt, dass ich in Gefahr schwebte, und das genügte mir.

Ich fühlte mich wie von einem Nebel des Grauens umgeben, und was das Schlimmste war – ich wusste nicht einmal, wem ich dafür die Schuld geben sollte. So entwickeln sich Rechthaber. Jemand fühlt sich ungerecht behandelt und fordert, dass sich alle an seinem Kampf beteiligen sollen, aber die Leute hören ihm nicht zu und bitten ihn sogar mehr oder weniger höflich, die Schnauze zu halten. Zuletzt will der

Rechthaber, dass die Allgemeinheit Kenntnis von dem Unrecht nimmt, und er schreibt auf, wie schlecht er behandelt wurde. Damit er Platz für alles hat, wählt er ganz kleine Buchstaben, kopiert seinen Text und klebt ihn an alle öffentlichen Anschlagtafeln. Keiner kann eine einzige Zeile entziffern, er aber ist überzeugt, dass sein Schriftstück die Welt verändern wird. Das Volk muss sich wie ein Mann erheben und sein Recht erzwingen. Oft hat der Rechthaber im Grunde tatsächlich Recht. Er ist wirklich schlecht behandelt worden, weigert sich aber, die Proportionen zu erkennen. Wenn ich so veranlagt gewesen wäre, hätte ich Himmel und Erde in Bewegung gesetzt, um Recht zu bekommen, falls kein Gift bei der Analyse gefunden worden wäre, aber Himmel und Erde hätten sich nicht in Bewegung setzen lassen.

Dagegen folgte ich dem Schutzmuster eines Menschen in Gefahr. Ich hatte nur ein Leben, und mein Recht gegen mich selbst und meine Familie war es, mein Überleben zu sichern. Natürlich hätte ich ein Taxi rufen und mich nach Stockholm bringen lassen können – ein Zug fuhr ja nicht mehr. Aber als Polizist war es meine Pflicht, dem Rätsel auf die Spur zu kommen und nachzuweisen, dass hier wirklich ein Anschlag versucht worden war. Åkesson schien nicht davon überzeugt, und auch sein Assistent und der Arzt zweifelten daran. Ich empfand es als meine Pflicht, diese Zweifel zu zerstreuen. Ja, die Pflicht, die gute alte Bekannte, die ich so oft bemüht und so oft vernachlässigt hatte in den vielen Jahren als Polizist. Mit der Zeit war Ethik für mich immer wichtiger geworden. Ich legte Wert darauf, dass der Ruf meines Berufes nicht beschädigt wurde, und litt darunter, dass viele sich schon bei kleinen, entschuldbaren Fehlern auf uns stürzten wie hungrige Wölfe.

Ich ließ das Fenster angelehnt, legte mich auf die Matratze und deckte mich mit der Tagesdecke zu. Bevor ich fünfzehn

Schafe zählen konnte, war ich schon eingeschlafen. Ein gesunder Schlaf ist wichtig, wenn man unter Dauerstress steht. Durch meine Fähigkeit, mich in komplizierte Situationen zu bringen, hatte ich in meinem Leben viel schlafen müssen.

Für gewöhnlich wache ich früh auf, so auch an diesem Morgen. Es war Viertel vor fünf, und die ersten Strahlen der Morgensonne hatten mich geweckt. Die frische Kühle und das Licht luden zur Bewegung ein, also sprang ich auf. Das Fenster war in der Nacht aufgegangen, und ich atmete die Landluft ein. So eine Luft ist ja in Stockholm verboten, weil sie zu wenige Abgase enthält. Kurz unter die Dusche und schnell rasiert – schon war ich bereit zu einer Paddeltour.

Vorsichtig, um niemanden zu wecken, stieg ich die Treppe hinunter. Selbst die Vögel schienen mit Rücksicht auf die Schlafenden leiser zu zwitschern. Barfüßig lief ich zum Bootshaus hinüber und suchte mir eines der Kanus aus. Der See lag ganz still, wie ein Kristall, der im Sonnenglanz erstrahlte.

Ich fühlte mich wieder wie der lebhafte Junge, der ich einmal war, der das Wasser liebte – schwimmen wie ein Fisch und paddeln mit Lust und Laune, und nicht, um als Erster irgendein Ziel zu erreichen. Es gab nur Kanadier und Kajaks. Ich wollte mich schon für einen offenen Kanadier entscheiden, doch ein Freund hatte mir einmal gesagt, dass jemand, der so ein Boot mit einem Doppelpaddel steuert, mit den Füßen nach oben aufgehängt werden müsse, und ich wollte nicht gegen eine heilige Regel verstoßen.

Es ist schwierig, ein Kajak zu besteigen, wenn man es nicht gewohnt ist, aber ich schaffte es problemlos. Ich machte ein paar Probeschläge mit dem Paddel, und das Kanu glitt pfeilgerade hinaus auf den Harsasee. Wäre ich religiös veranlagt, hätte ich wohl Andacht empfunden. So genoss ich nur die physische Ruhe und den mentalen Frieden. Warum war ich so lange nicht auf dem Wasser gewesen?

Der See ist nicht groß, aber als ich mich umwandte, sah ich die Gebäude des Hotels in ziemlich weiter Entfernung. Nichts deutete darauf hin, dass außer mir schon jemand auf den Beinen war. Alle schliefen noch, um Kraft zu tanken für die zweite Runde mit Sir Philip Bunter. Einige Seevögel schrien; für mich klang es, als machten sich Lachmöwen über die Konferenzteilnehmer lustig.

Bei jedem Paddelschlag fielen Wassertropfen vom Blatt und wurden zu silbernen Spritzern auf der golden schimmernden Wasseroberfläche. Das hier war die Urzeit, die Erde wurde gerade geboren, und ich durfte dabei sein. Es war der siebte Tag der Schöpfung, und alles war perfekt, also wurde es Zeit auszuruhen.

In dieser gesegneten Umgebung mochte ich nicht an Kriminalität und Verbrechen denken. Der Mord an Wikman glitt aus meinem Gedächtnis, und der moderne Sklavenhandel, von dem er gesprochen hatte, wirkte wie der Nachhall des Infernos, das die Welt hinter sich gelassen hatte. Solches Teufelszeug wird bedeutungslos, wenn man auf einem Meer von Gold schwimmt und den Duft des sich erwärmenden Wassers einsaugt. Frühsommer in Schweden, das heißt Träumen von der Zukunft.

In einem Paradies ist man selten allein.

Hinter einer Landzunge, nicht weit vom Hotel entfernt, tauchten zwei weitere Kanuten auf. Sie arbeiteten sich energisch voran. Vielleicht trainierten sie für irgendeine Meisterschaft. Warum nicht? Der See war groß genug für uns alle. Langsam paddelte ich in eine andere Richtung und besah mir die Sommerhäuschen, die das Ufer säumten. Jetzt hatte ich die Sonne im Rücken, und trotz der frühen Stunde brannte sie auf den Schultern. Das Paddel durfte ruhen; ich schöpfte Wasser und ließ es über Gesicht und Rücken laufen.

Dabei warf ich einen Blick auf Harsagården. Das Hotel war wirklich idyllisch gelegen. Ich schaute zum Bootshaus. Etwas stimmte nicht. Dort waren drei Kanus gewesen, und ich hatte eines genommen. Also sollten noch zwei da sein, doch der Platz war leer. Also befanden sie sich auf dem See, was bedeutete, dass die beiden Paddler Gäste des Hotels sein mussten. Warum waren sie dann hinter der Landzunge hervorgekommen?

Mit einem Schlag wendete ich das Boot. Die beiden waren nahe herangekommen. Sie trugen ärmellose Westen und Basecaps, die sie weit ins Gesicht gezogen hatten. Zögernd hob ich die Hand, aber sie grüßten nicht zurück. Die Spitzen der Kanus waren genau auf mich gerichtet. Was waren das für Leute?

Ich versuchte, ihre Gesichter zu erkennen. Aber ... sie hatten gar keine menschlichen Gesichter! Der eine trug eine Maske, die wie ein Schweinekopf aussah, der andere eine weiße, spitz zulaufende Maske, wie man sie in Horrorfilmen sieht. Ich begriff in Sekunden: Sie waren hinter mir her!

Die Sonne ließ etwas aufblitzen, wo eigentlich ihre Knöchel sein sollten. Schlagringe mit Zacken, um den größtmöglichen Schaden im Fleisch des Gegners anzurichten! Die Augen hinter den Masken funkelten. Mir war sofort klar, dass sie mich töten wollten.

Mit ein paar schnellen Zügen brachte ich mich auf Kurs und floh, so schnell ich konnte. Sie jagten mich Seite an Seite und kamen näher, denn in meiner Panik machte ich zu viele Fehler. Die ganze Zeit schrie ich aus voller Kehle um Hilfe und hoffte, dass ich im Hotel jemanden wecken konnte.

Sie erreichten mich achtern, paddelten zu beiden Seiten weiter und bereiteten sich darauf vor, mich zu stoppen.

4. Kapitel

Es waren kräftige Männer. Auf den muskulösen Oberarmen konnte ich Tätowierungen erkennen. Meine Hilferufe schienen sie nicht zu beeindrucken. Vielleicht war es ihnen wichtiger, mich schnell zu töten; um andere Probleme konnten sie sich später kümmern. Obwohl ich mich voll verausgabte, ging es zu langsam voran, und das Ufer war noch weit.

Rein instinktiv tat ich das Einzige, was mich retten konnte. Wenn du in Gefahr schwebst, ist Angriff die beste Verteidigung. Ich packte das Paddel ganz fest, hob es plötzlich in Augenhöhe und spannte den Rücken. Die Blätter klatschten gegen ihre Köpfe. Ich hörte, wie die Plastikmasken splitterten und die Männer aufstöhnten.

Sie gerieten aus dem Takt, und ich bemühte mich, einen Vorsprung herauszufahren. Doch ich war nicht schnell genug; einer der Männer hatte sich rasch erholt und hieb mir sein Paddel über den Rücken. Dann griff er nach meinem Kajak. Zugleich schrie er seinem Kumpan etwas zu, das wie Gong klang. Auch der griff nach meinem Boot. Gegen ihre geballte Stärke reichte die Kraft meines Paddels nicht aus.

Wieder entschied ich mich im Bruchteil einer Sekunde. Ich sprang auf, stürmte nach vorn und hechtete ins Wasser. Die Kälte versetzte meinem heftig schlagenden Herzen einen Schock. Im Unterbewusstsein registrierte ich ein Platschen und sah einen Körper eintauchen, der von Millionen Bläschen umgeben war. Das Schweinegesicht war mir nachgesprungen und versuchte, mich mit Boxhieben zu traktieren. Der Schlagring war unter Wasser genauso gefährlich wie an der Luft.

Die Maske war kaputtgegangen und behinderte offenbar seine Sicht. Meine Schuhe waren zwar aus dünnem Leder, hatten jedoch einen harten Absatz. Ich trat ihm mit voller Kraft ins Gesicht. Er fuchtelte mit den Armen und riss sich die Maske herunter. Ein weiterer Tritt, und seine Nase blutete. Er war deutlich angeschlagen, und ich erwischte ihn gleich noch einmal. Er riss den Mund auf, schluckte, hustete und bekam wohl Wasser in die Lunge. In solchen Situationen gerät man in Panik, und das nutzte ich aus. Er musste dringend auftauchen, um nach Luft zu schnappen. Ich drückte ihn nach unten, erst mit den Händen, dann mit den Füßen; zum Schluss stand ich geradezu auf seinen Schultern. Ich stieß mich ab und schwamm los, schwamm um mein Leben.

Hinauf zur Oberfläche, Atem schöpfen, und dann wieder hinab in die Kälte. Als ich das nächste Mal auftauchen musste, drehte ich mich um. Die Kerle paddelten von mir weg in Richtung Landzunge. Sie würden das Ufer vor mir erreichen. Für mich war die unmittelbare Gefahr vorbei. Blieb noch das kräftezehrende Brustschwimmen durchs kalte Wasser. Es war Mitte Juni; die Wassertemperatur betrug zehn, maximal zwölf Grad. Ich würde nicht erfrieren.

Erschöpft watete ich Minuten später an Land. Mille und Astor nahmen mich in Empfang. Der Schweinekopf und sein Kumpan mit der Horrormaske hatten den See sicher längst hinter sich gelassen.

»Wir hörten Hilferufe«, erklärte Astor. »Bist du mit dem Kanu umgekippt? Kann passieren, wenn man ungeübt ist.«

»Habt ihr nicht beobachtet, was passiert ist?«

Sie schüttelten die Köpfe.

»Ich wurde überfallen, von zwei Typen, die eure anderen beiden Kanus benutzt haben. Und ihr wollt nichts gesehen haben?«

»Wir in Harsa sind nicht daran gewöhnt, dass Leute andere überfallen«, verteidigte sich Astor. »Trotz des Geredes über das wilde Hälsingland ist das hier ein friedlicher Landstrich. Stimmt's, Mille?«

»Ja, sicher«, antwortete dieser zögernd. »Außer gestern Abend, da gab es auch schon Ärger mit ... äh ... Hassel. Na, ich habe jetzt frei. Werde nur noch das Doppelzimmer im ersten Stock klarmachen, denn heute kommen noch andere Gäste. Dein Gepäck hole ich aus der Dreizehn und bringe es rüber.«

»Ich benötige ganz schnell mein Telefon. Oder hat einer von euch ein Handy?«

Schweigend reichte mir Astor sein Ericsson. Plötzlich fiel es mir wieder ein: Es war ja arbeitsfreier Samstag! Ich rief die Bereitschaft an und konnte den skeptischen Kollegen überzeugen, mir Maud Gudmunds-Sundgrens Privatnummer zu geben. Sie war selbst am Apparat, doch ich hörte Åke im Hintergrund rumoren.

»Hej, hier ist Roland Hassel. Folgendes ist passiert ...«

Ich gab ihr eine kurze Zusammenfassung der Ereignisse, und sie lauschte auf ihre professionelle Art. Sie fragte gezielt nach Namen und versprach, alles Notwendige sofort in die Wege zu leiten. Das konnte sie wohl besser als ich, der immer noch klatschnass am Ufer des Harsasees stand und mit einem geliehenen Handy telefonierte. Aber gewisse Aktivitäten musste ich selbst entwickeln.

»Hat einer von euch ein Auto? Ich muss ganz schnell zu dieser Landzunge«, erklärte ich.

»Fahr mit mir. Ich will sowieso nach Hause. Wenn nötig, habe ich auch ein Mobiltelefon«, sagte Mille, der zurückgekehrt war.

Wir eilten zu seinem Volvo älterer Bauart. Er fuhr schnell; es schien ihm geradezu Spaß zu machen, den Rallyefahrer zu spielen. In wenigen Minuten waren wir da, und ich bat ihn, mich zu begleiten. Ein Sandweg führte zum Ufer hinunter. Am Strand entdeckte ich Reifenspuren und hockte mich hin, um sie zu untersuchen.

»Hast du ein Abschleppseil im Wagen?«, fragte ich.

»Natürlich, immer.«

»Dann sperr bitte diesen Weg ab, oben, wo er von der Straße abzweigt.«

»Okay, aber ... warum?«

»Ich will nicht, dass Spuren zerstört werden, bevor die Techniker hier sind.«

Er holte tief Luft und sagte: »Das ist ja wie bei James Bond!«

»Jetzt übertreibst du.«

»Na ja, aber in dieser Richtung. *Einsatz in Manhattan* zum Beispiel. Ich habe alle Folgen gesehen; irgendwo wird die Serie immer wiederholt.«

Die Kanus lagen im Wasser, mit Steinen zerschlagen und voll Wasser gelaufen. Die Paddel schwammen etwas weiter draußen. Es half nichts, ich musste noch einmal hinein und die Kanus so nahe heranholen, dass wir sie an Land ziehen und untersuchen konnten.

»Nichts anfassen«, ermahnte ich Mille.

»Fingerabdrücke?«

»Wenn wir Glück haben.«

»Wow!«

Den Paddeln musste ich hinterher schwimmen, aber da ich sowieso schon nass war, spielte das auch keine Rolle mehr. Ich fasste sie an den Blättern, um keine Spuren zu verwischen. Vom Auto aus rief ich Maud noch einmal an und teilte ihr mit, wo die Techniker die Kanus finden konnten und dass die Gegend abgesperrt sei. Ich gab ihr Recht, dass nördlich vom Dalälven an einem Samstagmorgen selten ein Polizist im Dienst anzutreffen ist, aber noch gab es Hoffnung. Nach Mittsommer und erst recht mit Ferienbeginn würden die Kriminellen in Norrland monatelang frei schalten und walten können.

»Ich habe jede Polizeibehörde in Hälsingland informiert und auch die Reichskripo eingeschaltet«, berichtete Maud. »Wann verlässt du die Konferenz?«

»Der Zug geht zwölf Uhr zwanzig. Umsteigen in Gävle.«

»Ruf mich kurz vor der Ankunft an. Ich lasse dich vom Hauptbahnhof abholen. Es wird heute noch ein langer Tag für dich.«

Als ich das Telefonat beendet hatte, strich sich Mille über sein Stoppelkinn, und ich begriff, dass er etwas auf dem Herzen hatte, doch er sagte nur: »Ich fahr dich zurück. Die zwei Minuten sind kein Opfer für mich.«

Im Wagen tippte ich ihm auf die Schulter: »Danke für deinen Einsatz.«

»Ist doch okay. Burt Reynolds in *Hard Time* brauchte auch einen Kumpel.«

»Burt Reynolds?«

»Ja. Der spielt auch immer so zerzauste Polizisten, die Probleme haben.«

»Auch?«

»Äh, ja ... äh, ich meine ...«

»Du musst dich nicht entschuldigen. Aber um eines bitte ich dich noch: kein Wort zu den Medien. Nenne niemals meinen Namen. Es gibt genug üble Typen, die das vollenden wollen, was diesen beiden missglückt ist. Und ich habe wahrlich Probleme genug, da hast du vollkommen Recht.«

Mille nickte verstehend und murmelte: *»It's a crazy world!«*

»Yeah, it's a crazy world«, stimmte ich ihm zu, um zu zeigen, dass auch ich mich mit Filmdialogen auskannte.

Es stimmte ja auch. Die Welt war schon immer verrückt gewesen und ist es heute mehr denn je, wenn man Kriegszeiten einmal ausklammert. Niemals in der blutigen Geschichte der Menschheit ist die Kriminalität gigantischer und raffinierter gewesen als heute. Die Täter gehen mit geradezu wissenschaftlicher Akribie vor, denn es winken Gewinne, die es mit dem Bruttonationalprodukt mancher Länder aufnehmen können. Zugleich sind die Verbrecher so rücksichtslos geworden, dass selbst erfahrene Ermittler verzweifeln. Ich war wieder einmal froh, dass ich mich rechtzeitig aus der operativen Arbeit verabschiedet und einen Schreibtischjob gefunden hatte.

»Du, Hassel ... es ist nur eine Bagatelle ... vielleicht sehe ich nur Gespenster ... leide deinetwegen unter Verfolgungswahn ...«

»Immer heraus damit, Burt Reynolds kann einiges vertragen.«

»Es geht um dein Kopfkissen. Als ich vorhin dein Zimmer in Ordnung brachte und die Matratze zurücklegte, entdeckte ich ein kleines Loch in dem Kissen, das auf dem Bett gelegen hatte. Es kann ja sonst wie entstanden sein, aber ich wollte es wenigstens erwähnen. Okay ... schon sind wir da. Du schaffst es noch, dich vor dem Frühstück zu duschen und die Sachen zu wechseln. Ich rede mit Astor, dass dich jemand rechtzeitig zum Bahnhof fährt.«

»Danke, Mille. Ich hoffe, die im Hotel wissen, was sie an dir haben.«

Er grinste ein wenig verlegen. »Ach, ich bin hier nur die Aushilfskraft. Wenn Jan-Åke Snar frei hat, springe ich ein. Das tue ich gern, denn mir gefällt der Job. Du solltest mal im Winter herkommen ... das reinste Paradies!«

Er gab mir den Zimmerschlüssel. Wir stiegen aus und verabschiedeten uns mit Handschlag. Die ersten Konferenzteilnehmer erschienen schon zum Frühstück. Ich stieß mit dem schwedischen Zopfmädchen Therese Lager zusammen und grüßte sie mit meinem nettesten jungenhaften Lächeln, doch sie musterte mich nur mit einem kühlen Blick.

»Ich gehe morgens immer schwimmen«, erklärte ich. »Vierhundert Meter Freistil geben Energie für den ganzen Tag.«

»In Shorts, T-Shirt und braunen Lederschuhen?«

»Hätte ich gewusst, dass das Wasser nur elf Grad hat, hätte ich mir eine Jacke übergezogen.«

Sie glaubte wohl, ich wollte sie auf den Arm nehmen, denn sie runzelte die Stirn und wandte mir den Rücken zu, um sich dem Buffet zu widmen. Bevor ich weiteren Kollegen meinen Aufzug erklären musste, eilte ich hinauf ins Zimmer. Es war noch nicht acht Uhr, sodass mir Zeit blieb, mich wieder präsentabel zu machen.

Erst eine heiße Dusche, um die Kälte aus den Gliedern zu vertreiben, eine Haarwäsche gegen das Seewasser, und schließlich rubbelte ich mich trocken. Die nassen Sachen tat ich in eine Plastiktüte. Dann legte ich mich aufs Bett und entspannte mich. Die Augen fielen mir zu, nur fünf Minuten, nur fünf Minuten, sagte ich mir immer wieder. Doch es dauerte eine Viertelstunde, bis ich hochschnellte. Ich hatte etwas Wichtiges vergessen! Was hatte Mille gesagt?

Das Kopfkissen! Er hatte ein Loch gesehen, dort, wo gerade mein Kopf gelegen hatte. Tatsächlich, da war ein bleistiftgroßes Loch. Mit dem Zeigefinger bohrte ich nach und stieß auf etwas Hartes. Ich holte mein kleines Taschenmesser aus der Waschtasche und schnitt den Bezugsstoff auf. Ich musste nicht lange suchen.

Es war ein kleiner Pfeil, wie man sie auf dem Rummel für Luftgewehre benutzt. Das Ende war rot gefärbt, damit man mögliche Treffer auf der Scheibe besser erkennen kann. Das Fenster war nachts ganz aufgegangen ... Mein Blick fiel auf einen Baum, der mir genau gegenüber stand. Hinaufklettern, anvisieren, ein leises Klacken, wenn sich die Feder des Luftgewehrs löst. Wollte mich jemand umbringen – mit so einem kleinen Pfeil?

Lange schaute ich das Beweisstück an. Was war der Sinn des Ganzen? Der Schütze war ein großes Risiko eingegangen. Schwedische Juninächte sind hell. Er musste das Fenster mit einem langen Stock aufdrücken, dann auf den Baum klettern, wobei Zweige knacken konnten, und stets damit rechnen, entdeckt zu werden. Wozu? Um einen kleinen Pfeil auf den abzuschießen, der vermutlich in diesem Bett lag. Ich schnitt ein Stück vom Kissenbezug ab, wickelte den Pfeil darin ein und legte ihn in die Waschtasche.

Als ich mich angezogen hatte, stopfte ich die Tüte mit den nassen Sachen und alles andere in die Tasche und stellte sie neben die Tür. Dann ging ich hinunter und frühstückte. Die Buffets der Hotels sind heutzutage die reinste Versuchung; wie man es auch anstellt, man isst immer zu viel. Dass in Harsagården viel Obst angeboten wurde, kam mir sehr entgegen. Sir Philip saß in aristokratischer Einsamkeit und aß mit gemessenen Bewegungen. Wickham hatte sich einen Platz ganz in der Nähe gesucht, schien sich aber dennoch in einem anderen Raum zu befinden. Die Animosität zwischen den beiden war deutlich zu spüren, aber sie waren zu gut erzogen, um sie zum Ausdruck zu bringen.

Ich berichtete Bunter, ich hätte einen Anruf aus Stockholm bekommen und müsse gegen Mittag abreisen. Er antwortete nicht, sondern nickte nur, wobei er die Augenbrauen hob. Bunter beherrschte die Kunst, dass sich seine Mitmenschen wie Bittsteller fühlten, die mit der Mütze in der Hand vor ihrem Gutsherren stehen.

Die Konferenzteilnehmer versammelten sich, und ich konnte keinen entdecken, der verkatert aussah. Das war selten bei Veranstaltungen dieser Art. Auf die Sekunde genau klopfte Sir Philip auf den Tisch und rief den ersten Redner auf. Das war ich.

»Kriminalinspektor Roland Hassel wird uns über den internationalen Waffenschmuggel, betrachtet aus nordischer Perspektive, informieren. Bitte sehr.«

Da die Zuhörer vom Fach waren, hatte ich mich natürlich akribisch vorbereitet, einen Vortrag ausgearbeitet und beinahe auswendig gelernt, sodass ich nicht einmal Stichpunkte benötigte. Ich wusste, wovon ich sprach, und bemühte mich, möglichst engagiert zu klingen. Woher kamen die Waffen? Wer schmuggelte sie auf welchen Wegen? Um welche Arten von Waffen handelte es sich? Wie wurden die Geschäfte abgewickelt? Wer stand dahinter? Um welche Summen ging es? Zum Schluss nannte ich die Namen der Hauptverdächtigen, erwähnte, wo sie wohnten und wie sie zu reisen pflegten. Ich merkte, dass die Kollegen diese konkreten Angaben zu schätzen wussten.

»Danke für diesen interessanten Vortrag. Und nun ...«

»Einen Augenblick, ich bin noch nicht fertig. Um besser verstanden zu werden, möchte ich eine Zusammenfassung auf Deutsch geben.«

»Das lässt unsere Zeit leider nicht zu.«

»Ich denke doch.«

Ohne mich beirren zu lassen, fasste ich das Wichtigste aus meinem Vortrag auf Deutsch zusammen. Einige Zuhörer lächelten verstohlen. Bunter verzog keine Miene, doch sein Blick signalisierte britischen Tiefdruck. Als ich fertig war, erkundigte ich mich, ob jemand eine Frage stellen wolle.

»Wir müssen weitermachen«, mahnte Bunter, und in der Stimme schwang ein Gewitter mit.

»Ein Thema muss erschöpfend behandelt werden«, erwiderte ich. »Also – Fragen?«

Einer der Deutschen hob die Hand und stellte eine lange Frage, die er extra umständlich formulierte, um den Blutdruck des Briten weiter zu steigern, aber sie war relevant und bezog sich auf den Einfluss ethnischer Gruppen. Ich antwortete nach bestem Gewissen, und er war zufrieden. Der Österreicher hatte ein paar Fragen zum Einfluss bekannter Verbrecherorganisationen auf den Waffenschmuggel, und ich nannte Zahlen und noch mehr Namen.

Bunters Stimme klang jetzt nach Nordpol: »Nochmals Dank für den Vortrag. Aufgrund der Zeitüberschreitung müssen wir die Pause verkürzen. Also zehn Minuten.«

In der Pause bedankten sich die Deutschsprachigen bei mir. Doktor Schiller, der am ersten Tag seinen Vortrag heruntergestammelt hatte, versicherte mir, dass er in seinem Land als blendender Rhetoriker gelte, aber mit den Fremdsprachen hapere es eben.

Als Nächster sprach ein Italiener, der uns über die erfolgreiche Bekämpfung der sizilianischen Mafia informierte. Seine Angewohnheit, das *The* wie *Tö* auszusprechen, verlieh seinem Vortrag eine ungewollt humorvolle Note, aber er wusste, wovon er redete. Für mich wurde es Zeit, mich davonzumachen, aber ich beschloss, den Beitrag zu Ende anzuhören. Von meinem Beispiel ermutigt bat auch er, Fragen zu stellen. Viele erkundigten sich nach Details, und er antwortete engagiert, die Sätze durch große Gesten unterstreichend.

»Danke für diesen interessanten Vortrag«, ließ sich Bunter stereotyp vernehmen. »Nun darf ich Therese Langer bitten, ihre Ausführungen von gestern zu Ende zu bringen.«

Der Zopf schaukelte zum Rednerpult und fuhr fort, den verbrecherischen Handel mit Lebensmitteln zu beschreiben. Jetzt merkte ich, wie sie sich anstrengte, das Englisch der Königin zu sprechen.

»... viele Epidemien überall auf der Welt sind durch verseuchte Nahrung ausgelöst worden, mit zahllosen Todesopfern. Noch sehen wir nur die Spitze des Eisbergs; es steht uns noch einiges bevor. Wie ich gestern bereits sagte, handelt es sich um einen riesigen, aber perfekt abgeschotteten Markt. In den Transportketten wissen nur wenige, dass sie an einem internationalen Verbrechen beteiligt sind. Wer hinter der Organisation oder den einzelnen Banden steht, wissen wir noch nicht. Die Unternehmen, die namentlich auftauchen, sind in Ländern registriert, die uns keine Informationen liefern. Sie wissen selbst, Briefkastenfirmen, die von Anwälten mit zusammengenähten Lippen vertreten werden. Eigentlich taucht in unseren Ermittlungen nur ein einziger Name auf, aber wir können ihm keine konkrete Funktion in der Organisation zuordnen. Er ist schwedischer Staatsbürger, jedoch in Italien geboren. Als er vier Jahre alt war, zogen seine Eltern mit ihm nach Norden; seine Mutter ist beziehungsweise war Schwedin. Wir wissen sehr wenig über ihn. Er ist ständig im Ausland unterwegs und behauptet, freier Berater in Sicherheitsfragen zu sein. Manchmal lässt er auch durchblicken, er sei in der Bekleidungsindustrie tätig. Das könnte seine Tarnung sein. Er heißt Tomaso Berloccio.«

Bunter gestattete eine weitere Pause. Ich wollte gern mit Therese Langer reden, aber sie war verschwunden. Ich vermutete, dass sie mit ihren Vorgesetzten in Lyon telefonierte. Als ich zu Astors Wagen gehen wollte, eilte sie gerade zurück in die Konferenz.

Ich stellte mich ihr in den Weg und bat: »Bitte, nur eine Sekunde.«

»Nicht jetzt. Den nächsten Vortrag möchte ich von Anfang an hören.«

»Du hast Tomaso Berloccio erwähnt. Er taucht bei uns in einer wichtigen Ermittlung auf. Sprich mit Kommissarin Maud Gudmunds-Sundgren von der Informationsabteilung bei der Kripo Stockholm.«

Wie eine vorbildliche Schülerin zog sie ihr Notizbuch hervor und notierte sich den Namen. »In Ordnung. Montagvormittag. Um vierzehn Uhr fliege ich zurück nach Frankreich.«

Astor fuhr mich zum Bahnhof Järvsö, und wir sprachen nicht viel miteinander. Er verhielt sich irgendwie reserviert. Zum Abschied rückte er mit der Sprache heraus: »Du hast schon eine ganze Menge erlebt, oder?«

»Kann man sagen.«

»Seltsam, was da so passiert ist, aber ich will es gar nicht genau wissen. Versprich mir bitte eines: Harsagården darf nicht ins Gerede kommen. Schlechte Publicity ist das Letzte, was wir gebrauchen können.«

»Versprochen – soweit es in meiner Macht steht.«

»Soll ich noch warten, bis der Zug kommt?«

»Ich würde mich freuen.«

Natürlich hätte ich auch sagen können, ein Kerl wie ich kommt allein klar, aber ich wollte nicht länger allein sein, als es absolut notwendig war. Wir begaben uns auf den Bahnsteig in die Sonne, und ich lief die ganze Zeit hin und her, um einem Heckenschützen kein Ziel zu bieten. Das war kein Verfolgungswahn, sondern gesunde Vorsicht. Wenn man zur See misshandelt und aus der Luft beschossen wurde, möchte man nicht angeschossen vor einen Zug taumeln.

Astor begleitete mich bis ins Abteil, und wir verabschiedeten uns ein zweites Mal. Soweit ich sehen konnte, war außer mir niemand eingestiegen, sodass ich mich erst einmal entspannte. Aber ich suchte mir einen Eckplatz, von dem aus ich alle und alles überblicken konnte.

In Gävle musste ich auf den Anschlusszug warten. Ich setzte mich auf eine Bank, direkt neben ein junges Paar. Mit dem Knutschen mussten sie eben warten, bis wir im Zug waren. Wieder zappelte ich herum, und die beiden schauten mich verärgert an. Wahrscheinlich dachten sie, ich wäre aus einer Irrenanstalt entflohen. Jedenfalls lieferte ich ihnen so viel Gesprächsstoff, dass sie die Hände ruhig halten konnten.

Im Zug fühlte ich mich relativ sicher, war aber trotzdem auf der Hut. Eine halbe Stunde vor der Ankunft rief ich Maud Gudmunds an. Sie teilte mir mit, dass mich ein Bekannter vom Bahnsteig abholen würde. Anschließend telefonierte ich mit Virena und sagte ihr, dass ich noch nicht wisse, wann ich nach Hause komme. Sie seufzte nicht einmal. Der Zug hielt im Hauptbahnhof, und ich stieg aus.

Ein Mann kam auf mich zu. »Hallo, Hassel.«

Soweit ich mich erinnern konnte, hatte ich ihn nie zuvor gesehen. War das ein Komplott? Ich konnte nicht erklären warum, aber ich fühlte mich bedroht. Wenn man bereits unter Spannung steht, irritiert einen wohl alles, was nicht regelgemäß verläuft.

»Ja, so heiße ich. Und wer bist du?«

»Erkennst du mich denn nicht wieder?«

»Nein.«

Er schüttelte den Kopf und lachte: »Hassel, jetzt machst du aber Witze. Mein Wagen steht draußen.«

»Nenn mir deinen Namen und weise dich aus.«

»Mach dich doch nicht lächerlich!«

»Keinen Meter weiter, bevor ich nicht deinen Ausweis gesehen habe!«

Er schien einzusehen, dass es mir ernst war und wirkte plötzlich wie ein begossener Pudel.

»Göte Zackrisson. Zacke. Wir haben doch einige Verhaftungen zusammen durchgezogen. Mensch, ich bin Zacke von der Gewalt, die rechte Hand von Kommissar Nord.«

Langsam tauchte er auf aus den Archiven der Erinnerung, ein flüchtiger Bekannter, mit dem ich ein paarmal draußen gewesen war; er hatte schon immer lieber hinterm Schreibtisch gehockt. Er vermutete wohl, dass er damals einen starken Eindruck auf mich gemacht hatte.

»Du siehst dir aber gar nicht mehr ähnlich.«

»Na ja, hab mir die Haare kurz schneiden lassen und gefärbt. Natürlich musste ich dann auch die Augenbrauen schwärzen. Meine Lebensabschnittsgefährtin meint, ich sehe toll aus.«

»Da hat sie wohl Recht. Lass uns gehen.«

Direkt vor dem Bahnhof wartete ein Polizeiwagen. Wir setzten uns auf die Rückbank, und der uniformierte Kollege fuhr uns über die Kungsbron hinauf zum Polizeigebäude. Es war spät am Nachmittag; die Sonne schien, und es herrschten angenehme Temperaturen. Trotzdem waren in diesem Viertel nicht viele Menschen unterwegs, denn hier wohnten vor allem Rentner. Bestimmte Teile von Kungsholmen galten als trendy; dort gründeten junge Leute neue Klubs und schufen ein reges Nachtleben – allerdings nicht in der Gegend rund um die Polizeizentrale. Einige Muttis mit Kinderwagen spazierten durch den Rådhuspark, Frauen mit Einkaufstüten hasteten nach Hause, um das Abendessen zu bereiten, während ihre Männer das erste Samstagabendbier bereits getrunken hatten.

Zacke führte mich durch den neoklassizistischen Eingang des zuletzt errichteten Polizeigebäudes in der Bergsgatan in einen der größeren Sitzungsräume. Dort waren Leute aus den verschiedensten Bereichen zuammengekommen, Techniker, Ermittler, der Staatsanwalt Reino Madsen – und zu meiner großen Freude entdeckte ich auch meinen besten Freund, Kommissar Simon Palm, in der Runde. Insgesamt saßen dort etwa zwanzig Personen. Ich vermutete, dass Maud die Besprechung leiten würde.

Ihre erste Frage zeugte von der Sorge um den Mitmenschen: »Hast du Hunger?«

»Seit heute früh habe ich nichts mehr gegessen.«

»Wir haben ein paar Käsebrötchen und ein Mineralwasser. Kannst du mit vollem Mund reden?«

Erst jetzt merkte ich, wie hungrig ich wirklich war. Ich verschlang die Brötchen, wobei mir Simon neidische Blicke zuwarf.

»Rolle, ich schlage vor, dass du die Ereignisse noch einmal von Anfang an schilderst. Beginne mit der ersten Begegnung mit Wikman. Danach können wir Fragen stellen.«

Aus dem großen Aufgebot an Kollegen folgerte ich, dass ich in einer großen Sache steckte, aber das wunderte mich nicht.

In meiner langen Laufbahn hatte ich schon fast alles erlebt. Ich kaute, trank Mineralwasser und berichtete detailliert von meinen Abenteuern. Ich endete damit, dass Therese mit dem Zopf im Zusammenhang mit dem Fleischschmuggel Tomaso Berloccio erwähnt hatte. Meine Zuhörer lauschten aufmerksam und machten sich Notizen. Ich ahnte, dass Virena noch lange auf mich warten würde.

»Was ich darüber denke, dass mich Unbekannte wie einen herrenlosen Hund jagen? Es muss mit Axel Wikman zu tun haben. Er wollte Berloccio verpfeifen, weil er etwas gegen die Geschäfte mit jungen Mädchen aus Osteuropa hatte. Zwei jüngere Verwandte von ihm waren mit im Haus, Väino und Toivo. Wir wissen durch Toivos Aussage, dass Wikman jemanden anrief, mit dem er näher bekannt war. Er muss diesem Jemand vertraut haben und davon ausgegangen sein, dass die betreffende Person seine Abneigung gegen den Menschenhandel teilte. Er wollte bestätigt haben, dass er richtig handelte, wenn er Berloccio an die Polizei verkaufte. Vermutlich, um nicht zu sagen höchstwahrscheinlich, erwähnte er, dass er mit mir gesprochen hatte. Bevor ich ging, sagte er, dass Berloccio auch mit anderen Dingen befasst sei, über die er noch nichts Genaues wisse; mit Drogen habe es aber nichts zu tun. Ich bat ihn, mir Bescheid zu geben, wenn er weitere Informationen habe. Offenbar ging es um ein wirklich schlimmes Verbrechen.« Ich trank einen Schluck Mineralwasser, und alle warteten gespannt auf eine Fortsetzung. Schauspieler pflegen solche Augenblicke als die erhebendsten zu bezeichnen; wenn sie das Publikum in der Hand haben. Meine Zuhörer waren jedenfalls gefesselt und hingen an meinen Lippen. »Nehmen wir an, sein Gesprächspartner am Telefon war ihm gar nicht freundschaftlich gesinnt, sondern stand im Sold Berloccios oder einer seiner Kumpane. Er weiß nicht, was genau Wikman mir verraten hat, muss aber annehmen, dass ich auch über die anderen Dinge im Bilde bin. Wikman wird als Verräter betrachtet, der sein Leben verwirkt hat. Das Urteil wird umgehend vollstreckt. Das zeigt, dass Berloccio oder seine Handlanger schnell erreichbar sind. Man ist überzeugt, dass ich über äußerst gefährliche Informationen verfüge, und beschließt, mich aus dem Weg zu räumen, ehe ich diese Informationen weitergeben kann.«

Simon meldete sich: »Pelle Pettersson war bei deinem zweiten Besuch bei Wikman dabei. Warum ist ihm nichts passiert?«

»Weil niemand seinen Namen kennt. Wikman wollte mit mir sprechen; mich hat er zu sich bringen lassen. Wikman hatte ein Mobiltelefon. Wenn er es benutzt hat, kann man ermitteln, wen er angerufen hat.«

»Leider nicht«, sagte Maud. »Er benutzte eine Pre-Paid-Karte, da gibt es keine Registrierung.«

Wir hätten uns denken können, dass ein alter Fuchs wie Wikman kein abhörbares Telefon benutzen würde.

»Sie beschatteten mich die ganze Zeit, folgten mir zum Bahnhof, stiegen in denselben Zug, kauften erst dort die Fahrkarten, stiegen mit mir aus. Wahrscheinlich nahmen sie ein Taxi und folgten dem Wagen, mit dem mich eine Angestellte des Hotels abgeholt hatte. Sie lauerten auf die richtige Gelegenheit, mich umzubringen. Jemand war in meiner Hütte und stellte eine Flasche mit vergiftetem Mineralwasser in den Kühlschrank. Dabei machte die Person einen Fehler; sie rauchte in meiner Behausung, sodass ich mich beschwerte und ein anderes Haus zugewiesen bekam. Mein Nachbewohner trank von dem Wasser, aber zu wenig, um davon zu sterben. Das Glas ist zur Analyse im Labor. Der nächste Mordversuch ...« Ich holte das Stück Stoff aus der Tasche, in das der Pfeil eingewickelt war. »... geschah in der Nacht. Jemand schoss durch das Fenster mit einem Luftgewehr auf das Bett, in dem man mich schlafend vermutete. Der Pfeil war mit Sicherheit vergiftet. Als auch dieser Versuch scheiterte, attackierten sie mich auf dem See, als ich frühmorgens paddeln war. Sie hatten sich maskiert, weil sie sich denken konnten, dass ich mich nicht einfach ergeben würde. Es kam tatsächlich zu einem Nahkampf unter Wasser, bei dem es mir gelang, einem von ihnen die Maske herunterzureißen. Ich habe sein Gesicht gesehen, aber nur undeutlich und ganz kurz.«

Die letzte Bemerkung hätte ich mir sparen können; sie würden mich bis zum Letzten ausquetschen, um ein Phantombild zu erstellen. Dabei besteht die Gefahr, dass man sich unter Druck an mehr erinnert, als man eigentlich gesehen hat, bis man schließlich selbst daran glaubt.

»Noch etwas?«, fragte Maud Gudmunds.

»Zwei Personen schweben vermutlich in Lebensgefahr, nämlich Wikmans finnische Cousins Väino und Toivo. Wikman könnte ihnen sein Wissen anvertraut haben. Nun ist die Sache für mich und vermutlich auch für die Cousins in eine neue Phase eingetreten. Die Gegenseite weiß, dass ich mich in die Polizeizentrale begeben und meine Informationen weitergegeben habe. Jetzt gibt es keinen Grund mehr, mich zu töten. Die Bedrohung geht jetzt nicht mehr allein von mir aus, sondern von jedem Polizisten. Ja, das war's dann. Wenn ihr zufrieden seid, bin ich es auch und kann mich nach Hause begeben.«

»Noch sind wir nicht fertig«, meinte Maud.

»Warum nicht? Der Mord an Wikman wird wie üblich untersucht. Die gescheiterten Mordversuche an mir gehören in dieselbe Ermittlungsgruppe. Ehrlich gesagt, wundere ich mich schon die ganze Zeit, warum sich hier das halbe Polizeikorps versammelt hat.«

»Du irrst dich, Rolle.«

»Worin?«

»In der Annahme, dass wir fertig sind. Wir haben den Mord an Wikman, richtig. Die Mordversuche an dir, okay. Cousin Väino ist verschwunden, aber wir haben den anderen gefunden: Toivo. Er wurde brutal ermordet. Und das ist noch nicht alles.«

Plötzlich fühlte ich mich furchtbar müde und erschöpft. »Was denn noch?«

»Heute Mittag, zehn Minuten nach zwölf Uhr, wurde der Taxifahrer Per-Arne Ohlin aus dem Kofferraum seines Wagens, eines Volvo 760, geborgen. Er lebte und konnte berichten, was geschehen war; wir haben alles auf Band. Leider ist er vor zwei Stunden seinen Schussverletzungen erlegen. Also haben wir einen weiteren Mord zu bearbeiten.«

5. Kapitel

Maud Gudmunds verzog keine Miene, aber das leichte Zittern ihrer Stimme verriet, dass ihr das Schicksal des Taxifahrers nahe ging. Ich ahnte den Zusammenhang. Meine Verfolger waren mir tatsächlich mit dem Taxi zum Hotel gefolgt.

»Märta Ohlin, wohnhaft in Järvsö, meldete am Samstagmorgen, ihr Mann sei nicht nach Hause gekommen und habe auch nichts von sich hören lassen, was er sonst immer tue, wenn er eine längere Tour habe. Sie machte sich große Sorgen. Sie nimmt von zu Hause die Aufträge entgegen und leitet sie an ihren Mann weiter, doch dessen Mobiltelefon funktionierte nicht. Heute Mittag fanden ein paar Jogger den Volvo 760 einige Kilometer östlich von Harsa in einem Gebüsch. Kommissar Åkesson war eine Viertelstunde später vor Ort. Der Wagen war leer, aber die Sitze zeigten Blutspuren. Dann hörte er schwache Lebenszeichen und brach den Kofferraum auf. Dort lag Per-Arne Ohlin.«

Sie strich sich das Haar aus der Stirn, und ich bemerkte ein paar Schweißperlen.

»Während er auf die Ambulanz wartete, nahm er das folgende Gespräch mit Ohlin auf. Da in den modernen Ambulanzen nur noch Platz für eine Begleitperson ist, wollte er nicht warten. Ich stelle auf höchste Lautstärke. Ohlins Stimme wird ... im Laufe der Zeit immer leiser.«

Es war ein einfaches Kassettengerät, und das Band rauschte, aber alles war zu verstehen. Die Stimme des Kommissars klang beruhigend, während Ohlin die Worte hervorstieß, als bereitete ihm jedes einzelne Qualen.

»Per-Arne, Hilfe ist unterwegs.«

»Zu spät ... ich sterbe ...«

»Sag das nicht. Du kommst ins Krankenhaus, und dann ...«

»Ich weiß ... ich bin alt genug, um zu wissen ... wenn es zu Ende geht ... und jetzt ist es soweit. Aber mein Leben ist ... schön gewesen ...«

»Erzähl mir von dem Überfall auf dich.«

»Bin glücklich gewesen ... mit Märta ... zweiundvierzig Jahre ... bin ihr immer treu geblieben ... einmal wäre ich beinahe ... aber dann ... Märta war mehr wert als eine Affäre ...«

»Wer hat auf dich geschossen, Per-Arne?«

Ohlin stöhnte, riss sich aber zusammen: »Zwei Männer ... sprangen ins Auto ... sagten, ich solle dem Ford folgen ... sie wollten jemanden überraschen ... es klang seltsam ... wollte Alarm geben ... da spürte ich eine Pistole im Nacken ... musste gehorchen ... war wie ein Traum ... nicht wirklich ...«

»Was geschah dann?«

Einige Sekunden war Stille auf dem Band, dann stammelte der Verletzte: »David ... wir wollten den Drachen steigen lassen ... morgen ... grüße David von mir ... tut mir Leid ... aber ich denke an ihn ... schade, dass ich sterben muss ...«

»Per-Arne, so darfst du nicht reden! Das kommt schon in Ordnung. Erzähl mir mehr über die Männer.«

»Mein Leben verrinnt ... ich weiß, ich weiß ... sie sahen, dass der Ford am Hotel Harsagården hielt. Herrliche Gegend ... befahlen mir, weiterzufahren ... unwirklich ... wusste, sie würden mich töten ...«

»Waren die beiden Schweden?«

»Weiß nicht ... ja ... obwohl sie ein wenig gebrochen sprachen ... bin nicht sicher ... es wird so dunkel ...«

»Bitte, Per-Arne, du musst bei Bewusstsein bleiben! Was hast du gehört, was uns helfen kann, die Schurken zu schnappen?«

Ohlins Stimme wurde immer leise und klang wie dünnes Glas: »Ich sollte anhalten ... sie wollten mich erschießen ...

konnte nichts tun ... Märta würde allein bleiben ... einer schraubte einen Schalldämpfer auf ... wie ein Schlag gegen den Körper ... aber ich starb nicht ... spielte den Toten ... hörte einen sagen ... die Brieftasche nehmen, damit es wie ein Taxiraub aussieht ... schleppten mich in den Kofferraum ...«

»Wie sahen sie aus, Per-Arne? Bitte, hilf mir!«

»Einer war ... seine Nase ... es wird dunkel ... Märta war so ... schön ... immer noch ... so schön ... hab sie geliebt ... vom ersten Tag ...«

Åkesson klang verzweifelt, und wir konnten ihn verstehen. Der einzige Zeuge entglitt ihm. »Was war mit der Nase von dem einen, Per-Arne?«

»Wir küssten uns ... jeden Morgen ... und beim Schlafengehen ... mein Leben ... war gut ... Märta ... hat mir ... so viel Glück gegeben ...«

»Per-Arne, die Nase, was war mit der Nase von dem Mann?«

»Ich liebe sie ... grüße sie ...«

Aus dem Hintergrund erklang Sirenengeheul.

»Die Ambulanz ist hier, Per-Arne. Alles wird gut, du wirst sehen. Sie kümmern sich um dich. Ich komme dich später besuchen.«

»Märta ...«

Maud schaltete das Gerät aus. In der Runde war es totenstill. Ein paar Kollegen verließen den Raum, die Hände vorm Gesicht. Auch andere konnten nicht verbergen, dass sie tief betroffen waren. Ich heulte natürlich nicht, hatte aber einige Sandkörner in den Augen, die mich irritierten.

»Per-Arne Ohlin hat das Bewusstsein nicht wiedererlangt«, sagte Maud leise. »Er wurde sechsundsechzig Jahre alt; die letzten fünfundzwanzig hat er als selbstständiger Taxifahrer gearbeitet. Er hinterlässt seine Frau Märta und vier Kinder. Der erwähnte David ist einer der drei Enkel, sechs Jahre alt.

Ohlin wurde zweimal nach unten in den Nacken geschossen. Das Rückenmark wurde beschädigt; hätte er überlebt, wäre er querschnittsgelähmt geblieben. Das Kaliber kennen wir noch nicht. Der Wagen wird technisch untersucht. Ich schlage vor, dass wir eine kleine Pause machen. Meinetwegen werten wir sie als Schweigeminute zu Ehren Per-Arne Ohlins, eines rechtschaffenen Menschen und Familienvaters, der so tragisch ums Leben kam.«

Polizisten sind nicht sentimental, sie dürfen es nicht sein, aber in dieser Situation musste sich niemand seiner Gefühle schämen. Durch das Tonband war uns Ohlin näher gekommen; wir kannten sein Schicksal und wussten, dass es jeden von uns hätte erwischen können, denn wir waren mit denselben Tätern konfrontiert. Er wurde einer von uns; er hatte seine Pflicht getan und war deshalb ermordet worden. Einige gingen auf den Gang hinaus, andere blieben sitzen und starrten auf ihre Hände, als hätten sie diese lange nicht gesehen. Ich verputzte noch ein Käsebrötchen. Simon signalisierte, dass er mit mir sprechen wolle, aber ich winkte ab. Noch war mir nicht nach Reden zumute. Neben ihm entdeckte ich erst jetzt Rolf Öhman, den unglaublich tüchtigen Innendienstler der Fahndung, der inzwischen an verschiedene Kommissariate ausgeliehen wurde. Meine jetzige Abteilung hatte viele seiner Methoden übernommen.

Nach einigen Minuten waren alle wieder an ihren Plätzen und bereit für den Job. Die Stimmung war mir vertraut: Wir werden euch schon kriegen, ihr Verbrecher! Gut für die Arbeitsmoral, aber Entschlossenheit ist noch keine Garantie für ein schnelles Ergebnis.

Maud begann: »Roland Hassel ist den Tätern sehr nahe gewesen. Wir bilden eine Arbeitsecke, wo er bereits sitzt, um eure Fragen zu beantworten. Ich, als Chefin der Operativen Abteilung, werde neben ihm Platz nehmen, um alles zu koordinieren. Ich schlage vor, dass ihr euch, je nach Aufgabenbereich, in kleinere Gruppen aufteilt.«

»Einen Moment«, sagte ich. »Die Nase, die Ohlin erwähnte, ist vielleicht die, die ich mit Fußtritten traktiert habe. Ich habe keine besonderen Kennzeichen feststellen können. Wenn wir uns allzu sehr auf diese Spur konzentrieren, kann sie uns in die Irre führen.«

Den Anfang machten die Spezialisten für die Erstellung von Phantombildern. Man hatte sowohl den Zeichner als auch einen Computermenschen aufgeboten. Früher hatten wir Klapptafeln verwendet, die billig in Asien eingekauft worden waren, was dazu führte, dass alle Gesuchten wie Chinesen oder Indonesier aussahen. Der Zeichner war ein älterer Mann, der schon lange dabei war; vielleicht hatte man ihn aus dem Ruhestand hergebeten. Maud stellte ein Bandgerät neben mich und versprach, dass alle Arbeitsgruppen ein Exemplar der Aufnahme erhalten würden.

Jeder konnte mich fragen, was immer er wollte, aber niemand nutzte das aus, um Scherze zu treiben; dazu war die Lage zu ernst. Ruhig und konzentriert gingen wir noch einmal durch, was ich gehört und gesehen hatte. Die Kollegen interessierten sich auch dafür, welche Schlüsse ich daraus zog. Die beiden Phantombildspezialisten beschlossen, nacheinander mit mir zu arbeiten und die Ergebnisse dann zu vergleichen.

»Konzentrier dich auf das Gesicht des Mannes, wie du es unter Wasser gesehen hast«, bat mich der Zeichner Månsson. »Vergiss alles andere und lass die Züge langsam vor deinem inneren Auge entstehen. Du kannst die Augen schließen, wenn es dann besser funktioniert. Beginnen wir mit der Form des Gesichts. Rund? Länglich? Herzförmig?«

Ich befolgte seinen Rat, schloss die Augen und versank erneut im Wasser. Ich stieß meinen Fuß gegen die Maske und sah das Blut aus der Nase strömen. Er riss sich die Maske herunter. Wenige Augenblicke hatte ich sein Gesicht vor mir gehabt. Wie sah er eigentlich aus?

»Ziemlich rund. Unten breiter als oben, also irgendwie birnenförmig. Aber der Schädel war flach und nicht spitz.«

»Die Ohren? Rate nicht, konzentrier dich. Es gibt nur dich und dieses Gesicht. Du *hast* die Ohren gesehen!«

Ja, aber wie lange? Ein paar armselige Sekunden. Doch er hatte Recht: Ich *hatte* sie gesehen und wusste bereits zu diesem Zeitpunkt, dass es wichtig sein würde. Im Unterbewusstsein hatte ich Informationen gesammelt, die ich nun abrufen musste. Das Gesicht im Wasser ...

»Normale Ohren, eng anliegend. Obwohl ... die Ohrläppchen waren sehr lang, hingen regelrecht herab, als hätte jemand daran gezogen.«

»Mhm, gut, aber bleib bei der Beschreibung und erfinde nichts dazu. Wie war die Stirn?«

»Gerunzelt, ganz sicher.«

»Dieser Eindruck entsteht unter Wasser. War sie gewölbt? Hoch? Niedrig?«

»Äh, mittel. Nein, eher niedrig. Also gewölbt, mehr so rund. Ja, und dann hatte er eine Einbuchtung über der Nasenwurzel. Ein Grübchen, könnte man sagen. Vielleicht nach einer Operation.«

»Rate und spekuliere nicht. Sag mir nur, was du siehst. Die Augenbrauen, waren die buschig oder dünn, geschwungen oder gerade? Vielleicht zusammengewachsen?«

»Wie ein breites W, wenn du weißt, was ich meine. Zusammengewachsen, aber ziemlich dünn.«

»Kommen wir zu den Augen. Er hat sie beim Kampf sicher aufgerissen, aber vielleicht hast du dennoch mitbekommen, ob sie groß oder klein, schmal oder schräg, eng zusammen oder weit auseinander stehend waren? Die Farbe interessiert mich nicht; die konntest du im Wasser sowieso nicht erkennen.«

Richtig, seine Augen waren weit aufgerissen gewesen, wie vermutlich meine auch. Unter Wasser will man sehen, da sperrt man die Augen auf. »Rund, mit markanten Tränensäcken. Nicht sehr groß, normaler Abstand.«

»Dann ist jetzt die Nase dran. Du hast dagegen getreten, sodass du meinst, sie müsste platt wirken, aber was hast du eigentlich von ihr gesehen? War sie gerade? Eine Boxernase, eine Hakennase?«

»Oben breit, als hätte sie keinen richtigen Anfang. Auch vor meinen Tritten sah sie schon aus wie eine Kartoffel.«

Das Gesicht nahm in meinem Inneren Form an, und es war das wirkliche Gesicht, kein Produkt der Phantasie.

»Jetzt der Mund, Hassel. An den erinnert man sich besonders schwer, aber du kannst es schaffen.«

Ein Loch unter der blutigen Nase ... erst aufgerissen, dann zusammengekniffen, als er Wasser geschluckt hatte ...

»Ein kleiner Mund mit schmalen Lippen. Im Unterkiefer fehlten zwei Zähne, genau in der Mitte. Vielleicht ein Ergebnis meiner Tritte. Kleines Kinn, aber markant, vorspringend wie ein Schanzentisch. Doppelkinn, aber nur zum Hals hin.«

»Zuletzt die Haare. Du hast es schon vom Kanu aus gesehen und nicht erst unter Wasser. Du weißt, was ich wissen will. Das Haar ist ein wesentlicher Teil der Persönlichkeit. Die Farbe kann vom weißesten Weiß bis zum schwärzesten Schwarz reichen. Glatt, gewellt, lockig, strähnig. Kurz geschnitten oder lang. Seitenscheitel, Mittelscheitel, Geheimratsecken, nach hinten gekämmt, Stirnglatze, Koteletten.«

Ich nahm mir Zeit, die verschiedenen Bilder zu vergleichen.

»Kurzhaarig. Mattschwarz. Gerade zurückgekämmt. Niedriger, gerader Haaransatz. Übrigens hatte er einen kurzen, dicken Hals.«

»Hassel, man merkt, dass du ein Profi bist. Ich mache die Zeichnung fertig, währenddessen arbeitest du mit meinem Kollegen. Dann vergleichen wir die Ergebnisse. Unterscheiden sich die Bilder, war deine Aussage wertlos.«

Maud erhielt ein Telefonat, lauschte und bat den Anrufer zu warten. »Die Techniker haben den Platz gefunden, wo die Kanus liegen. Noch ist es hell, aber sie haben sicherheitshalber starke Scheinwerfer dabei. Hast du deinem Bericht noch etwas hinzuzufügen?«

»Können sie die Reifenspuren sichern?«

»Ja. Ist das alles?«

»Etwas fällt mir noch ein. Seine Nase blutete ja, und so etwas hört nicht so schnell auf. Es könnten sich Blutspuren im Kanu oder im Sand finden lassen. Vielleicht gibt es die Möglichkeit einer DNA-Analyse.«

Maud gab die Nachricht weiter, und ich überlegte, wie sich die heutige Polizeiarbeit doch von der unterschied, die wir zu Beginn meiner leuchtenden Karriere leisteten. Damals gab es außer eventuellen Zeugenaussagen eigentlich nur Fingerabdrücke, um eine Person mit einem Verbrechen in Verbindung zu bringen. Und heute ... Eine Polizeizentrale ist ein hoch entwickeltes Labor mit einem Netzwerk von Wissenschaftlern als Ermittlern. Die DNA-Analyse hat natürlich eine Revolution ausgelöst, aber es gibt noch viele andere Gründe für einen Kriminellen, seine weitere Laufbahn zu überdenken. Das Risiko, gefasst zu werden, ist sehr groß, besonders bei Gewaltverbrechen. Wirtschaftsverbrechen im großen Maßstab lohnen sich noch immer, aber dazu ist Intelligenz vonnöten, und die meisten Kriminellen haben nicht viel Grips zwischen den Ohren.

Die zweite Identifizierung dauerte ebenfalls ihre Zeit. Es gab jede Menge Puzzleteile, die sich zu einem Gesicht zusammensetzen ließen. Als ich fertig war, kam der Zeichner zum Vergleich. Die beiden Porträts sahen sich überraschend ähnlich, und nach kleinen Korrekturen erklärte ich, dies sei einer der beiden Männer, die mich hatten ermorden wollen. Maud rief alle zusammen und fragte, ob jemand den Abgebildeten kenne.

Die meisten schüttelten die Köpfe, aber Simon meinte: »Der kommt mir bekannt vor, aber ich kann ihn momentan nicht unterbringen.«

»Wir schicken Kopien an alle Polizeibehörden und übernehmen das Phantomporträt in die Bilddateien der Computer. Wenn der Staatsanwalt mitspielt, lassen wir ihn als Mordverdächtigen suchen.«

Reino Madsen, verantwortlich für die Ermittlungen im Fall Wikman, der nun zum Dreifachmord geworden war, hatte keine Einwände.

Neue Gruppen nahmen mich, den Informationsträger, in die Mangel. Ich hatte die Tätowierungen der Männer auf den Oberarmen gesehen – wie sahen die aus? Waren es nur Bilder oder auch Buchstaben gewesen? Symbole? Leicht war es nicht, aber es bestätigte sich wieder, dass man sich an mehr erinnert, als man für möglich gehalten hätte. Ich war in Panik gewesen, als ich die Tätowierungen vor mir sah, aber gerade deshalb hatten sich die Körperbemalungen in mein Unterbewusstsein eingebrannt. Geschickte Fragen lockten die Bilder daraus hervor.

Der Zeichner füllte ein Blatt nach dem anderen, korrigierte Details und schuf am Ende eine Darstellung, die mit dem übereinstimmte, was ich gesehen hatte.

Danach waren die Schlagringe dran. Das war einfach, denn vor diesen Mordinstrumenten hatte ich die meiste Angst gehabt, also waren sie mir am besten im Gedächtnis geblieben. Ich erinnerte mich genau an die schmalen, scharfen Zacken, die das Fleisch aufreißen sollten. Ein einziger Schlag mit so einem Ring kann ein Gesicht für immer entstellen – oder gar einen Menschen töten. Ich lernte von den Experten, dass es verschiedene Arten von Schlagringen im Internet zu kaufen gibt, von Anbietern, denen es egal ist, womit sie ihr Geld verdienen. Anhand der besonderen Merkmale kann man den Verkäufer ermitteln.

»Jetzt ist mein Kopf wie leergefegt, und ich erinnere mich kaum noch an meinen Namen«, jammerte ich. »Darf ich endlich nach Hause gehen?«

Wieder rief Maud alle zusammen, und es zeigte sich, dass alle erschöpft waren. Viele gähnten und sehnten sich nach Hause. Sie empfanden den Samstagabend sicher nicht als vergeudet, denn sie gingen in ihrem Job auf, aber wenn man eine Arbeitswoche hinter sich hat, stellt man sich doch auf ein freies Wochenende ein, mit gutem Essen und ein paar Drinks. Körper und Geist ermüden, wenn sie nicht die Ruhe bekommen, mit der sie gerechnet haben.

»Was sagen uns die Tätowierungen?«, wollte Maud wissen. »Manchmal geben sie ja eine Gruppenzugehörigkeit an, wie zum Beispiel in der japanischen Unterwelt. Achtet auch auf die besondere Form der Schlagringe.«

Eine Runde in dieser qualifizierten Zusammensetzung war selten, aber Maud hatte, mit Zustimmung des Staatsanwalts, dem Fall höchste Priorität gegeben. Es ging ja nicht nur um Morde und Mordversuche, sondern auch um das organisierte Verbrechen, das dahinter stand. Wir mussten verhindern, dass Schweden zum Absatzgebiet für den modernen Sklavenhandel wurde. So viele Kollegen hatten sich nicht zuletzt deshalb ohne zu murren eingefunden, weil einer aus dem Korps, nämlich ich, beinahe ermordet worden wäre. Das Beste am Korpsgeist ist, dass man sich in solchen Situationen vorbehaltlos einbringt. Er hat auch schlechte Seiten, aber an die wollte ich an diesem Tag nicht denken.

Rolf Öhman entschuldigte sich und versprach, gleich wiederzukommen; ich vermutete, dass er zur Toilette musste.

Die Tätowierungen zeigten ein Gewimmel von Ranken, Figuren und Sternen, deren Sinn ich nicht verstand und über die ich jetzt auch nicht nachdenken wollte. Einige Symbole tauchten in beiden Tätowierungen auf, unter anderem ein stilisiertes, nach oben sich windendes Horn. Früher dienten Tätowierungen der Abgrenzung; der so Markierte wollte sein Außenseitertum gegenüber der etablierten Gesellschaft betonen. Inzwischen lassen sich junge Mädchen mit Herzen und so genannten Arschgeweihen verzieren, weil sie es für schick halten. Manche Männer sind so von bunten Bildchen bedeckt, dass sie wie wandelnde Comics aussehen.

»Solche Schlagringe habe ich mal in Södertälje gesehen«, sagte ein Kommissar, den ich nicht kannte. »Das war aber vor langer Zeit, in den Achtzigern. Jedenfalls sehen sie denen von damals sehr ähnlich. Diese Zacken waren nicht so gemein geschliffen.«

»Die Entwicklung schreitet voran«, bemerkte ich.

Draußen wurde es dunkel, und ich sehnte mich nach meinen beiden Damen. Ich wollte nett mit ihnen plaudern, richtig ausschlafen und in einer Welt ohne Gewalt erwachen. Keiner konnte mir die Tagträume verbieten.

»Seht ihr die Windungen auf dem rechten Oberarm?«, meldete sich ein anderer, der zum Bereich Gewaltverbrechen gehörte. »Erinnern die nicht an die Runen, mit denen sich die Neonazis gern schmücken, weil sie die alten Wikinger als ihre Vorgänger in der Blut- und Prügelbranche betrachten?«

»Vielleicht waren sie das wirklich und sind deshalb ausgestorben«, frozzelte ein Kollege. »Thor zerkloppte sie mit dem Hammer, und Odin schickte sie zur Hölle.«

Rolf Öhman kehrte zurück, und ich erkannte seine zufriedene Miene wieder, die er immer dann aufsetzte, wenn ihm etwas gelungen war, wo andere versagt hatten. Viele meinten, er sei ein Genie, und das wusste er. Natürlich gab er nicht an mit seinen Fähigkeiten, aber dieses kleine Lächeln um die Mundwinkel verriet ihn. Ich konnte mich irren, irrte mich wahrscheinlich; er betrachtete mich als seinen Freund oder jedenfalls guten Kollegen, aber ich sah das anders. Sicher tat ich ihm Unrecht.

»Wir registrieren ja alles, was mit Verbrechern zu tun hat«, begann er. »Besondere Kennzeichen, Verhaltensmuster, Tätowierungen, körperliche Mängel, eben alles.«

Das war für uns nichts Neues; so verfuhren wir seit Jahrzehnten. Ich beschloss, ihm nicht ins Wort zu fallen, sondern weiterhin so zu tun, als verkündete er sensationelle Forschungsergebnisse. Das war wohl wieder nicht richtig von mir, diente aber dem kollegialen Verhältnis.

»In meinem System habe ich Tätowierungen anders geordnet, aber das gehört wohl nicht hierher. Mich interessierten diese Doppelbögen, die Hörnern gleichen. In meinem Computer fand ich die Symbole. Es sind wirklich Hörner. Wie ihr seht, laufen die Hörner in der Mitte zusammen; es könnte sich also um ein stilisiertes Y handeln. Oder um ein T, und um diesen Buchstaben geht es auch. Das T steht für Taurus, also für Stier. Taurus ist ein englisches Inkassounternehmen, das seine Dienste auch international anbietet. Die Geldeintreiber gehen so brutal vor, dass kaum jemand wagt, eine Anzeige zu machen. Einige wurden dennoch zu langen Gefängnisstrafen verurteilt, aber das Unternehmen hatte keine Schwierigkeiten, neue Schläger zu rekrutieren.«

Dass Schutzgelder, aber auch ganz normale Privatschulden durch Inkassofirmen gewaltsam eingetrieben wurden, war auch keine Neuigkeit. Bei uns und in anderen Ländern sind es vor allem die Motorradbanden, die gegen fünfzig Prozent Beteiligung anbieten, Geld einzutreiben. Nicht nur Spielsyndikate und andere kriminelle Organisationen, sondern auch gewöhnliche »ehrliche« Geschäftsleute zählen zu ihren Kunden. Ihr Ruf hat sich verbreitet, und die Inkassospezialisten haben mehr Arbeit, als sie bewältigen können. Ein Geschäftsmann, dessen Kunde sich weigert, eine Schuld zu begleichen, hat heutzutage kaum eine Chance. Manchmal geht es um Hunderttausende oder gar Millionen, und er muss Konkurs anmelden. Der Geschäftsmann hat alle gesetzlichen Möglichkeiten geprüft, doch das Gesetz kann ihm nicht helfen. Da kommen die skrupellosen Biker und übernehmen die Sache, nach dem guten alten Motto: Bezahlst du nicht, schlagen wir dich zum Krüppel! Eine effektivere Methode gibt es nicht. Und fast niemand macht eine Anzeige. Nicht nur die Drohungen dieser Typen, sondern auch das Aussehen, das Benehmen und nicht zuletzt die martialischen Tätowierungen schrecken ab.

Alle starrten wieder auf die Phantombilder des Gesichts, der Oberarme und der Schlagringe, um sich für die Suche nach dem Täter inspirieren zu lassen.

Simon massierte sein vorspringendes Kinn und sagte: »Wenn wir wenigstens einen Spitznamen hätten; das könnte uns schon weiterbringen. Rolf hat mehrere tausend in seinem Computer.«

Ich schnippte mit den Fingern und schlug mir die flache Hand vor die Stirn – vielleicht eine übertriebene Geste, aber ich wollte den Kollegen klarmachen, dass aus meinem leeren Schädel doch noch etwas herauszuholen war.

»Jetzt fällt es mir wieder ein: Ich hörte, wie der andere *Gong* rief. Vielleicht ist das ein Name?«

Wieder verschwand Öhman, um zu recherchieren. Maud wollte die Wartezeit nutzen, um mit Simon und mir zu sprechen.

»Bei der Fahndung muss es eine undichte Stelle geben«, sagte sie mit sorgenvoller Miene.

Simon zuckte philosophisch mit den Schultern: »Undichte Stellen gibt es, seit dieses Haus hier gebaut wurde. Die allermeisten sind relativ harmlos. Man gibt seinem Kumpel, dem Journalisten, einen Tipp und kassiert ein paar Scheinchen. Kein Polizist ist perfekt, außer mir natürlich, und jeder kann der Versuchung erliegen, wie andere Menschen auch. Nehmen wir zum Beispiel Rolle ...«

»Wir nehmen Rolle gar nicht zum Beispiel«, unterbrach ich ihn. »Maud, worauf willst du hinaus?«

»Der Polizeichef hat einen anonymen Anruf erhalten. Ein Mann, der sich als Fahnder von der Kripo bezeichnet haben soll, soll in einer Kneipe gesessen und damit geprahlt haben, alles zu wissen: nach wem gerade gefahndet würde und so weiter. Er war voll wie eine Haubitze. Der anonyme Anrufer sagte, er sei Sicherheitschef eines großen Unternehmens und habe sich über das lose Mundwerk des Polizisten geärgert.«

Das klang plausibel, und wir waren genauso wütend wie der Sicherheitschef.

»Fahnder von der Kripo, das ist eine allgemeine Aussage ... er muss ja nicht hier bei uns sitzen«, murmelte Simon.

»Aber der Kerl hat die Fälle Heikko Kiirula, Propowski, Valentin Häggman und Vido Rossi erwähnt. Und den Namen Tomaso Berloccio.«

Maud nickte nachdenklich: »Berloccio wird erst seit zwei Tagen gesucht. Die undichte Stelle muss sich also ganz in der Nähe befinden.«

»Ich verwette meinen Arsch, dass es Lundgren aus Svenssons Gruppe ist. Eine richtige Schnapsdrossel, und immer ein großes Maul. In welcher Kneipe war das?«

»Wurde nicht gesagt.«

»Das hätte die Sache erleichtert. Lundgren wird natürlich alles abstreiten, wie es seine Art ist. Angeblich trinkt er nur Fliedertee oder Apfelsaft und höchstens zu runden Geburtstagen mal ein Bier. Ich werde mit Svensson reden, aber wir können ja nichts beweisen.«

Simon war keiner, der einen Drink abgelehnt hätte. Er war mit einer Russin verheiratet und hatte immer Wodka im Hause, aber er trank nur an freien Tagen und wurde nie betrunken. Ich dagegen hatte in meiner stürmischen Jugend eine Menge geschluckt und so manches Mal über die Stränge geschlagen.

Öhman kam zurück, und das selbstzufriedene Lächeln um seine Mundwinkel hatte sich vertieft. Er ging zu dem Phantombild und grüßte es wie einen alten Bekannten: »*Gong* lieferte kein Ergebnis, also versuchte ich es mit ähnlich klingenden Wörtern. *Kong* war ein Treffer und führte mich zu *King-Kong*. Das ist der Spitzname eines brutalen Schlägers, eines Riesen mit unglaublichen Kräften. King-Kong ist in Schweden geboren, hat aber einen polnischen Vater und eine aus Estland stammende Mutter. Die Eltern waren nicht verheiratet; der Vater verschwand einige Jahre später. King-Kong heißt eigentlich Ludvig Kubiela, agiert aber sicher auch unter anderen Namen. In Schweden ist er nie verurteilt worden, dafür in Dänemark und Deutschland, wegen schwerer Körperverletzung. Insgesamt hat er neun Jahre in Gefängnissen gesessen. Sieben weitere Male war er angeklagt, wurde aber freigesprochen, weil Zeugen nicht vor Gericht erschienen. Er ist dreiundvierzig Jahre alt. Über seinen Wohnsitz gibt es keine Angaben; zuletzt war er in Kopenhagen gemeldet.«

Polizisten stimmen selten Lobeshymnen auf ihresgleichen an, das passt auch nicht zur Berufskultur. Man macht seinen Job so gut man kann, ohne dafür Anerkennung zu fordern. Doch diesmal waren wir alle der Meinung, dass sich Rolf Öhman einen Blumenstrauß verdient hatte. Wäre Kubiela wenigstens einmal in Schweden verurteilt worden, hätte

Maud ihn sicher wiedererkannt, aber sich auch noch alle Ganoven des Auslands zu merken, war wohl zu viel verlangt.

»Wir sind müde und wollen nach Hause«, sagte sie. »Der Nachmittag und der Abend haben uns einiges gebracht. Wir kennen jetzt vermutlich einen der Täter und werden sofort die Fahndung einleiten. Damit haben wir ein wichtiges Puzzleteil gefunden und können erfolgreich weitermachen. Vielen Dank, dass ihr alle an dieser unorthodoxen Runde teilgenommen habt. Jeder von euch bekommt einen Bericht über die bisherigen Ergebnisse. Gute Nacht, und träumt von etwas anderem.«

Die Kollegen trollten sich, zufrieden darüber, dass die geopferten Stunden nicht umsonst gewesen waren. Maud allerdings meinte, sie müsse noch eine Weile bleiben, um zu erledigen, was keinen Aufschub dulde.

»Ja, mach das«, sagte ich. »Ich gehe nach Hause und habe deshalb kein schlechtes Gewissen. Morgen ist mein freier Tag, und du siehst mich frühestens Montagnachmittag wieder. Oder am Dienstag. Oder irgendwann nächste Woche.«

»Geh doch und lass mich hier mit der elenden Schinderei allein.«

Simon hatte auf mich gewartet. Gemeinsam gingen wir die Treppe hinunter. Vor dem Haus blieben wir stehen und genossen die laue Nachtluft.

»Tja, Rolle, wie wär's mit einem frisch Gezapften?«, wollte mich Simon in Versuchung führen.

»Mit dir immer gern, aber nicht gerade jetzt.«

»Glaub mir, mit einem Bier im Bauch fühlst du dich gleich besser. Ich muss einiges mit dir bereden.«

»Dann musst du im Traum zu mir sprechen. Ich bin todmüde.«

»Wirklich, Rolle, ich habe einen Haufen Probleme, über die ich nur mit dir reden kann. Mensch, Rolle, so ein Gläschen Gerstensaft macht munter ...«

»Mich nicht, Simon. Du weißt, ich würde für dich durchs Feuer gehen, aber Bier kann ich jetzt nicht mit dir trinken. Kipp eins für mich mit und stell dir vor, ich wäre da. Erzähl mir deine besten Witze; ich werde darüber lachen. Oder auch deine schlimmsten; ich werde wiehern wie ein Pferd. Während ich schlafe.«

Er merkte, dass ich mich nicht überreden ließ, verabschiedete sich und ging in seine Richtung. Auch ich trottete endlich nach Hause.

War ich jemals zuvor so müde gewesen? Ich konnte mich nicht erinnern. Diesen Tag als hektisch zu bezeichnen, wäre untertrieben gewesen. Ich hatte ja schon viel mitgemacht, aber drei Mordanschläge in vierundzwanzig Stunden? An so etwas war ich bei meinem Schreibtischjob überhaupt nicht mehr gewöhnt.

Jetzt machte ich mir keine Sorgen mehr. Wer einen Polizisten tötet, geht ein großes Risiko ein, denn alle Kollegen kennen dann nur noch ein Ziel: den Täter zu ergreifen. Ich vermutete, dass die Killer oder ihr eventueller Auftraggeber logisch denkende Menschen waren. Zuvor hatte es vielleicht Gründe gegeben, mich auszuschalten, um mich am Reden zu hindern, aber nun musste der Feind einsehen, dass mein besonderes Wissen Allgemeingut geworden war.

Wie immer lief ich die Polhemsgatan hinunter zur Hantverkargatan. An der Kreuzung sah ich ein paar Leute, aber die Pontonjärsgatan war menschenleer. Meine Schritte hallten zwischen den Steinwänden und hielten mich wach. Riddarfjärden lag da wie eine schwarze Scheibe, doch die Straßenlaternen zauberten in Ufernähe tanzende Flecken auf die Wasseroberfläche.

Ich wählte die Südseite der Pontonjärsgatan, und die dunklen, stummen Fassaden der Häuser wurden zu Kulissen in einem Theater, in dem man noch nicht wusste, welches Stück als Nächstes aufgeführt wurde. Hier, meine ich, ist die schönste Gegend Kungsholmens. Die ruhige Straße mit ihren Querverbindungen, die zum Mälarsee hinunterführen, wo die Häuser in englisch anmutende Gärten eingebettet liegen, hat etwas Faszinierendes.

Der Park barg sicher seine Geheimnisse, wie in jeder lauen Sommernacht. Auf den Bänken, die nicht von Laternen beschienen waren, küssten und liebten sich Paare und fühlten sich wohl wie im Garten Eden. Hätten sie mich gefragt, hätte ich ihnen besonders geeignete Stellen empfehlen können; ich konnte mich an meine drangvolle Jugend durchaus noch erinnern.

Meine Beine wurden immer schwerer, und in Höhe der Baltzar von Platens Gata konnte ich das bequemste Bett der Stadt schon vor meinem inneren Auge sehen. Instinktiv tastete ich nach meinem Hausschlüssel. Noch zehn Meter, fünf, zwei ... Heraus mit dem Schlüssel, und ich seufzte vor Zufriedenheit, dass der verdammte Tag endlich vorüber war.

In diesem Augenblick löste sich ein Schatten aus dem Dunkel neben der Tür und warf sich auf mich. Da ich völlig überrumpelt war, konnte ich keinen Widerstand leisten und fiel zu Boden. Der Mann lag über mir; er war groß und keuchte wie ein Jagdhund, der seine Beute gestellt hat. Ich versuchte, ihn von mir zu wälzen, doch er war schwer und griff mir ins Gesicht, mit Händen, die glitschig waren, als hätte er sie eingeölt.

Verdammt, ich kam nicht los! Er breitete Arme und Beine aus und presste mich gegen das Pflaster. Plötzlich öffnete er den Mund, und eine eklige Flüssigkeit ergoss sich über mein Gesicht. Vor Schreck verschluckte ich ein wenig davon; es schmeckte süßlich und ekelhaft. Sein Kopf sank auf meinen herab. Irgendetwas flüsterte er in mein Ohr, aber ich achtete nicht darauf, sondern wollte mich nur befreien. Es ging nicht, obwohl ich mich bis zur Erschöpfung anstrengte. Er war bei seinem Angriff nicht besonders aktiv, sondern begnügte sich damit, im wahrsten Sinne des Wortes Druck auf mich auszuüben. Dabei tasteten seine Finger über mein Gesicht, quetschten meine Nase, stachen in meine Augen, rutschten in meinen Mund.

Wieder drangen Worte aus seinem Mund, und diesmal konnte ich sie verstehen: »Hassel ... jetzt ... sterbe ich ...«

6. Kapitel

Verzweifelt spannte ich alle Muskeln der linken Körperseite. Dann ließ ich sie plötzlich erschlaffen und wechselte zur rechten Seite. Der Mann rutschte von mir herunter und blieb liegen. Ich erhob mich, so schnell ich konnte und spuckte erst einmal die eklige Flüssigkeit aus. Es flimmerte vor meinen Augen. Ich fand den Schlüssel wieder, den ich bei dem Angriff verloren hatte, öffnete die Tür, stellte den Fuß dagegen und schaltete das Flurlicht ein.

Der Schein fiel auf Väino, dessen Nachnamen ich nicht kannte. Er lag auf dem Rücken, die linke Hand nach oben gereckt. Die Vorderseite seines Körpers war eine einzige blutige Masse. Ich fischte mein Mobiltelefon aus der Tasche und wählte Mauds Nummer. Sie war tatsächlich noch am Arbeitsplatz.

»Wikmans junger Verwandter liegt vor meinem Wohnhaus auf der Straße und stirbt. Er wurde schwer misshandelt. Schick sofort einen Krankenwagen, aber lass ihn ohne Sirene anrücken. Ein Verhörspezialist soll mitfahren und versuchen, noch etwas aus ihm herauszubringen. Es ist wie bei Ohlin; er wird die Nacht wohl kaum überleben.«

Schon nach wenigen Minuten war die Ambulanz da, und zwei junge Männer hoben Väino auf eine Bahre. Sie musterten mich von oben bis unten, und einer von ihnen rief: »Mein Gott, du siehst ja schrecklich aus!«

»Du bist auch nicht gerade eine Schönheit«, erwiderte ich.

»Ich meine, du bist genauso blutverschmiert wie der da. Willst du auch gleich mit?«

»Nein, das ist sein Blut. Bringt ihn, so schnell es geht, zum Arzt.«

Im Treppenhaus stehend rief ich Virena an, und sie meldete sich mit ihrer klaren, weichen Stimme.

»Virena, ich bin hier unten am Eingang. Ein Verletzter fiel auf der Straße über mich, sodass ich mit Blut besudelt bin. Der Ambulanzfahrer meinte, ich sehe schrecklich aus, also wollte ich dich nur vorwarnen.«

»Gut, dann weiß ich Bescheid. Soll ich im Bad Zeitungen auslegen?«

»Ja, tu das. Und dann schließ besser die Augen.«

Im Fahrstuhl stellte ich mich genau in die Mitte, um die Wände nicht zu beschmutzen. Virena hatte die Tür aufgemacht, sodass ich gleich durchmarschieren konnte. Sie musterte mich, ohne eine Miene zu verziehen, und ich bemühte mich, ein entschuldigendes Lächeln zu unterdrücken. Was kann schlimmer sein als ein blutverschmierter Kerl, der auch noch blöde grinst?

Im Bad lagen tatsächlich Zeitungen auf dem Boden. Im Spiegel sah ich ein Bild, dass ich gern vermieden hätte – er hatte das Blut, das aus seinem Mund geströmt war, über mein ganzes Gesicht geschmiert. Schaudernd erinnerte ich mich, dass ich etwas davon geschluckt hatte. Ich zog mich ganz aus, ließ die Sachen auf der Zeitung liegen und drehte das Wasser voll auf. Ich duschte ausgiebig, wusch mir die Haare, putzte die Zähne und gurgelte, putzte noch einmal und gurgelte erneut.

Sollte ich mich jetzt Dracula nennen lassen, weil ich Blut getrunken hatte? Virena würde kaum darüber lachen können. Ich eigentlich auch nicht, deshalb putzte und gurgelte ich noch einmal.

Die Kleider waren total verschmiert; er musste sich bis zum letzten Blutstropfen auf mir entleert haben. In der Ecke lag eine große Plastiktüte, da hinein stopfte ich alle meine Sachen samt den Schuhen. Zur Reinigung konnte ich den Haufen nicht bringen; man hätte mich für einen Unhold gehalten, der im Keller Menschen schlachtet. Also ab damit in den Müll! Ich zog mir den Morgenrock über und schlenderte ins Wohnzimmer. Virena hatte die Zeitungen bereits beseitigt und bedeutete mir, ich solle mich neben sie auf das Sofa setzen. Statt ruhig Platz zu nehmen, verlor ich plötzlich die Kontrolle über meinen Körper und fiel fast um.

»Was möchtest du?«, fragte sie. »Weißwein?«

»Haben wir nicht noch eine Flasche Schnaps?«

»Ja ... den Whisky, den wir anbieten, wenn Gäste kommen. Ich hole ihn.«

Sie klang erstaunt, und das wunderte mich nicht, denn ich hatte sehr lange keinen Schnaps mehr getrunken und erinnerte mich kaum noch an den Geschmack. Meine Lebensration hatte ich aufgebraucht; mehr stand mir eigentlich nicht zu. Aber nun sehnte sich meine Kehle nach dem schottischen Sprit, und ich verfolgte mit begehrlichen Blicken, wie meine Frau einen kleinen Schluck in ein Wasserglas goss.

»Wie viel?«

»Voll bis zum Rand.«

»Willst du ein ganzes Glas Whisky trinken?«

»Wenn man einen Beschluss gefasst hat, gibt es kein Zurück.«

Der Grund für meinen Exzess war, dass ich jeden zusammenhängenden Gedanken vermeiden wollte; mein Kopf sollte ein leerer Parkplatz sein, eine Sahara ohne Oase, ein blauer Himmel ohne eine einzige Wolke. Mich zu betäuben, war eine Möglichkeit, mich der Wirklichkeit zu entziehen. Ich hatte schon oft tote und sterbende Menschen gesehen, aber es war schon eine Weile her, und ich war davon ausgegangen, es in meinem neuen Job nur noch mit Lebenden zu tun zu haben. Warum hatte der blutende Väino sein Leben gerade auf mir ausgehaucht?

»Was soll ich jetzt sagen? Skål? Prosit? Zum Wohl?«, fragte Virena spitzfindig.

»Nichts von alledem. Wenn man ein Wasserglas Whisky herunterkippt, dient es kaum dem Wohl und der Gesundheit.«

Ich hob das Glas und trank es in einem Zug leer. Meine Kumpel von früher, ich meine von ganz früher, wären stolz auf ihren Saufbruder gewesen. Viertelliter-Rolle, der Kampftrinker.

»Ich leg mich jetzt hin«, erklärte ich. »Weck mich nicht. Sollte ich im Schlaf schreien, nimm bitte Ohropax. Egal, wer anruft, ich bin nicht zu sprechen. Wenn der König mit mir reden will, weil ich auf dem Rasen vor seinem Schloss geparkt habe, sag ihm, er soll sich auf meine Kosten mit Sylvia einen schönen Tag machen.«

»Kommst du allein ins Bett?«

»Es dauert eine Weile, bis der Alkohol wirkt. Wenn ich mich recht erinnere. Obwohl wir jetzt eine andere Regierung haben.«

Ohne zu schwanken ging ich ins Schlafzimmer, legte mich ins Bett und zog die Decke bis zum Kinn hoch. Der Whisky fing an zu wirken; vor meinen Augen fuhr der Raum Karussell, und mein Gehirn tanzte mit sich selbst Fandango. Der herrliche Schlaf übermannte mich und schleuderte mich in einen tiefen schwarzen Brunnen.

Der Sonntag verging im Halbschlaf. Erst gegen Abend krabbelte ich aus dem Bett, aß eine Kleinigkeit und versuchte, am Familienleben teilzunehmen, doch ich wurde schnell wieder müde und schlief ein, diesmal ohne Whisky. Am Montagmorgen fühlte ich mich wie neugeboren; der Kopf war klar, der Appetit gesund, und ich genoss das Frühstück mit Virena und Elin. Virena hatte sich ein paar Tage freigenommen, weil Elin bald ins Reitlager fahren sollte.

»Viele haben angerufen und nach dir gefragt. Nicht der König, aber andere Herren. Einige waren sehr beharrlich.«

»Aber ich bin nicht beharrlich. Hat Maud von sich hören lassen?«

»Sie will dich heute Punkt vierzehn Uhr zu einer kleinen Konferenz sehen.«

»Den Wunsch kann ich ihr erfüllen. Aber vorher gehen wir drei aus und essen gut zu Mittag.«

Virena nickte und trank ihren Kaffee, während ich wie immer Tee schlürfte.

»Roland, einer der Kerle am Telefon war gar nicht nett. Er drohte, Maßnahmen zu ergreifen, falls du nicht mit ihm reden würdest.«

»Hat er sich vorgestellt? Welche Art von Maßnahmen meinte er, und gegen wen?«

Sie hielt die Tasse an die Lippen, ohne zu trinken, und versuchte, sich an den genauen Wortlaut zu erinnern: »Er nannte keinen Namen. Die Maßnahmen sollten wohl dich betreffen. Er sagte, Väino sei nicht der Letzte, dem es übel ergehen werde.«

Ich bemühte mich, keine Miene zu verziehen. Virena hatte vielleicht begriffen, dass es sich um eine Morddrohung handeln konnte, aber ich versuchte trotzdem, sie zu beruhigen: »Väino? Ein Zeuge dieses Namens ist mir unbekannt. Lass ihn uns vergessen; geh'n wir lieber essen. Worauf habt ihr Appetit?«

Langsam stellte sie die Tasse ab und schaute mir in die Augen: »Roland, bist du in etwas ... Gefährliches verwickelt? Gefährlich für dich?«

»Soweit ich weiß, nicht. Mein Job ist es, am Schreibtisch zu sitzen und Daten zu erfassen. Aber es mag einen Wirrkopf geben, der glaubt, noch eine alte Rechnung offen zu haben. Das wird sich schon aufklären.«

Ließ sie sich von meinem sorglosen Ton täuschen? Oder spielte sie mir vor, dass sie mir glaubte? Das war leider nicht das erste Mal, dass wir uns im Rollenspiel versuchten.

»Dieser Mann, der dich mit seinem Blut beschmutzt hat ...«

»Schlimme Geschichte, das gebe ich zu. Aber wir kennen uns nicht, er und ich, soviel ich weiß. Maud wird mir heute sicher mitteilen, wer das war. Vielleicht wurde er im Park niedergestochen und schleppte sich mit letzter Kraft zu unserem Haus.«

»Kann sein. In der Zeit, in der du geschlafen hast, hat es viel geregnet. Das Blut auf dem Gehsteig wird wohl weggewaschen sein.«

Elin hatte unser Gespräch satt und wollte sich lieber mit ihrer Mutter über Pferde unterhalten. Damit war ich außen vor. Virena kannte sich in der Thematik aus; sie war in jungen Jahren selbst geritten. Ich dagegen hatte noch nie irgendeine Beziehung zu einem Gaul gehabt. Um mir die Zeit zu vertreiben, ging ich zur Post und zur Bank. Ich hätte natürlich auch Maud anrufen und mich nach dem Fortgang der Ermittlungen erkundigen können, aber ich fand, dass das bis zum Nachmittag Zeit hatte.

Wir aßen sehr gut in einem kleinen Lokal am Norr Mälarstrand. Nach dem Regen war die Luft feucht, aber die Sonne setzte sich schnell durch. Wir saßen im Freien und plauderten, aber bald war wieder das Thema Pferde dran, und ich musste passen. Meine Damen beschlossen, zu einem Fachgeschäft zu fahren und diverse Reitutensilien zu kaufen. Wir trennten uns mit Umarmungen, Küssen und Winke-Winke.

In meinem Büro lag die übliche Montagspost, die nicht besonders interessant zu sein schien: Broschüren, eine dünne Zeitung und schließlich – immerhin! – ein privater Brief ohne Absender. Ich fetzte ihn auf. Auf ein einfaches weißes Blatt Papier war mit Bleistift ein nackter Mann gezeichnet, der mit dem Kopf nach unten von der Decke hing. Daneben kringelte sich eine Peitsche, die von einer riesigen Faust gehalten wurde. Ohne zu zögern warf ich das Kunstwerk in den Papierkorb. In meinem Polizistenleben hatte ich so viele Drohbriefe bekommen, dass man von dem Altpapier eine ganze Zeitungsauflage hätte drucken können. Ich reagierte gar nicht mehr auf so ein Geschmiere. Einen Wisch wie diesen zur Kriminaltechnik zu bringen, war sinnlos und hielt die Kollegen nur von der Arbeit ab.

Natürlich hatte ich solche bösen Grüße vor allem zu der Zeit erhalten, als ich den Bösewichtern noch Auge in Auge gegenübertrat. Jetzt war ich nicht mehr direkt mit ihnen konfrontiert, sondern sammelte ausschließlich Material über sie. Wenn ich etwas an meinem alten Job vermisste, denn war es das enge Miteinander. Jetzt dagegen hockte ich als einsamer Wolf hinterm Schreibtisch. Aber ich war der Meute immer noch nahe.

Maud kam herein und setzte sich mir gegenüber.

»Wollten wir uns nicht erst um zwei treffen?«

»Ja, ich will dich mit jemandem bekannt machen. Aber zuvor muss ich allein mit dir reden. Erzähl mir alles über Väinos Tod vor deinem Haus.«

»Ich weiß nur, was ich dir bereits am Telefon sagte.«

»Ein bisschen mehr musst du doch wissen. Bitte fang noch einmal von vorn an.«

Ich schilderte ihr ausführlich, was an dem Abend passiert war. Trotz aller Dramatik konnte ich nichts erkennen, was uns weitergebracht hätte. »Er fiel auf mich und keuchte: ›Hassel, jetzt sterbe ich.‹ Und das tat er dann wohl, nehme ich an.«

»Er verstarb sechs Stunden später, ohne das Bewusstsein wiedererlangt zu haben. Warum, glaubst du, hat er auf dich gewartet?«

»Tja, was weiß schon so ein unterbezahlter Bulle wie ich. Ich kann nur raten. Er und Toivo waren Cousins und zugleich mit Axel Wikman verwandt. Sie stammten aus Finnland und sahen im alten Wikman wohl so etwas wie einen Vaterersatz. Vielleicht kannten sie gar keine anderen Schweden. Dann werden erst Wikman und anschließend Toivo ermordet. Väino wusste, wo ich wohne; als die Mörder glaubten, sie hätten ihn erledigt, schleppte er sich bis vor meine Haustür. Er stand im Schatten und wartete, und sein Leben verrann – buchstäblich.«

»Aber warum gerade zu dir?«

»Wahrscheinlich, weil er etwas mitzuteilen hatte, was wichtig war für mich als Polizist. Die Identität der Mörder zum Beispiel. Wie wurden die Cousins umgebracht?«

Maud seufzte leise und zog ein besorgtes Gesicht. »Toivo wurde mit dem berühmten stumpfen Gegenstand erschlagen. Könnte ein Baseballschläger gewesen sein; die sind ja jetzt in Mode.«

»Ja, sie werden von den Gangs in Los Angeles verwendet, das müssen unsere Gangster natürlich nachmachen.«

»Väino haben sie, scheint es, durch einen Häcksler geschickt. Über dreißig Stiche im Körper, und mindestens fünfzehn davon waren tödlich. Welche Schlüsse ziehst du daraus?«

Ich lehnte mich zurück und legte die Fingerkuppen aneinander. Mit der Geste wollte ich suggerieren, dass ich ernsthaft nachdachte. »Viele, aber ich will nur einige nennen. Ich glaube, dass die Morde mit der Person zu tun haben, die Wikman anrief. Der oder die Mörder wollten ihn zum Schweigen bringen und auch die Cousins, weil man glaubte, dass sie sein Wissen teilten.«

»Mhm. Weiter?«

»Die Täter gehen sehr rücksichtslos vor, selbst für unsere brutale Zeit. Keinerlei Finesse; sie schlagen einfach unbarmherzig zu. Wenn der Befehl lautet zu töten, dann töten sie eben. Das bedeutet, dass der Auftraggeber ähnlich denkt. Auch wenn er selbst das Messer nicht in die Hand nimmt – er ist ebenfalls ein rücksichtsloser Mörder.«

»Es muss keine einzelne Person sein, die die Aufträge erteilt. Es kann sich um eine Organisation oder die Führung einer solchen handeln. Verbrecherbanden sind ja heutzutage wie Großunternehmen aufgebaut, mit Angestellten, Leitungsgremien, Konferenzen und Gewinnbeteiligungen. Mehr?«

»Zugleich fällt auf, mit welch seltsam ungeschickten Leuten sich die Auftraggeber begnügen. Wikman und Toivo haben sie erledigt, okay. Aber bei mir haben sie versagt. Ohlin blieb am Leben und hätte einen guten Zeugen abgeben können. Also war das ein Misserfolg; sie hatten nur Glück. Väino ließen sie auch liegen, ohne zu kontrollieren, ob er wirklich tot war. Er kam zu mir und hätte uns wichtige Informationen liefern können. Wieder ein schlampiges Vorgehen, aber sie hatten erneut Glück. Die Täter sind also keineswegs perfekt. Können wir daraus auf den Auftraggeber schließen? Wie der Herr, so der Knecht, heißt es doch.«

Maud wiegte den Kopf: »Mhm. Interessanter Aspekt. Mehr?«

»Erinnerst du dich an den Psalm, den Einar Ekberg gesungen hat? *Irgendwo im Schatten steht Jesus.* Wenn Ekberg bei uns arbeiten würde, könnte er singen: Irgendwo im Schatten steht Tomaso Berloccio ...«

»Dieser Berloccio ist eine kaum fassbare Figur. Man könnte sagen ... aber das besprechen wir in exakt vierzehn Minuten in meinem Büro.«

Als sie gegangen war, fielen mir noch drei Schlussfolgerungen ein, aber mit denen wollte ich später brillieren. Stattdessen stellte ich mich ans Fenster und schaute hinaus. Eine sanfte Melancholie beschlich mich. Wer war ich? Wem bedeutete ich etwas? Was hatte ich für eine Funktion auf dieser langen Reise, die Leben heißt? Es waren die unreifen Gedanken eines Teenagers zu existentiellen Fragen, aber zu größerer Reife hatte ich es in meiner mentalen Entwicklung wohl nicht gebracht. Was hatte ich vom Leben? Arbeit, aber die ist Beschäftigung für den Tag und nicht mehr, sichert das materielle Wohl. Elin? Unser inniger Kontakt hatte sich gelockert, war vielleicht nie wieder herzustellen. Sie wuchs heran, interessierte sich mehr für Pferde als für mich; bald würden die jungen Kerle bei uns klingeln. Virena? Musste sie mich nicht längst satt haben? Ich kam nach Hause, blutverschmiert, und soff Whisky wie in schlimmen alten Zeiten. Erzählte nichts von meiner Arbeit, und dadurch hatte sie auch keine Lust, von ihrer zu berichten. Ich war wohl auf dem besten Weg, alles zu verlieren ...

Im Fensterglas spiegelte sich mein Gesicht. Dieser Trauerkloß – das war doch nicht ich! Ich lehnte die Stirn an die Scheibe. Rolle, du bist in Ordnung, sagte ich mir. Steh nicht herum und blas Trübsal. Du und Virena, ihr liebt einander, du auf deine fordernde, sie auf ihre zurückhaltende Weise. Ihr beiden gehört zusammen und seid gemeinsam mit Elin ein unschlagbares Team. Das Dasein hat Höhen und Tiefen, sieh das doch ein, du Dummkopf! Im Großen und Ganzen führst du doch ein herrliches Leben, du wirst geliebt, also reife und kümmere dich um deine Familie. Lächle und sei glücklich!

Was ich mir gesagt hatte, war richtig. Als mir das klar wurde, legte ich die Depression ab und ging mit federnden Schritten zu Maud Gudmunds Büro. Ihre Sekretärin nickte, ich solle einfach durchgehen. Maud saß in der Gästeecke und hatte bereits einen Gast – das Zopfmädchen Therese Lager.

»Ihr kennt euch ja«, begann sie. »Setz dich, Roland. Du weißt, womit sich Therese beschäftigt?«

»Jawohl. Polizistin aus Göteborg, arbeitet für Interpol in Lyon an einem gemeinsamen Projekt mit Europol in Haag. Es geht um den Schmuggel von Fleisch und anderen Lebensmitteln in Länder, wo diese sich mit gutem Gewinn verkaufen lassen. Richtig?«

Der Zopf nickte widerstrebend. »Soweit schon, aber es geht um mehr.«

»Wir klären das später«, sagte Maud. »Tomaso Berloccio ist eine Schlüsselfigur in zwei verschiedenen und hochaktuellen Verbrechenskategorien. Zum einen geht es um Zuhälterei im großen Stil, man könnte auch von modernem Sklavenhandel sprechen. Mädchen aus armen Dörfern in Osteuropa werden in den Westen verschleppt. Einige landen in Schweden, die meisten werden in andere reiche Staaten transportiert. Eine unangenehme Branche, geprägt von großer Brutalität und rohem Zwang.«

Das Mädchen Therese hatte diesmal eine mintgrüne Schleife an Zopf. Wie schick!

»Zum anderen haben wir es mit einer neuen Branche zu tun, die sich zu einem Industriezweig ausgewachsen hat. Dabei geht es sehr diskret zu; Geschäftsleute dominieren das Geschehen. Die haben mit Gewalttaten nicht so viel im Sinn, denn diese stören eher. Die beiden Pole scheinen unvereinbar. Könnte dieser Berloccio ein gemeinsamer Nenner sein?«

Die Frage war rhetorisch, und ich hatte mir noch keine Meinung gebildet. Auch der Zopf schwieg.

»In Abstimmung mit unserer Polizeiführung hatte ich eine lange Telefonkonferenz mit Interpol und Europol. Sie schicken uns alles Material über die Verbrechen und über Tomaso Berloccio. Wir sind uns einig, dass das der Auftakt zu einer neuen, großen Verbrechensserie sein kann. Man nutzt die Lebensmittelsituation aus, und keiner weiß, wo das hinführen kann. Was wir am wenigsten gebrauchen können, ist eine Mafia im anderen Gewand, oder eine Übernahme dieser Branche durch bereits bestehende Syndikate. Ebenso kann sich der moderne Sklavenhandel zu einer weltumspannenden Zuhälterei auswachsen. Offenbar gibt es eine schwedische Connection, der wir nachgehen müssen. Hier kommst du ins

Spiel, Rolle. Du und Therese, ihr werdet zusammenarbeiten. Redet mit den Leuten. Sucht Ansatzpunkte.«

»Was? Ich soll wieder operativ arbeiten?«

»Genau, denn du bist ein erfahrener Fahnder; das passt perfekt. Du kennst alle Tricks und Kniffe. Wir haben das Ganze, zusammen mit Interpol und Europol, zu einem Projekt erklärt. Ihr beide, Therese und du, sollt lediglich Informationen sammeln und nicht nach Verbrechern suchen oder gar Personen verhaften. Reden, fragen, freundlich sein, das ist eure Aufgabe. Wir können niemanden zwingen, denn ihr werdet es fast ausschließlich mit so genannten unbescholtenen Bürgern zu tun haben. Hast du etwas gegen so einen Spezialauftrag?«

»Allerdings, eine ganze Menge.«

Therese ließ eine scharfe Variante ihrer sonst so glockenhellen Stimme ertönen: »Er will nicht mit mir zusammenarbeiten, das ist es! Eine Frau passt nicht in seinen Mythos von der männlichen Überlegenheit!«

Ich schüttelte den Kopf, wies mit dem Daumen auf sie und sagte zu Maud: »Die ist ja hysterisch. Was soll ich mit so einer?«

»Chauvi-Schwein!«

»Ach, halt doch den Mund.«

»Typisch! So ein ekelhafter Kerl!«

Maud hob die Hände und zeigte die Autorität, über die sie verfügt, wenn es notwendig ist: »Beruhigt euch, alle beide! Rolle, das hier ist wichtig; denke noch mal darüber nach. Der Sinn des Polizistenberufs ist es, das Bestmögliche zu leisten, wann und wo es erforderlich ist. Habe ich Recht?«

»Okay, okay.«

»Gut, dann ist die Sache klar. Geht jetzt zusammen Kaffee trinken und macht euch bekannt. Morgen früh Punkt neun Uhr treffen wir uns wieder hier. Bis dahin seid ihr Freunde, verstanden? Wir haben einen sehr wichtigen Job zu erledigen.«

Seite an Seite und doch meilenweit voneinander entfernt liefen Therese und ich den Gang entlang zur Treppe. Sie war so angespannt, dass ihre Halsmuskeln hervortraten. Es gab Möglichkeiten, im Hause Kaffee zu trinken, aber ich zog neutralen Boden vor. Als wir ans Tor kamen, lief sie voraus, um nicht in die Verlegenheit zu kommen, sich von einem Kerl die Tür aufhalten lassen zu müssen.

Auf der Scheelegatan gab es eine kleine Konditorei mit einigen Tischen vor der Tür. Um diese Zeit gab es viele freie Plätze. Ich wies einladend auf einen Tisch und erklärte, ich würde hineingehen und bestellen. Sie schnaufte verächtlich, hob das Kinn, lief hinein und schmetterte der Bedienung ein »Kaffee schwarz« entgegen. Ich bestellte Tee und wollte mir noch ein leckeres Stück Gebäck gönnen, beherrschte mich aber, denn ich wollte sie nicht reizen.

Die Temperatur war angenehm, so richtig geeignet für eine nette Unterhaltung unter Kollegen. Man soll solche Plaudereien nicht unterschätzen. Achtundneunzig Prozent des Gesagten sind inhaltslos, schaffen aber eine Atmosphäre, in der die zwei Prozent Informationsaustausch umso bedeutungsvoller werden.

Ich entschloss mich zum Frontalangriff: »Hast du Humor?«

Ein eisiger Blick traf mich, und eine frostige Stimme knurrte: »Ich bin aus Göteborg!«

Vor meinem geistigen Auge sah ich die schöne schwedische Westküste, Segel auf blauem Meer und die stolze Handelsstadt. Leider gelten ihre Bewohner als allzu bodenständig und recht einfach gestrickt. Wir immer konnte ich mein boshafteres Ich nicht in Schach halten. Anstatt eine Charmeoffensive zu starten, beugte ich mich zu ihr und flüsterte in leicht anzüglichem Ton: »Kennst du den von Kålle und Ada, wie sie im Schlosspark ...«

»Pfiu, du ekliger ... So etwas mögen wir gar nicht. Ich bin aus Göteborg!«

»Okay, ich hab's begriffen.«

Was nun? Ich beschloss, zu Kreuze zu kriechen; es heißt ja, der Klügere gibt nach. »Hör mal, wir beide sind nicht optimal gestartet«, sagte ich. »Lass uns noch mal von vorn anfangen.« Dabei beging ich den Kardinalfehler: Ich legte ihr die Hand auf die Schulter.

Wie von der Tarantel gestochen sprang sie auf und schrie: »Rühr mich nicht an! Komm mir bloß nicht zu nahe!«

»Setz dich und halt den Mund«, knurrte ich. »Die Leute denken ja, ich schlage dich.«

Sie gehorchte, zitterte aber weiter wie ein verängstigtes Kind auf dem Zahnarztstuhl.

»Tolle Stimmung«, bemerkte ich. »Kleine, wir sollen zusammenarbeiten und uns nicht gegenseitig die Kehle durchschneiden.«

»Ich bin nicht deine Kleine, du Chauvi-Schwein. Ich heiße Therese.«

»Gut, dann nenne ich dich Tessan.«

»Ich hasse es, Tessan genannt zu werden.«

»Du nennst mich Rolle, und ich nenne dich Tessan«, entschied ich. »Rolle und Tessan. Wir könnten als Artistenduo auf Tournee gehen. Ich steppe, und du machst den Salto.«

Darauf antwortete sie nicht, sondern hüllte sich in einen eisigen Mantel aus Schweigen.

Ich konnte nur seufzen über das Missverständnis, aber wegen Maud, der Polizei und der ganzen Menschheit musste ich mich mit dem jungen Ding vertragen. In Ermangelung einer weißen Fahne wedelte ich mit der Serviette. »Ich schlage einen Waffenstillstand vor. Wir Stockholmer sind geradeheraus und nehmen kein Blatt vor den Mund. Unsere Scherze fallen manchmal etwas derb aus, aber wir meinen es nicht so und kümmern uns umeinander. Natürlich gibt es einige, die keinen Spaß vertragen, aber mit denen will auch keiner zusammenarbeiten. Wie ist es mit dir?«

Das Kinn stieg noch höher: »Ich bin ein Benehmen, wie du es an den Tag legst, nicht gewohnt.«

»Das kommt schon, Tessan, das kommt schon mit der Zeit. In Göteborg schleicht ihr vielleicht in Filzpantoffeln umeinander herum. Hier gilt jedoch: rau, aber herzlich. Wenn du damit nicht klarkommst, müssen wir Maud mitteilen, dass das Projekt an den Schwierigkeiten in der Zusammenarbeit gescheitert ist.«

Sie holte tief Luft, zog eine schwer zu deutende Grimasse und murmelte: »Okay, ich werde versuchen, dich zu ertragen.«

Ohne nachzudenken boxte ich sie auf den Oberarm und rief: »Gut! *I think this ist the beginning of a beautiful friendship!*«

Wieder zuckte sie zurück und schrie: »Wage es nicht noch einmal, mich anzurühren! Das ist so ... eklig ... so eklig!« Ohne mich noch eines Blickes zu würdigen, sprang sie auf und rannte davon.

Obwohl ich wütend war, lief ich ihr nicht nach. Was hatte ich davon, wenn es hieß, zwei Polizisten hätten sich auf offener Straße gestritten? Außerdem hatte sie ihren Kaffee nicht bezahlt. Glaubte sie, ich würde sie freihalten?

Als ich wieder in meinem Büro war, wurde ich zu einem informellen Treffen mit den Kriminaltechnikern gebeten. Ich begriff, dass man dieser Mordserie höchste Priorität eingeräumt und ebenso schnell wie effektiv gearbeitet hatte. Die Polizei hat enorme Ressourcen, technisch wie personell, wenn es um Kapitalverbrechen geht. Die Besprechung wurde von Kommissar Karl Grönberg geleitet. Kalle Grönis, wie er natürlich genannt wurde, war ein erfahrener, gewissenhafter Kollege, der zwei Hobbys pflegte: tschechisches Bier und Erstausgaben von P.G.Wodehouse.

»Hej Hassel, nimm Platz, wir haben Neuigkeiten. Auf den Kanus waren viele Fingerabdrücke. Einige hat tatsächlich Kubiela hinterlassen, aber es waren ja viele Leute mit dem Kanu unterwegs. Am Taxi fanden wir ebenfalls Spuren von Kubiela, aber auch von einer anderen Person, deren Fingerabdrücke mit einigen auf dem Kanu übereinstimmen. Das muss unser zweiter Mann sein. Die genaue Überprüfung läuft noch; wir arbeiten auf Hochtouren.«

»Konntet ihr im Sand Reifenspuren sichern?«

»Ja, aber sie sind zu schwach und werden kaum zu identifizieren sein.«

»Gab es Spuren von Nasenblut im Sand?«

Er machte mit beiden Händen eine theatralische Geste und deklamierte: »Es wird mit Blut kein fester Grund gelegt, kein sicheres Leben schafft uns andrer Tod. Leider, Hassel, wir haben mit der Lupe gesucht und doch keinen Tropfen gefunden. Bevor wir einen zweiten Versuch unternehmen konnten, setzte starker Regen ein. Wir müssen uns also auf die Fingerabdrücke konzentrieren und den zweiten Mann ermitteln. Du, Hassel ...« Zum ersten Mal sah er ein wenig niedergeschlagen aus. »... kauf auf dem Heimweg ein Los. Du scheinst eine Glückssträhne zu haben. Das Gift im Glas war vom Typ Sarin und wäre sofort tödlich gewesen. Der Junge, der statt deiner daraus getrunken hat, muss auch ein Glückspilz sein, weil er das Wenige, was er intus hatte, sofort erbrach. Das Saringift an der Pfeilspitze war so hoch konzentriert, dass du nicht einmal gemerkt hättest, wie du abkratzt.«

Er ging dann auf Details der technischen Untersuchung ein, die mich langweilten. Also machte ich mich auf den Heimweg. Unterwegs dachte ich daran, wie vorausschauend es doch von mir gewesen war, die Hotelnacht im Harsagården neben dem Bett zu verbringen. Ansonsten würden meine Kollegen jetzt für einen Kranz sammeln. Sarin ... Das Gift kannte ich gut von einem früheren Fall in Deutschland. Eines der stärksten, absolut tödlich, dabei durchsichtig und geruchlos wie Wasser. Saddam Hussein hatte es einst über einer kurdischen Stadt versprühen lassen – über fünftausend Menschen starben an einem Sonntagvormittag auf dem Weg zur Kirche. Sicher eine der wenigen Situationen, in denen der Diktator zufrieden gelächelt hat.

Meine Gegner hatten offenbar große Ressourcen zur Verfügung. Wenn die leisen Werkzeuge wie Gifte nicht funktionierten, griffen sie zur nackten Gewalt. Ich war froh, dass ich ihnen nicht mehr als Einzelner gegenüberstand, sondern dass sie mich als einen Polizisten unter Tausenden betrachten mussten. Dennoch ... ich fühlte mich nicht gerade ruhig und sicher. Trotzdem musste ich weitermachen und hoffen, dass meine Erlebnisse die Ausnahme in einem seit einiger Zeit wunderbar ereignislosen Berufsleben blieben.

Ich schloss die Wohnungstür auf und pfiff. Papa war daheim und würde mit einem Kuss der geliebten Tochter empfangen werden. Da fiel mir ein, dass Elin ja im Stall war und erst gegen acht mit der Nachbarstochter nach Hause gebracht wurde. Aber warum empfing mich Virena nicht, wie es sich für eine liebende Gattin gehörte, mit einer zünftigen Umarmung?

Sie kam mir mit ernster Miene entgegen, nickte in Richtung Wohnzimmer und sagte: »Du hast Besuch. Sie ist gerade gekommen.«

Auf der äußersten Kante eines Stuhles saß Therese Lager, leichenblass, der Rücken steif wie eine Fahnenstange. Als ich eintrat, sprang sie auf, zeigte auf mich und rief mit schneidender Stimme: »Der da hat versucht, mich zu vergewaltigen!« Sie riss die Jacke auf und zog die Dienstwaffe aus dem Holster. Mit dem Daumen entsicherte sie die Pistole.

7. Kapitel

Wenn man einer ungesicherten Waffe gegenübersteht, die von einem hysterischen Menschen gehalten wird, bleibt man wie angewurzelt stehen.

Virena war die Einzige, die einen kühlen Kopf behielt. Sie legte den Kopf zur Seite und sagte mit der Stimme, die schon so oft ein Schoßhündchen aus mir gemacht hatte, wenn ich den grimmigen Wolf geben wollte: »Du wirst doch nicht meinen Mann erschießen, wo ich gerade erst sauber gemacht habe. Du weißt, was ein Schuss in den Körper anrichtet. Das Blut spritzt überall hin.«

Die sachlich-ruhige Stimme und die simplen Argumente ließen Therese zögern. Ehe sie weiter abwägen konnte, was sie ihrer Mitschwester antun würde, nahm ihr Virena die Pistole aus der Hand und legte sie hinter sich auf die Kommode.

Therese stand wie festgefroren im Zimmer, die Hand noch immer vorgestreckt, den Zeigefinger zum Abdrücken gekrümmt.

Virena trat ganz nahe an sie heran und sagte ernst: »Therese, Roland hat dich sicher nicht vergewaltigen wollen. Das hat er doch nicht nötig.«

»Er hat mich zweimal berührt und mich die ganze Zeit lüstern angestarrt. Die Kerle sind doch alle gleich! Denken nur an das eine!«

Virena lachte leise, aber nicht hohnvoll, sondern mitfühlend und verständnisvoll: »Es stimmt wohl, dass Kerle viel an die bewusste Sache denken, aber das tun wir doch, ehrlich gesagt, auch. Und es sind nicht alle Kerle gleich. Wenn es keine Unterschiede gäbe, könnte man sich ja mit jedem x-Beliebigen verheiraten. Oh nein, Therese, da gibt es große Unterschiede.«

»Sie sind alle eklige Schweine!«

»Hör mal, lass uns das bei einem Glas Wein diskutieren. Roland geht ein Weilchen spazieren, damit wir unsere Ruhe haben. Ich glaube nicht, dass er unterwegs jemanden vergewaltigt.«

Aha, nun wurde ich auch noch aus meiner eigenen Wohnung vertrieben, um mit einem imaginären Hund Gassi zu gehen.

Mir fiel ein, dass ich lange nicht im Kino gewesen war. Weil Kungsholmen inzwischen kinofreie Zone ist, nahm ich einen Bus in die City und landete in einem Vergnügungspalast, in dem man unter fünf Filmen wählen konnte. Ich entschied mich für eine Komödie, die laut Reklame die beste sein sollte, die jemals gezeigt worden war. Leider hatte die Werbung maßlos übertrieben.

Als ich mich nach zwei Stunden auf dem Heimweg befand, war der Inhalt des Streifens bereits vergessen. Vorsichtig schloss ich auf und lauschte, aber ich hörte nur Elins eifrige Stimme, die ihre Abenteuer auf dem Reiterhof zum Besten gab. Ich begrüßte meinen kleinen Liebling und wandte mich dann an Virena: »Was war los?«

»Roland, sie ist eine sehr verletzliche Frau und hat offenbar psychische Probleme. Aber ich glaube, dass sie einen guten Kern hat, der hervortritt, wenn ihr behutsam mit ihr umgeht.«

»Hauptsache, sie erwidert die behutsame Behandlung und zielt nicht wieder mit einer scharfen Waffe auf mich.«

»Ich denke, ich konnte sie beruhigen, aber ich kann für nichts garantieren.«

Als wir uns bei Maud trafen, war ich misstrauisch, trat aber resolut auf und hielt mich an die Fakten. Therese war genauso sachlich und mädchenhaft, wie ich sie von der Konferenz in Erinnerung hatte, und machte keine Anstalten, mich als miesen Vergewaltiger zu brandmarken. Maud warf uns abwechselnd prüfende Blicke zu und fand wohl, dass wir risikofrei zusammenarbeiten konnten.

Auch Rolf Öhman nahm an der Sitzung teil; er hatte einen ganzen Stapel Computerausdrucke vor sich.

Es hatte eine Weile gedauert, bis wir all die Register anlegen durften, die wir benötigten. Erst als eine verschärfte Sicherheitslage festgestellt worden war, hatte Åke Sundgren sein Konzept durchsetzen können. Wir versuchen, die Entwicklung der Kriminalität zu erfassen und grafisch darzustellen, um dahinter Muster zu erkennen. Natürlich kommen dabei auch die Akteure ins Bild.

»Gib uns bitte eine Zusammenfassung deines Vortrags und darüber hinaus alles Wichtige über die Verbrechenskategorie, mit der du dich bei dem Projekt von Interpol und Europol beschäftigst.«

»Gern. Seit vielen Jahren gibt es kleinere Banden, die den Bauern in Westeuropa schwarz geschlachtete, verendete oder kranke Tiere abkaufen, aber auch andere Lebensmittel, die nach EU-Regeln eigentlich vernichtet werden müssten, Butter, Eier und so weiter. Die Landwirte haben sich daran gewöhnt, das Unverkäufliche zu verkaufen, und eine kleine Einnahme ist jedenfalls besser als ein reiner Verlust. Wenn es erforderlich ist, bekommt man eine Bestätigung, dass die Käufer die Kadaver entsorgen. Doch die Käufer verkaufen an andere Unternehmen weiter, die wiederum bestätigen, die Tierkörper zu entsorgen, und so weiter und so weiter. Selbst wenn man es versuchen würde – Ausgangs- und Endpunkte dieser Kette sind kaum zu ermitteln.«

»Die Maul- und Klauenseuche hat den Markt sehr verändert?«

»Natürlich. Allein in England waren über achttausend Höfe betroffen, und fast vier Millionen Tiere mussten notgeschlachtet werden.«

»Und wurden verbrannt?«

»Ja und nein. Es gibt Unterlagen, dass so und so viele Kadaver entsorgt wurden. Überall rauchten die Krematorien. Doch wie viele Tiere tatsächlich eingeäschert wurden, werden wir nie feststellen können. Interpol meint, dass nahezu die Hälfte der Kadaver eingefroren und mit falschen Ursprungszeugnissen exportiert wurde. Wie viele waren es dann erst nach der BSE-Katastrophe? Auch dort sind Millionen und Abermillionen notgeschlachteter Tiere auf dem Schwarzmarkt gelandet.«

»Damit behauptest du beziehungsweise Interpol, dass Landwirte gierige und gewissenlose Menschen sind ...«

Therese lächelte freudlos: »Die Bauern in Europa sind hart geprüft und vertrauen nicht auf die Versprechungen der Behörden. In England zeigte es sich, dass das Misstrauen berechtigt war. Der Staat hatte erklärt, die Kosten zu übernehmen, um die Bauern schadlos zu halten, aber es wurde so teuer, dass das Budget nicht ausreichte. Nicht einmal die Kontrollen ließen sich finanzieren. Die Veterinäre verließen sich einfach auf die Angaben der Landwirte, und wenn diese Bestätigungen vorwiesen, reichte das aus. So war es am bequemsten; außerdem wollten die Tierärzte es sich nicht mit ihren Kunden verderben.«

»Bloß gut, dass BSE einen Bogen um Schweden gemacht hat«, bemerkte Maud. »Unseren Bauern geht es auch nicht so blendend.«

Therese schüttelte den Kopf: »Ob Schweden wirklich so viel Glück gehabt hat, wissen wir nicht. Die EU-Kommission hat das schwedische Kontrollprogramm als mangelhaft eingestuft. Schlechte Dokumentation, keine Untersuchung von Verdachtsfällen, Verkauf ins Ausland ohne genaue Angaben über die Empfänger und so weiter. Dasselbe Spiel mit den Tierärzten; die Behörden stellten zu geringe Mittel zur Verfügung, und die Veterinäre wollten ihre Kunden nicht verlieren. Wenn es im durchorganisierten Schweden solche Mängel gab – wie sah es da erst in anderen Ländern aus? Derzeit ist BSE kein Thema mehr, aber es sind schon einige an der heimtückischen Creutzfeldt-Jacob-Krankheit gestorben, und es können wegen der langen Inkubationszeit noch viele mehr werden. Immer wieder hört man dagegen von Salmonellenvergiftungen und epidemischen Krankheiten bei Schafen und Schweinen. Ganz Europa ist ein Schlachtfeld für Haustiere, und die Händler mit illegalem Fleisch machen Milliardengewinne.«

Ich erkannte die Eckpunkte ihres Vortrags wieder, den sie wohl auswendig gelernt hatte, aber das konnte ich ihr nicht vorwerfen, denn ich hatte dasselbe getan. »Bei Verbrechen dieser Größenordnung muss doch die Polizei über eine Menge Material verfügen?«

»Eben nicht. Wir haben es mit sehr diskreten Geschäftsleuten zu tun. Vergesst nicht, dass der Handel zum Teil ganz legal läuft. Man kauft und verkauft Fleischbestände, die offiziell gar nicht existieren, weil sie ja – auf dem Papier zumindest – vernichtet wurden. Natürlich wurden ein paar Namen genannt, aber die erwiesen sich als falsch.«

»Aber einen Namen haben wir – Tomaso Berloccio.«

Der Zopf nickte zögernd: »Drei voneinander unabhängige Informanten haben uns mitgeteilt, dass dieser Tomaso Berloccio auf hohem Niveau in die internationalen Lebensmittelgeschäfte verwickelt sein könnte.«

»Konntet ihr nicht mehr aus denen herausholen?«

»Wir kamen nicht mehr dazu. Alle drei starben eines gewaltsamen Todes, nachdem sie mit uns geredet hatten. Berloccio ist eine Schattenfigur – und er ist alles, was wir haben. Er narrt uns und entgleitet uns immer wieder. Manchmal kommt es einem vor, als würde er gar nicht existieren. In keinem Register ist er erfasst.«

»Ist das möglich?«, sagte Maud. »Nun, wir wollen mal sehen, was die Kollegen hier im Hause zusammengetragen haben. Besonderes Lob gebührt dabei Rolf Öhman.« Sie nickte dem Kollegen zu und fuhr fort: »Tomaso kam im Alter von sechs Jahren zusammen mit seinem Vater Alberto Berloccio aus Turin nach Schweden. Das war 1963. Alberto bekam Arbeit bei ASEA in Vesterås, als einer der letzten Gastarbeiter aus Italien. Über Tomasos Mutter ist nichts bekannt. Alberto schmiss den Job schon nach einem Monat wieder hin und zog nach Stockholm. Was er hier gemacht hat, wissen wir nicht. Der Junge scheint ebenfalls durchs Netz geschlüpft zu sein, denn ein Schulbesuch ist nirgendwo verzeichnet. Sie wurden 1969 schwedische Staatsbürger. Bei dieser Gelegenheit tauchten sie kurz auf, um anschließend erneut zu verschwinden – Adresse unbekannt. 1974 beantragte Tomaso einen Reisepass. Hier ist eine Vergrößerung seines Passfotos.«

Das kleine Bild war auf A4 vergrößert worden. Ein Teenager mit schmalem Gesicht, breitem Mund und großen, dunklen Augen schaute uns an. Ein glattes Gesicht ohne ausgeprägte Züge, wie sie erst das Leben verleiht. Ein noch unbeschriebenes Blatt.

»1977 beantragte er einen neuen Pass, weil er den ersten verloren hatte. Sein Passbild sah jetzt so aus ...«

Eine neue Vergrößerung. Durchaus ähnlich, wenn man nicht genau hinsah. Und warum sollte man? Das Gesicht genauso schmal, aber ein anderer Mund und kleinere Augen.

»Aber ... das ist ja ein ganz anderer!«, rief Therese.

»Richtig. 1984 verlor er erneut seinen Pass und ließ sich einen neuen ausstellen. Diesmal mit diesem Foto.«

Wieder eine Person, die nur oberflächlich Ähnlichkeit mit den bisherigen hatte.

»Wer ist das?«, fragte der Zopf und starrte mit großen Mädchenaugen auf das Bild.

»Das fragen wir uns auch. 1997 beantragte Tomaso Berloccio routinemäßig einen neuen Pass und erhielt ihn auch anstandslos.«

Wieder zeigte Maud uns eine Vergrößerung, und wieder hatte der Mann auf dem Bild Ähnlichkeit mit seinen Vorgängern – aber es handelte sich zweifellos um eine andere Person. Verglich man das erste und das letzte eingereichte Passfoto, wurden die Unterschiede noch augenfälliger.

»Wir haben alle verfügbaren Leute auf Berloccio angesetzt und auch die italienischen Behörden wachgerüttelt«, erklärte Maud. »In Turin ist kein Alberto Berloccio registriert. Auch kein Tomaso. Man fand einen Guido Berloccio in Mailand, aber er ist vierundneunzig Jahre alt und lebt seit achtzehn Jahren in einem Heim für Demenzkranke. Rolle, was hältst du davon?«

»Alberto Berloccio hatte wohl Gründe, aus Italien zu fliehen. Vielleicht wurde er unter seinem richtigen Namen wegen Mordes gesucht. Oder er hatte ein Mädchen geschwängert und fürchtete sich nun vor ihren Brüdern. Er kommt mit falschen Papieren nach Schweden, bekommt Arbeit in Västerås, zieht nach Stockholm, wird nach einigen Jahren schwedischer Staatsbürger und erwirbt damit eine neue, ganz legale Identität. Und dann ... tja ...«

»Was – dann?«

»Der Sohn gerät früh in die falschen Kreise; vielleicht von Geburt an, wenn man an den Vater denkt. Wir wissen von Tomaso nur, dass seine Identität von Anfang an unklar ist. Warum die neuen Pässe? Er beantragt sie für andere, die Ausweispapiere benötigen und selbst keine bekommen würden. Mit anderen Worten: für gesuchte Verbrecher, für Leute, die mit einem gültigen schwedischen Pass um die Welt reisen wollen oder müssen. Tomaso kann sich ausländische Pässe auf dieselbe Weise verschafft haben. Leistung und Gegenleistung.«

»Schlussfolgerung?«

»Tomaso Berloccio, wenn wir ihn so nennen können, ist in internationale und kriminelle Geschäfte verwickelt.«

»Das habe ich doch die ganze Zeit gesagt!«, rief Therese aufgebracht. »Keine Kunst, so selbstverständliche Schlüsse zu ziehen.«

»Tja, wir Stockholmer sind eben schwer von Begriff«, konterte ich. »Ihr Göteborger seid da natürlich völlig anders.« Ich hob entschuldigend die Hände, bevor sie in die Luft gehen konnte: »Entschuldige, aber wir müssen klären, worum es geht, wer in welcher Rolle agiert, wer noch im Spiel ist, wo etwas passiert und passieren kann, und wenn wir die Länder kennen, finden wir vielleicht die Komplizen. Damit beschäftigen wir uns hier – wir wollen Handlungsmuster erkennen und herausfinden, wer die Beteiligten sind.«

Therese verschränkte die Arme vor der Brust und begnügte sich damit, mich wütend anzustarren.

»Axel Wikman wusste etwas, was ihm den Tod brachte. Er hat jemanden angerufen, der seinerseits den Mordbefehl gab oder die Aufgabe weiterleitete. Deshalb mussten die Cousins sterben, denn sie konnten über dasselbe Wissen verfügen. Ich sollte sterben, und Ohlin musste sterben, weil er die Täter identifizieren konnte. Wikman hat etwas gesagt ... ich erinnere mich nicht daran, was es war ... Na, vielleicht war es wirklich nicht wichtig. Über Wikmans Mörder kommen wir an die Hintermänner heran und können das Rätsel Berloccio lösen. Und decken dabei seine Beteiligung an dem oder den internationalen Syndikaten auf.«

»Du erzählst jetzt zum dritten Mal dasselbe«, sagte Therese mit zusammengebissenen Zähnen.

»Ja, du bist ja auch eine Frau, da fällt der Groschen langsamer. Das ist wissenschaftlich bewiesen. Man muss den Tatsachen ins Auge sehen. Bei uns sind die Frauen vor allem dazu da, Kaffee zu servieren. Ada ist bestimmt derselben Meinung.«

Maud lächelte nachsichtig und sagte zu Therese: »Mach dir nichts draus; er spinnt manchmal. Dafür ist er beim Abwasch unschlagbar. Rolf, du hast lange genug geschwiegen. Jetzt bist du dran.«

Öhman blätterte in seinem Papierstapel. Nun war seine Stunde gekommen; Rolf, der geniale Ermittler, der große Enthüller, trat in Aktion. Wieder rügte ich mich selbst, weil ich so ungerecht gegenüber dem fleißigen Kollegen war. Ich beschloss, mich zu schämen, aber erst am kommenden Donnerstag.

»Berloccio soll 1995 nach Spanien ausgewandert sein; für die Zeit davor gibt es eine Adresse in Stuvsta. Das war, als er verdächtigt wurde, anabole Steroide zu importieren, aber es fehlte an Beweisen, sodass es zu keiner Verurteilung, ja nicht einmal zu einer Verhaftung kam. Mehr habe ich nicht gefunden.«

»Nun, er war noch anderer Verbrechen verdächtigt, aber die Anhaltspunkte rechtfertigten kein Eingreifen«, ergänzte Maud. »Welcher von den Berloccios es auch immer war.«

»Ludvig Kubiela ist unter einer Adresse in Kopenhagen gemeldet, aber er hat in Stockholm und Umgebung einige Verwandte sowie andere Kontakte.«

»Die dänische Polizei ist informiert«, meldete sich Maud. »Sie greifen ihn, sobald er auftaucht. Mach weiter, Rolf.«

»Seinen Kumpan haben wir anhand der Fingerabdrücke identifizieren können. Er heißt Stikke, Sverre Stikke, Norweger, siebenundvierzig Jahre alt. Ein alter Bekannter, stimmt's, Rolle?«

Das konnte ich zugeben, ohne das Gesicht zu verlieren. In meinem langen Fahnderleben hatte ich eine Unmenge an Menschen kennen gelernt, von kleinen Mädchen, die sich auf dünnes Eis hinausgewagt hatten, bis hin zu Monstern, gegen die Hannibal Lecter ein Waisenknabe war. Stikke lag irgendwo dazwischen. Sicher soff er Blut, aber nur, wenn er durstig war. Seine Karriere reichte von Misshandlungen über schwere Körperverletzung bis hin zu Morden, die man ihm allerdings nicht hatte beweisen können. Er ließ sich für jeden Job anheuern, der gut bezahlt wurde. Aus einer alten Ermittlung hatte ich noch in Erinnerung, dass er an einer Lese- und Rechtschreibschwäche litt und nahezu Analphabet war. »Ist er wieder in Schweden? Zuletzt wurde er in Finnland gesucht.«

»Er ist ein Meister darin, sich versteckt zu halten. Er schläft nur in Häusern mit mehreren Fluchtwegen.«

»Ist er der Boss?«, fragte Therese.

»Unmöglich«, antwortete ich. »Er kann nur Befehle ausführen. Kubiela und er sind die typischen Handlanger, Feldwebel in der Armee der Gewalt. Was hast du über ihn?«

Öhman konsultierte seine zahllosen Texte, die mit doppeltem Zeilenabstand, eingezogenen Absätzen und breitem rechten Rand wie Schulaufsätze aussahen. Oder schlummerte eine Poetenseele hinter der Polizistenstirn? »In Oslo ist er unbekannt, und auch in Drammen, wo er geboren wurde. Er hielt sich meistens in Schweden auf. Ich habe die Namen und Adressen einer Reihe von Geschwistern und anderen Verwandten ermittelt, sowie ein paar alte Freunde und Freundinnen und eine Frau, mit der er mal verheiratet war. Dazu kommen wie üblich die Kunden, mit denen er in Kumla und Tidaholm zusammen gesessen hat. Soweit ich weiß, hat er keine Kinder.«

Vertraulich beugte ich mich zu Therese, die demonstrativ wegrückte. »Genau das sagte Kålle, als Osborne ihn am Montag fragte, nachdem Kålle mit Ada im Schlosspark ... Entschuldige, den kennst du ja schon längst. Hatte ich glatt vergessen.«

Therese atmete schwer und funkelte mich an, aber manchmal glaube ich an die Schockmethode. Wirf ein Kind, das nicht schwimmen kann, ins Wasser, und es gelangt irgendwie ans Ufer, durch die Erfahrung an Körper und Seele gestärkt. Manche ertrinken allerdings auch.

»Du bist ekelhaft«, sagte sie, jede Silbe betonend.

Maud warf mir einen strengen Blick zu, und ich gab ihr durch eine Geste zu verstehen, dass ich es aufgab, zumindest für diesen Tag.

»Reißt euch jetzt zusammen, alle beide!«

»Aber er respektiert mich nicht und ...«

»Rolle wird sich ab jetzt von seiner besten Seite zeigen. Ihr werdet gemeinsam diese Leute aufsuchen, deren Adressen Rolf ermittelt hat.«

»Sollen wir diesen Sverre verhaften?«

»Das machen andere. Informiert euch über seinen Umgang, seine Gewohnheiten und wo er sich aufhält. Dasselbe gilt natürlich für Kubiela. Wir benötigen ein umfassendes Bild von den beiden Akteuren. Haben wir das Spinnennetz gefunden, sehen wir, wer noch darin zappelt, als Täter oder potentielles Opfer. Höfliche Fragen und nützliche Antworten, für mehr seid ihr nicht zuständig.«

Therese schnaufte verächtlich: »Das kriegt dieser grobe Klotz doch niemals hin!«

Ich verbeugte mich höflich vor ihr: »Unter deinem veredelnden Einfluss, liebe Tessan, wird es wohl gehen.«

Sie straffte sich und hob das Kinn: »Ich heiße Therese. Für ein paar Tage muss ich nach Lyon, und dann ist Mittsommer.«

»Meinetwegen«, sagte Maud. »Dann fangt ihr am Montag zusammen an. Ein paar periphere Personen kann sich Rolle zuvor allein vornehmen. Öhman liefert das Material.«

Das war das Signal zum Aufbruch. Ich begleitete Therese zu dem Büro, das man ihr vorübergehend zur Verfügung gestellt hatte. Der Zopf tanzte wütend auf ihrem Rücken. Es schien sie zu wundern, dass ich mich brav verabschiedete und in mein Zimmer trabte.

Die Post lag auf dem Tisch, darunter ein Brief mit der Handschrift, die ich schon kannte. Er landete umgehend in der Rundablage. Interpol hatte ein Dossier über den Schmuggel mit Lebensmitteln geschickt, mit Zahlen und Diagrammen. Leider war das Ganze in einer so trockenen Beamtensprache verfasst, dass ich nach vier Seiten die Schnauze voll hatte. Ich las mir noch die Zusammenfassung durch, aus der hervorging, dass diese Verbrechen in einem gefährlichen Maße eskalierten.

Eines hatte ich schon begriffen: Das Geschäft war nur möglich, weil es an Kontrollen mangelte. Wer wollte da moralisieren? So ist es ja immer. Wenn niemand aufpasst, dann werden Menschen schwach, dann siegt die Gier. Soll ein vergrößertes Europa in Zeiten der Globalisierung funktionieren, dann sind feinmaschige Kontrollen erforderlich, um die schwarzen von den weißen Schafen zu trennen.

Maud kam mit Öhman in mein Büro, und ich vermutete, dass sie mir den Kopf waschen wollte. Vermutlich hatte ich es verdient.

»Ja, ja«, sagte ich. »Ich verspreche, mich zusammenzureißen und seriös aufzutreten. Lasst uns über anderes reden.«

»Was ist los mit dir?«, fragte Maud. »Warum verhältst du dich Therese gegenüber so unprofessionell?«

Darüber musste ich eine halbe Minute nachdenken. Ja, warum eigentlich? »Ehrlich gesagt, ich weiß es nicht. Du kennst die Problematik des Mobbings in der Schule. Es gibt Schüler, die geradezu prädestiniert sind, Mobbingopfer zu werden, und andere, die eigentlich brave Kinder sind, aber dennoch die Lust verspüren, Mitschüler zu quälen. Traurig, aber wahr. Diese Zopfliese ist so ... voller Widersprüche, ohne dass man dem etwas Positives abgewinnen kann. Sie hat viele

Komplexe und vorgefertigte Meinungen, weiß wenig vom Leben und verfügt nicht über eine Spur von Humor. Sie nimmt alles ernst und krumm, obwohl es gar keinen Grund gibt. Man fühlt sich in ihrer Gesellschaft einfach nicht wohl. Aber vielleicht hat die karrieregeile Streberin auch gute Seiten und ist beruflich außerordentlich tüchtig. Ich habe nur noch nichts davon bemerkt.«

»Die bei Interpol in Lyon halten sie für intelligent, fleißig und kompetent. Außerdem hat sie sich ein umfangreiches Kontaktnetz geschaffen.«

»Aber Kålle und Ada kennt sie nicht.«

»Rolle ...«

»Ich weiß, ich weiß, ich soll meine dreckigen Witze für mich behalten. Aber man will doch auch ein wenig Spaß haben, wenn man mit jemandem im Team arbeitet. Myrna Clavebo, die zuletzt meine Partnerin bei der Fahndung war, hat es mir immer mit gleicher Münze heimgezahlt.«

»Vielleicht bevorzugt Therese einfach eine andere Art von Humor als du?«

»Mag sein, damit muss ich dann leben. Maud, ich verspreche, dass ich meinen ganzen Charme zusammenkratzen werde. Natürlich zählt allein das Resultat. Dass ich meinen Spaß haben will, würde nicht einmal die Gewerkschaft verstehen.«

»Gut, dann sind wir uns einig. Rolf gibt dir die Adressen.«

Natürlich beteiligten sich auch andere Kollegen an der Jagd auf Sverre, Ludvig und das Phantom Berloccio, es ging schließlich um Mord und einen Mordversuch an einem Polizisten. Mein Name war nicht genannt worden, aber es war wohl etwas nach draußen gesickert, denn auf meinem Anrufbeantworter baten immer mehr Journalisten um einen Rückruf. Sollten sie sich doch etwas aus den Fingern saugen, das taten sie ja sowieso täglich. Meine Beziehungen zu den Massenmedien waren seit langem gestört. Sicherheitshalber hatten Virena und ich unsere Mobiltelefone, deren Nummern niemand kannte. Selbst Elin verfügte über ein eigenes Handy, um mit ihren Freundinnen zu telefonieren.

»Hier sind Adressen und Namen, die mit Tomaso Berloccio in Verbindung gebracht werden«, erklärte mir Öhman. »Im Kommentar steht, welcher Art die Beziehungen sind. Ähnliche Listen habe ich für Kubiela und Stikke erstellt. Insgesamt sind es hundertvier Adressen.«

Ich warf einen prüfenden Blick auf die Tabellen. »Mannomann, du hast ja sogar die Schulkameraden erfasst. Dabei haben die Kerle doch höchstens die Hilfsschule absolviert.«

»Im Fall von Stikke stimmt das tatsächlich. Aber es ist erwiesen, dass Schulfreundschaften sehr lange halten können.«

»Bei solchen Kontakten müsste ein Anruf genügen. Es wäre ja verrückt, bis nach Mjölby zu fahren, um jemanden zu treffen, der vor Jahrzehnten mal in derselben Klasse war.«

»Das musst du selbst entscheiden; ich liefere nur das Material. Außerdem sind wir hier nicht bei der Fahndung.«

Das war richtig. Ich schätzte die größere Freiheit, die ich nun genoss, nämlich nach eigenem Ermessen zu arbeiten. Darin drückten sich Vertrauen und Wertschätzung meiner Vorgesetzten aus, und ich konnte mich besser auf die wichtigsten Aufgaben konzentrieren. Deshalb wollte ich nicht zur Fahndung zurück, obwohl uns Simon dort auch nicht an der kurzen Leine geführt hatte. Wenn man sich einmal an die Freiheit gewöhnt hat, gibt es kein Zurück.

»Hüte dich vor Sune Bengtsson. Er will deinen Kopf.«

»Sune? Wieso ist der immer noch im Dienst?«

Öhman machte eine entschuldigende Geste, obwohl er für Personalentscheidungen gar nicht zuständig war. Sune hatte sich als aktiver Neonazi entpuppt und seinen politischen Auftraggebern Dienste erwiesen, indem er sie vor Razzien warnte oder dafür sorgte, dass verhaftete Rechtsextremisten in dieselbe Zelle kamen, damit sie ihre Aussagen absprechen konnten. Er hatte Verhöre mit Verdächtigen so manipuliert, dass sie entlastet wurden. Einmal hatte er einem Täter Informationen zukommen lassen, die dieser vor Gericht zu seinen Gunsten verwenden konnte. Sune Bengtsson sollte selbst im Knast schmoren, anstatt noch immer das Polizeikorps zu verunzieren.

»Er hat es verstanden, ein arbeitsrechtliches Problem aus seinem Fall zu konstruieren«, sagte Öhman. »Der Gewerkschaftsvertreter mag ihn auch nicht, musste sich aber hinter ihn stellen. Die Beweise gegen ihn waren wohl nicht ganz wasserdicht, also kam er noch einmal davon. Keine Abteilung will ihn haben, also hockt er in seinem Zimmer, raucht Kette und hasst die Welt, vor allem dich.«

»Ich hoffe, er räuchert sich so lange, bis er zum Bückling wird«, murmelte ich.

»Wenn du willst, kann ich dir die Adressen geografisch sortieren.«

»Danke, das schaffe ich schon selbst.«

Als Öhman gegangen war, schaute ich die Listen noch einmal durch. Die meisten Adressen betrafen Stockholm und Umgebung, dazu kamen einige in anderen schwedischen Städten und in den Nachbarländern. Einerseits war meine Situation ein wenig eigenartig. Ich sollte Menschen jagen, die mich ermorden wollten und es beinahe geschafft hatten. Andererseits ist Rache eine nicht zu unterschätzende Triebkraft.

Stuvsta ist ein alter Teil von Huddinge. Früher gab es hier Sporthütten und Wochenendhäuser, aber daran erinnern sich nur noch Nostalgiker. Jetzt wirkten die Häuser eher gediegen. Viele waren von einfachen Leuten erbaut worden, die hart für den Traum vom eigenen Heim in gesunder, kinderfreundlicher Umgebung geschuftet hatten. Dementsprechend waren die Grundstücke genauso groß, wie sie sein mussten.

In der Mittsommerzeit wirken selbst die kommunalen Müllkippen einladend. Hier waren die Häuser in Blüten und frisches Grün gehüllt. Stuvsta erschien mir wie ein Paradies, das bewusst so gestaltet worden war, dass möglichst viele Menschen darin Platz fanden.

Das Haus, das ich suchte, war aus gelben Ziegeln errichtet, vermutlich in den sechziger Jahren oder etwas früher. Es war gut erhalten; lediglich einige der Dachsteine waren geplatzt und das Fallrohr vom Rost angegriffen. Das Grundstück war von einer Hecke umgeben, die schon lange nicht mehr geschnitten worden war. Auf einer Art Terrasse standen ein Tisch und einige Gartenstühle, alles aus ornamentiertem Gusseisen und weiß bemalt.

Einige Stufen führten zu einer bescheidenen Veranda. Gerade wollte ich die Tür öffnen, da kam mir ein Mann entgegen und rannte mich fast über den Haufen. Er trug eine tief in die Stirn gezogene Strickmütze, und als ich die Balance wieder gefunden hatte, sah ich nur noch, wie er hastig in einen dunkelblauen Nissan stieg. Er trat beim Start das Gaspedal dermaßen brutal durch, dass der Wagen einen Satz machte und wie ein Pfeil davonschoss.

Nur einmal drehte er sich um, sodass ich sein Gesicht von den Augen abwärts bis zum Kinn sehen konnte. In meinem Gedächtnis schnurrten die Rädchen. Dann fiel mir ein, wo er mir schon einmal begegnet war: im Wasser des Harsasees, das seine Züge verzerrt hatte.

Dort fuhr er davon – mein Mörder, Ludvig Kubiela!

8. Kapitel

Den Schlüssel, wo hatte ich nur den Autoschlüssel?! Fieberhaft durchsuchte ich alle Taschen, bis ich ihn endlich fand. Hinein ins Auto und ab in dieselbe Richtung, in die er verschwunden war!

Ich fuhr schnell und informierte zugleich die Bereitschaft: »Der wegen Mordes gesuchte Ludvig Kubiela flieht aus Stuvsta vermutlich in Richtung Stockholm. Dunkelblauer Nissan, polizeiliches Kennzeichen NSD, glaube ich, die Zahlen konnte ich nicht erkennen. Kubiela ist wahrscheinlich bewaffnet.«

»Okay, ich gebe Alarm.«

Mehr konnte ich nicht tun. Ich hatte ihn verloren; für mich war es sinnlos, weiter durch die Gegend zu fahren und die Nadel im Heuhaufen zu suchen. Ein halbes Dutzend Streifenwagen, an den Einfallstraßen nach Stockholm postiert, konnte bedeutend mehr erreichen. Ich kehrte um und hielt erneut vor der Villa aus gelben Ziegeln. Auf der Treppe stand ein Mann, der schmuddelige Trainingshosen, ein knallgrünes T-Shirt mit der Reklame einer Radiofirma und abgelatschte Pantoffeln trug. Er war klein und dick und hatte dünnes, lockiges Haar. Seine Haut war mit Leberflecken übersät, und er lächelte gutmütig, als gäbe es nichts Böses unter der Sonne.

»He, der hatte es aber eilig«, sagte er. »Als hätte ihm jemand Feuer unterm Hintern gemacht.«

»Wer bist du, und wer war der Mann?«, fragte ich.

»Und wer bist du? Von der Steuer?«

»Roland Hassel, Kriminalinspektor.«

Ich hielt ihm meinen Ausweis hin, aber er schien nicht überrascht.

»Sieh an, ein leibhaftiger Polizist. Als ich euch nach dem Einbruch im vergangenen Jahr gerufen habe, seid ihr nicht gekommen. Leopold Nylén ist mein Name. Kannst mich Leo nennen. Komm doch rein. Dass nicht sauber gemacht ist, wird dich hoffentlich nicht stören.«

Es sah etwas schmutzig aus, aber nicht schlimmer als in den meisten schwedischen Haushalten am Ende der Woche. Einmal Staubsaugen und ein bisschen aufräumen, dann wäre alles wieder in Ordnung. Die Möbel waren rustikal und von guter Qualität. Lithografien bekannter Künstler hingen in schmalen Silberrahmen an der Wand. Prall gefüllte Bücherregale dominierten den Raum, und es schien sich nicht um die Massenware der Buchklubs zu handeln.

»Setz dich, Hassel. Willst du Kaffee oder frisch gepressten Orangensaft?«

Ich bestellte Juice und hörte ihn in der Küche rumoren. Währenddessen inspizierte ich seine Bibliothek. Sie bestand zum größten Teil aus den Erstauflagen von Romanen älterer schwedischer Autoren. Mehrere davon hatte ich gelesen und für gut befunden.

»Hier hast du den Orangensaft. Gepresst aus griechischen Apfelsinen, die sind besonders süß und saftig. Ein wenig teurer als andere, aber man lebt ja nur einmal. Kekse habe ich nicht im Haus; ich wusste ja nicht, dass ich einen Gast haben würde.«

Auf dem Tablett standen mein Saft und eine dampfende Tasse mit starkem schwarzen Kaffee. Ich nahm den Sessel, und er setzte sich aufs Sofa, kreuzte die Beine und ließ einen Pantoffel wippen.

»*Shoot*, Hassel, *from the hip*. Ich schau mir gern alte Western an. John Wayne wird völlig überschätzt. Er watschelt wie eine alte Ente.«

»Wer war der Mann, der vorhin aus dem Haus gerannt kam?«

»Er heißt Lennart Tomasson.«

»Erzähl mir mehr über ihn.«

»Da gibt es nicht viel zu berichten. Ein finsterer Typ, der sich aber ruhig verhält und nicht stört. Er klingelte vor einem Jahr und erkundigte sich, ob ich nicht ein Zimmer zu vermieten hätte. Er behauptete, ein Bekannter von ihm habe einmal in der Einliegerwohnung hier im Haus gewohnt. Eigentlich ist es nur ein Zimmer unten im Souterrain; mein Vorbesitzer hatte dort seinen Partyraum. Da ich kein Partytyp bin und den Raum nicht benötige, wurden wir uns einig, und er bezahlt mir zweifünf im Monat. Meine Pension ist nicht üppig, gemessen an dem, was ich eingezahlt habe. Ich rauche und trinke nicht, aber Bücher, die braucht man zum Leben. Meinst du nicht auch?«

»Ja, sicher. Wies er sich aus? Hatte er Gäste? Verfügt er über einen eigenen Anschluss, oder benutzt er dein Telefon? Bekam er Anrufe? Wurde er manchmal von jemandem abgeholt?«

Er kratzte sich mit dem Kaffeelöffel am Kopf. »Du fragst wie meine Exfrau vor vierzig Jahren, wenn ich mal später nach Hause kam.«

Ich grinste verstehend, und er fuhr fort: »Ja, er wies sich aus, mit seiner Fahrerlaubnis. Warte mal, das war so ein internationaler Führerschein, so einen sah ich damals zum ersten Mal. Besucher habe ich nie gesehen; er kam und ging und war sich wohl selbst genug. Auch keine Frauenzimmer, obwohl ich nichts dagegen gehabt hätte; es ist schließlich sein Zimmer.«

»Wann hast du das Haus gekauft?«

»1995 starb der Eigentümer, ein Jahr später gab auch der Nachbesitzer den Löffel ab. Dann war ich dran und konnte zu einem guten Preis kaufen. Das Haus ist stabil und gut erhalten.«

»Du hättest den alten Zigarrenrauch nicht mitkaufen sollen.«

Er schnupperte und runzelte die Stirn: »Merkt man das immer noch? Mhm, hat mich nie gestört. Meine Großmutter meinte immer, es riecht nach feinen Herren, wenn es nach Zigarre roch.«

»Ich möchte sein Zimmer sehen.«

»Kein Problem. Ich habe einen Schlüssel. *A skeleton key*. Ich mag auch Kriminalfilme. Vergiss deinen *juice* nicht, Junge.«

Ich trank den Saft aus, stand auf und wäre fast mit ihm zusammengestoßen, denn er war unverhofft vor einem Bücherregal stehen geblieben.

»Du hast doch Piraten gelesen? Fritiof Nilsson Piraten?«

»Bombi Bitt und noch ein paar andere Bücher. Aber jetzt ...«

»Hervorragend, ein belesener Polizist! Ich mag gebildete Beamte. Du solltest Mitglied in der Fritiof-Nilsson-Piraten-Gesellschaft werden, der größten literarischen Vereinigung Schwedens. Für einen geringen Beitrag bekommst du ein herrliches Jahrbuch und wirst zu den Veranstaltungen eingeladen. Piraten war der beste Schriftsteller, den unser Land je hatte. Denk nur an ...«

»Ein andermal. Zeig mir jetzt sein Zimmer, bitte.«

»Ja, sicher. Wenn ich an Piraten denke, komme ich immer ins Plaudern.«

Wir stiegen die Treppe hinab ins Souterrain. Er zog ein Bund Schlüssel hervor, suchte den richtigen und öffnete. Dichter schwarzer Rauch wallte uns entgegen, dahinter loderten Flammen.

»Nanu, es brennt ja«, sagte Nylén und wirkte gar nicht aufgeregt.

»Ruf die Feuerwehr«, schrie ich. »Schnell!«

»Ja, mach ich. Mein Gott, wie das brennt!«

Ich zog die Jacke aus, hielt sie vor Nase und Mund und stürmte in das Zimmer. Es roch nicht nur nach Rauch, sondern auch nach Benzin, und ich entdeckte einen umgekippten

Kanister in einer Ecke. In dem ehemaligen Partyraum standen einfache Möbel; ein großer Tisch, Stühle, ein Schrank, ein Regal und eine Kommode, deren Schubfächer zum Teil aufgezogen waren. Ich sah darin feuchtes Papier. Der Brandstifter hatte das Benzin offenbar in Lachen verteilt und keine Zeit mehr gehabt, sich zu vergewissern, ob sich das Feuer überall ausbreiten konnte. Ich kippte den Inhalt der Fächer auf den Fußboden und trampelte darauf herum, um einzelne Flammen zu löschen. Dabei schluckte ich Rauch und hustete mir fast die Lunge aus dem Leib.

»Ich habe auch einen Feuerlöscher«, hörte ich plötzlich Nyléns Stimme. Er hielt das Gerät hoch und fügte hinzu: »Wenn ich nur wüsste, wie er funktioniert.«

Ich riss den Zylinder an mich, entsicherte ihn und sprühte die Flüssigkeit auf die Brandherde. Nylén half, indem er eine Decke auf die Flammen warf und enthusiastisch darauf herumtanzte.

»Wo, zum Teufel, bleibt denn die Feuerwehr?«, japste ich nach einer erneuten Hustenattacke.

»Hassel, wir haben es gleich geschafft!«

Zehn Minuten später war nur noch der Rauch übrig, und ich wankte mit tränenden Augen hinaus. Nylén verschwand und kam mit zwei kalten Flaschen Mineralwasser zurück.

Gierig trank ich und spürte, wie die Flüssigkeit die Kehle hinabrann. Dann sagte ich: »Komisch, bei akuten Bränden pflegt die Feuerwehr schneller zu sein.«

»Ich ... äh ... habe gar nicht angerufen. Ich dachte, zwei tüchtige Kerle werden doch mit so einem kleinen Feuer fertig. Es war ja nur der Partyraum.«

Er reagierte gar nicht auf meinen verständnislosen Blick, sondern betrachtete in aller Ruhe den Brandschaden. Ein Teil der Papiere war verkohlt, aber die meisten hatten es überstanden. Hier waren Experten vonnöten. Ich rief bei der

Bereitschaft an und bat, die Kriminaltechniker herzuschicken. Da ich den Platz bis dahin nicht verlassen wollte, musste ich mir weitere Anekdoten über Fritiof Nilsson Piraten anhören. Als die Kollegen ankamen, hatte er mich überzeugt, Mitglied der Literaturgesellschaft zu werden und spendierte mir noch ein Glas Orangensaft.

»Vielleicht sollte ich die Feuerwehr doch noch anrufen, wegen der Versicherung. Gut, dass ich dich als Zeugen habe. Die könnten ja denken, ich hätte den Brand selbst gelegt. Du, Hassel, das war richtig spannend. Fast so wie in den Büchern.«

Maud konstatierte, dass meine Ausbeute für den Anfang nicht schlecht sei. Die Sache war nicht optimal gelaufen, weil mir Kubiela knapp entwischt war, aber immerhin konnten wir seine Hinterlassenschaft auswerten. Es war wie in den alten Zeiten bei der Fahndung. Wäre ich Minuten eher erschienen, hätte es wohl einen Kampf auf Leben und Tod gegeben. In der letzten Zeit war ich immer häufiger ohne Dienstwaffe unterwegs, weil es schöner war, sich wie ein ganz normaler Bürger zu bewegen, ohne das Holster um die Brust.

An den folgenden Tagen erledigte ich Schriftkram, klapperte vier Adressen ab und redete mit zwei Personen, die keine Ahnung hatten, von wem ich sprach. Ihre verständnislosen Gesichter schienen echt zu sein.

Der Mittsommertag kam, und wir frühstückten auf dem Balkon. Wir wollten nach Grissleholm in unser gemietetes Sommerhaus fahren, mit den Ortsansässigen feiern und am nächsten Tag zurückkommen. Am Sonntag würden meine beiden Damen dann in den Reiturlaub fahren und mich als Strohwitwer zurücklassen.

Das Telefon klingelte. Elin rannte hin und rief, es sei sicher Mettan, die kein eigenes Handy habe. Sie meldete sich und wurde von einer Sekunde zur nächsten ganz ernst. Ihre Miene drückte Angst und Ekel aus.

Virena eilte hinzu, übernahm das Gespräch und lauschte. Ihre Augen wurden eng, dann legte sie den Hörer auf. In leichtem Ton sagte sie zu Elin: »Das war ein kranker Mensch. Kümmere dich nicht darum, er kann nichts dafür. Manche sind so.«

Elin nickte, sah aber plötzlich zehn Jahre älter aus. Langsam ging sie in ihr Zimmer. Ein unsichtbares Messer bohrte sich in mein Herz.

Virena setzte sich wieder zu mir und murmelte: »Ekelhaft, was sich die Kleine anhören musste. Selbst mir ging das an die Nieren. Er erwähnte deinen Namen. Wirst du von jemandem bedroht?«

»Nicht direkt. Jedenfalls nicht in dieser Beziehung. Ich verstehe gar nichts. Vielleicht war es wirklich ein Geistesgestörter, der sich an solchen Telefonaten aufgeilt.«

»Mag sein«, sagte sie zögernd. »Hoffen wir, dass Elin vergisst oder verdrängt, was sie gehört hat. Ich werde es jedenfalls versuchen.«

Ich fuhr an der Küste entlang; Virena und Elin teilten sich die Rückbank. Sie unterhielten sich leise, und ich merkte, dass es Virena gelang, Elin zu beruhigen. Bald plauderte die Kleine wieder wie immer.

Ich allerdings war überzeugt, dass es sich nicht um das Gestammel eines Perversen gehandelt hatte. Jemand wollte mich in die Schranken weisen, indem er die mir nahe stehenden Menschen verletzte. Das war ihm gelungen. Wer kam nur auf die Idee, einem kleinen Mädchen solche Sachen zu sagen?

In meinem Kopf tauchte ein großes Fragezeichen auf. Warum geschah das hier? Was war die Ursache? Ich war keine individuelle Bedrohung mehr. Wollte jemand ein Exempel statuieren? Aber für wen? Ich hatte das schleichende Gefühl, dass irgendetwas schief lief, dass ich zum Spielball unbekannter Kräfte geworden war. Es schien mir, als stritten sich ein hungriges Krokodil und eine Giftschlange um die Beute – um mich. Eigentlich hätten sie mich doch in Frieden lassen müssen, aber vielleicht war Logik nicht ihre starke Seite.

Außerdem waren die Geschehnisse auch in einem größeren Zusammenhang gesehen verrückt. Die Aktionen waren so deplatziert wie eine Punkband auf dem Opernball. Wobei sich immer die Frage stellt, was schuld ist an der Dissonanz, die Band oder der Ball.

Der Mittsommerabend war wolkenlos, aber kühl. Die Sonne spiegelte sich im Meer, konnte aber niemanden zu einem Bad verleiten. Warm angezogen nahmen wir an den allgemeinen Belustigungen teil. Elin beteiligte sich am Ringtanz und gewann einen Teddy in der Lotterie. Ich konnte ein Gähnen nicht unterdrücken und betrachtete das Ganze mit einer gewissen Distanz. Da spielten Erwachsene ihren Kindern eine kollektive Manifestation der Freude vor, erzeugten aber nur eine oberflächliche Begeisterung. Und viele Kinder taten nur so, als ob sie sich vergnügten, um den Erwartungen ihrer Eltern zu entsprechen. Auch wenn ich manchmal laut lachte, um meine Teilnahme zu bekunden, waren meine Gedanken auf Wanderschaft. Leider fehlte es ihnen an Karte und Kompass, sodass sie ins Leere liefen.

Im Haus heizten wir ordentlich ein, brachten Elin zu Bett und konnten uns endlich in Ruhe über den mysteriösen Anruf unterhalten.

»Das Schlimme ist, dass Elin die Widerwärtigkeiten vielleicht wörtlich nimmt«, meinte Virena. »Ich habe ihr zwar erklärt, dass der Mann krank ist, aber wer weiß. Vielleicht baut sich in ihr ein Misstrauen gegen alle Männer auf. Deiner Kollegin Therese muss Ähnliches passiert sein, nur im größeren Maßstab und offenbar nicht nur am Telefon. Sei ein bisschen sensibel ihr gegenüber und nicht so ruppig, wie das manchmal deine Art ist.«

Am nächsten Tag erkundeten wir die Umgebung. Elin erinnerte sich an alles Mögliche und kicherte über Abenteuer, von denen ich nichts wusste, während Virena durchaus eingeweiht zu sein schien.

Am Nachmittag fuhren wir nach Hause, und mit jedem Kilometer wuchs meine Anspannung. Grisslehamn war ein Sommerparadies, ein Platz zur Erholung, zum Luftholen. Bereits jetzt schnürte sich meine Kehle zu. Was erwartete uns in Stockholm? Und warum musste ich damit rechnen, dass etwas passierte?

Am Sonntagvormittag fuhr ich meine beiden Damen mit ihrem umfangreichen Gepäck zum Bahnhof. Virena und ich hielten nicht viel von sentimentalen Abschiedszeremonien. Hej, pass auf dich auf, das musste reichen. Wir ließen lieber Blicke sprechen, und ich hoffte, sie verstand, dass ich mich bereits jetzt nach ihnen sehnte. Elin freute sich auf das Reitlager und fand ihren Papa längst nicht so spannend wie die bevorstehenden Erlebnisse zu Pferde. Ich bekam eine Umarmung und einen Kuss und war dankbar dafür.

Wie ein Omen verschwand die Sonne hinter dichten Wolken, als ich den Bahnsteig verließ. Der große Regisseur bewies wieder einmal seinen Sinn für Dramaturgie, nur war unklar, ob es auf eine Farce oder eine Tragödie hinauslaufen würde. Eine sentimentale Komödie hätte meiner Stimmung am besten entsprochen. Langsam lief ich an den Kulissen entlang, die Stockholm darstellten; ein einsamer Wanderer auf dem Heimweg. Seltsam, wie allein man sich immer fühlt, wenn man sich gerade von der Familie verabschiedet hat. Dann ist die Welt am leersten, dann fühlt man sich von Gott und den

Menschen verlassen, und die Großstadt verwandelt sich in eine Steinwüste. Es kam, was kommen musste. Ein Essen aus der Mikrowelle, ein Buch von Fritiof Nilsson Piraten, ein Abend vor dem Fernseher, und dann ging ich beizeiten zu Bett.

Am Montagmorgen schaute ich in den Spiegel: Lohnte eine Rasur überhaupt? Für wen sollte ich mich fein machen? Das Mobiltelefon unterbrach meine trüben Gedanken. Ich freute mich auf den Gutenmorgenkuss, den Virena mir ins Ohr hauchen würde, doch es war Simon.

»Hast du heute mal ein Stündchen für mich Zeit?«

»Frag bei meiner Sekretärin nach.«

Doch mein alter Freund schien nicht zu Scherzen aufgelegt. Er seufzte vernehmlich und jammerte: »Es wächst mir alles über den Kopf, und du bist der Einzige, mit dem ich darüber reden kann. Obwohl du ein Verräter bist und mich und meine Gruppe für einen Schreibtischjob verlassen hast. Was macht Virena?«

»Ist mit Elin im Reitlager. Hat mich für ein paar Gäule verlassen.«

»Junge, dann bist du ja solo? Alles klar, wir gehen heute Abend essen. Du bist arm wie eine Kirchenmaus, also lade ich dich ein. Ein Würstchen als Vorspeise, und als Hauptgang Pferdebuletten. Wir treffen uns Punkt siebzehn Uhr vor dem Tor. Bring den großen Hunger mit.«

Um zehn ging ich zu Maud hinüber; der Zopf war auch schon da. Therese würdigte mich keines Blickes, und auch ihre Körpersprache verriet, dass sich übers Wochenende mir gegenüber keine Sympathien eingestellt hatten. Wir plauderten ein bisschen über Mittsommer und das Wetter und kamen dann zur Sache.

»Wir bekommen eine weitere junge Schwedin als Verstärkung«, begann Maud. »Vom Status her ist sie eine Art

Beobachterin. Sie heißt Maggie Chiari und arbeitet für die italienische Staatspolizei. Durch Heirat ist sie italienische Staatsbürgerin.«

»Maggie!«, rief Therese. »Ich kenne sie sehr gut. Sie arbeitet bei der halbgeheimen Einsatzgruppe gegen die sizilianische Mafia. Wir haben uns auf mindestens drei großen Konferenzen gegen das organisierte Verbrechen getroffen. Paolo, ihr Mann, war in derselben Gruppe und wurde von noch unbekannten Tätern ermordet. Sie ist wie ich davon besessen, alle Mafiosi zu entlarven, und hat schon fünf oder sechs Attentate überlebt. Kommt sie wegen Tomaso Berloccio?«

»Ja, wir haben eine internationale Fahndung herausgegeben. Daraufhin meldete sich ihr Chef und bot an, sie uns zur Verfügung zu stellen. Berloccio hat ja höchstwahrscheinlich einen schwedischen Hintergrund, und Maggie spricht schwedisch.«

Therese lächelte und bewies damit, dass ihre Mundwinkel nicht nur nach unten zeigen konnten: »Maggie! Endlich jemand, mit dem ich reden kann.«

Maud und ich schauten uns kurz an. Der Zopf merkte wohl, dass er sich zweideutig ausgedrückt hatte, denn er korrigierte sich sofort: »Ich meine natürlich privat. Wir haben viel gemeinsam und in Rom beziehungsweise Lyon an derselben Sache, der Bekämpfung internationaler Verbrechen, gearbeitet. Wann kommt sie? Wo wird sie wohnen?«

»Ab Donnerstag ist sie bei uns. Wir haben ihr ein Zimmer in dem Hotel gemietet, in dem wir für gewöhnlich unsere ausländischen Gäste unterbringen. Ach ja, du wohnst ja auch dort. Gut, kommen wir jetzt zum aktuellen Stand. Das Material aus Ludvig Kubielas Behausung in Stuvsta ist noch nicht ausgewertet. Über Mittsommer konnten wir keinen zwingen, Überstunden zu machen. Ihr wisst, was ihr zu tun habt. Klappert die Adressen ab. Fragen?«

Therese griente immer noch; sie freute sich wohl schon, mit ihrer Freundin zu quatschen und bei einem Glas Wein über die Kerle im Allgemeinen und mich im Besonderen herzuziehen.

»Wozu soll das dienen?«, fragte ich.

»Dienen? Was meinst du?«

»Ach, ich habe mir trotz des Feiertages so meine Gedanken gemacht. Man kann ja nicht einfach abschalten. Warum sollen wir die Bekannten unserer beiden Mörder zu zweit aufsuchen? Bei der Fahndung ist es Vorschrift, aus Sicherheitsgründen, aber wir gehen doch kein Risiko ein. Tessan kann ihres machen, wenn sie will, und ich meins. Wir sparen Zeit und vermeiden Streitereien.«

Therese reagierte wie Pawlows Hund. Ihre Augen funkelten; sie sprang auf, wies mit dem Finger auf mich und schrie: »Da-das sagt er nur, weil ich eine Frau bin! Die-dieses Chauvi-Schwein! Ich hasse ihn, diesen widerwärtigen ...«

Ich schaute zu Maud, nickte in Richtung des Zopfes und sagte: »*Need I say more?*«

Zum ersten Mal erlebte ich Maud richtig wütend. Sie hob die Stimme und schimpfte: »Verdammt noch mal, benehmt euch endlich wie erwachsene Menschen! Ihr wollt doch Profis sein! Wir haben das Vorgehen diskutiert und entschieden, dass ihr zusammenarbeiten sollt. Also Schluss jetzt mit den Sticheleien! Wir haben es mit Kapitalverbrechen zu tun. Muss ich noch deutlicher werden? So, und nun will ich eine sachliche Einschätzung der Lage. Rolle, du fängst an.«

»Ich möchte noch einmal auf einen Widerspruch zurückkommen. Ich meine diese offene, nackte, brutale Gewalt. Das passt doch nicht zu Lebensmittelschmugglern. Angeblich agieren diese sehr diskret und sind bestrebt, keine Aufmerksamkeit zu erregen. Zu solchen Gewaltorgien neigen eher Vertreter der anderen Branche, des modernen Sklavenhandels. Die Zuhälter im großen Stil arbeiten mit Verschleppung, Einschüchterung, Misshandlungen und Mord.«

»Schlussfolgerung?«

»Es gibt mehrere Alternativen. Eine haben wir schon durchgekaut. Berloccio scheint ja der gemeinsame Nenner zu sein. Entweder war er unter den Chefs der Lebensmittelgang und hat die Branche gewechselt, oder er betreibt den Menschenhandel nebenher. Dann gibt es irgendwo eine Verbindung. Obwohl, das geht nicht.«

»Warum nicht?«

Therese lauschte widerwillig; ihre Köperhaltung drückte nach wie vor Ablehnung aus.

»Stell dir zwei Buchverlage vor. Der eine veröffentlicht ausschließlich anspruchsvolle Lyrik, der andere Kriminalromane und anderen trivialen Mist. Wenn diese beiden Verlage fusionieren, ist der Misserfolg programmiert, denn sie unterscheiden sich fundamental im Denken, im Wirtschaften, in der ganzen Unternehmenskultur. So ist es auch im modernen Verbrechen. Nur Branchen mit ähnlicher Kultur, wenn man das Wort in diesem Zusammenhang benutzen darf, können zusammengehen. So sind ja die vielen mafiaähnlichen Organisationen entstanden.«

»So weit klingt das überzeugend, aber das ist nichts Neues für uns. Mach weiter.«

»Wenn Berloccio in beiden Branchen als eine Schlüsselfigur auftaucht, bedeutet das, dass er die Zuhälterei mit Zustimmung der Bosse nebenbei betreibt. Wie gesagt, Probleme sind programmiert. Vielleicht ist er auch ausgestiegen und hat den Sklavenhandel übernommen, dann ist der Konflikt noch schärfer. Aber es gibt eine weitere Alternative.«

»Spuck's aus.«

»Die eine Branche kann das Gerücht über Berloccio verbreitet haben, weil man ihn aus dem Weg haben will. Als Aussteiger ist er für die Schmugglerorganisation besonders gefährlich. Es kann auch umgekehrt sein, nur klingt das unwahrscheinlich. Möglicherweise fand er die Zuhälterei doch nicht so passend und wollte seine Position im Schwarzhandel wieder einnehmen, aber es ist nicht leicht, wieder zu erobern, was man einmal aufgegeben hat. Er kann als gefährlich eingestuft worden sein, und man versucht, ihn loszuwerden. Du siehst, es gibt viele Möglichkeiten, aber es muss eine Logik dahinter stecken.«

Ich fühlte mich wie ein Dozent, und vielleicht hatte ich mich tatsächlich in diese Richtung entwickelt. Nicht nur in Harsa, sondern auch zu anderen Gelegenheiten war ich als Redner nominiert worden, und ich hatte Gefallen daran gefunden. Manchmal glaubte ich selbst, dass meine Beiträge von Nutzen waren.

»Was sagst du dazu, Therese?«, fragte Maud.

Der Zopf stieß einen Laut aus, den ich als Geringschätzung wertete. »Wir von Interpol glauben, dass er tief in den Fleischhandel verwickelt ist. Von der anderen Richtung wussten wir nichts, und es ist nicht sicher, dass es sich so verhält, wie Hassel es dargestellt hat. Dieser Axel Wikman war vielleicht völlig falsch informiert.«

»Möglich«, meinte Maud. »Aber wir müssen von den Fakten ausgehen, die uns vorliegen.«

»Ich habe noch eine Variante auf Lager«, erklärte ich. »Erinnerst du dich an die weltweite Aufregung um Kilroy?«

Maud dachte nach und schüttelte den Kopf: »Kilroy? Sagt mir nichts. Wer war das?«

»Du bist so beneidenswert jung«, seufzte ich. »Nach dem Krieg tauchte eine Mitteilung an den verschiedensten Stellen auf: *Kilroy was here*. Die Pointe war, dass es gar keinen Kilroy gab. Alle waren Kilroy.«

»Entschuldige, aber ich verstehe nur Bahnhof. Was willst du damit sagen?«

»Dass vielleicht gar kein Tomaso Berloccio existiert. Der Name dient nur dazu, Zusammenhänge zu verschleiern.«

»So ein Quatsch!«, entfuhr es Therese. »Das kann nur einem Mann einfallen.«

Mauds Gesichts verriet nicht, was sie dachte und meinte, aber sie schien meinen Theorien gegenüber aufgeschlossen.

Dann waren wir entlassen. Der Zopf behauptete, noch Berichte schreiben zu müssen, also vereinbarten wir, uns halb eins in der Kantine zu treffen. Ich arbeitete die Listen mit den Namen noch einmal durch und wählte fünf aus, die in der Nähe wohnten. Mit denen wollte ich beginnen.

Nach einer halben Stunde rief Maud an: »Noch etwas, Rolle. Ich will von dir jeden Abend einen vollständigen Bericht über die Aktivitäten des Tages. Mit vollständig meine ich, dass du nicht nur aufschreibst, mit wem ihr gesprochen habt, sondern auch, was sie antworteten, wie die Stimmung war und wie du die Glaubwürdigkeit der Befragten beurteilst.«

»Was soll das denn? Seit wann muss ein kaum schreibkundiger Bulle Romane verfassen? Ich bin von polizeilichen Kindesbeinen an gewohnt, kurz und sachlich zu formulieren.«

»Es hat seine Gründe, und du wirst wohl in den sauren Apfel beißen müssen. So viele sind mit dem Fall befasst, dass wir alle Arten von Informationen benötigen, sachliche wie spekulative.«

»Muss der Zopf auch Schriftsteller werden?«

»Der Zopf? Ach so, du meinst Therese Lager. Nein, denn du bist hier bei uns angestellt und sie nicht. Therese berichtet direkt nach Lyon; von dort bekommen wir Retourinformationen.«

Aha, jetzt musste man schon nobelpreisverdächtig schreiben können, um nicht rausgeschmissen zu werden. Wie war das noch mal? Präsens, Präteritum, Perfekt, Plusquamperfekt? Attribute? Numerale Adjektive und Pronomen? Halb vergessenes Schulwissen blitzte auf und versank wieder im Dunkeln. Ich erinnerte mich an Fräulein Samuelsson und ihren Rotstift, der in meinen Aufsätzen reichlich Spuren hinterlassen hatte.

Fräulein Lagerzopf saß allein an einem Viermanntisch und verputzte ein Lachsfilet. Da ich mit Simon am Abend noch eine Orgie feiern wollte, begnügte ich mich mit einem Salat. Das Essen in der Polizeikantine war nicht schlecht; der Betreiber hatte wohl Angst, von seiner Kundschaft verhaftet zu werden. Ich erkundigte mich, ob es ihr schmecke, und sie antwortete sogar. Nur kein Streit am Essenstisch.

Plötzlich setzte sich eine dritte Person an den Tisch, und der Salat kam mir fast wieder hoch. Sune Bengtsson! Seine Schweinsäuglein wurden durch die starke Brille unnatürlich vergrößert, sodass er einer Heuschrecke glich, die sich beständig über alle und alles ärgerte. Ich nahm mein Tablett und erhob mich.

»Bist du schon fertig?«, wunderte sich Therese.

»Ich flüchte. Mit diesem Mann kann ich nicht an einem Tisch sitzen.«

»Aber was ...«

»Seine Anwesenheit verdirbt mir den Appetit. Er stinkt nicht nur wie ein voller Aschenbecher, er ist auch charakterlich völlig verrottet.«

Sune stieß sein meckerndes Lachen aus und sagte: »Willst du mich der jungen Dame nicht vorstellen?«

»Ich denke ja gar nicht daran.«

»Hat der große Oberpolizist Roland Hassel seine guten Manieren verloren?«

»In deiner Gegenwart kann man keine Manieren behalten.«

Demonstrativ setzte ich mich in die entgegengesetzte Ecke und aß weiter an meinem Salat. Therese wusste nicht, wie sie sich verhalten sollte. Instinktiv wollte sie mir folgen, doch der

Verstand sagte ihr, dass Sune mein Feind war und nicht ihrer. Er verwickelte sie in ein Gespräch, und sie antwortete, doch ihre Augen baten mich die ganze Zeit um Entschuldigung. Als ich den letzten Bissen hinuntergeschlungen hatte, ging ich vor die Tür und wartete eine Minute. Sie kam und hatte sich nicht einmal den Mund abgewischt.

»Wir gehen zu Fuß«, sagte ich. »Fünf Adressen, alle ganz in der Nähe.«

Schweigend liefen wir nebeneinander her. Erst als wir den Kronobergspark erreicht hatten, fragte sie: »War er nicht einmal dein Kollege?«

»Ich erinnere mich nicht gern daran. Was hast du ihm erzählt?«

»Nichts Konkretes. Er wollte wissen, woran ich arbeite, und ich sagte ihm nur, ich sei Volontärin.«

»Gibt es bei uns nicht, aber das war okay. Er ist ein eingefleischter Nazi und arbeitet gegen uns. Der Kerl balanciert auf Messers Schneide. Irgendwann stürzt er ab, und das wird ein Freudentag fürs ganze Korps.«

Die Fleminggatan galt lange als trist, aber sie ist heute bedeutend besser als ihr Ruf. Wo früher Schrott auf verwahrlosten Grundstücken verrostete und sich die Ratten tummelten, steht heute der Koloss der Versicherung Trygg-Hansa auf sicherem Fundament. In der Straße gibt es kleine Läden und Restaurants, die für Leben sorgen. Kungsholmen war früher ein Arbeiterviertel, aber inzwischen hat eine gediegene Bürgerlichkeit Einzug gehalten, und niemand beschwert sich darüber.

»Hier ist die erste Adresse. Ein Bekannter von Kubiela.«

Es war auch der erste Reinfall. Die Leute hocken ja nicht zu Hause und warten auf uns, sondern gehen arbeiten oder einkaufen, besuchen Kurse oder fahren in den Urlaub. Es gibt Tage, an denen man niemanden antrifft. Dann versucht man es zu einer anderen Zeit noch mal und drückt die Daumen, diesmal Glück zu haben, oder man vereinbart telefonisch einen Termin. Das Problem ist, dass man jedes Mal Zeit verliert, und davon haben auch wir Polizisten nicht genug.

Auch der zweite und der dritte Versuch gingen daneben. Danach liefen wir über die St. Eriksbrücke zu den kompakten Vierteln von Vasastan, die alle in den dreißiger Jahren errichtet worden waren. Auch hier hatten ursprünglich Arbeiter und kleine Angestellte gewohnt. Die Wohnungen waren den damaligen Bedürfnissen angepasst. Heute liegen sie, nach Renovierung und Umbau, voll im Trend. Vor allem Mediendesigner und Architekten schätzen die Nähe zu den Szenelokalen an der Rörstrandsgatan. Mitten auf der langen Tomtebogatan wohnte ein Cousin Sverre Stikkes, und da der tüchtige Öhman zu jeder Adresse auch den Türcode notiert hatte, brauchten wir nur einzutreten. Ola Jahl wohnte ganz oben. Natürlich hatte das Haus keinen Fahrstuhl.

Er war zu Hause. Vielleicht war der fehlende Aufzug daran schuld, dass er so dünn war. Dafür saß ein allzu großer Kopf auf dem mageren Hals, der auch noch von einer wallenden Haarpracht gekrönt wurde. Um die schmalen Schultern hing ein schmutziges T-Shirt, das er in eine speckige Jeanshose gestopft hatte. Zu diesem Outfit passten die weißen Holzschuhe, wie sie in den achtziger Jahren des vergangenen Jahrhunderts modern gewesen waren. Seine Augen waren rund und weißrot wie aufgeschnittene Radieschen, die Nase glich einer ungeschälten Möhre, und der Mund hatte Form und Farbe einer reifen Tomate. Bestimmt war er Vegetarier.

»Worum geht es?«, erkundigte er sich, und die Stimme war erstaunlich tief, wie bei einem Bassbariton.

»Entschuldige, dass wir stören«, flötete ich höflich, als wir uns ausgewiesen hatten. »Wir sind von der Polizei und untersuchen einige Verbrechen. Das hat nichts mit dir zu tun, aber vielleicht kannst du uns mit ein paar Informationen helfen. Dürfen wir reinkommen?«

Ich genoss es, die Leute wie Menschen behandeln zu dürfen. Früher, bei der Fahndung, war ich, wie meine Kollegen auch, burschikoser aufgetreten.

Jahl zuckte leicht mit den Schultern und trat zur Seite, sodass wir den kleinen Flur betreten konnten, der in klaren, leuchtenden Farben gestrichen war.

Auch das Wohnzimmer zeugte von der Kreativität des Bewohners. Statt einer Sitzgruppe standen zwei kombinierte Schreib- und Arbeitstische darin, die mit großen Computern und Farbdruckern bestückt waren. Die Bögen auf mehreren Staffeleien zeigten Figuren, die ich nicht begriff. An einem der Computer saß eine schwarzhäutige Frau mit klaren Zügen und großen Augen. Jahl hatte die Vierzig hinter sich; sie schien zwischen zwanzig und dreißig Jahre alt zu sein.

»Das ist meine Frau. Sie stammt aus Mosambik und spricht noch nicht so gut schwedisch. Auch Englisch beherrscht sie nicht, aber sie arbeitet daran. Sie ist fantastisch, meine Ira. Eigentlich hat sie einen längeren Namen, aber ich nenne sie Ira.«

Die Frau stand auf und verbeugte sich, wobei sie die Hände in die Seiten stemmte. Es sah irgendwie japanisch aus.

Jahl verzog seinen Tomatenmund zu einem begeisterten Lächeln und sagte: »Ist sie nicht das Schönste auf der Welt?«

Ich brummte Zustimmung und fügte im Stillen hinzu, noch schöner sei eine mit mir eng verwandte Ehefrau. »Wie lange seid ihr verheiratet?«

»Schon über ein Jahr. Wir lernten uns in Maputo kennen, als ich dort für ein Entwicklungsprojekt gearbeitet und Computerkurse gegeben habe. Die oder keine, dachte ich, als ich sie das erste Mal sah. Ich bin auf die Erstellung von Websites spezialisiert, und das lernt sie jetzt auch. Sie hat ein Händchen dafür – wie für alles andere auch. Aber setzt euch doch. Wir trinken weder Kaffee noch Alkohol, aber einen Fruchtdrink kann ich euch anbieten.«

Wir nahmen dankend an. Aus einem Krug, den er aus dem Kühlschrank holte, goss er einen undefinierbaren Saft in vier hohe Gläser. Er schmeckte sehr gut und erfrischte. Ira lächelte, und zweiunddreißig Perlen erleuchteten den Raum.

»Wir wollen dir ein paar Fragen zu deinem Cousin Sverre Stikke stellen.«

»Über den will ich lieber nicht reden«, erwiderte Jahl und runzelte die Stirn.

»Warum nicht?«

»Darüber möchte ich auch nicht sprechen.«

»Kannst du uns wenigstens verraten, wo wir ihn finden können?«

»Nein. Nehmt euch noch von dem Fruchtdrink. Wir mögen ihn sehr.«

Therese nahm ihren Stuhl und setzte sich neben Ira. Sie lächelte und legte den Kopf ein wenig schief. Dann begann sie eine Unterhaltung in einer Sprache, die mir bekannt vorkam, obwohl ich kein Wort verstand. Spanisch war das nicht. Sprachen sie nicht portugiesisch in Mosambik? Ira antwortete bereitwillig, begann zu kichern und fasste sogar nach Thereses Hand. Jahl betrachtete sie mit einem scheuen Lächeln. Offenbar verstand er genauso wenig wie ich. Die beiden jungen Frauen redeten eine Viertelstunde miteinander, intensiv und immer freundschaftlicher.

Schließlich strich Therese der Afrikanerin über die Wange und teilte mir auf Schwedisch mit: »Sie weiß, dass Olas Cousin ein Verbrecher ist. Sie findet ihn widerwärtig. Und sie sagte auch, dass ihr Mann für ihn gearbeitet hat!«

9. Kapitel

Jahl war nur eine Person, die wir befragen sollten. Es gab keine Verdachtsmomente, dass er an kriminellen Aktivitäten beteiligt gewesen wäre, deshalb erkundigte ich mich ganz sachlich bei ihm: »Inwiefern hast du für ihn gearbeitet?«

Der dünne Mann trank ruhig von seinem Fruchtsaft und erklärte: »Ira hat Angst vor meinem Cousin, das ist klar, und er ist auch ein Furcht einflößender Typ. Es muss schrecklich sein, so ohne Zuneigung durchs Leben zu gehen. Nahe Verwandte haben mir erzählt, dass er schon als Kind ein Tunichtgut war. Wenn man schon als Kind als kleiner Teufel verschrien ist – was soll dann aus einem werden?«

»Da hast du wohl Recht. Aber was hast du für ihn getan?«

»Nichts Besonderes. Er kam vor etwa einem Jahr her und bat mich, bei einem Umzug zu helfen, um den er sich kümmern wollte. Der Kumpel, dem er helfen wollte, konnte selbst nicht dabei sein. Es sei viel zu tun, und er versprach mir ein paar Tausender für den Job. Ira und ich sind nicht reich; also sagte ich Ja.«

»Hast du nicht darüber nachgedacht abzulehnen?«

Ola nickte nachdenklich. »Ja, nur ist Sverre ein Mann, dem man nicht gern etwas abschlägt. Er kam wohl zu mir, weil ich der jüngste und schwächste von seinen Verwandten bin. Er wusste, dass er mich rumkriegen würde. Stimmte ja auch. Wenn er einen nur ansieht ...«

Was sollte ich dazu sagen? Es ist nicht verboten, einem kriminellen Cousin zu helfen, den Umzug für einen Kumpel zu erledigen.

»Wohin ging es?«

»Also, der Lastwagen war bereits beladen, als ich ankam, deshalb weiß ich nicht, woher die Sachen stammten. Ich fuhr ihn dann nach Stuvsta. Das Abladen dauerte fast fünf Stunden, ich bekam mein Geld und machte mich davon.«

»Ist dir etwas Besonderes aufgefallen?«

»Nein. Oder vielleicht doch. Es handelte sich um einen Haufen Kleinkram und nur wenige Möbelstücke. Eine Kommode war so schwer, dass wir die Schubfächer herausnehmen mussten. Er bestand darauf, sie allein in den Keller zu tragen, wo der Kumpel wohnen sollte. Ich fragte ihn nicht, was an den Papieren so wertvoll sei. Neugier konnte er nicht ausstehen.«

»Wann hast du ihn zuletzt gesehen?«

»Noch ein bisschen Saft? Es ist Iras Rezept.«

»Danke, aber beantworte bitte meine Frage.«

»Ich verrate dir gern, woraus dieses köstliche Getränk besteht, aber mehr kann ich dir nicht sagen. Tut mir Leid.«

Wir liefen weiter über die Odengatan zum Odenplan, der in vielen Jahren umgebaut worden war und sich als architektonisches Rätsel präsentierte. Dabei war er ein Verkehrsknoten geblieben. Das neue Vergnügen bestand darin, den Leuten zuschauen zu können, die zwischen der U-Bahn und den Bussen hin und her eilten. Außerdem hatte man drei riesige Steinkugeln errichtet, wohl um zu zeigen, dass die künstlerische Seite nicht zu kurz gekommen war. Ich fand, dass sie eher vom Unvermögen der Gestalter zeugten.

Auf der Vegagatan erlebten wir erneut eine Pleite. Wieder war niemand zu Hause, und ich fand, dass wir für diesen Tag genug getan hatten. Therese protestierte, wir hätten noch zwei Stunden Zeit.

»Nein, es reicht für heute«, sagte ich. »Ich will nachher mit einem alten Freund essen gehen und nicht zu spät kommen. Außerdem haben wir beide Berichte zu schreiben. Du, Tessan ...«

»Ja?«

Es widerstrebte mir, aber ich musste gerecht sein: »Das Gespräch mit Ira war eine prima Idee. Guter Job.«

Sie zog eine Grimasse, die man so oder so deuten konnte.

Ich fuhr fort, mich bei ihr einzuschleimen, ohne allzu onkelhaft zu klingen: »Ich wusste gar nicht, dass du so gut portugiesisch sprichst.«

»Hast du mich danach gefragt?«

»Soweit ich mich erinnere, nicht. Ich meine nur, das war überraschend für mich.«

»Was weißt du denn eigentlich von mir? Nichts, absolut nichts.«

»Mag sein. Du kennst mich aber genauso wenig.«

Sie warf den Kopf in den Nacken und fauchte: »Männer! Kennt man einen, kennt man alle. Dich habe ich von Anfang an durchschaut.«

»Wir könnten die Friedenspfeife rauchen«, schlug ich vor.

»Du hast doch angefangen! Behaupte jetzt nichts anderes! Du mit deinen ekligen ...«

Ich hob beide Hände, um sie zu stoppen: »Mea culpa! Du kannst sicher Latein und weißt, dass es ›meine Schuld‹ heißt. Kommt oft im Kreuzworträtsel vor. Ich habe dich am Anfang falsch behandelt und gebe es offen zu. Frieden?«

Als ehrlicher Schwede streckte ich ihr die Hand hin, aber sie sprang zurück und rief wieder einmal: »Rühr mich nicht an!«

»Tessan, willst du wirklich durchs Leben gehen, ohne einen Mann zu berühren? Wie machst du das in Frankreich, wo man sich zur Begrüßung oft umarmt und küsst? Schreist du jedes Mal: Rühr mich nicht an? Dann wirst du bald sehr einsam sein.«

»Hör auf, du ... du ...«

»Die müssen dich doch für bescheuert halten.«

Sie trippelte rückwärts und sah aus, als würde ich sie mit Pistole, Gewehr, Granatwerfer und Flak bedrohen.

»Ich ... ich will dich nie mehr sehen!«

»Kein Problem. Flieg zurück nach Lyon und heul dich bei irgendjemandem aus. Bei einer Frau natürlich.«

Plötzlich und unerwartet erschlaffte ihr Körper. Sie lehnte sich gegen die Hauswand, begann zu schluchzen und verwandelte sich in ein einsames, unglückliches kleines Mädchen. Ich fühlte mich wie eine Kreuzung aus Nashorn und Elefant.

»Ich ... ich ... es ist so schwer für mich ...«, schniefte sie.

In dieser Situation klopft man einem Menschen beruhigend auf die Schulter, aber ich hielt mich zurück; es konnte nur schlimmer werden. Passanten schauten mich vorwurfsvoll an, und ich hatte Glück, dass die Vegagatan keine Flaniermeile war.

»Tut mir Leid für dich«, murmelte ich.

»Das war in ... als ich ...«

Sie runzelte die Stirn, und das ganze Gesicht schrumpfte zusammen wie eine Rosine. Dann schüttelte sie heftig den Kopf: »Nein, ich kann nicht ... kann nicht ...«

Sie rannte davon, unbeholfen wie ein Kalb bei seinen ersten Gehversuchen. Ich stand dumm da. Wenn es darum geht, verzweifelte Frauen zu trösten, versage ich immer wieder. Ich verstehe einfach nichts von der komplizierten weiblichen Psyche. Es fehlt mir nicht an Mitgefühl, aber ich weiß nicht, wie ich es zum Ausdruck bringen soll. Mein Glück ist nur, dass Virena über eine so ausgeglichene Persönlichkeit verfügt. Zu Beginn unserer Bekanntschaft allerdings ... Böse Erinnerungen tauchten auf und wurden sofort unterdrückt.

Für den Rückweg nahm ich die U-Bahn. Dann setzte ich mich an den Schreibtisch und quälte mich mit einem ausführlichen Bericht, mit Konjunktiven und allem drum und dran. Als ich die Novelle las, fühlte ich mich wie Hemingway.

Fünf vor fünf lieferte ich den Text bei Maud ab, lief die Treppe hinunter und wartete auf Simon. Stattdessen tauchte

Sune Bengtsson auf, als hätte er auf mich gewartet. Er blieb stehen, zündete sich den obligatorischen Glimmstängel an und warf mir hasserfüllte Blicke zu.

»Ich vergesse nichts«, drohte er. Da ich auf eine so blöde Anmache grundsätzlich nicht reagiere, schwieg ich.

Warum kam Simon nicht und befreite mich aus dieser unangenehmen Situation? Sune und ich hatten bei der Fahndung oft zusammengearbeitet, aber ich hatte ihn nie gemocht. Er verabscheute Frauen und liebte wohl nur seine Zigaretten. Interesse zeigte er nur für Schach und in späteren Jahren für sein Gartenhäuschen, in dem er seine einsamen Wochenenden verbrachte. Freundschaft und Anerkennung hatte er nur unter den Neonazis gefunden.

»Nein, ich vergesse nichts. Du warst es, der mich aus dem Polizeikorps werfen lassen wollte.«

»Du bist paranoid. Wenn du Probleme hast, bist du selbst daran schuld. Und dein Freund Hitler.«

Er sog an seinem zerkauten Mundstück, in das er die Zigarette gesteckt hatte. Könnte er sich doch so in Luft auflösen wie der Rauch, dachte ich.

»Du weißt nicht, mit wem du dich anlegst«, drohte er, und allein seine meckernde Stimme brachte mich auf die Palme.

»Ach, halt doch dein Maul.«

»Eines Tages wird es schlimm mit dir enden. In einem Jahr, in einem Monat, nächste Woche oder schon heute. Wer weiß?«

»Du und deine verdammen Nazidrohungen!«

»Ich vergesse nichts, Hassel. Nein, ich vergesse nichts.«

Ohne mich noch einmal anzusehen, marschierte er davon; triumphierend, wie mir schien. Offenbar glaubte er, mir Angst eingejagt zu haben. Er war eben dumm; deshalb hatte er sich ja auch diesen Unbelehrbaren angeschlossen.

Simon kam heraus und gähnte. »Teufel, bin ich müde. Vorige Woche habe ich wenigstens noch eine Stunde geschlafen. War das erholsam.«

»Willst du lieber nach Hause fahren und dich aufs Ohr hauen? Ich habe kein Problem damit; wir können auch ein andermal essen gehen.«

»Quatsch. Ich freu mich, dass wir mal wieder zusammen losziehen, wie in alten Zeiten. In der Mittsommerzeit soll man das Leben genießen.«

Er versuchte, uns in Stimmung zu bringen, und ich machte mit. Wir waren wie Schauspieler, die ein neues Stück einüben und den richtigen Tonfall noch nicht gefunden haben.

»Wohin willst du, Rolle? *McDonald's* oder *Burger King*?«

»Gibt es *Clock* nicht mehr? Dann gehen wir zu *Pizza Hut*.«

»Denkst du auch mal an mein Budget? Ich habe einen anderen Vorschlag. Wie wir bereits feststellten, ist es Mittsommerzeit, also abends lange hell und warm. Warum spazieren wir nicht durch Gamla Stan und nehmen die Fähre nach Djurgården? Dort gibt es ein Restaurant, das *Admiralen* heißt, wo man gut essen und noch besser trinken kann.«

Im Gleichschritt liefen wir die Hantverkargatan hinunter, und ich erinnerte mich daran, wie wir zu Beginn unserer Laufbahn gemeinsam auf Streife gegangen waren. Wovon hatten wir damals geträumt, welche Hoffnungen gehegt? Und was war daraus geworden? Über solche Gedanken kann man die Schultern zucken, und das tat ich auch. Man wird eben, was man wird. Junge Männer, und ich nahm an, dass es bei Frauen genauso ist, wollen etwas Besonderes vollbringen, wollen gelobt und beneidet werden, aber ein Vierteljahrhundert später hat einen das Leben da platziert, wo man hingehört. Einige wenige schaffen es in die Glitzerwelt der Stars, die meisten aber landen in Büros, üben ein Handwerk aus, pflegen andere im Krankenhaus, schlagen sich als Kriminalinspektoren durch, sitzen in der Entzugsklinik oder rütteln im Knast am Gitter. Dennoch müssen junge Menschen Träume haben, kühne, revolutionäre, sonst würde die Welt stehen bleiben.

Die Kirche von Kungsholmen ist ein stattliches Gebäude in einer schönen Umgebung. Der Friedhof ist ein geradezu idyllischer Ort, aber davon haben seine Bewohner natürlich nichts mehr. Ich teilte Simon meine Überlegungen mit, und wir blieben beim Thema Kirchen, bis wir zum Rathaus kamen, das wie immer von japanischen Reisegruppen umlagert war. Quer durch Gamla Stan ging es zur Anlegestelle, und wir warteten in einer langen Schlange auf die Fähre.

Natürlich waren Scharen von Menschen unterwegs. Der Sommer hatte begonnen und versprach den jungen Leuten laue Nächte, spannende Flirts, unerwartete Begegnungen und Vergnügungen aller Art.

Etwas an Simon beunruhigte mich. Seine Stimme war weich und melodisch wie immer, sein gewaltiger Körper mit dem Hängebauch bewegte sich wie sonst, sein Glatzkopf glänzte, aber seinen Augen fehlte das vergnügte Funkeln. Im Gegenteil, sie drückten Sorge, vielleicht sogar Angst aus. Wovor? Eine physische Bedrohung konnte es nicht sein; Simon fürchtete sich vor niemandem. Solange ich ihn kannte, lief er ohne Dienstpistole durch die Gegend; er hasste Schusswaffen, und das jährliche Übungsschießen war eine Qual für ihn. Er ging davon aus, dass man jeden Menschen mit Worten überzeugen kann, dass die Stimme stärker wirkt als alle Waffen der Welt.

In Djurgården teilte sich die Menge; die meisten wandten sich dem Vergnügungspark Gröna Lund zu. Wir beide waren jedoch übereingekommen, uns lieber totschlagen zu lassen, als mit der Achterbahn oder dem Riesenrad zu fahren. So nahmen wir den schmalen Weg, der Gröna Lund in zwei Hälften teilt. Nur wenige folgten uns. In der Mitte kam uns eine Frau entgegen, die offenbar Probleme mit dem Gleichgewicht hatte. Sie fiel in meine Arme, und ich roch ein billiges Parfüm, Schnaps und Schweiß.

»Liebling«, säuselte sie und begann, mich zu befummeln.

Sie war eine üppige Blondine wie aus einem Russ-Meyer-Film und wirkte durchaus elegant, obwohl das Kleid verrutscht und die Schminke verschmiert war. Ich konnte sie nicht daran hindern, mich zu küssen. Dabei hielt sie mich so leidenschaftlich fest, dass ich mich in der Umarmung einer Bärin wähnte. Ich hatte alle Hände voll zu tun, mich freizumachen. Simon grinste und schaute interessiert zu. Das war Unterhaltung ganz nach seinem Geschmack.

»Verdammt, geh nach Hause und schlaf deinen Rausch aus!«, brüllte ich meine Verehrerin an, nachdem ich sie endlich abgeschüttelt hatte.

»Nur, wenn du mitkommst, Liebling«, lallte sie und startete eine erneute Attacke. Es gelang mir aber, auszuweichen und ihr einen Tritt zu verpassen, sodass sie in die Hecke stürzte. Ehe sie wieder auf den Beinen war, hatte ich Simon mit mir fortgezerrt. Erst an der alten Werftmauer verlangsamte ich den Schritt.

»Wie fühlt man sich denn so als Sexgott?«, frozzelte Simon. »Mann, so ein Glück möchte ich mal haben!«

Das musste er gerade sagen. Bevor er seine Nadja kennen gelernt hatte, war er wahrlich kein Kostverächter gewesen.

»Geh ein paar Schritte hinter mir«, lästerte er weiter. »Es schadet meinem Ruf, wenn ich in Gesellschaft eines Mannes gesehen werde, der ein Pfund Lippenstift im Gesicht hat.«

An einem Kiosk kaufte ich eine Flasche Mineralwasser. Mit Hilfe einiger Papiertaschentücher reinigte ich mich, bis Simon zufrieden war.

»Aber du riechst immer noch wie ein Stinktier. Mein Gott, was manche Weiber für ein Parfüm benutzen!«

Das Lokal *Admiralen* liegt in einem kleinen Park; das Gebäude gehörte früher zur Marketenderei der Werft. Der Weg lag im Schatten der hohen Bäume im Dunkeln.

Ich war auf den Angriff nicht vorbereitet. Die Frau warf sich auf mich, presste ihre Lippen auf meine und versuchte, ihre Zunge in meinen Mund zu schieben.

»Liebling«, keuchte sie dann. »Komm mit zu mir, wir sind ganz allein.«

Diesmal griff Simon ein. Er packte die aufdringliche Person um die Hüfte und zerrte sie weg. Da sie sich nun in seinen Armen wiederfand, nutzte sie die Situation:

»Oh, starker Mann! Komm auch mit, wir machen was zu dritt!«

»Vielen Dank für das Angebot, nur haben wir schon etwas anderes vor«, sagte Simon. »Aber dort hinten sah ich zwei Herren, die sich nichts Schöneres denken könnten, als mit dir Liebe zu machen.«

Die Frau zwinkerte verständnislos, trollte sich aber in die angegebene Richtung, wobei sie verführerisch mit den Hüften zu wackeln versuchte und beinahe hinfiel.

»Schon wieder siehst du aus, als hättest du eine Woche im Bordell verbracht«, amüsierte sich Simon. »So lassen sie dich garantiert nicht rein.«

»Schau dich mal selbst an«, konterte ich. »Wer dich sieht, denkt, du hast die Beulenpest.«

Wir sahen uns an, lachten und kamen uns vor wie Schüler, die einen Streich aushecken.

»Wir schleichen uns direkt in die Toilette und waschen uns erst mal.«

»Und wenn nur das Damenklo frei ist?«

»Macht nichts, mit der Schminke im Gesicht erkennt uns sowieso keiner.«

Es ging ohne Probleme. Kichernd reinigten wir unsere Gesichter von den Spuren unserer männlichen Anziehungskraft.

Ich spülte mir den Mund mehrmals aus, in dem sich die aufdringliche Zunge breit gemacht hatte. Als wir uns wieder vorzeigbar fühlten, gingen wir ins Lokal und bekamen einen Tisch zugewiesen.

Simon schnappte sich sofort die Speisekarte und entschied: »Während wir das Menü zusammenstellen, bitte zwei große Biere und zwei doppelte Wodka.«

Wir studierten die Karte. Bier und Wodka kamen, und ich schob ihm meinen Schnaps hinüber. »Du weißt doch, für mich keinen starken Alkohol. Opfere dich und trink einen Wodka mehr. Ich weiß, es wird die Hölle, aber streng dich an.«

Wir einigten uns auf den Meeresfrüchtesalat als Vorspeise, aber dann gingen die Geschmäcker auseinander. Simon wählte ein schwedisches Beefsteak mit Zwiebeln und Salzkartoffeln, ich nahm Dorsch mit Eiersauce. Nachdem wir die Bestellung aufgegeben hatten, kippte Simon den ersten Wodka und stellte das leere Glas vor mich hin.

»Also, was hast du auf dem Herzen?«, begann ich.

»Wollen wir nicht erst essen?«

»Nein, ich bin neugierig. Wo klemmt es?«

Simons mühsam aufrechterhaltene Fassade stürzte ein. Dahinter zeigte sich ein massiger Mann mit hängenden Schultern und einem verzweifelten Blick. Die dicken Finger trommelten sinnlos auf dem Tisch herum. Dann nahm er das zweite Schnapsglas und kippte den Wodka hinunter. Vielleicht musste er sich Mut antrinken.

»Es klemmt überall, Rolle. Zuerst im Job. Meine Gruppe schmilzt zusammen. Erst bist du gegangen, und das habe ich gut verstanden – nach allem, was du durchgemacht hast. Du bist entschuldigt. Dann zeigte es sich, dass Sune ein Nazischwein ist. Ich wollte ihn nicht mehr haben, und man versetzte ihn ins Nirgendwo. Rolf Öhman gehört zwar formal zu meiner Gruppe, arbeitet aber für alle Abteilungen, und das muss ich akzeptieren. Öhman ist ja auch kein Außendienstler. Bleiben Myrna und Pelle. Myrna gefällt es nicht mehr bei uns; sie hat um ihre Versetzung gebeten. Damit ist meine Gruppe tot. Pelle ist zuverlässig und erfahren, aber was soll ich tun? Ich bin zwar nur kommissarisch als Gruppenleiter eingesetzt, aber ich bin Kriminalkommissar, verdammt noch mal, und ich habe nichts zu tun! Es kommt mir so vor, als wäre meine ganze Laufbahn sinnlos gewesen. Ich bekomme keine neue Gruppe; wahrscheinlich werde ich umgesetzt. Das wird ein Abstieg, egal, was sie mir anbieten. Die Freude am Beruf ist weg, und die Knochen sind schon bleischwer, wenn ich früh zur Arbeit gehe.«

Das Essen kam, doch der sonst so genießerische Simon stocherte nur darin herum. Dagegen schaffte er das Bier in einem Zug und bestellte ein neues, dazu zwei Wodka. Früher hatte er gelegentlich ein Glas Schnaps genossen, jetzt schien er auf diesem Weg aus der Wirklichkeit fliehen zu wollen.

»Und dann zu Hause. Du weißt ... nein du weißt nicht, denn du hast uns lange nicht besucht. Nur vier der Kinder wohnen noch bei uns, bald sind es nur noch drei. Schlimm, wie das Leben verrinnt, Rolle.«

Da hatte er Recht, und ich wollte ihm schon von Elin erzählen, die sich dem väterlichen Einfluss entzog, aber ich bremste mich. Jetzt war er an der Reihe, mir das Herz auszuschütten. Also nickte ich nur zustimmend und grunzte etwas Unverständliches.

»Es ist ein Gefühl, als ob alles ... dem Ende zugeht.«

»Red doch keinen Quatsch, Simon. Du und ich, wir sind doch noch frisch wie die Rosenknospen.«

»Nein, nein, Rolle, für uns ist es bald Zeit abzutreten. Aber das Schlimmste, das Allerschlimmste weißt du ja noch gar nicht – Nadja.«

Wir tranken Bier, und ich wartete auf die Fortsetzung.

Simon leckte sich den Schaum aus den Mundwinkeln. »Krebs«, krächzte er und musste sich räuspern, als ob ihm das schlimme Wort den Hals verstopft hätte.

»Oh Scheiße«, stieß ich hervor. »Welche Sorte? Es gibt ja hunderte.«

»Brustkrebs. Sie hat keine private Krankenversicherung und ist auf die staatlichen Leistungen angewiesen. Ich kann dir sagen, das sind Zustände! Alle Gerüchte sind wahr. Du bekommst keinen richtigen Befund und wartest ewig, bis du dran bist. Jedes Mal ist ein anderer junger Spund zuständig, und alles geht wieder von vorn los.«

»Irgendwas müssen sie ihr doch gesagt haben?«

»Der eine meint, Bestrahlungen reichen aus. Der nächste meint, man sollte ein Stück herausoperieren, und der dritte will gleich die ganze Brust abnehmen, zur Sicherheit, wie er sagt. Wie soll sich Nadja da entscheiden? Die sind die Experten und nicht sie. Bestrahlen oder operieren? Ein bisschen oder alles? Brustkrebs ist die Krankheit, an der die meisten Frauen sterben.«

»Wie trägt sie es?«

Er leerte sein Glas und gab dem Kellner ein Zeichen, Nachschub zu bringen.

»Nadja ist stark; sie lässt sich nichts anmerken. Wie es dahinter aussieht, weiß ich nicht. Sie versucht, ganz normal weiterzuleben.«

»Wissen die Kinder Bescheid?«

»Natürlich. In unserer Familie gibt es keine Geheimnisse. Mann, wie haben jahrelang zu zehnt in zweieinhalb Zimmern gewohnt. Nadja nimmt es gelassen, sie ist ja Russin, aber sie umarmt die Kinder sehr oft. Oder mich.«

Als Dessert bekamen wir eine Käseplatte und naschten davon, lustlos und schweigend. Zwei große Gläser Bier waren genug für mich; ich fühlte mich schläfrig. Simons Gesellschaft, seine düstere Laune und sein Gejammer über das Elend der Welt waren auch nicht geeignet, mich aufzumuntern.

»Warum hast du mich eingeladen?«, fragte ich schließlich.

»Ich musste mit jemandem reden, sonst wäre ich verrückt geworden. Man kann nicht alles allein tragen.«

»Ist Nadja keine gute Zuhörerin?«

»Ihretwegen mache ich mir ja solche Sorgen.«

»Gab es nicht noch einen anderen Grund? Wolltest du keinen Rat oder so? Schreib vertrauensvoll an Onkel Roland, aber bitte keine allzu langen Briefe, und gern anonym.«

»Kann sein«, sagte er müde.

»Dann wird Onkel Roland jetzt den ungeschriebenen Brief eines deprimierten Kriminalkommissars beantworten.«

»Schieß los. Ääh, nicht einmal das Bier schmeckt mehr, das ist ja wie Wasser.«

Wieder gähnte ich ausgiebig. Dann nahm ich mein Bierglas und klopfte damit laut auf den Tisch. Simon zuckte zusammen und schaute mich fragend an.

»Simon, du bist immer eine Kämpfernatur gewesen. Als ich damals auf Abwege geriet, hast du mich auf den Pfad der Tugend zurückgeschubst. Jetzt hast du den Boden unter den Füßen verloren. Du redest eine Menge Stuss. Du jammerst, weil deine Kinder erwachsen sind und das Nest verlassen. Du solltest jubeln, weil sie so tüchtige Menschen geworden sind. Bald werden sie dich zum Großvater machen. Wir werden geboren, flattern ein bisschen herum, und dann sterben wir. Dachtest du, du seiest eine Ausnahme?«

»Nein, aber ...«

»Junge, akzeptier es einfach. Wenn du anfängst, über die großen Fragen der menschlichen Existenz nachzudenken, landest du so sicher in der Klapsmühle, wie früher ein Brief ankam, als die Post noch die Post war. Nadja hat Krebs; das müsst ihr gemeinsam durchstehen. Sie braucht deine Hilfe und nicht dein Gejammer. Ihr bekommt keinen richtigen Befund? Hat sich der Kämpfer Simon jemals mit solchen Zuständen abgefunden? Der Simon, den ich kenne, setzt Himmel und Hölle in Bewegung und würde ein Hochhaus niedertrampeln, um zu seinem Recht zu kommen. Drei unfähige Ärzte, und jeder hat eine eigene Diagnose? Dann such dir den besten Spezialisten, den das Krankenhaus oder das ganze Gesundheitssystem zu bieten hat, und fordere eine Konsultation bei ihm. Und mit Nachdruck, denn wir haben so verdammt viel in die Kasse eingezahlt, dass wir etwas dafür fordern können! Drohe damit, den Staatsminister oder sonst wen wegen Betrugs und Veruntreuung anvertrauten Kapitals anzuzeigen. Hörst du, was ich sage, oder muss ich noch lauter werden?«

»Ja, ich höre, ich höre.«

»Onkel Roland gibt dir noch einen guten Ratschlag, gratis, versteht sich. Stammt nicht von mir, ist aber trotzdem gut: Schimpf nicht auf das Dunkel, zünde ein Licht an. Du machst es umgekehrt: Du verdammst das Licht und lässt die Jalousien runter.« Mir fiel ein, dass ich noch etwas zu seiner beruflichen Situation sagen musste. Als schloss ich mit: »Du heulst, weil deine Gruppe dezimiert und vielleicht aufgelöst wird. Was tust du dagegen? Du setzt dich in die Ecke und schmollst. Wer, zum Teufel, will denn für und mit einem arbeiten, der sich wie ein Jammerlappen benimmt? Du bist ein guter Polizist und ein ausgezeichneter Chef; dein Ruf ist besser, als du denkst. Du kannst jederzeit eine neue Gruppe zusammenstellen, wenn du nur willst. Viele würden gern zu dir kommen, weil sie bei dir lernen können, wie man ein guter Fahnder wird. Hörst du mir zu, oder soll ich durchs ganze Lokal brüllen?«

»Ja doch, ich hör ja zu.«

Ein langes Schweigen entstand. Mir machte es nichts aus. Ich hätte auf dem Stuhl einschlafen können. Trotzdem registrierte ich, wie er den Kopf hob, wie sich seine Muskeln strafften und der flackernde Blick Richtung gewann. Simon trank einen großen Schluck.

»Schlag mich, wenn das nicht das beste Bier ist, das ich seit Jahren getrunken habe! Wo mag man es gebraut haben?«

»In einem Keller in der Bohusgatan, schwarz natürlich.«

»Phantastisch, dann trinken wir noch ein Glas!«

»Ich habe genug, Simon. Für mich wird es Zeit, ins Bett zu gehen. Solltest du auch tun; du siehst aus, als hättest du seit Weihnachten kein Auge mehr zugemacht.«

»Rolle, ich fühle mich wach und ausgeschlafen. Kann ich es dir zumuten, allein nach Hause zu fahren? Wirst du auch nicht in einer Absteige landen?«

»Falls ja, rufe ich dich an.«

»Ich bleibe noch ein bisschen und schmiede Pläne. Die können sich auf was gefasst machen!«

Übers Mobiltelefon rief ich ein Taxi und verließ meinen Freund in bester Laune. Der alte Kämpfer war wieder auferstanden; jetzt konnte sich die Stockholmer Ärzteschaft frisch machen!

Der Wagen kam, und der Fahrer begriff schnell, dass mir nicht nach Unterhaltung zumute war. Ich war todmüde und schlief auf dem Rücksitz fast ein; er musste mich für eine Bierleiche halten. Ich war allerdings noch so wach, mich zu wundern, warum zwei Gläser Bier eine solche Wirkung zeigten. Vor meinem Wohnhaus zahlte ich, schloss auf und begab mich zum Fahrstuhl. Es war ruhig im Haus; viele Mieter waren schon in ihre Sommerhäuser gezogen.

Als ich die Wohnung betrat, roch es etwas muffig, sodass ich erst mal lüftete. Dann trottete ich ins Bad, wusch mich, putzte die Zähne und begab mich ins Schlafzimmer. Ich legte mich auf meine Seite des Doppelbetts, strich mit der Hand über Virenas Kissen, drehte mich zur Seite und schlief sofort ein.

Die Morgensonne weckte mich um vier Uhr. Sie schien mir mitten ins Gesicht, aber ich fühlte mich noch lange nicht ausgeschlafen. So rappelte ich mich auf, ging zum Fenster und zog die Gardine vor. Dann tapste ich ins Wohnzimmer und auf den Balkon. Einige Minuten glotzte ich auf das golden schimmernde Wasser des Riddarfjärden. Dann gähnte ich und trottete zurück ins Schlafzimmer. Mir fiel auf, dass es irgendwie eklig roch. So viel Bier hatte ich doch gar nicht getrunken? Also ging ich noch mal zum Fenster, um frische Luft hereinzulassen. Ich atmete tief durch und wandte mich dann dem Bett zu.

Irgendetwas stimmte nicht. Ich runzelte die Stirn und fühlte eine panische Angst aufsteigen. Irgendetwas war ganz und gar nicht in Ordnung. Das Bett stand an seinem Platz, die Decke war auf den Boden geglitten, das Kopfkissen lag so zerknüllt da, wie ich es hinterlassen hatte. Dann entdeckte ich, was ich längst hätte merken sollen.

Jemand lag auf der anderen Seite, die Decke über den Kopf gezogen! Ich sah nur die Haare, hellbraun, lang und leicht gelockt. Virena! Warum war sie nach Hause gekommen, ohne mich zu wecken? Obwohl ... irgendetwas stimmte nicht. Ein kalter Schauer kroch mein Rückgrat hinauf.

Zögernd trat ich näher. Virena lag da, den Kopf unter der Decke, und die Haare schauten hervor. Endlich drang in mein Bewusstsein, was mich so erschreckte: Sie atmete nicht! Der Körper unter der Decke lag völlig regungslos!

Ich weiß nicht, wie lange ich so wie versteinert an der Bettkante gestanden hatte. Schließlich tippte ich sie an und rief halblaut ihren Namen. Sie rührte sich nicht. Mein Mund war trocken; ich räusperte mich. Virena ... Ich griff nach der Decke und sah, wie meine Hand zitterte. Es kam mir vor, als befände ich mich in einem Albtraum. Mein Gehirn war wie leer gefegt, die Glieder wollten mir kaum gehorchen, und das Blut in meinen Adern schien zu Eis erstarrt.

»Virena ...«, hauchte ich.

Die Hand glitt vom Rand der Decke in ihr Haar. Es fühlte sich seltsam hart an. Dafür war ihr Nacken ... weich ... wie Gummi ... Innerhalb einer Sekunde begann mein Blut zu sieden, und der Schweiß lief mir übers Gesicht. Ich hob die zitternde Hand, und die Haare folgten nach. Plötzlich stand ich da und hielt ... eine Perücke in der Hand! Zur Hölle, es war ein Albtraum!

Jetzt wollte ich es wissen. Ich holte tief Luft, schlug die Decke zurück – und traute meinen Augen nicht! Im Bett lag ein menschlicher Körper, von den Zehen bis zum Hals. Nur der Kopf fehlte!

10. Kapitel

Es war ein männlicher Körper. Sogar in meinem Albtraum fühlte ich Erleichterung. Keine Frau, keine Virena, nur ein Fremder ohne Kopf. Kein Blut; die Wunde war mit Mull und Pflaster bedeckt und mit Plastikfolie verklebt worden.

Befand ich mich wirklich in einem Albtraum? Ich schaute auf meine rechte Hand, drehte sie hin und her, bewegte die Finger und wackelte mit dem Daumen. Sah es nicht aus, als würde sie wachsen und ihre Form verändern? Wie im Traum lief ich rückwärts aus dem Schlafzimmer ins Bad und wusch mir das Gesicht mit eiskaltem Wasser. Dann riss ich mir den völlig verschwitzten Pyjama vom Leib und duschte erst heiß und dann kalt.

Erst jetzt schaltete ich die Beleuchtung über dem Spiegel ein und musterte mein Gesicht. Runzeln auf der Stirn, zwei tiefe Furchen von den Nasenwinkeln zum Mund, unterm Kinn Falten wie bei einer Schildkröte. Ohne Zweifel, das war ich, und mein Kopf war noch da.

Ich hüllte mich in meinen Morgenrock und kehrte ins Schlafzimmer zurück. Aus Gründen, die ich nicht verstand, lief ich wiederum rückwärts. Vielleicht hoffte ich, das Bett wäre leer. Ich würde gähnen, mich hinlegen und einfach wieder einschlafen. Beim Aufwachen wäre der Albtraum mit dem Kopflosen in Virenas Bett vergessen. Als ich gegen die Bettkante stieß, schloss ich kurz die Augen, holte tief Luft und drehte mich um.

Er lag noch da, ein nackter Männerkörper ohne Kopf. Jetzt war ich sicher, dass ich keinen Traum durchlebte. An Schlaf war natürlich nicht mehr zu denken; schließlich wusste ich als Polizist, was man von mir erwartete. Die Pflicht rief, sonst hätte ich mich wohl auf der Wohnzimmercouch noch ein

Stündchen hingelegt und den Kopflosen sich selbst überlassen. Schließlich war er ja tot.

In der Bereitschaft meldete sich Ambjörnsson, ein Kollege, mit dem ich einmal einen Kurs besucht hatte.

»Hallo, Jojje, hier ist Roland Hassel.«

»Hej, was kann ich für dich tun?«

»Tja, ich habe da ein kleines Problem. In meiner Wohnung, im Bett neben mir, liegt ein unbekannter toter Mann.«

»Bist du sicher, dass er tot ist? Hast du das kontrolliert?«

»Da sein Kopf fehlt, gehe ich davon aus, dass er toter ist als tot.«

Er schwieg, und ich verstand, was er dachte: Rolle ist voll wie eine Haubitze. Dabei war er doch so lange trocken.

»Der Kopf fehlt, sagst du ...«

»Jojje, es ist wahr. Ich weiß nicht, um wen es sich handelt und wie er hierher gekommen ist. Ich will nur, dass er so schnell wie möglich abgeholt wird. Aber bitte diskret – und nichts über Funk; die Haie von der Journaille hören alles ab. Natürlich brauchen wir die Kriminaltechniker, aber sie sollen ebenfalls unauffällig anrücken. Kriegst du das hin?«

»Kann ich davon ausgehen, dass du dir keinen üblen Scherz erlaubst? In solchen Dingen verstehen wir keinen Spaß.«

»Glaub mir, es stimmt. Was brauchst du noch?«

»Die genaue Adresse und den Türcode.«

Ich nannte sie ihm, und er versicherte, die Kollegen seien gleich da. Es dauerte eine Viertelstunde und ich hätte genug Zeit gehabt, mich präsentabel zu machen, aber ich schaffte es einfach nicht. So öffnete ich nach wie vor unrasiert, im Morgenrock und mit nur einem Pantoffel an den Füßen; den anderen hatte ich nicht gefunden.

Leiter der Untersuchung war Kommissar Bengt Bodin, genannt BB. Wir kannten uns, sodass mir die misstrauischen Blicke erspart blieben, die sonst geworfen werden, wenn einer einen Mord in der eigenen Wohnung meldet. BB war ein ruhiger Mensch, den nichts erschüttern konnte. Während die Leiche fotografiert und von einem Arzt untersucht wurde, berichtete ich ihm, was passiert war.

»Als ich von dem Abendessen mit Simon Palm nach Hause kann, waren Wohnung und Bett leer. Um vier lag er dann da, wo er liegt.«

»Um vier? Du hast uns erst vier Uhr fünfundzwanzig benachrichtigt.«

»Ich dachte erst, es wäre ein Albtraum. Es dauerte eine Weile, bis ich begriff ... Ich war so unglaublich müde und bin es noch.«

BB befragte mich mehrmals nach allen Einzelheiten, und die Techniker nahmen jeden Quadratzentimeter der Wohnung unter die Lupe, um Fingerabdrücke zu sichern. Schließlich packten sie die Bettwäsche ein, und ich war froh, sie los zu sein. Natürlich würde sich der Fall nicht ewig vor den Medien geheim halten lassen; schließlich waren die Nachbarn zu befragen. Ich änderte die Ansage des Anrufbeantworters, ich sei verreist; man solle Namen und Rufnummer hinterlassen, ich würde dann zurückrufen. Ich versprach allerdings nicht, in welchem Jahr.

Als ich endlich wieder allein war, rief ich bei Sundgrens an. Åke war am Apparat und teilte mit, Maud sei unter der Dusche. Ich schilderte ihm kurz, was los war, und er seufzte nicht einmal.

»Ich kann nicht mehr lange bleiben; bald wird es hier von Reportern wimmeln. Ich packe meine Sachen und lege mich auf den Rücksitz des Wagens. Organisiert mir ein Hotelzimmer; ich muss noch ein paar Stunden schlafen. Wenn Vertreter der Medien anrufen, sagt, ich sei auf Dienstreise.«

»Das wird schwierig. Du bist bei der Polizei bekannt wie ein bunter Hund. Da nutzt auch ein falscher Bart nichts. Wir sagen einfach, du seiest nicht anzutreffen.«

»Teile Maud bitte mit, dass wir unbedingt eine Versammlung aller mit dem Fall Befassten einberufen müssen. Simon Palm sollte auch dabei sein; er kennt die Hintergründe. Punkt dreizehn Uhr?«

»Das lässt sich bestimmt einrichten. Ruf aber sicherheitshalber noch mal an. Hast du Ideen?«

»Keine einzige. Mein Gehirn besteht aus dreckiger Watte.«

Ein wenig Zeit blieb mir noch. Ich warf das Notwendigste in die Reisetasche und verließ die Wohnung. Es war noch immer früh am Morgen, und die Meute hatte die Witterung noch nicht aufgenommen. Ich grüßte den Polizisten, der vor dem Haus postiert war und ging oder besser gesagt schleppte mich zum Parkhaus am Pontonjärpark. Ich gab den Code ein und wankte mit letzter Kraft zu meinem Stellplatz hinten in der Ecke. Die Garage war fast leer, weil die Urlaubszeit schon begonnen hatte. Die Rückbank des alten Opels war weich und relativ bequem. Bevor ich mich hinlegte, rief ich Virena an. Im Gegensatz zu mir klang sie nie verschlafen.

»Virena! Sorry, dass ich dich so früh behellige. Ist alles in Ordnung?«

»Ja. Elin gefällt es sehr. Ich habe beschlossen, auch ein paar Reitstunden zu nehmen. Und bei dir?«

»Auch alles in Ordnung. Na ja, nicht ganz. Aber es geht mir gut, und ich bin ... unversehrt. Keine Gefahr. Ich werde vorübergehend woanders wohnen. Wenn ich Genaueres weiß, ruf ich dich an.«

Virena klang jetzt ein wenig nachdenklich. »Aha. Darf man wissen warum? Oder ist das ein Geheimnis unter Polizisten?«

»Ich glaube nicht, dass es lange ein Geheimnis bleiben wird. Man hat in unserer Wohnung einen Kerl gefunden, der da nicht hingehörte. Er war sozusagen ... ein bisschen ... tot.«

»Roland!«

»Dieses Rätsel müssen andere lösen. Wie gesagt, keine Gefahr, in ein paar Tagen ist alles vergessen. Ich wollte nur, dass du Bescheid weißt.«

»Wenn du meinst.«

»Ich meine. Umarme Elin und dich selbst und vielleicht noch die Pferde. Tschüss!«

Die Rückbank des Opels musste ein Engel gepolstert haben. Diesen Gedanken schaffte ich noch, bevor mich Morpheus in seine Arme nahm.

Viertel vor zwölf erwachte ich in derselben Lage und fand meine pantherhafte Geschmeidigkeit nicht sofort wieder. Eigentlich fühlte ich mich wie ein räudiger Kater mit Rheumatismus in allen vier Pfoten. Nach einigen gymnastischen Übungen konnte ich wieder Auto fahren. Ich parkte vor einem kleinen Lokal am Riddarfjärden, aß einen Salat und versuchte, einen klaren Kopf zu bekommen. Maud rief an und bestätigte den Termin: um eins im Konferenzraum.

Im Polizeigebäude suchte ich als Erstes die Toilette auf, rasierte mich und stellte fest, dass ich nicht mehr wie ein Obdachloser aussah, der unter einer Brücke genächtigt hatte. Ich war wieder Rolle Stahlmann, härter als Titan und schneller als das Licht. Physische und mentale Gesundheit, gepaart mit Selbstvertrauen, sind die Garanten des Erfolgs. Ich hätte das Rathaus mit einer Hand anheben können, aber ich wusste ja, dass man mich dann wegen groben Unfugs verhaften würde.

Mit federnden Schritten lief ich zum Konferenzraum, wo sich schon alle versammelt hatten. Ich war die Hauptperson, aber die Kollegen verzichteten auf den Applaus, als ich eintrat. Alle Abteilungen waren vertreten, und auch Simon nickte mir zu, im positiven Sinne kampflustig, wie mir schien. Maud stellte mich Maggie Chiari vor, einer schlanken, energischen Frau von knapp dreißig Jahren. Sie musterte mich forschend, und ich bemerkte die lustigen Sommersprossen auf Nase und Wangen. Therese Lager hatte sich neben sie gesetzt.

Kommissar Bengt Bodin leitete die Versammlung und kam sofort zur Sache: »Dieser Mord kann mit früheren Verbrechen in Verbindung stehen, aber das werden wir später ermitteln. Jetzt diskutieren wir ausschließlich diese Tat. Um vier Uhr nachts erwachte Roland Hassel, und eine Leiche lag neben ihm, deren Kopf fehlte. Hassel war zwischen zweiundzwanzig und dreiundzwanzig Uhr zu Bett gegangen; da war das Bett leer. Frau und Tochter sind verreist. Jonasson?«

Ein Polizist, der so groß war wie ein Basketballspieler, erhob sich und las aus einem Bericht vor: »Die erste Überprüfung der am Ort des Auffindens der Leiche sichergestellten Fingerabdrücke ergab keine Übereinstimmung mit den in unseren Dateien erfassten. Die Wohnungstür ist durch zwei Schlösser gesichert. Es wurden keinerlei Spuren eines gewaltsamen Eindringens festgestellt; der oder die Täter müssen Schlüssel benutzt haben. Weitere Spuren konnten nicht festgestellt werden. Das Laken, auf dem der Körper lag, zeigte Blutflecken, doch da wir die Leiche haben, spielt die DNA keine Rolle.«

BB nickte bestätigend und rief den nächsten Kollegen auf: »Holmlund?«

Ich kannte Holmlund als einen Hobbyhistoriker, der sich gerade mit der Geschichte der Polizei im neunzehnten Jahrhundert beschäftigte. Er war ein besonnener Mann mit leiser Stimme.

»Wir haben die Nachbarn befragt. Es waren jedoch nur drei Mietparteien im Haus. Zwei haben weder etwas gehört noch gesehen. Nur das Rentnerehepaar Mattiasson vom zweiten Stock konnte nicht schlafen. Frau Mattiasson ist erkältet und hustet stark. Sie wechselte mitten in der Nacht in einen Sessel am Fenster, um besser Luft zu bekommen. Ihr Mann setzte sich zu ihr, um ihr Gesellschaft zu leisten. Etwa Viertel vor zwei hörten sie, wie ein Auto vor dem Haus hielt. Sie waren neugierig und schauten hinaus. Aus einem dunklen Wagen, die Marke konnten sie nicht erkennen, trugen zwei Männer einen großen, in einen schwarzen Müllsack gehüllten Gegenstand ins Haus. Sie öffneten die Haustür nicht mit dem Code, sondern mit einem Schlüssel. Dann bekam Frau Mattiasson eine Hustenattacke, und sie vergaßen das Auto und die Männer. Mehr konnten sie nicht sagen. Wir können aber davon ausgehen, dass es die Mörder waren, die ihr Opfer brachten. Unsere Leute befragen jetzt die Bewohner der Nachbarhäuser. Vielleicht hat noch jemand etwas beobachtet.«

»Man soll die Hoffnung nicht verlieren. Aber wer ist der Tote? Hören wir dazu den Rechtsmediziner. Doktor Fasth?«

Fasth war mir vor allem aus den Medien bekannt, wo er sich regelmäßig über die Arbeitsbedingungen beschwerte. Kollegen hatten ihn gewarnt, sich nicht zu weit aus dem Fenster zu lehnen, denn die Behörden hatten verschiedene Methoden, unbequemen Kritikern das Leben schwer zu machen. Aber der Doktor ließ sich keinen Maulkorb verpassen.

»Der Mann war etwa fünfundvierzig Jahre alt. Hautfarbe weiß, mit einem Bronzeton. Seine Herkunft ist damit nicht geklärt, aber wir können davon ausgehen, dass es sich um einen Europäer handelt. Schwarze, üppige Körperbehaarung. Keine frischen Narben, Hämatome oder Tätowierungen. Nach den Händen zu urteilen, hat er wenig körperliche Arbeit verrichtet. Körperbau normal bis athletisch. Keine Spuren von Ringen an den Fingern. Nägel gepflegt, auch an den Zehen. Wir haben bei der Obduktion außer ein paar gut verheilten Operationsnarben nichts gefunden. Somit kann ich zur Identifizierung leider nichts beitragen.« Er zeigte einige Schwarzweißvergrößerungen. »Ich lasse diese Bilder herumgehen.

Bitte sehr. Der Kopf wurde am Rumpf abgetrennt. Ich glaube, dass man ihn ausbluten ließ, bevor man die Wunde abklebte. Meiner Meinung nach wurde er sechs bis zwölf Stunden vor seiner Entdeckung durch Inspektor Hassel getötet. Der fehlende Kopf macht eine Identifizierung nahezu unmöglich. Uns fehlen Gebiss, Haare, Augen und Schädel. Das Gesicht hätte uns etwas über den Charakter verraten.«

Auch Tessan und Maggie schauten sich die Fotos an. Maggie zeigte professionelles Interesse, während Therese ihren Ekel nicht verbergen konnte. Sie war bleich und schloss kurz die Augen, bevor sie die Bilder weitergab.

»Es ist grotesk«, fuhr BB fort. »Wir haben einen der schlimmsten Morde, solange ich mich erinnern kann, und praktisch keine Ahnung, wer das Opfer ist. Wir haben jede Menge Fragen und keine einzige Antwort.«

Die Bilder wurden mir übergeben, und ich studierte sie aufmerksam. Ich hatte ja nur einen Teil des Oberkörpers gesehen; der Rest war unter der Decke gewesen.

Etwas fiel mir auf: »Moment mal«, sagte ich laut. »Eine Frage an Doktor Fasth. Auf seinem Brustkorb sehe ich in der Mitte eine lange Narbe und dann eine kleinere, schwächere am linken Unterschenkel. Stimmt das?«

»Ja, ihm wurde ein Bypass gelegt.«

»Ist es nicht so, dass dabei das Brustbein aufgesägt wird? Man nimmt dann wohl eine Vene und führt sie am Herzen vorbei. Entschuldige, dass ich mich so amateurhaft ausdrücke.«

»Ist schon richtig, das nennt man Bypass. Warum?«

»Ich habe mal gehört, dass der Chirurg das Brustbein mit einem dünnen Stahldraht vernäht. Einige Ärzte sollen eine Art Signum hinterlassen, wie die Künstler auf Gemälden, indem sie die Enden des Drahtes zu ihren Initialen oder ähnlichem verbiegen. Kann man, falls so etwas bei unserer Leiche vorhanden ist, nicht ein Bild davon an alle chirurgischen

Abteilungen schicken? Vielleicht erkennt einer der Ärzte seine Arbeit wieder.«

Der Rechtsmediziner starrte auf das Bild und schob die Unterlippe vor: »Jetzt, wo du es sagst ... Ja, manche tun das, aus Stolz, wieder einmal einen komplizierten Eingriff geschafft zu haben. Einen Versuch ist es wert.«

BB schaute sich um, aber niemand hatte noch etwas beizusteuern. »Gut, ich fasse zusammen. Rätsel Nummer eins ist also: Wer wurde ermordet? Rätsel Nummer zwei: Wie kamen die Kerle ohne Gewaltanwendung in Hassels Wohnung? Rätsel Nummer drei: Warum ist Hassel nicht aufgewacht? Rätsel Nummer vier: Warum wurde diese irrwitzige Tat begangen?«

Maggie Chiari hob wie ein Schulmädchen die Hand. BB nickte ihr zu, und sie sprach schnell, deutlich und selbstbewusst:

»Den Kopf des Gegners abzutrennen, ist eine Methode der sizilianischen Mafia, ihre Geringschätzung auszudrücken. Ein Mann ohne Kopf ist etwas Verächtliches.«

»Danke für diesen Hinweis, ich notiere ihn. Haben wir noch mehr?«

»Jawohl«, antwortete ich. »Ich glaube, ich habe die Lösung für einige der Rätsel. Gestern Abend gingen Kommissar Palm und ich zusammen essen. Wir spazierten durch Gamla Stan und nahmen die Fähre nach Djurgården. In der Nähe von Gröna Lund belästigte mich eine betrunkene Frau. Ich vermute, dass sie mir das Schlüsselbund aus der Tasche gezogen hat.«

Simon machte große Augen; für ihn war es ein ganz neuer Gedanke.

»Unser Ziel war das Restaurant *Admiralen*. Wir nahmen den Djurgårdsvägen an der Werft vorbei. Es gibt auch einen kürzeren Weg, quer durch den Park. Als wir das Lokal fast erreicht hatten, tauchte die Frau erneut auf, warf sich mir an den Hals und küsste mich. Es dauerte eine Weile, bis ich mich befreit hatte; Simon Palm musste mir sogar helfen. Dabei schmuggelte sie mir die Schlüssel wieder in die Tasche, nachdem sie Abdrücke genommen hatte. Mit ihren Zungenküssen hat sie mir Schlafkapseln in den Mund geschoben, die ich verschluckte und die sich im Magen auflösten. Ich war schon beim Essen sehr müde, schaffte es gerade noch nach Hause und schlief dann wie ein Toter.«

Simon räusperte sich: »Da ist etwas dran. Das verdammte Weib klammerte sich an Rolle und wollte gar nicht mehr loslassen. Wie sie aussah? Sie war so stark geschminkt, dass man es einfach nicht sagen kann.«

BB schaute etwas ungläubig und wusste wohl nicht, wie er mit diesen neuen Informationen umgehen sollte. »Tja ... ja ... ich notiere auch das. Machen wir für heute Schluss.«

Er dankte nicht für die Aufmerksamkeit, denn für Polizisten ist das eine Selbstverständlichkeit. Maud bat Simon und mich in ihr Büro.

Durch den gleichzeitigen Aufbruch aller Kollegen entstand eine kleine Pause, und Simon teilte mir mit: »Ich habe mir deine Worte von gestern gleich zu Herzen genommen.«

»Und – hast du schon etwas erreicht?«

»Alles geht, wenn man sich nur Mühe gibt. Myrna bleibt bei mir. Und mit ein paar viel versprechenden jungen Kriminalisten habe ich auch gesprochen. Sie denken darüber nach, meine Gruppe zu verstärken. Um drei haben Nadja und ich einen Termin im Krankenhaus. Nachdem ich ein bisschen laut geworden bin, hatte der Chefarzt der Chirurgie plötzlich für uns Zeit.«

Bald waren wir bei Maud Gudmunds versammelt, die beiden jungen Frauen, Simon und ich. Simon stellte sich den Damen auf seine herzliche Art vor, doch Therese grüßte ihn nur kalt. Maggie war etwas freundlicher, schien aber ungehalten, dass wertvolle Zeit mit Zeremonien vergeudet wurde.

»Der Mord an sich ist nicht unser Bier«, begann Maud. »Dafür interessiert uns der Mörder.«

»Oder die Mörder«, gab Maggie zu bedenken. »An der Tat waren mindestens zwei beteiligt.«

»Richtig«, gab Maud zu. »Wir müssen uns um die Kreise kümmern, in denen man solche perversen Mörder findet. Zunächst können wir uns nur weiter an Kubiela, Stikke und Berloccio halten. Ich habe mich mit unserem Chef, Leif Jennekvist, beraten. Er meint, wir sollen weiterhin das Umfeld dieser drei Herren erkunden.«

»Das war kein schwedischer Mord«, gab Maggie zu bedenken. »Das war eine Hinrichtung nach Mafiamanier und diente der Abschreckung. Das Opfer hat entweder grob versagt oder einen Verrat begangen. So halten Terrorgruppen die Disziplin aufrecht. Ich war früher mit einem Iren verheiratet, Tim O'Leary. Er arbeitete für die Briten und gegen die IRA. Ich kümmerte mich damals, wie ihr jetzt, um das Hintergrundmaterial. Tim wurde in unserem Haus in die Luft gesprengt.«

Sie sprach emotionslos, als erzählte sie eine sehr alte Geschichte. Dennoch glaubte ich, ein leichtes Beben in der Stimme wahrzunehmen.

»Ein paar Jahre später heiratete ich Paolo Chiari. Polizistinnen zieht es ja oft zu Polizisten. Er gehörte zu den Spezialeinheiten gegen die süditalienische Mafia, und wieder nahm ich auf meine Weise an der Arbeit teil. Auf traditionelle Weise wurde er mit einer Jagdwaffe hinterrücks erschossen.« Sie lächelte wehmütig und seufzte: »Mit meinen Männern habe ich nur Pech gehabt. Verzeiht, Tim und Paolo, natürlich war es ein Glück, euch zu kennen; ihr wart wunderbare Menschen. Ein Unglück war es nur, dass ich euch nicht länger behalten durfte. Nach dem Mord gestattete man mir eine aktivere Rolle bei der Mafiabekämpfung. Ein wenig ist es vielleicht auch mein Verdienst, dass wir in Italien vorangekommen sind, obwohl es noch viel zu tun gibt.«

»Wie konntest du als Schwedin bei der britischen Polizei arbeiten?«, erkundigte sich Maud.

»Ach, ich kam schon früh nach London. Meine Mutter war Witwe und heiratete einen Engländer; so bekam ich die britische Staatsbürgerschaft. Sobald es möglich war, bewarb ich mich bei der Polizei, denn mein Stiefvater war und ist ein hoher Beamter von Scotland Yard. Ich wollte zur Kripo, dem CID, weil ich fand, dass die Uniformen lächerlich aussehen. Ich glaube, gegen die britische Polizei ist die schwedische wohl das Himmelreich – für eine Frau, meine ich. Der verstockte Chauvinismus dieser angeblichen Gentlemen, einfach unbeschreiblich! Als ich Tim heiratete und er zurück nach Irland wollte, wurde es leichter für mich, denn es reizt nur wenige Briten, in Irland gegen die IRA zu arbeiten. England ist die Heimat, und Irland ist gefährlich. Nach dem Mord an Tim war ich völlig down, nahm eine Auszeit und zog nach Florenz, um Italienisch zu lernen. Nach einigen Monaten begegnete ich Paolo, und dann ... wurden wir ein Paar. Dadurch kam ich zur italienischen Polizei und machte wiederum Karriere, weil dort niemand gegen die Mafia ermitteln will. Nach wie vor bin ich bei einer Spezialeinheit, die es offiziell gar nicht gibt. Wir arbeiten unter Decknamen; trotzdem erwischt die Mafia einen nach dem anderen von uns. Jemand hat unsere richtigen Namen verraten. Es ist eben jeder käuflich, und alles steht zum Verkauf. Allein in diesem Jahr wurden vier meiner Kollegen ermordet. Da habt ihr die Geschichte meines Lebens.«

Simon schaute auf die Uhr und entschuldigte sich; er müsse sich jetzt mit einem Professor und mehreren unfähigen Ärzten auseinander setzen.

Ohne Maggies Memoiren zu kommentieren, sagte Maud: »Du bist bei uns, weil du so viel über Tomaso Berloccio weißt wie niemand sonst.«

»Was man so über diesen Herrn wissen kann. Therese hat mir erzählt, dass er mit dem illegalen Lebensmittelhandel in Verbindung gebracht wird. Wir kennen ihn aus einer brutaleren Branche, vom Sklavenhandel mit jungen Mädchen aus den ärmsten Gebieten Osteuropas. Viele landen ja in Rom auf dem Straßenstrich. Natürlich nicht nur dort. Man schätzt, dass bisher etwa eine halbe Million Mädchen weggelockt oder gekidnappt wurde. Sie werden in vielen Großstädten feilgeboten. Therese und ich haben unsere Materialien verglichen; sie stimmen in etwa überein. Wir haben auch ein paar Pässe von ihm beschlagnahmen können. Darüber hinaus taucht sein Name auf verschiedenen Dokumenten auf. Zwei Zeugen haben ausgesagt, dass er selbst Morde begangen habe. Leider wurden beide kurz darauf umgebracht. Jemand hat sie an die Mörder verraten, die wohl zur Mafia gehörten. Wir haben vierzig oder fünfzig Razzien durchgeführt, aber er ist jedes Mal entkommen.«

»Vielleicht hat er sich eine ganz neue Identität zugelegt?«

»Wahrscheinlich, um nicht zu sagen: mit Sicherheit. Oder zwei oder zehn. Etwas habe ich selbst herausgefunden: Er hat eine Frau und ein Kind mit ihr. Sie heißt Maria Sottini, der Sohn Benito. Man hat von ihr jedoch seit drei Jahren nichts mehr gehört. Sie könnte in einem anderen Land unter falschem Namen leben. Eine Italienerin erregt kein Aufsehen, besonders wenn sie eine andere Sprache spricht. Hier sind Passbilder von Maria Sottini, leider zwölf Jahre alt.«

Die Fotos zeigten ein breites Gesicht mit groben Zügen, einem sinnlichen Mund und verträumten Augen. Das schwarze Haar trug sie in der Mitte gescheitelt, die Haut war alabasterfarben.

»Könnte sie sich in Schweden aufhalten?«

»Ja, wenn Tomaso hier lebt, kann sie gut in seiner Nähe sein. Es gibt ein besonderes Kennzeichen: Nach einem Verkehrsunfall ist ein Bein kürzer. Sie kompensiert es, indem sie Schuhe mit verschieden hohen Absätzen trägt.«

Ich starrte auf das Bild. Irgendetwas an dieser Person kam mir bekannt vor. Vielleicht war sie ein Typ, der häufig vorkommt; vielleicht sah sie auch irgendeiner Schauspielerin ähnlich.

»Rolle, du hast von der Frau erzählt, die dir gestern um den Hals gefallen ist«, wandte sich Maud an mich. »Deine Überlegungen?«

»Es sind einige. Erstens schließe ich daraus, dass ich nach wie vor unter Beobachtung stehe. Zweitens heißt das, dass die Bande oder Organisation über große finanzielle und personelle Ressourcen verfügt. Als wir uns an der Fähre nach Djurgården anstellten, hatten sie schnell eine Frau parat, um die Rolle der Betrunkenen zu spielen. Vielleicht wartete sie schon von vornherein auf ihren Einsatz und wurde mit einem Wagen zum Einsatzort gebracht. Sie wäre über mich hergefallen, wo immer ich den Abend verbracht hätte. Drittens muss sie ein Profi gewesen sein. Es ist nicht so leicht, ein Schlüsselbund zu stehlen und unbemerkt wieder in die Tasche zu stecken. Viertens müssen unsere Gegenspieler in der Lage gewesen sein, innerhalb weniger Stunden nach einem Abdruck Schlüssel anzufertigen. Eine Schlüsselwerkstatt hat man nicht im Hobbykeller; also müssen Schweden involviert sein, die Zugang zu einer Schleiferei haben. Fünftens frage ich mich, was aus den Papieren geworden ist, die ich vor dem Brand in Kubielas Kellerwohnung in Stuvsta bewahrt habe.«

»Ich habe dazu noch keinen Bericht bekommen, aber die Papiere sind nicht unsere Baustelle, denn sie berühren unsere Aufgabe nicht, Informationen zu sammeln. Damit sollt ihr jetzt weitermachen. Das Programm steht fest. Arbeitet die Adresslisten ab.«

Zum ersten Mal bei diesem Treffen machte Therese den Mund auf: »Wir können das wohl aufteilen. Der da geht allein, Maggie und ich zusammen. So schaffen wir mehr, und als Frauen haben wir sowieso einen besseren Kontakt zu den Leuten.«

Maud ist eine sehr aufgeschlossene Person und eine angenehme Vorgesetzte, aber wenn sie etwas sehr Dummes hört, geht sie auf die Palme. »Was soll dieser idiotische Vorschlag? Du bist überhaupt nicht berechtigt, hier allein zu den Leuten zu gehen, und Maggie als italienische Staatsbürgerin schon gar nicht. Sie würde sich sogar strafbar machen! Glaubst du, dass Rolle in Rom einfach Personen befragen dürfte, nur weil er in Stockholm Polizist ist? Du solltest es besser wissen!«

»Ja, aber er hat das doch auch vorgeschlagen!«

»Auch er weiß es besser.«

Natürlich, aber Maud wusste, dass mein Vorschlag aus der Verzweiflung geboren war.

»Das Programm wird wie besprochen abgearbeitet. Ich will euch an euren Status erinnern. Ihr seid keine Führungskräfte, weder bei Interpol noch bei der italienischen Polizei. Ihr steht in der Hierarchie ganz unten und nehmt nur deshalb an den Ermittlungen teil, weil ihr über Spezialwissen verfügt. Du bist dabei, weil Interpol in Lyon dir bescheinigt, dass du dich im Lebensmittelschmuggel auskennst und weil dieser mysteriöse Berloccio damit zu tun haben könnte, derselbe Berloccio, von dem Axel Wikman sprach, bevor er ermordet wurde. Eigentlich solltest du gar nicht mit Roland hinausgehen, aber vielleicht findest du ja ein Korn, und irgendwie müssen wir dich ja beschäftigen. Dem Bericht zufolge konntest du dich bereits nützlich machen, weil du portugiesisch sprichst. Ist dir das jetzt klar?«

Therese wurde knallrot und murmelte, ohne Maud anzusehen: »Entschuldige, das war dumm von mir.«

»Dann an die Arbeit! Maggie muss mit in dein Büro, weil wir zu wenig Platz haben, aber ihr kennt euch ja von früher. Außerdem hast du sie empfohlen, und ihr wohnt im selben Hotel. Maggie, du hältst Kontakt zur italienischen Polizei, schaffst so viel Material wie möglich heran und kümmerst dich um die Übersetzung. Es ist vierzehn Uhr, los geht's!«

Therese und ich vereinbarten, dass wir uns in einer Viertelstunde auf dem Polizeiparkplatz an meinem Wagen treffen würden. Ich war schon zeitiger da und setzte mich hinters Lenkrad. Ein Gedanke schoss mir durch den Kopf. Sune hatte am Eingang auf mich gewartet und mir seine Drohungen ins Gesicht geschleudert. Er hatte mich auch mit Simon weggehen sehen. War das ein Zufall gewesen? Dass er seine rechtsradikalen Freunde mit Informationen versorgte, okay, aber Beihilfe zum Mord? Ließen sich die Nazischläger auch für solche Zwecke mieten?

Der Zopf kam, und wir fuhren schweigend in die Vegagatan, um einen zweiten Versuch zu starten. Ich hielt mein loses Mundwerk, damit wir dort nicht erneut Aufsehen erregten. Wir betraten das Haus und nahmen den Fahrstuhl in die dritte Etage. Es war ein altes Modell, das sich knirschend und stöhnend hinaufquälte. Außerdem war es sehr eng, und ich hielt sogar die Luft an, um ihr ja nicht zu nahe zu kommen.

Diesmal war Frau Hertha Åkesson zu Hause, jedenfalls physisch. In der Wohnung sah es aus wie nach einem Bombenangriff. Als wir an der Küche vorbeikamen, fiel mein Blick auf Stapel schmutzigen Geschirrs, das zum Teil schon Schimmel angesetzt hatte. Dementsprechend roch es auch nicht nach Rosen und Jasmin. Dennoch war das Mobiliar gutbürgerlich und angenehm altmodisch. Es gab einen Vitrinenschrank mit hübschen kleinen Dingen, aber obenauf lagen Berge von zerknüllten Kleidungsstücken. Auf dem schwarzen Klavier standen mehrere Fotografien in schmalen, silbernen Rahmen.

Laut Öhmans Liste war die Frau neunundsiebzig Jahre alt. Sie wirkte gebrechlich, hatte ein abgehärmtes Gesicht und weißes Haar, das ihren Kopf wie ein Heiligenschein umgab. Sie lächelte die ganze Zeit, und ihre Lippen zuckten; offenbar wollte sie gern zu Diensten sein, weil sie hoffte, so die ihr unverständliche Situation zu meistern.

Ich legte Samt in meine Stimme, wie ich es immer tue, wenn ich mit kleinen Kindern und älteren Damen spreche: »Dürfen wir uns setzen, Frau Åkesson?«

Ich duzte sie nicht; es war ihr sicher schwer gefallen, sich an diese Sitte zu gewöhnen, die in den sechziger Jahren Einzug gehalten hatte.

»Setzen? Ja, setzen. Bitte, setzen.«

Ich legte Stapel von Tageszeitungen zur Seite, die Wochen und Monate alt waren. Darunter fand ich einen Strumpf und ein versteinertes Brötchen. Endlich war das Sofa frei, und ich bot Therese den Platz neben mir an. Sie setzte sich widerstrebend. Die alte Dame blieb stehen und rang die Hände.

»Setzen Sie sich doch auch, Frau Åkesson.«

Ihr herumirrender Blick heftete sich an einen Stuhl, und sie setzte sich mit geradem Rücken auf die äußerste Kante. Dann beugte sie sich zu uns, schob den Kopf vor wie ein kleiner Vogel und schaute uns ebenso unsicher wie neugierig an.

»Wir gesagt, wir sind Polizisten und wollen Ihnen ein paar Fragen stellen, wenn es Ihnen nichts ausmacht.«

»Polizei? Polizei? Aha ...« Ihr Blick wandte sich nach innen.

Ich glaubte nicht mehr, dass wir von ihr etwas erfahren konnten, aber man soll die Hoffnung ja nie aufgeben. »Ja, Frau Åkesson, bei Ihnen hat drei Jahre ein Mann namens Sverre Stikke gewohnt. Erinnern Sie sich an ihn? Es war vor etwa zehn Jahren.«

Sie sah aus, als suchte sie in ihrem Inneren, aber da herrschten nur Dunkelheit und Leere. »Was? Was?«

»Ihr Untermieter, Sverre Stikke. Er hat hier gewohnt.«

»Aha. Was?«

Ich unternahm einen letzten Versuch. »Sverre Stikke! Sverre Stikke! Er hat hier gewohnt. Sie sahen ihn jeden Tag. Stikke, Sverre Stikke!«

Therese seufzte unterdrückt. Frau Åkesson wollte uns so gern zufrieden stellen, vermochte es aber nicht. Ihr Gedächtnis war wie ausgelöscht. War es ein Trost, dass mit dem Schönen auch das Schlimme, das sie vielleicht erlebt hatte, verschwunden war?

»Dienstag, ja.«

Meine Bemerkung, sie habe ihn jeden Tag gesehen, hatte ihr ein Wort entlockt. Ich gab auf.

»Danke, Frau Åkesson.«

Ich lächelte sie freundlich an und gab Therese ein Zeichen. Wir erhoben uns gleichzeitig. Auch Frau Åkesson sprang auf, als wäre es eine Schande zu sitzen, wenn die Gäste, wer auch immer sie waren, sich zu gehen anschickten.

Ich schaute mich noch einmal in der Wohnung um. Alles war von Staub bedeckt; die Fenster waren sicher jahrelang nicht geputzt worden. »Haben Sie keine Haushaltshilfe, Frau Åkesson?«

Das Wort wirkte wie ein Code in ihrem Bewusstsein. Sie sah Therese an, zeigte auf sie und lächelte hoffnungsvoll: »Haushaltshilfe? Haushaltshilfe?«

Therese warf mir einen hilflosen Blick zu, und ich sagte: »Nein, sie ist Polizistin. Keine Haushaltshilfe.«

Das Lächeln der alten Dame verblasste. Ich beschloss, das Sozialamt anzurufen und mitzuteilen, dass hier ein Mensch dringend Hilfe brauchte. Und wenn sie nur die Fotografien abstaubten, die vielleicht die einzige Verbindung zur Vergangenheit waren. Die Fotografien ...

Ich schaute sie mir genauer an. Da war ein Mann, mit dem sie einst verheiratet gewesen war; seine vergilbte Todesanzeige steckte im Rahmen. Da waren die Kinder, die längst erwachsen waren, und die Enkel, die sich offenbar nicht um ihre Großmutter kümmerten. Und da war ein Gesicht, das ich kannte. Stikke hatte hier als Untermieter gewohnt, aber es war nicht sein Foto, das da im Silberrahmen auf dem Klavier stand.

Das Bild zeigte einen anderen Mann – Ludvig Kubiela!

11. Kapitel

Das Foto war nicht gerade ein Starporträt, aber Kubiela hatte sich angestrengt, halbwegs nett auszusehen. Allerdings war sein Talent nicht so weit entwickelt gewesen, die Kälte aus den Augen zu verbannen. Es war ein Brustbild; er trug ein schwarzes Sporthemd, das bis oben zugeknöpft war – wohl um alte Narben zu verbergen.

Das Interessanteste an dem schwarzweißen Foto war, dass er mit Kugelschreiber etwas in die rechte untere Ecke geschrieben hatte.

Ich versuchte, das Gekritzel zu entziffern, konnte aber nur die ersten Worte deuten:

Hertha! Danke für ...

Ich bat Therese, mir zu helfen: »Kannst du erkennen, was da hinter *Danke für* ... steht?«

»Ich glaube ja. Da steht ... äh ...: *Danke für ... die gute Beköstigung*. Unterschrieben von ... von ...«

»Ludvig?«

»Nein, nicht Ludvig. Der Name beginnt mit *E* ...« Sie folgte den Kringeln mit dem Finger und bewegte stumm den Mund. »*Ernst*«, rief sie schließlich. »*Ernst! Danke für die gute Beköstigung. Ernst.* So steht es da. Und geschrieben wurde die Widmung fast auf den Tag genau vor einem Jahr und einem Monat. Siehst du, dort ist das Datum.«

Die alte Dame stand neben uns und trippelte hin und her. Sie ahnte, dass etwas im Gange war, begriff aber nicht, worum es sich handelte.

Ich hielt ihr das Foto hin und tippte drauf: »Kennen Sie ihn, Frau Åkesson?«

»Jaha ...«

»Wie heißt er? Wie ist sein Name?«

Sie zwinkerte mehrfach und rang die schmalen Hände. Sie verstand, dass ich etwas von ihr wollte, aber sie hatte nichts zu geben. »Äh ... ja ... guten Tag ...?«

Eine neue mentale Wand innerhalb weniger Minuten, und ich gab endgültig auf. Ich nahm das Bild aus dem Rahmen und hielt es ihr hin: »Darf ich mir das Foto ausleihen, Frau Åkesson?«

»Ja ... ja ...«

Ich nahm es als Zustimmung; der Überlegene hat ja immer das Recht der Deutung. Wir bedankten uns noch einmal, nahmen den Fahrstuhl hinab und machten uns auf den Weg zur nächsten Adresse.

Als wir langsam die Dalargatan entlang in Richtung Norra Bantorget fuhren, sagte ich: »Das war ja frustrierend! Da haben wir eine Zeugin, die uns wichtige Informationen über einen mehrfachen Mörder geben könnte, und sie weiß nicht, wovon wir reden! Sie hat einfach alles vergessen, letztlich ihr ganzes Leben.«

Therese schaute durch die Frontscheibe, schien aber den Verkehr gar nicht wahrzunehmen. Nachdenklich fragte sie: »Was ging in dir vor, als du den Körper ohne Kopf gesehen hast? Ich meine ... das muss eine einzigartige Erfahrung sein.«

»Nein, nicht einzigartig. Ich habe den umgekehrten Fall bereits erlebt, damals, als ich den Kühlschrank aufmachte und mich ein abgehackter Frauenkopf anstarrte. Aber es ist auch nichts, woran man sich gewöhnt. Es ist schrecklich, aber man kann alles verdrängen. Andere Ereignisse haben einen größeren Eindruck bei mir hinterlassen.«

»Zum Beispiel?«

»Ich möchte nicht darüber reden.«

»Das verstehe ich nicht. Willst du dich jetzt wichtig machen?«

»Meine liebe Tess... Therese, das habe ich nun wirklich nicht nötig.«

Damit hatte ich sie vor den Kopf gestoßen, aber das kann genauso nützlich sein wie eine Woche an der Küste. Sie setzte ihre Sonnenbrille auf, obwohl gerade Wolken aufgezogen waren. Was tut man nicht alles, um cool zu wirken. Wir stiegen drei Treppen hinauf, klingelten vergebens und notierten einen weiteren Fehlschlag. Danach ging es in die Frejgatan, vor nicht allzu langer Zeit Hauptumschlagplatz für Gebrauchtwagen in Stockholm.

Therese kam noch einmal auf das Thema zurück, das sie wohl ebenso schreckte wie faszinierte: »Sei jetzt mal ehrlich. Meinst du wirklich, dass du es so einfach wegsteckst, eine verstümmelte Leiche in deinem Schlafzimmer zu finden? Wirst du davon nicht Albträume bekommen, noch nach Jahren?«

»Und du? Würdest du nach so einem Erlebnis schlecht schlafen?«

Sie nickte und schob die Brille hoch, die ihr auf die Nase gerutscht war.

»Tessan, vieles im Leben ist unangenehm oder sogar schrecklich, aber was bedeutet das schon? Ein toter Körper ist ein toter Körper, mit oder ohne Kopf. Ich habe zu dem Ermordeten keine Beziehung. Es wäre etwas anderes, wenn es sich um einen Freund oder wenigstens Bekannten von mir handeln würde. Die emotionale Beziehung macht den Unterschied. Hätte mir der Tote nahe gestanden, wäre ich vielleicht innerlich zerbrochen.«

Der Zopf nahm die Brille ab und kaute nachdenklich auf dem Bügel herum. »Für dich ist also entscheidend, ob du das Opfer persönlich kennst oder nicht?«

»Nein, ich sagte nicht kennen, ich sprach von einer emotionalen Beziehung. Zu einem unbekannten Toten kann man keine Beziehung haben. Ein lebloser Körper ist eine Hülle, nichts weiter. Ich habe einiges erlebt, was mir mental geschadet haben mag; in welchem Maße, kann ich nicht beurteilen.«

»Du bist zynisch, schrecklich zynisch. Ein Leben scheint in deinen Augen nicht viel zu bedeuten.«

»Nein, zynisch bin ich nicht. Du weißt nicht, was Zynismus ist. Ich bin nicht einmal illusionslos; ich brauche meine Illusionen sogar. Ich würde es Anpassung an die Realität nennen. Das Leben ist endlich, dagegen kann ich nichts tun. Viele Menschen sterben allzu früh, durch Kriege oder Krankheiten oder Verkehrsunfälle oder Naturkatastrophen oder eben durch Mord. Wenn du keine Beziehung zu dem Verstorbenen hast, dann interessiert dich sein Schicksal nicht. Ein Polizist im Außendienst wird oft mit Ereignissen konfrontiert, die ihm an die Nieren gehen, deshalb muss er lernen, möglichst schnell wieder zur Tagesordnung überzugehen, sonst nimmt seine Seele Schaden. Anpassung an die Wirklichkeit gehört zum Job. Ein Chirurg kann acht Stunden lang einen ihm unbekannten Menschen operieren, der dann trotzdem stirbt. Ein paar Stunden später geht er mit Freunden oder der Familie essen und ist nett und aufgeschlossen. Was brächte es, wenn er sich in die Ecke setzen und heulen würde? Man tut sein Bestes, jeden Tag aufs Neue.«

Jetzt hatte sie fast den ganzen Brillenbügel verschluckt; vermutlich kratzte sie sich damit die Mandeln. Vielleicht hatte sie meinen Seitenblick bemerkt, jedenfalls nahm sie den Bügel heraus.

Meine nächste Bemerkung ließ sie versteinern: »Ich weiß nicht, was du erlebt hast, aber du solltest es genauso machen. Vergiss es und geh zur Tagesordnung über.«

»Halt den Mund!«, zischte sie mit zusammengepressten Lippen.

»Meinetwegen, aber wir sind jetzt für eine gewisse Zeit aneinander gekettet, wie Sträflinge. Unsere einzige Freiheit besteht darin, dass wir uns über Gott und die Welt unterhalten können. Meinetwegen kannst du mich hassen, wenn du das cool findest, aber ertragen musst du mich schon.«

Damit waren alle Ansätze einer Verständigung zwischen uns gescheitert. Sie starrte geradeaus, und ihr Blick schnitt Löcher in den Asphalt. Vielleicht sollte ich mir ein paar hunderttausend Kronen besorgen und einen Berater für Human-Management-Fragen konsultieren. Diese Berater müssen etwas können, denn sie schwimmen im Geld. Einer hatte die Idee, für die Sozialdemokraten ein altes Logo neu zu entwerfen – eine rote Rose. Das Ergebnis gefiel niemandem, denn die Blume sah aus wie ein grinsender Affe, aber das traute sich keiner zu sagen, denn man hatte eine siebenstellige Summe dafür hingeblättert. Wen soll man nun schelten, den listigen Geschäftsmann oder die verschwenderischen Politiker?

»Hoffentlich treffen wir wenigstens Sara Ledhund an«, versuchte ich, das Gespräch wieder in Gang zu bringen. »Verzeihung, die Sara heißt natürlich Hedlund, da habe ich mich wohl verlesen.«

Kein Lächeln, nur verkniffene Lippen. Ich musste wohl dankbar sein, dass sie nicht mit den Zähnen knirschte. Ich unterdrückte ein Grinsen und fuhr fort: »Sie ist interessant, weil sie mit Kenneth Hedlund verheiratet war, der wegen Brandstiftung verurteilt wurde. Die Tat hat er gemeinsam mit Ludvig Kubiela ausgeführt. Ein Geständnis haben beide verweigert; etwas anderes war auch nicht zu erwarten. Du fragst dich sicher, warum wir nicht direkt mit Kenneth reden?«

Wenn sie sich fragte, dann ließ sie es nicht erkennen.

»Weil er in einem thailändischen Gefängnis einsitzt, vermutlich noch bis zur nächsten Jahrhundertwende. Der Zoll erwischte ihn mit zwölf Kilo Heroin, und er bekam lebenslänglich. Das bedeutet in Thailand tatsächlich lebenslänglich. Sara soll an allen Taten der beiden beteiligt gewesen sein, aber gegen sie gibt es keine Beweise. Glaubst du, dass sie uns etwas erzählen wird? Wo Ludvig sich versteckt? Vielleicht weiß sie auch etwas über Sverre. Bringen wir sie zum Reden? Und wie? Gleich wissen wir mehr. Falls Frau Ledhund zu Hause ist.«

Neben dem Eingang befand sich ein Tabakladen, der die Schlagzeilen der Abendzeitungen ausgestellt hatte. Im Vorbeigehen las ich: *Kopflose Leiche gefunden. Rache ist das Motiv, meint die Polizei.* Ich hütete mich seit Jahren vor der Presse, denn mit Spekulationen und Behauptungen war keinem gedient. Auch diesmal hoffte ich, dass sie mich erst erwischten, wenn der Fall auf die hinteren Seiten gerutscht war. Wir brauchen die freie Presse und seriöse Informationen, doch im Kampf um Marktanteile und Anzeigenkunden bleibt die Wahrheit oft auf der Strecke.

Das Haus war ziemlich neu und relativ gut erhalten. Sara Hedlund wohnte im zweiten Stock. Der Fahrstuhl war kaputt, also gingen wir zu Fuß. Zu meiner Verwunderung atmete der Zopf heftig – so jung und schon keine Kondition mehr? Was taten sie denn in Lyon, außer Zwiebelsuppe essen?

Sara Hedlund war zu Hause und ließ uns ohne Enthusiasmus eintreten. Ich fühlte mich wie in alten Zeiten bei der Fahndung: Wir waren nie willkommen gewesen, im besten Falle trafen wir auf bewaffnete Neutralität. Sara Hedlund war etwa vierzig und sah gut aus. Sie hatte die ausgeprägten Gesichtszüge einer Indianerin, ausdrucksvolle dunkle Augen und eine aufregende Figur. Dazu kam das flammend rote Haar, das allerdings einige graue Strähnen zeigte.

Sie wirkte angespannt und kam sofort zur Sache: »Polizisten? Was wollt ihr von mir? Wessen werde ich beschuldigt?«

»Beruhige dich. Wir wollen dir nur ein paar Fragen stellen, sonst nichts.«

»Und wenn ich nicht antworte? Locht ihr mich dann ein?«

»Nein, wir zwingen dich zu nichts. Du hast deinen freien Willen und kannst tun, was du willst. Dürfen wir uns setzen?«

Sie lachte heiser und lustlos. »Mein freier Wille! Was für eine Illusion! Kennst du einen einzigen Menschen, der einen freien Willen hat? Setzt euch, wenn ihr unbedingt wollt.«

Wenn man etwas erfahren will, spielt es eine große Rolle, ob man steht oder sitzt. Wenn man steht und größer ist als der Gesprächspartner, gerät man schnell in eine Verhörsituation. Sitzend befindet man sich auf gleicher Höhe und erscheint als Diskussionspartner. Das Wohnzimmer war sauber und ordentlich. Man hätte es für einen Katalog fotografieren können, denn fast alle Möbel stammten von IKEA. Die Fenster waren geputzt, und im Billy-Regal standen Bücher, die mich überraschten: Gedichtbände, Philosophie, Geschichte, Medizin. Die Wände waren weiß gestrichen, und luftige hellblaue Gardinen verliehen dem Raum eine gewisse Leichtigkeit.

»Also, schießt los!«

Sara trug ein fußlanges schwarzes Kleid mit weiten Ärmeln und eine Kette aus glühendroten, ungleichmäßigen Steinen. Sie wirkte wie eine Tragödin.

»Tja, wir suchen zwei Männer, Ludvig Kubiela und Sverre Stikke. Und einen dritten, der Tomaso Berloccio heißt. Kannst du uns helfen?«

»Warum sollte ich euch helfen können?«

»Weil Ludvig und dein Mann Kenneth einander kennen gelernt und zusammengearbeitet haben.«

Sie biss sich so heftig in die Unterlippe, dass die Spuren der Zähne zu sehen waren, und schüttelte die rote Mähne. »Du meinst, sie haben zusammen im Knast gesessen?«

»So kann man es auch ausdrücken.«

»Ich kann euch nicht helfen.«

»Kannst du nicht oder willst du nicht?«, fragte ich geradeheraus, wie es meine Art ist.

Sie verschränkte die Arme vor der Brust, und erst jetzt sah ich, dass ihre Fingernägel abgekaut waren. Sie holte tief Luft, um ihrer Stimme Festigkeit zu verleihen, und schnarrte herunter: »Hintergrund: Stamme aus gutbürgerlicher Familie, glückliche Kindheit, einzige Tochter, vielseitig interessiert, Reiten, Cello spielen, Oper, Klassenbeste, nette Freunde, Universität, Studium der nordischen Sprachen, und dann lernte ich kurz vor dem Abschluss Kenneth Hedlund kennen.« Sie atmete noch einmal tief durch und fuhr fort: »Er war ganz anders. Unter all den Memmen hatte ich plötzlich einen Mann getroffen. Er wusste, was er wollte, und das zog er durch, ohne zu fragen, ob es richtig oder falsch war. Er folgte nur seinen eigenen Gesetzen. Ohne zu zögern gab ich mein idyllisches, todlangweiliges Leben auf und nahm an seinem Teil, das spannend, dynamisch und überraschend war. Und hektisch. Einfach wunderbar! Kenneth sorgte dafür, dass es mir immer gut ging. Er war der Mann und ich die Frau, da gab es keine Diskussion.«

»Was Ludvig Kubiela betrifft ...«

»Verdammt, jetzt rede ich! Versucht einfach zu verstehen! Kenneth übernahm Aufträge und verdiente gut. Dieser Satan Ludvig brachte ihn dazu, sich auf ein Unternehmen einzulassen, das von Anfang an zum Scheitern verurteilt war. Sein Kumpan Stikke, dieser Idiot, war auch mit von der Partie, konnte aber abtauchen, als sie verhaftet wurden. Ich wartete, bis er herauskam, und es war wieder ein tolles Abenteuer. In der Zwischenzeit hatte ich von seinem versteckten Geld gelebt. Nun verdiente er noch mehr, weil er im Knast nützliche Verbindungen geknüpft hatte. Und jetzt – *gone forever!* Ich habe nichts mehr. Meine verdammten Eltern haben mich abgeschrieben. Keine Freunde. Wenn ich das H nicht hätte ... Kenneth verrottet in Bangkok, und ich verrotte hier.«

»Tut mir Leid, Sara, aber es geht uns jetzt um ...«

»Fahrt doch zur Hölle! Glaubst du, ich bereue mein Leben? Keinen einzigen Tag, keine einzige Stunde! Kenneth gab mir alles, und niemand kann ihn ersetzen. Ein bisschen Geld habe ich noch, und wenn es nicht mehr reicht, gehe ich auf den Strich. Aber ich bereue nichts!« Anklagend streckte sie den Finger vor: »Ich hasse solche wie dich! Solche angepassten, tüchtigen Langweiler. Ihr versteht doch überhaupt nichts.«

»Du hast sicher Recht, aber alles, was wir wollen, sind Informationen über die Kumpane.«

»Die hasse ich am meisten. Wären die nicht gewesen, hätten Kenneth und ich einander noch. Ich würde euch gern alles über sie verraten, wenn ich etwas wüsste. Und den Spaghetti kenne ich überhaupt nicht.«

»Dann verrate uns wenigstens etwas über sie. Irgendwas fällt dir schon ein, wenn du dich anstrengst. Wie gesagt, wir können dich nicht zwingen, aber wenn du ihnen eins auswischen willst, dann hilf uns!«

Sara war mit ihrer Geduld am Ende und schrie: »Wenn du was wissen willst, dann frag doch Giddy! Die weiß doch immer alles!«

»Gern, aber wer ist Giddy, und wo finde ich sie?«

»Giddy Ollis. Sie ist in Kopenhagen oder hier, woher soll ich das wissen?«

»Und wer ist sie?«

»Ludvigs Betthäschen. Er schlägt sie schrecklich, aber sie mag es. Zwischendurch erholt sie sich immer im Krankenhaus, und dann geht der Tanz von vorn los. Und jetzt haut ab! Ich bin krank. Muss mich mit einem Schuss kurieren.«

Hier hatten wir nichts mehr verloren, und ich ging zur Tür.

Therese folgte mir, blieb aber vor Sara stehen und streckte die Arme aus, wie zu einer großen Umarmung. »Sara, bitte, du sollst kein Heroin nehmen!«, sagte sie mit sanfter Stimme.

»Das geht dich einen Dreck an, du ...«

»Nein, nein, bitte, lass mich dich umarmen, komm, Sara, komm zu mir ...«

Sara kämpfte mit sich, dann stieß sie einen Laut zwischen Seufzen und Schluchzen aus und warf sich in die Arme meiner Begleiterin. Tränen liefen ihr übers Gesicht und durchnässten Thereses dünne Jacke. Der Zopf wedelte hinter ihrem Rücken mit der Hand: Hau ab, Chauvi, das hier kann ich besser!

Das mochte sogar stimmen. Ich ließ die beiden allein und fuhr los. Der Zopf konnte sehen, wie er mit öffentlichen Verkehrsmitteln zum Polizeigebäude kam.

Auf dem Parkplatz blieb ich noch eine Weile im Wagen sitzen und ließ die Gedanken kreisen. Tessan hatte mich erneut überrascht. Ich musste anerkennen, dass sie es verstand, ein Vertrauensverhältnis zu Frauen aufzubauen – im Gegensatz zu mir. Das schien mir nicht ausschließlich eine Frage des Geschlechts zu sein. Ich würde es in dem ausführlichen Bericht erwähnen, den Maud mir auferlegt hatte.

Vom Parkplatz kommend konnte ich mir aussuchen, welchen Eingang zu dem gewaltigen Komplex ich benutzen wollte. Noch schienen die Reporter nicht auf mich zu lauern. Auf meinem Schreibtisch lag wieder einmal ein Brief, den ich sofort in den Papierkorb warf. Viele Kollegen im Außendienst erhalten anonyme Drohungen; entweder geht es um Rache oder um laufende Ermittlungen, die nicht zu Ende gebracht werden sollen. Die andere Hälfte der diesbezüglichen Post geht an die Staatsanwälte. Die Methoden der kriminellen Motorradbanden werden inzwischen von sonst eher moderaten Verbrecherkreisen übernommen. Ein Mädchen, das nachts in einer Tankstelle arbeitet und eine Jugendgang anzeigt, die randaliert und stiehlt, bekommt schon mal einen Brief mit blutroter Schrift: *Wir wissen, wo du wohnst*!

Die Absender solcher Botschaften genießen das Gefühl der Macht: Ein paar Worte auf einem Stück Papier verbreiten

Angst und Schrecken, vergiften die Seele. Der Empfänger weiß ja nicht, wie ernst die Drohung gemeint ist. Es könnte ja wirklich jemand dahinter stecken, der prügelt, Brände legt oder gar mordet. Meistens werden die Torturen in aller Deutlichkeit beschrieben – wer würde sich da nicht fürchten?

An den früheren Sound eines Polizeibüros, jenes Klappern der Schreibmaschinentasten, das nur vom Ratschen des Wagens und dem Fluchen des Beamten unterbrochen wurde, wenn sich wieder einmal Buchstaben verhakt hatten, konnte selbst ich mich nur noch schwach erinnern. Die Computer sind ein Segen für uns, und wir wurden daran gut ausgebildet. Bill Gates kann stolz auf uns sein.

Maud Gudmunds kam herein, nickte und setzte sich mir gegenüber. »Hast du den Bericht geschrieben?«

»Ich drucke ihn gerade aus.«

Eine Minute später hielt sie mein literarisches Produkt in der Hand. Beim Lesen spitzte sie die Lippen, während ihr Blick die Zeilen entlangglitt. »Mhm, nicht schlecht.«

»Trotz der Kommafehler?«

»Damit kann ich leben, Rolle. Also ist Therese mit einer Drogensüchtigen ins Gespräch gekommen? An eine Fixerin kommt man schlecht heran, wenn sie auf Entzug ist und die Nerven zum Zerreißen gespannt sind. Was hältst du von dieser Sara?«

»Auf ihre Weise ist sie wohl ehrlich, aber auf Junkies kann man sich nie verlassen. Ihre Wohnung war in Ordnung; sie hat es nicht zugelassen, dass sich andere Fixer dort breit machen. Mit ihrem gutbürgerlichen Hintergrund ist sie das klassische Beispiel für das vornehme Fräulein, das in Räuberhände fällt. Ich glaube aber nicht, dass sie so unsterblich in den Brandstifter und Drogenhändler Kenneth verliebt ist. Dieses Märchen dient nur der Erhaltung eines Restes von Selbstachtung und soll ihren Heroinkonsum rechtfertigen.

Jemanden so zu lieben, dass man sich selbst zugrunde richtet, gilt romantisch angehauchten Menschen als heroisch. Goethe hat darüber geschrieben, wenn ich mich nicht irre. Ich weiß nicht, was passiert, wenn sie das Geld ihrer angeblichen großen Liebe restlos verbraucht hat. Dann wird es mit der Schwärmerei wohl vorbei sein.«

Maud las den Bericht noch einmal. »Giddy Ollis? Ein komischer Name, an den ich mich erinnern würde, hätte ich ihn schon einmal gehört. Rolf Öhman wird sich darum kümmern. Klingt nicht dänisch, obwohl sie ja aus Kopenhagen stammen soll. Dein Bericht enthält einen weiteren konkreten Ansatzpunkt – Hertha Åkesson. Hier haben wir eine Zeugin, die nicht als solche funktioniert. Sie trägt alles in sich; vielleicht können wir ihr noch einiges entlocken.«

»Ihre Demenz muss weit fortgeschritten sein. Kubiela, der sich Ernst nannte, hat sich bei ihr für die gute Beköstigung bedankt. Also hat er dort gewohnt, und sie war noch so gut beisammen, dass er ihr ein Erinnerungsfoto geschenkt hat.«

»Das sehe ich auch so. Zwischen ihm und ihr muss es eine Verbindung geben. Eine solche feine Geste passt nicht zu einem Raubein wie Kubiela.« Sie schaute nachdenklich auf das Foto. »Vielleicht bringt uns die Handschrift etwas. Öhman muss sich auch um den Namen Ernst kümmern. Vielleicht findet er einen Nachnamen dazu. Die Fahnder sollen von Tür zu Tür gehen, das Bild zeigen und fragen, ob jemand den Mann gesehen hat, wann das war, ob er Begleiter hatte und wer diese waren. Kam er mal mit einem Auto? Welche Marke, welches Nummernschild? Und so weiter, du kennst ja das Verfahren.«

Ja, ich erinnerte mich mit einem leichten Schaudern. Das war genau die stressige Fußarbeit, die ich so gar nicht vermisste.

»Übrigens bekommen wir bald hohen Besuch. Maggies Stiefvater kombiniert seinen Urlaub mit einer Dienstreise und wird uns die Ehre geben.«

»Ist er nicht Häuptling bei Scotland Yard?«

»Nicht mehr. Jetzt ist er ein hohes Tier bei der EU in Brüssel und beschäftigt sich mit Landwirten, die unberechtigt Fördergelder erschlichen haben. Maggie hat ihn gebeten, uns über die Einstellung der EU zum illegalen Fleischhandel zu informieren.«

»Gegen wen ermitteln wir eigentlich – gegen die Kotelettschieber oder die Mädchenhändler?«

Maud lächelte ein wenig schief. »Wir ermitteln gar nicht. Wir versorgen die Ermittler mit Material, und sie brauchen mehr, viel mehr. Serienmörder laufen frei herum, ein unhaltbarer Zustand. Wir müssen mehr Namen von Mittätern und Adressen möglicher Verstecke beschaffen.«

»Wie soll ich weitermachen?«

»Siehst du Gründe, das Programm zu ändern? Du und Therese Lager, ihr befragt weiterhin Menschen aus dem Umfeld der Gesuchten. Ihr erledigt das gemeinsam, und du gibst mir täglich einen Bericht. Die Sache mit der heroinsüchtigen Sara zeigt, wie wichtig es ist, dass ihr zusammen arbeitet. Therese hat sie geknackt und entlockt ihr vielleicht weitere Informationen. Das hättest du nicht geschafft.«

»Mag sein. Hoffentlich wird sie nicht hochnäsig deswegen.«

»Wenn sie abhebt, holen wir sie schon wieder runter. Komm jetzt mit in mein Büro. Doktor Fasth kommt in ein paar Minuten. Er habe Neuigkeiten, sagte er. Wenn ein Rechtsmediziner Neuigkeiten hat, wird es für gewöhnlich interessant.«

Fasth kam und wirkte sehr zufrieden. Er hielt sich in diesem Moment sicher für den besten Rechtsmediziner der Welt. Auf den Röntgenbildern, die er auf Mauds Tisch verteilte, waren die seltsam verborgenen Drahtenden deutlich zu erkennen.

»Das Geheimnis ist gelöst«, verkündete er. »Es dauerte nicht lange, und ich bekam Antworten auf meine E-Mail-Anfragen. Der Mann wurde im Januar dieses Jahres im Karolinska-Krankenhaus hier in Stockholm operiert. Der Chirurg heißt Liska und ist einer der Besten, wenn es um Bypässe geht. Ich informierte ihn über das ungefähre Alter und die körperliche Konstitution des Patienten und schätzte das Alter der Narbe. Liska hat in den letzten Monaten nur wenige Operationen durchgeführt, weil er Vorlesungen halten musste; so kamen wir schnell auf die einzige in Frage kommende Person.«

»Spann uns doch nicht auf die Folter«, bat Maud. »Wer war es?«

»Du willst seinen Namen? Wenn ich mich richtig erinnere ...«

Fasth genoss es, dass wir vor Neugierde fast platzten.

Schließlich deutete er durch eine Geste an, dass er sein Spielchen nicht weiter treiben wollte: »Der Mann hieß Berloccio. Tomaso Berloccio.«

12. Kapitel

Die Schlosserei auf der oberen Hantverkargatan nahe des Fridhemsplan hieß Kå-Lås. In diesen kleinen Werkstätten hatte es früher nach Maschinenöl und Metallspänen gerochen. Jetzt war alles elektronisch geregelt, und man sah mehr Computermonitore als Werkzeugmaschinen. Sicher gibt es noch ein paar Nostalgiker in der Branche, die eine halbe Stunde an einem Schlüssel feilen. Die modernen Schlosser benötigen dafür eine halbe Minute. Es war kurz vor Ladenschluss, und ein dienstbereiter junger Mann stand hinterm Tresen. Er suchte im Computer nach meinem Namen.

»Ja, Hasse hat das für dich geregelt. Ich sehe auch, dass du unsere Versicherung abgeschlossen hast. Kann ja jedem mal passieren, dass er die Schlüssel verliert.«

»War mir gar nicht bewusst. Habe ich wohl schon beim letzten Mal gemacht. Gib mir einen Satz.«

»Reserveschlüssel kosten extra.«

»Ich brauche noch welche für meine Frau und meine Tochter, aber die hole ich später.«

»Wie du willst. Setz dich und lies die Abendzeitung. Bin gleich fertig.«

Ich verzichtete auf die Boulevardpresse und nahm mir ein Heft von *Das schöne Heim*. Was für seltsame Häuser gut bezahlte Architekten doch ersinnen! Und erst die Inneneinrichtungen! Ich war überhaupt nicht neidisch.

»Fertig! Bitte hier unterschreiben.«

Er bekam mein Autogramm, und ich fuhr nach Hause. Gerade noch rechtzeitig entdeckte ich die Horde Journalisten vor dem Haus und drehte ab. In der Nähe gab es ein kleines Hotel, das auch ein Zimmer frei hatte. Meine Damen schwärmten mir am Telefon vor, wie schön das Leben mit

Pferden sei, und ich wurde ein wenig eifersüchtig, weil auch Virena so begeistert klang.

»Roland, kannst du nicht auch Reitstunden nehmen? Das ist ein herrliches Hobby für die ganze Familie.«

Um sie nicht zu enttäuschen, versprach ich, darüber nachzudenken. Das war in zwei Sekunden erledigt. Schon vor vielen Jahren hatte ich mich darüber gewundert, wie etwas, das mit Heu gestopft wurde, so hart sein konnte. Außerdem werfen diese Biester den Reiter gern ab, sodass man anschließend an Krücken läuft, oder sie fallen gleich selbst um, und dann liegt man vielleicht unter mehreren Zentnern Bulettenfleisch.

Es ist unmöglich, an einem Sommerabend im Hotelzimmer sitzen zu bleiben. So stürzte ich mich ins Nachtleben der Großstadt, das heißt, ich spazierte durch die Stadt und beobachtete die Leute, die sich ohne mich gut amüsierten. Anhand der Schaufenster konnte ich auch feststellen, was ich nicht kaufen wollte. Was wollte ich mehr? Ich hatte Bewegung in lauer Luft, ohne Pollen und Mücken.

Als ich an dem Koloss vorbeikam, der *Hotel Sheraton* heißt, sah ich, wie zwei mir wohlbekannte junge Damen kichernd Arm in Arm auf den Bürgersteig traten. Sie blieben stehen, atmeten tief durch und wandten sich nach ihrem Begleiter um. Es war ein Mann in mittleren Jahren mit einem freundlichen Lächeln unter dem zahnbürstenkleinen graumelierten Schnurrbärtchen. Er sah so britisch aus wie der Union Jack, ein Gentleman durch und durch, hoch gewachsen, breitschultrig und bekleidet mit einem maßgeschneiderten grauen Anzug, weißem Hemd und gestreifter Krawatte. Das dunkle Haar war korrekt geschnitten und an den Schlägen dezent ergraut. Seine Haut zeigte ein ledernes Braun, das man auf dem Golfplatz oder während einer Fuchsjagd erwirbt. Ich stellte mir vor, wie er in einer roten Jacke hoch zu Ross durch die Gegend ritt, um anschließend in einem Klub bei einem teueren Whisky die *Times* zu lesen.

Maggie entdeckte mich zuerst, und die gute Laune verschwand aus ihrem Gesicht wie das Wasser aus dem Waschbecken, wenn man den Stöpsel gezogen hat. Sie stieß dem Zopf den Ellbogen in die Seite, und nun schaute auch Therese herüber. Auch ihr Lächeln verschwand, und ich kam mir vor wie ein Verkäufer von Grabsteinen, der aus Versehen auf einer Hochzeit gelandet ist. Maggie flüsterte Mister Britain etwas zu.

Der Mann von Welt ließ sich nichts anmerken, sondern kam mit ausgestreckter Hand auf mich zu: »Mister Hassel, meine Tochter hat mir viel von Ihnen erzählt.«

Mir blieb nichts übrig, als näher zu treten. Er legte den Arm um Maggies Schulter.

»Stieftochter«, berichtigte sie ihn leise.

»Tochter oder Stieftochter, für mich ist da kein Unterschied. Maggie, du bist einfach meine Kleine und wirst es immer bleiben. Verzeihung«, sagte er an mich gewandt, »ich habe mich ja noch gar nicht vorgestellt. Scott, Gordon T. Scott. Wir wollten gerade ausgehen, aber ich schlage vor, dass wir in die Bar des *Sheraton* zurückkehren und einen Drink mit Mister Hassel nehmen. Einverstanden?«

Die beiden jungen Damen nickten brav, und auch ich stimmte zu. Erstens, weil die EU die Kosten übernahm, und zweitens, weil mich dieser Mann interessierte. Mitten in der Hallenbar gab es einen Gaskamin, vor dem ein Sofa und gemütliche Sessel standen. Wir fanden freie Plätze und setzten uns. Das Lokal war zur Hälfte mit Gästen, zumeist lärmenden Amis und diskreten Japanern, gefüllt. Scott bestellte vier Irish Coffee, Erdnüsse wurden auf den Tisch gestellt, und die Orgie konnte beginnen.

»Sie sind also nicht mehr bei Scotland Yard«, begann ich mit der Konversation, und er nickte fröhlich.

»Ja, man kann ja alles werden bei der Polizei, aber irgendwann ist Schluss. Mister Hassel, ich kann Ihnen nur wärmstens empfehlen, ebenfalls rechtzeitig aufzuhören. Man fühlt sich wie ein freier Mann.«

»Jetzt sind Sie frei?«

Noch einmal nickte er glücklich und zufrieden. »So frei, wie man sein kann, wenn man finanziell nicht unabhängig ist. Eigentlich beschäftige ich mich mit denselben Dingen wie bei Scotland Yard, nur lässt man mir bedeutend größere Freiräume. Ich jage keine Einzelpersonen, sondern versuche, den ganzen illegalen Handel mit Lebensmitteln in den Griff zu bekommen. Das ist unglaublich interessant. Man lernt sogar, der EU Sympathien entgegenzubringen. Allerdings werde ich mich an Brüssel wohl nie gewöhnen. Eine so graue, triste Stadt habe ich noch nie erlebt.«

»Dafür gibt es dort das beste Essen in ganz Europa«, gab Maggie zu bedenken.

»Ja, wenn man Abwechslung mag. Aber ich bevorzuge gute alte englische Hausmannskost. Kulinarische Raffinessen weiß ich einfach nicht zu schätzen. Und Sie leiten also die Ermittlungen in Schweden?«

»Papa! An unserem freien Abend wollten wir doch nicht über den Job reden!«

Sein Lachen hatte einen angenehm surrenden Unterton. Wie alt mochte der Gentleman sein? In den Fünfzigern, sollte man meinen, aber Typen wie er konservieren sich mit den besten Kognaks und den schottischsten aller Whiskys.

»Worüber sollen wir denn sonst reden? Mister Hassel geht bestimmt genauso in seiner Arbeit auf wie ich. Noch einen Irish?«

»Nein, danke. Erzählen Sie mir doch etwas, was ich noch nicht weiß.«

Scott hielt sein leeres Glas hoch und zeigte drei Finger. Der Kellner nickte und verschwand. Eine Pianistin berieselte uns mit sanften Melodien und summte den Refrain dazu.

»Sie wissen, worum es geht? Therese hat Ihnen die Situation erklärt, soweit ich weiß. Scotland Yard und Interpol arbeiten eng zusammen, sodass ich sie schon früher kennen lernen durfte. Ich freue mich, dass sie und meine Tochter so gut befreundet sind. Sie wollen etwas erfahren, was Sie noch nicht wissen? Sind Sie Optimist oder Pessimist, Mister Hassel?«

»Realist. Mir ist bewusst, dass die Pessimisten die wahren Optimisten sind, denn sie können nur positiv überrascht werden.«

»So redet er immer!«, rief Therese erbost. »Nur wirres Zeug, das er selbst nicht begreift.«

Ich verbeugte mich vor ihr, als hätte sie mir ein Kompliment gemacht. Der Gentleman überhörte ihren Einwurf.

»Realist! Das mag ich, die Dinge so zu sehen, wie sie sind. Obwohl die Realität allen Anlass zum Pessimismus bietet. Ich möchte Ihnen die neuesten Zahlen nennen, damit Sie besser verstehen, was ich meine. Zahlen muss man akzeptieren, man kann sie nicht diskutieren. Sie sprechen eine deutliche Sprache. Interessieren Sie sich für das Finanzielle?«

»Nicht wirklich. Mit einem schwedischen Polizistengehalt kommt man ohnehin kaum über die Runden.«

Wieder hob er drei Finger. Die drei waren europäischer eingestellt als ich, der ich noch am ersten Glas nippte.

»Die Agrarhilfen sind die Achillesferse der EU. Gewaltige Summen werden umverteilt, um den Landwirten in einigen Regionen unter die Arme zu greifen. Besonders unterstützt wird die Produktion von Rindfleisch. Wussten Sie, dass jede Kuh täglich mit derselben Summe subventioniert wird, mit der ein Mensch in Afrika seinen Tag fristen muss? Im Normalfall, wenn die Tiere gesund sind und die Leute ordentlich essen, kostet es die EU sieben Milliarden Euro pro Jahr. Man hatte eine Reserve von etwa einer Milliarde Euro gebildet, aber die ist inzwischen aufgebraucht. Es ist überhaupt kein Geld mehr da. Die Verantwortlichen gingen davon aus, dass der Konsum um höchstens fünfzehn Prozent zurückgehen würde. Diese Traumtänzer! In den Jahren nach dem BSE-Skandal waren es mehr als dreißig Prozent, und der Markt hat sich nie wieder ganz erholt. Zahlen, Mister Hassel, Zahlen!«

»Oje«, seufzte ich, um überhaupt einen Beitrag zu leisten.

»Auf die EU-Staaten entfielen damals etwa fünfzehn Prozent des Welthandels mit Fleisch. Die EU rechnete damit, höchstens die Hälfte des Marktanteils zu verlieren. Aber es wurde fast nichts mehr verkauft. Außerhalb von Europa weigerte man sich ganz einfach, Fleisch aus der EU abzunehmen. An der Lage hat sich in den Folgejahren nicht viel geändert. Und hier kommen die Schwarzhändler ins Bild.«

Ich bereute langsam, mich auf diese Runde eingelassen zu haben. Wer hat schon Lust, an einem herrlichen Sommerabend über verseuchtes Fleisch zu reden?

Scott schien große Lust zu haben. »Immer mehr Menschen essen kein dunkles Fleisch mehr. Jeder fünfte Engländer ist Vegetarier geworden. Diese Entwicklung hat nicht nur mit BSE und der Maul- und Klauenseuche zu tun, sondern folgt einem allgemeinen Unbehagen an den Zuständen. Es ist öffentlich bekannt, wie schlecht Tiere behandelt werden und wie rücksichtslos die Schlachtungen erfolgen. In vielen Fällen kann von Hygiene nicht die Rede sein. Die EU-Kommission kaufte den Bauern eine halbe Million Tonnen Fleisch zum halben Preis ab, doch auch diese Mittel sind erschöpft. Und ständig muss man mit neuen Seuchen rechnen. Die Ressourcen reichen einfach nicht. Spanien, ein großer Fleischproduzent, verfügt über ganze vier Verbrennungsöfen im ganzen Land. Dort werden tote Tiere einfach in eine Schlucht gekippt, wo sie verrotten. Nein, Mister Hassel ...«, er tippte mit seinem Zeigefinger auf meine Brust, »hier ist die EU an Ende. Es gibt kein Land, das für andere die Kosten übernehmen will. Das ist politisch nicht durchzusetzen. Ideale Bedingungen für Schwarzhändler. Sie diktieren die Bedingungen.«

»Das haben wir ihm doch schon erklärt«, seufzte Therese, die es wohl satt hatte, immer wieder dasselbe zu hören.

»Die Wahrheit kann gar nicht oft genug ausgesprochen werden. Doch es ist eine neue Situation entstanden. Tomaso Berloccio war der Verbindungsmann zwischen mehreren, ja, wir nennen sie Fleischbanden. Da er nun tot ist – ich hörte es heute Vormittag von Scotland Yard – ist der Burgfrieden hinfällig geworden. Ähnliches passierte damals in Amerika, als Al Capone verhaftet wurde. Der Unterschied ist, dass diese Banden aus Geschäftsleuten und Buchhaltern bestehen und dass sie nicht konkurrieren müssen, denn der Markt ist absolut ungesättigt, im wahrsten Sinne des Wortes. Gewalt ist nicht ihre Art, Konflikte zu lösen. Wenn es Schwierigkeiten gibt, stehen ihnen die besten Anwälte der Welt zur Verfügung; genügend Geld haben sie. Natürlich auch, um Verantwortliche zu bestechen. Die Erde ist vermutlich der korrupteste Planet im Universum.«

Der Zopf und Maggie rückten auf dem Sofa näher zusammen und begannen, miteinander zu tuscheln. Worüber, das war für ein maskulines Ohr nicht zu verstehen. Sicher ging es ihnen wie mir: Sie hatten es satt, von Scott mit ollen Kamellen gelangweilt zu werden.

»Welcher Berloccio ist tot?«, erkundigte ich mich. »Es gab beziehungsweise gibt ja mehrere.«

»Ja, das ist wahr. Viele treten heute unter verschiedenen Identitäten auf. Die Kunst der Tarnung ist perfektioniert worden. Aber im Falle des echten Berloccios gibt es die Übereinstimmung mit dem am Herzen operierten ermordeten Mann.«

»Was bedeutet das in Bezug auf die andere Art von Verbrechen, mit der man Berloccio in Verbindung gebracht hat? Ich meine die Verschleppung junger Mädchen aus Osteuropa, eine andere, noch schlimmere Form von Fleischhandel, wenn man so will.«

Wieder gingen drei Finger in die Luft, neue Irish Coffees wurden samt Erdnüssen auf den Tisch gezaubert, und ich nahm mir vor, wenigstens den Rest meines ersten Glases auszutrinken.

»Bei mir landen Berichte aus verschiedensten Richtungen, und die Schleusung von Mädchen wurde immer als ein Nebengeschäft des Fleischhandels betrachtet. Aber so einfach ist es nicht. Soweit wir wissen, verfügte Berloccio über enge persönliche Kontakte zu albanischen Menschenhändlern und wollte in beiden Branchen eine große Rolle spielen. Die Gier kennt eben keine Grenzen. Aber wenn er in diesem Zusammenhang nicht mehr auftreten kann, existiert auch kein Zusammenhang mehr, falls es je einen gegeben hat. Jeder macht wieder seins, wie man so sagt. Berloccio träumte wohl von einem Imperium, aber was ist ein solches wert, wenn ständig Bürgerkriege ausbrechen?«

»Wird die Gesamtsituation durch Berloccios Tod schlimmer oder besser?«

Scott hob die manikürten Hände zu einer resignierten Geste: »Für uns wird sie jedenfalls unüberschaubar. Der Kundenstamm splittert sich auf, und wir haben eigentlich keine Namen, an die wir uns halten können, nur lose Vermutungen. Aber wenn sich so viele kluge Köpfe, eure eingeschlossen, dahinter klemmen, ist es nur eine Frage der Zeit, bis wir die Nüsse knacken.«

»Wer könnte Axel Wikman ermordet haben?«

»Das kann doch mein Vater nicht wissen!«, mischte sich Maggie ein. »Er ist kein hiesiger Polizist, und der Mord an Wikman ist eine rein schwedische Angelegenheit. Übrigens meine ich, wir sollten nun langsam aufbrechen; schließlich haben wir noch etwas vor.«

Der Zopf nickte energisch Beifall.

»Na gut«, meinte Scott nachgiebig. »Vielleicht möchte uns Mister Hassel begleiten?«

Um den Adrenalinspiegel der beiden jungen Damen zu heben, tat ich so, als würde ich den Vorschlag bedenken.

Therese sprang sofort an: »Die Veranstaltung ist aber privat.«

»Wenn ich in eurer Begleitung erscheine, bin ich sicher willkommen«, provozierte ich. »So sind die Regeln in diesem Land. Ja, das wäre nett, wenn ihr mich mitnehmen würdet ...« Tessan und Maggie holten schon tief Luft, da beendete ich den Satz: »... aber leider habe ich schon etwas vor.«

»Vielleicht ein andermal«, konnte Scott noch sagen, bevor ihn die Mädchen zum Bartresen zerrten, damit er bezahlen konnte.

Ein andermal würde es nie geben, da war ich sicher. Maggie und Therese steuerten sofort auf den Ausgang zu, während Scott noch einmal zurückkam und mir die Hand gab. Er wünschte mir einen schönen Abend und sagte, er hoffe, mich bald wiederzusehen. Vielleicht meinte er es sogar ehrlich, obwohl er ein echter Gentleman war.

Es war erholsam, im Sessel zu sitzen und nichts anderes zu tun als die Blicke schweifen zu lassen und der jazzigen Musik zu lauschen. Rauswerfen konnten sie mich nicht, denn mein Glas war noch immer zu einem Drittel gefüllt. Keine störenden Gedanken belästigten mich; zwischen den Ohren herrschte ein Vakuum. Schön, einmal nur Gast einer Bar zu sein, ohne Wünsche und Begierden.

Ich erkannte eine Duke-Ellington-Melodie. Unbewusst flüsterte ich den Text von *Sophisticated Lady* mit: *»drinking and smoking«*. Als hätte die Musik einen Prozess in Gang gesetzt, waren die Gedanken wieder da, und die kreisten wie so oft in letzter Zeit um die alte Frage: Warum war geschehen, was geschehen war? Welche Rolle spielte ich in dem Stück, das mir wie ein absurdes Theater vorkam? Wer war der Regisseur? War ich noch immer in Gefahr? Warum? Warum? Warum?

Plötzlich hatte ich das unheimliche Gefühl, beobachtet zu werden, wie eine Bakterie, die unterm Mikroskop liegt und verdächtigt wird, Milzbrand oder Aids zu übertragen. Unauffällig ließ ich meinen Blick über die Gäste der Bar wandern. Mein Schatten würde sicher nicht zu mir herüberglotzen, sondern zu den harmlosesten Gestalten im Lokal gehören. Wer war es?

Die Bar hatte sich gefüllt. Viele nahmen noch einen Drink vor dem Abendessen. Die Gesichter der Japaner waren schwer zu deuten. Waren das Geschäftsleute oder Mitglieder der weit verzweigten japanischen Mafia? Der junge Mann, der seiner Freundin etwas ins Ohr flüsterte – liebte er sie, oder befahl er ihr, mich zu erschießen?

Eine Frau schaute definitiv mich an, aber sie schien nicht von anderen bezahlt worden zu sein, sondern erwartete offensichtlich Bezahlung von mir. Ihre Augen sprachen: He, Süßer, warum kommst du nicht herüber zu mir? Frag mich, warum ich so allein bin. Spendier mir einen Drink, mach mir Komplimente. Ich wohne in Vällingby, oder wollen wir lieber zu dir gehen? Sag mir, wie du es gern hast, ich bin zu fast allem bereit, wenn das Geld stimmt.

Als ich ging, machte ich einen großen Bogen um sie und schaute in die Luft. Ich wurde von einer plötzlichen Unruhe getrieben und beschleunigte meine Schritte. Am Hornsplan stellte ich mich in eine Toreinfahrt und beobachtete die Passanten. Wenn mich jemand verfolgte, dann konnte ich ihn nicht identifizieren. Niemand hatte es besonders eilig oder spähte in der Gegend herum. Der Sommerabend hatte alle zu Flaneuren gemacht.

Ich lief über die Brücke und fühlte mich einsam. Schon jetzt sehnte ich mich nach meiner Familie; ich wollte wieder in einer richtigen Wohnung wohnen und nicht in einem unpersönlichen Hotelzimmer. Wenn ich mit meinen Damen telefonierte, würde ich natürlich nichts dergleichen erwähnen; sie könnten es als Erpressung missverstehen. Sollten sie sich doch mit ihren Heufressern vergnügen. Mein Seufzen und Wehklagen könnte als Beeinträchtigung ihrer individuellen Freiheit gewertet werden, und schon hätten mich die Boulevardblätter am Wickel.

Ich fühlte mich in meinem Hotelzimmer keineswegs zu Hause. In solchen Situationen wurde mir immer klar, was für ein Familienmensch ich bin. Früher hatte ich geglaubt, ich wäre ein einsamer Wolf, aber das stimmte nicht. Ich hatte meine Frau, meine Tochter und einige wenige Freunde, denen ich mich umso enger verbunden fühlte. Ich wurde wohl endlich erwachsen, weil ich nicht mehr versuchte, mir etwas vorzumachen.

Als ich mich gerade auf den Standardstuhl gesetzt und den Standardfernseher eingeschaltet hatte, um das Standardprogramm zu gucken, klingelte das Telefon und riss mich aus meiner Melancholie. Ich hoffte, es wäre Virena mit dem Wunsch nach einem Gutenachtkuss von mir, aber es war Maud Gudmunds, die ausschließlich ihren Åke knutschte.

»Könntest du morgen Nachmittag eventuell nach Kopenhagen reisen?«, wollte sie wissen.

»Ja. Warum?«

»Wir haben das Rätsel Giddy Ollis gelöst. Sie ist eine Dänin mit englischen Eltern, heißt eigentlich Gina Dotty Wallace und wird GiDi genannt. Soll die Piratenkönigin von Kopenhagen und durchaus gesprächig sein, wenn ihre eigenen Kreise nicht gestört werden. Wohnungen unterhält sie außerdem in Stockholm, Oslo und London. Sie soll sich derzeit in Kopenhagen aufhalten; die Adresse bekommst du später.«

»Warum eventuell reisen?«

»Die Antwort gebe ich dir morgen. Ihre Stockholmer Wohnung liegt in der Norrbackagatan. Zuerst kontrollierst du, ob sie möglicherweise doch dort ist. Vermutlich hat sie untervermietet. Wir treffen uns morgen halb zehn in meinem Büro.«

Mauds Anruf hatte die trübe Stimmung vertrieben. Ich setzte mich wieder vor die Glotze. Wie immer im Sommer gab es die Wiederholungen der Wiederholungen vom Vorjahr. Wahrscheinlich gingen die Programmmacher davon aus, dass alle normalen Menschen zu dieser Jahreszeit Besseres zu tun hatten als fernzusehen, und für den traurigen Rest etwas Interessantes zu senden hieße, Perlen vor die Säue zu werfen. Im Pay-TV des Hotels gab es nur einen einzigen Film, und auch den hatte ich schon dreimal gesehen. So versank ich wieder in Grübeleien, bis es Zeit war, zu Bett zu gehen.

Das Damenduo saß bereits in Mauds Büro, als ich hereinschlenderte. Wir nickten uns zu. Maud telefonierte noch; ihr Beitrag bestand darin, zustimmend zu brummen.

Dann legte sie auf und begann: »Gina Dotty Wallace ist siebenunddreißig Jahre alt und dänischen Staatsbürgerin, aber sie reist meistens im Ausland umher. Die dänische Polizei hat gute Gründe anzunehmen, dass sie dabei kriminelle Ziele verfolgt. Jemand hat berichtet, dass sie über pralle Konten in steuerparadiesischen Ländern verfügt, aber dieser Jemand ist danach nie wieder aufgetaucht. Hat jemand von euch schon von ihr gehört?«

Die beiden schüttelten im Takt mit den Köpfen.

»Sie soll geschickt darin sein, Verwirrung zu stiften und abzutauchen. Ihre Geschäfte wickelt sie gern über Strohmänner ab. Die Kopenhagener Kollegen haben sie oft in Gesellschaft von Unterweltsgrößen gesehen, aber eine Beteiligung an konkreten Verbrechen konnte man ihr nie nachweisen. Wenn man es geschickt anstellt, verrät sie uns vielleicht etwas über Kubiela. Sie soll über Charme und Humor verfügen.«

»Reicht das, um einen Bekannten zu verpfeifen, oder was immer er für eine Rolle in ihrem Leben gespielt hat?«

Maud spielte mit ihrem Kugelschreiber und spitzte die Lippen. Offenbar überlegte sie, wie sie taktisch vorgehen wollte. Dann sagte sie: »Ich habe eine Idee, aber ich muss noch ein wenig an ihr feilen. Wie war das, Therese, solltest du nicht für ein paar Tage nach Lyon?«

»Ja, aber das lässt sich verschieben.«

»Oh nein, es könnte wichtig sein für die Ermittlungen. Maggie, falls die Reise nach Kopenhagen stattfindet, dann wirst du Roland begleiten. Neuer Termin: morgen früh. Jetzt gehst du mit in die Norrbackagatan.«

»Äh ... ja. Aber ich muss erst noch etwas erledigen.«

Maud schaute sie an und sagte so ruhig wie immer: »Was es auch ist, du wirst es auf später verschieben. Ich muss so bald wie möglich wissen, ob sich GiDi Wallace hier aufhält, damit ich die Tickets nach Kopenhagen buchen kann. Macht euch gleich auf den Weg, am besten mit der U-Bahn; dort gibt es kaum Parkplätze. Rolle, ruf gleich an, wenn du etwas weißt. Wenn niemand da ist, gilt das auch als meldepflichtig. Therese, wir beide werden uns heute um die Koordinierung der Aktionen von Interpol und Europol kümmern. Dazu nutzen wir dein Zimmer. Wann geht dein Flugzeug?«

»In ... in ungefähr drei Stunden.«

»Gut, ich fahre dich nach Arlanda. Davor können wir noch einiges schaffen, wenn wir konzentriert arbeiten. Rolle, Maggie, warum seid ihr noch hier?«

Maud erhob sich und scheuchte uns aus ihrem Büro. Dann steuerte sie auf den Raum zu, den man den jungen Kolleginnen zur Verfügung gestellt hatte. Therese folgte ihr und biss sich auf die Lippe. Es passte ihr offenbar gar nicht, so herumkommandiert zu werden.

»Ich hol noch mein Mobiltelefon«, erklärte Maggie und wollte hinterher.

»Du brauchst keines«, entgegnete ihr Maud. »Wenn du telefonieren musst, nimm das von Rolle. Das Schlimmste bei wichtigen Aufträgen ist doch, wenn plötzlich ein Handy klingelt.«

Das stimmte, und Maggie wusste es. Das Signal eines Telefons kann das feine emotionale Netz zerreißen, das man spinnt, wenn man einen Menschen verhört. Eine polizeiliche Befragung erfordert volle Konzentration, sonst erfährt man nicht mehr als Namen und Geburtsdatum.

»Du, Roland, ich muss mich entschuldigen für gestern Abend«, sagte sie, als wir am Hotel *Amaranten* zur U-Bahn hinunterstiegen.

»Ja?«

»Ja. Papa hat gesagt, er schämt sich unsretwegen. Therese und ich, wir haben uns kindisch benommen.«

»Ihr habt klargemacht, dass ihr mich nicht mögt, aber man kann nicht von allen geliebt werden.«

Sie lächelte und sah plötzlich süß aus, aber das war das Letzte, was ich ihr sagen wollte.

»Ach, nimm das nicht so ernst. Therese und ich, wir haben beide Pech mit den Kerlen gehabt, und du bist eine ziemlich dominante Persönlichkeit. Keine von uns möchte sich noch einmal von einem Mann bevormundet fühlen. Das richtet sich nicht gegen dich persönlich.«

»Das musst du mir mal erklären; da hatte ich aber einen ganz anderen Eindruck.«

Sie streckte mir die Hand hin: »*Comrades?*«

»Klar, ich bin doch kein Monster. *Comrades.*« Wir betraten den Bahnsteig, und ich hakte nach: »Wenn du sagst, du hast Pech mit den Kerlen gehabt, meinst du dann deine verstorbenen Ehemänner?«

»Nein, keinesfalls. Ihnen verdanke ich die glücklichsten Jahre meines Lebens. Aber es gab auch ... andere.«

Ihr Tonfall deutete an, dass das Thema abgeschlossen war. Sie hatte Recht, was ging mich ihr Liebesleben an, und auf Tessans hatte ich auch keine Lust. So fuhren wir schweigend zum St. Eriksplan, stiegen aus und liefen die Rörstrandsgatan entlang.

Sie musterte die Häuser und rief: »Diese Gegend kenne ich überhaupt nicht. Ist das Sibirien?«

»Nein, Sibirien nennt man die Gegend um die Surbrunnsgatan. Das ist Rörstrand. Früher gab es hier eine bekannte Porzellanfabrik und ein Schloss.«

»Dieses dort?« Sie wies auf ein weiß verputztes, massives Gebäude.

»Nein, das ist die Filadelfiakirche. Sie wurde von der Pfingstgemeinde erbaut und galt in meiner Jugend als das Paradies der Bigotten. So schlimm ist es aber nicht mehr. Ich kenne viele aus der Gemeinde, die ganz normale Menschen sind.«

Leute, die ehrliche Steuererklärungen abgeben, ihre Kinder oder Frauen nicht schlagen, es für schändlich halten, sich krankschreiben zu lassen, wenn man gesund ist, die sparsam leben und fleißig ihrem kleinen Gewerbe nachgehen, soziale Kontakte pflegen und die Dritte Welt unterstützen, sollten zu Ehrenbürgern – halleluja – ernannt werden. Stattdessen werden die Mitglieder freireligiöser Gemeinden von vielen immer noch als Heuchler und Kleinkriminelle betrachtet, die heimlich das Geld aus der Kollekte versaufen, ihre Ehepartner betrügen und Unzucht mit Minderjährigen treiben. Als ich an der Tafel vorbeikam, an der das Programm für die kommende Woche angeschlagen war, konnte ich sehen, wie sich die Zeiten geändert hatten. Wo früher nur Gebete zugelassen waren, fanden nun Kunstausstellungen, Vorträge und Diskussionsabende statt. Sogar Leif Kronlunds Orchester trat samt Gesangssolisten auf – mit *Jesus Christ Superstar*.

»Habe ich in London gesehen. Ist ein tolles Musical«, sagte Maggie.

»Gehört auch zu meinen Favoriten. Virena, meine Frau, kennt das Mädchen, das in Stockholm die Magdalena gesungen hat, übrigens wirklich ergreifend.«

Wir überquerten den Birkaplan mit seinen Obstständen und bogen in die Birkagatan ein. Sie war von Cafés und kleinen Restaurants gesäumt und wirkte mit ihren sauber verputzten Häusern auf eine angenehme Art kleinbürgerlich. Maggie schaute sich neugierig um, und das war ein gutes Zeichen. Im Unterschied zum Zopf interessierte sie sich offenbar für Architektur und urbanes Leben.

Die Norrbackagatan 22 lag gleich um die Ecke, doch meine Begleiterin überquerte die Straße und nutzte eine Lücke in der Bebauung, um auf die Ebene hinunterzuschauen. Ich erklärte ihr anhand von Orientierungspunkten, wo die verschiedenen Stadtteile lagen.

Währenddessen betrachtete ich die Fassade, und da fiel es mir wieder ein. »He, Maggie, schau dir das Haus einmal genau an. Entdeckst du etwas Besonderes, etwas Abweichendes?«

Das Eckgebäude hatte fünf Etagen und im Giebel eine zusätzliche Wohnung. Es trug einen gelbbraunen Putz, wobei die Farbe unten etwas dunkler gehalten war. Zu beiden Seiten der eichenen Haustür, in die acht viereckige Scheiben eingelassen waren, gab es sechs Gewölbemarkierungen mit Sprossenfenstern in den Bögen. Auch die übrigen Fenster wiesen Sprossen auf. Ich konnte mir vorstellen, dass die Fensterputzer nicht begeistert waren.

Über dem Eingang stand *No. 22* in einem eingerahmten Feld. Rechts und links davon gab es zwei große, runde Medaillons mit Sandsteinreliefs, die kleine Cherubim zeigten.

Maggie wusste sofort, was ich meinte; sie schwankte zwischen Empörung und Amüsiertheit. Cherubim sind normalerweise geschlechtslos, doch diese Figuren waren mit riesigen Penissen versehen.

»Ist das die Reklame eines Bordells mit männlichen Prostituierten?«, fragte sie. »In Schweden ist ja wirklich alles erlaubt!«

»Nein, das war eine Idee der Maurer, die das Haus vor einigen Jahren renoviert haben. Um nicht den ganzen Bürgersteig zu verschmutzen, arbeiteten sie hinter dicken Planen. Als sie fertig waren, bauten sie das Gerüst ab, und die Bescherung wurde sichtbar. Es gab natürlich einen Aufruhr, aber die meisten meinten, so habe das Haus wenigstens etwas Besonderes aufzuweisen. Tatsächlich gibt es kein Gebäude in Stockholm, das Ähnliches zu bieten hat.«

»In Italien wären die Verantwortlichen gesteinigt worden. In Irland hätte man sie in Stücke gerissen. Natürlich wären sie in einigen Jahren zu Heiligen erklärt worden.«

Die Eingangshalle ließ leider alle Spuren des Humors der Bauleute vermissen. Der Boden war mit schwarzen und weißen Marmorplatten ausgelegt, und die Decke bestand aus drei Kreuzgewölben mit Malereien im Stil der Antike.

»Wir müssen einige Treppen steigen. Schaffst du das, oder hast du auch so eine schlechte Kondition wie Tessan?«

»Junge, ich habe mehr Kraft im kleinen Finger als du im ganzen Körper. Ach, was sage ich, im Fingernagel!«

Das gefiel mir; endlich sprach sie meine Sprache. Wir stiegen hinauf, und ich federte bei jedem Schritt. Allerdings musste ich höllisch aufpassen, nicht außer Puste zu geraten. Ich bemerkte ihren ironischen Blick; sie wartete nur auf ein Zeichen von Schwäche meinerseits.

An der Tür stand *Bergman/Wallace*, und ich vermutete, dass Bergman einer ihrer Strohmänner war. Er hatte sicher den Mietvertrag unterschrieben, und sie galt als Mitbewohnerin.

Wir verschnauften einen Moment und setzten freundliche Mienen auf. Schließlich waren wir ja keine Fahnder, sondern Informationssammler. Ich drückte auf den Klingelknopf. Durch die Tür drang leise eine seltsame Musik, dumpf und atonal.

Jemand öffnete einen Spalt. Wir konnten nur die Umrisse eines Menschen erkennen. Die Bassstimme gehörte zweifellos einem Mann: »Scheiße, was wollt ihr?«

»Entschuldige, dass wir stören, aber wir würden gern mit Gina Dotty Wallace sprechen.«

»GiDi? Warum?«

»Es geht um eine Frage privater Natur.«

»Was?«

»Um ein Geschäft, sozusagen.«

»Bissness?«

»Ja, genau, Bissness.«

Er grunzte etwas Unverständliches. Wir lächelten ihn weiter an und kamen uns vor wie Zeugen Jehovas, die den *Wachturm* an den Mann bringen wollen.

»Ist sie vielleicht in Kopenhagen?«, machte ich ein Kapitulationsangebot.

»Ja, verdammt. Bissness? Kommt rein. Macht die Tür zu.«

Wir traten in den dunklen Flur. Durch einen Spalt in einem Vorhang drang diffuses Licht. Die Chaosmusik wurde lauter; über dem dumpfen Grollen waren nun schrille Laute zu hören, die das Nervensystem frontal angriffen. Der Mann war zur Seite getreten und stand nun hinter uns. Mit leichtem Druck der Handflächen schob er uns in den angrenzenden Raum.

Es war ein Wohnzimmer. Alle Gardinen waren zugezogen, das Licht kam von der Tischlampe. Aus Korbsesseln erhoben sich zwei riesige Kerle, Berggorillas, Cousins von King Kong. Sie waren etwa fünfunddreißig Jahre alt und hatten Oberarme wie Eichenstämme. Die groben Gesichtszüge, buschigen Augenbrauen und kleinen Augen erinnerten allerdings eher an den Neandertaler.

Wir bekamen noch einen Knuff in den Rücken, und ich schaute mich um. Auch dieser Mann gehörte zur Horde. Er schien der Obergorilla zu sein, von der Sorte, die sich auf die Brust trommelt, bevor sie zum Angriff übergeht. Ihre Nahrung bestand aus anabolen Steroiden, ihr Lieblingsort war ein schweißstinkendes Kraftstudio, wo sie die Zeit verbrachten, wenn andere mit Arbeit Geld verdienten. Trotzdem fuhren sie dicke Schlitten, BMW oder Mercedes, darauf hätte ich wetten können.

Ich wusste auch, dass die Pillen, die sie einwarfen, ihre Hemmschwellen herabsetzten und sie zu brutalen Kampfmaschinen machten. Aus den Boxen dröhnte weiterhin laute Heavy-Metal-Musik und verstärkte den Eindruck von Gefahr.

Ich verzichtete auf Jehovas Hilfe und entschied mich für die kumpelhafte Tour: »Hallo, Jungs! GiDi sagte, dass ich euch hier treffen würde. Cool, wir sind ja im selben Bissness. GiDi und ich sind alte Freunde, sodass ...«

Aber sie hörten mir gar nicht zu. Alle drei starrten Maggie lüstern an; es fehlte nur noch, dass ihnen der Geifer aus den Mundwinkeln rann.

Der Obergorilla hinter uns versperrte weiterhin den Fluchtweg und keuchte: »Leckeres Frischfleisch! Los, du Schlampe, runter mit den Klamotten!«

»Und was ist mit dem?«, fragte einer der anderen und wies auf mich.

»Um den kümmern wir uns später.«

Die beiden schlichen sich an wie Wölfe und streckten ihre Klauen aus. Maggie flüchtete in eine Ecke. Ich bekam einen Stoß in den Rücken und fiel gegen eine Kommode. Der Mann hinter mir lachte heiser: »Wenn wir fertig sind, machen wir die beiden platt!«

13. Kapitel

Zum Nachdenken war keine Zeit; jetzt galt ausschließlich das Gesetz des Dschungels. Ich handelte instinktiv. Während meiner Ausbildung war ich auch im Nahkampf geschult worden, aber auch die dafür geltenden Regeln waren hier noch zu milde. Er oder ich, Leben oder Tod, so einfach war das. Kampf, bis einer auf der Strecke bleibt.

Auf der Kommode lag ein stattliches Fernglas; ich las: *SUPER ZENITH, 10x50, High quality Triple tested.* Ich griff nach dem schweren Gerät und schlug es dem mir am nächsten stehenden Mann gegen die Stirn. Er jaulte vor Schmerz, und ich versuchte, mit dem nächsten Hieb die Schädelbasis zu treffen. Ich schlug mit aller Kraft zu; das Adrenalin verlieh mir zusätzliche Energien. Er taumelte, sank auf die Knie, und ich knallte ihm das Fernglas auf den Hinterkopf. Mit einem Seufzer fiel er zur Seite.

Die Männer standen offensichtlich unter Drogen; sie reagierten mit Verzögerung. Ich warf mich auf den zweiten und hieb ihm meine Waffe aufs Nasenbein. Sofort spritzte das Blut. Die Nase ist einer der sensibelsten Körperteile; ein Schlag darauf schmerzt sehr und lähmt für einige Sekunden. Das reichte aus, um ihn mit mehreren Hieben zu attackieren, gegen das Ohr, die Stirn und noch einmal aufs Nasenbein. Das Fernglas und mein Arm entwickelten sich zu einer effektiven Waffe. Ich half noch etwas nach, indem ich mit der Schuhspitze gegen sein Schienbein trat. Wieder jaulte er auf und tanzte auf dem anderen Bein herum, während ihm das Blut aus der Nase schoss. Mit der linken Hand packte ich ihn an seinem Stiernacken und rammte ihn gegen die Wand. Noch ein Schlag auf den Hinterkopf, und er war erledigt.

Einer war noch übrig, aber um den musste ich mich nicht mehr kümmern. Er lag auf dem Boden, und Maggie kniete auf seiner Brust. Sie hielt seine Hand in einem Griff, der ihn vor Schmerzen wie einen jungen Hund heulen ließ.

»Soll ich ihm die Augen ausdrücken?«, fragte sie mich und hielt ihm ihre langen Fingernägel vors Gesicht. Obwohl ich in Berserkerlaune war – das ging zu weit. Ich nahm eine Vase mit langem Hals und einer vertrockneten Rose darin und knallte sie ihm auf die Stirn. Der Gorillakörper erschlaffte. Die Rose lag quer über seinem Gesicht, und dort durfte sie auch liegen bleiben.

»Okay«, sagte ich, und plötzlich zitterten meine Knie. »Okay, okay, okay.«

Ich fühlte mich wie ausgebrannt; der Schlagarm tat weh, und es stach in allen Muskeln. Mein Mund war trocken, und ich blinzelte, um die Tränen zu unterdrücken, die mir in die Augen treten wollten. Dann riss ich mich zusammen; viele Jahre Berufsdisziplin ließen mich professionell agieren.

»Wir müssen sie fesseln, alle drei.«

Widerwillig zog Maggie die Krallen ein und stieg von ihrem Opfer herunter. Ihre Stimme klang noch immer metallisch, als stammte sie von einem anderen Menschen. »Womit denn?«

Ich hatte keine Handschellen bei mir und schaute mich im Zimmer um. »Wir nehmen ihre Gürtel für die Hände. Für die Fußgelenke werden wir auch noch etwas finden.«

Wir zogen ihnen die Gürtel aus den Hosen und banden ihnen die Hände auf den Rücken. In einer Küchenschublade fand ich eine Rolle starken Bindfaden. Wir fesselten sie auch an den Füßen und verknoteten dann Fuß- und Handfesseln. Der Mann, den ich zuerst niedergeschlagen hatte, kam langsam zu sich. Ich fand eine weitere Vase und zertrümmerte sie auf seinem Schädel; noch immer war ich weit entfernt von einem zivilisierten Auftreten.

»Und jetzt?«, fragte Maggie mit ihrer stählernen Stimme.

»Filzen wir die Wohnung, aber gründlich.«

Schon im vierten Fach der Kommode entdeckte ich vier große Plastiktüten mit einem weißen Pulver. Es war sicher kein Kuchenmehl. Auf den Straßen Stockholms hätte das Zeug viele Millionen eingebracht.

»Das reicht, Maggie. Ich rufe die Kollegen, sie sollen das Pack abholen.«

»Ist das alles?«

»Ja. Wir schauen uns natürlich noch ihre Brieftaschen an, notieren die Namen und kümmern uns um ihre Handys. Maud mag mit ihnen machen, was sie will. Sammle du das Zeug ein, ich telefoniere.«

Während sie die Taschen der Gorillas durchsuchte, tippte ich die Nummer der Rauschgiftabteilung ein, entschied mich dann aber anders und rief Maud an. Sollte sie doch die Verantwortung übernehmen. Ich wunderte mich, denn sie schien mir nicht recht glauben zu wollen.

»Drogenhändler?«

»Ja, sie waren sogar selbst auf dem Trip. Und das Heroin hier reicht, um die Staatsschulden zu bezahlen.«

»Wartet in der Wohnung, bis Turessons Leute eintreffen. Dann kommt ihr sofort hierher. Wie ... fühlt ihr euch?«

Ich schaute zu Maggie, die ruhig und beherrscht wirkte. Ihre Hände tauchten in die Taschen und zogen hervor, was dort zu finden war.

»Gut. Na, ehrlich gesagt, zittere ich noch am ganzen Körper. Aber das geht vorbei. Alles hat einmal ein Ende.«

»Und Maggie?«

»Ich weiß nicht. Aber es soll noch mal jemand vom schwachen Geschlecht reden! Maggie könnte allein das Pentagon verteidigen. Willst du die Handys dieser Gorillas?«

»Gib sie Turesson. Gut zu wissen, dass wir sie haben.«

Maggie legte die Brieftaschen und die zwei Mobiltelefone, die sie gefunden hatte, auf die Kommode. Wir untersuchten die Papiere und notierten alles Wichtige. Die Namen sagten mir nichts. Die Telefone waren vom neuesten Modell und hatten sicher ein Vermögen gekostet; kein Problem für arbeitslose Bodybuilder.

»Maggie, du warst nicht schlecht«, lobte ich sie. »Wie hast du die Bestie flachgelegt?«

»Ich beherrsche alle gängigen Arten der Selbstverteidigung. Judo, Karate, Kung Fu, was du willst. In meinem Job muss man auf alles gefasst sein, vor allem als Frau. Man hat schon einmal versucht, mich zu vergewaltigen. Seitdem gilt: Ich setze die Grenzen, Punkt und Schluss.«

Sie lächelte und sah richtig süß aus. Hätte ich es ihr gesagt, wäre sie wohl wütend geworden.

»Du warst aber auch nicht übel, mein Kompliment. Hätte ich nicht von dir erwartet. Hast du schon mal einen Menschen getötet?«

»Ja. Es war nicht zu vermeiden.«

»Einen oder mehrere?«

»Mehrere, aber ich rede nicht gern über dieses Thema.«

Ihr Blick taxierte mich, und ich begriff, dass die Aktien der Hassel AG stiegen.

»Das höre ich gern. Du bist ein Mann, der ohne zu zögern tut, was getan werden muss. Du bist kein Warmduscher – ich übrigens auch nicht. Wenn man gegen die IRA und die italienische Mafia zu Felde zieht, lernt man, Härte mit Härte zu begegnen.«

Der, den ich zuerst niedergeschlagen hatte, erwachte erneut, grunzte und versuchte, sich zu erheben. Maggie nahm einen schweren Aschenbecher aus Kristallglas und schlug ihm auf den Kopf, sodass er wieder ohnmächtig wurde.

»Jetzt hast du ihn vielleicht ungebracht«, gab ich zu bedenken. »Die Schädelbasis ist dünner, als man glaubt.«

»Dann ist er eben tot. Trifft es einen Unschuldigen? Du kannst bezeugen, dass es Notwehr war.«

»Ja, es war ein schwerer Kampf.«

Was sonst konnte ich tun? Wir hatten einander das Leben gerettet. Sie hatte etwas gut bei mir und ich bei ihr. Ich hatte ein ungutes Gefühl, aber ich konnte ihren Gedankengang verstehen. Natürlich würde ich nicht berichten, dass Maggie einen halb besinnungslosen, gefesselten und damit wehrlosen Mann geschlagen hatte. Auf eine Beule mehr oder weniger kam es wohl nicht an, wenn man von seinem Recht auf Selbstverteidigung Gebrauch machte.

Kommissar Einar Turesson erschien mit einer Gruppe Kollegen in Zivil und der uniformierten Besatzung eines Streifenwagens. Sie schauten erst auf die Gorillas, dann auf uns, und dann wieder auf die gefesselten Muskelmänner.

»Habt ihr das angerichtet?«, erkundigte sich Turesson ungläubig.

»Es waren ja nur drei«, antwortete ich bescheiden. »Wir haben nur die linken Hände verwendet.«

Ich zeigte ihm die prallen Tüten mit dem weißen Pulver. Die Zeitungen würden von einem großen Triumph, dem Ergebnis monatelanger Fahndungen berichten. Kein Wort von den beiden freundlichen Zeugen Jehovas, die nur ein paar Informationen abgreifen wollten. Ich hatte nichts dagegen, dass die Polizei ihr Image aufbesserte, und legte keinen Wert darauf, persönlich genannt zu werden.

»Maud Gudmunds möchte wissen, was die Mobiltelefone hergeben«, sagte ich.

»Klar, ich weiß Bescheid.«

»Diese Kerle sind wie Dynamit und vollgepumpt mit Heroin. Sperrt sie lieber in getrennte Zellen, sonst zerlegen sie euch das Gefängnis.«

»Das Risiko gehen wir ein. Die Mauern sind dick.«

»Es ist so viel Heroin, dass die Käufer wahrscheinlich hier auftauchen werden. Haltet das Haus und die Wohnung unter Beobachtung, vielleicht fangt ihr noch ein paar Gestalten.«

»Danke, darauf wären wir nie gekommen. Wir machen unseren Job ja erst seit gestern.«

»Bitte, bitte, wenn ich euch noch etwas beibringen soll – ihr habt ja meine Telefonnummer!«

Wir grinsten uns an. Eine Frotzelei unter Kollegen hebt die Laune. Meistens.

Maud las den Bericht und ließ mit keiner Miene erkennen, was sie dachte. Therese war von jemand anders zum Flughafen nach Arlanda gebracht worden. Der Körper reagiert oft verzögert, und nun merkte ich, wie meine Schultern nach den gewaltigen Schlägen mit dem Fernglas schmerzten. In Maggies Gesicht zuckte es; ein Zeichen, dass auch sie nicht unberührt war.

»Meine Leute prügeln sich, bis das Blut spritzt«, sagte Maud endlich und schüttelte den Kopf.

»Was sollten wir tun?«, erwiderte ich. »Sie zwangen uns ja dazu. Außerdem haben wir ein Heroinlager ausgenommen.«

»Gut, aber das war nicht euer Job. Jedenfalls wollten sie euch weismachen, dass sich GiDi Wallace in Kopenhagen aufhält. Eine klare Fehlinformation. Wie ich schon zu Therese sagte, gibt es deutliche Hinweise, dass sie sich in Oslo befindet. Ich habe eure Tickets umgebucht. Die Abflugzeiten liegen nur eine halbe Stunde auseinander.«

»Macht mir nichts aus. Ob Karl Johan oder Ströget, ich finde beide Straßen ideal zum Bummeln.«

Maggie fasste sich vorsichtig an die Seite und sagte: »Leider kann ich nicht mitkommen. Ich fürchte, ein oder zwei Rippen haben etwas abbekommen. Es brennt und sticht; ich muss wohl zum Arzt.«

»Kein Problem. Rolle, ich fahr dich nach Arlanda. Du solltest dir von zu Hause ein paar Sachen holen, falls du in Oslo übernachten musst. Der Rückflug ist nicht fest gebucht.«

Wenig später saß ich neben Maud auf der Rückbank einer großen schwarzen Limousine mit getönten Scheiben. Ein Polizist in Zivil chauffierte uns.

Wir fuhren zuerst zu meiner Wohnung. Maud bat um die Schlüssel, stieg aus und schloss die Haustür auf. Dann stürmte ich aus dem Wagen, verdeckte das Gesicht mit den Händen und hastete zum Eingang. Als ich im Flur war, schloss sie hinter mir ab, und der Wagen fuhr weiter. Durch die Scheibe konnte ich sehen, dass ein Mann und eine Frau gegen die Tür drückten, aber wir erreichten den Fahrstuhl unbehindert. Natürlich war das Ganze lächerlich, aber ich wollte einfach meine Ruhe haben.

»Ist das hier dein Wohnungsschlüssel?«, fragte Maud.

»Ja.«

»Und es sind keine weiteren im Umlauf?«

»Nein, ich habe alles unter Kontrolle. Meine Behausung ist sicherer als Fort Knox.«

»Dann gehen wir hinein.«

Einige Zeitungen, ein paar Postsendungen, die meisten für Elin. Sie war in mehreren Buchklubs, hatte Brieffreundinnen in aller Welt und bekam so die seltsamsten Marken. Ein großes Sammelkuvert mit dem Postsymbol auf der Vorderseite war an mich adressiert. Darin steckten einige Briefe im A5-Format mit dem Vermerk, sie seien verspätet zugestellt worden, weil die Hausnummer nicht gestimmt habe. Ich nahm sie mit auf den Flug; vielleicht hatten sie ja keine Zeitungen an Bord. Ansonsten gab es nichts Aufregendes außer der Werbung des Konsums, dass Entrecôte im Sonderangebot nur neunundneunzig Kronen kosten sollte.

»Pack ein, was du brauchst«, ermahnte mich Maud.

Es wurde ein leichtes Gepäck. Der moderne Reisende benötigt nicht mehr so viel, und wenn es in zivilisierte Länder geht, kann man vor Ort alles kaufen, was man vergessen hat. Ich lüftete kurz durch und zeigte Maud die herrliche Aussicht vom Balkon. Dann wurde es Zeit aufzubrechen. Maud telefonierte nach dem Wagen, und wir schlichen uns aus dem Haus.

In der Luxuslimousine fühlte ich mich wie ein Staatsgast. Die Polster waren so weich und die Federung so gut, dass wir geradezu dahinschwebten.

Als ich den Glashalter in der Türverkleidung entdeckte, fragte ich meine Chefin: »Willst du mich nicht zum Champagner einladen? Ich finde, das gehört zu so einer Nobelkarosse. Ein Moet & Chandon wäre nicht schlecht, vor allem der neunundfünfziger Jahrgang.«

»Sei nicht unverschämt. Ich habe *Business Class* für dich gebucht, da ist der Schampus inklusive.«

Maud schien über etwas Wichtiges nachzudenken, und so behelligte ich sie nicht weiter mit extravaganten Wünschen. Doch es ist weit bis nach Arlanda, und wir hatten noch einiges zu besprechen.

»Wo werde ich in Oslo wohnen?«, wollte ich wissen.

»Oslo ist sehr teuer. Das Hotel ist einfach, hat aber einen guten Ruf.«

»Bei der EU müsste man sein. Dann wird man im *Sheraton* einquartiert. Für Maggies Papa war jedenfalls Geld vorhanden.«

Maud zuckte zusammen und runzelte die Stirn: »Du hast ihn getroffen? Wann? Warum hast du mir das nicht gesagt?«

»Ach was, wir tranken nur einen Irish Coffee zusammen.«

»Erzähl mir von der Begegnung.«

Ich schilderte, wie wir uns vor dem Hotel getroffen hatten, und versuchte, die Unterhaltung zu rekonstruieren. Ich vergaß auch nicht, den Alkoholkonsum der anderen zu erwähnen, um selbst im besten Licht dazustehen.

Maud lauschte, schaute aber die ganze Zeit geradeaus. Ihr Mobiltelefon fiepte, und sie meldete sich knapp und ein wenig verwundert: »Aha, ja, gut.« Dann teilte sie mir mit: »Neue Lage, Rolle. Es wird doch Kopenhagen. Um das Ticket und die Hotelbuchung kümmere ich mich auf dem Flughafen.«

»Liebe Maud, gib mir Instruktionen. Der ganze Auftrag kommt mir seltsam unstrukturiert vor.«

Zehn Sekunden überlegte sie, was sie mir sagen wollte oder konnte. Inzwischen flitzten Felder und Wälder vorbei, unterbrochen nur von Funktionsgebäuden mit riesigen Firmenschildern – kein Wunder, diese Straßenkilometer waren die reklameträchtigsten in ganz Schweden.

»Rolle, ich bin in vielem unsicher. Wir sind ja nur ein Rädchen in einem großen Getriebe; ein wichtiges aber, bilde ich mir ein. Du bist der vielseitigste und erfahrenste Profi, den ich zur Verfügung habe, und ich muss dich mit Aufgaben betrauen, die eigentlich nicht in unseren Zuständigkeitsbereich fallen. Aber ich hoffe, dass es das letzte Mal ist. Danach werden wir uns wieder um unsere eigenen Dinge kümmern. Du hast ja schon früher Sonderaufträge übernommen, die nicht ganz nach Dienstvorschrift verliefen. Ich will damit nicht sagen, dass wir das Feld der Legalität verlassen, aber es wird eine heikle Geschichte.«

»Alles schön und gut, aber ich möchte daran erinnern, dass ich damals in die Abteilung deines Mannes gegangen bin, weil ich von riskanten Sondereinsätzen die Schnauze voll hatte – entschuldige den Ausdruck. Und jetzt sag schon, worum es in Kopenhagen geht.«

»Das erfährst du auf dem Flughafen; wir haben dort noch genügend Zeit. Übrigens sind wir gleich da.«

Sie parkte mich in der Cafeteria am Rande der Abflughalle und begab sich ins SAS-Büro, um den Flug umzubuchen und ein

Hotelzimmer zu bestellen. Ich trank Tee, verzehrte ein Käsebrötchen und beobachtete die langen Schlangen an den Schaltern. Um mich herum saßen Schlipsträger mit ernsten Gesichtern, die ihre Aktenkoffer umklammerten und in Gedanken schon beim nächsten Geschäftsabschluss waren. An einem Tisch weiter entfernt schütteten Jugendliche Bier in sich hinein, als würde dieses Getränk in wenigen Minuten verboten. Daneben saßen Familien mit Kindern, die sich kaum noch bändigen ließen, so freuten sie sich auf die Ferien am Strand, irgendwo in Spanien oder Portugal. Auch der schwedische Sommer hatte viel versprechend begonnen, aber meine Landsleute trauten ihm wohl nicht. Außerdem erreichten die Gewässer bei uns erst im Juli Badetemperaturen. Kinder, die einmal im warmen Wasser geplanscht haben, sind mit siebzehn Grad nicht mehr zu begeistern, und die Eltern halten es genauso. Das ist kein Zeichen von Verweichlichung, sondern von Anpassung. Maud kehrte zurück und trug ein Tablett mit Kaffee und einem Muffin.

»Du kannst gleich einchecken. Hier ist das Ticket. Die Angaben zum Hotel habe ich dir auch aufgeschrieben.«

»Gut. Und weiter?«

Sie zog ein paar Zettel aus der Tasche. »Das hier ist GiDis Adresse in Kopenhagen. Wir wissen, dass sie zu Hause ist.«

»Sie könnte auch nach Odense gefahren sein.«

»Sehr unwahrscheinlich. Vor kurzem bekam sie einen Schuss ins Knie und kann sich nur an Krücken bewegen. Sie lässt sich sicher im trauten Heim bedienen.«

»Von ihren dänischen Gorillas, nehme ich an. Wenn sie mich einlässt, worüber soll ich mit ihr reden?«

Maud reichte mir ein Foto von Ludvig Kubiela. »Über ihn. Sie kennt ihn ja recht gut. Wir wollen wissen, wo er sich versteckt.«

»Habe ich irgendetwas in der Hand, um Druck auszuüben?«

»Ja, hast du. Schau dir diese Zahlen und Buchstaben an.« Sie gab mir einen Computerausdruck und erklärte: »Das ist die Nummer ihres Geheimkontos auf Jersey. Frag mich nicht, wie wir die herausbekommen haben. Du musst ihr nur deutlich machen, dass Kubiela gesungen hat und uns auch ihre übrigen Konten verraten wird. Hier ist noch ein Blatt mit den ersten drei Ziffern ihres Kontos auf Cayman Island. Mehr haben wir leider nicht.«

»Warum hat Kubiela gesungen?«

»Er fühlt sich gejagt und will sich uns als Kronzeuge andienen, damit er Strafmilderung bekommt.«

»Liebe Maud, und wenn sie nun weiß, dass wir in Schweden gar keine Kronzeugenregelung haben, dass man bei uns Verbrechen nicht mit Informationen über andere Delikte verrechnen kann?«

»Wir lassen es darauf ankommen. Entscheidend ist doch, dass sie glaubt, dass Kubiela es glaubt.«

»Würde sie dann nicht eher ihre Schläger losschicken, um ihn zum Schweigen zu bringen? Ich meine, falls sie weiß, wo er sich versteckt. Warum sollte sie ihn von einem mickrigen schwedischen Polizisten einlochen lassen?«

»Roland, mehr haben wir nicht, aber wir müssen die Chance nutzen. Wir haben nichts zu verlieren als einen Arbeitstag, ein Flugticket und eine Übernachtung in einem Dreisternehotel. Machtmittel können wir ihr gegenüber sowieso nicht anwenden. Ich habe gehört, du bist sehr gut im Improvisieren.«

»Du meinst, im Lügen, bis mir die Zunge abfault. Aber ich brauche mehr Substanz, um glaubwürdig auftreten zu können. Alle guten Lügen wurzeln in einer möglichen Wahrheit.«

»Wie gesagt, wir haben nicht mehr. Mach das Beste daraus.«

Ich runzelte die Stirn, massierte mir die Nasenwurzel und erkundigte mich schließlich: »Hat die Polizeikasse noch Mittel genug, mir einen Stadtplan von Kopenhagen zu spendieren? Ich habe keine Lust, mich erst lange durchzufragen.«

Am Zeitungskiosk entdeckten wir einen, der in die Jackentasche passte. Dann checkte ich ein und bekam die Boardingkarte mit der Platznummer. Es wurde Zeit, an Bord zu gehen, und wir verabschiedeten uns.

Das Flugzeug war voll besetzt. Neben mir saß ein junges Paar, das ganz mit sich beschäftigt war.

Als die Maschine abhob und nach Süden flog, fielen mir die Briefe wieder ein. Ich zog sie aus dem Sammelkuvert und betrachtete sie. Sie waren dünn, und die Handschrift erkannte ich wieder. Bisher hatte ich diese Art Drohbriefe ungelesen entsorgt. Jetzt schaute ich sie mir genauer an. Die Texte und die Mordzeichnungen waren unmissverständlich:

Wenn du verrätst, was du weißt, dann ...

Die Situation kam mir seltsam bekannt vor. Auf diese Weise war ich schon früher bedroht worden, aber diesmal verstand ich nur Bahnhof. Was wusste ich denn? Wem sollte ich es nicht verraten? Wem konnte das, was ich angeblich wusste, gefährlich werden? Ich rief mir alles ins Gedächtnis, was in der letzten Zeit passiert war, fand aber keinen Anhaltspunkt. Ein Rätsel unter all den Rätseln. Ich schaute mir noch einmal die Kritzeleien an, die mich, das Strichmännchen, an einem Galgen hängend zeigten, und stopfte die Zettel dann in die Tasche.

Doch der Gedanke war nicht abzuschütteln. Was wusste ich angeblich, und warum? Worum ging es eigentlich? Zwei mächtige internationale Verbrechersyndikate hatten ihre Fühler nach Schweden ausgestreckt. Wie viele Polizisten beschäftigten sich mit ihnen in den verschiedenen Ländern? Und bei Interpol? Vielleicht sogar tausende. Es gab also viele Puzzleteile, die sich hoffentlich bald zu einem Ganzen fügten. Hoffentlich – denn es gab viele Fälle, in denen es nicht gelang.

In den meisten Ländern ist die Polizei in einer ähnlichen Situation wie in Schweden, besonders in den Großstädten:

weniger Personal, verwässerte Ideen zur Entwicklung, Ambitionen, die sich nicht verwirklichen lassen, ständige Veränderungen, die nur Chaos produzieren, Abwanderung erfahrener Kollegen in die privaten Sicherheitsdienste, Konflikte mit den Massenmedien, die uns einmal wegen Untätigkeit, ein andermal wegen angeblicher Gestapomethoden angreifen, Problembezirke, die nahezu aufgegeben und dem organisierten Verbrechen überlassen werden. Die Menschen haben heutzutage Angst, besonders Frauen und Rentner. Die Gewalt hat zugenommen, die Solidarität verschwindet, der Egoismus wächst. Viele Jugendliche orientieren sich an falschen Idealen. Eltern und Lehrer begreifen nicht, dass sich in einer Gesellschaft, in der das Streben nach Geld und Gewinn alles durchdringt, keine christlichen und humanistischen Werte mehr vermitteln lassen. Als Polizist kann man sich ohnmächtig fühlen angesichts der Erosion eines demokratischen Landes – aber viele geben die Hoffnung nicht verloren, dass das Licht nicht ausgeht, sondern sich nur vorübergehend verdunkelt hat. Träumen nicht die allermeisten von einem harmonischen Svensson-Leben? Darum sollten sich die Politiker mal kümmern. Überall auf der Welt sind es die Durchschnittsbürger, ob sie nun Svensson oder Jones oder Dupont oder Müller-Meyer-Schulze heißen, die den Kitt der Gesellschaft bilden. Wenn man ihn nicht immer wieder erneuert, fällt das Haus zusammen, und die Gierigen aus der Unter- und Oberschicht, die Zukurzgekommenen aus den Slums und die Nimmersatten aus den Vorstandsetagen, fallen wie die Ratten über die Einrichtung her. Dann rette sich, wer noch kann!

Die Landung beendete meine Grübeleien. Da ich nur Handgepäck hatte, war ich einer der Ersten am Taxistand. Ich zeigte dem Chauffeur den Zettel mit der Hoteladresse, und er fuhr los.

Kopenhagen wird von vielen Touristen heimgesucht, deshalb konnte meine Herberge noch als Dreisternehotel durchgehen. In dem kleinen Zimmer fand nicht viel mehr Platz als das Bett, ein schmaler Schrank und die Stehlampe, aber es mochte reichen. Ich tröstete mich mit der zentralen Lage und suchte auf dem Stadtplan nach GiDis Adresse.

Woran mag es liegen, dass uns Schweden die dänische Hauptstadt exotischer vorkommt als zum Beispiel London? Vielleicht, weil Kopenhagen so nahe liegt und doch so anders ist. Die Atmosphäre wirkt freier und die Sprache klingt so leicht, ist aber voller Fallen, und eigentlich begreift man weniger, als man denkt. Für viele Schweden ist Kopenhagen die erste ausländische Stadt gewesen, die sie als Kinder oder Jugendliche kennen lernen durften. Solche Eindrücke bleiben im Gedächtnis. Die Älteren unter uns erinnern sich noch daran, dass die Dänen rechts fuhren, während wir noch Linksverkehr hatten. Überall konnte man Wein und Bier kaufen, und die Kopenhagener tranken ihr Tuborg oder Carlsberg ungeniert auf der Straße.

Ich beeilte mich nicht, sondern ließ mich den Boulevard Ströget mit dem Strom der Touristen hinuntertreiben. An einige Geschäfte und Sehenswürdigkeiten erinnerte ich mich von früheren Besuchen: *Bing & Gröndahls* Porzellanhandlung, das *Magasin de Nord,* das ich stets besuchte, obwohl ich Warenhäuser eigentlich verabscheue, das *Hôtel d'Angleterre,* das ein Dutzend Sterne mehr verdiente als meine Absteige ...

Mein Weg führte über Kongens Nytorv zum Nyhavn, wo sich viele Pubs, Luxusrestaurants und Hotels breit gemacht haben. Schwach erinnerte ich mich an einige Tage, die ich während der Sturm-und-Drang-Periode meiner Jugend mit einigen leider Gleichgesinnten am Nyhavn verbracht hatte. Wir zogen durch sämtliche Kellerkneipen und tranken Bier von einer Stärke, die auf unserer Seite des Sundes unbekannt war. Die Fußböden pflegte man damals noch mit Sägespänen zu bestreuen, und darauf tanzten harte Seeleute mit leichtfüßigen Hafenmädchen. Man musste aufpassen, was man sagte, sonst bekam man was auf die Schnauze. Zahlreiche Läden boten schicke Tätowierungen an, aber ich hatte immerhin so viel Verstand, dass ich unillustriert blieb. Andere Schweden erwachten mit einem Brummschädel und dem Bild einer vollbusigen Nixe auf der Brust.

Das sommerliche Kopenhagen erschien mir freundlich und entspannt wie eine Stadt aus einem Disney-Familienfilm, aber ich wusste, dass es hinter den gepflegten Fassaden heiß herging. Eiskalte, gut organisierte Banden hatten die Prostitution, den Drogenhandel und das illegale Glücksspiel fest im Griff.

Ich hatte mir den Weg gut eingeprägt und spazierte weiter, ohne die Karte zu benutzen. Allmählich nahm die Stadt einen bürgerlichen Charakter an. Fünfstöckige Gebäude mit schweren Fassaden zeugten von Tradition und Konservatismus. Die Häuser sahen aus, als wohnten überall pensionierte Oberste und Generalmajore, Gutsherren, die das Landleben satt hatten, reiche Arztwitwen, emeritierte Professoren, ehemalige Diplomaten – und offenbar eine Piratenkönigin. Das Haus hatte nicht einmal einen Türcode; das empfand ich als angenehm altmodisch. Die Tür war aus massiver Eiche, und ich betrat einen dunklen Flur. GiDi Wallace wohnte ganz oben, also nutzte ich den Fahrstuhl, der mit dunkelrotem Samt ausgeschlagen war und über einen ausklappbaren Polstersitz verfügte. Langsam rumpelte er nach oben, knirschend und ächzend wie eine betagte Dame, die beschlossen hat, noch ein Tänzchen zu wagen, um zu zeigen, dass sie noch nicht zum alten Eisen gehört.

Als Erstes fiel mir auf, dass die Wohnungstür mit Stahlplatten verstärkt war. Außerdem gab es einen Spion. Das Namensschild war nicht größer als eine Visitenkarte und mit einfachen Buchstaben bedruckt. Ich klingelte und bemühte mich um einen neutralen Gesichtsausdruck, denn ich rechnete damit, gründlich gemustert zu werden. Jetzt kam es darauf an, geschickt zu improvisieren und die wenigen Trümpfe richtig auszuspielen. Falls überhaupt jemand zu Hause war.

Nach einigen Sekunden, die ich in Totenstille verbrachte, drang eine metallische Männerstimme aus einem verborgenen Lautsprecher an mein Ohr: »Vaba?«

Die erste Improvisation bestand darin, klar und deutlich englisch zu sprechen. Nach meinen Informationen war es die Muttersprache der Piratenkönigin.

»Ich möchte Gina Dotty Wallace besuchen.«

Der Mann wechselte die Sprache, aber sein Englisch klang genauso blechern wie sein Dänisch.

»Wer sind Sie?«

»Hazel. Roland Hazel.«

»Was wollen Sie von ihr?«

»Das ist ganz privat und geht nur Miss Wallace und mich etwas an.«

Ein schwaches Klicken zeigte an, dass er seinen Platz hinter der Tür verließ, um sich von jemandem Instruktionen zu holen. Nach zwei Minuten war er wieder da: »Sie sagt, Sie sollen sich zum Teufel scheren.«

»Grüßen Sie von mir und sagen Sie ihr, dass nur ich sie vor einer Höllenfahrt bewahren kann. Ich kann ihr einen großen Dienst erweisen.«

»Sie hat sich entschieden, also ziehen Sie ab, Mister!«

Ich legte Schwedenstahl in die Stimme und rief: »Mach, was ich sage, du Idiot! Es geht für sie um Millionen!«

»Sie meint aber, dass Sie sich verziehen sollen ...«

»Der Teufel soll dich holen! Richte ihr wörtlich aus, was ich gesagt habe. Wenn sie mich dann immer noch loswerden will, gehe ich auf der Stelle!«

Widerwillig begab er sich zu seiner Herrscherin, und ich vertrieb mir die Zeit, indem ich das Körpergewicht von einem Fuß auf den anderen verlagerte.

»Hoch mit den Händen und keine schnellen Bewegungen!«

Er bekam seinen Willen, und die Tür wurde langsam geöffnet. Dann befahl er mir einzutreten, und schon stand ich in einem dunklen Korridor. Ein Mann zielte mit einer Pistole mit Schalldämpfer auf mich, während mich ein anderer gründlich nach Waffen durchsuchte. Dann schoben sie mich zu einer Tür. Als ich sie öffnete, strahlte mir das Licht mehrerer Kronleuchter entgegen. Alle Vorhänge des saalähnlichen Wohnzimmers waren zugezogen; vielleicht befürchtete man, vom gegenüberliegenden Dach beschossen zu werden.

Der Raum war etwa sechzig Quadratmeter groß. Möbelgruppen unterteilten ihn in verschiedene Bereiche. Die Absicht, Reichtum zu demonstrieren, war nicht zu übersehen. Doch der Luxus trat so geballt auf, und das Stilgemisch war so unfreiwillig komisch, dass das Ganze peinlich wirkte. So viel Geld und so wenig Geschmack, das war mein erster Gedanke.

In einem gigantischen, mit blauem Samt bezogenen Sessel saß eine Frau in mittleren Jahren. Sie trug Hosen aus silberglänzendem Lurexstoff, dazu passende Pantöffelchen, eine weiße, tief ausgeschnittene ärmellose Bluse und so viel Schmuck um den Hals und an den Handgelenken, dass die dänischen Goldreserven dagegen armselig wirken mussten. Ein Bein ruhte auf einem Schemel; auf dem Fußboden lagen ein Paar Krücken. Ihre Hände mit den langen, knallroten Fingernägeln lagen auf den breiten Armstützen; an den Fingern drängten sich die goldenen Ringe mit edlen Steinen verschiedener Größe und Farbe.

Sie war schlank. Ihr Haar war so blond, dass es wehtat, es ohne Sonnenbrille zu betrachten, und so echt wie eine Bernsteinkette in einer Geschenkboutique. Die Schminke war sorgfältig, aber allzu dick aufgetragen; wenn sie lachte, würden sich wohl Risse bilden. Aber sie war keine Frau, die lachte. Sie wollte einen exklusiven Eindruck vermitteln und als Dame von Welt erscheinen. Wie so viele aus dem Geldadel wirkte sie nur verkleidet und geschmacklos.

Dumm war sie sicher nicht. Die Augen funkelten verschlagen und lagen tief in den Höhlen; die hohen Wangenknochen verliehen ihnen etwas Katzenartiges. Der Mund unter der geraden Nase war zu einer sarkastischen Grimasse verzogen. GiDi war eine Frau, die man nicht reizen sollte. Ich war sicher, dass der Mann, der ihr ins Knie geschossen hatte, einen grausamen Tod gestorben war.

»Rede!«, forderte sie mich in dänischer Sprache auf, und ich antwortete auf Englisch:

»Sie fragen sich sicher, warum ...«

»Stopp! Sie sind Schwede, Hassel, also sprechen wir schwedisch.«

Aus einem Nachbarzimmer hörte ich ein Geräusch, als ob etwas zu Boden fiel, vielleicht eine Vase. Zugleich entdeckte ich zwischen den Goldrahmen zweier Gemälde eine Videokamera, die festhielt, was in diesem Raum geschah. Wir standen also unter ständiger Beobachtung. Das war der Preis, den sie für ihren Erfolg bezahlte: ein Schuss ins Knie, die Wohnung eine Festung und in der Umgebung gut bezahltes Personal, von dem sie nicht wusste, ob es sich nicht dennoch von ihren Feinden bestechen lassen würde. Sicher hatte sie keinen Augenblick Ruhe – wenige Mafiosi sterben eines natürlichen Todes.

Vielleicht war ihr Hunger nach Luxus die Reaktion auf eine Kindheit in Armut. Träumte sie manchmal davon, als Frau eines Maurers in einem Reihenhaus auf Amager zu leben und bei schönem Wetter das Fenster zu öffnen, um mit der Nachbarin zu plaudern? Oder gehörte sie zu der Sorte, die von ständiger Gefahr stimuliert wurde und das Gefühl der Macht so lange wie möglich auskostete? Was wusste ich über ihr Seelenleben? Nichts.

»Sie haben eine Wohnung in Stockholm«, begann ich meine Improvisation. »Norrbackagatan 22.«

»Sie sagen mir nichts Neues.«

»Dort wurden drei Männer verhaftet.«

»Na und? Was geht mich das an? Ich habe nichts mit Drogenhandel und anderen Verbrechen zu tun. Meine Einkünfte stammen aus Patenten, die in der Schweiz liegen. Ein Makler kümmert sich um die kurzfristige Vermietung der Wohnung. Sie ist derzeit an einen Brasilianer mit gutem Ruf vergeben. Scheinbar hat er seinerseits Untermieter aufgenommen. Ich kann nicht für Heroin verantwortlich gemacht werden, von dem ich nichts wusste. Aus Ihren Fragen schließe ich, dass Sie Polizist sind?«

Ich verbeugte mich kurz: »Kriminalinspektor, zu Ihren Diensten. Sie wissen über die Angelegenheit erstaunlich gut Bescheid.«

Die beiden Männer hinter mir grunzten drohend.

GiDi wirkte noch unzugänglicher. »Auch die dänischen Medien haben darüber berichtet. Wollen Sie mich mit dem Fall in Verbindung bringen? Sind Sie wirklich so dumm?«

»Absolut nicht. Ich will Ihre Intelligenz nicht beleidigen.«

»Das haben Sie schon getan. Sie sagten, Sie seien zu meinen Diensten. Erweisen Sie mir einen Dienst – verschwinden Sie!«

»In einer der Brieftaschen fanden wir den Namen eines Mannes, mit dem wir gern reden würden. Er kennt Sie sehr gut. Hier ist ein Foto von ihm.«

Da die Bodyguards misstrauischer waren als der Vater einer Dreizehnjährigen, die bei ihrem Freund übernachten will, drehte ich mich zu ihnen um und zeigte an, dass ich nur ein Bild aus der Tasche zog und nicht etwa eine geschickt verborgene Waffe. Ich reichte es ihr, sie schaute kurz darauf und ließ es zu Boden fallen.

»Hauen Sie ab, Sie Schmalspurbulle!«

»Ich komme gleich zu dem großen Dienst, den ich Ihnen erweisen kann. Hören Sie mir nur zu. Dieser Mann hat Sie an einen Polizisten verraten, der ihn aber nicht festhalten konnte. Er wird wegen mehrerer Morde gesucht.«

Die Frau setzte sich ein wenig auf und verzog das Gesicht, weil sich das Knie bemerkbar machte. »Verraten? Über mich gibt es nichts zu verraten. Ich bewege mich stets im Rahmen der Gesetze. Welche Lügen verbreitet er denn?«

Wieder drehte ich mich zur Beruhigung der Leibwächter um und reichte ihr den zusammengefalteten Zettel. »Hier ist die Nummer Ihres Geheimkontos auf Jersey. Dort liegen sicher keine Einkünfte aus Patenten. Mein großer Dienst besteht darin, Ihnen zu sagen, dass es eine gewisse Zeit dauert, bis man ein Konto auf Jersey sperren lassen kann. Sie könnten das Geld auf ein anderes Konto in einem vergleichbaren Steuerparadies transferieren.«

Sie studierte die Nummer. Dabei bewegte sich ihre Zungenspitze nervös zwischen den Lippen. »Und die haben Sie von ihm?«

»Ja. Er verriet uns auch die Nummer des Kontos auf Cayman Island. Ich habe mir nur die ersten drei Ziffern notiert.«

Sie erhielt auch diesen Zettel, und wieder tanzte die Zunge. Ich konnte verstehen, dass sie erregt war. Sicher standen große Beträge auf dem Spiel.

»Sie glauben vielleicht, dass Sie mir einen großen Dienst erwiesen haben, aber mit dem hier habe ich nichts zu tun. Der Mann hat Sie belogen, wer immer es war. Gehen Sie zur Hölle!«

Der letzte Satz wirkte wie ein kraftloser Versuch, nicht die Selbstachtung zu verlieren.

»Wir glauben, dass Sie seine Adresse oder seine Aufenthaltsorte kennen. Wollen Sie uns nicht helfen?«

»Ich habe dazu keine Veranlassung.«

»Oh doch. Sehen Sie es doch mal so: Wir wollen ihn beide haben. Für uns ist er ein gesuchter Mörder und für Sie ein unbequemer Verräter. Sie wollen ihn am liebsten umbringen lassen. Handlanger haben Sie zur Genüge. Was aber passiert, wenn wir seine Leiche finden? Dann wissen wir sofort, dass Sie dahinter stecken. Polizisten aus Schweden und Dänemark sowie von Interpol werden hinter Ihnen her sein und Sie Tag und Nacht jagen. Alle Ihre Geschäfte werden dann von Spezialisten durchleuchtet – was meinen Sie, wie lange es dauert, bis Ihre Partner sie ausliefern, nur um die eigene Haut zu retten? In wenigen Monaten ist es aus mit Ihnen. Vielleicht bringt man Sie auch gleich um, damit Sie nicht reden können. Sie wissen zu viel über zu viele. Habe ich Recht? Wird es nicht genauso kommen?«

Die beiden Leibwächter wechselten Blicke und schauten dann zu ihrer Chefin. Sie wirkten unsicher, und damit waren sie für ihren Job wertlos. Ein Gorilla soll nicht denken oder reflektieren, sondern Befehle ausführen und anschließend vergessen.

GiDi antwortete nicht, also fuhr ich fort zu improvisieren. »Machen wir einen Deal?«

»Deal?«

»Ja. Dieser Mann heißt Ludvig Kubiela. Wir brauchen ihn lebend. Sie haben genug Zeit, Ihre Konten zu ändern. Geben Sie uns seine Adresse.«

Sie biss sich nachdenklich auf die Lippe und fragte: »Und worauf läuft der Deal hinaus?«

»Ich weiß, wie man in Ihren Kreisen denkt. Wenn Sie einen Verräter nicht bestrafen, gelten Sie als schwach und sind aus dem Spiel. Man muss sich immer rächen, um den Respekt aufrechtzuerhalten. Sie leben in einem Gleichgewicht des Schreckens.«

»Und?«

»Kubiela bildet sich ein, dass er als Kronzeuge davonkommt. Das darf er gern glauben, aber er geht trotzdem lebenslänglich ins Gefängnis. Im Knast geht es heutzutage hart zu. Sie finden dort sicher Leute, die wissen, wie man mit einem Verräter umgeht. Wenn er im Knast umgelegt wird, kann niemand Sie beschuldigen, aber Sie können es intern als Ihre Rache darstellen. Gehen Sie nicht auf den Deal ein, stecken wir ihn für Jahre in Einzelhaft, wo keiner an ihn herankommt.«

Mein Vorschlag war löcherig wie ein Schweizer Käse, aber sie hatte nicht die Zeit, den Deal gründlich zu analysieren. Für sie war wichtig, sich an einem Verräter zu rächen. Die Gorillas wären sonst Zeugen ihres Mangels an Courage. Ich hatte ihr einen Weg gezeigt, der in ihren Kreisen akzeptiert werden würde.

»Ludvig Kubiela nennt sich auch Mattias Wester oder Karl-Albert Egrer. Ich schreibe die Adressen auf die Rückseite dieses Zettels.«

Sie tat es und reichte mir das Blatt Papier. Um die Zeugen zufrieden zu stellen, erinnerte sie mich rachelüstern: »Aber steckt ihn nicht in eine Einzelzelle!«

»Nein, da gehört er nicht hin.«

Wir waren miteinander fertig. Sie schaute zur Seite, und ich ging zur Tür und öffnete sie. Da fiel mir ein, dass ich noch ein Geheimnis aus ihr herausholen könnte. Ich knallte die Tür zu, drehte mich um und ging einen Schritt auf sie zu.

Im selben Moment öffnete sich die Tür auf der anderen Seite des Raumes, und ich hörte jemanden auf Schwedisch fluchen: »Verdammt, woher kennt er die Kontonummern? Ich habe doch keinem Menschen ...«

Der Betreffende hatte mich offenbar entdeckt, denn er verschwand sofort wieder. Doch die Stimme und die wenigen Sekunden, die ich ihn im Halbdunkel gesehen hatte, genügten mir. Ich war einem Geist begegnet ...

Wie kam Axel Wikman nach Kopenhagen? Er war doch tot und begraben!

14. Kapitel

Plötzlich hatte Kopenhagen seinen Charme verloren. Nachdenklich trottete ich zum Hotel zurück. Unterwegs kaufte ich alle dänischen Tageszeitungen. Mein Zimmer erschien mir noch hässlicher als bei der Ankunft. Das Bett war durchgelegen, der Teppich verschlissen, die Fenster zum Hinterhof ungeputzt, und es gab sicher auch Läuse, Kakerlaken, Flöhe und Ratten.

Im letzten Flugzeug nach Stockholm waren noch Plätze frei, und ich ließ mir einen reservieren. Dann rief ich Maud an, gab ihr Kubielas Pseudonyme sowie die Adressen durch und informierte sie, dass ich noch am selben Abend zurückkehren würde. Lustlos schaute ich auf die Uhr. Abflug zweiundzwanzig Uhr dreißig, also blieben mir noch mehr als sechs Stunden. Ich steckte die Zeitungen in eine Tüte und packte meine Tasche. Dann begab ich mich zur Rezeption und bezahlte bei der freundlichen älteren Dame, die Portier, Stubenmädchen und Verkäuferin von eingeschweißten Baguettes in einer Person war. Sie sagte »Auf Wiedersehen«, und ich sagte dasselbe, aber es war gelogen.

Die Lobby war nicht größer als der Flur meiner Wohnung, aber ein Sofa, ein Tisch und einige Sessel hatten trotzdem Platz. Ein Mann saß da und las *Berlingske Tidende*. Man sah nur seine Hände, und ich registrierte im Vorbeigehen, dass ein Fingernagel blauschwarz verfärbt war, als wäre er eingeklemmt gewesen.

Weil das Wetter so schön war, setzte ich mich gegenüber vom Tivoli in einen Biergarten und bestellte ein Hof und ein Krabbensandwich. Ich nippte am Bier und studierte die dänischen Zeitungen. Nur im *Extra-Bladet* fand ich eine kleine Notiz, dass die Polizei in Stockholm eine große Menge Heroin sichergestellt hatte. Mehr stand nicht da. Also hatte GiDi mich belogen. Damit war die Verbindung zwischen ihr und den drei Gorillas bewiesen, und wir hatten etwas gegen sie in der Hand. Eine Aussage muss immer bewiesen oder widerlegt werden. Unerfahrene Staatsanwälte machen in dieser Beziehung oft Fehler. In der Gerichtsverhandlung behaupten sie etwas, was sie dann nicht mit Fakten belegen können, und der Angeklagte kommt davon, auch wenn feststeht, dass er schuldig ist.

Meine Zeitungsschau hatte eine Stunde gedauert, aber es blieb immer noch viel Zeit, die totgeschlagen werden musste. Um nicht nur herumzusitzen, bestellte ich eine Tasse Tee. Die Kopenhagener begannen auszuschwärmen. Paare gingen eng umschlugen spazieren, und einsame junge Frauen und Männer suchten Blickkontakte. Noch war es zu früh für die Klubs und Diskotheken, aber man konnte draußen sitzen, den lauen Abend genießen und von den Abenteuern der Nacht träumen. Gerade wollte ich selbst damit beginnen, da riss mich eine Stimme aus meinen Gedanken:

»Mann, das ist ja kaum zu glauben! Das sitzt mein Lieblingsbulle Rolle Hassel in Kopenhagen auf der Straße und pfeift sich ein Bierchen ein!«

Jan Berglund, genannt Jabbe, war in keiner Beziehung mein Liebling. Ein unverbesserlicher Kleinkrimineller, der sich in allem versuchte, was Geld brachte. Wenn man ihm den Auftrag gab, misshandelte er Menschen, stand bei Einbrüchen Schmiere oder fuhr Fluchtwagen. Er war ein recht geschickter Fälscher und Dieb. Eine Zeit lang machte er Krankenhäuser unsicher, indem er sich als Pfarrer oder Pfleger verkleidete und mitgehen ließ, was ihm in die Hände fiel. Einige seiner Coups zeugten von einer gewissen Bauernschläue, bei anderen hatte er allein auf rohe Gewalt gesetzt. Er war fast fünfzig Jahre alt und hatte nie im Leben gearbeitet. Krumme Dinger zu drehen sei spannend, hatte er mir einmal gesagt. Kein Tag gleiche dem anderen, und außerdem habe man seine Freiheit. Als ich ihn an seine vielen Gefängnisstrafen erinnerte, meinte er, auch im Knast könne man sich frei fühlen. Dort treffe man alte Freunde, spiele Poker, wobei man von erfahrenen Falschspielern lernen könne, und plane den nächsten Bruch. Zu seiner Ehre sei gesagt, dass er niemals alte Leute ausraubte und von Drogengeschäften weit gehend die Finger ließ.

»Das ist ja wie damals, als Stanley im Dschungel Livingston traf«, plapperte er weiter. Ohne mich zu fragen, ließ er sich neben mir auf einen freien Stuhl fallen. »Mister Livingstone, *I suppose?*«

»*Presume*«, berichtigte ich ihn.

»War es nicht Spencer Tracy, der den Stanley spielte? Grandios. Ich bekomme ein großes Bier«, rief er dem Kellner zu. »Egal welche Marke, Hauptsache, man bekommt davon Haare auf der Brust. Verdammt, Rolle, was machst du hier? Urlaub oder Job?«

»Job«, antwortete ich kurz.

»Aber jetzt hast du sicher Feierabend. Lass uns eine Runde drehen und ein bisschen Spaß haben.«

Ich hatte keine Lust auf Spaß, jedenfalls nicht, wenn ich dafür mit ihm eine Runde drehen musste. Immer, wenn ich ihn verhaftet hatte, war er zu Scherzen aufgelegt gewesen, als hielte er das Ganze für einen Witz. Er hatte auch nie Widerstand geleistet.

»Nein, ich fliege heute noch zurück. Such dir ein anderes Opfer.«

»Du auch? He, dann drehen wir die Runde eben im guten alten Stockholm. Wahrscheinlich sitzen wir in derselben Maschine. Zwanzig Uhr fünfundzwanzig. Wir können auf dem Flugplatz noch etwas essen und ein Bierchen stemmen. Ist es okay, wenn ich mir eine anzünde?«

»Es sind deine Lungen.«

Er zog eine zerdrückte Packung Zigaretten hervor und zündete mit großer Geste einen der Glimmstängel an.

»Meine Lungen lieben den Rauch. Sie rebellieren, wenn sie nicht regelmäßig versorgt werden. Sonst sind sie meine besten Freunde. Na, wird es nicht Zeit? Wir sollten uns die Rechnung bringen lassen.«

»Mein Flieger geht erst halb elf.«

»Oh ... verdammt! Aber ich kann ja umbuchen. Ich lass doch einen alten Kumpel nicht hier zurück.«

»Ausgebucht! Ich bekam den letzten Platz.«

»Mist, verdammter! Ach was, ich nehme noch ein Bier. Tja, Rolle, wie läuft es denn so bei dir? Wie geht es dem fetten Simon? Ich frage mich immer, wo der seine Klamotten kauft.«

»Kommissar Palm geht es gut. Aber wenn wir schon über alte Bekannte reden, kann ich dir ja auch ein paar Fragen stellen.«

»Klar, Rolle, unter alten Freunden. Rucke hat ins Gras gebissen. Jemand soll nachgeholfen haben. Lill-Per hat auch den Löffel abgegeben. Der Stoff war nicht sauber; er drehte durch und sprang aus dem Fenster. Siebenter Stock. Der rote Charlie sitzt in einem deutschen Knast dreizehn Jahre ab, wegen Beihilfe zum Mord. Schlechter Anwalt. Der Vorteil ist, dass er Deutsch lernt. Und Dubbel-Nalle ...«

»Vergiss ihn, Jabbe. Du kennst doch Ludvig Kubiela. Erzähl mir, was du über ihn weißt.«

Er zog die Augenbrauen zusammen und sah plötzlich zehn Jahre älter aus. »Kenne ich ihn?«

»Natürlich. Ihn und auch Sverre Stikke. Alte Freunde von dir.«

»Verdammt, ich habe keine Ahnung, wovon du redest.«

»Tu nicht so. Das sind ein paar nette Mörder. Vielleicht sogar Massenmörder.«

Er schaute auf die Armbanduhr und stellte erschrocken fest: »Ist es schon so spät? Dann muss ich los!«

»Du hast noch viel Zeit, Jabbe. Erzähl mir auch gleich von Tomaso Berloccio, wenn du schon dabei bist.«

»Ich muss dringend noch etwas erledigen. Ich leg einen dänischen Hunderter auf den Tisch. Reicht doch, oder? Sorry, Rolle, war cool, mit dir zu plaudern, aber ich muss mich jetzt beeilen. Machs gut!«

»Reisen oder dahinscheiden.«

Was ich damit meinte, wusste ich auch nicht, aber die Replik schien mir passend für den Augenblick.

Jabbe trabte davon und verschwand um die Ecke. Während ich bezahlte, klopfte ein Gedanke an die Hirnrinde und wollte heraus. Was, zum Teufel, war mit Jabbe los? Hatte er etwas gesagt oder getan, dessen Bedeutung mir nicht klar geworden war? Hatte er mir einen versteckten Fingerzeig gegeben? Moment mal ... Finger! Als er sich die Zigarette angezündet hatte, waren beide Hände zum Mund gewandert. Und der Nagel des linken kleinen Fingers war blau gewesen, als wäre er eingeklemmt gewesen.

Plötzlich hatte ich einen bitteren Geschmack im Mund. Ich sprang auf und rannte ihm hinterher. Als ich um die Ecke bog, sah ich viele Menschen, aber keinen Jabbe. Auf gut Glück lief ich weiter, aber es war sinnlos. Vor dem großen SAS-Hotel standen Taxis in einer Reihe und warteten auf Kundschaft. Ich bat den Chauffeur, mich zum Flughafen Kastrup zu fahren, aber möglichst schnell.

Rein physisch saß ich auf dem Rücksitz des Taxis, aber in Gedanken wandelte ich noch einmal auf den Wegen, die ich in den letzten Stunden gegangen war. Kein Zweifel, Jabbe hatte im Hotel hinter einer Zeitung verborgen auf mich gewartet. Woher wusste er, dass ich mich dort aufhielt? Auf wessen Befehl handelte er? Jemand musste alle meine Schritte überwacht haben – wer? War mir Jabbe durch Kopenhagen gefolgt? Hatte er gesehen, wie ich zu GiDi Wallace hinauffuhr? Vielleicht wusste er sogar, worüber wir gesprochen hatten?

Axel Wikman war ermordet worden, das hatte ich selbst gesehen, und an Phantome oder Wiedergänger glaubte ich nicht. Die Stimme hatte verdammt ähnlich geklungen, aber die Täuschung beruhte vielleicht darauf, dass der Mann in GiDis Wohnung im selben Tonfall wie Wikman schwedisch gesprochen hatte. Außerdem hatte ich ihn nur ganz kurz und im Halbdunkel gesehen, sodass wohl die Phantasie mit mir durchgegangen war. Aber eines stand fest: Es war ein Schwede gewesen, und er hatte mich gekannt, sonst hätte er sich nicht so verhalten.

Es war, als befände ich mich in einer Parallelwelt, in einer Art Traum, in dem andere über jeden meiner Schritte bestimmten. Ich war eine Marionette, und jemand zog an den Fäden, obwohl ich mir einbildete, aus eigener Kraft zu gehen. Ein Traum? Ein Albtraum, absolut! Ich verstand nicht, was um mich her vor sich ging, deshalb empfand ich die alltäglichsten Ereignisse als bedrohlich.

Auf großen Flughäfen ist die Polizei ständig präsent. Als ich mich ausgewiesen hatte, stellten mir die Kollegen bereitwillig die Passagierliste des Flugs um zwanzig Uhr fünfundzwanzig nach Stockholm zur Verfügung. Auf den Namen Jan Berglund war kein Ticket ausgestellt, aber er konnte ja unter falschem Namen reisen. Versteckt beobachtete ich den Abflugschalter, aber die Maschine flog ohne ihn ab. Warum hätte er in dieser Beziehung die Wahrheit sagen sollen, wenn er mich doch insgesamt belog? Unsere Begegnung war nur scheinbar zufällig gewesen, in Wirklichkeit war er mir vom Hotel an gefolgt. Was war sein Ziel gewesen? Hatten ihn meine Fragen nach Kubiela und Stikke davon abgebracht?

Wie ein ruheloser Geist wanderte ich in der Abflughalle herum und wartete auf den Check-in. Ich wäre gern früher geflogen, aber es war tatsächlich alles ausgebucht. Seltsam, dass SAS über mangelnde Gewinne jammerte. Unbegreiflich, wie so vieles. Zum Beispiel, warum sie hinter mir her waren. Wer nur ...?

Sollte ich Maud anrufen? Es sollte wohl reichen, wenn ich am nächsten Tag berichtete. Was konnte man mitten in der Nacht unternehmen? Andererseits gingen viele Stunden verloren. Ich nahm mein Mobiltelefon und fühlte mich wie Hamlet: Anrufen oder nicht anrufen, das war hier die Frage. Schließlich wählte ich die Nummer, denn ich wollte wissen, ob ich verrückt war oder nicht. Die Signale verhallten offenbar in der Wohnung der Sundgrens; die beiden waren nicht zu Hause. Es gab ja auch keinen Grund, an einem Sommerabend am Telefon zu hocken, bloß weil der verwirrte Kollege Hassel Gesprächsbedarf hatte.

Aber mit irgendjemandem wollte und musste ich reden. Es war inzwischen zweiundzwanzig Uhr, und ich rief Virena im Reitlager an. Eine muntere Frauenstimme teilte mir mit, dass Mutter und Tochter mit den anderen auf einem Abendritt seien und in etwa einer Stunde zurückkehren würden; es sei ja noch so hell. Ob es um etwas Wichtiges gehe, ob sie Grüße ausrichten solle?

»Nein, sag nur, dass ich angerufen habe und dass alles in Ordnung ist. Ich stehe auf dem Flughafen Kastrup; meine Maschine geht gleich. Ich rufe wie immer morgen früh an. Richte das bitte aus.«

Sie versprach es und legte auf. Damit war mein Redebedürfnis natürlich nicht gestillt. Ich brauchte Kontakt, ein Ohr, das verständnisvoll lauschte, eine Stimme, die mich überzeugte, dass ich bei Sinnen war, obwohl ich vorübergehend nur Bahnhof verstand. Woher hatte Jabbe gewusst, dass ich in einem Kopenhagener Hotel abgestiegen war? Wer hatte ihn informiert? Außer mir wusste nur Maud, dass sich meine

Pläne geändert hatten und ich statt in die norwegische in die dänische Hauptstadt gereist war. Sollte sie aus unbekannten Gründen mit Jabbe gesprochen haben, hätte sie ihm dann mehr verraten, als dass eine frisch geputzte Zelle auf einen alten Stammgast wartete?

Ein weiterer Gedanke mischte sich in das Gewimmel hinter meiner Stirn. Noch eine Person wusste von der Änderung des Reiseplans – jene, die Maud auf dem Handy angerufen hatte, als wir nach Arlanda fuhren. Erst danach wurde Kopenhagen aktuell. Jetzt wollte ich dringend mit Maud sprechen, versuchte es mit allen Nummern, aber niemand meldete sich.

Umgeben von Leuten, die ich nicht kannte und die sich in einer Sprache unterhielten, die nicht die meine war, kam ich mir verloren vor. In der Transithalle gab es Boutiquen, in denen man alle Herrlichkeiten der Welt kaufen konnte, und Bars, die alle Sorten Alkohol anboten, aber ich hatte kein Interesse. Ich wollte nur weg und fühlte mich, als hätte ich bereits einen großen Teil meines Lebens auf diesem Flughafen vergeudet.

Endlich wurde mein Flug aufgerufen. Am Gate mussten wir noch warten, bis die Maschine zum Einsteigen bereit war.

Eine ältere Dame, die etwas gestresst wirkte, nahm neben mir Platz und stellte ihre Kabinentasche seufzend ab. Dann zog sie ein Taschentuch hervor und wischte sich die Stirn. »Entschuldigen Sie, sind Sie vielleicht Schwede?«, erkundigte sie sich schüchtern.

»Ja, bin ich.«

»Wie wohl die meisten auf diesem Flug. Ich möchte Sie nicht belästigen, aber könnten Sie mir wohl helfen?«

»Gern. Wobei?«

»Würden Sie so freundlich sein und meine Tasche an Bord tragen? Ich habe so viel für meine Enkel gekauft, dass ich das alles kaum noch schleppen kann. Man ist ja keine fünfzig mehr. Auch keine siebzig. Nächstes Jahr werde ich achtzig.«

»Kein Problem. Geben Sie her.«

Ihre papierdünne Gesichtshaut verzog sich zu einem Lächeln. »Das ist lieb von Ihnen! Ich wusste, so ein netter, starker junger Mann würde mir helfen.«

Meinte sie mich? Dann musste sie sehr kurzsichtig sein. Ich – nett? Und jung und stark? Sie war wohl nahezu blind. Ihr Schwedisch war perfekt, aber einige Betonungen verrieten, dass ihre Wiege möglicherweise weiter im Osten oder Süden gestanden hatte. Sie hatte – trotz ihrer Wahrnehmungsprobleme – wache Augen unter buschigen grauen Augenbrauen. Ihr kurz geschnittenes Haar war schwarz und offenbar gefärbt.

»Ich heiße Cora Livanova«, verriet sie mir. »Mein Mann, Gott hab ihn selig, war Russe. Kein Sowjetbürger, sondern Russe. Er starb vor vielen Jahren, aber ich habe seinen Namen behalten und mir ihm zu Ehren einen russischen Akzent zugelegt. Und wie ist Ihr Name?«

»Roland Hassel.«

»Roland? Wie schön! So heißt auch eines meiner Enkelkinder. Der Name hat Geschichte. Wissen Sie, woher er stammt und was er bedeutet?«

»Das muss ich wohl vergessen haben.«

»Aus dem alten Hochdeutschen. Die erste Silbe bedeutet Ehre, und die zweite Kühnheit. Ein kühner, ehrenvoller Mann also. Passt die Beschreibung auf Sie?«

»Leider nicht. Ich kann nur Taschen tragen.«

»Auf welchem Platz sitzen Sie?«

»Zweiundzwanzig A.«

»Das ist heute erst der zweite Flug in meinem langen Leben. Grigori reiste am liebsten mit dem Schiff. Wenn es keinen Hafen gab, nahmen wir die Bahn. Erster Klasse, immer erster Klasse. Grigori brauchte Platz, brauchte Raum. Er hasste es, wie eine Sardine mit anderen zusammengepfercht zu werden, zum Beispiel in einem Flugzeug. Um die Wahrheit zu sagen:

Ich bin nervös. Ich habe Angst vorm Fliegen; das hat nichts mit Vernunft zu tun.«

Endlich durften wir einsteigen. Da sie nicht so schnell laufen konnte, landeten wir mitten im Strom der Passagiere, die sich zum Flugzeug bewegten.

»Wo sitzen Sie?«, erkundigte ich mich.

»Ich sitze in der ... oh, warten Sie! Ich werde mit der Stewardess reden. Komischer Beruf übrigens, immer hin und her fliegen und nie ankommen. Aber das ist ihre Sache.«

Sie sprach mit der Flugbegleiterin. Gemeinsam gingen sie zu meiner Sitzreihe und wechselten einige Worte mit einem Mann, der dort Platz genommen hatte. Er nickte und zog um. Cora winkte mich heran.

»Jetzt können Sie am Fenster sitzen und ich neben Ihnen. Sie strahlen so eine Ruhe aus. Hoffentlich haben Sie nichts dagegen, neben einer geschwätzigen Alten zu sitzen?«

Was konnte ich anderes antworten als: »Nein, nein, es ist mir ein Vergnügen.«

Sie setzte sich auf den Gangplatz, und es dauerte eine Weile, ehe sie begriffen hatte, wie man den Sicherheitsgurt schließt. Sie war auch die Einzige, die den Erläuterungen der Flugbegleiter über Notsituationen aufmerksam lauschte.

»Ich weiß nicht, ob ich mit so einer Schwimmweste klarkomme, falls wir in kaltes Wasser stürzen«, meinte sie. »Warum geben sie solche erschreckenden Demonstrationen, wenn wir gerade gestartet sind? Das verdirbt einem ja die Laune und den Appetit.«

Aus der Handtasche zog sie eine kleine Schachtel und schluckte ein paar Beruhigungstabletten. Wir bekamen die für kürzere Flüge üblichen Fresspakete, und ich bestellte Mineralwasser dazu.

Doch Cora unterbrach mich: »Kommt ja gar nicht in Frage. Wir trinken Champagner. Zwei Flaschen bitte, Fräulein! Ich lade Sie ein. Keine Widerrede! Mit Grigori habe ich auf Reisen immer Champagner getrunken. Oder leiden Sie an einer Champagner-Allergie?«

»Nein, nein. Danke für die Einladung.«

»Bedanken Sie sich nicht, bestellen Sie lieber die nächste Runde. Bis Arlanda ist es noch weit.«

Wir bekamen sogar richtige Gläser, weil wir statt der Piccolos gleich eine große Flasche nahmen. Cora goss ein und prostete mir zu. Ich nippte ein wenig.

Plötzlich schrie sie: »Schauen Sie, Roland! Der Motor brennt! Wir stürzen ab!«

Ich schaute hinaus, sah die Flammen und versuchte, sie zu beruhigen; bei dieser Art Motoren sei das ein ganz natürlicher Prozess.

Dennoch presste sie sich an mich und zeigte mit zitterndem Finger nach draußen: »Aber er brennt doch! Rufen Sie die Stewardess! Herrgott, wir fallen ins Wasser!«

Die Flugbegleiterin kam, und es gelang ihr, Cora zu beruhigen.

Schließlich seufzte die alte Dame: »Was hat ein Oldtimer wie ich auch in der Luft zu suchen!« Sie wischte sich die Stirn mit der Serviette ab, füllte Champagner nach und verkündete: »Wir sind gerettet. Lassen Sie uns auf das Leben trinken.«

Wir leerten unsere Gläser in einem Zug. Sie goss erneut ein, und ich hatte nichts dagegen. So viel wie eine Achtzigjährige würde ich doch vertragen!

»Jeden Freitag, Samstag und Sonntag tranken Grigori und ich Champagner, und zwar zu jeder Mahlzeit. Er lehrte mich, das Leben zu genießen, Gott segne ihn dafür. Wissen Sie, was das Beste am Champagner ist?«

»Dass er so viel kostet?«

»Nein, Sie Schelm. Dass er wie kein anderes Getränk Körper und Seele entspannt. Man wird angenehm müde. Nicht im Sinne von träge; man verabschiedet sich einfach aus dem tristen Alltag, der einen zu ständigem Wachsein zwingt.« Sie lächelte schwach und zwinkerte mir zu: »Das Schönste war natürlich, dass wir uns nach jeder Flasche liebten, Grigori und ich. Nach dem Dinner und nach dem Lunch. Manchmal erklärten wir den Mittwoch zum Samstag, weil wir es ohne Champagner und Liebe nicht mehr aushielten. Man soll das Leben genießen, so oft und so gut es geht. Sind Sie verheiratet oder noch auf der Suche?«

»Verheiratet.«

»Sagen Sie: Gott sei Dank.«

»Gott sei Dank.«

»Trinken Sie Champagner mit Ihrer Frau und lieben Sie sie nach jeder Flasche. Das tut gut, Sie werden sehen!«

Keine schlechte Idee. Da sich Cora zurücklehnte und die Augen schloss, dachte ich noch ein wenig darüber nach. Musste es echter Schampus sein? Dann würde ich mit meinem Polizistengehalt nicht weit kommen. Vielleicht klappte es auch mit deutschem Sekt? Virena und ich, wir würden es ausprobieren.

Als wir gelandet waren, atmete Cora erleichtert auf, drückte mir dankbar die Hand und gab mir einen Klaps auf die Wange. Ich half ihr mit dem Gepäck, bis wir am Zoll waren. Dort wurden wir durchgewunken, weil wir aus einem Schengenland einreisten, also legale Schmuggler waren.

»Wollen Sie auch nach Uppsala? Wir könnten uns ein Taxi teilen«, schlug Cora vor. »Halbe Kosten verdoppeln das Einkommen, wie Grigori immer sagte.«

»Leider muss ich in die andere Richtung, nach Stockholm. Aber wenn ich Ihnen einen Hunderter schenke, und Sie geben mir zwei Fünfziger zurück, haben wir beide ordentlich verdient.«

Sie lachte und küsste mich leicht auf die Wange. »Sie wären ein Kerl ganz nach Grigoris Geschmack gewesen. Halten Sie meine Hand, wenn ich das nächste Mal fliege?«

»Gern. Schicken Sie sie mit der Post.«

Wir stiegen in unsere Taxis und fuhren los. In Stockholm regnete es. Ich quetschte mich in die Ecke und vermied jede Unterhaltung. Dem Fahrer schien es recht zu sein, einmal nicht zu jedem Quatsch Zustimmung heucheln zu müssen.

Cora hatte Recht. Wenn man Schampus trank, entspannen sich Körper und Seele. Natürlich war ich müde nach diesem langen, anstrengenden Tag, aber es war eine schwebende, angenehme Müdigkeit. Selten hat man das Gefühl, dass einem wirklich warmes Blut durch die Adern rinnt, aber nun war es soweit, und es schien auch noch zu perlen – wie Champagner.

Alle Fragen waren noch offen und die Rätsel ungelöst, aber ich hatte einfach keine Lust mehr, mich noch an diesem Tag mit ihnen zu beschäftigen. Jegliches hat seine Zeit. Stand es nicht so in der Bibel? Wahrscheinlich.

Keine Reporter lauerten mehr vor dem Haus, und ich erreichte unbehelligt meine Wohnung. Ich öffnete das Hochsicherheitsschloss und stellte meine Tasche in den Flur. Auspacken konnte ich morgen noch, duschen ebenso. Die Sachen ließ ich liegen, wo sie hinfielen, und schlüpfte in die Pyjamajacke. Die Luft im Schlafzimmer war stickig. Ich öffnete das Fenster, um ein paar Minuten nächtliche Kühle einzulassen. Die Uhr zeigte Viertel vor eins, und ich stellte den Wecker auf sieben Uhr. Dann würde ich Maud anrufen und für spätestens neun Uhr ein Treffen in ihrem Büro vorschlagen. Oder in meinem. Oder in irgendeinem anderen Raum. Wo, das war mir völlig egal, Hauptsache, ich konnte mit ihr über meine Rätsel sprechen. Sie hatte den höheren Rang und das höhere Einkommen, also mussten ihr Lösungen einfallen. Sonst würde ich die Gewerkschaft einschalten.

Wollüstig streckte ich mich in dem leeren Bett aus, wie ein Kater, der aus der Entspannung Kraft gewinnt. Ich klopfte auf das freie Kopfkissen neben mir und drehte mich dann zur anderen Seite, um meine gewohnte Schlafstellung einzunehmen. Alles in diesem Bett war ausgetauscht worden; die Matratzen, die Decken, die Kissen, die Bezüge. Die Techniker versuchten immer noch, Spuren zu entdecken.

Wieder kreisten die Gedanken. Wie hatte dieser verdammte Jabbe im Hotel sitzen können? Woher nahm er die Frechheit, danach einfach an meinen Tisch zu kommen? Was sollte das Ganze? Ich beschloss, das Karussell anzuhalten und einzuschlafen. Dabei stellte ich mir ein Glas Champagner vor, in dem Bläschen hochstiegen, eins und zwei und drei und vier und ...

Wie durch Watte vernahm ich ein leises Surren, das lauter und lauter wurde, bis ich es nicht mehr ertragen konnte. Meine Augen waren wie verkleistert, und ich hatte den Geschmack von Schmieröl auf der Zunge. Verschlafen tastete ich nach dem Wecker und stellte ihn ab. Ich drehte mich auf den Rücken und starrte zur Decke. Selten hatte ich so wenig Lust verspürt aufzustehen. Da kein anderer meinen Job machen würde, quälte ich mich schließlich hoch. Ich saß auf der Bettkante, die Ellbogen auf den Knien, den Kopf in die Hände gestützt, und überlegte. Warum hatte ich schon um sieben aufstehen wollen? Ach ja, um Maud anzurufen und ein Treffen für neun Uhr zu vereinbaren. Hatte ich das erledigt, konnte ich mich noch ein Weilchen aufs Ohr hauen.

Am Bett hatte ich ein schnurloses Telefon. Ich benötigte drei Versuche, um die Nummer fehlerfrei einzutippen. Dann erlebte ich zum ersten Mal, dass Maud verärgert klang.

»Hallo, hier ist Rolle. Ich will nur vorschlagen, dass wir uns um neun ...«

»Ist etwas passiert?«

»Nicht direkt, aber ...«

»Rolle, bist du nüchtern?«

»Natürlich.«

»Du klingst, als ob du getrunken hättest.«

»Vor dem Zähneputzen klingt meine Stimme immer ein bisschen rau. Nein, mit mir ist alles in Ordnung.«

»Wie kommst du dann auf die Schnapsidee, mich Viertel nach vier aus dem Bett zu klingeln?«

»Was? Das ist unmöglich. Ich habe den Wecker auf sieben Uhr gestellt. Warte!«

Mit steifen Fingern griff ich nach der Uhr und hielt sie mir vors Gesicht. Vier Uhr fünfzehn. Aber ich war doch ganz sicher, dass ich ... »Maud, entschuldige bitte, da muss ich etwas falsch gemacht haben, wenn ich auch nicht begreife ...«

Mein umherirrender Blick fiel auf den Spiegel über dem kleinen Tisch auf Virenas Seite. Ich spürte, wie es in mir kälter und kälter wurde. Eisige Schauer krochen mir über den Rücken. Ich umkrampfte den Telefonhörer so fest, dass er jeden Moment platzen musste. »Maud, Maud, bleib dran, das hier ist ... seltsam ... unglaublich.«

Mit dem Hörer in der Hand umrundete ich das Fußende und starrte wie gebannt auf das Kopfkissen. Virenas Haare. Der Körper unter der Decke. Déjà-vu, déjà-vu. Oder war Virena diesmal wirklich nach Hause gekommen? Ich tippte gegen die verborgene Schulter. »Virena ...! Hallo, wach auf ...!«

Sie rührte sich nicht. Ich leckte die trockenen Lippen, schluckte krampfhaft. Dann riss ich die Decke weg. Mauds Stimme quäkte leise aus dem Hörer, und ich unterbrach sie in ruhigem Ton: »Lass uns wieder schlafen gehen. Das heißt, ich werde mich wieder hinlegen. Du schläfst ja ohnehin noch. Das Gespräch hat nie stattgefunden, denn es ist nur ein Albtraum. Wenn ich mich nach dem Aufwachen noch daran erinnern kann, erzähle ich ihn dir.«

»Roland! Verdammt, was ist los mit dir?«

»Ach, weißt du, ich träume gerade, dass wieder eine Leiche ohne Kopf in Virenas Bett liegt. Diesmal ist es eine Frau!«

15. Kapitel

Gegen Mittag konnte ich endlich Virena anrufen. Mein Schädel brummte, meine Stimme klang wie die eines Kettenrauchers, und mein Gehirn war wie durch eine Mangel gedreht. Ich hatte eine Laune wie Napoleon nach der Schlacht von Waterloo und einen Ruf wie Jack the Ripper. Ich, Schlachter-Rolle, wollte mit einer liebenswerten Frau und einem unschuldigen Kind reden – da hatte ich mir etwas vorgenommen!

Virena meldete sich und klang wie immer. Alles sei in Ordnung, erzählte sie, es gehe ihr gut, und Elin amüsiere sich prächtig. Ich sagte, dass sei prima.

»Roland, ich höre doch, dass etwas passiert ist.«

Mein Lachen schien aus Draculas Sarg zu kommen. »Ach, nichts Besonderes.«

»Also ist es etwas Ernstes. Heraus mit der Sprache.«

»Ach, ich wollte nur mitteilen, dass ihr euch mit dem Heimkommen nicht beeilen müsst. Es ist hier noch etwas ... unordentlich.«

»Ja, ich weiß, man hat einen Toten in unserer Wohnung gefunden, und die Spurensicherung arbeitet daran.«

»Tja, weißt du, es gab ... noch eine Leiche.«

»Roland!«

»Du wirst es über die Medien sowieso erfahren.«

»Roland, was geht da vor?«

Ein Seufzer wie aus einer Gruft; ich strengte mich an, normal zu sprechen, aber ich merkte selbst, wie leblos meine Stimme klang: »Wenn ich das wüsste. Ich bin so ... ratlos.«

Nach kurzem Schweigen sagte sie ruhig: »Das verstehe ich, Roland. Ich kann aber Elin nicht allein lassen. Du musst einsam kämpfen.«

Ich massierte mir heftig die Stirn, aber der Schmerz schien nur noch stärker zu werden.

»Einsam ... Klar, die nächsten Nächte werde ich wieder im Hotel verbringen. Gut, dass ich die Tasche nicht ausgepackt habe. Es ist, als lebte ich ... in einem Vakuum. Alles Mögliche passiert um mich herum, aber es berührt mich nicht. Aber ich fühle mich, als ob allerlei schreckliche Wesen in das luftleere Glas starren, in dem ich sitze.«

»Roland, du brauchst jetzt Ruhe. Ich bin zwar nur Röntgenschwester, aber soviel habe ich mitbekommen: Du stehst kurz vor einem Zusammenbruch. Versprich mir, dass du dich ordentlich ausschläfst.«

»Kein Versprechen würde ich lieber halten. Ich bin so müde, dass ich es gar nicht beschreiben kann.«

»Roland, du bist nicht auf dich allein gestellt. Halte dich an deine Kollegen. Und ich werde in Gedanken auch immer bei dir sein.«

Für meine stets so beherrscht auftretende Virena war das geradezu ein Gefühlsausbruch, und mir wurde warm ums Herz. Ich bat sie, Elin einen Kuss von mir zu geben. Mit dem Versprechen, sooft wie möglich zu telefonieren, beendeten wir das Gespräch. Als ich den Hörer hinlegte, sah ich, dass wieder ein Drohbrief gekommen war. Ich steckte ihn ungelesen ein, denn es war Zeit für das Treffen bei Maud. Ich wankte über den Gang; die Beine schafften es kaum, meinen unförmigen Kopf und den matten Körper zu tragen. Ich sah alles nur verschwommen; wahrscheinlich waren meine Augenlider schon fast zugefallen.

In Mauds Besprechungsraum hatten sich verschiedene Experten, die neue Staatsanwältin Bodil Florin, Kommissare aus verschiedenen Abteilungen sowie von der Reichskripo, ein anderer Rechtsmediziner, der Alexander Viktorsson hieß und über den man wegen der zwei Sieger in seinem Namen

Witze machte, sowie einige mir unbekannte Personen versammelt.

Maud räusperte sich: »Da Roland Hassel zu meiner Abteilung gehört, werde ich die Diskussion leiten, falls es euch recht ist. Was sagt die Staatsanwältin dazu?«

»Ich leite zwar die Untersuchung, aber ich bin in dieser Situation gern Zuschauer.«

Die anderen murmelten zustimmend.

»Gut. Heute Morgen Viertel nach vier entdeckte Kollege Hassel eine kopflose weibliche Leiche im Bett seiner Frau. Virena Hassel ist verreist. Hassel war spät aus Kopenhagen zurückgekommen, gegen ein Uhr in der Nacht. In diesem Zeitraum muss sich jemand Zutritt zur Wohnung verschafft und die Leiche dort platziert haben. Hassel hatte sich den Wecker für sieben Uhr gestellt. Aus unbekannten Gründen änderten die Täter die Weckzeit auf eben vier Uhr fünfzehn.«

»Wurde die Tür aufgebrochen?«, fragte jemand.

»Nein, sie wurde offenbar mit einem Schlüssel geöffnet.«

Meine Kopfschmerzen waren so heftig, dass ich mich nicht aktiv an dem Gespräch beteiligen konnte. Die Anwesenden verwandelten sich allmählich in Schatten. Virena hatte Recht. Ich musste mich hinlegen und ausschlafen.

»Wie war das möglich? Hat Hassel seine Schlüssel verloren?«

»Nach dem ersten Mord wurden neue Schlösser eingebaut. Ich habe zwei Vertreter der Schlüsselfirma hergebeten; sie warten nebenan. Könnte sie jemand hereinbitten?«

Der Kollege, der an der Tür saß, stand auf, ging ins Nebenzimmer und kehrte mit zwei jungen Männern zurück. Einer von den beiden war der Angestellte von Kå-Lås, bei dem ich meine Schlüssel bestellt und abgeholt hatte. Sie wirkten unsicher; das war nicht ihre Welt.

»Ihr seid also Hasse Joelsson und Kent Ekman von der Firme Kå-Lås. Ihr bekamt den Auftrag, ein neues Schloss in die Wohnungstür von Inspektor Hassel einzubauen. Ist das korrekt?«

»Jawohl«, antwortete Hasse Joelsson. »Reine Routine. Na ja, es war schon ein bisschen spannend, weil doch in dieser Wohnung die kopflose Leiche gefunden worden war.«

»Was geschah, als du das Schloss montiertest?«

»Hassel kam heim und bat um einen Satz Schlüssel. Kein Problem, die habe ich ihm gleich übergeben. Die anderen werde er später abholen, sagte er.«

Maud wies auf mich: »War das der Mann, dem du die Schlüssel gegeben hast?«

Hasse musterte mich und meinte: »Gesichter kann ich mir nicht so gut merken. Namen schon, aber nicht Gesichter.«

»Nimm dir ruhig Zeit. Du wirst dich doch an das Aussehen des Mannes erinnern. Ruf dir die Situation ins Gedächtnis: Du baust gerade das Schloss ein, und er kommt auf dich zu.«

Hasse überlegte gründlich und gestand dann: »Nein, der hier war es nicht. Aber der Mann sagte, er heiße Hassel – warum sollte ich ihm nicht glauben?«

Kent fügte mürrisch hinzu: »Und als er dann kam und noch einen Satz wollte, sagte er, er sei bereit, für weitere Reserveschlüssel zu bezahlen.«

»Danke, das war es schon. Für heute jedenfalls. Aber du, Joelsson, musst noch einmal kommen und dir Fotos ansehen, zwecks einer Identifizierung.«

»Obwohl ich mir Gesichter so gar nicht merken kann ...«

»Du sagtest es schon. Ihr dürft jetzt gehen.«

Sie schienen zufrieden, dass wir sie nicht wegen mangelnder Kontrolle gescholten hatten, und eilten davon. Auf dem Tisch stand eine Flasche Mineralwasser. Ich goss mir ein Glas ein und trank. Hoffentlich ließen die Kopfschmerzen bald nach.

»Die Täter gingen ein großes Risiko ein. Hätte Joelsson eine Legitimation gefordert, wäre der Plan geplatzt. Unverdientes

Glück hatten sie auch, als der richtige Hassel seine Schlüssel abholte. Wenn dabei herausgekommen wäre, dass schon ein Satz an den falschen gegangen war, hätten sie ihre Aktion ebenfalls vergessen können. Nun, sie sagten sich wohl, einen Versuch sei es wert.«

»Eine unglaubliche Frechheit«, knurrte ein Kommissar von der Reichskripo.

So leicht war es also, in einen Hochsicherheitstrakt zu gelangen. Die Marionette Roland zappelte in ihrer eingebildeten Sicherheit.

»Nun wissen wir also, wie sie in die Wohnung kamen. Aber warum wachte Hassel nicht auf? Niemand kann eine Tür aufschließen, mit einer Leiche auf der Schulter durch die Wohnung laufen und die Last im Nachbarbett platzieren, ohne dass selbst ein tief Schlafender es bemerkt. Aber so muss es doch zugegangen sein.«

All die Kriminalisten und medizinischen, technischen und juristischen Experten starrten mich, wie mir schien, anklagend an. »Verdammt, ich habe keine Ahnung«, knurrte ich.

Ein Kommissar von der Fahndung, allerdings nicht aus Simons Gruppe, musterte mich kritisch und fragte: »Warst du eventuell betrunken? Wie ich hörte, hattest du schon früher Alkoholprobleme.«

Manche Sünden werden nie verziehen und verfolgen einen bis ins Grab. »Nein, ich war weder betrunken noch besoffen und auch nicht blau oder voll wie eine Haubitze. Geht das hinein in dein Spatzenhirn?«

»He, bleib ruhig. Man wird doch mal fragen dürfen. Hast du wirklich nichts einlaufen lassen?«

»Auf dem Rückflug von Kopenhagen trank ich ein paar Gläser Champagner. Wenn du glaubst, dass man danach mehrere Stunden wie betäubt schläft, solltest du einen Kurs in Alkoholforschung belegen.«

»Und du bist sicher, dass es nicht ein paar Flaschen waren?«

Ich knallte die geballte Faust auf den Tisch, dass die Gläser klirrten, und schrie: »Wenn der Kerl nicht die Klappe hält, könnt ihr eure Theorien hier allein wiederkäuen!«

Der Kommissar war schwer zu überzeugen. Er kreuzte die Arme vor der Brust und provozierte mit einem frechen Grinsen: »Hast du es vielleicht mit den Nerven, Hassel?«

»Meine Nerven bilden derzeit ein Knäuel. Ich wurde bedroht, beinahe ermordet und habe zwei kopflose Leichen in meinem Bett gefunden. Dir würde das natürlich nichts ausmachen, weil ein Spatzenhirn solche Situationen gar nicht richtig einschätzen kann. Es geht mir nicht gut, ich fühle mich krank und elend und würde mich am liebsten auf den Fußboden sinken lassen, um eine Runde zu schlafen. Wenn du noch einmal das Maul aufmachst, kann ich für nichts garantieren. Ihr anderen seid meine Zeugen: Ich bin zurzeit nicht zurechnungsfähig.«

Er wollte noch etwas Verächtliches sagen, wurde aber von der Staatsanwältin in die Seite gestoßen, sodass er sich damit begnügte, die Stirn zu runzeln und verkniffen dreinzuschauen. Ich schüttete Mineralwasser auf eine Papierserviette und badete mein Gesicht darin. Mir war, als würde ich innerlich verbrennen. Was für ein Idiot! Es war ja nur Champagner ... Champagner? Verbrennen? Verstreute Gedanken sammelten sich und ordneten sich zu einer Kette, die ein Rad antrieb.

»Ich habe eine Idee«, erklärte ich, »und ich möchte sie entwickeln, ohne dass mich dieser Schwachkopf da unterbricht.«

Der Kommissar schob das Kinn vor, und seine Augen schleuderten Blitze gegen mich, aber ich hatte schon ganz andere Gewitter überstanden.

»Heraus damit, Rolle«, sagte Maud mit weicher Stimme. »Wir freuen uns über jedes Licht, das diese totale Finsternis erhellt.«

»Gebt mir eine ruhige Minute. Nur eine Minute.«

Ich schloss die Augen und lehnte mich zurück. Nun galt es, den logischen Gedanken gegen die tausend Teufel in meinem Kopf zu verteidigen. Das Rad drehte sich schneller, und schließlich surrte es, als wollte ich einen Gobelin mit wunderlichen Motiven weben. Ohne die Augen zu öffnen, begann ich mit einer mir fremden Stimme zu reden: »Wir haben es mit einem Gegner zu tun, der über große Ressourcen verfügt, sowohl finanziell als auch personell. Ich sollte nach Oslo reisen, um GiDi Wallace dort zu treffen, aber auf dem Flughafen Arlanda änderte sich der Bestimmungsort wieder in Kopenhagen. Davon wussten nur Maud, ich und eine Person, mit der Maud telefonierte. Die einzig mögliche Schlussfolgerung ist: Ich wurde die ganze Zeit beschattet. Mein Beobachter sah, wie ich nach Kopenhagen eincheckte. Er musste nicht selbst mitfliegen ... obwohl er das möglicherweise getan hat – ich weiß nicht. Ein Anruf genügte, und andere Schatten erwarteten mich auf dem Flughafen Kastrup. Sie folgten dem Taxi zum Hotel und liefen mir nach, als ich zu GiDi Wallace ging.«

Über mein Gespräch mit ihr würde ich einen ausführlichen Bericht schreiben, deshalb überging ich meine Erlebnisse in ihrer Wohnung. »Als ich wieder herauskam, folgten sie mir zurück zum Hotel. Dort übernahm unser alter Bekannter Jan Berglund, genannt Jabbe, und beobachtete mich, hinter einer Zeitung versteckt, beim Auschecken. Ich setzte mich in ein Straßenlokal, bestellte ein Hof und eine Kleinigkeit zu essen. Plötzlich tauchte Jabbe auf und tat so, als wäre er mir rein zufällig begegnet. Er setzte sich zu mir und fing eine Unterhaltung an. Dabei entlockte er mir, dass ich mit der Maschine um halb elf zurückfliegen würde. Er nahm Kontakt zu einer Frau auf, die sich Cora Livanova nannte und für ihren Einsatz schon bereit gestanden haben musste. Sie spielte ihre Rolle einer alten, unter Flugangst leidenden Dame mit Bravour. Sie organisierte sich einen Platz neben mir, plauderte und lud mich zum Champagner ein, weil ich ihre Tasche getragen hatte.«

In wenigen Sekunden ließ ich die Szenen im Flugzeug Revue passieren. Sie war keinen Moment aus der Rolle gefallen. Vielleicht war sie von Beruf Schauspielerin? »Scheinbar in Panik wies sie mich auf Flammen hin, die aus dem Motor schlugen. Als ich hinschaute, nutzte sie die Gelegenheit, mir langsam wirkende, aber sehr starke Schlaftabletten ins Glas zu schmuggeln. Dann füllte sie Champagner nach. Wir trennten uns, und ich ließ mich nach Hause fahren. Schon unterwegs wurde ich von der Müdigkeit fast übermannt. Ich schaffte es noch bis ins Bett und schlief wie ein Toter. Sie hätten einen ganzen Friedhof in mein Schlafzimmer verlegen können, ohne dass ich es gemerkt hätte. Wie sie an die Schlüssel kamen, wissen wir jetzt, und wo das Schlafzimmer liegt, wussten sie vom letzten Mal.«

Ich schlug die Augen auf. Die Kopfschmerzen waren noch immer da; ich sah alles wie durch einen Nebel. »Wenn ihr fragt, warum mir zum zweiten Mal eine Leiche ins Bett gelegt wurde – ich habe keine Ahnung. Ich weiß auch nicht, wer mir auf diese perverse Art drohen will. Die hier helfen uns da auch nicht weiter.« Ich warf einen ungeöffneten Drohbrief, den ich in der Post gefunden hatte, auf den Tisch.

Ein Techniker nahm ihn vorsichtig an sich und schnitt ihn mit einem dünnen Messer auf. Damit zeigte er auch auf die Zeichnung und den Text und fragte: »Wie viele hast du bekommen?«

»Mindestens zehn.«

»Wo sind sie?«

»Weggeworfen. Solche cleveren Kerle hinterlassen doch keine Fingerabdrücke.«

Der Kollege schüttelte den Kopf und rief: »Und du willst Polizist sein!«

»Ich habe mir die ersten genau angesehen. Sie geben nichts her.«

»Vielleicht keine Fingerabdrücke, aber auch da wäre ich nicht so sicher. Doch wie ist es zum Beispiel mit Speichelresten für eine DNA-Bestimmung?«

Er hatte absolut Recht, und ich wollte schon vor Scham in den Boden versinken, da fiel mir ein, dass ich ja noch mehr von der Sorte hatte.

»Hier sind noch ein paar Briefe zum Spuckesuchen. Ich begebe mich jetzt ins Hotel und lege mich schlafen. Wagt nicht, mich zu wecken. Ihr mögt tausend Fragen haben, aber es gibt für alles eine Grenze. Bei mir ist sie jetzt erreicht. Aber etwas möchte ich noch wissen. Hat uns GiDis Liste mit Kubielas Verstecken weitergebracht?«

Ein älterer Mann, den ich kannte, dessen Name mir jedoch nicht einfiel, seufzte betreten: »Die erste Adresse war in der obersten Etage eines fünfstöckigen Mietshauses. Wir überraschten ihn, aber die Wohnung hatte eine Sicherheitstür aus Stahl. Während wir sie mühsam aufbrachen, kletterte er vom Balkon über eine Leiter aufs Dach. Von dort gelangte er ins Nachbarhaus und verschwand.«

»Okay. Dann gehörte GiDi nicht zu dem Komplott. Ihre Tipps waren echt. Vielleicht ist sie gar nicht mehr am Leben. Wissen wir etwas über die Frau ohne Kopf?«

Der Rechtsmediziner Viktorsson berichtete: »Wir sind noch nicht fertig, aber ich kann sagen, dass die Frau etwa fünfunddreißig Jahre alt war. Sie könnte aus Schweden stammen, ich tippe aber eher auf die südeuropäischen Länder. Gepflegter Körper, keine Ringe oder Spuren von Ringen. Die Fingerkuppen wurden abgeschnitten, sodass wir keine Abdrücke nehmen konnten. Keine besonderen Kennzeichen. Doch, eines vielleicht. Das eine Bein war ein wenig länger als das andere. Zwei Zentimeter ungefähr; sie konnte es durch die Absätze der Schuhe ausgleichen.«

»Sie hinkte also?«
»Barfüßig – ja.«
Ich stand auf und verbeugte mich vor der Versammlung:
»Sie ist beziehungsweise war Berloccios Frau; den Namen habe ich vergessen. Erst er und jetzt sie – *gone with the wind*. Adieu und gute Nacht. Wir können weiterreden, wenn ich ausgeschlafen bin. Falls ihr am zweiten Weihnachtsfeiertag Zeit und Lust habt.«
Sie protestierten, aber ich machte mich samt meiner Tasche davon, nahm ein Taxi zum Hotel und legte mich aufs Bett – natürlich nicht in dem Zimmer einundzwanzig, das auf meinen Namen lief. Offiziell war ich gar nicht da, und die Dreizehn, wo ich mich aufhielt, galt als Abstellkammer. Über die Symbolik der Nummer machte ich mir keine Gedanken. Ich schlief einfach ein.

Ein lautes Klopfen weckte mich. Ich stieg aus dem Bett, gähnte wie ein Flusspferd und ging zur Tür. Der Schlüssel steckte von innen; trotz meiner Müdigkeit hatte ich also die Sicherheitsvorkehrungen beachtet.
»Wer ist da?«, fragte ich mit rasselnder Stimme.
»Åke Sundgren mit einem Gast.«
Diese Stimme hätte ich unter tausenden erkannt. Ich gähnte noch einmal herzhaft und ließ die beiden ein – Åke und Simon. Mein bester Freund wirkte gefasst, zog aber ein ernsteres Gesicht, als ich es von ihm gewohnt war.
»Maud ist beschäftigt«, erklärte Åke, »aber ich bin mit dem Fall vertraut. Ich gebe zu, dass es nicht richtig ist, aber wir befinden uns in einer Ausnahmesituation, und wir kennen uns ja. Lass uns die Dinge unkonventionell angehen.«
»Klar. Halten wir eine Konferenz in Badehosen ab. Setzt euch schon mal in die gustavianische Polsterecke mit dem Rokokotisch. Wenn wir hungrig werden, läute ich nach dem

Zimmerkellner und lasse Gänseleber und Kaviar auffahren. Champagner versteht sich ja von selbst, und die Küche hier ist ein Traum.«

Sie schauten auf den Sprossenstuhl vor dem Minischreibtisch. Am Fenster stand noch einer derselben Bauart, und für den Dritten blieb noch die Bank, auf der man für gewöhnlich sein Gepäck abstellt. Hier konnte man Klaustrophobie bekommen. Sundgren nahm den Platz am Fenster, Simon wählte die Bank, und für mich blieb der Schreibtisch.

»Die Küche hier ist tatsächlich ein Traum, aber ein Albtraum«, meinte Åke. »Es gibt nur belegte Brote und Müsli. Das Hotel gehört einem pensionierten Polizisten und seiner Frau, einer ehemaligen Zivilangestellten. Sie haben eine Tochter, die Kriminalinspektor ist und an den Wochenenden aushilft. Gute Leute, auf die man sich verlassen kann. Das ist wichtiger für uns als Kaviar und Gänseleber.«

»Nur ein richtiges Beefsteak geht da noch drüber«, behauptete Simon. »Dafür würde ich schon den einen oder anderen Kollegen opfern.«

»Wie geht es Nadja?«

»Wir hoffen und beten.«

Ich verließ den Schreibtisch und lümmelte mich gähnend aufs Bett. Wenn schon unkonventionell, dann richtig.

»Wie fühlst du dich?«, erkundigte sich Åke.

»Erschöpft. Ich bin wütend, aber vor allem erschöpft. Was ist das für ein Leben? Ich werde wie ein Hase gejagt, sowohl von den Mördern als auch von den Medien, darf nicht mit meiner Familie zusammen sein und muss in diesem Hotel hausen. Dass der Besitzer ein Ex-Bulle ist, macht mich auch nicht glücklicher. Ich soll den Mund halten – und weiß gar nicht warum. Sonst bringen sie mich um, aber das werden sie wohl ohnehin tun. So viele Jahre habe ich in meinem Beruf gearbeitet, und nun sitze ich hier in diesem lausigen Loch und warte auf meinen Mörder. Was für eine Karriere! Von Null auf minus Hundert.«

»Du irrst dich«, sagte Åke ernst.

»Ja? Gut, dann minus Fünfhundert.«

»Nein, das hier ist ein sauberes, ordentliches Hotel und definitiv nicht lausig.«

Ich brummte verstimmt vor mich hin. Obwohl ich allen Grund zu klagen hatte, wollte mich keiner bemitleiden. Aber so sind wir Polizisten, richtige Supermachos, von Gefühlen nicht zu beeindrucken – kein Wunder, dass so viele von uns ausbrennen, geschieden werden, sich das Leben nehmen. Etwas besser war es mit der Zeit geworden, doch als ich begonnen hatte, waren Tränen und seelische Regungen geradezu verpönt gewesen. Irgendwie hatte ich alles satt. Warum saß ich nicht auf einem Steg, angelte und ließ mir die Sonne auf den nackten Rücken scheinen?

Die Konstellation, in der wir uns befanden, hatte nichts mit normaler Polizeiarbeit zu tun. Åke gehörte nicht mehr zu meiner Abteilung, und Simon hatte überhaupt nichts mit dem Fall zu tun. Ich begriff den Zweck ihres Besuchs – er galt allein meiner Person. Geheimnisvolle Aktionen bedrohten meine Existenz, und man musste herausfinden, worum es ging, wenn ich es schon selbst nicht verstand. Åke hatte einspringen müssen, weil er die Abläufe kannte und weil ich ihm bedingungslos vertraute. Simon war mein bester Freund; ihm konnte ich auch sehr persönliche Dinge sagen, die vielleicht der Schlüssel zu den Rätseln sein konnten. Aber ich hatte es bereits unzählige Male festgestellt: Ich wusste nicht, wie ich in diese Klemme geraten war.

»Kommt auf den Punkt«, forderte ich sie auf.

»Bei der kopflosen Frau könnte es sich um Maria Sottini handeln, Tomaso Berloccios Frau oder feste Freundin.«

»Wie es heißt.«

»Ja, wie es heißt. Maggie Chiari hat mit der italienischen Polizei gesprochen. Angeblich benutzt die Sottini mehrere Decknamen. Es ist charakteristisch für diesen Fall, dass viele Beteiligte über mehrere Identitäten verfügen. Außerdem scheinen sich mehrere Personen hinter einem Namen zu verbergen. Das deutet darauf hin, dass zur Organisation sehr tüchtige Fälscher gehören, die alle notwendigen Ausweise und Dokumente beschaffen können. Der neue EU-Pass erschwert zwar die Herstellung falscher Papiere, aber für Leute mit viel Geld ist nichts unmöglich.«

»Dieser Satan Berloccio scheint mehrfach geklont worden zu sein. War dieser bypassoperierte Mann, der kopflos in meinem Schlafzimmer lag, das Original?«

»Was glaubst du?«

»Man hat ihn ins Bett gelegt, damit wir nicht mehr nach Berloccio suchen. Als Toter verschwindet er automatisch aus unseren Registern. Und die Frau ohne Kopf schob man mir unter, damit auch Maria Sottini für tot erklärt wird.«

»Hatten die beiden nicht einen gemeinsamen Sohn namens Benito?«

»Ja. Wahrscheinlich ist er die nächste kopflose Leiche, die ich in meiner Wohnung finde. Dann habe ich die ganze verdammte Familie kennen gelernt.«

»Rolle«, sagte Simon leise.

»Ja, ich weiß; ich reiße mich schon zusammen. Aber könnte ich nicht Recht haben?«

Åke nickte nachdenklich. »Mhm. Man hat den Leichen die Köpfe abgetrennt. Kein Schädel, keine Zähne. Die Fingerkuppen wurden ebenfalls abgeschnitten. Trotzdem meinst du, der Sinn bestehe darin, dass wir mit der Zeit ihre behaupteten wahren Identitäten herausfinden sollen. Weil es für uns so schwer war, das Rätsel zu lösen, wären wir umso überzeugter, zum richtigen Ergebnis gelangt zu sein.«

»In dieser Richtung.«

»Wir berücksichtigen auch diese Theorie, obgleich wir ihr keine hohe Priorität einräumen.«

»Ich habe das Gefühl, dass auch ich bei euch keine Priorität genieße. Noch immer bin ich todmüde. Vielleicht haben sie deshalb den Wecker verstellt? Wenn man ein starkes Schlafmittel intus hat, muss man ausschlafen. Ich wurde schon nach wenigen Stunden wieder geweckt, und ich fühle mich wie benebelt. Erklärt mir das. Wollten die mich für eine Weile ausschalten, um sich neue Teufeleien ausdenken zu können? Aber was hätte ich tun oder verhindern können, wenn ich wach gewesen wäre? Bin ich verrückt? Oder du? Oder du, Simon? Sind wir alle verrückt?«

Åke und Simon schauten sich an und zuckten gleichzeitig mit den Schultern. Ich hätte, vor diese Frage gestellt, wohl dasselbe getan.

»Wir können dir keine Antworten geben. Wir hatten gehofft, von dir einige zu bekommen.«

»Bedauere. Mir fallen nur immer neue Fragen ein. Warum bringen sie mich nicht einfach um? Wozu diese Scharaden mit kopflosen Leichen? Warum haben sie mir nicht die Rübe abgehackt, während ich im Tiefschlaf lag und mich nicht verteidigen konnte?«

»Dafür gibt es vielleicht eine Erklärung. Ein gewöhnlicher Mord zieht eine normale Untersuchung nach sich. Polizistenmord aber bedeutet Kriegszustand! Davor schrecken selbst mächtige Verbrecherorganisationen zurück.«

»Stimmt nicht. In Harsa versuchten Kubiela und Stikke, mich umzubringen.«

»Könnte ein Fehler gewesen sein. Oder verantwortungsvollere Kräfte haben die Führung übernommen.«

Simon räusperte sich, und ich merkte, dass er sich wie ein Outsider fühlte: »Gibt es keine andere Erklärung? Eine, die all die Komponenten dieser seltsamen Affäre auf einen Nenner bringt?«

Åke lehnte sich zurück und sagte skeptisch: »Simon, du hast das Wort. Zeig uns, wo wir uns verrannt haben.«

Simon strich sich langsam über die Glatze. Ich kannte die Geste gut; er sortierte seine Gedanken. »Mir kommt es so vor, als ob sich hier zwei Gruppen um die Vorherrschaft in einer Organisation oder auf einem Markt streiten. Jede Gruppe hat ihre eigenen Methoden.«

Das waren keine Neuigkeiten für Insider wie Åke und mich, aber Simon hatte ja nur peripher an den Zusammenkünften teilgenommen. Der stets taktvolle Åke verschwieg Simon, dass wir eine mögliche Rivalität der Fleischschieber- und Schleuserbanden bereits ausführlich diskutiert hatten, und ging mit einer unverfänglichen Floskel darüber hinweg:

»Da könnte etwas dran sein. Wir behalten das im Auge. Rolle, du stehst im Fokus. Streng deine grauen Zellen noch einmal an: Warum bist du denen so wichtig?«

»Ich habe keine Ahnung. Glaub mir, ich zermartere mir seit Tagen das Gehirn.«

»Natürlich. Aber einen weiteren Versuch ist es doch wert.«

»Für mich bleibt die ewige Frage: Was mache ich jetzt?«

Er warf mir einen verwunderten Blick zu: »Arbeiten, wie immer. Was sonst? Wir haben unsere Kräfte gebündelt und jede Menge Experten und Techniker aus verschiedenen europäischen Ländern hinzugezogen. Die italienische Staatspolizei hat natürlich Interesse an dem Fall, weil Italiener involviert sein können, aber mit Verlaub gesagt ...«

Viele von uns zweifelten an der Effektivität der italienischen Polizei. Sie wirkte überorganisiert und litt unter der lähmenden Bürokratie. Zugleich stellte die Regierung nur geringe Mittel zur Verfügung, um die Zustände zu verbessern. Vielfach schrieb man Dokumente noch ab, anstatt sie zu kopieren. Außerdem litt das Korps unter der Korruption. Natürlich versuchte die Mafia, überall Einfluss zu nehmen. Viele Polizisten hatten Angst vor Repressalien. Manchmal dauerte es Jahre, bis ein abgeschlossener Fall endlich vor Gericht landete. Die Rechtssicherheit erwies sich oft als Parodie. Man nahm jemanden vorläufig fest, steckte ihn für ein Jahr in eine überbelegte Zelle und ließ ihn dann frei, weil keine Beweise erbracht werden konnten. Doch ich wusste, dass es auch in Italien Polizisten gab, die beseelt waren von der Aufgabe, die Gesellschaft sicherer zu machen.

Åke erhob sich und sagte: »Simon wird sich um dich kümmern. Du darfst jetzt nicht allein bleiben.«

Er schüttelte mir die Hand und verließ uns. Simon grinste breit: »Tja, Rolle, damit bist du in schlechte Gesellschaft geraten. Du siehst übrigens hungrig aus.«

»Braucht Nadja dich nicht zu Hause?«

»Sie liegt für ein paar Tage zur Beobachtung im Krankenhaus, und die Kinder kommen allein klar. Lass uns ein bisschen plaudern.«

»Ah, du sollst mich wohl aushorchen?«

»Junge, du bist ja paranoid! Los, wir ziehen um die Häuser. Rasieren und kämmen musst du dich nicht extra. Wir landen bestimmt in einer finsteren Bar.«

Da ich viele Stunden nicht aus den Kleidern gekommen war und mich nach dem Schlafen verschwitzt und zerknittert fühlte, hätte ich eigentlich duschen sollen, aber ich ließ es bleiben. Ich war eben doch ein legerer, um nicht zu sagen schlampiger Typ.

Wir gingen die Treppe hinunter, und Simon erzählte mir, wie tapfer die Kinder Nadjas Schicksal ertrugen. Sie hatten genügend russisches Blut in den Adern, um ihre Gefühle im Alltag zu unterdrücken. Doch wenn sie unter sich waren, weinten sie, ohne sich zu genieren. Simon versuchte, einen humorvollen Ton anzuschlagen, aber er hätte nicht einmal einen Blinden und Tauben täuschen können. Der Schmerz spitzte die Vokale und beschnitt die Konsonanten. Im Restaurant würden wir ein tolles Paar abgeben, wenn wir unsere Suppen schlürften und uns gegenseitig trösteten.

Der Besitzer des Hotels, der pensionierte Polizist, saß an der Rezeption und las die Abendzeitung. Wie hieß er noch gleich? Hellman? Hellberg? Er war kräftig gebaut; Bierbauch und rote Wangen wiesen darauf hin, welches Getränk er bevorzugte.

Jetzt hob er die Augenbrauen und schaute mich erstaunt an: »Hast du ihn nicht getroffen?«

»Getroffen – wen?«

»Na, Öberg von der Kripo.«

Kannte ich einen Öberg? Ich suchte in meinem inneren Adressverzeichnis, fand aber keinen Eintrag. »Warum sollte ich ihn treffen, wer immer er auch sein mag?«

Hellberg, ich war nun sicher, dass er so hieß, wirkte plötzlich unsicher. »Er zeigte seinen Ausweis, und der schien in Ordnung zu sein. Viggo Öberg stand da. Er hatte wichtige Unterlagen in seiner Aktentasche und sagte, er wisse deine Zimmernummer.«

»Bei mir ist er nicht gelandet, und auf der Treppe sind wir ihm auch nicht begegnet. Warte mal, die Zimmernummer ... Simon, schnell in den zweiten Stock! Hellberg, ruf Verstärkung! Hier ist eine Schweinerei im Gange!«

Wir rannten die zwei Treppen hinauf. Zimmer einundzwanzig lag in einem Korridor zur Rechten. Die Tür war verschlossen. Ich lehnte mich dagegen, lauschte intensiv und vernahm ein schwaches Poltern sowie ein seltsames Zischen. Ich gab Simon ein Zeichen, und wir handelten nach alter Routine.

Gerade hatten wir unsere Positionen zu beiden Seiten der Tür eingenommen, da bewegte sich die Klinke nach unten. Ich biss mir auf die Unterlippe; niemand bleibt ruhig, wenn eine unbekannte Gefahr droht.

Jemand kam heraus und warf die Tür hinter sich zu. Mit seinen großen Glasaugen und dem Schweinerüssel sah er aus wie ein Außerirdischer.

»Gas!«, schrie Simon. »Giftgas!«

16. Kapitel

Der Mann reagierte schneller als wir, schlug mir die Aktentasche über den Kopf und trat Simon gegen das Schienbein. Der Schmerz lähmte uns einige Sekunden. Mehr Zeit benötigt ein Profi nicht. Er trat einen Schritt zurück und zog die Pistole aus der Innentasche seiner Lederjacke. Der aufgeschraubte Schalldämpfer ließ den Lauf ungewöhnlich lang erscheinen. Der Daumen entsicherte die Waffe, dann richtete er sie auf uns. Wir konnten ihm nichts entgegensetzen.

Doch auch Simon und ich waren Profis. Ganz automatisch nahmen wir ihn unter die Lupe und suchten nach charakteristischen Merkmalen: Haare, Ohren, Körperbau, die Hände in den schwarzen Handschuhen, Bekleidung, Schuhe. Die Gasmaske veränderte seine Kopfform und verbarg seine Augen. Die Haare, die seitlich hervorstanden, schienen hellbraun zu sein. Die Lederjacke war schwarz und verschlissen, die Schultern wirkten ausgestopft. Er trug Bluejeans und schwarze Stiefeletten. Ob er besonders kräftig war, ließ sich nicht erkennen. Die Körpergröße schätzte ich auf einen Meter fünfundsiebzig.

Der Mann öffnete die Zimmertür und bedeutete uns mit der Pistole einzutreten. Gas wallte uns entgegen, und wir zögerten. Er feuerte zwei Schüsse ab, die ein paar Zentimeter an unseren Köpfen vorbeipfiffen; sie klangen dumpf, wie Schläge auf ein Kissen. Die Geste in Richtung des Zimmers wurde deutlicher: Hinein mit euch, oder ich schieße euch über den Haufen. Wir hatten keine Wahl, holten tief Luft und betraten den dunklen Raum. Die Vorhänge waren zugezogen, die Lampen gelöscht. Von außen wurde der Schlüssel umgedreht. Ich tastete nach dem Lichtschalter und merkte, dass Simon dasselbe tat. Als ich den Knopf drückte, klickte es, aber nichts geschah.

»Aufbrechen!«, wisperte Simon, bemüht, die Luft in den Lungen zu sparen.

Ich trat zur Seite, und er wuchtete seinen Körper gegen die Tür. Holz knackte, aber das Schloss hielt.

»Zusammen!«, presste er hervor.

Wir fassten uns an den Händen, traten zurück, und Simon piepste: »Jetzt!« Gemeinsam krachten wir gegen das Holz, und diesmal gab es nach, sodass wir samt Tür zu Boden gingen. Wir sprangen auf und rannten die Treppe hinunter zur Rezeption. Dort lehnten wir uns an den kleinen Tresen und verschnauften erst einmal.

»Teufel noch mal«, keuchte Simon. »Das war knapp.«

Hinter dem Tisch hörten wir ein tiefes Stöhnen. Hellberg saß zusammengesunken auf dem Boden und presste die rechte Hand auf die linke Schulter. Zwischen den Fingern sickerte Blut hervor.

Er verzog vor Schmerzen das Gesicht, und seine Stimme klang matt: »Hat mich einfach niedergeschossen ... hab Rheuma in der Schulter ... tut so weh ...«

Über das Mobiltelefon alarmierte ich die Zentrale und forderte einen Krankenwagen und Spezialisten mit Gasmasken an. Als ich gerade damit fertig war, kamen die Polizisten hereingestürmt, die Hellberg gerufen hatte.

Der Verletzte nickte in Richtung der Hintertür und sagte stöhnend: »Dort ... ist er raus.«

»Mittelgroß, schwarze Lederjacke, Jeans, braunes Haar. Trägt eine schwarze Aktentasche, darin befindet sich vermutlich eine Gasmaske. Bewaffnet mit einer Pistole!«, rief ich den Kollegen zu.

Sie machten sich an die Verfolgung, aber ich rechnete nicht mit einem Erfolg. Ein Profi kommt immer davon, wenn man ihn nicht auf frischer Tat verhaftet. Wir kümmerten uns um Hellberg, konnten aber nicht mehr tun, als ihm zu versichern, dass Hilfe unterwegs sei. Eine Kugel in der Schulter mag dem, der die Folgen nicht überschaut, beinahe harmlos erscheinen. Dennoch kann sie ein Leben verändern. Eine Kugel zersplittert den Knochen im Körper. Eine Reihe von Operationen ist die Folge, mit langer Konvaleszenz und anhaltenden Schmerzen. Nicht selten führt so eine Schussverletzung zur Invalidität. Es ist nicht wie im Film, vor allem im Westerngenre, wo der Held eine Kugel in den Arm bekommt, einfach die Schusshand wechselt und den Schurken niederknallt. Anschließend schwingt er sich aufs Pferd, um zu der schönen Blondine im langen Rock zu reiten, die er liebt. Zur Hochzeit trägt er dann einen kleidsamen weißen Verband, als wäre der Arm ein Fahrradreifen, den man einfach flickt und neu aufpumpt, wenn er ein Loch hat. Hellberg als alter, erfahrener Polizist wusste, worum es ging. Er stöhnte nicht, weil es so wehtat, sondern beim Gedanken an die Folgen.

Der Krankenwagen kam, und man trug ihn hinaus. Kurz darauf trafen die Kollegen mit der Schutzausrüstung ein, und wir informierten sie, um welches Zimmer es ging. Simon und ich setzten uns auf die Bank hinter der Rezeption.

»Theorie A kann ich abschreiben«, sagte ich.

»Was beinhaltete A?«

»Dass sie mich nicht ermorden, sondern nur abschrecken wollen, etwas zu verraten, was ich angeblich weiß. Wenn einer mit Gasampullen und einer Pistole mit Schalldämpfer auftaucht, hört der Spaß definitiv auf.«

»Wir wissen noch nicht, ob das Gas tödlich gewesen wäre.«

»Darauf wette ich. Tödlich in Sekunden – sonst hätte ich ja Widerstand leisten können. Ich hatte das Bett so hergerichtet, als ob ich darin liegen würde. Was die können, kann ich auch. Das gab ihm mehr Zeit. Aber ich hätte genauso gut dasitzen und lesen oder fernsehen oder Briefmarken sortieren können. Also benötigte er ein Gas mit unmittelbarer Wirkung, und davon gibt es einige.«

Einer der Polizisten kam die Treppe herunter, nahm die Gasmaske ab und atmete ein paarmal tief durch. »Gibt es im Hotel weitere Gäste?«, erkundigte er sich.

»Woher soll ich denn das wissen?«, schnauzte ich zurück.

»Bis wir das Gift neutralisiert haben, muss das Haus evakuiert werden.«

»Nur zu. Mit uns kannst du anfangen.«

»Ihr bleibt hier!«, befahl er in scharfem Ton.

»Wir denken gar nicht daran. Euern Job könnt ihr selber machen. Aber nehmt die Masken ab, sonst erschreckt ihr die Touristen aus der Provinz zu Tode.«

Simon schien zu zögern.

»Die Presse wird bald hier sein«, sagte ich leise zu ihm. »Ich sehe schon die Schlagzeilen: Hassel, Spezialist für kopflose Leichen, sorgt für Gasdrama im Hotel.«

»Du hast Recht. Wir nehmen den Hinterausgang.«

»Aber schnell, sonst droht noch eine Schlagzeile: Hassel in Begleitung eines bekleideten Elefanten gesichtet. Ist das Tier einem Zirkus entlaufen?«

»Quatsch nicht, lass uns abhauen.«

Mein scherzhafter Ton entsprach nicht dem, was ich fühlte. Im Gegenteil, in meinem Inneren machte sich ein Chaos breit. Es war nicht das erste Mal, und ich erkannte die Symptome einer Hysterie wieder, die bekämpft werden musste, sonst würde ich mental Schaden nehmen. Ich war zum Opfer auserkoren worden, und man jagte mich mit allen Mitteln. Wie lange würde ich eine unbeteiligte Miene zur Schau tragen können, wo es doch in mir brodelte? Schwere Wogen walzten gegen einzelne kahle Klippen, bleigraue Wolken trieben über einen nachtschwarzen Himmel – so sah meine Seelenlandschaft aus.

»Zu Fuß oder Taxi?«, fragte Simon.

»Taxi. Wahrscheinlich lauert mir die halbe Verbrecherwelt an der nächsten Ecke auf oder sitzt mit dem Fernglas auf dem Dach, um mich zu erwischen.«

Wir hatten Glück, nach wenigen Minuten erwischten wir einen freien Wagen und nannten die Polizeizentrale als Bestimmungsort. Dort konnte ich mich sicher fühlen wie in einer festen Burg. Der Chauffeur fuhr langsam, und das passte zu meiner Stimmung. Ich lehnte mich zurück und entspannte mich.

»Hast du mit dem bekleideten Elefanten etwa mich gemeint?«, wollte Simon wissen.

»Mir würde so was nie einfallen, aber du weißt ja, wie diese Schreiberlinge sind.«

Er musterte mich, aber ich reagierte nicht, sondern schaute geradeaus auf die Straße, wo ganze Rudel hungriger Wölfe nach meinem Blut gierten.

»Wie geht es dir, Rolle?«

»Be...scheiden.«

»Kann ich verstehen. Du siehst auch ganz grau aus.«

»Lass mich doch mal grau sein.«

»Und deine Hände zittern. Sag jetzt nicht: Lass mich doch mal zittern.«

Ich schaute auf meine Knie, wo die Hände lagen. Es stimmte; sie bebten wie im Fieber, während ansonsten flüssiges Eis durch meine Adern rann. »Warum nicht? Das ist doch von Vorteil, wenn man zum Beispiel einen Drink mixt. Wie wäre es mit einem Martini Dry bei mir im Büro? Geschüttelt, nicht gerührt.«

Simon hob die Augenbrauen und brummte: »Sehr witzig. Ich glaube, diese Art von Scherzen nennt man Galgenhumor.«

Er hatte Recht. Ich hätte heulen können, aber ich mimte weiter den coolen Typen. Das war mein Verteidigungsmechanismus: Ich baute Mauern rund um die Angst, ich schlug Brücken über die Abgründe, in denen wilde Tiere nach mir geiferten. Nicht einmal Virena gegenüber konnte ich ehrlich sein. Aber was sollte ich tun? Man ist der, der man ist, und muss damit leben.

In meinem Büro gab es keinen wirklich bequemen Platz. Also setzte ich mich in eine Ecke auf den Fußboden, zog die Beine an und schloss die Augen. Ich weiß nicht, wie lange ich so verharrte. Von mir aus durften es Jahre sein. Jemand kam herein, doch ich schaute nicht auf. Falls er eine Gasampulle dabei hatte, sollte er sie ruhig werfen. Dieser Jemand trat näher und blieb vor meinen Füßen stehen.

»Bist du ansprechbar oder soll ich dich lieber in Ruhe lassen?« Es war Maud Gudmunds Stimme.

Natürlich wollte ich in Frieden gelassen werden, und zwar für die nächsten fünfunddreißig Jahre. Aber da rief mich schon die Pflicht, die gute alte Tante, und faselte etwas von Berufsehre an meinem Ohr. Also riss ich mich zusammen. »Es wird schon gehen«, murmelte ich.

»Können wir in meinem Büro reden? Ich habe ein gemütliches Sofa.«

Sie streckte die Hand aus und half mir beim Aufstehen. Maud ging voraus, und ich stakste hinterher. Als ich das Sofa erreicht hatte, ließ ich mich hineinfallen.

Sie stellte ein Aufnahmegerät auf den Tisch und sagte: »Dein Freund Simon hat mir berichtet, was passiert ist, aber ich möchte auch deine Version hören.«

Ich seufzte und begann, mit monotoner Stimme zu erzählen, als handelte es sich um ein ganz alltägliches Geschehen. Allmählich, ohne dass ich es merkte, wurde meine Stimme immer lauter, bis ich im Falsett schrie.

»Rolle ...!«

Ich atmete heftig und strich mir über die Stirn. »Sorry. Ich glaube, ich bin nicht ganz bei mir. Man gewöhnt sich einfach nicht daran, dass man jede Minute ermordet werden kann. Ich erlebe so etwas nicht zum ersten Mal, aber es scheint schlimmer zu werden mit den Jahren. Ich fühle mich, als ob ich ...«

»Ja, ich weiß. Konzentrieren wir uns auf die Fakten, wie in der Mathematik. Das ist eine Wissenschaft ganz ohne Emotionen. Aus Zahlen und Variablen bildet man eine Gleichung, formt sie um und gelangt zu einer Lösung. Wollen wir so verfahren?«

»Meinetwegen. Obwohl Mathe nie mein Lieblingsfach war. Entweder ich war dumm, oder es lag am Lehrer. Natürlich lag es am Lehrer. Die ganze Schule war schlecht.«

Sie nickte und lächelte. Für mich war das genau die richtige Medizin – ein Lächeln und ein wenig Verständnis für meine Situation.

»Woher wusste der Täter, dass du in diesem Hotel wohnst? Natürlich kann er oder jemand anders dir gefolgt sein. Aber er kannte ja auch die Zimmernummer.«

»Keine Ahnung«, wiederholte ich eine wohlbekannte Phrase.

»Gut, dann verrate ich dir die Lösung. Elsalill Hellberg erzählte neulich am Telefon, dass sie im Hotel gelegentlich eine Aushilfe beschäftigt. Bei ihr rief ein Kommissar Öberg an, der dir wichtige Unterlagen vorbeibringen wollte. Er fragte: Zimmer achtzehn, nicht wahr? Natürlich antwortete das Mädel, er irre sich, es sei Nummer einundzwanzig; sie wusste es ja nicht anders. So einfach war das. So einfach lassen sich viele Gleichungen lösen, die anfangs außerordentlich kompliziert erscheinen.«

»Dann erklär mir doch bitte, warum sie mich ermorden und zugleich am Leben erhalten wollen.«

»Das ist uns noch immer ein Rätsel, aber mit der Zeit wird sich auch dafür eine Erklärung finden.«

»Zeit ist aber das Einzige, was wir nicht haben. Nach ihrer Auffassung lebe ich schon viel zu lange. Eigentlich bin ich ein Zombie, denn ich wurde bereits erschossen, ertränkt, vergast und vergiftet.«

Sie schüttelte den Kopf und lächelte nachsichtig: »Nein, Rolle, wenn es um Leben und Tod geht, gibt es kein Eigentlich. Du lebst; das allein zählt.«

Maud hatte natürlich Recht, wie immer, aber dennoch ... Giftgas in die Lungen, ein kurzer, starker Schmerz, und dann ein schneller Tod.

»Deine Hand zittert nicht mehr. Ich denke, du bist wieder klar im Kopf, kannst logisch denken und Eindrücke verarbeiten. Geh zurück in dein Büro und schreib deinen ausführlichen Bericht, wie jeden Tag. Danach setzen wir uns zusammen und besprechen, wie es für dich weitergeht.«

»Hast du kein Zuhause? Braucht Åke nicht seine Erbsen mit Speck?«

»Åke kann alles. Sogar Erbsen mit Speck.«

Zwei Stunden lang notierte ich jede Einzelheit, die mir von dem Geschehen des Tages in Erinnerung geblieben war. Dabei versuchte ich, sauber zwischen tatsächlichen Beobachtungen und meiner Phantasie zu trennen. Zeugenaussagen sind selten exakt, sondern bestehen aus Wahrnehmungen, Vermutungen, falsch gewichteten Details und aus von Sympathien oder Antipathien diktierten subjektiven Äußerungen. Dennoch glauben die meisten Zeugen, zu hundert Prozent die Wahrheit gesagt zu haben.

Sollte ich Virena anrufen und ihr von dem Gasdrama erzählen? Die Presse würde sicher darüber schreiben, und selbst wenn mein Name nicht fiel, konnte meine kluge Frau eins und eins zusammenzählen. Andere vielleicht auch.

Virena hatte ein Recht zu wissen, was mit mir geschah. Andererseits war es vielleicht besser, wenn sie nicht zu viel wusste. Wenn ich ihr aber etwas verschwieg, und sie erfuhr es erst später, wäre es auch problematisch. Ich wog Pro und Contra sorgfältig ab und entschied, sie nicht anzurufen. Zwei kopflose Leichen mussten reichen, ein Gasattentat wäre zu viel des Bösen. Wenn es herauskam, konnte ich auch alles auf Simon schieben: Er hat versprochen, dich zu informieren. Es ist doch nicht meine Schuld, wenn er es vergisst. Aber ein schlechtes Gewissen hatte ich in jedem Fall.

Maud las meinen Bericht sehr sorgfältig. Sie machte sich am Rand Notizen, die ich aber auf die Entfernung nicht entziffern konnte. Vielleicht strich sie orthografische und grammatikalische Fehler an. Sie fragte nicht nach, und das war richtig. Je mehr man wissen will, umso mehr bemüht sich der Berichtende, zu Diensten zu sein. So entstehen Ungenauigkeiten, die auf eine falsche Fährte führen können.

»Bleibt die Frage, was wir mit dir machen«, sagte Maud und schaute mich nachdenklich an.

»Viele haben dieselbe Frage gestellt, Lehrer, Direktoren, Damen, mit denen ich Umgang hatte, auch Kommissare. Eine Antwort hat keiner erhalten.«

Abergläubische Menschen meinen, es bringe Unglück, wenn man Schlüssel auf den Tisch legt, aber Maud glaubte nicht an Hokuspokus und schob mir einen Ring mit drei Schlüsseln herüber.

»Valentin Simonsson, einer unserer Techniker, besucht in Dallas einen Kurs, der ein halbes Jahr dauert. Du darfst so lange seine Wohnung in der Igeldammsgatan nutzen. Ich habe deine Tasche schon aus dem Hotel holen lassen. Was du aus deiner Wohnung benötigst, werden wir ebenfalls beschaffen. Wir schmuggeln dich jetzt hinaus und morgen früh wieder herein.«

»Ich will hoffen, dass ich die Wohnung des Kollegen nur wenige Tage in Anspruch nehmen muss.«

Maud zeigte mit dem Kugelschreiber auf mich, um ihre Worte zu unterstreichen: »Und, Rolle, über deine neue Adresse kein Wort zu irgendjemandem, nicht einmal zu deiner Frau! Auf Nachfrage antworten wir, dass du in einem Hotel wohnst. Wir nehmen die Bedrohungen gegen deine Person sehr ernst.«

»Und was mache ich an den Tagen?«

»Du arbeitest, wie gewöhnlich.«

»Schade, ich dachte, ihr lasst mich nach Las Vegas fliegen. Shows rund um die Uhr, und die Sicherheit soll maximal sein.«

»Wir garantieren für deine Sicherheit, und wenn du eine Show sehen willst, dann schau in den Spiegel. Nimm diese kleine Tasche mit. Sie enthält alles, was du benötigst, um eventuelle Beobachter zu täuschen, jedenfalls auf dem kurzen Weg vom Auto zur Haustür und umgekehrt.«

Sie reichte mir einen Zettel mit Adresse und Telefonnummer sowie einigen Instruktionen über die Besonderheiten der Wohnung, an die ich zu denken hatte.

»Hast du Informationen über Madame Wallace in Kopenhagen?«, erkundigte ich mich.

»Die dänische Polizei arbeitet auf Hochtouren. Sie wurde erschlagen. Es deutet einiges darauf hin, dass sie sich heftig zur Wehr gesetzt hat. Unter den Fingernägeln haben sie Hautzellen gefunden. Die Mörder werden also anhand der DNA überführt werden können.«

»Habt ihr Cora Livanova schon gefunden?«

»Rolle, glaub mir, wir halten dich über alles, was dich betrifft, auf dem Laufenden. Fahr in die Wohnung, ruh dich aus.«

Sie hatte Recht. Seltsames geschieht mit einem Körper, der von anderen Kräften als dem eigenen Willen gesteuert wird. Maud telefonierte und teilte mit, dass ich abfahrbereit sei.

»Geh runter in die Garage. Der Wagen steht rechts vom Eingang; der Fahrer gibt dir mit dem Blinker ein Zeichen. Deine Tasche aus dem Hotel liegt im Kofferraum. Dienstbeginn morgen um acht. Sei bitte zehn vor an der Haustür, damit wir dich hereinschleusen können.«

Sie lächelte, und ihre Augen funkelten wie bei einem Schulmädchen, das einen Streich ausgeheckt hat.

»Rolle, wir wollen dich morgen gesund an Körper und Seele wieder sehen. Wenn du dich bei jemandem ausquatschen willst, ruf an. Wir haben immer Zeit für dich.«

»Danke, in diesem Fall halte ich lieber Selbstgespräche, da muss ich nicht so intelligente Antworten geben. Maud, ich bin kein Weichei. Außerdem gewöhnt man sich an alles.«

»Du hast ja so Recht. Aber deine Hände zittern wieder.«

Der Wagen war ein dunkler Standardvolvo. Die beiden Polizisten in Zivil kannte ich nicht, also hatten wir uns nicht viel zu sagen. Ich legte mich vor die Rückbank. Sie deckten mich zu und stellten einige Pakete auf mich. Da sie langsam fuhren, dauerte es eine Weile, bis wir die Igeldammsgatan erreichten. Ich vermutete, dass sie einen Umweg nahmen, um zu kontrollieren, ob wir beschattet wurden. Endlich hielten wir.

»Ich öffne und nehme die Pakete. Wenn ich sage: jetzt!, gehst du langsam zum Haus. Der Code lautet 6529L. Eine Minute später folge ich dir und bringe die Taschen mit.«

Es waren nur einige Meter, aber ich hatte den Eindruck, dass mich alle Bewohner der Straße anstarrten. Als ich den Code eintippte, war mir, als lauerte eine Kompanie Killer hinter der Hecke auf der anderen Seite. Verdammt, warum zitterten meine Hände so sehr?!

Der Kollege kam mir nach und informierte mich, dass Simonsson im dritten Stock wohne.

»Vergiss nicht, morgen zehn vor acht kommen wir dich abholen. Wir fahren dann einen hellgrauen Opel. Sei pünktlich, wir haben noch etwas anderes zu tun«, fügte er hinzu.

Er hatte das letzte Wort gehabt und konnte zufrieden sein. Das Haus war typisch für den sozialen Wohnungsbau der enddreißiger Jahre. Es war gut erhalten und roch nach Bohnerwachs. Ich vermutete, dass die meisten Bewohner die siebzig überschritten hatten. Sie fühlten sich hier sicher wohl. Hooligans gab es in dieser Gegend nicht, dafür viel Ruhe.

Simonsson hatte sich die Wohnung nach Junggesellenart eingerichtet. Auf einem Beistelltisch standen unzählige Schnapsflaschen verschiedener Sorten und zeugten davon, dass der Bewohner oft über die Grenzen der EU hinaus reiste und steuerfrei Alkohol kaufen konnte. Im Schlafzimmer stand ein Bett mit allen Schikanen. Über ein Kontrolldisplay konnte ich das Kopfstück zum Fernsehen aufstellen oder das Fußende anheben, wenn ich es bequemer haben wollte. Die Matratze hatte sogar eine Massagefunktion; auf Knopfdruck begann sie zu vibrieren. Natürlich war auch eine moderne Stereoanlage eingebaut. Ich sah, dass die CD-Sammlung vorwiegend aus seichter Popmusik bestand, die man heutzutage unter der Bezeichnung *Easy Listening* verkauft. Früher wurde man damit vorwiegend in Fahrstühlen oder Warenhäusern berieselt. An den Wänden hing, was Kollege Simonsson offenbar für große Kunst hielt – gerahmte Bilder leicht bekleideter junger Damen, die verführerisch zu mir herüberschielten.

Die Küche wirkte klinisch kalt und enthielt nur wenige persönliche Gegenstände. Im Kühlschrank fand ich ein Basislager an vorwiegend konservierten Lebensmitteln und einige Flaschen Bier und Mineralwasser. Der Eisschrank war vollgestopft mit tiefgefrorenen Fertiggerichten, sodass ich wochenlang nicht außer Haus gehen musste. Was ich zum Überleben brauchte, war vorhanden.

Ich taute eine Packung Goulasch mit Reis auf, schaute mir einen mäßig spannenden Film an und blätterte in einem Taschenbuch. Dann duschte ich, legte mich in das High-Tech-Bett und lauschte einer Musik aus Meeresrauschen und Synthesizerklängen. Es war zum Einschlafen, also schlief ich ein.

Die kleine Tasche enthielt eine Standardausrüstung an Schminke und Utensilien zur Maskierung. Man benötigt nicht viel, um sein Aussehen zu verändern; manchmal genügt es, sich die Haare anders zu kämmen. Hier waren überzeugendere Mittel gefragt. Ich entdeckte eine Echthaarperücke, eine Kollektion falscher Bärte und Augenbrauen sowie eine goldgerahmte Brille, die mich wie einen amerikanischen Prediger aussehen ließ, der zur Kollekte auffordert. Nachdem ich mir einen kleinen Schnauzer angeklebt hatte, betrachtete ich mich im Spiegel. Würde Elin mich noch Papa nennen? Könnte Virena diesen fremden Kerl küssen?

In der Tasche lag auch ein einreihiges Jackett mit abscheulich kurzen Revers, in dem ich aussah wie eine gestopfte Wurst. Leider waren solche hässlichen Jacken in Mode gekommen und hatten die eleganten Zweireiher verdrängt. Wer mich in einer solchen Geschmacklosigkeit sah, würde schwören, dass ich nicht ich sein könne; es sei denn, ich hätte eine Wette verloren.

Meine eigene Jacke stopfte ich zusammen mit der Schminktasche in eine große Plastiktüte, die mit dem Logo von NK versehen war. Zehn vor acht schlüpfte ich auf die Rückbank eines grauen Opels, tauchte ab und zog mir eine Decke über den Kopf. Wenig später hielt der Wagen vor dem Polizeigebäude, und der Mann mit dem unvorteilhaften Jackett machte sich auf den Weg in mein Büro.

Zu meiner Zufriedenheit wurde ich von den Kollegen nicht gegrüßt. Sie schauten mich nur seltsam an, als ich grinsend und mit erhobenem Kinn wie ein Filmstar über den Gang spazierte.

Meine gute Laune ließ schlagartig nach, als mir Sune Bengtsson über den Weg lief. Wie immer steckte eine Zigarette in der Spitze, die in seinem Mundwinkel hing. Der Sargnagel glühte, während Rauch aus Mund und Nase drang, sodass er einem wandelnden Vulkan glich. Sein verdrießliches Gesicht hätte selbst euterfrische Milch säuern lassen.

Mit seiner schrillen Stimme blaffte er mich an: »Was, zum Teufel, willst du denn darstellen?«

»Erkennst du es nicht? Adolf Hitler feiert seinen fünfzigsten Jahrestag. Momentan umgeben von Ragnarök.« Ich hätte ihm am liebsten ins Gesicht gespuckt. Wieder einmal ärgerte mich, dass wir dieser Ratte, die uns wiederholt an seine Nazifreunde verraten hatte, nichts beweisen konnten. So einer gehörte einfach nicht ins Polizeikorps.

Er lachte höhnisch, aber es lag nicht die geringste Freude in dem Gemecker, sondern ausschließlich bitterer Sarkasmus. Schon in unserer gemeinsamen Zeit bei der Fahndung hatte ich ihn nicht ausstehen können. Er war ein Krümelkacker und zugleich ein Fanatiker; wer einmal bei Rot über die Kreuzung ging, galt ihm bis ans Lebensende als Schwerverbrecher. Soweit ich wusste, hatte er nie eine Freundin gehabt; Frauen waren für ihn entweder Wesen vom Mars oder allenfalls zweitklassige Menschen. »Sehr witzig, hä hä hä. Was soll die Maskerade?«

»Ich wüsste nicht, was dich das angeht. Aber sag mal, Sune, du kannst den Rauch so schön durch Mund und Nase blasen. Klappt das auch mit den Ohren? Dann würden die Leute denken, dass in Brand geraten ist, was du im Kopf hast – dieses bräunlich-verschimmelte Stroh.«

Sune grinste breit und zeigte dabei seine nikotinbraunen Zähne: »Deine Frechheiten werden dir bald vergehen. Ich wundere mich überhaupt, dass du noch lebst.«

»Was genau meinst du damit? Hast du mir ein paar von deinen SS-Schergen auf den Hals gehetzt?«

Wie ein streitlustiger Drache blies er Rauch aus den Nasenlöchern und höhnte: »Du verkleidest dich wie ein Schmierenkomödiant, aber du kannst keinen täuschen und wirst deine Strafe erhalten.«

»Strafe – wofür? Mit dir zusammen zu arbeiten, war eine Strafe.«

»Du bekommst, was du verdienst, und du weißt warum.«

Ein letztes Hohnlachen, dann schlenderte der Nikoholiker weiter. Niemand liebte ihn, niemand mochte ihn. Früher hatten wir ihn geschätzt, weil er bei der Spurensicherung am Tatort besonders geschickt gewesen war, aber inzwischen wurde er von den meisten verabscheut und von einigen, unter anderem von mir, geradezu gehasst.

Meine gute Laune war verflogen. Ich betrat Mauds Büro, grüßte sie, erhielt aber keine Antwort. Stattdessen schaute sie mich so vorwurfsvoll an, dass ich ein schlechtes Gewissen bekam. Wie so oft hatte ich nur bis zur Nasenspitze gedacht, und das war nicht weit.

»Bist du vom Auto bis hierher in dieser albernen Maskerade herumgelaufen?«

»Ja. Bitte schlag mich nicht, ich sehe ja ein, dass es dumm war.«

»Manchmal bist du wirklich schwer von Begriff. Zu deiner Sicherheit wollten wir dein Leben außerhalb dieses Hauses geheim halten. Nicht einmal deine Frau sollte etwas wissen.«

»Das ist klar, aber ...«

»Jetzt haben dich an die hundert Personen in deiner missglückten Verkleidung gesehen. Ich wette, in jedem Büro heißt es: Habt ihr heute Morgen Hassel gesehen? Was dich und dein Aussehen angeht, gibt es keine Schweigepflicht. Du musst dich beim nächsten Mal völlig neu und anders maskieren. Das Gerücht, dass du verkleidet herumläufst, kann aber auch in falsche Ohren geraten. Dann sucht man nach einem Hassel, der nicht wie sonst aussieht. Du hast die Tasche doch mitgebracht? Schmink dich jetzt erstmal ab!«

Kleinlaut gehorchte ich.

»Hast du auf dem Weg vom Wagen bis hierher mit jemandem gesprochen?«

»Ja, leider. Mit Sune Bengtsson.«

Sie beugte sich vor, und ich wäre nicht verwundert gewesen, wenn sie mich angeschrien hätte. Aber sie wurde ja nie laut. Stattdessen sagte sie: »Ausgerechnet Sune! Erzähl mir genau, worum es ging.«

Ich gab ihr unser Gespräch wortwörtlich wieder, und sie runzelte die Stirn. Mir schien, dass wir in der Bewertung einer Meinung waren.

Das Telefon klingelte, sie nahm ab und lauschte. Dann legt sie auf uns sagte: »Wir gehen in einen anderen Raum. Dort sind ein paar Leute, die ich dir vorstellen möchte.«

In einem Besprechungsraum in der Nähe meines Büros warteten zwei Männer und zwei Frauen. Sie hatten nichts Besonderes an sich; alle vier gehörten zu der Sorte Mensch, die man sieht und sofort wieder vergisst. Sie waren in mittleren Jahren und unauffällig gekleidet – kurzum, sie waren perfekt für ihren Auftrag.

»Vier Leibwächter, Rolle, und zwar rund um die Uhr. Immer zwei schieben Dienst, nach acht Stunden erfolgt die Ablösung. Wenn du versprichst, in der Wohnung zu bleiben, setzen wir nachts andere Kollegen ein. Alle vier sind Meisterschützen und im Nahkampf ausgebildet. Auch darüber darfst du nicht einmal mit deiner Frau reden. Bitte halte dich daran!«

Die vier nannten ihren Namen nicht; das war so üblich. Ihre Aufgabe bestand darin, mich rund um die Uhr so zu beschatten, dass ich sie weder hörte noch sah. Sie sollten meine

Sicherheit gewährleisten und mein Selbstvertrauen stärken. Früher war so ein Personenschutz der Ausnahmefall, aber inzwischen mehrten sich solche Einsätze. Die Leibwächter wurden sorgfältig geschult und mussten eine strenge Prüfung absolvieren. Sie mussten Risiken abschätzen können, diskret auftreten und Fremdsprachen beherrschen.

»Der Personenschutz beginnt, wenn du das Haus für den nächsten Auftrag verlässt. Hier ist eine Telefonnummer, die du anrufst, wenn du beabsichtigst, den Wagen oder ein Taxi zu nehmen. Wirst du heute mit dem Auto unterwegs sein?«

»Nein, ich schaffe alles per U-Bahn. Ich gehe davon aus, dass mein Aufgabenbereich bestehen bleibt?«

»Jawohl. Es fehlt einfach an Leuten. Du kennst den Fall und kannst mit der Situation umgehen. Wir können einfach nicht auf dich verzichten. Andererseits können wir dich auch nicht zwingen. Wenn du lieber in den Innendienst willst, musst du es nur sagen.«

Das war eine Alternative, über die nachzudenken sich lohnte. Am liebsten hätte ich laut gelacht: Maud, ich bin doch kein Drückeberger, natürlich gehe ich hinaus und sammle Informationen! Aber ich war trotz der Leibwächter in großer Gefahr; meine Feinde hatten gezeigt, wozu sie fähig waren. Bliebe ich im Haus, wäre ich in Sicherheit. Aber der Mensch handelt oft irrational, und ich wusste, dass ich mich nicht wohl fühlen würde, wenn ich kniff. Auch wenn ich mich für die Informationsabteilung entschieden und die letzte Zeit hinterm Schreibtisch verbracht hatte – als ich diesen Beruf einst ergriff, war mir bewusst gewesen, dass eine Portion Gefahr einfach dazu gehörte. In mir floss Polizistenblut, das zeigte sich jetzt. Einmal Bulle, immer Bulle.

»Ich mach weiter.«

»Ich freu mich, das zu hören. Gehen wir in mein Büro. Du kannst die Tasche bei dir einstellen.«

Sie begleitete mich; ich schloss auf und stellte die Schminkutensilien hinter den Schreibtisch. Das Telefon klingelte, und ich streckte die Hand nach dem Hörer. Maud machte ein paar schnelle Schritte und packte mein Handgelenk.

»Nicht! Setz dich bloß nicht hin!«

»Warum soll ich mich nicht ...«

»Sieh doch!«

Sie hockte sich hin und zeigte auf einen dünnen Draht, der an einem der vorderen Stuhlbeine befestigt war und in der unteren Schreibtischschublade verschwand.

»Was glaubst du, was das ist, Rolle?«

»Sag du es mir.«

»Das könnte eine Bombe sein!«

17. Kapitel

Die Bombenexperten kamen, schauten sich die Konstruktion an und ließen den Flur räumen. Es dauerte nur fünf Minuten, dann gaben sie Entwarnung. Maud und ich durften mein Büro wieder betreten, während sich die neugierigen Kollegen davor drängelten. Wilhelm Åren, von den meisten Pang-Ville genannt, war der Oberexperte für alles, was explodieren konnte. Er stand kurz vor der Pensionierung, war aber sicher, dass er auch danach als Berater Geld verdienen würde.

»Es war schon eine Art Bombe. Wir haben den Draht gekappt und in die Schublade gleiten lassen. Dann öffneten wir. Das Ding wurde von einem Amateur gebastelt, aber dennoch mit Geschick.« Während er redete, demonstrierte er seine Vorgehensweise. »So war es gedacht: Bevor man sich setzt, schiebt man den Stuhl nach hinten. Durch den Draht, der mit dem Zünder verbunden ist, wird normalerweise die Detonation ausgelöst. Hier gab es aber nichts zu detonieren. Statt Sprengstoff enthält die Bombe Buttersäure. Hassel wäre mit dem übelriechendsten Stoff in Kontakt gekommen, den wir kennen. Er hätte sich wochenlang nirgends blicken lassen können, so sehr hätte er gestunken. An Arbeit wäre gar nicht zu denken gewesen.«

Ich erinnerte mich an die Attacken von Tierschutz-Fanatikern gegen Pelzhändler. Sie hatten ebenfalls Buttersäure verwendet und die Pelze damit unbrauchbar gemacht. Der Gestank ließ sich nicht abwaschen.

»Wer kann so eine Bombe bauen?«, fragte Maud.

Pang-Ville lachte: »Jeder Polizist mit normaler Ausbildung. Diese Bombe war so simpel konstruiert, dass es eigentlich unter meiner Würde wäre, mich mit ihr zu beschäftigen. Ein Pappkarton mit Buttersäure in einem Metallhalter mit drei

Seiten, sodass der Inhalt auf das Opfer gerichtet wird. Das ist alles. Es ist ein Kinderspiel, so etwas herzustellen. Einfach, aber wirkungsvoll.«

»Wie lange dauert es, die Teile zusammenzusetzen?«

»Höchstens eine Viertelstunde. Wir schauen uns das Ganze noch einmal genau an, vielleicht finden wir Fingerabdrücke. Wenn ihr meine Meinung hören wollt: Da war ein ganz mieses Schwein am Werk. Hassel wäre zwar nicht gestorben, aber es hätte ihn trotzdem ganz schön erwischt.«

Er verstaute die Bombe vorsichtig in einem Plastiksack. Einer seiner Assistenten packte den Draht dazu.

»So, dann machen wir jetzt unseren Job und ihr euren«, verabschiedete er sich. »Bitte Stuhl und Schreibtisch nicht berühren, wegen der Spuren.«

Sie verließen den Raum. Maud seufzte und schüttelte den Kopf. Ich tat dasselbe. Eine Bombe mit Buttersäure! Meine Chefin schaute nachdenklich auf das einfache Türschloss. Es war nicht beschädigt; ich hatte ganz normal aufgeschlossen. Manchmal ließen wir die Büros offen; wir waren ja unter Kollegen und hatten nichts zu verbergen. Außerdem kommt man ohne gültige Passierkarte gar nicht in die Abteilung.

»Dem müssen wir auf den Grund gehen. Die Bombe muss zwischen gestern Abend und heute Morgen platziert worden sein. Wer war heute Nacht hier, und was haben die Kollegen beobachtet? Das sind die entscheidenden Fragen. Was glaubst du: Wer könnte dahinter stecken? Hast du einen Verdacht?«

»Sune Bengtsson.«

»Richtig. Ihr hatte ja doch eine recht heftige Auseinandersetzung.«

»Wir hassen uns und geraten jedes Mal aneinander, wenn wir uns begegnen. Das hier wäre genau sein Niveau. Die Methode hat er wohl von seinen braunen Kumpanen gelernt.«

»Okay, ich kümmere mich darum. Können wir die Stinkbombe erst mal vergessen und mit dem Fall weitermachen?«

»Klar, aber ich komme darauf zurück.«

Während wir in ihr Büro gingen, kreisten die Gedanken durch meinen Kopf. Sune konnte es gewesen sein, aber ... Und wenn es nun anders war? Wenn jemand einfach nur beweisen wollte, dass ich nicht einmal an meinem Arbeitsplatz sicher war? Wenn jemand demonstrieren wollte, wie unterlegen ich war? Ich verwarf den Gedanken wieder. Sune Bengtsson war es, und basta! Nazi-Sune. Der braune Sune. Bengtsson, das Ekel.

Als ich aufschaute, entdeckte ich Therese Lager, die mir entgegenkam. An diesem Morgen trug sie eine weißgelbe Schleife am Zopf, die zu einer Rosette gebunden war. Zwei neue Fragen tauchten auf: Für wen hatte sie sich so schick gemacht? Wer hatte ihr die Rosette gebunden? Sie selbst war es wohl nicht gewesen; das hätte akrobatische Verrenkungen erfordert, die ich ihr nicht zutraute. Sie trat mir gegenüber auf, wie ich sie kennen gelernt hatte, angestrengt neutral und distanziert.

»Wo ist die andere Hälfte?«, erkundigte ich mich.

»Welche Hälfte?«

»Maggie. Ihr arbeitet doch im selben Zimmer und wohnt im selben Hotel.«

»Willst du damit ausdrücken, dass ich eine halbe Portion bin?« Ihre Stimme wirkte sofort frostig.

»Nein, ich meine nur, dass ihr euch perfekt ergänzt. Wir treffen uns in einer Viertelstunde am Ausgang. Aber nicht mit hängenden Mundwinkeln, sondern fröhlich und motiviert!«

Sie eilte in ihr Büro und knallte die Tür zu.

Maud sah mich wütend an, und ich kam ihrer Schelte zuvor: »Ich weiß, ich weiß, aber es ist wie ein pawlowscher Reflex. Ich kann humorlose Menschen nun einmal nicht ausstehen. Du musst zugeben, dass ich im Allgemeinen ein ruhiger und verträglicher Typ bin, bescheiden, pünktlich, höflich und zuvorkommend, und ich ...«

»Danke, Rolle, das reicht. Geht hinaus und macht euch nützlich.«

Vorher musste ich unbedingt Virena anrufen. Ich erwischte Elin, die mir begeistert von Murre erzählte, um den sie sich besonders kümmere. Ich vermutete, dass ihr Gaul so hieß und freute mich mit ihr. Dann war meine geliebte Frau am Apparat und schwärmte von ihren Ausritten. Ich unterdrückte einen Anflug von Eifersucht und gab ihr eine harmlose Version der zurückliegenden Ereignisse. Im Großen und Ganzen erfuhr sie, dass alles super lief, dass es mir blendend ging und dass ich mich lediglich einsam fühlte.

Als ich zum Ausgang ging, stieg ein warmes Gefühl der Sehnsucht in mir auf. Wann konnte ich endlich wieder mit meinen Lieben zusammen sein? Meine Körpertemperatur fiel um einige Grade, als ich erneut Sune Bengtsson begegnete. Normalerweise hätten wir einen Bogen umeinander gemacht, denn zwischen uns war alles gesagt. Jetzt aber blieben wir stehen und starrten uns hasserfüllt an. An die Stinkbombe denkend, ballte ich die Faust. Aber dann fiel mir ein, dass ich ihm nur einen Gefallen tat, wenn ich ihm die Fresse polierte.

»Du bist zu weit gegangen«, fauchte ich ihn an.

»Meine Grenzen setze ich selbst«, erwiderte er.

»Das ist kein grober Unfug mehr. Bei deinem Hintergrund gehst du in den Knast, mindestens sechs Monate.«

Er zog die Kippe aus dem Mundstück und zündete sich an ihr eine neue Zigarette an. Die Lippen zuckten wegen des sekundenlangen Nikotinentzugs.

»Vielleicht lebst du keine zwei Monate mehr. Vielleicht nicht einmal eine Woche.«

»Wie willst du das hinkriegen?«

Er zuckte mit den mageren Schultern. »Es passieren so viele Unfälle. Du könntest vor einen Bus oder ein Auto stürzen. Oder vor einen U-Bahnzug. Niemand kennt sein Schicksal.«

Er hatte sein Gift verspritzt, und ich bedauerte nun, dass wir nicht hinter einem Pfeiler standen, wo es keine Zeugen gegeben hätte. Ich bin ja wirklich eine friedliche Natur und verabscheue Gewalt, aber jetzt hätte ich ihm gern die Zähne eingeschlagen. Ich beherrschte mich mühsam und ging weiter.

Wenige Minuten später steuerten der Zopf und ich die nächste U-Bahnstation an. Tessan tat nichts, um meine Stimmung zu heben, aber das hatte ich auch nicht erwartet. Als wir umstiegen, hielt ich mich von der Bahnsteigkante fern. Oder vor einen U-Bahnzug. Niemand kennt sein Schicksal, hallte es in meinem Kopf nach. Als wir den Wagen betraten, sah ich, dass einer der Leibwächter ebenfalls einstieg, natürlich durch eine andere Tür. Er setzte sich, las die *Metro* und wirkte so müde wie der Rest der Fahrgäste.

An der Station Slussen stiegen wir aus. Der Zopf hielt sich einen halben Schritt hinter mir. Wir kamen an dem Areal vorbei, wo seinerzeit die größte Tabakfabrik Stockholms gestanden hatte, aber da sie nicht nach Stadtgeschichtlichem fragte, erzählte ich ihr auch nichts. Der Södermalmstorg war voller gastronomischer und kultureller Abenteuer. Der Obst- und Gemüsemarkt direkt vor dem Eingang bot die reifen Früchte der Saison sowie alles, was man derzeit importieren konnte. Einiges würde ich auf dem Heimweg kaufen. Zum Beispiel eine reife Avocado. Da weiß man, was man hat, auch wenn man sie allein verspeisen muss.

Wir liefen durch die ruhige St. Paulsgatan und bogen in die Repslagargatan ein. Die ganze Zeit fiel kein Wort zwischen uns, als wären wir ein altes Ehepaar, das sich wegen des Fernsehprogramms gestritten hat. Beim Überqueren der Straße knickte Tessan um und hielt sich an mir fest, um nicht hinzufallen.

»Hoppla!«, kommentierte ich.

»Ja, sicher«, lautete die etwas kryptische Antwort.

»Wir wollen zur Nummer fünfzehn. Almgrens Seidenfabrik.«

»Wollen wir?«

»Ja. Bist du schon mal dort gewesen?«

»Warum sollte ich?«

»Vielleicht, weil dich die Seidenverarbeitung interessiert. Schließlich arbeitest du in Lyon, dem Herz Frankreichs auf diesem Gebiet. Wusstest du das nicht?«

»Nein. Mit wem sollen wir reden und warum?«

»Sie heißt Doll Hodell. Ich weiß nicht, woher Öhman das weiß, aber sie soll ein Kind mit Sverre Stikke haben. Vielleicht verrät sie uns, wo der Papa sich versteckt. Sie arbeitet dort nur vorübergehend. Öhman hat sie angerufen und ihr mitgeteilt, dass wir kommen.«

Sie schnaufte. Hätte sie einen Schnurrbart gehabt, wären die Spitzen in die Höhe geschnellt: »Ist das alles, was wir tun dürfen? Leute besuchen und sie fragen, was sie über diesen schwedischen Polacken und seinen norwegischen Kumpanen wissen?«

»*Oui, madame*, das ist derzeit unsere einzige Aufgabe. Wir leisten unserer kleinen Beitrag zum großen Ganzen.«

»Das entspricht nicht meinem Temperament.«

Ich riss die Augen auf, schlug mir mit einer theatralischen Geste die Faust vor den Mund und staunte: »Temperament? Du hast Temperament? Ach ja, du zeigtest es ja, als du mich gleich am ersten Tag beschuldigt hast, dir an die Wäsche zu wollen. Wahrscheinlich wirst du mich nachher wegen Vergewaltigung anzeigen, weil ich dich gestützt habe, als du beinahe hingefallen wärst. Zu meiner Zeit verstand man unter Temperament allerdings etwas anderes.«

»Hör mal, bilde dir nicht ein ...«

»Tessan, wenn dir der Job bei uns nicht anspruchsvoll genug ist, dann beschwer dich in Lyon und lass dich versetzen. Ich kann nicht mit jemandem arbeiten, dem weder meine Gesellschaft noch die berufliche Aufgabe passt. Das hält mein Temperament nicht aus. Wie willst du es haben? Entscheide dich jetzt und hier!«

Sie atmete schwer, wie so oft, wenn sie mit mir zusammen war. Ihre Augen waren starr und sahen aus, als wären sie aus Emaille. »Du kannst mich nicht zu einer Entscheidung zwingen.«

»Da irrst du dich, Tessan. Wir haben dich mehrfach darauf hingewiesen, dass du nur vorübergehend an den Ermittlungen teilnehmen darfst, und nur als Vertreterin von Interpol. Auch wenn es dir gegen den Strich geht: In dieser kleinen Fahndungsgruppe bin ich der Teamchef, und du tust, was ich dir sage. Wenn das die Hölle für dich ist, musst du nicht leiden. Du kannst umkehren; Almgrens Seidenfabrik schaffe ich auch allein.«

»Es gibt keinen Grund, dass ...«

»Ja oder nein, Tessan. Dazwischen ist nichts.«

Sie musste lange und gründlich überlegen. Die Emailleaugen zeigten keine Veränderung, aber sie schob die Unterlippe vor, wie ein schmollendes kleines Mädchen. »Okay«, murmelte sie schließlich.

»Ist das ein deutliches Ja?«

Nach einem weiteren tiefen Atemzug sagte sie bitter: »Ja. Wie immer ist es der Mann, der bestimmt. Typisch.«

»Wenn wir zurück sind, bestimmt Maud Gudmunds-Sundgren über mich, denn sie ist meine Chefin. Und eine Frau, das musst du zugeben. Mache ich deswegen Theater? Ich schlage vor, dass wir das Thema endgültig abhaken und unseren Job machen. Schau dir dieses herrliche Haus an. Hier wurde Seide hergestellt, seit die Damen in Krinolinen herumliefen.«

Ich wies auf das dreistöckige Gebäude. Davor erstreckte sich eine niedrige Mauer mit einem Gittertor. Zur Linken gab es einen offenen Hof. Das Haus war 1862 gebaut worden, doch Seide hatte man hier schon seit 1833 produziert.

»So etwas Schönes habt ihr nicht in Göteborg. Almgrens Seidenfabrik ist etwas ganz Besonderes. Ein Fünfsterne-Museum, das zugleich Arbeitsplätze bietet. Du kannst sehen, wie die Seidenherstellung vor über hundert Jahren ablief, und zwar mit der Originalausrüstung von damals. Also sei nett und zeige dich interessiert.«

Sie verzog keine Miene und trabte nur mürrisch neben mir her. Ich war schon viermal in diesem Museum gewesen, einmal mit meiner Familie und dreimal mit verschiedenen Kollegen. Jedes Mal hatte ich etwas Neues entdeckt. Die Ausflüge endeten stets in dem originellen Restaurant im Souterrain, das natürlich *Seidenkeller* heißt.

Die hellbraune Holztür zum Büro zeigte das altertümliche Emailleschild mit der Beschriftung *Seidenfabrik,* und damit Missverständnisse ausgeschlossen waren, stand *K. A. Almgren* über der Tür. Eine Klingel gab es nicht, dafür eine Schnur, mit der ein Glöckchen angeschlagen wurde. Eine Frau in mittleren Jahren öffnete. Die Ohrenschützer gegen den Lärm der Webstühle trug sie um den Hals.

»Doll Hodell? Ja, sie ist hier. Kommt herein, ich sage ihr Bescheid.«

Wie betraten einen großen, hohen Raum. Ein paar gewaltige Webstühle standen darin. Es war, als hätte jemand die Zeit zurückgedreht. K. A. Almgren war einer der ersten Unternehmer mit sozialem Verantwortungsbewusstsein gewesen. Viele seiner Angestellten hatten vierzig oder fünfzig Jahre im Unternehmen gearbeitet.

Die Frau stellte sich an ihren Arbeitsplatz, setzte die Ohrenschützer auf und setzte den Webstuhl in Gang, der sofort zu rattern begann. Es gab einen Souvenirtisch, wo man schicke Sachen kaufen konnte, unter anderem handgewebte Krawatten, die mehr kosteten, als ein Kriminalinspektor ausgeben kann. Ich empfahl Tessan, sich ein Paar Seidenpantöffelchen oder eine elegante Bluse zuzulegen, aber sie schnaubte nur verächtlich.

»Eigentlich gründete sich das Unternehmen auf Industriespionage, Diebstahl und Betrug«, erklärte ich ihr. »Die Chinesen waren als Erste darauf gekommen, Seidenraupen im großen Stil zu züchten. Es war bei Todesstrafe verboten, diese Raupen auszuführen. Europäern gelang es, einen Chinesen zu bestechen. Sie schmuggelten die Tierchen in ausgehöhlten Spazierstöcken außer Landes.«

»Wie interessant.«

»Die Franzosen hatten einen neuen Webstuhl erfunden, der Jacquardwebstuhl genannt wurde und mit dem ersten Lochkartensystem der Welt versehen war. Eine geniale Erfindung, die von den Lyoner Seidenfabrikanten eifersüchtig bewacht wurde. Kein Ausländer durfte die Produktionsstätten betreten. Doch K. A. Almgren war ein schlauer Fuchs. Er beherrschte die Landessprache und trat als Geschäftsmann aus Strasbourg auf. Es gelang ihm, einen Webstuhl in Einzelteilen nach Schweden zu schmuggeln, angeblich in Weinfässern. Die Tat ist inzwischen verjährt.«

»Was du alles weißt. Willst du eine Abhandlung schreiben?«

»Nein, aber hör mir nur zu; du kannst etwas lernen. Das solltest du auch. Gibt es eigentlich irgendetwas, das dich interessiert? Wofür dein Herz schlägt?«

Verkniffene Lippen waren die Antwort. Eine Frau in grauer Schürze kam aus einem der hinteren Räume. Sie war etwa vierzig und ausgesprochen mager. Trotzdem wirkte sie mütterlich. Aber sie schien nervös zu sein. Hatte sie Angst?

»Seid ihr die Polizisten? Kommt mit in die Ausstellung. Dort ist noch eine Weile frei.«

Im Museumsraum waren Gegenstände ausgestellt, die mit dem Webprozess zu tun hatten. Es gab auch einen großen, beleuchteten Schaukasten voller schimmernder Seidenprodukte: Kleidungsstücke, Tücher, Wandbehänge und Möbelbezüge. Auch ein paar Seidenteppiche wurden gezeigt; sie waren sicher eine Million wert. Ob man so etwas auf Ratenzahlung erwerben konnte?

»Hier können wir uns setzen.«

Sie nahm auf einer Bank Platz; Tessan und ich setzten uns ihr gegenüber. Nervosität zeigt sich meistens an den Händen. Dolls Finger kreisten zitternd umeinander.

»Heißt du wirklich Doll?«, eröffnete ich das Gespräch mit einer unverfänglichen Frage.

»Bitte? Äh ... nein, aber ich wurde von Kindheit an Doll genannt und habe den Namen in meinen Ausweis eintragen lassen. Das war ... also ... ihr wisst ja ...«

Jedem Menschen muss man mit Respekt begegnen. Manchmal fällt es schwer, zum Beispiel, wenn man sein Gegenüber zum Kotzen findet. Hier war es leicht. Ich lächelte und schlug einen Ton an, als redeten wir nur über Bagatellen.

»Du weißt, dass wir Sverre finden müssen. Wir benötigen nur ein paar Informationen. Vielleicht kannst du uns helfen? Du kennst ihn doch ganz gut.«

Obwohl ich den netten Bullen spielte, wirkte sie verängstigt. Sie bemühte sich, es zu verbergen, doch die verkrampfte Haltung, der flackernde Blick und die Schweißperlen auf der Stirn verrieten sie. Es störte mich nicht. Unsichere Menschen bringt man leichter zum Reden.

»Ich hatte gehofft, dass ... man will ja privat in Ruhe leben ... es ist so ... ekelhaft ...«

»Erzähl uns von ihm. Wie habt ihr euch kennen gelernt? Hattet ihr eine gemeinsame Wohnung? Du kannst selbst entscheiden, was du uns sagst und was nicht.«

Den Zusatz hatte sie wohl nicht begriffen. Sie fühlte sich genötigt, die Schatten der Vergangenheit heraufzubeschwören und redete immer schneller und immer schriller; ein Zeichen, dass sie seelisch die Balance verloren hatte. Gewiss, sie war vorgewarnt worden, dass wir kamen und hatte sich bestimmt Antworten zurechtgelegt, aber nun geriet alles durcheinander: »Kennen gelernt? Ja, ich erinnere mich nicht ... ich glaube, auf einem Fest bei meiner ... er war da und ein netter Kerl ... glaubte ich damals ... dann gingen wir aus ... und es wurde mehr und dann ... zog er zu mir, obwohl ich ... manchmal kann man nicht Nein sagen ...« Sie warf Tessan einen flehenden Blick zu: »Du weißt doch, wie das ist?«

»Ja, Doll, ich weiß, wie das manchmal sein kann. Man gerät in eine Sache hinein und weiß von Anfang an, dass es ein Fehler war, aber tut es dennoch.«

Doll nickte eifrig: »Genauso habe ich es gemeint, aber ich konnte es nicht so ausdrücken. Meine Bildung ... ich meine, in der Schule ... war ich nicht so gut ...«

Jetzt funktionierte Tessan als eine Partnerin im Team und fragte nach, wenn klar war, dass sie durch weibliche Intuition mehr erfahren konnte. Sie zeigte, dass sie die ungeschriebenen Gesetze verstand. Allmählich gewann sie das Vertrauen der verschreckten Frau. »Sag mal, Doll, wann war das ungefähr, als er bei dir einziehen wollte?«

»Äh, das ... muss fast zehn Jahre her sein. Die Tage vergehen einfach, die Wochen, die Monate ... Man wird einfach immer älter ... und hässlicher ...«

»Wo arbeitete er denn damals?«

»Weiß nicht ... er kam und ging ... konnte ihn doch nicht fragen ... Wenn er etwas Ungesetzliches getan hat ... war das nicht meine Sache ...«

»Hattest du nie den Verdacht, dass er ein Verbrecher sein könnte?«

Doll schüttelte heftig den Kopf; ihr Blick irrte durch den Raum. »Wie gesagt, ich wusste von nichts ... Sverre ist ein Mann, der ... also ... so einem stellt man keine Fragen.«

»Hattest du Angst vor ihm?«

»Nja ... nein. Doch, wenn ich ihn verärgert hatte, dann wurde er ... so abweisend. Aber er schlug mich nicht. Damals nicht. Aber er war eiskalt, und es war, als ob ich geschlagen würde ...«

Therese warf mir einen Blick zu, und ich übernahm: »Kamen manchmal Freunde oder Bekannte zu euch?«

Sie missverstand mich, und ihr Blick wurde müde: »Meine Freunde ... ich habe keine ... hatte niemals einen richtigen Freund ... auch keine Bekannten ... war ein verdammt einsames Leben ...«

»Brachte er seine Bekannten mit zu dir?«

Ohne nachzudenken, wischte sie mit der Hand über die Stirn, sodass sich Schweiß und Schminke vermischten. Es schien, als würde sich ihr Gesicht auflösen. Ich merkte, dass ihre Angst riesengroß war. Sie konnte sich kaum noch beherrschen.

»Ja. Na und? Es war ja auch seine Wohnung ... konnte es ihm doch nicht verbieten ... Wenn sie kamen, durfte ich nicht da sein. Ging ins Kino ... Wenn ich zu zeitig nach Hause kam, musste ich wieder hinaus, auf die Straße ...«

»War ein gewisser Ludvig Kubiela darunter? Erinnerst du dich an ihn?«

Sie schluckte, als hätte sie einen Kloß im Hals. »Vor dem hatte ich Angst. Er hat mir nie etwas getan, aber ... es ging so etwas von ihm aus. Man fühlt, wenn ein Mensch ... keine Hemmungen hat.«

»Erinnerst du dich an andere Bekannte von Sverre?«

»Nicht an die Namen ... meistens kam dieser Ludvig. Ich wollte auch gar nicht wissen, was sie ...«

Ich hob eine Augenbraue, und Tessan war wieder an der Reihe. Sie sprach leise und freundlich: »Und dann wurdest du schwanger von ihm?«

»Ja. Ich dachte, er würde ... wütend werden ... Ich wollte es wegmachen lassen ... du weißt, wie das ist, nicht wahr?«

»Ja, ich weiß. Er wurde also nicht wütend?«

Zum ersten Mal wirkte sie ruhiger. Sogar ein schüchternes Lächeln flackerte auf. »Nein. Er ... Sverre ... war sogar stolz. Kaufte Sachen für das Baby ... ein Bett ... und in die Klinik kam er mit Rosen. Ein Jahr lang ... oder anderthalb ... war ich beinahe glücklich. Zum ersten Mal. Glaubte, dass ... aber das spielt keine Rolle mehr.«

»Was geschah dann, Doll?«

»Mit Rolv war etwas nicht in Ordnung. Ich konnte ihn nicht erreichen ... er hörte nicht auf mich. Die Frau Doktor ... untersuchte ihn. Meinte, es sei Autismus. Rolv lebt in seiner Welt. Weiß nicht, was er denkt. Mama ist zu mir gezogen, um nach ihm zu sehen, wenn ich arbeite.«

»Wie hat Sverre das aufgenommen?«

Das Lächeln verschwand endgültig, und sie krümmte sich, als würde sie frieren. »Er meinte, so eine ... wie ich könne keine gesunden Kinder bekommen. Hatte wohl Recht damit ... Dann ... zeigte er sich von seiner schlimmsten Seite. Benahm sich wie der Teufel ... Sagte, es sei meine Schuld, dass Rolv ... eine Missgeburt ... Drei Wochen lang schlug und misshandelte er mich ... drückte brennende Zigaretten auf mir aus ... mehr kann ich nicht berichten ... aber du ahnst sicher ...?«

»Ja, Doll, ich ahne und verstehe. Und dann?«

»Er verließ uns, und ich konnte eine Nacht ruhig schlafen. Dann ... rief er an, immer wieder ... sagte, er wolle die Missgeburt zertrampeln ... er wolle keinen Idioten zum Sohn. Mama ... hat zu Hause einen Revolver ...«

Ich war wieder an der Reihe, aber ich war nahe daran aufzugeben. Eine unglückliche Frau mit einem harten Schicksal – aber ohne Informationen für uns.

»Weißt du, wo er sich derzeit aufhält? Hast du irgendeine Idee, einen Hinweis?«

»Habe ihn Jahre nicht gesehen ... er lässt nur ab und zu von sich hören ... sagt, er wolle Rolv umbringen ... die Zeit sei bald reif ... glaube, er meint es ernst ... will, dass ich Albträume habe, und so ist es auch ... jede Nacht ...«

»Kannst du uns denn gar nichts berichten, was uns helfen könnte, ihn zu finden?«

Stumm schüttelte sie den Kopf. Ich sah, wie erleichtert sie war, weil sie merkte, dass wir bald mit ihr fertig waren. Doch ich hatte plötzlich das Gefühl, dass etwas nicht stimmte. Sie hatte von schlimmen Ereignissen ihres elenden Lebens berichtet, und es war ihr nicht leicht gefallen – aber erklärte das ihre Angst und Nervosität uns gegenüber?

Sie berührte leicht meine Schulter und bat: »Sagt den Leuten hier nichts. Sie sind so nett. Bekam den Job über die Arbeitsvermittlung ... nur ein paar Monate, aber ... hoffe, dass ich noch länger bleiben darf ... Direktor Almgren ist mit mir zufrieden, glaube ich ... nur Hilfsarbeiten, aber vielleicht kann ich lernen, auch an den Webstühlen ...«

»Der Direktor ist ein Almgren aus der fünften Generation, er verfügt sicher über Menschenkenntnis. Selbstverständlich sagen wir ihm nichts.«

Sie dankte überschwänglich und hatte sogar Tränen in den Augen. Irgendwo in mir schlummerte noch eine Frage, aber ich konnte sie nicht aufwecken. Tessan wollte gehen und trampelte schon auf der Stelle. Doll sah aus, als hielte sie den Atem an.

Ich stand unschlüssig da und starrte auf den Schaukasten. Neonlampen beleuchteten ein wunderschönes Seidenkleid, das auf jedem Fest Aufmerksamkeit erregt ... Fest? Das war es doch!

»Sag mal, Doll«, begann ich erneut und schaute ihr in die Augen, als wüsste ich ein Geheimnis und wollte es nur bestätigt haben, »du sagtest, du hast Sverre auf einem Fest kennen gelernt. Wo war denn das?«

Sie hatte sich schon in Sicherheit gewiegt. Nun öffnete sich der Abgrund doch noch, und sie blickte in eine gefährliche Tiefe. Doll stieß jammernde Laute aus und flüsterte hektisch:

»Es war gar kein richtiges ... Fest ...«

»Also nur eine Fete. Und bei wem?«

»Bei ... bei ...«

»Ja, Doll? Bei wem?«

»Bei Lilian, meiner Schwester. Die beiden waren zusammen, bevor er ... mit mir ...«

»Wie heißt deine Schwester mit Nachnamen?«

»Lilian Hedström-Jansson. Wir haben nichts mehr miteinander zu tun. Sie ... ist kein guter Mensch.«

»Hand aufs Herz, Doll: Du glaubst, dass Sverre wieder mit deiner Schwester zusammen ist.«

Doll hätte sich wohl am liebsten verkrochen, aber ich war der Stärkere und zwang ihr meinen Willen auf. Tonlos sagte sie: »Lilian ist völlig skrupellos ... vom gleichen Schlag wie er ... kann sein, dass er zu ihr ... aber ich weiß nichts und habe nichts verraten ... Sverre bringt mich um.«

»Wo wohnt deine Schwester?«

»Weiß ich nicht, wirklich. Wie gesagt ... wir haben nichts mehr miteinander zu schaffen.«

Ich lächelte und war wieder der gute Polizist, dein Freund und Helfer.

Beim Verabschieden versicherte ich ihr noch einmal, dass wir schweigen würden wie zwei Gräber.

Am Souvenirstand kaufte ich ein Stück Seife, mit dem man Seide waschen konnte, und erklärte dem Zopf, dass mein Pyjama einen Fleck habe.

Als wir auf der Straße waren, rief ich Maud Gudmunds an und berichtete von dem Gespräch mit Doll. Wie erwartet, fiel ihr zu dem Namen sofort etwas ein. Ihr Gedächtnis war wirklich phänomenal: »Lilian Hedström-Jansson? Kein kleiner Fisch. Tauchte im Umkreis aller unserer großen Gangsterbosse auf. Zweimal war sie wegen schwerer Verbrechen angeklagt, doch die Beweise reichten nicht aus. Die Zeugen zogen ihre Aussagen zurück, als hätten sie das Gedächtnis verloren. Sehr interessant, wir forschen sofort nach. Geht so lange Kaffee trinken. Öhman kümmert sich um die Adresse.«

Ich steckte das Mobiltelefon in die Innentasche und hoffte, Tessan mit der Kaffeepause eine Freude zu machen, doch sie zeigte sich gleichgültig.

»Ich kenne hier in der Nähe ein gemütliches Lokal«, verriet ich ihr.

Langsam schlenderten wir die Repslagargatan hinunter, und ich erzählte ihr mehr über meine Heimatstadt, ob sie nun wollte oder nicht: »Eine Repslagargatan gab es bis vor kurzem in einer anderen Gegend von Söder. Diese Straße hier hieß eigentlich Södergatan. Von der Originalbebauung ist nur unsere Straßenseite erhalten. Der Rest wurde abgerissen, als der neue Bahnhof gebaut wurde. Ich finde, die neuen Gebäude passen sich gut ein. Meinst du nicht?«

»Das ist mir so was von egal«, knurrte sie, aber ich ließ mich nicht von meiner Mission abbringen.

»Komm, schauen wir uns den Durchgangshof an.«

Die zusammenhängenden dreigeschossigen Häuser waren in Pastelltönen verputzt und um quadratische Höfe mit Bänken, Rabatten und Spielplätzen gruppiert. Alle Wohnungen hatten geräumige Balkons mit Blumenkästen.

Mitten auf dem Durchgangshof zwischen der Repslagargatan und der Skaraborgsgatan steht eine Bronzestatue. Sie gehört zu meinen Lieblingsdenkmälern, deshalb schwärmte ich geradezu von ihr: »Sie stellt ein Marktweib dar. Hierher kamen die Frauen aus den Dörfern, und sie hatten oft ihre Kinder dabei.«

Die Bronzeschönheit hat üppige Formen und breite Hüften. Auf dem rechten Arm trägt sie ihren kleinen Sohn, der begeistert mit ihrer entblößten Brust spielt. Im anderen Arm hält sie einen Korb Äpfel, den sie auf dem Markt verkaufen will. Auch auf dem Rücken trägt sie eine Obstkiepe.

»Achte auf ihren Gesichtsausdruck. Wie gut der Künstler das Mutterglück und die Liebe zum Kind dargestellt hat! Man hat den Eindruck, dass sie sich gleich bewegen wird. Siehst du es auch so?«

»Mm.«

»Schön, dass du dich so für Kunst im öffentlichen Raum begeistern kannst. Komm, lass uns ein paar Schnäpse zusammen trinken.«

»Was? Ich trinke keinen Schnaps. Was fällt dir ein?«

»Zier dich nicht, Mädel. Ein großes Bier, dazu drei Schnäpse, und dann tanzen wir die ganze Nacht.«

»Hör mal, ich verabscheue ...«

»Okay, okay, dann halten wir uns eben an Kaffee und Tee. Ich wollte nur sehen, ob du eingeschlafen bist.«

Wir betraten die Skaraborgsgatan, und Tessan trottete schweigend neben mir her. Mein Gott, was war nur los mit dieser jungen Frau?

Die Straße war ruhig und wirkte ein wenig kleinstädtisch. Die Reihen von Ahornbäumen zeigten frisches Grün. Irgendwann würden sie groß sein und die Fahrbahn überschatten. Auf der anderen Seite lag die alte Lateinschule, ein mächtiger Koloss, der an die alten Zeiten erinnerte, als man wollte, dass sich die Schüler im Bildungstempel klein und unbedeutend vorkamen. In den dicken Mauern hatten sich die Kinder sicher wie Rekruten gefühlt, denen der Kommandant, Verzeihung, der Direktor, Gehorsam und Disziplin einbläute. Jetzt waren Ferien, und der Schulhof lag verwaist. In die Stille drang das Geräusch von Schritten, die sich rasch näherten.

Ich drehte mich um. Ein seltsames Wesen rannte auf uns zu, gekleidet wie ein Mönch, mit einer Kapuze, die das Gesicht verbarg. Ehe ich reagieren konnte, sprang es mich an und riss mich um. Dann tasteten Hände wie Klauen nach meiner Gurgel.

18. Kapitel

Der Angreifer war ein Leichtgewicht, sodass ich ihn schnell abschütteln konnte. Die Kapuze rutschte herunter, und ich schaute in das erhitzte Gesicht von Doll Hodell. Zugleich entdeckte ich, dass sich zwei weitere Personen näherten. Als sie sahen, dass ich unverletzt aufstand, bogen sie in einen Hof ab. Die Leibwächter hatten es vorgezogen, sich nicht zu enttarnen.

»Verdammt nochmal, was willst du?«, schnauzte ich die Frau an.

»Tut mir Leid, ich wollte nicht ... bin so ungeschickt ... hilfst du mir auf?«

Sie hielt mir die Hand hin, und ich zog sie hoch. Sofort verhüllte sie ihr Gesicht und zwinkerte, um den Schweiß aus den Augen zu bekommen. Ihr Gesicht glühte, weniger vom Laufen als vielmehr vor Erregung.

»Nun, worum geht es?«, fragte ich weniger aggressiv. »Warum fällst du über mich her?«

»Entschuldige, bitte entschuldige! Ich wollte nicht ... ich kann doch keinen überfallen ... war so in Fahrt ... meine Schuhe ... halbhohe Absätze ... billig im Ausverkauf ...«

»Reiß dich zusammen und erklär mir endlich, was dieser idiotische Auftritt zu bedeuten hat!«

Unter ihrer Kapuze schaute sie sich scheu um. Therese stand dabei und betrachtete uns mit der üblichen Ausdruckslosigkeit. Was sie dachte, blieb hinter ihrer Stirn verborgen.

»Als ihr gegangen wart, fiel mir ein ... du darfst Lilian nicht sagen, dass ich es war, die ... sie kann sehr brutal sein ... und wegen Rolv ... will nicht noch einmal zusammengeschlagen werden ... du, als Frau, verstehst mich doch?«

Der letzte Satz war an Therese gerichtet, die zustimmend nickte und sagte: »Keine Frau will von einem Kerl wie ein Tier misshandelt werden, auch wenn der Auftrag von einer anderen Frau ausgeht. Die Männer haben die Macht, weil sie die physische Stärke nutzen. Wir wollen dir nichts Böses und versprechen, deinen Namen nicht zu erwähnen.«

»Danke, aber das ... reicht nicht. Lilian wird sofort begreifen, dass ... niemand sonst weiß doch ... das mit Sverre ...«

»Warte«, unterbrach ich ihre Stakkatosätze. »Niemand sonst weiß doch, sagst du. Du meinst, wenn wir mit Lilian reden, dann weiß sie, dass du uns Informationen gegeben hast, auch wenn wir deinen Namen nicht erwähnen? Habe ich dich da richtig verstanden?«

»Ja, und ich ...«

»Warte, es ist mir noch nicht klar. Du willst also deine Schwester auf eine falsche Fährte locken, indem du uns einen Namen nennst, den wir als Informanten angeben können?«

»Ja. Berne Nordlund.«

»Wer ist das?«

»Kann nicht mehr sagen ... aber er eignet sich als ... So werde ich nicht misshandelt ... und Rolv ...«

»Doll, glaub mir, wir sorgen uns um deine Gesundheit. Aber warum bist du so über mich hergefallen und hast dir ein Mönchskostüm angezogen?«

»Mönch? Was meinst du mit ... ach so, mein Regencape ... habe nichts anderes gefunden in der Eile ... wenn mich jemand mit euch sieht ... kann zwei und zwei zusammenzählen ... Lilian ... habe im Fallen aus Versehen nach deinem Hals gegriffen ... Verzeihung, bitte ...«

Dann drehte sie sich abrupt um und rannte auf den Durchgangshof zu. Nachdenklich schaute ich ihr hinterher. Das Regencape, eher ein Mantel, schlackerte um ihren schmalen Körper und um die Beine. Ich sah, dass sie flache Schuhe trug.

Maud stöhnte, als ich sie anrief und über die neueste Entwicklung informierte: »Berne Nordlund wird auch Mordlund genannt. Warum stoßt ihr immer wieder auf solchen menschlichen Abschaum? Berne war sogar mal für die Moskauer Mafia tätig, aber selbst die Russen hielten ihn für übertrieben brutal. Dann zog er nach Litauen und baute einen Autoschieberring auf. Offiziell betreibt er ein Fitnessstudio. Er ist in Kreisen gesehen worden, die nahe Kontakte zur Bruderschaft und den Hells Angels unterhalten. Außerdem treibt er sich gern auf Society-Partys herum; man sieht ihn gelegentlich auf den Wimmelbildern der einschlägigen Illustrierten. Oft reist er nach Moskau oder Vilnius und trifft sich mit lichtscheuen Elementen. Ich glaube nicht, dass er eine feste Adresse hat, aber auch das werden wir herausbekommen.«

Wir liefen die paar Meter zur Högbergsgatan hinunter und bogen rechts ab. Ich kümmerte mich weiter um Tessans kulturelle Bildung. Sie hatte noch viel zu lernen.

»Die Treppe zur Linken gehört zu Johan Helmichs Park. Kein Schild verrät, wer Johan Helmich war. Vielleicht ist der Park ein Denkmal für den Vater der schwedischen Musik, den seligen Johan Helmich Roman.«

Die Treppe brachte uns auf ein Plateau mit Parkplätzen zu beiden Seiten. In diese waren sechzehn mit Steinen umrandete Quadrate eingelassen, die mit verschiedenen Blumen und Kräutern bepflanzt waren. Mitten auf dem Plateau stand eine Statue. Es war mein Statuentag.

»*Nach dem Fest* heißt sie. Kann man verstehen, nicht wahr?«

Dargestellt waren zwei Musiker, die offenbar zu viel getrunken hatten und nun nach Hause wankten. Ein spindeldürrer, rundköpfiger Bronzemann hob seine Geige. Der breite Quadratschädel an seiner Seite umklammerte mit der einen Hand eine Ziehharmonika, deren Balg sich zum Boden hin entfaltete.

»Du weißt ja, wie das ist, wenn man nach einem rauschenden Fest nach Hause soll. Torkelst und singst du dann auch immer?«

»Nein. So weit lasse ich mich nie gehen.«

»Verstehe. Deshalb trinkst du auch keinen Schnaps.«

Wir liefen weiter durch den Park. Bäume und Sträucher wurden üppiger und erinnerten an einen Miniaturwald. Eine schmale Brücke führte über eine künstliche Schlucht, in der früher Bahngleise gelegen hatten. Dort unten wurde gearbeitet; man sah zwar keine Menschen, dafür aber Bauhütten von NCC.

»Dort hinten siehst du die Öffnung des alten Eisenbahntunnels. Er führt bis hinter Slussen und dient noch zum Abstellen von Zügen.«

Der graue, wild bewachsene Felsen verstärkte den Eindruck, dass dieses Areal von Stadtplanern und Parkverwaltern vergessen worden war. Rechts vom Tunneleingang stand eine weitere Statue, die in Lebensgröße eine Art Ritter oder römischen Soldaten in silberner Rüstung darstellte, der ein Schwert in der erhobenen Rechten hielt. Sie konnte noch nicht lange da stehen, denn ich hatte sie zuvor nie gesehen.

»Hier werden wir Kaffee trinken. Das Ziegelhaus war einst das Stationsgebäude, das einzige, was vom alten Bahnhof noch erhalten ist. Darin befindet sich jetzt ein gemütliches Café. Willst du auch etwas essen?«

»Nein, das ist mir noch zu zeitig.«

Wir setzten uns an einen Tisch im Freien und bestellten. Tessan nippte an ihrem Kaffee, als enthielte die Tasse Essig, Arsen und Zyankali. Aus der entgegengesetzten Richtung kamen zwei seltsame Gestalten über den von Hecken eingerahmten Bouleplatz. Der eine ging gebeugt und wirkte ausgemergelt. Sein faltiges Gesicht war mit grauen Bartstoppeln übersät. Zwischen den tief liegenden schwarzen Augen saß eine Adlernase, der zahnlose Mund wurde von dünnen Lippen umrandet. Er hatte eine graue Strickmütze über die Ohren gezogen; die Kleidungsstücke schienen aus einem Müllcontainer zu stammen. Der andere war dick und trug ein Jackett ohne Knöpfe. Lange, speckige Haare ringelten sich über seinen Rücken. Er trug eine schmutzige Baseballkappe; der kaputte Schirm reichte bis zu seiner gebrochenen Nase herunter. Sein Hemd war löcherig, die farblose Hose ebenfalls, und die Schuhsohlen schlappten. Die beiden setzten sich an unseren Tisch, und der Gestank nach Pisse und billigem Sprit nahm mir fast den Atem.

»Haben die Herrschaften vielleicht einen Zwanziger für die Übernachtung?«, fragte der Dürre. Die fehlenden Zähne ließen ihn lispeln.

»Für jeden«, fügte sein Kumpan hinzu und entblößte schwarze Zahnstümpfe. »Für jeden zwanzig. Für die Herberge.«

Der Zopf verwandelte sich in einen Eisblock. Ich war auch nicht begeistert, legte aber zwei Zehnkronenscheine auf den Tisch.

»Da habt ihr jeder zehn, Jungs.«

»Besser als nix«, philosophierte der Dürre.

»Geben ist seliger denn nehmen«, meinte der Dicke und nickte gelassen.

»Zum Übernachten reicht es eh nicht. Wollen wir nicht lieber was trinken?«, schlug der Dürre vor.

»Junge, bleib ruhig«, mahnte sein Spannemann.

»Viele Tropfen ergeben einen Liter«, gab der Dürre noch eine Weisheit zum Besten. Dann erhoben sie sich und wankten weiter.

Tessan taute wieder auf. Sie schüttete den Kaffee in sich hinein und zeigte empört auf die beiden Gentlemen: »Was für Gestalten! Die gehören doch weggesperrt!«

»Tja, sie gehören zum Gesamtbild, und sie stehlen nicht und morden nicht und verkaufen keine Drogen.«

»Ekelhaft«, zischte sie, ohne die Lippen zu bewegen.

»Die zwei sind hier in Söder bekannt. Der mit der Strickmütze heißt Osborn, der andere Rudolf. Stammen beide aus Göteborg. Vielleicht hast du sie dort schon mal gesehen?«

Sie erblasste, und auf den Wangen zeigten sich die hektischen roten Flecken, die ich so gut kannte. »Du lügst!«

»Meine Zunge soll verdorren, wenn ich nicht die reine Wahrheit sage.«

»Diese Missgeburten sind nicht aus Göteborg. Das sagst du nur, um mich zu ärgern!«

»Dann zahl es mir mit gleicher Münze heim, Tessan. Wehr dich, mehr will ich ja gar nicht. Das klingt vielleicht dumm, ist aber die beste Methode, um als Team zusammenzuwachsen.«

Sie schüttelte den Kopf und hob das Kinn: »Ich verstehe nicht, was daran gut sein soll, jemanden zu mobben.«

»Liebe Therese, hier geht es um harmlose Scherze unter Freunden, um ein bisschen Spaß, also um das Gegenteil von Bosheit.«

»Tut mir Leid, das entspricht nicht meinem Temperament. Und ich bitte mir aus, dass du solche Geschmacklosigkeiten in Zukunft unterlässt.«

Ich seufzte und hob resigniert die Hände: »Bei der Polizei zu arbeiten heißt doch nicht Sack und Asche.«

»Ich nehme den Job ernst. Du dagegen führst dich auf wie ein Clown und redest den ganzen Tag dummes Zeug. Wir ermitteln Verbrechen von internationalen Dimensionen, und du faselst von Scherzen unter Freunden. Das ist krank, Roland, und ich verachte dich dafür!«

Polizeiarbeit ist immer Teamwork, auf allen Ebenen; geniale Einzelgänger gibt es nur in Detektivromanen. So ein Team besteht aus zwei, fünf, zwanzig, hundert oder tausend Kollegen, die zusammen versuchen, Aufgaben zu lösen. Unsere Berichte liefern die Grundlage für eine Gesamteinschätzung der Lage. Aus diesem Grund hat der einzelne Polizist nur begrenzt Einsicht, wenn es um grenzüberschreitende Delikte geht. Tessan wusste nicht mehr als ich, obwohl sie als Vertreterin Interpols bei uns arbeitete. Unter ihren Vorgesetzten waren aber sicher einige mit größerem Überblick. Das hätte ich ihr erklären können, aber mein Handy klingelte, und es blieb mir somit erspart, tauben Ohren zu predigen.

»Wo seid ihr?«, wollte Maud wissen.

»Wir sitzen unweit des Medborgarplatsen gemütlich beisammen und trinken Kaffee.«

»Dann habt ihr es nicht weit bis zur Tjustgatan, wo Lilian Hedström-Jansson wohnt. Versucht euer Glück.« Sie nannte mir die genaue Adresse und den Türcode. »Was Nordlund-Mordlund angeht, haben wir leider keine Hinweise zum Aufenthaltsort.«

»Ist ja nicht so wichtig. Er sollte sowieso nur namentlich herhalten, um eine Quelle zu schützen.«

Als ich das Mobiltelefon ausgeschaltet hatte, beeilte ich mich nicht, den Kaffee auszutrinken, obwohl Tessan schon mit den Fingerspitzen auf die Tischplatte trommelte. Sie konnte es kaum erwarten, sich nützlich zu machen, wie es der Steuerzahler von uns erwartete.

»Wenn ich es richtig verstanden habe, sollen wir irgendwohin gehen. Warum tun wir das nicht?«

»Als Doll uns auf der Skaraborgsgatan hinterherlief, hätte ich sie wegen der Kapuze kaum erkannt. Und du?«

»Was meinst du? Ich habe sie natürlich auch nicht erkannt. Worauf willst du hinaus?«

»Sie stolperte und riss mich mit sich. Im ersten Moment wirkte es wie ein Überfall. Doch du bist ganz ruhig stehen geblieben und hast keinen Finger gekrümmt, um mir zu helfen. Ich frage mich – warum?«

Ihre blauen Emailleaugen zeigten keine Regung, als sie gleichgültig erwiderte: »Du warst nicht in Gefahr.«

»Das wusstest du aber nicht, als es passierte.«

»Sie war doch kein ernst zu nehmender Gegner für den Helden Roland Hassel.«

»Noch einmal: Das konntest du zu diesem Zeitpunkt noch gar nicht wissen. Du hast gesehen, wie sich eine Gestalt in einem seltsamen Umhang auf mich stürzte. Zu einem Team gehört, dass man den Partner verteidigt. Du hast dich nicht gerührt. Warum nicht?«

Sie überlegte, und es gefiel mir gar nicht, dass ihr spontan keine überzeugende Antwort einfiel. Dieses Nachdenken bedeutete, dass sie nach einer Verteidigung suchte, und das würde zum Streit führen.

»Es ging alles so schnell. Du hattest sie schon abgeschüttelt, bevor ich eingreifen konnte. Willst du mich anklagen? Du bist doch der Held, der große Töne spuckt, mich ständig belehrt und das dann Kameradschaft nennt.«

Ich sah ein, dass sie mir nicht vernünftig antworten wollte.

Jeder zahlte für sich, und wir liefen los. Wir kamen an dem sechseckigen Wohnhochhaus vorbei, das Haglunds Pinne genannt wird, und durchquerten den Fatburspark.

Obwohl sie es nicht hören wollte, erzählte ich: »Hier gab es früher einen relativ großen Teich, der Fatburen hieß. Er war so fischreich, dass halb Söder davon leben konnte. Im Laufe der Zeit warf man so viele Abfälle ins Wasser, dass ein stinkender, morastiger Platz entstand.«

Auf der Zunge lag mir: wie die City von Göteborg, aber ich riss mich zusammen.

Auf den Wiesen spielten Kinder. Familien hatten es sich auf Decken bequem gemacht und tranken Kaffee. Rentner sonnten sich auf den Bänken, und Jugendliche warfen Frisbeescheiben. Der Weg war von Statuen gesäumt, doch ich befürchtete, dass der Zopf wahnsinnig werden würde, wenn ich jede einzelne erläuterte.

»Wie gefällt dir dieses Gebäude?«, fragte ich und wies auf den Rundbau, den der spanische Architekt Bofill entworfen hatte und der den Park zu zwei Dritteln umschloss.

»Kitschig«, antwortete sie, ohne richtig hinzusehen.

»Das sagen viele. Andere sprechen von italienischem Postmodernismus, was immer das sein mag. Ein Bekannter, der hier wohnt, meint, die Wohnungen seien teuer aber wunderbar geschnitten. Unter dem Gebäude fahren übrigens Expresszüge in einer Art Betonröhre. Die Gleise ruhen auf Gummischwellen, sodass man die Erschütterungen im Haus nicht spürt. Willst du mich etwas fragen?«

»Ja – sollten wir uns nicht beeilen, um in die Tjustgatan zu kommen?«

»Die läuft uns nicht davon. Außerdem dürfen wir dort nicht so verschwitzt ankommen. Es geht um unseren guten Ruf, jedenfalls um meinen.«

Sie folgte mir mit einem Schritt Abstand. Wieder kamen wir an einer Statue vorbei, die einen Komödianten zeigte, der auf Händen lief, und seine Partnerin, die ihm bewundernd zuschaute. Demonstrativ wendete der Zopf den Kopf, sodass mir das Wort im Halse stecken blieb.

In der Västgötagatan kamen wir an einem der deprimierendsten Gebäude der Stadt vorbei, einem Riesenkomplex, dessen Fassade mit grün bemalten Blechreliefs verkleidet war. Hier hauste die Steuerbehörde. Die kleinen, schmalen Fenster im Querformat glichen den Lüftungsluken eines Gefängnisses. Hinter den Fenstern saßen die Beamten wie eingesperrt, bewacht von peitscheschwingenden Wärtern, die das Letzte an Arbeitsleistung aus den armen Kreaturen herausholten. Die Beamten trachteten danach zu entkommen, aber die Luken waren zu schmal. In diesem Haus herrschte der Wahnsinn, eine Art kollektiver Klaustrophobie. Das Atmen fiel schwer, und wenn endlich die Glocke schlug und die Beamten über Nacht entlassen wurden, wünschten sie sich nichts sehnlicher, als das Gebäude am nächsten Morgen niedergebrannt vorzufinden. Wie lustig und erlöst würden sie um die Asche tanzen!

Von der Åsögatan bogen wir nach rechts ab, und schon waren wir in der Tjustgatan. Die Häuser waren nicht alt, machten aber einen gediegenen Eindruck. Sie waren dem Stil der dreißiger Jahre nachempfunden, doch nicht in derselben Qualität gebaut. Hier und dort zeigte der Putz schon Risse. Wenn ich mich zwischen diesen unpersönlichen Bauten und dem kühnen Wurf Bofills entscheiden müsste, würde ich wohl letzterem den Vorzug geben. Der Spanier hatte seine große Vision gegen heftigen Widerstand verwirklicht und etwas Einmaliges geschaffen, das für Spannung sorgte und zur Stellungnahme herausforderte.

Maud meldete sich mit einer neuen Information: »Lilian Hedström-Jansson hat die Wohnung unter dem Namen Bogren gemietet.«

»Wer ist Bogren? Riskieren wir es, ihn anzutreffen?«

»Weiß nicht. Seid auf alles gefasst.«

Ich hatte das Gefühl, unter Personenschutz zu stehen, bereits so verinnerlicht, dass ich mich gar nicht mehr umschaute, ob meine Leibwächter in der Nähe waren. Sie konnten nicht mit ins Haus kommen, aber sie kannten unser Ziel. Der Türcode funktionierte, und der stille Portier verriet, dass Bogren im ersten Stock wohnte.

»Sei auf der Hut«, warnte ich den Zopf. »Madame Hedström-Jansson soll unberechenbar sein, und ihre Liebe zu Polizisten ist sicher extrem schwach entwickelt.«

Wir stiegen die Treppe hinauf, und ich spürte das Kribbeln im Bauch, das ich aus meiner langen Zeit als Fahnder so gut kannte. Man weiß nie, was einen hinter einer geschlossenen Tür erwartet. Als Fahnder geht man in der Regel in die Offensive, denn die Zielpersonen werden meistens wegen eines Verbrechens oder anderer Gesetzesverstöße gesucht. Jetzt war das anders, deshalb waren wir von Anfang an im Nachteil.

Lilian Hedström-Jansson-Bogrens Wohnungstür war frisch gestrichen und repariert, aber man konnte deutlich sehen, dass sie eingetreten worden war. Wenn die Zeugen ihre Aussagen zurückgezogen hatten, weil sie sich nicht mehr erinnern konnten, war das ein Hinweis, dass Lilian mit Drogenhandel oder Zuhälterei zu tun hatte, denn diese Branchen sind besonders gewaltorientiert. Vielleicht arbeitete sie mit den kriminellen Motorradbanden zusammen. Die Biker waren dafür bekannt, Zeugen brutal einzuschüchtern.

Ich nickte Tessan zu und stellte mich genau vor die Tür, wie man es tut, wenn man nichts zu verbergen hat. Früher war ich oft zur Seite getreten; die Zielperson hätte ja durch die Tür schießen können. Die Klingel schrillte auffordernd, und ich spitzte die Ohren.

Dann wurde die Tür einen Spalt geöffnet, und ich bemerkte mindestens drei Sicherheitsketten. Hinter einem Vorhang waren die Umrisse einer Frau zu erkennen.

Die Stimme klang wie von Salzsäure zerfressen: »Worum geht es?«

»Bist du Lilian Hedström-Jansson?«

»Und wenn?«

»Wir sind von der Polizei und würden dir gern ein paar Fragen stellen. Ich bin Kriminalinspektor Roland Hassel, das ist meine Kollegin Therese Lager.«

»Hassel und Lager! Das klingt ja wie ein Tanzpaar. Ich will mit euch Bullen nichts zu schaffen haben, also lasst mich in Ruhe und haut ab. Gern möglichst weit weg.«

»Nur ein paar einfache Fragen, Lilian. Du bist in keiner Weise verdächtig, und wir haben bessere Laune, wenn wir hereinkommen dürfen. Es dauert nur wenige Minuten.«

»Was für verdammte Fragen denn?«

»Nun lass uns endlich rein. Wir können uns doch nicht durch den Türspalt unterhalten.«

»Ihr nervt! Also gut, drei Minuten. Wartet.«

Sie schloss die Tür, und wir hörten, wie sie mit den Ketten hantierte. Es dauerte eine Weile, und mir schien, dass sie Zeit gewinnen wollte. Wofür?

Endlich öffnete sie und knurrte: »Wir gehen in den Salon. Aber fasst euch kurz!«

Ich schob den Vorhang zur Seite und begriff im selben Moment, dass er angebracht worden war, um genau diesen Effekt zu erzielen: Statt in einen gewöhnlichen Korridor blickte ich in den Empfangsraum eines orientalischen Märchenschlosses. Aber das war noch gar nichts gegen den Prunksaal, den sie Salon nannte. Er hatte keine Fenster, sondern wurde durch riesige Kronleuchter aus Kristall erhellt. Die Wände waren mit tiefroter Rohseide verkleidet. Darauf hingen Reihen von Gemälden in den breitesten Goldrahmen, die ich je gesehen hatte. Zwischen den Bildern waren Wandleuchter befestigt; das Licht der Kerzen spiegelte sich in der Vergoldung. Diese Dame besaß alles – außer Büchern. Aber wenn man kostbare Teppiche besitzt und Möbel, die aus dem Schloss von Versailles zu stammen scheinen, kommt man im Leben auch ohne Lektüre klar.

Sie wirkte wie eine Schwester von GiDi Wallace in Kopenhagen, wenigstens wie eine Schwester im Geiste, denn sie zeigte dieselbe Manie auszustellen, was man für Geld kaufen kann. Vielleicht war auch ihre Kindheit verpfuscht worden, und dieser Luxus war die Art zu zeigen, dass sie es zu etwas gebracht hatte. Wie GiDi hatte sie den kriminellen Weg gewählt, um reich zu werden; vielleicht waren beide der Meinung gewesen, dass ihnen keine andere Möglichkeit bleibe. Keine vorzeigbare Familie, keinerlei Begabung, niemand, der an sie glaubte, verdammt zu schlecht bezahlten Jobs ohne Aufstiegsmöglichkeiten. Beide waren überzeugt, dass sie richtig gehandelt hatten. Sie verinnerlichten die Regeln einer harten, maskulinen Welt, in der sie nur bestehen konnten, wenn sie noch härter auftraten. Sie setzten sich durch und glaubten, es geschafft zu haben. Nun hatte GiDi den Preis dafür bezahlt. Falls Lilian sie gekannt und von ihrem Schicksal erfahren hatte, war sie vielleicht in Panik geraten und zu der Überzeugung gelangt, dass auch ihre Uhr ablief. Doch daran glaubte ich nicht. Wenn man in der Unterwelt respektiert wird und über genügend Geld verfügt, fühlt man sich unsterblich. Wir Polizisten sind Feinde, aber ungefährlich, denn wir müssen uns an Regeln halten und Rücksicht nehmen – so etwas weckt nur Geringschätzung.

Lilian war eine stattliche Frau, gekleidet in eine Art Sarong, der ihren Körper locker umspielte. Die kräftigen Hände wirkten gepflegt; die Nägel waren lang und schwarz lackiert. Sie trug eine Sonnenbrille, die das halbe Gesicht bedeckte. Das schwarze, ins Violette spielende Haar trug sie in einer Pagenfrisur; ich vermutete, dass es sich um eine Perücke handelte.

»Na? *Shoot!*«

»Welche Zigarettenmarke rauchst du am liebsten? Camel oder Prince?«

»Was zum Teufel ... Ich rauche nicht und habe nie geraucht.«

»Es riecht aber nach Tabakrauch, deshalb frage ich.«

»Ich hatte Gäste, falls es gestattet ist. Kommt jetzt zur Sache, ich habe nicht den ganzen Tag Zeit.«

Sie war keine Frau, die auf billige Tricks hereinfiel. Dafür hatte sie schon zu viel mitgemacht.

»Wir suchen einen Mann namens Sverre Stikke und hörten, dass du ihn näher kennst. Stimmt das?«

»Wer hat denn das behauptet?«

»Eine zuverlässige Quelle, wie wir zu sagen pflegen. Lilian, es ist nicht ungesetzlich, jemanden zu kennen. Also, kennst du Sverre Stikke?«

»Trassel, oder wie du heißt, ich kenne viele Männer. Ich muss wissen, wer deine so genannte Quelle ist, wenn die Erinnerung erwachen soll.«

War es schon angebracht, eine Trumpfkarte auszuspielen? Es ist immer wichtig, den richtigen Zeitpunkt zu erwischen, um etwas Wesentliches ins Spiel zu bringen. Kommt man zu früh damit, kann sich der Befragte verschließen, und man erfährt gar nichts. Bei einer Frau wie Lilian, mit allen Wassern gewaschen, musste ich besonders vorsichtig sein, um die wenigen Trümpfe nicht vorzeitig zu verspielen. Egal, ich riskierte es: »Der kleine Vogel, der an unseren Ohren sang, heißt Berne.«

Sie stand ganz still und musterte mich durch die dunklen Brillengläser. Dann sagte sie: »Berne Nordlund? Ist das der Name des kleinen Vögelchens, das gesungen hat?«

»Nun, ich würde ihn eher mit einer zerzausten Krähe vergleichen.«

Lilian reagierte ganz anders, als ich es erwartet hatte. Aus ihrem Inneren stieg etwas auf, das sich als rasselnder Laut aus ihrem Mund entlud. Es dauerte einige Sekunden, bis ich begriff, dass sie schallend lachte. Der Ausbruch war so gewaltsam, dass sie sich setzen musste. Zwischen den Lachsalven stieß sie hervor: »Berne ... ha ha ha ... das kleine Vögelchen ... hat gesungen ... das ist ja ... unglaublich ... ha ha ha ...«

Ich warf Tessan einen Blick zu, aber sie hatte wieder ihre Emailleaugen, von denen ich nichts ablesen konnte. Worüber amüsierte sich Lilian? Wir warteten geduldig, bis der Anfall nachließ.

Ein letztes Rasseln, dann konnte sie wieder normal reden: »Das war wirklich komisch, Trassel. Der kleine Vogel Berne soll dir also etwas über Sverre Stikke vorgesungen haben?«

»Ist das so komisch?«

»Oh ja, das ist das Lustigste, was ich seit langem gehört habe. Falls ich Sverre kenne, was würdest du mich dann fragen wollen?«

»Kannst du uns sagen, wo wir ihn finden?«

»Nein. Das ist wohl eine sehr einfache Antwort?«

»Stikke wird wegen mehrerer Morde gesucht. Du weißt, dass man sich strafbar macht, wenn man einem Verbrecher hilft ...«

»Hast du nicht gesagt, ich sei in keiner Weise verdächtig? Und jetzt kommst du und drohst mir mit Paragraphen und Gefängnis. Typisch Bulle! Reicht man euch den kleinen Finger, denkt ihr, dass ihr euch alles erlauben und die Leute herumkommandieren könnt. Sverre ein Mörder? Das ist mir neu. Kein Bulle hat mich angerufen und mir mitgeteilt, dass er mehrere Leute umgelegt haben soll und ich mich nicht mit ihm abgeben darf. Habe ich Recht, du verdammter Bulle?«

Aus ihrer Sicht klang das alles logisch. Ich hatte einen Fehler gemacht, als ich ihr so halbherzig drohte. »Du hast ja Recht, Lilian. Aber jetzt weißt du, dass er gesucht wird. Ändert das etwas an deiner Einstellung?«

»Du bist noch dümmer als die meisten Bullen, die mir in meinem Leben über den Weg gelaufen sind! Natürlich kenne ich Sverre. Ein feiner Mann mit großen Verdiensten. Und ich kenne Berne Nordlund. Er ist ein ruhiger, ehrbarer Zeitgenosse. Anderes ist mir nicht bekannt.«

»Nordlund – ruhig und ehrbar?«

»Meine Freunde kann ich wohl am besten einschätzen.«

»Kannst du es arrangieren, dass wir mit ihm ins Gespräch kommen?«

Wieder wurde sie von einem gewaltsamen Gelächter geschüttelt. Tränen rannen ihr über die Wangen und wurden unter der Brille sichtbar. Sie ruderte mit den Händen durch die Luft, als würde sie gleich die Balance verlieren. Das krächzende Lachen hallte durch den Raum, und ihr Bauch hüpfte unter dem Sarong.

Sie wusste etwas, was wir nicht wussten, und das fand sie einfach unbeschreiblich komisch. Es musste mit Berne Nordlund zu tun haben.

Lilian drehte sich weg, damit wir ihre Augen nicht sehen konnten, nahm die Brille ab und trocknete die Tränen mit einem Chiffontaschentuch. Als sie sich uns wieder zuwandte, hatte sie sich etwas beruhigt, aber noch immer gluckste es in ihrer Stimme. »Meine Freunde kommen und gehen wie der Wind. Oder wie die ... ha ha ha ... kleinen Vögelein. Mein Freund Berne hat euch keinen Piep über meinen Freund Sverre verraten. Wer also ist eure angeblich zuverlässige Quelle?«

»Berne Mordlund und niemand anders.«

»Hör auf, ich lach mich noch tot!«

Hinter uns, an der Seite des Durchgangs, der den Empfangsraum mit dem Salon verband, wurde eine Tür geöffnet. Ein Mann stand plötzlich da. Auch ohne die großkalibrige Pistole hätte er wie einer gewirkt, vor dem man sich in Acht nimmt. Hundert Kilo muskulöses Fleisch steckten in einem grauen, eng sitzenden Anzug. Die Gesichtszüge wirkten wie in Stein gemeißelt. Obwohl er sich noch nicht vorgestellt hatte, wusste ich schon, mit wem wir es zu tun hatten.

»Ja, ich bin Berne und habe das Gespräch mit angehört. Es stimmt, dass ich von manchen Mordlund genannt werde. Ich mag das gar nicht.«

Dieses Dynamitpaket hatte eine helle, beinahe feminine Stimme. Sie konnte nicht darüber hinwegtäuschen, dass der Mann unberechenbar und gefährlich war.

»Ich habe mit der Sache nichts zu tun«, versicherte Lilian.

Er nahm keine Notiz von ihr, sondern fuhr fort: »Ich weiß, dass ich nichts über Lilian und Sverre gesagt habe. Er und ich, wir sind empört über die Anklage des Herrn Polizisten.«

Wie auf ein Stichwort hin öffnete sich eine Tapetentür auf der kurzen Seite des Salons. Sverre Stikke stellte sich neben seinen Kumpan und seine Freundin. Auch er hielt eine schwere Pistole in der Hand. Er verzog das Gesicht zu einem freudlosen Grinsen und höhnte: »So sehen wir uns also wieder, Herr Roland Hassel. Plötzlich und unerwartet.«

Regel Nummer eins lautet, sich niemals provozieren zu lassen, wenn man bedroht wird. Man darf weder Ironie noch Galgenhumor zeigen, sondern hält den Mund beziehungsweise antwortet kurz und sachlich.

»Hättest du dich doch in Harsa ersäufen lassen. Dir wäre vieles erspart geblieben.«

»Lilian, nimm den Bullen die Waffen ab«, befahl Berne.

»Ich will nichts mit der Sache zu tun haben, Jungs. Das nehmt ihr auf eure Kappe.«

Nordlund schien gar nicht wütend zu werden. Er begriff wohl, dass sich die clevere Geschäftsfrau heraushalten wollte, denn hier war für sie nichts zu gewinnen.

»Sverre, dann hol du die Knarren.«

Der bärenstarke Norweger trat auf uns zu, lüftete die Jacken und nahm die Dienstpistolen an sich. Er kam mir so nahe, dass er mir einen Schlag oder Tritt hätte verpassen können, als kleines Dankeschön sozusagen, aber er rührte mich nicht an. Es zeigte sich, dass er ein richtiger Profi war. Mich betrachtete er als einen bezahlten Auftrag und nicht als einen Menschen, an den man Gefühle verschwendet.

»Die Frage ist noch nicht beantwortet«, meldete sich erneut Nordlunds Mädchenstimme. »Wer hat verraten, dass Sverre und Lilian zusammen sind? War es vielleicht Sverres frühere Freundin? He, Sverre, wie hieß sie doch gleich, Doll Sowieso?«

»Hodell heißt die Alte.«

»Ja, genau, Doll Hodell. War sie es?«

Tessan stand ganz still und schaute zu Boden. Ich konnte verstehen, dass sie Angst hatte; mir ging es ja nicht anders. Wer meint, dass man völlig gelassen vor den Mündungen zweier Pistolen stehen kann, die von zwei skrupellosen Killern gehalten werden, war noch nie in einer solchen Situation.

Leise, aber deutlich antwortete ich: »Ich wusste gar nicht, dass Stikke eine Freundin hatte.«

»Das glaube ich dir nicht. Aber ich will es wissen. Heraus mit der Sprache: War es Doll Hodell?«

»Ich kenne niemanden mit diesem Namen.«

»Kannst du mir eine andere Erklärung geben?«

»Wir haben tüchtige Spezialisten bei der Fahndung. Wie sie auf Sverre und Lilian gekommen sind, weiß ich nicht.«

»Das reicht mir nicht. Sverre, geh mit der Kleinen nach nebenan und mach ihr klar, was am besten für sie ist.«

Sverre packte meine Kollegin am Arm und zerrte sie zur Tür. Mit der anderen Hand zog er ein Messer aus der Tasche und ließ die lange, schmale Klinge herausschnappen. Tessan schrie auf und wollte sich losreißen, aber er schleuderte sie in das Zimmer und machte die Tür hinter sich zu.

»Ich habe mit dem Ganzen hier nichts zu tun!«, eiferte Lilian.

Wir hörten Schläge klatschen, und Tessan schrie wie am Spieß. Dann flehte sie um ihr Leben, aber Sverre schlug weiter. Mein Kopf kochte, und meine Muskeln waren zum Zerreißen gespannt. Doch ich konnte nichts tun; Nordlund hielt mich mit der Pistole in Schach. Tessans Schreie änderten sich jetzt; sie waren lang gezogen und endeten mit einem Schluchzen. Rapp, rapp, rapp. Ich wollte mich auf Nordlund werfen, obwohl ich wusste, dass er mich ohne zu zögern erschießen würde. Der Selbsterhaltungstrieb hielt mich zurück. Man opfert sein Leben nur, wenn es um die eigene Frau oder die Kinder geht. Auch Nordlund war ein Profi.

Vom Sofa hatte er ein Kissen genommen, das er als Schalldämpfer vor die Mündung der Waffe hielt.

Tessans dünne Schreie wurden immer panischer, dann stöhnte sie ein paarmal tief. Schließlich wimmerte sie, dass es mir durch Mark und Bein ging. Plötzlich herrschte eine Stille, die nicht zu deuten war. Nordlund lachte, und es klang wie das Kichern einer Teenagerin.

»Möglicherweise gibt es jetzt eine Polizistin weniger«, kommentierte er gleichgültig. »Wir Steuerzahler danken dafür.«

Lilian hob resigniert die Hände: »Wenn er ihr die Kehle durchgeschnitten hat, ist es nicht meine Schuld. Ich habe mit der Sache nichts zu tun.«

Die Kehle ... durchgeschnitten. Sverre ... mit dem Messer. Ich schmeckte Blut im Mund. Jetzt musste ich handeln, koste es, was es wolle!

19. Kapitel

Bevor mein Körper ein paar Kugeln einfangen konnte, ging die Tür auf, und Sverre stieß Therese hinaus. Sie sah aufgelöst aus, ihre Haut war stellenweise gerötet, und die Kleider waren zerrissen oder zerschnitten. Sie krümmte sich, als hätte sie Schläge in den Magen bekommen. Zitternd hielt sie ihre Jacke zusammen, damit ihre nackten Brüste nicht zu sehen waren. Sverre zeigte seinem Kumpan die Faust mit dem nach oben gestreckten Daumen zum Zeichen, dass sich die Misshandlung gelohnt hatte.

»Ab mit euch ins Bad«, kommandierte Nordlund.

»Das ist eure Sache und nicht meine«, erinnerte ihn Lilian noch einmal.

»Wie du willst. Du gehst mit hinein.«

Sverre hielt die Tür zu dem fensterlosen Luxusbadezimmer auf. Nordlund schubste uns nacheinander hinein, zuletzt Therese, die vor Schmerz wimmerte. Für mich war so eine Behandlung nichts Neues, aber sie erlebte so etwas wohl zum ersten Mal. Die beiden Bewaffneten schlossen ab und machten sich kurz an der Tür zu schaffen. Dann war Ruhe.

»He, Bulle, mach Licht«, fluchte Lilian.

Ich fand den Schalter nicht an der Stelle, wo er sich normalerweise befinden musste.

»Mach doch selber, es ist ja dein Bad! Ich kann den Schalter nicht finden.«

»Verdammter Amateur!«

Nach einigen Sekunden wurde es hell; neben dem Spiegel waren ein Paar rosa leuchtende Lampen angebracht. Tessan hockte auf dem Boden und presste die Hände auf den Magen. Als das Licht anging, beugte sie den Oberkörper vor.

»Was hat er dir angetan?«, erkundigte ich mich leise.

Sie wandte mir das tränennasse Gesicht zu: »Ich konnte mich nicht wehren ... musste ihm sagen, dass es Doll war ... Du ahnst nicht, was er mit mir machen wollte ... mit seinem schrecklichen Messer ...«

»Ach, halt doch die Fresse!«, schimpfte Lilian.

»Es tut so weh, und ...«

»Mach nicht so viel Theater wegen einer Tracht Prügel. Mich haben sie mal zusammengeschlagen, dass ich wie eine Briefmarke an der Wand klebte. Na und? Ich habe dafür gesorgt, dass sie das Doppelte heimgezahlt kriegten.«

»Ruhe jetzt, alle beide!«, herrschte ich sie an. »Ich muss telefonieren.«

Maud meldete sich, und ich berichtete, was geschehen war. »Doll ist in Gefahr. Sieh zu, dass sie in Sicherheit gebracht wird, aber diskret, damit sie ihren Arbeitsplatz nicht verliert. Sie jobbt in Almgrens Seidenweberei in der Repslagargatan 15. Und beobachtet ihre Wohnung.«

»Braucht ihr Hilfe?«

»Das weiß ich nicht. Schick sicherheitshalber einen großen Wagen her und lass so viele Streifenwagen wie möglich in der Gegend kreisen. Nordlund und Sverre Stikke können noch nicht weit gekommen sein.«

Ich schaltete das Telefon aus, drückte die Klinke herunter und warf mich gegen die Tür. Sie gab nicht nach, aber ich hatte eine Idee. Therese krümmte sich noch immer auf dem Boden und konnte mir nicht helfen. Deshalb wies ich Lilian an: »Komm her und halte die Klinke unten.« Ich setzte mich auf die Umrandung der Badewanne und trat mit aller Kraft gegen das Schloss.

»Bist du verrückt, Bulle? Du zertrümmerst ja meine Tür! Weißt du, was die gekostet hat?«, kreischte Lilian.

Ihre finanziellen Probleme interessierten mich nicht. Noch ein Tritt, dann fiel draußen etwas um, und die Tür ließ sich öffnen. Das Hindernis war ein Stuhl gewesen, den sie unter die Klinke geklemmt hatten. Auf dem Tisch im Salon lagen unsere Waffen samt Munition. Nordlund und Stikke waren erst sechs Minuten auf der Flucht. Ich eilte zum Fenster, schaute hinaus und hoffte, einen Wagen vom Parkplatz rollen zu sehen. Zwecklos, in sechs Minuten kann sich ein Profi in Luft auflösen. Dafür entdeckte ich mehrere Streifenwagen, die auf den Straßen patrouillierten. Ein Polizeibus hielt vor dem Haus. Zwei Uniformierte kamen die Treppe herauf.

Lilian fauchte wie eine gereizte Katze: »Verdammt, müssen die Bullen hier in voller Montur hereinmarschieren? Das ist ja rufschädigend!«

»Du tust mir ja so Leid! Wenn ich Zeit hätte, würde ich dich bedauern«, höhnte ich.

»Frechheit! Ich werde ...«

»Du wirst uns jetzt begleiten und uns erzählen, was du weißt«, fiel ich ihr ins Wort.

»Ich habe mit der ganzen Sache nichts zu tun. Verdammt, ich wurde doch selbst eingesperrt!«

»Das klären wir bei der Kripo. Nehmt sie mit«, sagte ich zu den uniformierten Beamten. »Ich helfe meiner Kollegin.«

Lilian dachte nicht daran, freiwillig mitzugehen. Die beiden stämmigen Männer mussten die um sich schlagende und dabei lauthals kreischende Dame hinaustragen. Tessan lehnte meine Hilfe ab, doch nach einigen Schritten brach sie fast zusammen und ließ sich von mir stützen. Ich wusste, dass sie diese Situation schwer ertrug, und ich beeilte mich, hinaus zu den Kollegen zu kommen, ehe sie mich einer viehischen Vergewaltigung auf der Treppe bezichtigte.

Sie weigerte sich, ins Krankenhaus zu fahren, und wollte nur in ihr Hotel, um auszuruhen. Okay, es war ihr Körper. Die Kollegen von der Kripo nahmen Lilian in Empfang und sperrten sie für eine spätere Vernehmung in eine Zelle. Sie beschimpfte uns die ganze Zeit und drohte uns mit allen möglichen Anzeigen, aber wir waren an solche Tiraden gewöhnt und kümmerten uns nicht um sie.

Maud wartete bereits, und ich gab ihr einen ausführlichen mündlichen Bericht. Sie hörte konzentriert zu, als wollte sie sich jedes Detail einprägen. Gelegentlich unterbrach sie mich kurz, wenn ich dabei war abzuschweifen. Die Einzelheiten konnte ich ihr im schriftlichen Rapport nachreichen.

»Wie deutest du das Geschehen?«, wollte sie schließlich wissen.

»Sverre Stikke hatte mich in der Hand, hat mich aber nicht umgebracht. Daraus schließe ich, dass ihm der Mordauftrag inzwischen entzogen wurde. Vielleicht waren auch nur zu viele Zeugen anwesend. Er und Berne hätten sich überhaupt nicht zeigen müssen. Sie belauschten die gesamte Konversation. Wir wären sofort gegangen, wenn wir gemerkt hätten, dass Lilian nichts zu sagen hatte oder nichts sagen wollte. Es ging um Minuten. Wären sie in ihren Löchern geblieben, hätten wir nie erfahren, dass sie sich bei ihr versteckten. Gegen Berne lag nicht einmal etwas vor. Stattdessen tauchen sie auf wie das Kaninchen aus dem Zylinder und zwingen den Zopf, ich meine Therese, ihnen zu verraten, dass Doll die Tippgeberin war. Sie nehmen uns die Waffen ab und sperren uns ein, mit nur einem Stuhl als Sicherung. Als Profis mussten sie damit rechnen, dass wir in wenigen Minuten wieder frei sein würden. Und unsere Pistolen lassen sie in der Halle liegen.«

»Ja – und?«

»Sie wissen, dass sie nicht viel Zeit haben. Das kann nur bedeuten, dass ihre Flucht abgesichert ist. Sie nehmen eine U-Bahn zum Hauptbahnhof und von dort den Zug. Oder sie fahren weiter zur Fähre nach Finnland oder zu einer privaten Anlegestelle, wo ein Motorboot auf sie wartet. Es ist Sommer, und tausende Boote sind unterwegs. Oder sie fahren zu einem Privatflugplatz, wo eine Maschine oder ein Helikopter zur Verfügung stehen. Es gibt so viele Möglichkeiten, Stockholm ungesehen zu verlassen. Ich glaube, sie sind längst über alle Berge. So war es geplant, und sie werden in absehbarer Zeit nicht zurückkehren. Vielleicht leben sie irgendwo auf der Welt unter falschen Namen und genießen ihre fetten Bankkonten.«

»Oder setzen ihre Tätigkeit in einem anderen Land fort. Was machen wir mit Lilian Hedström-Jansson?«

»Jetzt ist sie erst mal unser Gast. Was spricht gegen eine Hausdurchsuchung?«

Maud nickte und sagte: »Ich rede mit dem Staatsanwalt. Alles spricht dafür. Wie geht es Therese?«

»Sie liegt wohl im Hotel in der Badewanne und erholt sich. Sie wurde ja nicht verletzt, sondern nur ... was heißt nur ... misshandelt. Ruhe ist jetzt die beste Medizin.«

»Heute Abend haben wir eine große Lagebesprechung mit den Experten und leitenden Kommissaren und entscheiden, wie wir weiter vorgehen. Schildere mir bitte deinen Gesamteindruck. Du bist ein erfahrener Polizist und ein guter Analytiker.«

Das war mir neu, aber ich vernahm es gern. Hatte ich einen Gesamteindruck? Wenn man andauernd in verschiedenen Löchern herumstochert, kann man schnell den Überblick verlieren. Ich überlegte kurz und sagte: »Von der Hauptspur zweigen viele Ausläufer ab. Neben dem Lebensmittelschmuggel und dem Mädchenhandel muss es noch andere Verbrechen geben. Die Hauptfragen sind: Wer beschäftigt sich womit? Wer gehört in welches Lager? Für mich bleibt das ein Rätsel.«

»Vergiss nicht, die Leibwächter über deine Pläne zu informieren, damit sie gegen Überraschungen gefeit sind.«

»Natürlich«, murmelte ich, aber ich fühlte mich schuldig. Mein Leben konnte davon abhängen, dass ich die Regeln befolgte, aber ich war nicht daran gewöhnt, Personenschutz zu genießen. Deshalb verhielt ich mich so wenig kooperativ. Ich merkte plötzlich, wie hungrig ich war. »Kommst du mit in die Kantine?«

»Nein, ich habe schon gegessen. Übrigens steht jetzt fest, dass unser Personalrestaurant geschlossen wird. Der Pachtvertrag ist gekündigt. Es wird an dieser Stelle auch kein anderes Lokal geben.«

»Ich frage nicht warum, denn eine befriedigende Antwort bekommt man sowieso nicht. Und die Standardfloskel, wir müssten Geld sparen, kann ich nicht mehr hören.«

Maud blätterte in einem Stapel Papier und las schnell ein paar Seiten durch. Nachdenklich schob sie die Unterlippe vor und warf mir einen prüfenden Blick zu. »Rolle, kannst du nach Tallinn fahren? Abreise morgen, Rückfahrt übermorgen?«

»Wenn ich am Freitag dort ankomme ...«

»... verlierst du ein wunderbares Wochenende in deinem Stockholmer Hotelzimmer, mit den Leibwächtern auf den Fersen.«

»Eigentlich hatte ich mich ja darauf gefreut, zwei Tage lang Patiencen zu legen und mir die Wiederholungen im Fernsehen anzusehen. Andererseits war ich noch nie in Tallinn. Was soll ich dort?«

»Einen Kommissar namens Ervin Guus treffen. Die Sache ist ein wenig kompliziert. Guus hat sich mit Interpol in Verbindung gesetzt und behauptet, er habe wichtige Informationen über die Lebensmittelschmuggler. Ein Teil des Fleisches wird ja in Estland an verschiedene Händlerbanden verkauft, aber niemand weiß, wer dahinter steht.«

»Die estnische Mafia ist weit verzweigt.«

»Stimmt. Nun will Guus seine Informationen nur an eine zuverlässige Person weitergeben, die nicht aus dem früheren Ostblock stammt. Wir könnten dich avisieren.«

»Was ist daran so kompliziert?«

»Interpol hat viele Informanten in ganz Europa. Wir füttern die Behörde mit allen Details, die mit internationalen Verbrechen zu tun haben können. Estnische Zuträger verdächtigen nun den guten Guus, er sei in dunkle Geschäfte verwickelt gewesen und wolle sich freikaufen. Oder er biete sich als Judas an, um frühere Genossen anzuschwärzen, in der Hoffnung, selbst ungeschoren davonzukommen. Möglicherweise will er deshalb nur mit jemandem persönlich reden, unter der Voraussetzung, dass seine Aussagen diskret behandelt werden.«

»Das Versprechen kann ich ihm wohl nicht geben.«

»Nein, aber er soll ruhig den Eindruck haben. Die estnische Polizei will vielleicht mit ihm verhandeln, falls er sich als Kronzeuge zur Verfügung stellt. Du musst also diplomatisch auftreten.«

Viele wären vor der Verantwortung zurückgeschreckt, aber ich war bereit, alles zu tun, um den Fall möglichst schnell abzuschließen und wieder ein freier Mann und Familienvater sein zu können. »In welcher Sprache kann ich mich mit Guus verständigen? Das Estnische beherrsche ich nicht.«

»Wie alle estnischen Kinder seiner Generation hat er sicher in der Schule Russisch gelernt.«

»*Spasiba*, aber da muss ich ebenfalls passen.«

»Er soll fließend deutsch sprechen, genau wie du.«

Man entdeckt lebenslang neue Seiten an sich. Meine Sprachbegabung war spät zutage getreten. Ich hatte einige Monate im Berliner Griesinger-Krankenhaus gelegen, um mich nach einem außerordentlich belastenden Einsatz mental zu erholen. Nach vierzehn Tagen war ich soweit wiederhergestellt, dass ich mich langweilte. Also spazierte ich durch den wunderschönen Park mit den seltenen Bäumen und Pflanzen, immer auf der Suche nach Gesprächspartnern unter Personal und Patienten. So lernte ich die deutsche Sprache wie ein Kind. Bald konnte ich die Artikel in den Zeitungen verstehen, und als ich entlassen wurde, hatte ich große Teile der Bibliothek ausgelesen. Mein Englisch ist ebenfalls akzeptabel, und meine Kenntnisse des Französischen genügen, um mich verständigen zu können.

»Werde ich vom Flugplatz abgeholt?«

»Vom Hafen. Du fährst mit dem Schiff rüber.«

»Warum? Mit dem Flugzeug dauert es eine Stunde, übers Wasser eine Ewigkeit. Müssen wir wieder sparen? Bekomme ich die Kajüte neben dem Kielschwein?«

Maud lächelte und erwiderte mild: »Nein. Ehrlich gesagt, bist du der Notnagel. Eigentlich sollte ein anderer fahren, jemand, der unter Flugangst leidet. Der Betreffende wurde leider krank. Nun ist die Überfahrt mit dem Schiff bereits gebucht. Einen Flug haben wir nicht mehr bekommen, weil in Tallinn irgendein Musikfestival stattfindet. Das Schiff heißt Regina Baltica und legt morgen Punkt siebzehn Uhr im Freihafen ab. Am Samstagvormittag gegen zehn Uhr bist du dort, frisch und ausgeruht.«

»Ich habe nichts gegen die Viking-Line; das ist eine ordentliche Reederei mit modernen Fähren. Man merkt gar nicht, dass man auf hoher See ist. Die Regina Baltica jedoch ...«

»... ist ein kleines Schiff, aber kein Seelenverkäufer. Die Meteorologen versprechen eine spiegelglatte Ostsee. Wie wir die Heimreise gestalten, entscheiden wir, wenn du vor Ort bist. Ich kümmere mich um alle Formalitäten, du musst morgen früh nur deinen Pass mitbringen. Ich gebe dir noch Bescheid, in welchem Hotel du übernachtest.«

Maud war sehr beliebt unter den Kollegen, weit über unsere Abteilung hinaus. Möglicherweise stand sie unter einem gewissen Druck, denn ihr Vorgänger und Ehemann galt als einer der besten Polizisten Stockholms. Jetzt benahm sie sich gar nicht wie eine Chefin, sondern verschränkte die Hände im Nacken und seufzte: »Rolle, das ist eine andere Welt, nicht wahr?«

Ich konnte ihr nur zustimmen. Wir hatten unser polizeiliches Rüstzeug unter ganz anderen Bedingungen erworben. Aber unsere praktischen Erfahrungen kamen uns immer häufiger antiquiert vor, wie aus einer anderen Gesellschaft. Damals waren menschliche Reaktionen noch wichtiger als das Diktat der Maschinen.

Manchmal hat man den Eindruck, dass die Technik die Herrschaft übernommen hat. Wir beugen uns den Analyseergebnissen der Computer, weil sie auf der Grundlage zahlloser Fakten objektiv ermittelt wurden. So eine elektronische Datenverarbeitungseinheit wirkt unfehlbar, weil sie nicht so ist, wie Menschen sind: emotional, sprunghaft und manchmal unkonzentriert. Andererseits fehlt es den Maschinen an Intuition. Einige von uns behaupten noch immer, es besser zu wissen als die Computer. Manchmal irren wir uns, aber meistens gibt unser Wissen, gepaart mit Einfühlungsvermögen, letztlich den Ausschlag für den Erfolg. Ein Polizist lernt, wie jeder Mensch, aus Erfahrung. Irgendwann fühlt er, wenn ein Nein eigentlich Ja bedeutet und umgekehrt. Eine Stimme ist ein System an Vibrationen, und man kann hören, wenn es nicht mit der Botschaft übereinstimmt.

Das blinde Vertrauen in die Technik bewirkt, dass die Polizei nicht mehr so effektiv wie früher arbeitet. Die Computer sind immer besser geworden und verwalten enorme Datenbanken, aber der einzelne Mensch wurde nicht optimiert, sondern vertraut der Technik und vernachlässigt die persönliche Entwicklung. Statt zu denken, zu analysieren und sich an Ereignisse zu erinnern, verlässt er sich auf elektronische Speicher.

»Inzwischen ist bewiesen, dass auch Schafe BSE bekommen können«, sagte Maud leise. »Man hat infizierte, tiefgefrorene Tiere gefunden. Es gibt also das Risiko, dass bei Menschen eine neue Variante der Creutzfeldt-Jakob-Krankheit ausbricht. Das bedeutet, dass man massenhaft Schafe schlachten wird.«

»Davon hat nichts in den Zeitungen gestanden.«

»Noch nicht. Die Behörden warten noch die allerletzten Befunde ab. Ich nehme an, dass man die Finger hinterm Rücken kreuzt und auf ein Wunder hofft. Egal ob eine oder mehrere Millionen Schafe und Lämmer geschlachtet werden – unsere Schmuggler lachen sich ins Fäustchen und verdienen sich dumm und dämlich.« Sie hielt ein Infoblatt von Interpol hoch: »Neulich wurde in einem italienischen Hafen ein Gefrierschiff kontrolliert. Die Behörden waren informiert worden, dass man zwischen frischem Fleisch auch das von infizierten Tieren finden würde. Der Kapitän war nur für diese Reise angeheuert worden und weigerte sich, mit der Ladung im Hafen zu bleiben. Die Polizei konnte ihn nicht dazu zwingen. Es handelte sich um eine Kleinstadt, in der es nur wenige Kühlhäuser gab. Deren Besitzer wiederum weigerten sich, infizierte Lebensmittel bei sich aufzunehmen. Es handelte sich immerhin um einige hundert Tonnen Rindfleisch. Die Analyse konnte Monate dauern, denn man musste ja die gesamte Ladung prüfen.«

»Und was geschah? Ich nehme an, man gelangte zu einer Lösung auf italienische Art.«

»Der Polizeichef handelte einen Deal mit dem Käufer aus, der zwei Tierhälften auswählen durfte. Die Analyse ergab, dass das Fleisch einwandfrei war. Also wurde die Ladung freigegeben und umgehend auf die Weiterverkäufer verteilt.« Sie schaute mich über das Blatt hinweg an, und in ihrem Blick lag müde Ironie.

»Ich nehme an, das Labor existierte nur auf dem Papier?«

»Oh nein, aber es war eines im Miniformat, ohne angemessene Ausrüstung und ohne qualifiziertes Personal. Nicht einmal die großen Labors können solche Untersuchungen in weniger als einer Woche durchziehen. Kurz darauf wurde es verkauft, dabei verschwanden alle Proben, und auch die Ergebnisse waren plötzlich aus den Computern gelöscht. Er habe Glück im Lotto gehabt, behauptete der Besitzer. Er zog nach Rom und kaufte sich einen Lamborghini. Was ist das einzig Erstaunliche an der Geschichte?«

»Dass die Ladung in Italien gelöscht wurde. Trotz allem ist es ein modernes Land und Mitglied der EU. Im Allgemeinen legt man dort Wert auf einwandfreie Lebensmittel.«

»Ja, und das Schiff hatte einen ganz anderen Bestimmungsort. Aber der Verkäufer änderte seine Meinung am Kai, und kurz nach dem Rummel tauchte ein neuer Kunde auf. Die Behörden hatten kein Interesse an einem Skandal, und die Angelegenheit wurde unter den Teppich gekehrt.«

»Also haben tausende Italiener Fleisch verzehrt, das ihnen die Gehirne zersetzen kann. Wie sicher sind wir in Schweden?«

»Sicherer als andere. Aber man fragt sich durchaus, warum manche Restaurants ihre Steaks zum halben Preis anbieten können und woher all die Fastfood-Ketten ihr Fleisch beziehen.«

»Ich werde wohl Veganer werden müssen. Aber das Grünzeug ist ja auch nicht gesund, denn es wurde mit krebserregenden Mitteln besprüht. Soll ich ausschließlich von Knäckebrot leben?«

Ich streckte mich, um die Steifheit aus dem Körper zu bekommen, und seufzte wegen all der Probleme, die sich vor mir auftürmten: Schmuggel, Sklavenhandel, Bomben, Gas und Gifte. Am schlimmsten schien mir, dass Hassel nicht mehr so geschmeidig war, wie ich ihn in Erinnerung hatte.

»Ich sollte jetzt wohl zu Tessan ins Hotel gehen und sehen, wie es ihr geht. Als wir uns trennten, war sie ganz und gar nicht in Ordnung«, überlegte ich laut.

»Maggie ist schon bei ihr.«

»Okay, aber ich will trotzdem nach ihr sehen. Sie ist ständig sauer auf mich und soll merken, dass ich mich um eine Kollegin kümmere. Warum wir nicht miteinander klarkommen, bleibt mir ein Rätsel. Wo ich doch so nett und entgegenkommend bin.«

Maud warf mir einen prüfenden Blick zu und sagte: »Tja, das müsst ihr unter euch ausmachen. Für die Reise nach Tallinn gelten dieselben Regeln wie für alle Aktionen der letzten Tage – zu keinem ein Wort. Nicht einmal ...«

»... zu meiner Frau, ich weiß. Ich würde nicht einmal meinem Spiegelbild verraten, dass ich nach Tallinn fahre.«

»Bevor du abreist, erwarte ich noch einen ausführlichen schriftlichen Bericht. Ich möchte über die kleinsten Details informiert werden. Und bevor jetzt eine Hasselsche Spitzfindigkeit kommt: über die großen natürlich auch.«

Es war erst später Nachmittag. Als ich meinen Essay geschrieben hatte, ließ ich mich in einem Wagen versteckt aus der Tiefgarage der Polizei ins Freie bringen. Zuvor hatte ich den Leibwächtern mitgeteilt, wohin es gehen sollte. Ich ließ mich in der Nähe des Hotels absetzen, in dem Therese und Maggie wohnten, und hoffte, dass mir meine Bodyguards folgten.

Das Hotel war so einfach, wie man es erwarten konnte, wenn der knauserige Vater Staat die Brieftasche gezückt hatte. Aber es machte einen gemütlichen Eindruck und hatte etwas vom diskreten Charme der Mittelklasse. Um die Zimmernummer zu erfahren, musste ich meine Polizeimarke zeigen. Die beiden jungen Damen wohnten im ersten Stock.

Die Treppe war mit einem dicken roten Teppich belegt, der die Schritte dämpfte. Vor dem Zimmer hundertelf blieb ich stehen und lauschte. Ich vernahm Gekicher, das verstummte, als ich anklopfte. Es dauerte eine Weile, bis Maggie die Tür einen Spalt öffnete.

»Du bist das!?«, rief sie, und es klang, als wäre ich gekommen, um etwas zu stehlen.

»Wie du siehst«, brummte ich.

»Und was willst du?«

»Ich möchte wissen, wie es Tessan geht. Ich hörte bereits, dass ihr Spaß habt, aber ich würde gern mit ihr persönlich sprechen, wenn du gestattest.«

Instinktiv drehte sie sich um und schaute in einen Teil des Raumes, den ich nicht überblicken konnte. Dann öffnete sie, widerwillig, wie mir schien, die Tür, sodass ich eintreten konnte. Sie trug bequeme Freizeitkleidung und war ungeschminkt, sodass sie irgendwie nackt wirkte. Ein Schlafzimmergesicht, dachte ich. Sie bemerkte meinen Blick und begegnete ihm mit einer klassischen weiblichen Geste, indem sie sich imaginäre Haarsträhnen von Augen und Wangen strich.

Therese lag im Morgenmantel auf dem Bett. Der Zopf war aufgelöst, und das nun wallende Haar veränderte ihr Aussehen. An den nackten Füßen steckten goldene orientalische Pantoffeln mit gestickten Ornamenten, die vielleicht Buchstaben darstellten. Die durch Schläge geröteten Hautpartien des Gesichts waren nahezu verblasst. Sie schaute mich ohne Neugier an; ihr Mund war wie ein Bindestrich zwischen dem Gedachten und dem Ungesagten.

»Hallo Tessan, wie geht es dir?«, erkundigte ich mich in munterem Ton.

»Nicht gut, aber es könnte schlimmer sein. Alles tut weh, aber es scheint ohne ernste Verletzungen abgegangen zu sein.«

»Schön, dass du wieder lachen kannst.«

»Heißt das, du hast an der Tür gelauscht? Spionierst du mir nach? Bist du deshalb gekommen?«

»An deiner Reaktion merke ich, dass es dir wieder gut geht. Beziehungsweise so wie immer.«

»Ich möchte wissen, wer dir das Recht gibt ...«

»Liebe Tessan, wenn du mir die Anrede gestattest, wenn ich auf dem Flur euer Kichern höre, hat das nichts mit Industriespionage zu tun, sondern mit der Tatsache, dass mindestens eines meiner Ohren funktioniert und die Tür nicht schalldicht ist.«

»Therese, er hat es doch nur gut gemeint«, half mir Maggie. »Es war doch nicht Hassel, der dich geschlagen hat.«

»Der hat es mit mir noch nie gut gemeint«, fauchte Tessan.

Maggie setzte sich neben sie aufs Bett, streichelte ihre Wangen und redete sanft auf sie ein: »Du bist immer noch erregt und solltest schlafen. Du hast Schreckliches erlebt und wirst vielleicht Albträume bekommen, aber wie müssen unseren Job machen, und Roland gehört dazu. Er ist unser Freund und nicht unser Feind. Eigentlich solltest du ihn um Verzeihung bitten.«

»Meinetwegen. Sorry.«

»Ich akzeptiere natürlich alle Entschuldigungen, die von Herzen kommen. Seid ihr morgen wieder dabei?«

»Das hängt davon ab, wie ich mich fühle«, antwortete Tessan abweisend. »Du hast jedenfalls nicht über meine Arbeitszeit zu befinden.«

»Ich werde sehen«, sagte Maggie. »Ich habe noch einige Aufgaben für Interpol zu erledigen, Statistik und so weiter.«

Sie warteten darauf, dass ich endlich ging, damit sie dort weiterkichern konnten, wo sie aufgehört hatten. Ich gönnte es ihnen; ich hatte meine soziale Pflicht getan.

Ich wandte mich zum Gehen, da fiel mein Blick auf den Papierkorb. Ich bemerkte eine halbleere Flasche Rotwein und zwei benutzte Gläser, die wohl in aller Eile in Servietten gewickelt worden waren. Warum nicht? Wir haben alle das Recht, Wein zu trinken, besonders an einem Donnerstag. Aber ich fand es heuchlerisch, es sich gut gehen zu lassen und zugleich so zu tun, als wäre man leidend. Vielleicht hatten die beiden sich das Fläschchen auch genehmigt, um das Leiden zu lindern. Wie auch immer, die jungen Damen mochten mich nicht, auch wenn Maggie etwas positiver eingestellt war. Jeder hat sein Schicksal zu tragen, und ich fand mich damit ab, in einem Schönheitswettbewerb zwischen Johnny Depp und mir nur Zweiter zu werden.

Ohne Eile spazierte ich zu meiner vorübergehenden Bleibe in der Igeldammsgatan. Ich stöberte in den Fertiggerichten für den anspruchslosen Junggesellen und machte mir in der Mikrowelle eine Broccolipastete warm. Dazu trank ich Eau de Stockholm, von vielen auch Pripps Leichtbier genannt.

Als das Festmahl vorüber war, rief ich meine Lieben an und erfuhr die neuesten Neuigkeiten aus Stall und Koppel. Mein Herz klopfte schneller, als ich merkte, wie erwachsen meine Tochter klang. Virena klang ebenfalls erwachsen, aber das bereitete mir kein Herzklopfen, denn sie war ja volljährig. Dafür fühlte ich eine melancholische Sehnsucht.

»Was machst du denn am Wochenende?«, wollte sie wissen. »Das Wetter ist ja herrlich, hier jedenfalls.«

»Ich verreise«, antwortete ich, ohne zu überlegen.

»So? Wohin denn?«

»Nach ... äh ... Hamburg. Ich soll an einem Striptease-Wettbewerb teilnehmen. Als Preisrichter.«

»Aha. Hast du das nötig?«

»Die Wahrheit ist: Ich habe vergessen, wie eine nackte Frau aussieht. Muss mein Gedächtnis auffrischen.«

Virena lachte leise, und meine Erinnerungen waren sofort aufgefrischt.

»Ich hoffe, wir sehen uns bald wieder, damit du nicht nach Hamburg fahren musst. Wirst du tatsächlich verreisen?«

»Ja. Arbeiten muss ich in jedem Fall, und möglicherweise gehört eine Dienstreise dazu. Nach Kopenhagen oder Oslo. Das wird morgen früh entschieden.«

»Und die Sache mit der ... in der Wohnung?«

»Ist bald geklärt. Was machen deine Reitstunden?«

»Vor allem Spaß. Ich durfte schon einen Galopp reiten.«

»Gratuliere.«

Wir plauderten noch ein bisschen über dies und das, und ich gab mir Mühe, den Abschied hinauszuzögern. Schließlich drängelte Elin, und wir legten auf.

Natürlich war es ein herrlicher Junitag. Ich hätte hinausgehen und mich amüsieren sollen, anstatt in einer fremden Wohnung Staub zu schlucken, aber ich wagte nicht, das Schicksal herauszufordern. Stattdessen las ich verbissen in den Werken eines Buchklubs, bis es endlich Zeit war, zu Bett zu gehen. Ich nahm eine Tablette, damit ich mich nicht stundenlang im Schweißbad der Schlaflosigkeit herumwälzen musste. Sie war so stark, dass ich nicht einmal von Hamburg träumte.

Ein Polizist übernahm das Schlüsselbund und fuhr in meine Wohnung, um den Pass und frische Unterwäsche zu holen. Der Visumzwang ist zwar aufgehoben, aber einen Pass benötigt man immer noch, um in die baltischen Staaten zu reisen.

Maud hatte alle Formalitäten geklärt. »Hier ist das Ticket für die Hin- und Rückfahrt. Verlier es nicht, sonst musst du selbst bezahlen. Wann du wieder nach Stockholm zurückkehrst, entscheidest du selbst.«

»Was ist das für eine Kabine?«

»Eine Kabine eben. Wir haben Guus ein Foto von dir gefaxt; er erwartet dich in der Ankunftshalle. Du wirst hier um vier herausgeschmuggelt. Weil du dich noch vorbereiten und eine Reihe von Dokumenten studieren musst, ist es sinnlos, dass du heute draußen arbeitest.«

»Sind die Damen aus Lyon beziehungsweise *la bella Italia* zum Dienst erschienen?«

Maud schüttelte den Kopf. Ich konnte ihrem Gesicht nicht ablesen, ob sie das bedauerte oder nicht. »Therese pflegt ihren Körper, und Maggie forscht. Aber sie stehen ja auch nicht auf unserer Gehaltsliste, sondern weilen hier als Gäste. Rolle ...« Sie stützte die Ellbogen auf und legte das Kinn auf die Handflächen: »Willst du zurück zur Fahndung? Ich könnte es einrichten, dass du wieder in Simons Gruppe kommst.«

»Warum stellst du mir diese Frage?«

»Es ist nur so ein Gefühl. Deine derzeitige Aufgabe hat sehr viel mit klassischer Fahndungsarbeit zu tun. Du scheinst dich trotz aller Widerwärtigkeiten in diesem Job sehr wohl zu fühlen. Ich würde dich nie gegen deinen Willen in dieser Abteilung festhalten.«

Ich sprang auf, rannte einmal auf und ab und spürte, wie sich auf meiner Stirn Schweißperlen bildeten. »Willst du mich loswerden?«, fauchte ich sie an. »Dann sag es geradeheraus. Tauge ich nicht für deine Abteilung? Habe ich die laufenden Ermittlungen an den Baum gesetzt? Schickst du mich deshalb in die Wüste?«

»Rolle, so war es doch nicht gemeint ...«

»Oh doch! Ich bin ja nicht schwer von Begriff. Verdammt ... es war schön, mit Simon bei der Fahndung zu arbeiten, aber das ist für mich ein abgeschlossenes Kapitel. Ich habe mich in dieser Abteilung von Anfang an wohl gefühlt und möchte hier bleiben bis zur Pension. Aber wenn ich nicht in dein Muster passe, dann kann ich auch gern zu einem privaten Sicherheitsdienst gehen. Die nehmen mich mit Kusshand, und außerdem verdiene ich dort mehr!«

Maud hob abwehrend die Hände: »Rolle, du hast mich wirklich falsch verstanden! Ich dachte, du willst weg. Wenn es nicht so ist, dann freue ich mich sehr darüber. Du bist eine echte Bereicherung für uns, weil du über Erfahrungen verfügst, die den anderen fehlen.«

Ich beruhigte mich, nahm wieder Platz und lächelte sie an. Zeit für die obligatorische Friedenspfeife. »Erschreck mich nicht noch einmal auf diese Weise. Allzu viele Schocks verträgt auch meine Pumpe nicht.«

»Reden wir nicht mehr davon. Den Rest des Tages habe ich anderes vor und bin nicht zu erreichen. Du weißt, wie du in Tallinn vorgehen sollst?«

»Theoretisch ja. Aber man weiß ja nie, wie die Dinge sich entwickeln. Guus fällt in meine Arme, flüstert mir alle geheimen Informationen zu, ich finde ein Faxgerät, schreibe alles auf und schicke es her. Wenn es sehr eilig ist, rufe ich dich zu Hause an. Aber es fehlt ein wichtiges Teil in deinen Instruktionen.«

Statt zu fragen, hob sie die wohlgeformten Augenbrauen.

»Wenn Guus nun Geld für seine Informationen verlangt, was mache ich dann? Die Polizisten in den alten Ostblockländern verdienen sehr wenig und nutzen jede Gelegenheit für einen Zusatzverdienst. Wenn er aus der Schule plaudert, könnte er der Ansicht sein, dass ihm ein bestimmter Betrag zusteht, um in ein friedlicheres Land zu reisen.«

»Von einer Geldforderung ist mir nichts bekannt.«

»Vielleicht hält er eine Belohung für eine Selbstverständlichkeit?«

Nachdenklich massierte sie ihr Kinn und murmelte: »Du könntest Recht haben. Man denkt manchmal sehr schwedisch. Okay, du hast freie Hand, selbst zu bestimmen, was seine Informationen wert sind. Versprich nicht zu viel, am besten gar nichts. Mach, was du für richtig hältst. Möglicherweise fordert er kein Geld, sondern etwas anderes. Sicherheit zum Beispiel. Oder eine neue Identität.«

Sie erhielt einen Anruf. Ich merkte, dass sie viel zu tun hatte und erhob mich.

»Ich muss los«, erklärte sie. »Viel Erfolg für dich und *unsere* Abteilung!«

Wir gaben uns die Hände, und ich bekam einen Stapel Dokumente, die ich im Laufe des Tages durcharbeiten sollte. Wenig später reichte man mir den Pass und die Wäsche ins Büro, und ich vertiefte mich in die umfangreichen Berichte. Zwanzig nach elf ging ich hinunter in die Kantine, um zu essen, und setzte mich an einen freien Tisch in der Ecke. Ich sah, wie Tessan aufstand und mit ihrem Tablett zur Geschirrabgabe ging.

Als sie mich entdeckte, kam sie zögernd näher und erklärte: »Ich fühle mich schon besser. Wo ist Maud?«

»Hat heute etwas anderes vor. Und ich muss lesen. Du kannst im Konferenzraum strippen, dann vergeht die Zeit.«

Auf ihren Wangen zeigten sich die bekannten roten Flecken, sie hob das Kinn und marschierte grußlos hinaus. Herrgott noch mal, ich wollte doch nur, dass sie es mir einmal mit gleicher Münze heimzahlte, dass sie mit Worten konterte, die bewiesen, dass wir auf demselben Planeten lebten! Das hatte absolut nichts mit Mobbing oder Machogehabe zu tun. Bei der Polizei hatte ich vom ersten Tag an mit Frauen zusammengearbeitet und war mit allen gut ausgekommen, doch zu Tessan fand ich keinen Draht. Als sie ging, sah ich, dass eine mintgrüne Schleife den neu geflochtenen Zopf zierte.

Drei Heringsfilets und eine Portion Kartoffelmus später verließ ich das Lokal und stieg wieder zu meinem Büro hinauf.

Im Flur traf ich Simon, der erschöpft aussah und freudlos grüßte. »Ich mache mir Sorgen um Nadja«, bekannte er. »Sie bekommt jeden Tag Bestrahlungen. Man hat einen großen Tumor gefunden, der anders nicht zu behandeln ist. Meine Nadja war immer so stark, aber jetzt hat sie Angst. Sie wird in eine Art Brutkasten gesteckt, oder wie sie das nennen. Sie will, dass ich mitkomme und ihre Hand halte, sonst geht sie nicht hin.«

»Dann halte doch ihre Hand.«

»Natürlich tue ich das. Aber ich bekomme ebenfalls Strahlen ab und habe gehört, dass man davon impotent wird.«

»Mein Gott, Simon, du hast ja nun wahrlich deinen Beitrag zum Bevölkerungswachstum geleistet. Hattet ihr denn noch weitere Kinder geplant?«

Er strich sich über die schimmernde Glatze und brummte: »Nein, natürlich nicht. Aber es ist ein Unterschied, ob man nicht mehr will oder nicht mehr kann ... Ach was, Nadja geht vor. Sie muss gesund werden.« Er nickte mir noch einmal zerstreut zu und schlurfte weiter.

In Gedanken versunken setzte ich meinen Weg fort. Als ich mein Büro fast erreicht hatte, blieb ich plötzlich stehen und versteckte mich hinter einer offen stehenden Tür. Zur Hölle, das konnte doch nicht wahr sein!

Sune Bengtsson kam aus meinem Zimmer, schaute sich vorsichtig um und zündete sich dann mit einem zufriedenen Grinsen eine Zigarette an. So ein hinterlistiger Hund, dachte ich, und stellte fest, dass er in meine Richtung ging. Als er nahe genug heran war, warf ich mich mit Schwung gegen die Tür. Sie knallte ihm ins Gesicht, sodass er nach hinten fiel.

Ich stellte mich wie ein Racheengel über ihn und schrie: »Was hattest du in meinem Büro zu suchen?«

20. Kapitel

Mühsam rappelte er sich auf und hielt die Hand vor das schmerzverzerrte Gesicht. Die Tür hatte das Zigarettenmundstück nach oben gedrückt, sodass er einen Brandfleck und Asche auf der Wange hatte. Mit seinen nikotingelben Fingern betastete er die Lippe. Als er die Zunge bewegte, quoll Blut zwischen den Zähnen hervor.

»Du bist ja verrückt«, knurrte er. »Du gehört in eine geschlossene Anstalt!«

»Was hattest du in meinem Büro zu schaffen? Wenn wir die Türen während der Arbeitszeit unverschlossen lassen, dann heißt das, dass wir uns unter Kollegen vertrauen. Das gilt nicht für dich. Also, was wolltest du in meinem Zimmer?«

»Ich lasse dich in die Psychiatrie einweisen! Diesmal kommst du nicht davon! Und den Polizeidienst musst du auch verlassen, weil du einen Kollegen misshandelt hast!«

»Darüber entscheiden andere. Und die werden sagen: Rolle, warum hast du nicht härter zugeschlagen? Aber es ist ja noch nicht zu spät.«

Sune bückte sich und hob das angebrochene Mundstück auf. Er schien sich darum zu sorgen wie um ein Kind, das er nie hatte. Ein paar Kollegen kamen vorbei und schauten uns forschend an.

Sune wollte sich davonmachen, doch ich packte ihn und drückte ihn an die Wand: »Zum letzten Mal: Was hast du in meinem Büro gemacht?«

Er leckte sich das Blut von der Lippe und schien Gefallen an dem Geschmack gefunden zu haben. »Ich betrete ein Zimmer nur, wenn ich darin etwas zu erledigen habe. Also hatte ich etwas zu erledigen.«

»Und was, zum Teufel?«

»Ich habe es mir anders überlegt. Dich geht das gar nichts mehr an. Wenn du kein Polizist mehr bist, kannst du ja hier putzen kommen. Vielleicht taugst du wenigstens dazu.«

Seine schrille Stimme, die mich so oft auf die Palme gebracht hatte, wirkte plötzlich nur noch komisch. Ich konnte die Lust zu lachen kaum noch unterdrücken. Was wollte diese geräucherte Brillenschlange von mir?

»Sune, bevor du dich vor den Kollegen lächerlich machst: Was willst du eigentlich anzeigen? Ich öffnete eine Tür und konnte doch nicht wissen, dass du dich gerade dahinter befandest. Leid tut es mir aber nur um deine Zigarettenspitze. War wohl ein Erbstück? Schade darum. Und jetzt noch einmal die entscheidende Frage: Was wolltest du in meinem Büro?«

Er rückte die Brille zurecht und starrte mich an, aber ich ließ die hasserfüllten Blicke gleichgültig abprallen. Dann trollte er sich, die Reste des Mundstücks in der Hand. Morgen würde wohl eine Annonce in der Zeitung stehen: *Ich werde dich nie vergessen. Ruhe in Frieden!*

Aber was hatte Sune in meinem Zimmer getan? Stand meine Tasche noch da, wo ich sie hingestellt hatte? Ich schaute hinein, konnte aber nicht feststellen, ob etwas fehlte oder jemand etwas dazugetan hatte. Zerstreut nahm ich das Ticket für die Schiffsreise vom Tisch und steckte es in die Innentasche. Sicher ist sicher, dachte ich, dann vergesse ich es nicht, wenn ich nachher ... Das Ticket! Hatte Sune es gesehen? Es steckte in einem Umschlag. Wenn man es herausnahm, konnte man sich alle relevanten Angaben in Sekunden einprägen: Name des Schiffes, Zeit und Ort des Ablegens, voraussichtliche Ankunft am Bestimmungsort. Wenn Sune von meiner Reise wusste – wie würde er dieses Wissen nutzen? Sune hatte kein Gefühlsleben. Er spielte Schach, nicht ohne Erfolg, und Bridge, aber ohne die Geselligkeit zu lieben. Die Wochenenden verbrachte er allein auf seinem Gartengrundstück. Er hatte keine Freunde, weil er nicht wusste, was Freundschaft war. Als Feind war er nicht zu unterschätzen; er konnte gemein und hartnäckig sein. In den Kreisen, denen er sich angeschlossen hatte, gehörte Gewalt zum Alltag, während Nächstenliebe als ein Relikt aus grauer Vorzeit galt.

Wenn Maud erfuhr, dass ich so dumm gewesen war, das Ticket zur allgemeinen Einsicht herumliegen zu lassen, konnte ich mir einiges anhören. Ich hoffte also, dass Sune nicht auf den Umschlag geachtet hatte.

Ich setzte mich und studierte die Dokumentationen über den Lebensmittelschmuggel und den Handel mit Mädchen aus Osteuropa. In verschiedenen Ländern hatten Polizisten Beteiligte festgenommen, aber es waren kleine Fische gewesen, die nichts über die großen Haie verrieten und ihre Strafen mit Gleichmut absaßen. Zweihundertdreiundsiebzig junge Frauen waren befreit worden. Keine wagte es auszusagen; alle waren froh gewesen, noch einmal davongekommen zu sein und in ihre Heimatdörfer zurückkehren zu können. Die Geschäfte wurden durch verschiedene Morde flankiert; manche zeugten von einer beispiellosen Rohheit. Die Berührungspunkte zwischen den beiden Verbrechenskategorien waren nicht klar auszumachen, sondern eher hypothetisch, wenngleich sie begründet schienen. Trotz der trockenen Sprache zeugten die Dokumente von Grausamkeit, Egoismus und ungehemmter Gier. Wir hatten es also mit typischen Erscheinungen unserer modernen Zivilisation zu tun.

Die vielen Versuche, geheimen Konten in den Steuerparadiesen auf die Spur zu kommen, waren mit freundlichem Bedauern abgewiesen worden. Kleinstaaten, deren Einkommensquelle darin besteht, Briefkastenfirmen zuzulassen, garantieren in der Regel totale Diskretion. Ehemalige Diktatoren auf der Flucht, Terroristenführer und so genannte gewöhnliche Verbrecher aus profitablen Branchen wie

Drogen, Prostitution und Waffenhandel sind dankbar, einen Schlupfwinkel gefunden zu haben, und zahlen gern Provisionen, die im Verhältnis zu den zusammengeraubten Summen Peanuts darstellen. Egal, wie gut Polizei und Steuerfahndung ausgerüstet sind, die Gierigen können sich die modernste Technik und die besten Spezialisten leisten, und so haben die Verfolger stets das Nachsehen.

Als die IT-Blase platzte, wurden viele tüchtige Systementwickler arbeitslos. Sie waren daran gewöhnt, rund um die Uhr zu arbeiten und Unsummen zu verdienen. Jetzt waren ihre Kenntnisse nicht mehr gefragt, und mit einem Karriereknick hatten sie nicht gerechnet. So ließen sich viele dieser Spezialisten von den Verbrechersyndikaten anwerben. Nur wenige konnten dem klebrigen Netz entkommen. Die meisten wollten wohl auch dabei bleiben. Ihre Zukunft war gesichert, sie verdienten wieder viel Geld und mussten den Porsche nun doch nicht verkaufen. Der Mensch hält an seinem Besitz fest, und wer einmal vom Reichtum genascht hat, verachtet die ordinären Speisen der Armen.

Punkt sechzehn Uhr rief ich einen der Leibwächter an und informierte ihn, dass ich zum Freihafen fahren wolle. Der Wagen stand schon bereit; diesmal war es ein grauer Audi. Ich kroch auf den Rücksitz und zog mir die Decke über den Kopf.

Auf dem kurzen Weg vom Auto zum Terminal der Estlines konnte ich noch ein wenig frische Luft schnappen, dann schluckte die Regina Baltica mich und viele andere Passagiere. Ich begab mich sofort in meine Kabine und stellte fest, dass sich der Luxus auf ein durchgelegenes Bett und fließendes Wasser beschränkte.

Es war bald Mittsommer, aber an diesem Tag war der Himmel grau bewölkt, sodass keine Reisestimmung aufkommen wollte. Einige der Herren störte das überhaupt nicht. Jemand musste ihnen weisgemacht haben, dass in Estland die Prohibition eingeführt worden war, denn sie begannen sofort, auf Vorrat zu trinken. Ein paar abenteuerlustige Damen schauten zu. Da ich hungrig war, setzte ich mich im Bordrestaurant an einen kleinen Tisch und genehmigte mir eine kleine Mahlzeit.

Am späteren Abend drehte ich noch eine Runde auf Deck, und dann war es Zeit, ins Bett zu gehen. Die trinkfreudigen Herren und die abenteuerlustigen Damen hatten inzwischen zueinander gefunden, und man fraternisierte. Die Frauen sprachen jetzt dem Alkohol zu, während die Männer auf Abenteuer aus waren. Man traf sich auf einer Tanzfläche, doch die dort zu beobachtenden Bewegungen erinnerten eher an Paarungsriten. Die Musik dröhnte laut und mischte sich mit dem Lachen und dem Gekreische der enthemmten Kleinbürger. Höchste Zeit, dass ich in meiner Kabine verschwand. Nach einem Besuch der Minidusche kroch ich unter die Decke. Noch ein paar Seiten in einem guten Buch, dann löschte ich das Licht.

Da es sich um eine Innenkabine handelte, wurde es stockdunkel. Ich verwendete das Dröhnen der Maschinen als Gutenachtmusik, und der Trick funktionierte. Im Grenzland zwischen Wachsein und Schlaf kamen und gingen die Gedanken ohne Logik oder Ordnung, neue Geistesblitze zuckten durch alte Grübeleien. Dann schlief ich ein.

Ein scharfer Laut durchdrang den Kokon, den der Schlaf um mich gewebt hatte. Ich wachte auf, starrte in die Finsternis und wusste nicht, wo ich mich befand. Für einen Moment geriet ich in Panik, weil mir jede Orientierung fehlte, doch dann erinnerte mich das Dröhnen der Maschinen an die Kabine und das Schiff. Ich tastete nach dem Lichtschalter über dem Bett.

Das Geräusch kam von der Tür: Knack, knack, knack – jemand schlug mit einer Münze oder einem metallischen

Gegenstand dagegen. Es war null Uhr fünfzehn. Ich stand auf, gähnte und schlurfte zur Tür.

Verschlafen erkundigte ich mich: »Was ist los?«

Eine helle Stimme antwortete: »Eine telefonische Nachricht für Sie.«

»Telegramm?«

»So kann man es ausdrücken.«

Nur Maud Gudmunds wusste, dass ich an Bord war. Eventuell auch ihr Mann Åke. Und natürlich Kommissar Ervin Guus. Vielleicht auch die Leibwächter, aber die würden niemals anrufen. Und vielleicht noch ein paar hundert Menschen; was wusste ich schon über die heißen Drähte zu Interpol? Ich öffnete die Tür einen Spalt und streckte die Hand hinaus, um die Nachricht entgegenzunehmen.

Im nächsten Moment wurde die Tür aufgerissen, und drei Personen drängten sich in die Kabine. Es waren reife Schönheiten mit langen Haaren, kirschrot geschminkten Mündern und liebeshungrigen Augen. Unter dünnen Seidenblusen wogten üppige Brüste, dass manch unerfahrener Matrose seekrank werden konnte. Die Amazonen wirkten aufgekratzt und hatten sicher einige Deziliter Alkohol intus. Alle drei trugen kokette lila Seidenhandschuhe, wohl um zu demonstrieren, dass sie gemeinsam auf Männerjagd waren.

»Verdammt, was wollt ihr?«, fragte ich wütend.

Sie umringten mich, lächelten mit weißen Haifischzähnen und kamen immer näher.

Die mit der hellen Stimme flüsterte: »Jetzt beginnt für unseren Rolle-Polle die Liebesnacht seines Lebens ...«

Obwohl ich wie hypnotisiert war, funktionierte mein Polizistengehirn: »Woher weißt du, dass ich Rolle heiße?«

»Junge, du bist doch kein Unbekannter ... wir hörten von einem Freund in der Bar ... Rolle-Polle, der Stier ... als Lover hast du einen Ruf zu verlieren ... zeig mal, was du drauf hast ...«

Sie umschwärmten mich wie die Fliegen ein Stück Zucker, und ich ahnte, dass sie mich vernaschen wollten. Sechs Arme streckten sich nach mir aus, sechs Hände griffen nach mir, und mindestes zwei Knie schoben sich zwischen meine Beine. Was sollte ich tun? Die Nymphomaninnen kicherten, und ich kam mir vor wie ein Insekt, das in ein Netz mit drei Spinnen geraten ist.

»Hört auf, verdammt noch mal!«, rief ich.

Ein Unterarm schob sich nach oben und presste sich gegen meinen Hals, fester und fester. Ich bekam keine Luft mehr, und das gurgelnde Lachen der geilen Weiber wurde zu einer einzigen Kakophonie. Frauen oder nicht, hier ging es um mein Leben! Ich verwandelte mich tatsächlich in einen Stier, ging auf sie los, trat der einen gegen das Schienbein, rammte der zweiten den Ellbogen in die Magengrube und versetzte der dritten einen Faustschlag ins Gesicht. Sie schrien und schlugen zurück, doch meine Wut hatte sich zur Raserei gesteigert. Ich bekam die Tür auf und warf sie buchstäblich hinaus. Nachdem ich von innen verriegelt hatte, tobten sie noch eine Weile auf dem Gang und verschwanden schließlich.

Es war schwierig, wieder einzuschlafen. Drei wilde, entschlossene und starke Frauen hatten mich in meiner kleinen Kabine überfallen ... Das war ja schlimmer als ein Groschenroman! Ich hatte mich tapfer verteidigt, aber Virena durfte von dem Vorfall trotzdem nichts erfahren. Es gibt Geschichten, über die Männer lachen, die Frauen jedoch gar nicht lustig finden. Und umgekehrt, wenn die Rollen vertauscht sind. Es klang wie der Anfang eines schlechten Witzes: Kommen drei starke Frauen an eine Kabinentür ...

Jedes Mal, wenn ich an die Damen dachte, fiel mir das Attribut *stark* ein. Starke, starke, starke ... Frauen? Mit lila Seidenhandschuhen? Wollten sie das Aussehen ihrer Hände verbergen? Mit Hilfe von viel Schminke, einer Perücke und einem ausgestopften BH kann ein Mann sich schnell in eine Frau verwandeln, aber die Hände würden ihn verraten.

Natürlich hatte kein Freund in der Bar von Rolle-Polle und seinen erotischen Fertigkeiten erzählt. Also hatten die drei männlichen Frauen schon vor Stunden gewusst, dass ich an Bord sein würde. Sie mussten sich ja die Verkleidungen beschaffen und sich in einer Kabine umziehen. Und wer wusste mit Sicherheit, dass ich mit diesem Schiff nach Tallinn reisen wollte? Maud, vielleicht auch Åke ... und Sune! Er hatte so viel für seine Nazifreunde getan, dass sie ihn sicher bei seinem Rachefeldzug gegen mich unterstützten.

Es fiel mir noch immer schwer zu schlucken, und meine Kehle brannte. Noch dreißig Sekunden, vielleicht auch nur zwanzig oder zehn, und sie hätten den perfekten Mord verübt. Irgendwann in der Nacht wäre mein Leichnam, beschwert mit Gewichten, in einem Sack gelandet und vom Autodeck ins Wasser geplumpst. Bei der Ankunft gibt es keine Passagierkontrolle; jeder, der eine Rückreise gebucht hat, darf in seiner Kabine bleiben. Mein Verschwinden wäre also erst nach einigen Tagen bemerkt worden, und man hätte es wohl damit erklärt, dass ich nach exzessivem Alkoholgenuss in der Bar beim Luftschnappen von Bord gefallen sei.

Sicherheitshalber blieb ich bis neun Uhr morgens in der Kabine. Dann mischte ich mich unter die Leute, die ihr Frühstück einnahmen. Einige wirkten verkatert, aber sie würden sich tagsüber erholen, um am Abend neuen Trink- und Liebesabenteuern entgegenzusehen. Unter all den Gästen der Cafeteria war niemand, der einer meiner drei männlichen Frauenbekanntschaften glich. Ich hatte nichts anderes erwartet; meine nächtlichen Besucher blieben sicher in ihrem Versteck, bis ich an Land ging. Ich trank Tee und verzehrte einen Becher Joghurt, ein Käsebrötchen und ein hart gekochtes Ei.

Dann zog ich mich in eine ruhige Ecke zurück und rief Maud an. Sie meldete sich ruhig mit ihrem Namen.

»Hallo, hier ist Rolle, kurz vor Tallinn. Drei Männer, die sich als Frauen verkleidet hatten, sind heute Nacht in meine Kabine gestürmt und haben versucht, mich umzubringen. Sie nannten mich beim Namen, eine Verwechslung ist ausgeschlossen. Woher können sie gewusst haben, dass ich an Bord bin?«

»Ich habe keine Erklärung. Bist du vielleicht beschattet worden?«

»Möglicherweise. Ich muss dir allerdings noch eine Dummheit gestehen: Ich habe das Ticket gestern auf dem Schreibtisch liegen gelassen. Es war auch jemand in meinem Zimmer – Sune Bengtsson. Ich erwischte ihn, als er herausgeschlichen kam.«

Sie schwieg ein paar Sekunden; offenbar dachte sie nach. Statt mich als einen leichtsinnigen Idioten zu beschimpfen, stellte sie nur fest: »Jeder, der zufällig dein Büro betrat, hätte also erfahren können, wann du wohin fährst?«

»Ja, leider.«

»Das war gar nicht gut, Rolle. Hast du irgendeinen Beweis, dass Sune mit dem Anschlag zu tun hat?«

»Nein, aber ich bin sicher, dass er dahinter steckt.«

»Das genügt nicht, um irgendetwas gegen ihn zu unternehmen. Übrigens hat er dich wegen Körperverletzung angezeigt und ein ärztliches Attest über Verletzungen an Mund und Zähnen vorgelegt.«

Ich spielte den Erstaunten und schimpfte: »Jetzt ist der Kerl auch noch paranoid! Ich hatte zufällig gerade eine Tür aufgemacht, als er draußen vorbeiging. Es war der reine Zufall, wenn auch offenbar von höherer Gerechtigkeit bestimmt.«

»Wenn du meinst ... Ich habe notiert, was du gesagt hast und gehe davon aus, dass du wie geplant vorgehst und dich nicht umbringen lässt. Das ist kein Zynismus, sondern ein Wunsch, der von Herzen kommt. In meiner ganzen Laufbahn bin ich nie in einer solchen Situation gewesen. Du hast eindeutig mehr praktische Erfahrung und weißt am besten, wie du dich schützen kannst. Vielleicht kann dir Kommissar Guus für die Zeit in Tallinn einen Personenschutz organisieren. Oder willst du lieber gleich umkehren?«

»Das würde nichts nutzen. Meine potentiellen Mörder sind höchstwahrscheinlich noch an Bord, und ich hätte sie auf der Rückfahrt erneut auf dem Hals. Nein, es ist wohl sicherer, in Tallinn zu bleiben.«

»Das musst du selbst entscheiden. Erzähl mir noch einmal genau, wie die Männer gekleidet waren.«

Ich schilderte ihr alle Einzelheiten, an die ich mich erinnerte und merkte, dass sie mitschrieb. Auch die Seidenhandschuhe vergaß ich nicht zu erwähnen.

»Okay, ich versuche, genügend Leute für eine Razzia zusammenzutrommeln. Wenn die Regina Baltica wieder in Stockholm einläuft, stellen wir sie auf den Kopf, unter dem Vorwand, nach Drogen und geschmuggelten Zigaretten zu suchen. Wir arbeiten mit dem Zoll zusammen, dann fällt es nicht auf. Vielleicht finden wir etwas Verdächtiges bei irgendjemandem im Gepäck.«

Das Schiff legte pünktlich an, und noch immer herrschte trübes Wetter. Der Sommer schien eine Pause eingelegt zu haben. Ich hielt mich in der Mitte des Pulks von etwa hundert Passagieren, die von ihrem Ausflug nach Schweden zurückkehrten oder als Touristen an Land gingen. Ohne Probleme kamen wir durch den Zoll und gelangten in die Ankunftshalle. Dort herrschte ein ziemliches Gewimmel. Einige stattliche Polizisten achteten auf Ordnung. Zögernd steuerte ich den Ausgang an.

Hinter einem Pfeiler vernahm ich eine Stimme, die mich auf Deutsch ansprach: »Ich bin hier, Herr Hassel.«

Der Mann trat vor. Er trug einen dunklen Anzug mit Weste und hatte einen breitkrempigen Sommerhut weit ins Gesicht gezogen. Ich schätzte ihn auf etwa fünfzig Jahre. Er war ein wenig füllig und zog ein trauriges Gesicht. Ich hatte den Eindruck, dass sich alle Sorgen der Welt in diesen Zügen spiegelten.

Als Profi spielte ich mit, schaute an ihm vorbei und fragte leise: »Wie gehen wir vor?«

»An der Stelle, wo ich jetzt stehe, liegt ein gelbes Kuvert mit Autoschlüsseln. Sie gehören zu einem dunkelblauen Lada, der auf dem Parkplatz zur Linken ganz hinten in der dritten Reihe steht. Folgen Sie einem roten Fiat älteren Baujahrs. Ich winke Ihnen beim Vorbeifahren zu.«

Guus ging voraus und schaute misstrauisch nach allen Seiten. Ich stellte mein Gepäck ab und putzte mir die Nase. Als ich die Tasche wieder aufnahm, angelte ich unauffällig nach dem Kuvert. Die Vorsicht war vielleicht übertrieben, aber wenn er als Ortskundiger das Risiko minimieren wollte, durfte ich ihm keinen Strich durch die Rechnung machen.

Den Lada fand ich ohne Probleme. In Schweden wäre er spätestens bei der nächsten Durchsicht aus dem Verkehr gezogen worden. Der Lack war stumpf, die Sitze verschlissen, und es dauerte einen Moment, bis ich mit der veralteten Schaltung klarkam. Aber ich wusste, dass man mir nicht absichtlich ein besonders schlechtes Fahrzeug gegeben hatte; der Wagen entsprach hier dem Standard polizeilicher Ausrüstung.

Der Fiat rollte heran, Guus gab das Zeichen, und ich fuhr in angemessenem Abstand hinterher. Der Kommissar rollte langsam durch die Stadt, die einen freundlichen Eindruck machte. Auf den Gehsteigen promenierten viele Leute, die gut gekleidet und wohlgenährt waren.

Bald hatten wir die Altstadt erreicht. Guus hielt an, stieg aus und machte eine zufällig wirkende Geste. Ich deutete sie als Hinweis auf den wenige Meter entfernten Eingang eines Hotels. Also drehte ich noch eine Runde durch die angrenzenden Straßen und parkte dann ganz in der Nähe des Fiats. Weil die Straße abschüssig war, legte ich, nachdem die Handbremse kaum Wirkung zeigte, sicherheitshalber einen Gang ein. Im Vorbeigehen merkte ich mir den Namen der Straße: Puhavaima.

Das *Park Hotel Schlosse* hatte eine schöne, gelb verputzte Fassade und zwei Stockwerke. Mit der Tasche in der Hand schlenderte ich hinein und wandte mich an das Mädchen an der Rezeption.

Sie sprach das Englisch der Königin und begrüßte mich: »Mister Roland Hassel aus Stockholm? Willkommen in Tallinn. Raucher oder Nichtraucher?«

»Auf Tabakqualm reagiere ich allergisch.«

»Dann gebe ich Ihnen Zimmer neunundzwanzig im zweiten Stock. Wollen Sie sich bitte hier eintragen?«

Ich füllte das Anmeldungsformular aus, und sie lächelte mich professionell an: »Ich nehme an, Sie zahlen mit Karte?«

Ich reichte ihr meine Visakarte, die sie gekonnt durch den Apparat zog.

»Wie lange wollen Sie bleiben?«

»Das kommt darauf an, was Tallinn zu bieten hat.«

Ihr Lächeln wurde breiter und ein wenig echter. »In diesem Falle freuen wir uns, Sie ein ganzes Jahr beherbergen zu dürfen. Das Zimmer kostet hundertfünfundsechzig Dollar pro Nacht.«

Ich ahnte, dass es zu Hause Ärger mit der Spesenabrechnung geben würde.

»Ganz schön teuer«, seufzte ich. »Dafür bekomme ich in London ein gutes Zimmer im *Hilton*.«

»Mag sein. Aber die Kosten steigen, und es kommen immer mehr Geschäftsleute zu uns. Jetzt sind Sie in Tallinn, Mister

Hassel, und nicht in London. Wenn Sie im *Hilton* wohnen wollen, müssen Sie weit laufen.«

Sie lächelte noch herzlicher, um zu unterstreichen, dass sie mich nicht provozieren wollte, sondern in mir einen sympathischen Gast sah, mit dem man einen Scherz machen konnte. Dann reichte sie mir Hotelausweis und Schlüsselkarte. »Unser Restaurant serviert sowohl regionale Spezialitäten als auch internationale Küche. Ich hoffe, Sie werden sich bei uns wohl fühlen, Mister Hassel.«

»Wenn nicht, ziehe ich ins *Hilton*. Die Tasche trage ich selbst.«

Ich stieg die Treppe hinauf, um mich mit der Atmosphäre des Hauses vertraut zu machen. Das Hotel schien sauber und elegant zu sein; es hatte wohl zu Recht einen guten Ruf. Ich schloss mein Zimmer auf, trat ein und ließ die Tür offen stehen. Als ich die Tasche auf die Bank gestellt und mein Jackett aufgehängt hatte, huschte Guss herein und schloss hinter sich ab.

Feierlich, als sollten wir Blutsbrüder werden, reichte er mir seine schmale und dennoch kräftige Hand. »Ich bin Ervin Guus.«

»Roland Hassel.«

»Schön, Sie kennen zu lernen, Herr Hassel.«

»Ich bin Roland. Darf ich Ervin sagen? So halten wir es unter Kollegen.«

An seinem verkniffenen Mund sah ich, dass ich in ein Fettnäpfchen getreten war. »Sie haben in Schweden Ihre Sitten. Bei uns ist es üblich, die formelle Anrede beizubehalten, bis der richtige Zeitpunkt gekommen ist. Wir betrachten es als eine Frage der Erziehung und des Respekts.«

Er hatte mich gebeten zu kommen, ich war unterwegs fast erwürgt worden, und ich riss mich wahrlich nicht darum, ein Wochenende in Tallinn zu verbringen. Was bildete der Kerl sich ein? Er hatte wohl einen Uniabschluss und hielt sich für etwas Besseres! Der Barbar aus Schweden zu Besuch bei dem Feingeist in Tallinn. Dabei war Estland einst unsere Kolonie gewesen!

»Es fehlt mir nicht an Respekt, wohl aber an Erziehung. Ich wurde auf einem Steinhaufen geboren und wuchs auf in einem hohlen Baum. Meine Mutter verkaufte Nüsse auf dem Markt, mein Vater sammelte Regenwürmer. In der Schule gefiel es mir nicht; ich besuchte sie nur einen Tag, das musste reichen. Lesen kann ich nicht, aber ich weiß, dass zwei mal zwei mehr als drei ist. Ich esse nie mit der Gabel, weil ich nicht weiß, wie das geht. Bis auf die Suppe kann man auch alles gut mit den Fingern greifen. Ich schlage gern kleine Kinder und trete nach Pferden. Am liebsten fresse ich rohes Fleisch, das ich mit den Zähnen zerreiße.«

Er starrte mich an, schluckte und sagte erschrocken: »Verehrter Herr Hassel, ich wollte nicht ...«

»Weißt du was, für mich heißt du einfach Ervin. Wenn du mich nicht Roland nennen willst, dann denk dir einen anderen Namen aus.«

Er wankte, als hätte ich ihm einen Tiefschlag versetzt, und sank auf einen Stuhl. »Darf ich vielleicht ... einen Drink aus der Minibar ...«

»Natürlich, Ervin. Bedien dich, du bist herzlich eingeladen.«

Er nahm sich eine Fünfzentiliter-Flasche Whisky, schraubte den Verschluss ab, setzte an und trank. Von Erziehung war keine Rede mehr.

»Wir sind alle verschieden. Ich bin aus dem Baltikum selten herausgekommen, und wenn, dann nur in die osteuropäischen Länder. Verzeihung, wenn ich Ihnen ... äh ... dir auf die Zehen getreten bin. Ich kannte einen schwedischen Polizisten, der für Interpol einige Monate in Tallinn war. Er war sehr ruhig und umgänglich. Åke Sundgren heißt er.«

»Åke war bis vor kurzem mein Chef. Ich kenne ihn gut und gebe zu, dass er ruhiger und umgänglicher ist als ich. Außerdem ist er gut erzogen; ein wahrer Gentleman. Können wir jetzt endlich zum Geschäft kommen? Warum bin ich hier?«

Er hustete und warf einen durstigen Blick auf die Minibar. Ich machte eine einladende Geste, und er schnappte sich ein Fläschchen Kognak.

»Ich bin kein Trinker, aber in der letzten Zeit brauchte ich oft Alkohol, um die Unruhe zu dämpfen. Also, zum Geschäft, wenn wir es so nennen wollen. Es ist nicht einfach zu erklären.«

»Du behauptest, überaus wichtige Informationen für uns zu haben. Komm direkt zur Sache, es könnte sich für dich lohnen.«

»Roland, du nimmst kein Blatt vor den Mund.«

»So ist es am einfachsten. Schieß los.«

Guus legte das Jackett ab und knöpfte die Weste auf. Plötzlich fiel ihm auf, dass er den Strohhut noch trug. Er entschuldigte sich und legte ihn auf die Ablage neben der Tür. »Was weißt du über die Polizei in den baltischen Staaten?«

»Geringes Budget, aber damit seid ihr nicht allein. Im Korps gibt es immer noch Kommunisten aus der Sowjetzeit, die von einer Machtübernahme träumen. Aber es sind ja drei Länder, also gibt es sicher auch Unterschiede.«

»Wir sind wieder auf dem Weg in den Westen, wie früher. Vor dem Zweiten Weltkrieg sonnten sich die Schweden an unseren Stränden wie heute auf Mallorca. Aber es dauert eine Weile. Die Kriminalität ist erschreckend gewachsen. Wir grenzen an Russland und sind zum Transitland für den Schmuggel von verschiedenen Waren geworden, die nicht nur von dort, sondern auch aus weiter entfernten ehemaligen Ostblockländern wie Rumänien, Bulgarien oder Albanien stammen können. Und natürlich aus der Ukraine und Weißrussland. Zigaretten, Alkohol, Drogen. Und Menschen.«

»Bisher hast du mir nichts Neues gesagt.«

Mit einer Geste bat er um Geduld; er wollte seine Gedanken in Ruhe entwickeln. »Zugleich sind wir ein Transitland in die andere Richtung. Gestohlene Luxuslimousinen kommen aus Schweden und Finnland, desgleichen Motorräder, Computer und andere elektronische Geräte. Das Baltikum liegt in der Mitte zwischen Verkäufern und Käufern. Unsere eigenen Banden kassieren Zoll und machen ihr Geschäft. Wir sind Länder im Krieg, Herr Hass... Roland. Die Verbrecherorganisationen haben viel Geld. Was bedeutet das?«

Guus hatte die Frage nicht rhetorisch gestellt; er erwartete eine Antwort von mir. Ich konnte sie ihm geben: »Dass die Korruption wächst.«

Er nickte düster. »Inzwischen hat sie alle Bereiche durchdrungen, wie ein Krebsgeschwür, das Metastasen bildet. Die Rechtssicherheit und die Gleichheit vorm Gesetz sind ernsthaft in Gefahr. Schlecht bezahlte Polizisten sind immer in Versuchung wegzusehen, wenn Verbrechen geschehen. Und auch Untersuchungsrichter lassen gern einen Verdächtigen laufen, wenn ein ordentliches Schmiergeld bezahlt wurde. Es gibt sogar Kollegen, die eine Art Provision kassieren und damit aktiv an Gesetzesverstößen beteiligt sind. Das Schlimmste für einen Kommissar wie mich, der die Korruption verurteilt und gegen sie vorgeht, das Schlimmste also ist«, Guus hob den Zeigefinger, um die Wichtigkeit seiner Worte zu unterstreichen, »dass ich keinem Menschen mehr vertrauen kann. Die Korruption bewirkt, dass aus Kollegen Feinde werden. Polizeiarbeit ist Teamwork, aber wenn man nicht mehr zusammenarbeitet – wie soll man dann zu Ergebnissen gelangen? Unter einer dürftigen Fassade aus Anständigkeit herrscht die reinste Anarchie. Wir haben sicher gute Polizisten. Das Problem ist, dass wir nicht wissen, wer zu ihnen gehört.«

Ich holte mir eine Flasche Mineralwasser aus der Minibar. Guus nutzte die Gelegenheit und schnappte sich ein

Fläschchen Gin, dessen Inhalt er unverdünnt durch die Kehle jagte. Ich ließ ihn ohne Kommentare meinerseits weiterreden. Allmählich ahnte ich, worauf er hinauswollte.

»In der Sowjetzeit gewöhnten wir uns daran, keine Verantwortung zu übernehmen. Man schob Entscheidungen vor sich her oder delegierte sie an andere. Jeder kontrollierte jeden, alle hatten Angst, denunziert zu werden, niemand dachte selbst und jeder vermied Aktivitäten, die von einem Vorgesetzten negativ beurteilt werden konnten. Andererseits war es bequem, alles auf die Partei schieben zu können; so entschuldigte man die eigene Trägheit und Feigheit. Und wenn man sich an die Spielregeln hielt und nicht aus der Reihe tanzte, konnte einem auch nichts passieren. Diese Einstellung haben wir verinnerlicht. Zugleich freuen wir uns über die Freiheit und begrüßen die Demokratie. Aber die Erneuerung unserer Gesellschaft wird viel länger dauern, als wir geglaubt haben. Wir hoffen auf die Jungen, die frei geboren werden. Sie können ... entschuldige, ich schweife ab. Verstehst du mich?«

»Ich denke schon. Du hast in allem Recht, aber nur wenige wollen das eingestehen.«

Der Schatten eines scheuen Lächelns umspielte seine dünnen Lippen, die wie Haut und Haar ergraut waren. Angst, Sorge und Betroffenheit hatten seine physischen Farben verblassen lassen. »So ist es. Ich, Ervin Guus, bin immer Demokrat gewesen. Mein Vater wagte es aufzubegehren, saß in einem sowjetischen Gefängnis und starb unter ungeklärten Umständen in seiner Zelle. Ich habe seine Gene geerbt. Rechtschaffenheit, Freiheit und ein würdiges Leben, das sind meine Ideale.«

Seine Rede wirkte pathetisch, aber ich wusste, dass es hier normal war, sich auf diese Weise auszudrücken. In Schweden haben wir, die ironische Generation, den großen Gefühlen den Garaus gemacht und sie in Grimassen und Parodien verwandelt. »Und wohin haben dich die Gene geführt? Vielleicht kannst du es mir anhand der versprochenen Informationen erläutern, deren wegen ich über die Ostsee geschwommen bin.«

»Durch anonyme Hinweise erfuhr ich von ein paar großen Verbrechen, die im Gange waren. Ich hatte eine kleine Ermittlungsgruppe, der ich wie mir selbst vertrauen konnte.«

»Gerade hast du noch erklärt ...«

»Lass mich weitererzählen. Es ging um internationale Geschäfte, bei denen kriminelle Elemente aus Ost und West zusammenarbeiteten. Ich erfuhr, auf welchen Wegen die Transaktionen abgewickelt werden sollten und wer involviert war. Dabei ging es nicht nur um die unmittelbaren Täter, sondern auch um Mitarbeiter von Banken und bestochene Beamte in Behörden und Verwaltungen. Es konnte für viele gefährlich werden, aber die Aufgabe besteht ja darin, den Rechtsstaat zu schützen. Aber dann, Roland, geschahen schreckliche Dinge!«

Sonst wich er meinem Blick immer aus. Jetzt schaute er mir genau in die Augen. Sein Blick flehte um Verständnis.

»Deine kleine Gruppe hat dich verraten, stimmt's?«

Guus nickte langsam, als bereitete ihm die Bewegung unendliche Schmerzen. Vielleicht war es so; Verrat kann einen bis ins Mark treffen.

»Einer oder einige verkauften mich an die Mächte des Bösen. Ich wurde mehrmals überfallen; man drohte mir schlimmste Strafen an, falls ich nicht alles vergäße. Seitdem trage ich eine Zahnprothese, meine Milz ist gerissen, meine Lunge punktiert. Trotzdem nahm ich alle Dokumente und Disketten, ging zu meinem höchsten Chef und übergab sie ihm. Eine Woche später wurde ich zu ihm gerufen. Er teilte mir mit, die Beweismittel reichten nicht aus, um irgendetwas zu unternehmen; ich solle keine weiteren Untersuchungen anstellen. Ich weigerte mich und forderte das Material zurück, aber er behauptete, alles sei vernichtet und gelöscht worden. Dennoch beschloss ich weiterzumachen. Wir haben einen Polizeipräsidenten und einen Justizminister, die hoffentlich ehrliche Menschen sind. Aber ich beschloss, den internationalen Weg einzuschlagen. Europol, Interpol und die schwedische Polizei kann man nicht bestechen.«

Diese schmeichelhafte Einschätzung kommentierte ich lieber nicht. Aber vielleicht stimmte sie sogar. »Warum Schweden?«

»Weil im Zusammenhang mit dem kriminellen Konglomerat einige schwedische Namen auftauchen. Man sollte eigentlich von Konglomeraten reden, denn es sind mehrere. Sag mal, Roland, die kleine Whiskyflasche dort in der Bar, darf ich die leeren, oder trinkst du sie selbst?«

»Bitte, bedien dich, ich trinke keinen Schnaps.«

Er schraubte den Verschluss ab und labte sich an dem guten Scotch.

»Sonst bin ich in Bezug auf Alkohol eher zurückhaltend«, versicherte er. »Ich habe kein leichtes Leben. Unglücklicherweise sprach ich über den Fall mit meiner Frau. Es ist meine Auffassung von einer Ehe, dass man keine Geheimnisse voreinander haben sollte. Sie forderte, ich solle aufgeben, sonst würde sie mich verlassen. Ich erwiderte, ich müsse meinem Gewissen folgen. Noch am selben Tag zog sie aus. Ich hatte unsere Ehe für relativ glücklich gehalten, aber sie meinte, sie könne ohne mich glücklicher werden; ich sei ein zum Tode Verurteilter. Nun ja. Ein Mann kann ohne seine Ehefrau leben, aber nicht ohne sein Gewissen.«

Die meisten verheirateten Männer wären nicht so kategorisch gewesen, sondern hätten angesichts des Ultimatums verhandelt. Ich war froh, mich nicht für eine der Alternativen entscheiden zu müssen. »Wie willst du weiter vorgehen?«, fragte ich. »Du hast ja kein Material, keine Beweise mehr.«

»Die Disketten verschwanden, und mein Computer wurde zur technischen Durchsicht geholt, obwohl er turnusmäßig gar nicht dran war. Alles Schriftliche war, wie gesagt, verbrannt worden. Aber ich hatte alle Papiere kopiert und versteckt.«

Aus der Innentasche zog er einen Umschlag und reichte ihn mir.

»Auf ganz dünnes Papier kopiert und nach der so genannten Kurtzow-Methode verschlüsselt, die wir zu Sowjetzeiten verwendeten. Ich schlage vor, dass du die Dokumente nach Stockholm schickst. Wenn du wohlbehalten dort angekommen bist, bekommt ihr den Schlüssel für die Kodierung. Nicht du, sondern Åke Sundgren. Warum so konspirativ? Ich bin von Feinden umgeben. Das gilt auch für dich, aber du bist hier nicht bekannt. Ich werde garantiert beschattet, sodass es mir unmöglich ist, einen Brief ungesehen aufzugeben. Fünf Minuten später wäre der Briefkasten aufgebrochen. Du dagegen kannst es schaffen, wenn du es geschickt anstellst. Hier sind Briefmarken für das Porto und Ansichtskarten meiner schönen Heimatstadt Tallinn, damit es aussieht, als würdest du die übliche Touristenpost einwerfen.«

»Du hast ja an alles gedacht.«

»Ich habe mir Mühe gegeben. Das Gehirn ist eine komplizierte Maschine, die man nur richtig anwenden muss. Wenn man zuwenig denkt, bleibt die Maschine stehen. Wie bei den Egoisten. Wie bei den Ängstlichen. Wie bei den Feigen.«

Wenn die Papiere Namenslisten der in die Verbrechen verwickelten Personen enthielten, konnte das den Durchbruch bringen. Dann hatte sich meine Reise gelohnt. »Wo ist der nächste Briefkasten?«

»Ich schlage vor, dass ich das Hotel verlasse und wegfahre. Wenn du in die Lobby kommst, gehst du in die Bar. Du bestellst einen Drink oder was du willst. Dann gehst du auf die Toilette. Gegenüber ist eine Tür, auf der *Privat* steht. Geh da rein und wende dich unmittelbar nach rechts. Dort ist der Hinterausgang. Spazier ein bisschen durch unsere schöne Stadt. Sie ist in einem besseren Zustand als andere, weil hier während der Olympischen Spiele in Moskau die Segelwettbewerbe stattfanden, und da wollte man moderne Fassaden zeigen. Lass dich nicht mit Prostituierten ein; sie werden alle von der Mafia kontrolliert, die armen Mädchen. Irgendwann kommst du zum Bahnhof. In der Halle sind Briefkästen.«

Ich schaute auf die Uhr. »Damit wäre meine Mission dann erfüllt. Ich schaffe es sogar, mit demselben Schiff nach Hause zurückzukehren.«

Ervin schüttelte den Kopf:

»Nein, mein neuer Freund. Es ist noch nicht vorbei. Du verlässt die Bahnhofshalle und näherst dich dem Taxihalteplatz. Etwas abseits steht ein einzelner Wagen. Du setzt dich auf den Rücksitz. Am Steuer sitze ich, mit Schirmmütze und allem drum und dran. Wieder so eine konspirative Spinnerei? Ganz recht. Ich zeige dir etwas, was deine Auftraggeber interessieren wird.«

»Ah ja. Kannst du wenigstens andeuten, worum es geht? Ich würde es gern vermeiden, hier zu übernachten.«

Er beugte sich zu mir, bis sein von Sorgenfalten durchzogenes Gesicht so nahe an meinem war, dass ich sogar die Poren erkennen konnte. Sein Atem roch nach einer Alkoholmischung, als er sagte: »Ich zeige dir etwas so Schreckliches, dass du es kaum für real halten wirst!«

21. Kapitel

In der Bar war ich allein. Ich bestellte ein Mineralwasser, setzte mich an einen Tisch und trank, ganz wie ein normaler Tourist. Als eine Gruppe von Hotelgästen hereinkam und eine Runde Bier bestellte, tat ich so, als müsste ich zur Toilette. Durch die Tür mit dem *Privat*-Schild ging es tatsächlich nach draußen, und ich stand plötzlich auf einer anderen *vaimu*, was wohl auf Estnisch Straße bedeutet.

Die Bewölkung hatte sich gelichtet. Gelegentlich schaute sogar die Sonne hervor, sodass es wieder angenehm warm wurde. Ich steckte die Karten und den Brief in die Innentasche und verwandelte mich in einen Touristen. Die Altstadt gefiel mir sofort. Die Häuser aus der Hansezeit waren gut erhalten und zeugten von der bewegten Geschichte der Stadt, die einst Reval hieß und von Deutschen, Schweden und Russen beherrscht wurde. Ich freute mich, dass vor allem die »Schwedenzeit« als lichte Periode in der unruhigen Historie des Landes galt. An der alten Festungsmauer blieb ich stehen und schaute über den Hafen auf die graublaue, weiß gekräuselte Ostsee, die wie für alle nordischen Länder das Tor zur Welt darstellte.

An mehreren Stellen standen junge Russen und verkauften sowjetische Offiziersmützen. Einige hatten sich Orden und Abzeichen an die Brust geheftet. Das Ganze wirkte wie ein wehmütiges Memento für ein Imperium, das seinen Einfluss verloren hatte. Die Symbole der Macht dienten jetzt als modische Accessoires für trendige Partys.

Er wollte mir etwas so Schreckliches zeigen, dass ich es kaum für real halten würde. Was meinte er damit? Etwas Ekliges wie zum Beispiel blutige Eingeweide? Menschen, die sich unmenschlich verhalten, oder Menschen, die Unmenschliches erleiden müssen? Unter real verstand er wohl etwas, das nicht auf Video aufgezeichnet war, sondern wirklich da war oder stattfand. Durch seine Bemerkung hatte er es immerhin geschafft, dass meine Phantasie pausenlos arbeitete.

Tallinn wirkte wie irgendeine mittlere westliche Großstadt. Ich hatte keine Ahnung, wie es in der estnischen Provinz aussah. Wahrscheinlich traurig wie überall, wo die Kolchosen aus der Sowjetzeit ausgedient hatten und nichts Neues entstanden war. Ich war ein paar Mal beruflich in Russland gewesen und über Land gefahren. Die Dörfer dort hatten ausgesehen wie Kulissen zu einem Film über das Leben schwedischer Tagelöhner in den 1920er Jahren. Vielleicht sah es in Estland ähnlich aus, aber ich hatte keine Lust, es herauszufinden.

Die Hauptstadt machte jedenfalls einen guten Eindruck, bis auf die Kinder, die vor den Hotels ausländische Touristen anbettelten. Die reichen Besucher gaben den kleinen Engeln oftmals viel zu viel. Ich wusste, dass sie dadurch eher Schaden anrichteten. Wer geht schon gern zur Schule, wenn man sein Geld so leicht verdienen kann? Und den Eltern, die ihren Teil kassierten, wurde jede Motivation genommen, das Land durch fleißige Arbeit voranzubringen. Vielleicht gehörten die Kinder auch zu organisierten Banden von Taschendieben und spionierten potentielle Opfer aus oder langten selbst nach Portemonnaies und Brieftaschen.

Etwas Schreckliches, das waren Guus' Worte gewesen ... Meine Gedanken gingen neue Wege. Hatte es vielleicht mit Krankheiten zu tun? Verkauften Kriminelle Krankheitserreger, die eine Epidemie auslösen konnten? In den letzten Jahren war ja so viel von Milzbrand die Rede gewesen, aber es gab sicher noch andere Bakterien, für die Käufer gesucht wurden. Man konnte sie für einzelne Morde oder auch zur Ausrottung ganzer Volksgruppen einsetzen. Ich war selbst einmal mit dem Ebolavirus infiziert worden und hatte nur wie durch ein Wunder überlebt. Wenn ich nur an die Qualen dachte, standen mir die Haare zu Berge. Falls es um Krankheitserreger ging, würde ich das erste Schiff nach Hause nehmen. Ich war bereit, dem Schrecklichsten ins Auge zu sehen, aber das ginge zu weit!

Ich musste niemanden fragen; mein Stadtrundgang führte mich zwangsläufig am Bahnhof vorbei. Ich betrat die Halle, studierte den Fahrplan und schlenderte dann zu den Bahnsteigen, um den ein- und ausfahrenden Zügen zuzusehen. Ich schaute mir auch die Schaukästen mit Werbung an, doch ich verstand kein Wort. Als ich an den Briefkästen stand, drehte ich die Karten noch einmal um, als wollte ich kontrollieren, ob sie korrekt beschriftet waren. Dann warf ich sie zusammen mit dem an Åke Sundgren adressierten Brief in einen Kasten, auf dem in mehreren Sprachen *Ausland* stand.

Tja, nun war es Zeit, dem Schrecklichen ins Auge zu blicken. Ich war nur mäßig gespannt. In den vielen Jahren bei der Polizei hatte ich so viel Schreckliches gesehen, dass ich mich nach einer Zugabe nicht sehnte.

Als ich den Bahnhof verließ, hatte davor eine Dixielandkapelle zu spielen begonnen. Sofort bekam ich gute Laune. Der Trompeter war Spitze, und ich gönnte mir einige Takte *Hold that Tiger*. Er blies sein Horn wie weiland Eddie Bruhner in *Sveriges Jazzband*. Auch der Klarinettist und der Posaunist konnten sich, getrieben von dem langhaarigen Banjospieler, hören lassen. Ich wäre am liebsten noch ein paar Stunden in der Menge stehen geblieben, um den guten alten Stücken zu lauschen, aber ich vermutete, dass Ervin bereits ungeduldig wartete und vor Wut ins Lenkrad biss. Ich legte einen schwedischen Hunderter in die Schale, und der Trompeter blies ein paar Töne, die ich als *thank you* deutete.

An der Taxihaltestelle wartete ein halbes Dutzend Wagen, die alle gut in Schuss waren. Etwas abseits stand ein schäbiger alter Ford. Der Fahrer las in einer Zeitung und verzehrte einen Hamburger. Ich erkannte Ervin, ging zu ihm und fragte laut, ob er frei sei. Er nickte und legte das Boulevardblatt zur Seite.

Ich stieg ein und fragte: »Wohin geht es denn?«

»Zuerst kontrollieren wir, ob uns jemand folgt.«

Litt er an Verfolgungswahn? Plötzlich erschien mir Ervin wie einer dieser Irren, die immer und überall Verschwörungen und Schurkenstreiche wittern. Er erinnerte mich an Paranoiker, die ich früher kennen gelernt hatte. Sie waren klug und intelligent gewesen und überzeugend aufgetreten, und man hatte anfangs keinen Zweifel daran, dass stimmte, was sie behaupteten. Doch allmählich traten so viele phantastische Details zutage, dass man auf die kleinen grünen Männchen vom Mars nicht mehr lange warten musste. Der Brief an Åke enthielt vielleicht nur das wirre Exposé zu einem Thriller, der nie gedreht werden würde.

Ich beschloss, Klartext zu reden: »Ervin, bist du geistig gesund?«

»Soweit ich weiß, ja. Warum fragst du?«

»Kann es sein, dass du an Verfolgungswahn leidest? Dass du dir und mir etwas vormachst?«

Er fuhr langsam und schaute ab und zu in den Rückspiegel. Jedes Mal sah ich sein Gesicht, trauriger als das Don Quixotes, des Ritters von der traurigen Gestalt. »Glaubst du das?«

»Wir kennen uns kaum. Wir haben nicht einmal zusammen gesoffen, denn ich trank nur Wasser. Du hast aus deinem Leben erzählt, aber weiß ich, ob das wahr ist?«

»Ich halte besser an. Ich bin zu erregt, um fahren zu können. In einem solchen Zustand kann man Fehlentscheidungen treffen.«

Zu erregt? Wie oft hatte er sich aus meiner Minibar bedient? Viermal fünf Zentiliter waren es gewesen. In Schweden hätte ich ihm den Führerschein abgenommen, aber hier waren mir die Hände gebunden. Mir blieb nur die Hoffnung, dass er das Gaspedal noch von der Bremse unterscheiden konnte.

»Lass uns aussteigen und einander klarmachen, wo wir stehen. In meinem langen Leben bin ich noch nie in einer vergleichbaren Situation gewesen. Meine Seele brennt, und meine Gedanken drehen sich im Kreis.«

Seine Sprache mit ihrem altertümlichen Einschlag verlieh ihm eine Würde, gegen die mein Misstrauen erbärmlich wirkte. Aber eine gewählte Ausdrucksweise ist keine Garantie für einen klaren Kopf. Wir hielten an einer kleinen Parkanlage mit Bänken. Er setzte sich und verschränkte die Arme vor der Brust. Ich nahm ihm gegenüber Platz. Zwischen uns lagen einige Meter; Ausdruck der Distanz, die durch meine Bemerkungen entstanden war.

Er schwieg so lange, dass ich es nicht mehr aushielt: »Ist deine Seele ganz und gar verbrannt?«, provozierte ich ihn.

Langsam steckte er die Hand in seine Jacke und holte ein schmales Kuvert hervor, das an mehreren Stellen mit Klebeband umwickelt war. Er betastete den Umschlag, und ich sah, dass sich etwas Bewegliches darin befand, das zur Seite glitt, wenn er darauf drückte.

»Was ist das?«

Er seufzte schwer, strich mit der Hand über die Augen, reichte mir das Kuvert und sagte leise: »Mach es an einer Ecke auf, nur ein kleines Stück, und schütte dir etwas auf die Hand.«

Ich folgte seiner Aufforderung und betrachtete das Häufchen Sand oder Ähnliches auf meiner Handfläche.

Er verschloss das Kuvert sorgfältig und verstaute es wieder in der Innentasche seiner Jacke. »Meine Frau hasste mich aus tiefstem Herzen, als sie mich verließ. Ich habe dir nicht alles erzählt. Warum sollte ich dir mein Innerstes öffnen? Jetzt ist es wohl unumgänglich. Unser Sohn ... sein Name spielt keine

Rolle. Er war elf Jahre alt und unser Stolz, unsere Hoffnung. Eines Tages war er verschwunden. Jeder von uns bekam einen Brief. Darin stand, dass man ihn verbrennen werde, falls ich nicht mit meinen Nachforschungen aufhören würde. Eine Erpressung, die ich nicht akzeptieren konnte. Ich ermittelte weiter und tröstete mich damit, dass Gott auf der Seite der Rechtschaffenden ist und uns den Sohn zurückgeben würde. Ja, so stark war mein Glaube an den gerechten Gott.« Er schluckte ein paar Mal mit halboffenem Mund und starrte zum Himmel hinauf, wo sein gerechter Gott seine Heimstatt hatte.

»Was geschah?«

»Ein Bote kam mit einem Paket. Darin lag eine Urne mit dem Hinweis, bei dem Inhalt handele es sich um die sterblichen Überreste unseres Sohnes. Meine Frau benahm sich wie eine Furie und trieb mich aus dem Haus. Sie hatte die Urne so gewaltsam an sich gerissen, dass ein Teil der Asche auf den Boden rieselte. Ich kratzte sie später zusammen und tat sie in diesen Umschlag. Ich weiß nicht, wo sie die Urne bestattet hat; bei der Zeremonie durfte ich nicht dabei sein. Was in dem Kuvert steckt, ist alles, was mir von meinem geliebten Sohn geblieben ist. Ich trage ihn nahe am Herzen, damit er es schlagen fühlt, als wäre es seines.«

Er wandte mir das Gesicht zu, und ich hielt es kaum aus, seinem Blick zu begegnen. Er wirkte nicht anklagend oder zornig, sondern nur unendlich traurig.

»Verstehst du, dass ich erregt bin, wenn man mir nicht glaubt? Mein erbärmliches Leben ist mir völlig gleichgültig, aber meinen Kampf gegen das Unrecht nehme ich ernst. Gott steht mir nicht bei, aber auf dich habe ich gezählt. Wenn du mich verlassen willst, wie es meine Frau getan hat, kann ich nichts dagegen machen. Wenn du meinst, dass ich nicht bei Sinnen bin, dann vergeudest du nur deine wertvolle Zeit. Ich fahre dich gern in dein Hotel zurück, wo du den Spinner und gescheiterten Kommissar Ervin Guus vergessen kannst.«

Er sagte das ganz leidenschaftslos, aber mit einer Eindringlichkeit, dass ich gerührt war. »Du bist nicht verrückter als ich, Ervin, aber das ist nach Meinung vieler Stockholmer kein besonders gutes Zeugnis. Lass uns weiterfahren, und du zeigst mir, was so wichtig für uns ist. Aber um ein paar Informationen im Voraus möchte ich schon bitten.«

Ervin setzte sich ans Lenkrad, und ich nahm neben ihm Platz. Dieser Kommissar wusste viel mehr, als er durchblicken ließ. Er hatte größere Opfer für seine Überzeugungen gebracht als irgendjemand, den ich kannte; er funktionierte, obwohl ihn Sorge und Trauer zu Boden drücken mussten.

»Insgeheim habe ich ein europaweites Netz von Polizisten geschaffen, die so denken wie ich. Unsere Feinde meinen, dass sie sich im Kriegszustand mit uns befinden, und damit haben sie nicht Unrecht.«

»Wer sind diese Feinde?«

»Dieselben unsichtbaren Gegner, mit denen ihr es in Stockholm zu tun habt. Einige aus dem Fußvolk konnten wir schnappen, sogar ein paar Feldwebel, aber an die Offiziere und vor allem die Oberbefehlshaber kamen wir nie heran. Mit einer Ausnahme. Ein Hauptmann oder vielleicht sogar Major geriet in eine Lebenskrise, als seine minderjährige Tochter nach einem Überfall starb. Früher hätte ich gesagt, Gott hat auf seine unbegreifliche Weise eingegriffen, aber mit solchen Sprüchen halte ich mich inzwischen zurück. Vielleicht hat ihn sein Gewissen geplagt, falls er eines besaß. Jedenfalls sah er plötzlich ein, welchen Schaden er mit seinen Machenschaften angerichtet hatte, und schrieb alle ihm bekannten Namen auf eine Liste, die er mir dann schickte.«

»Warum dir?«

»Wir waren uns einmal begegnet, als ich dienstlich in Rumänien zu tun hatte. Er wurde dort verhört. Anschließend war er der Überzeugung, ich sei der Einzige gewesen, der sich human gegen ihn betragen habe. In den osteuropäischen Ländern geht die Polizei bei Vernehmungen oft außerordentlich brutal vor. Danach verschwanden alle Beweise gegen ihn, denn die Polizei dort war nicht nur brutal, sondern auch bestechlich. Er wurde freigelassen, aber er vergaß mich nicht. Er notierte übrigens nicht nur Namen, sondern recherchierte in Computerdateien, identifizierte Schlüsselpersonen und ermittelte Waren- und Geldbewegungen. All das habe ich verschlüsselt, und du hast es nach Schweden geschickt. Du wirst gleich sehen, worum es unter anderem geht.«

»Wo ist dieser Hauptmann oder Major jetzt?«

Guus zuckte leicht mit den Schultern: »Es gab eine Zeit, da hätte ich geantwortet: im Himmel oder in der Hölle. Heute denke ich, dass er einfach nicht mehr existiert und sein Körper verwest. Er wurde vor kurzem liquidiert, aber ich glaube, dass unsere Feinde sich über das Ausmaß seines Verrats nicht im Klaren sind. Sie betrachteten ihn nur als Verräter im kleinen Maßstab.«

»Ich nehme an, er wurde erschossen?«

»So einfach geht das nicht. Eine solche Hinrichtung wird sorgfältig inszeniert, damit die Wankelmütigen abgeschreckt und bei der Stange gehalten werden. Auf welchem Weg ich davon erfahren habe, kann ich nicht einmal dir offenbaren, denn ich weiß nicht, wie widerstandsfähig du bist, falls du gefangen genommen und gefoltert wirst.«

Mir lief es eiskalt den Rücken hinunter. So hatte ich die Sache noch nicht betrachtet. »Sie könnten auch dich erwischen.«

»Ja, sicher. Aber ich bin ein harter Hund, weil ich nicht mehr am Leben hänge. Wenn du immer noch wissen willst, wie sie den Verräter zu Tode brachten – sie fesselten ihn und überrollten ihn mit einer Dampfwalze, an den Füßen beginnend. Ich habe die Fotoserie gesehen, die zur Abschreckung kursierte. Er soll erst gestorben sein, als der Brustkorb eingedrückt wurde.«

Ich schluckte ein paarmal und bereute es, zu ihm ins Taxi gestiegen zu sein. »Hör auf, mehr will ich gar nicht wissen«, bat ich ihn.

»Nur wenn man alles weiß, kann man die richtigen Entscheidungen treffen.«

»Verstehe, ein altes estnisches Sprichwort. Also, wohin fahren wir und was erwartet uns dort?«

Wir hatten die Stadt hinter uns gelassen und bogen von der Hauptstraße ab. Ein Schild verriet auf estnisch, wohin es ging, aber ich verstand natürlich nur Bahnhof.

»Wir sind gleich in einem Industriegebiet aus der Sowjetzeit. Die meisten Gebäude stehen leer, aber ein paar Firmen haben sich hier angesiedelt, weil die Mieten billig sind. Vieles müsste längst abgerissen sein, aber selbst dafür fehlt es an Geld.«

»Und dann?«

»Auf dem Areal gibt es mehrere große Lagerhäuser. Eines davon ist für uns interessant. Darin könnten wir auf unsere Feinde treffen, aber erst heute Abend. Vielleicht sind auch einige dort, aber das Risiko müssen wir eingehen. Bist du bewaffnet?«

»Außerhalb von Schweden habe ich nicht das Recht, eine Waffe zu tragen.«

»Wenn es erforderlich ist, werden Ausnahmen gemacht. Schau ins Handschuhfach. Drück auf den oberen Teil der rechten Seite. Er lässt sich zur Seite schieben. Dort liegt eine Walther-Pistole mit gefülltem Magazin. Ich nehme an, du bist mit diesem Modell vertraut.«

»Ja, so eine hatte ich mal als Dienstwaffe.« Ich nahm die Pistole aus dem Geheimfach und steckte sie nach alter Fahndersitte in den Gürtel. »Ervin, informiere mich bitte ohne

Ausflüchte: Was befindet sich in der Halle, die, wenn ich richtig verstanden habe, von unseren Feinden genutzt wird?«

»Nach meinen Informationen steht dort ein Lastwagen, mit dem tiefgekühlte Waren transportiert werden. Es ist ein Trailer, also eine Zugmaschine mit Auflieger.«

»Ich weiß Bescheid, ich habe mal undercover in der Branche gearbeitet. Wie lang ist er, und wie viele Tonnen kann er laden?«

»Dreizehn Komma sechs Meter. Ich mag exakte Angaben. Zweiundzwanzig Tonnen Nutzlast. Beschriftet ist er mit *Van der Beers*, so heißt die holländische Spedition. Mit dem bekannten südafrikanischen Diamantenkonglomerat De Beers hat der Name nichts zu tun. Ich glaube aber, dass unsere Feinde über ebensolche finanziellen Mittel verfügen.«

Er hatte mir schon mitgeteilt, worum es ging, ohne es direkt auszusprechen. Ein Kühlfahrzeug aus Westeuropa stand vermutlich leer in einer Lagerhalle bei Tallinn. Der Inhalt, illegales Fleisch, war bereits auf dem Weg in die Wurstfabriken Osteuropas.

»Wohin geht die Rückfahrt, und mit welcher Fracht?«

»Es geht weiter nach Stockholm; die Ladung besteht aus Gemüse, das angeblich aus Holland stammt. Transitware. Und einer geheimen Zuladung, die nicht eingefroren ist.«

»Und worin besteht diese ... Zuladung?«

»Du wirst es sehen, Roland, gleich wirst du es sehen!«

Er kniff die Lippen zusammen, um auszudrücken, dass er vorab nicht mehr verraten wollte. Jetzt also kam das Schreckliche, das ich nicht für real halten würde.

»Deine Informanten haben dir viel verraten. Sie gehen ein großes Risiko ein, nicht wahr?«

»Nun, sie gehören nicht zu den Feinden. Wir haben sie eingeschleust. Natürlich tanzen sie auf dünnem Eis. Ein kleiner Fehler, und sie landen unter der Dampfwalze. Mehr darf ich dir nicht sagen. Falls sie dich kriegen, könnten sie durch Folter alles aus dir ...«

»Verdammt, halt die Klappe! Kein Wort mehr davon.« Gefesselt zu erleben, wie eine Dampfwalze einem die Beine zerquetscht ... Ich schüttelte mich und verlor die Lust, weitere Fragen zu stellen. Ich hoffte nur, dass auch Ervin sich nicht nach einer solchen Tortur sehnte und sicher wusste, dass wir uns nicht in akute Gefahr begaben.

Er fuhr auf einen großen Platz, auf dem in mehreren Reihen Lastwagen geparkt standen. Ich sah keinen Menschen, aber es war schließlich Samstag. Die Fahrer hatten sich zu ihren Familien begeben oder saßen irgendwo bei Bier zusammen.

»Halle sieben. Jetzt wird es ernst, Roland.«

»Wie ernst?«

»Wenn wir erwischt werden, dann schieße, um zu töten. Sonst geht es dir selbst an den Kragen.«

Zum Teufel, worauf hatte ich mich da eingelassen? Töten, um nicht getötet zu werden. Irgendjemanden erschießen, um nicht von einem Unbekannten umgebracht zu werden. Alles, um dieses verdammte Leben zu verteidigen, das man nur einmal leben kann. Er oder ich, und es ging nicht um Gut gegen Böse, sondern darum, eine Zehntelsekunde schneller zu reagieren.

Das Gebäude war lang gestreckt und relativ flach, bot aber selbst hohen Fahrzeugen genügend Raum. Das Dach war aus grauem Wellblech, die Wände aus dunkelgrün gestrichenem glatten Blech mit rotbraunen Rostflecken. Die Ziffer 7 war längst abgefallen, zeichnete sich aber noch als dunkelgrüner Umriss vor dem verblichenen Hintergrund ab. Große Riegel verschlossen die breiten Tore an der vorderen kurzen Seite der Halle. Auf der langen Seite gab es einige kleinere Tore und mehrere Türen, die vermutlich zu Büroräumen führten. Die hintere kurze Seite verfügte ebenfalls über zwei Tore, die nicht ganz so groß waren. Eines davon stand halb offen.

Ervin trat die Kupplung, ließ den Wagen ausrollen und hielt nahe des Tores. Als er den Motor ausgeschaltet hatte, herrschte Totenstille. Aus der Türverkleidung zog er eine Art weichen, schweren, wurstähnlichen Knüppel mit einem schmaleren Ende als Griff. Er sprach leise, fast flüsternd, und unwillkürlich senkte ich ebenfalls die Stimme.

»Er ist mit kleinen Bleikugeln gefüllt. Verwenden Profischläger seit Jahrhunderten. Gute Balance, sehr effektiv, betäubt lange und hinterlässt keine nennenswerten Schäden. Halt ihn mit der linken Hand und trag die Waffe in der rechten.«

»Verdammt, sind wir ein Himmelfahrtskommando?«

»Nein. Wenn hier die harten Jungs auftauchen, müssen wir wieder weg sein. Weißt du, was die Hölle ist?«

»Wollen wir jetzt eine religionsphilosophische Diskussion führen?«

»Die Hölle, mein schwedischer Freund, die Hölle ist es, wenn man gezwungen wird, Sachen zu tun, die man niemals tun wollte, und dennoch so an die Konsequenzen der Handlungen gebunden ist, dass die Abneigung in eine Tat aus freiem Willen mündet, die jedoch auf etwas gründet, das gegen deinen Willen geschehen ist.«

»Versuchst du, mich zu verwirren, jetzt, wo es darauf ankommt? Ich begreife kein Wort.«

»So ist die Hölle, Roland. Du sollst wissen, was du siehst und hörst. Und was du siehst und hörst, ist die Hölle auf Erden.«

Wir näherten uns dem offenen Tor und duckten uns unwillkürlich. Meine linke Hand umkrampfte den Bleikugelknüppel, meine schweißnasse rechte die Walther-Pistole. Ervin gab mir durch ein Zeichen zu verstehen, ich solle meine Waffe entsichern. Wie konnte ich das vergessen? Es war wohl ein Zeichen dafür, dass ich nicht mehr der Typ war, mit der Knarre in der Hand Verbrecher zu jagen. Wie sehnte ich mich in diesem Moment nach meinem ruhigen Schreibtisch!

Jetzt signalisierte Ervin, dass wir jeder eine Seite übernehmen sollten. Ich versuchte, mich lautlos zu bewegen, was mir halbwegs gelang. Mein estnischer Kollege dagegen schien geradezu über den Boden zu schweben; mit ihm konnte ich mich nicht messen.

Das große Fahrzeug stand mit dem Kühler zum Tor. Der Name *Van der Beers* war zu beiden Seiten aufgemalt; darunter teilten kleinere Buchstaben mit, dass es sich um den führenden Spediteur für Kühltransporte in Europa handele. Die Türen des Trailers waren geöffnet, und man konnte in den leeren Transportraum hineinsehen. Bei der Länge des Lastzuges hätte ich ihn größer erwartet, aber man kann sich ja täuschen. Zahlreiche Gemüsekartons standen herum und warteten darauf, aufgeladen zu werden.

Auf ein paar Kisten neben dem Fahrzeug saßen zwei Männer. Sie hatten es sich bequem gemacht, rauchten und tranken Bier. Es waren muskelbepackte Kerle, die offenbar zum Fußvolk einer Armee gehörten, in der niemand denken musste, konnte oder sollte, weil alle Befehle von oben kamen und blind zu befolgen waren. Ervin zeigte mit seinem Bleiknüppel auf einen von den beiden, den er sich als Opfer ausgesucht hatte. Ich nutzte die letzte Gelegenheit, klemmte die Pistole zwischen die Knie und wischte mir den Schweiß von der Hand.

Woher kamen die Stimmen? Die beiden Kerle tranken Bier aus der Flasche und konnten nicht reden. Ich hörte tatsächlich dünne, hohe Stimmen, aber ich sah außer den beiden keine Menschen. Die Männer stellten die leeren Flaschen ab und unterhielten sich, aber ihre Stimmen waren tief und rau. Auch sie mussten das helle menschliche Gezwitscher vernehmen, doch sie öffneten unbeeindruckt die nächsten Flaschen und prosteten sich zu. Was war da los? Ich merkte, wie mir der Schweiß die Brust hinunterrann.

Die Männer saßen schräg vor uns und hatten uns den Rücken zugewandt. Wenn sie die Köpfe hoben, konnten sie uns aus den Augenwinkeln entdecken. Der eine sagte etwas, was beim anderen Heiterkeit auslöste. Ervin bedeutete mir, wir sollten die Lachsalve nutzen, um an die beiden heranzukommen. Er nickte, und wir stürmten vor. Die Männer waren so überrascht, dass es zwei Sekunden dauerte, bis sie auf die Beine kamen. Das reichte Ervin, seinen Gegner mit einem Schlag gegen die Schläfe niederzustrecken. Auch ich machte von der Bleikeule Gebrauch, doch ich traf nur die Wange. Der Mann wankte und zog einen großkalibrigen Revolver aus der Tasche. Mit einem Sprung war Ervin bei mir und setzte ihn außer Gefecht.

»Entschuldige, ich bin so etwas nicht mehr gewohnt«, murmelte ich.

»Macht nichts. Nur das Ergebnis zählt. Nimm dir ein Bier, wenn du willst. Hier ist noch ein ganzer Kasten.«

»Nein, danke. Ich werde doch diesen Gangstern nichts wegsaufen. Ervin, mit mir stimmt etwas nicht. Ich höre schon Stimmen.«

Er lächelte, aber es war eher eine Grimasse, die ich nicht deuten konnte.

»Wirklich, ich habe Stimmen gehört. Sie wirkten ... irgendwie ... überirdisch. So hell und klar ... Lach nicht!«

Er schaute zu Boden und erwiderte leise: »Ervin Guus ist das Lachen schon lange vergangen. Überirdisch ... ich würde sie eher unterirdisch nennen. Hörst du sie jetzt?«

Ich lauschte intensiv, aber es war kein Laut zu vernehmen. Wurde ich langsam verrückt? »Nein, sie sind verstummt.«

»Richtig, weil wir laut sprechen und in einer ihnen fremden Sprache. Steck deine Waffe weg, aber sichere sie zuerst. Es gibt solche und solche Risiken.«

Ich befolgte seinen Rat und erinnerte mich an Geschichten, wo sich Kollegen ihr bestes Stück verletzt hatten. Manche davon waren wahr. Man muss in jedem Augenblick wissen, was man tut.

Ein dumpfes Geräusch riss mich aus den Gedanken, als wäre etwas Schweres zu Boden gefallen. Dann ertönte ein dünner Schrei, der abrupt endete. Aber es war doch niemand da! In der Halle hielten sich nur Ervin und ich auf. Ohne eine Miene zu verziehen, schaute mein estnischer Kollege zu, wie ich zur Fahrerkabine ging und einstieg. Zigarettenkippen, ein paar alte Zeitungen und leere Coladosen waren alles, was ich vorfand.

»Hast du jetzt genug gesehen?«

»Mensch, Ervin, ich habe doch genau gehört, wie ...«

»Komm und hilf mir lieber.«

Wir schoben ein paar Kisten zur Seite, um besser in den Trailer klettern zu können. An der Decke befanden sich Leuchtstoffröhren, deren Licht von der Aluminiumverkleidung der Kühlwände reflektiert wurde. Als wir gerade einsteigen wollten, stöhnte einer der Kerle und versuchte, sich aufzurichten. Ervin schlug gnadenlos zu, und der Mann sank wieder zu Boden.

Das Hallentor stand noch immer offen. Ein Schatten oder auch nur eine Ahnung brachte mich dazu, mich noch einmal umzudrehen. Ein zweiter Wagen stand plötzlich neben unserem.

Wie in Panik schrie ich Ervin zu: »Sie kommen!«

Er wollte gleich mir zur Pistole greifen, doch es war schon zu spät. Wie aus dem Nichts tauchten fünf Männer auf und richteten ihre Waffen auf uns. Wir konnten weder fliehen noch irgendwo in Deckung gehen, sondern waren in dem Kühlraum gefangen. Einer rief etwas auf Estnisch, und Ervin ließ seine Pistole fallen.

»Gib auf«, sagte er zu mir. »Sie zögern nicht, dich umzubringen.«

Auch ich warf meine Walther weg, und wir hoben die Hände. Wieder schrie der Anführer ein Kommando, und Ervin übersetzte: »Wir sollen uns hinlegen. Und keine Tricks, sonst töten sie uns.«

Die Ermahnung war unnötig. Was sollte ein Unbewaffneter gegen fünf Maschinenpistolen ausrichten können? Langsam ließen wir uns zu Boden gleiten. Die Männer kamen näher, und mein Mut sank ins Bodenlose, als ich sah, wer die Gruppe anführte: Ludvig Kubiela!

Er grinste triumphierend. Sein Blick drückte aus, dass er es genoss, mich in der Hand zu haben. Wie ein Raubtier schlich er heran, hob den Arm und schlug mir mit dem Kolben gegen die Schläfe. Nicht so hart, dass ich das Bewusstsein verlor, aber hart genug, dass ich vor Schmerzen aufschrie.

Wer waren die anderen? Konnten es die verkleideten Damen vom Schiff sein? Dann waren es Schweden, aber es konnte sich auch um Kubielas eigene Bande handeln. Er nahm sein Mobiltelefon, wählte eine Nummer und ging außer Hörweite. Ich beobachtete, dass er den Kopf einzog und eine untertänige Haltung einnahm; offenbar sprach er mit seinem Chef und bat um weitere Anweisungen.

Guus und ich schauten uns an. Wir sahen beide ein, dass nicht nur unsere Tage, sondern auch die Stunden und Minuten gezählt waren. Ervins Lippen formten ein »Verzeih mir«, aber dafür konnte ich mir auch nichts kaufen. Wir würden sterben, das allein zählte, und es spielte keine Rolle, ob es sein Fehler oder ein dummer Zufall gewesen war, der uns in diese Situation gebracht hatte. Unsere Gnadenfrist richtete sich danach, wie lange Kubiela noch telefonierte.

Virena und Elin ... sie waren bei mir. Ich hörte das warme, leise Lachen meiner Frau und ihr Flüstern, wenn wir allein waren. In die Erinnerungen an unsere schönsten Momente mischte sich Elins eifrige Stimme, und ich spürte noch einmal ihre kleine Kinderhand in meiner. Wie vertrauensvoll sie mich immer angesehen hatte, mich, ihren Papa, der alles konnte und alles wusste! Virena und Elin waren das Beste an meinem Leben gewesen, der Inhalt meiner Tage und der Grund für meine Träume. Mit ihnen wäre ich gern alt geworden.

Die Gewissheit, bald nicht mehr zu existieren, lähmte mich. Ein Schuss in den Kopf oder ins Herz, und alles wäre vorbei. *Du bist Erde und sollst zu Erde werden*, heißt es in der Bibel. Erde ... Würde ich überhaupt eine letzte Ruhestätte finden? Wenn ich Pech hatte, wurde ich verbrannt oder von einer Explosion zerfetzt. Mein schäbiger letzter Wunsch war es also, in einem Sarg unter meinem Namen bestattet zu werden, damit meine Lieben wussten, wo sie meiner gedenken konnten.

Kubiela steckte das Handy in die Tasche und kam näher. Er kaute auf der Unterlippe und schien mit dem Gespräch nicht ganz zufrieden zu sein. In einer fremden Sprache gab er ein paar kurze Kommandos. Zwei der Männer packten mich an den Armen und zerrten mich einige Meter weg. Folglich waren mindestens diese beiden keine Schweden. Ein weiterer Befehl, und zwei andere rollten ein Paar Reifen aus einer Ecke heran. Guus holte tief Luft und schaute zu Boden. Ich merkte, dass er krampfhaft schluckte, denn sein Adamsapfel bewegte sich unaufhörlich. Im Gegensatz zu mir hatte er wohl schon begriffen, was uns bevorstand.

Einer der Kerle holte einen Benzinkanister, und nun war auch mir klar, welches Ende man uns bereiten wollte. Der kalte Schweiß brach mir aus, und ich konnte kaum atmen. Guus stand ganz still, als sie ihm die Reifen über den Kopf hoben und herunterdrückten, bis sie in Bauchhöhe stecken blieben. Dann übergossen sie den Kommissar mit Benzin, und er ließ es widerstandslos geschehen. Kubiela zog eine Schachtel Streichhölzer aus der Tasche. Jemand lachte, und es klang wahnsinnig. Wie konnte man lachen, wenn ein Mensch sterben sollte?

Demonstrativ langsam nahm Kubiela einige Streichhölzer, legte sie zusammen und führte sie an die Reibefläche. Dann hob er die Schachtel hoch, als wäre er ein Professor, der den Studenten etwas demonstrieren wollte.

»Aufhören!«, schrie ich.

Einer der Männer drückte mir den Lauf seiner Maschinenpistole in den Rücken, und Kubiela drehte sich mit einem fiesen Grinsen zu mir um. Er fletschte die Zähne wie ein Raubtier, rollte die kräftigen Schultern und hielt mir die Streichholzschachtel unter die Nase. Dann riss er die Hölzer an. Es roch nach Schwefel, und ich musste an das alte Bild von der Hölle denken.

Mit ruhigen Schritten ging er zu Guus und warf die brennenden Streichhölzer auf die benzingetränkten Reifen.

22. Kapitel

In wenigen Sekunden verwandelte sich Guus in eine lebende Fackel, doch er blieb regungslos und schien die unerträglichen Schmerzen nicht zu spüren. Er schien sogar zu lächeln, als seine Henker ihn ungläubig anstarrten. Eine solche Selbstbeherrschung hatten sie wohl nicht für möglich gehalten. Dann wallte der fürchterliche Gestank von Benzin, Gummi und verbranntem Fleisch zu uns herüber. Ich würde diesen widerwärtigen Geruch nie vergessen können. Allerdings schätzte ich meine Lebenserwartung auf höchstens drei Minuten.

Guus warf den Kopf zurück und schrie mit überkippender Stimme: »Kuuurtzov!«

Die Kleider loderten, die Reifen brannten, Flammen schlugen aus den Haaren, und die Haut trocknete und platzte auf. Siedendes Fett tropfte aus den Rissen auf den Boden. Dann hörten wir einen Laut, der nicht mehr menschlich klang: Guus lachte mit Lippen, die es nicht mehr gab; nur die beiden Zahnreihen klafften auseinander. Die höllische Hitze riss seine Arme hoch, so dass er wie eine brennende Vogelscheuche aussah.

Plötzlich torkelte Guus auf den am nächsten stehenden Mann zu. Ein letztes irres Lachen entrang sich der verbrannten Kehle. Konnte er noch etwas sehen? Oder wurde er von einem grenzenlosen Willen getrieben, der ihn in einen Zombie verwandelt hatte? Der Mann schoss Dauerfeuer, und die Kugeln schlugen schmatzend in das brutzelnde Fleisch. Auch diesen Laut würde ich nie vergessen – in den zwei Minuten, die mir noch blieben. Als das Magazin leer war, blieb der Mann wie gebannt stehen. Guus schlang seine Arme um ihn, und es sah aus wie ein makabrer Tanz. Der Mann jaulte auf und wollte sich losreißen, aber er steckte in einer mörderischen Umklammerung. Kubiela und seine Kumpane griffen nicht ein, denn es war gefährlich, sich dieser gigantischen Fackel zu nähern.

Guus fiel zur Seite und riss den Mann mit sich, dessen Kleider inzwischen Feuer gefangen hatten. Schreiend versuchte er, sich loszumachen, doch der tote Kommissar hielt ihn fest umklammert. Er weinte vor Angst und Schmerz, vielleicht auch, weil er an sein missglücktes Leben dachte oder daran, was ihn auf der anderen Seite erwartete. Und niemand konnte ihn retten.

Wenn man die Augen schloss, glaubte man, an einem Lagerfeuer zu stehen, wären nicht der bestialische Gestank und das grauenhafte Kreischen des schwer verletzten Mannes gewesen, das in ein Röcheln überging und schließlich erstarb. Als ich wieder hinsah, hatten sie eine Plane über die beiden Leichen geworfen. Kubiela zerrte mich unsanft am Arm. Jetzt also war meine letzte Minute angebrochen. Bestimmt hatten sie noch viele alte Reifen.

»Scheißbulle!«, keuchte er.

Die Gewissheit, bald zu sterben, verwandelte mich in einen Fatalisten. Etwas Schlimmeres konnte mir ja nicht mehr geschehen. Jeder Mensch stirbt nur einmal. Trotz der Hitze in der Halle und des Gestanks nach verkohltem Fleisch floss Eiswasser durch meine Adern, und mein Gehirn fror zu einem Block. Ich würde mein Leben teuer verkaufen. Ein blitzschneller Angriff, und sie waren gezwungen, auf mich zu schießen. Statt bei lebendigem Leib qualvoll zu verbrennen, würde mir eine Kugel den schnellen Tod schenken.

»Feige Mörderbande!«, schrie ich. Doch bevor ich einen Schritt tun konnte, hieb mir Kubiela die Faust in die Nieren. An diesen Schmerz kann man sich nicht gewöhnen. Ich stöhnte und sank hilflos zu Boden. Wahrscheinlich rollten sie bereits die Reifen heran.

Kubielas Handy piepte erneut, und wieder ging er ein Stück weg, um ungestört zu telefonieren. Den beiden Männern, die Guus niedergestreckt hatte, wurde Wasser über den Kopf gegossen, und sie erwachten aus ihrer Ohnmacht. Benommen saßen sie da und hielten sich die Köpfe. Bald würden sich Rachegelüste in ihnen regen.

Kubiela kehrte zurück und starrte mich an wie der Kannibale sein Mittagessen. »Steig in den Trailer«, forderte er mich auf.

»Willst du den ganzen Lastzug abfackeln?«

»Das geht dich einen Scheißdreck an.«

»Und ob mich das etwas angeht, du Arschloch. Denkst du, ich lass mich in dieser Blechkiste verbrennen?«

»Ich würde nichts lieber tun«, knurrte er.

Würde? Was bedeutete das? Er würde gern, aber er durfte nicht? Hatte er andere Befehle erhalten? Ging es nur um die Verbrennung, oder durfte er mich überhaupt nicht töten? Ich wagte nicht zu hoffen, denn innerlich hatte ich mich bereits auf ein Schicksal wie das von Ervin Guus eingestellt, aber dennoch ...

»Los, rein in den Kasten.«

Zögernd stieg ich über die Kisten in den leeren Kühlraum. Kubiela folgte mir und hielt mich mit der Waffe in Schach. In einer mir fremden Sprache gab er den anderen Anweisungen, und zwei seiner Kumpane kletterten uns hinterher. Ich begriff immer weniger. Was wollten wir hier drinnen, wenn es nicht um meine Hinrichtung ging? Noch ein Mann kam herauf; es war einer der beiden, die Bekanntschaft mit unseren Bleiknüppeln gemacht hatten. Er warf mir hasserfüllte Blicke zu.

»Was soll das werden?«, erkundigte ich mich in beiläufigem Ton.

»Halts Maul!«, war die Antwort.

»Wessen Maul soll ich denn halten? He, Jungs, wer von euch hat ein loses Mundwerk?«

»Sieh dich bloß vor, du verdammter Bulle!«

An seiner Wortwahl merkte ich, dass die unmittelbare Lebensgefahr vorbei war. Ich sollte weder in der Halle noch in dem Lastwagen sterben. Oder spielte er ein besonders perfides Spiel? Wollte er mir neuen Lebensmut eingeben, um mich dann in umso tiefere Verzweiflung zu stürzen? War er die Katze und ich die Maus?

»Gern, aber wovor soll ich mich vorsehen? Vor deinem Mundgeruch? Sehr gern.«

Ich war mental so weit im Gleichgewicht, dass ich wieder bewusst handeln konnte. Mein Plan war, ihn verbal zu provozieren, damit er etwas über die Pläne seiner Bosse in Bezug auf mich verriet. Doch Kubiela war ein cleverer Bursche.

Er zog eine Grimasse, in der sich Wut, Unzufriedenheit und eine Art Schadenfreude mischten. »Du bekommst noch, was du verdienst, Bulle. Du wirst auf eine Art sterben, die dir nicht einmal im Albtraum einfallen würde. Du wirst noch darum betteln, durch brennende Reifen sterben zu dürfen, weil das ein vergleichsweise humaner Tod ist.«

»Willst du mich durch den Gestank aus deinem Maul umbringen?«

Er gab ein Zeichen, und zwei seiner Leute gingen zu der Frontseite. Sie machten sich mit Schraubenziehern daran zu schaffen, bis sie die Verkleidung abnehmen konnten. Es war eine Tarnwand, die täuschend echt aussah. In dem Geheimraum dahinter saßen fünf junge Mädchen auf einer schmalen Bank. Auf einem kleinen Tisch standen eine Petroleumlampe, einige Flaschen mit Mineralwasser, eine Packung Knäckebrot und Kartons, deren Inhalt ich nicht erkennen konnte. Eine Ecke war durch einen Vorhang abgetrennt. Kubiela trat näher, und die Mädchen duckten sich wie erschreckte Tiere.

»Spricht eine von euch deutsch?«, fragte er in scharfem Ton.

Eines der Mädchen hob schüchtern die Hand und sagte: »Meine Großmutter ist Deutsche, sie hat mich die Sprache gelehrt.«

»Du machst diesem Bullen hier klar, worum es geht. Hast du verstanden?«

Sie duckte sich und versicherte: »Ja, ich habe verstanden.«

Sie war fast noch ein Kind, alle fünf waren Kinder, fünfzehn oder sechzehn Jahre alt, mager, blass, mit großen Augen. Fünf junge, verängstigte Rehe. Trotzdem wirkten sie auf eine Art erfahren, die mir Sorgen bereitete.

Das deutsch sprechende Mädchen wagte es, Kubiela eine Frage zu stellen, obwohl sie damit rechnen musste, bestraft zu werden: »Wann ... wann sind wir endlich da? Wir halten es ... kaum noch aus.«

Zu meiner Verwunderung wirkte der grobschlächtige Mann durch ihre Verzweiflung gerührt, denn er antwortete in einem fast väterlichen Ton: »Ihr habt es fast geschafft. Noch zwei Tage, und wir sind in Stockholm. Dann könnt ihr die Beine ausstrecken und euch ausruhen. Ihr habt zu essen und zu trinken, also verhaltet euch ruhig.« Um vor seinen Kumpanen das Gesicht zu wahren, fügte er barsch hinzu: »Hast du kapiert?«

»Ja, ich habe alles verstanden.«

Er wandte sich mir zu und gab mir einen Stoß, sodass ich auf die Mädchen zutaumelte, die erschreckt auswichen.

»Verdammtes Bullenschwein! Halt dich an die Regeln und mach, was wir dir sagen!«

»Warum? Ihr wollt mich doch sowieso auf bestialische Weise ermorden.«

Kubiela merkte, dass seine Methode, mich gefügig zu machen, nicht funktionierte. Taktik war nicht seine starke Seite. »Vielleicht darfst du etwas schneller sterben«, versuchte er sich aus der Affäre zu ziehen. »Aber hoffe nicht zu sehr darauf.«

Er hatte also den Auftrag bekommen, mich unversehrt nach Stockholm zu bringen. Die Gründe dafür würde er mir nicht verraten, wenn er sie denn überhaupt kannte. Wieder etwas bei diesem Fall, oder besser gesagt, in diesem Komplex von Verbrechen, das mir Rätsel aufgab. Aber ich lebte und atmete, und mir blieb noch eine Galgenfrist.

Kubielas Handlanger bauten die Zwischenwand wieder ein, und ich hörte, wie dahinter Kisten oder Kartons gestapelt wurden. Der Raum, in dem wir zu sechst fast zwei Tage zubringen sollten, war etwa zehn Quadratmeter klein. Die Mädchen hatten zuvor mehr Platz gehabt, aber sie schauten mich, den Eindringling, durchaus nicht feindlich an, sondern wirkten genauso scheu wie gegenüber Kubiela. Die Kleine, die deutsch sprach, rutschte ein wenig zur Seite, damit ich mich auf der äußersten Kante der Bank niederlassen konnte. Die Petroleumlampe warf einen schwachen Schein, sodass die Gesichter kaum zu erkennen waren.

»Wie heißt du?«, fragte ich.

»Ana.«

»Ich heiße Roland und bin Schwede. Woher kommt ihr?«

»Aus Rumänien. Aus verschiedenen armen Dörfern.«

Sie flüsterte und zischte immer warnend, wenn ich die Stimme erhob. Ich fragte, warum wir so leise sein sollten, es konnten uns doch nur diese Typen da draußen hören.

»Reden dürfen wir nur während der Fahrt, es sei denn, man hat es uns ausdrücklich erlaubt. Wenn der Wagen anhält, müssen wir schweigen. Jetzt steht er, also heißt es, ganz still zu sein.«

»Aber Ana, wir können doch ...«

»Schsch ... Wir müssen gehorchen. Jetzt fahren wir nicht, also schweigen. So sind die Regeln. Es gibt keine Ausnahme.«

Eines der Mädchen goss Mineralwasser in einen Pappbecher, so vorsichtig, als wäre selbst dieses Geräusch schon zu laut. Weil ich ihr Vertrauen gewinnen wollte, befolgte ich die Regeln, lehnte mich an die Aluminiumwand und wartete. Eine Stunde später wurde es fühlbar kälter, aber es ließ sich noch aushalten. Die Zwischenwand schien ordentlich isoliert zu sein.

Einige Stunden vergingen, und ich dachte an Ervin Guus. Im Augenblick des Todes hatte er »Kurtzov« gerufen. Es war eine Mitteilung für mich gewesen – so hieß die Methode, nach der die Dokumente verschlüsselt waren. In den letzten Minuten seines Lebens hatte er nicht etwa Gott angerufen und um Vergebung gebeten, sondern nur daran gedacht, dass ich meinen Auftrag vielleicht doch noch zu Ende führen konnte. Für ihn war der Tod vielleicht auch als Befreier gekommen und hatte ihm die schwere Last von den Schultern genommen. Wenn man nichts mehr hat, wofür man leben kann, mag einem der Sensenmann als Freund erscheinen.

Dann setzte sich das Fahrzeug in Bewegung, und die Mädchen atmeten aus. Die anderen vier begannen, leise miteinander zu tuscheln, ich nahm an, auf Rumänisch.

Ana fühlte sich wohl verpflichtet, mit mir Konversation zu treiben, aber sie wirkte misstrauisch: »Wer bist du und was willst du von uns?«

»Wie gesagt, ich heiße Roland und bin ein Polizist aus Stockholm, der einen Auftrag in Tallinn zu erledigen hatte. Von euch wusste ich nichts. Was sie mit euch machen, ist krimineller Menschenhandel. Das ist ein sehr ernstes Verbrechen.«

»Na und? Was können wir schon dagegen tun? So schlecht geht es uns hier gar nicht. Da, hinter dem Vorhang, steht ein Kübel zum Austreten. Es gibt dort auch ein Lüftungsventil, damit der Geruch abzieht. Auch hier wird Frischluft zugeführt.«

»Lüftungsventile? Ana, wenn wir an Bord des Schiffes sind, kann ich versuchen, Kontakt mit der Außenwelt zu bekommen.«

»Warum?«

»Natürlich, damit wir befreit werden.«

»Aber das wollen wir ja gar nicht. Versetz dich doch mal in unsere Situation.«

Wieder ein Mysterium, aber ich hatte genug Zeit, um durch Fragen dahinterzukommen. »Ana, erzähl mir von euch.«

»Warum sollte ich? Ich kenne dich nicht.«

»Glaub mir, ich stehe ganz und gar auf eurer Seite. Mit diesen Gangstern habe ich nichts zu tun. Im Gegenteil, ich tue alles, um sie hinter Gitter zu bringen.«

»Nicht mit unserer Hilfe, Roland oder wie immer du heißt. Wir können nichts für dich tun.«

»Wollt ihr denn nicht frei sein? Ist es das, was du mir sagen willst? Dass ihr mit dieser Situation zufrieden seid?«

»Das hat damit nichts zu tun. Frag nicht weiter. Ich bin müde und will schlafen.«

Ich griff nach ihrer Hand, aber sie zog sie schnell zurück, als hätte ich eine ansteckende Krankheit.

»Ana, ich muss mehr wissen. Wieso unterstützt ihr diese Ausgeburten der Hölle?«

Sie seufzte und legte die Hand über die Augen: »Du bist so naiv. Wir hassen sie wie die Pest, aber das hat auch nichts mit der Sache zu tun. Glaub mir, wir können dir nicht helfen. Es ist einfach so.«

Warum sah sie einen Feind in mir? Oder akzeptierte sie mich nur nicht als Verbündeten? Ich beschloss, mich mit einem neuen Anlauf an die Lösung heranzutasten: »Ana, wie seid ihr hierher gekommen?«

»Das war ganz einfach. In unseren Dörfern steht die Zeit still. Du ahnst nicht, was das bedeutet, vor allem für ein Mädchen. Aber wir sind jung und wollen hinaus in die Welt. In der Zeitung entdeckte ich eine Annonce. Es wurden junge Mädchen gesucht, die im Westen in Restaurants arbeiten und den Beruf erlernen wollten. Ich meldete mich, daraufhin kam ein Mann ins Dorf, der nett und Vertrauen erweckend war. Widerstrebend unterschrieben meine Eltern eine Arbeitserlaubnis, denn ich bin ja minderjährig. Als ich in einem Auto davonfuhr, drehte ich mich um und dachte, bloß gut, diesem Elend bist du entronnen.« Leise fügte sie hinzu: »Jetzt sehne ich mich nach diesem Paradies zurück.«

»Was geschah dann?«

»Wir, Mädchen aus allen Teilen des Landes, wurden über die Grenze in ein Lager gebracht. Ich weiß nicht einmal, wo das war, irgendwo in Ungarn, Bulgarien oder der Ukraine. Sie hatten uns die Pässe abgenommen; jemand kümmerte sich um die Formalitäten. Dort waren Männer ... wie Gorillas ... wie Monster ... Sie schändeten uns fünf- oder sechsmal am Tag, viele Wochen lang. Wir wurden geschlagen ... wo man es nicht sah ... mehr kann ich darüber nicht sagen ...«

»Dann lass es. Und danach?«

»Ja ... mein Gott ... wir wurden hier hineingesetzt und fuhren, tagelang, nächtelang. Dann mussten wir aussteigen und wurden in ein Haus am Rand einer Stadt geführt, die Tallinn heißt. Dort gab es viele kleine Zimmer mit einem Bett, einem Waschbecken und einer Toilette. Sie sagten, wir seien jetzt ihre Huren und müssten Geld verdienen. Wer nicht genug einnehme, den werde man bewusstlos prügeln. Ich denke, wir waren etwa einen Monat da. Wenn man so ekelhafte Sachen machen muss, zählen Tage wie Jahre. Wir mussten Karten nach Hause schicken, wo draufstand, dass es uns gut geht und die Arbeit Spaß macht.«

»Und jetzt sollt ihr in Stockholm dasselbe machen?«

Sie nickte und strich sich durchs Haar: »Ja, auf den Strich gehen. Dort sollen viele Touristen sein, wird gesagt.«

Um sie besser überzeugen zu können, stellte ich mich vor sie. Es war so eng, dass sich unsere Knie berührten: »Ana, das ist doch die einfachste Sache von der Welt, diese Plagegeister loszuwerden. Die schwedische Polizei hilft euch in jeder Beziehung, und die Kerle landen im Knast. Ihr habt ein Recht auf ein menschenwürdiges Leben und müsst euch nicht an widerwärtige Kunden verkaufen.«

Sie zog die Oberlippe hoch und zeigte mir Zähne, die nicht gerade fachmännisch behandelt worden waren. »Wir haben überhaupt kein Leben, und wir verkaufen uns nicht, sondern vermieten unseren Körper an jeden, der bezahlen will.«

»Aber wir können ...«

Plötzlich schrie sie, und ihre Gefährtinnen schauten ängstlich. Nach allem, was sie durchgemacht hatten, lagen die Nerven wohl blank. »Wie dumm bist du eigentlich, du Schwede? Wenn wir nicht genau das tun, was diese Männer wollen, geht es unseren Eltern an den Kragen. Gehen wir zur Polizei, sind sie in vierundzwanzig Stunden tot. Glaub nicht, dass mir das nur eingeredet wurde. Wir haben die Bilder gesehen.«

»Ana, ich ...«

»Es spielt keine Rolle, wer die Polizei informiert. Wir werden alle mit der Hinrichtung unserer Eltern bestraft. Wenn du sie auf dem Gewissen haben willst, können wir dich nicht daran hindern, aber unsere Lippen bleiben versiegelt. Wir sind streng religiös erzogen und lieben unsere Eltern, denn das ist unsere Christenpflicht. Dass wir uns wie schmutzige Kadaver fühlen, geht nur uns selbst etwas an.«

Jetzt verstand ich endlich, was Guus mit seiner Definition gemeint hatte. Sie lebten in der Hölle und wollten sie verlassen, mussten aber bleiben, weil es ihren Eltern sonst schlecht erging – und damit war ihr Willen verändert worden. Wenn sie vor der Wahl standen, zu bleiben oder das Inferno zu verlassen, mussten sie sich für das Bleiben entscheiden, und zu wählen heißt zu wollen.

»Du verstehst es, dich auszudrücken«, murmelte ich.

»Ja. Auch in Rumänien gibt es Schulen. Die Provinz ist arm und zurückgeblieben, aber die Schulen sind gut und die Lehrer sehr engagiert. Ich habe Bücher und Zeitschriften gelesen und mir vieles gemerkt. Mein einziges Verbrechen war, dass ich mir ein spannenderes und abwechslungsreicheres Leben gewünscht habe. In unserem Dorf ist es dunkel wegen der schlechten Beleuchtung, und es ist lehmig und matschig, weil kein Geld da ist, um die Straße zu asphaltieren. Ich wollte Städte sehen, die nachts in allen Farben leuchten und die nicht nur befestigte Straßen, sondern sogar Bürgersteige haben. Ich wollte Spaß haben und jung sein unter jungen Menschen. Und was wurde aus mir? Eine kleine Hure, die schon über hundert Männer befriedigt hat.«

»Du hast ihnen dein Leben gegeben«, sagte ich leise. »Sie werden dir jede Krone nehmen, die sie an dir verdienen können, und wenn du nichts mehr taugst, werfen sie dich auf den Müll.«

Sie schüttelte den Kopf und lebte plötzlich auf: »Nein, nein. Fünf Jahre arbeite ich für sie, dann bin ich frei.«

»Frei? Wie – frei?«

»Während der Zeit, in der wir arbeiten, bekommen wir Wohnraum, Essen und ein wenig Taschengeld für Zigaretten, Schminke und persönliche Sachen. Den Rest nehmen sie, zahlen aber einen Teil des Geldes auf ein persönliches Konto ein. Wenn die fünf Jahre um sind, können wir zu Hause etwas Eigenes kaufen. Du wirst sehen!«

Sie sagte etwas zu dem Mädchen, das am anderen Ende der Bank saß. Die Angesprochene nahm ein Foto aus ihrer kleinen Handtasche und gab es Ana, die es an mich weiterreichte. Das Bild zeigte eine junge Frau mit langen blonden Haaren und knallroten Lippen. Sie war im osteuropäischen Stil elegant gekleidet und stand vor dem Schaufenster einer Boutique für Kleider, Schmuck und Accessoires.

»Sie heißt Elena und kaufte sich für das Geld, das sie verdient hat, in Bukarest einen kleinen Modesalon. Sie hat es geschafft. Ich will auch eine Boutique haben, aber nicht in Bukarest.«

»Ana, glaubst du wirklich an diese Ammenmärchen?«

Sie sah mich aus unendlich müden Augen an. Im Innersten wusste sie, dass sie niemals eine Boutique besitzen würde. Nach den fünf Sklavenjahren in Stockholm wäre sie verbraucht, antriebslos und wahrscheinlich drogensüchtig. Aber der Mensch denkt nicht gern rational, und eine Chance von null Komma einem Prozent wird schon als lichte Zukunft gefeiert.

»Du wirst uns die Hoffnung nicht nehmen.«

Die Methode war genial. Die Mädchen wurden nicht nur durch die Drohung, ihren Eltern etwas anzutun, in Schach gehalten, sondern auch durch die Verheißung, die Zeit der Erniedrigung könnte einen Sinn haben. Sicher strichen sie die Tage in einem Kalender ab und glaubten, nach tausendachthundertfünfundzwanzig Kreuzen als neue Elenas vor ihren Boutiquen zu stehen. In Wirklichkeit standen die Chancen eins zu tausend. Wenn sie für Stockholm, Kopenhagen oder wo sie sonst noch landeten, nicht mehr taugten, würde man sie in den Mittleren Osten verkaufen, wo eine weiße Frau noch einen gewissen kommerziellen Wert darstellte.

Damit war aber auch ich an ihre Bedingungen gebunden. Dass man ihre Eltern töten würde, wenn die Polizei einschritt, davon war ich überzeugt. In solchen brutalen Branchen ist Abschreckung das Wesentliche. Gehorche, sonst geht es dir wie Ana und ihren Kameradinnen. Schau dir diese Bilder an, dann verstehst du, was wir meinen. Ich musste stillhalten und mitmachen. Damit war auch mein Schicksal besiegelt. Jetzt wusste ich viel zu viel. Wenn wir ankamen, würden sich knallharte Profis um mich kümmern. Was sie genau von mir wollten, war noch unklar, aber dass ich mein Testament machen konnte, stand fest.

Zu essen gab es neben Knäckebrot eine Art gepresstes Fleisch, das schnell satt machte. Ich erinnerte mich gelesen zu haben, dass die Polarforscher etwas aßen, das Pemmikan hieß. Bestand er nicht aus geriebenem Trockenfleisch, das mit heißem Fett übergossen war? Weiterhin gab es Vitamintabletten und Aspirin. In der alten Zeit des Sklavenhandels wurden die Eingeborenen schlimmer als Tiere behandelt, und die Hälfte starb während des Transports. Die modernen Sklavenhändler gingen pfleglicher mit ihren Opfern um, denn sie waren sich des Wertes der Fracht bewusst.

Die Mädchen schämten sich anfangs ein wenig, in meiner Anwesenheit die Toilette zu benutzen, aber das legte sich bald, und sie kletterten über meine Knie, um hinter den Vorhang zu gelangen. Das Ventil ließ genügend Luft herein, und wir konnten ungehindert atmen. Jedoch wurde die schmale Bank nach einigen Stunden äußerst unbequem. Ich probierte alle möglichen Sitzhaltungen, aber es half nichts. Wenn ich die schlanken jungen Mädchen sah, fühlte ich mich doppelt so groß und dreimal so breit.

Wir hatten keinen Gesprächsstoff mehr, und ich saß in Gedanken versunken da. Die jungen Dinger dagegen schwatzten ununterbrochen. Im Gegensatz zu anderen Plaudereien unter Teenagern mischte sich jedoch kein Kichern oder gar Lachen in die Unterhaltung; sie hatten wohl ausschließlich ernste Themen zu diskutieren. Vielleicht sprachen sie über Stockholm und was sie dort wohl erwartete. Sie sollten sich nicht zu große Hoffnungen machen. In der schwedischen Hauptstadt wohnen genauso wenige Engel wie in anderen Metropolen.

Die Stunden vergingen. Eigentlich konnte es nicht weit sein bis zum Fährhafen, aber offenbar hatten die Kerle noch anderes zu erledigen. Ab und zu hielten wir an, dann wurde es totenstill in unserem kleinen Gefängnis. Schließlich rollten wir rumpelnd auf ein Schiff, und an dem sanften Schwanken erkannte ich, dass wir uns auf hoher See befanden. Die Überfahrt würde siebzehn Stunden dauern.

Jetzt gingen die Passagiere in die Bar, um einen ersten Drink zu genießen und sich miteinander bekannt zu machen. Pläne wurden geschmiedet. Gleich ordentlich einen auf die Lampe gießen, zwischendurch schlafen gehen, und dann noch eine Runde? Oder in Ruhe genießen bis spät in die Nacht? Blicke streiften umher; Nimrod und Diana suchten nach Beute. Aber der Abend war noch lang. Ein Funke konnte verlöschen oder zu einer lodernden Flamme werden. Flammen ... Ervin Guus ... Ich zuckte zusammen, und plötzlich überwältigten mich die bis dahin verdrängten Gefühle. Ich glitt zu Boden, setzte mich mit angezogenen Knien in eine Ecke und weinte. Vielleicht war ich der einzige Mensch, der um Ervin Guus trauerte, jetzt, wo seine Frau sich von ihm getrennt hatte und sein Sohn ermordet worden war.

Schlafen konnte ich nicht, aber es gab Perioden, in denen ich ein wenig schlummerte. Guus war die ganze Zeit da. Ich meinte, in meinem Inneren Melodien aus der Rockoper *Jesus Christ Superstar* zu hören; vermutlich, weil sich auch Guus ohne zu klagen für andere geopfert hatte. Der kraftvolle Gesang des Judas ... die Stimme von Jesus, weich und stark zugleich ... Kaiphas' Bass, so tief, dass es wie das Grollen eines Erdbebens klang ... und Magdalenas Lied ... *Ervin Guus Superstar*.

Ein Gedanke entwickelte sich in meinem Gehirn, langsam, wie ein Sandkorn, das in einer Muschel zur Perle wächst. Warum ging mir gerade diese Musik nicht aus dem Sinn? Vor nicht allzu langer Zeit hatte ich zu Tessan – oder war es Maggie gewesen? – gesagt, dass Magdalenas Lied ein Höhepunkt gewesen sei und ... Magdalenas Lied? Magdalena?

Ich war zu erschöpft, um weiter denken zu können, und schlummerte wieder ein, aber jedes Mal, wenn ich hochschreckte, war Magdalena da und sang.

Als ich wieder einmal mit einem Ruck erwachte, musste ich wirklich tief geschlafen haben, denn es dauerte eine halbe Minute, bis ich wusste, wo ich mich befand. Die Schaukelei hatte aufgehört, also waren wir in Stockholm angekommen. Hier hatte ich einst das Licht der Welt erblickt – bald würde sich der Kreis schließen.

Es rumpelte kräftig; der Kühlwagen fuhr an Land. Dann hielt er wieder an, und ich hörte durch das Lüftungsventil, dass Schwedisch gesprochen wurde. Vermutlich standen wir an der Zollkontrolle. Wenn ich jetzt laut schrie oder auch nur im normalen Ton mitteilte, dass ich mit fünf verschleppten Mädchen hier drinnen gefangen sei, würden die Beamten sofort eingreifen. Dann wäre mein Leben gerettet. Aber ich schwieg, um der rumänischen Eltern willen. Der Zoll machte nur Stichproben, denn es herrschte Personalmangel. Falls sie überhaupt in den Laderaum schauten, würden sie nur Kartons mit tiefgefrorenem Gemüse entdecken, wie in den Frachtpapieren ausgewiesen.

Als der Lastzug den Freihafen verließ, versuchte ich, mir die Fahrtroute zu merken, doch ich scheiterte schon nach kurzer Zeit, weil mir Orientierungspunkte fehlten und ich die Geschwindigkeit nicht bestimmen konnte. Jetzt durften wir wieder reden, aber keiner sagte einen Ton. Das Unausweichliche rückte immer näher, und die Mädchen bereiteten sich wohl innerlich auf das Stahlbad vor. Sie hatten allzu lange ruhen dürfen; Kapital muss Profit abwerfen. Bestimmt warteten die Kunden schon.

Nach einer halben Stunde bekamen die Außengeräusche ein seltsames Echo; ich nahm an, dass wir in eine Lagerhalle gefahren waren. Der Lastzug hielt, die Türen wurden geöffnet und die Kartons weggeräumt. Im Schein der Petroleumlampe sah ich, dass Ana die Hände faltete und vor Angst zitterte. Den anderen Mädchen ging es ebenso. Vielleicht beteten sie: Lieber Gott, lass die fünf Jahre schnell vorübergehen, und danach will ich keinen Mann mehr sehen!

Jemand machte sich an der Trennwand zu schaffen. Plötzlich wurde es hell, und die Schatten lösten sich auf. Mein Blickwinkel war begrenzt, aber ich konnte verschiedene Fahrzeuge erkennen. Vier Männer, einer davon war Stikke, ein anderer Kubiela, näherten sich uns. Stikke musterte die Mädchen und befahl ihnen auf Rumänisch, ihm zu folgen. Sie gehorchten widerspruchslos und wurden zu einem großen Van geführt. Stikke wies ihnen die Rückbänke zu, dann stieg auch er ein und fuhr davon.

»Haltet ihn fest«, sagte Kubiela zu seinen Handlangern.

Sie packten mich mit festen Griffen. Kubiela rief etwas, und ein schmaler, rattengleicher Mann kletterte herein. Wortlos holte er ein Fläschchen hervor, stach die Nadel einer Spritze durch den Verschluss und zog die Flüssigkeit auf. Dann stach er mich durch Jacke und Hemd in den Arm. Interessiert schaute er mir ins Gesicht und wartete auf die Wirkung. Ich kam mir vor wie ein Versuchstier, und das war ich wohl auch. Die Männer ließen mich los, und ich sank zu Boden. Der Rattenmensch rollte mich auf den Rücken, hob meinen rechten Arm hoch und ließ ihn fallen. Er war vollkommen schlaff. Ich fühlte nichts, reagierte nicht mehr. Die Droge hatte mich in einen Sack Zellen, einen Klumpen Gewebe verwandelt.

»Er ist gelähmt, jedoch bei vollem Bewusstsein. Mit dem könnt ihr jetzt machen, was ihr wollt!«

23. Kapitel

Die Männer zerrten mich aus dem Kühltrailer und schleppten mich über den Zementboden zu einem langen, niedrigen grauen Wagen, der an eine Ambulanz erinnerte. Als sie die Hecktür öffneten, sah ich, dass er auch genauso eingerichtet war, mit diversen medizinischen Geräten, einer Pritsche und einem Hocker. Sie hievten mich auf die Pritsche, und Kubiela setzte sich neben mich.

»Fahr los«, befahl er. »Ich bewache das Bullenschwein, falls irgendwas schief geht.«

Der Wagen fuhr sanft an. Ich konnte den Kopf nicht bewegen, wohl aber die Augen. Auf der einen Seite befand sich eine getönte Scheibe, auf der anderen saß Kubiela.

»Du hast Kurare bekommen, oder wie dieses Indianergift heißt. Eine schwache Dosis. Lähmt die Muskeln, aber reden kannst du noch. Stimmt's?«

Die Zunge war schwer, aber ich konnte ein »Ja« lallen.

»Gut, Bulle. Ich kann dich töten und das Ganze in der nächsten Minute vergessen. Das ist mein Job; darin bin ich gut. Auch im Schuldeneintreiben. Wer nicht zahlt, dem breche ich zum Beispiel die Finger. Gehört zum Beruf. Aber eines kann ich dir sagen, Bulle, ich bin ein verdammt schlechter Zuhälter. Das ist nicht mein Ding. Mir tun die Mädels Leid. Das sind doch noch Kinder. Nee, das ist echt nicht mein Ding.«

»Uund wasch tuuscht du dagegen?«

»Tun? Nichts natürlich. Aber ich habe mit der Zuhälterei nichts zu tun. Bin nur für den Transport zuständig. Nicht einmal dieser verdammte Jesus war ein Zuhälter, obwohl er mehrere Bräute hatte.«

Damit hatte er sein Statement beendet und kreuzte die muskulösen Arme vor dem mächtigen Brustkorb. Jesus ... Die

Silben sickerten in mein Bewusstsein ... Zuhälter ... mehrere Bräute ... wie Magdalena ... Mein Gehirn war wie ein Schwamm. Vielleicht war es deshalb in der Lage, das Sandkorn aufzunehmen und es in eine Perle zu verwandeln. Aber was nutzte mir das jetzt? Wozu ist es gut, etwas zu wissen, wenn es kein anderer erfahren darf?

Der Wagen hielt, und Kubiela versprach: »Wenn die mit dir fertig sind, schlage ich dich tot. Gehört zum Job. Nimm es nicht persönlich. Ich verspreche, dass es schnell gehen wird.«

Sie verwendeten die Pritsche als Bahre und trugen mich in ein Gebäude. Für einen Moment war es mir vergönnt, den blauen Sommerhimmel zu sehen; vielleicht zum letzten Mal. Dann starrte ich an die stuckverzierte Decke einer Villa oder eines Herrenhauses. Der Raum schien leer zu sein. Vielleicht täuschte ich mich auch, denn mein Blickfeld war äußerst begrenzt. Sie stellten die Pritsche auf einen Tisch. Weitere Personen traten ein. Ich konnte sie nicht sehen, fühlte aber intuitiv, wer es war.

»Setzt ihn auf und leert seine Taschen. Ich will sehen, was er hat.«

Im Augenwinkel entdeckte ich einen Spiegel, der offenbar zu einem Schminktisch gehörte. Sie zogen mir die Jacke aus, die ich die ganze Zeit angehabt hatte, und leerten die Taschen. Was sie fanden, legten sie auf den Schminktisch. Im Spiegel konnte ich meine Brieftasche, zwei Kugelschreiber, den Notizblock, das Schlüsselbund, eine Rolle Pfefferminz und die Polizeimarke mit der Ausweiskarte erkennen. Und einen langen Schlüssel mit einem auffälligen Reklameanhänger, den ich nicht wiedererkannte. Jetzt durchsuchten sie meine Hosentaschen, aber die waren bis auf ein Taschentuch leer.

»Ihr könnt hinausgehen. Wir schaffen das allein.«

Eine Tür wurde geschlossen. Men deckte ein Tuch über meine Augen, und ich spürte eine weitere Nadel, durch die eine unbekannte Droge in meinen Arm gespritzt wurde. Das Tuch wurde wieder weggezogen. Neben dem Tisch stand ein kräftiger Mann in einem schwarzen Poloshirt. Er hatte schwarzes Haar, einen schwarzen Kinnbart, stark geschwungene schwarze Augenbrauen und blaue Augen mit großen Pupillen.

Wie Kubiela fragte er: »Kannst du sprechen?«

»Ja.«

»Neben Kurare hast du jetzt Skopolamin gespritzt bekommen, die so genannte Wahrheitsdroge. Unser Chemiker hat sie mit anderen Stoffen veredelt. Wahrheitsdroge ist eine irreführende Bezeichnung. Skopolamin setzt lediglich die Widerstandskraft herab, sodass es schwer wird zu lügen. Wenn ich dich etwas frage, wirst du mir also wahrheitsgemäß antworten. Haben wir uns verstanden?«

»Ja.«

»Dann machen wir einen Test. Wie heißt du?«

»Roland Hassel.«

»Hast du nur diesen einen Vornamen?«

»Nein.«

»Wenn ich frage, will ich eine vollständige Antwort. Also, wie heißt du noch?«

»Eugen.«

»Ein Familienname?«

»Nach Prinz Eugen, dem Maler. Meine Mutter hat ihn verehrt.«

Ich wollte ihm nichts über mein Namensgeheimnis verraten, aber die Droge bewirkte, dass ich antworten musste. Niemand wusste von meinem zweiten Vornamen.

»Sieh an. Wir fahren fort mit unserem kleinen Test, verehrter Herr Hassel. Bist du deiner Frau untreu gewesen?«

»Ja.«

»Oft?«

»Ja.«

»Wie kam es dazu?«

»Ich war betrunken.«

Der Mann hob seine schwarzen Augenbrauen und wirkte leicht amüsiert. »Was sagt Virena denn dazu?«

Er sprach sehr gut schwedisch, aber ein leichter Akzent verriet, dass seine Wiege in einem anderen Land gestanden hatte.

»Nichts.«

»Ist es ihr gleichgültig?«

»Nicht Virena. Cecilia.«

»Wer ist Cecilia?«

»Meine erste Frau.«

Es schien mir, als wirkte die Droge nicht perfekt. Sicher, die Widerstandskraft war herabgesetzt, aber es kam auch darauf an, wie man fragte. Er nickte, als hätte er eingesehen, dass er sich besser konzentrieren musste.

»Weißt du, wer ich bin?«

»Ja.«

Der Mann runzelte die Stirn, und seine blauen Augen verdunkelten sich. »So? Das wundert mich. Wer bin ich denn?«

»Einer deiner Namen ist Gordon Scott.«

Er starrte mich lange an, und ich konnte ihn nicht daran hindern. Es war seine Show, und er bestimmte, was mit dem hilflosen Klumpen geschah, der vor ihm auf dem Tisch lag.

»Unsere Organisation beschäftigt die besten Maskenbildner der Welt. Wenn die Grundvoraussetzungen vorhanden sind, können wir die Gestalt wechseln, wie es uns passt. Ja, ich habe die Rolle des ehemaligen leitenden Beamten von Scotland Yard gespielt, der als Experte für den Schmuggel von Lebensmitteln zur EU nach Brüssel ging. Scott existiert wirklich, vielmehr, er hat existiert, aber er macht einen sehr langen Urlaub. Ich besitze seinen echten Pass und habe mich in ihn verwandelt. Dadurch kam ich an sehr wertvolle Informationen.«

»Ist er tot?«

Seine Miene zeigte Missbilligung. »Ich stelle die Fragen, und du antwortest. So sind die Regeln. Er hat das irdische Jammertal verlassen. Es kann nicht zwei Briten gleichen Namens geben. Du hast geantwortet, einer meiner Namen sei Gordon Scott. Kennst du weitere?«

»Ja.«

»Antworte ausführlich. Welchen oder welche noch?«

»Tomaso Berloccio.«

In meinem seltsamen Zustand zwischen Leben und Tod freute es mich, seine offenbare Verblüffung zu beobachten. Damit hatte er nicht gerechnet.

»Wissen andere von deinen diesbezüglichen Überlegungen?«

Natürlich, wollte ich antworten, deine Maskerade ist sinnlos. Aber ich brachte nur die Wahrheit heraus: »Nein.«

»Das ist auch gut so. Ich habe meine Identität verfälscht, indem ich andere unter meinem Namen auftreten ließ. Offiziell bin ich ja tot und begraben. Offenbar bist du intelligenter, als ich ahnen konnte.« Er setzte sich auf die Tischkante und schlug einen kameradschaftlichen Ton an. »Illegale und verdorbene Lebensmittel zu verkaufen, ist weltweit eines der größten Geschäfte. Derzeit übertreffen die Gewinne die aus dem Drogenhandel. Ich habe mehrere Firmen übernommen und daraus ein gigantisches Unternehmen geformt. Wir können mehr Entscheidungsträger bestechen als die Drogenbarone, weil viele gar nicht erkennen, dass unsere Geschäfte kriminell sind. Manche betrachten uns sogar als Idealisten, weil sie nicht ahnen, wie viel Geld wir wirklich verdienen.« Er stieß mir den Zeigefinger auf die Brust, um die Argumente pädagogisch zu unterstreichen: »Ein sehr großer Teil der Weltbevölkerung hungert, während die Industrienationen im Überfluss leben. Ist es nicht ungeheuerlich, dass Millionen

Tonnen Getreide verbrannt werden, nur um den Weltmarktpreis hoch zu halten?«

»Ja.«

»Dann kannst du unsere Gedankengänge verstehen. Millionen Tiere werden nur wegen des Verdachts einer Ansteckung geschlachtet. Das sind Berge von Fleisch, die den Ärmsten der Armen das Überleben sichern können. Wir verfügen über eine Flotte von Trailern und Kühlschiffen; unsere Dokumente sind für jede Kontrolle präpariert. Wir liefern an Empfänger, die mit Grossisten in Verbindung stehen, die wiederum Einzelhändler versorgen. Wir haben uns überzeugt, dass die Kühlkette nirgendwo unterbrochen wird. Verdorbenes Fleisch kann man nicht verkaufen. Also kaufen wir ganze Tiere von Bauern, die sonst verarmen würden, und verkaufen sie an Menschen, die sonst verhungern würden. Hast du gegen diesen Gedanken in seiner unverfälschten Form irgendwelche Einwände?«

Mein Mund formte ein schlappes »Nein«.

»Einige Tier sind sicher mit BSE infiziert. Wie viele sind im Westen an dieser Krankheit gestorben? Nicht einmal zweihundert. Das Risiko, sich mit BSE zu infizieren, ist also minimal. Was kümmert es einen Verhungernden in Ghana oder Somalia, dass es ein geringes Risiko gibt, in ferner Zukunft an einem zersetzten Gehirn zu sterben? Der Notleidende denkt nur daran, wie er den nächsten Tag überlebt. Essen oder sterben. Geflügelfleisch mit Salmonellen? Man kann daran erkranken, aber man bekommt auch eine nährstoffreiche Nahrung für wenig Geld. Man sieht, wie seine Kinder kräftiger werden. Man muss sich ausreichend ernähren, um ein vollwertiger Mensch zu werden. Siehst du das ein?«

»Ja.«

»Dann sind wir ja schon fast auf derselben Wellenlänge, Herr Hassel. Leider müssen wir dich in Kürze töten. Ich bedauere das, aber es ist unvermeidlich. Wir gleichen die Ungerechtigkeit aus zwischen denen, die haben, und denen, die hungern. Ja, wir verdienen verdammt viel Geld damit, aber es kümmert sich ja sonst niemand um die Armen. Von humanistischen Appellen und dem Geschwätz der Politiker werden sie nicht satt. Was sagst du dazu?«

»Und was ist mit dem Sklavenhandel? Mit den armen Mädchen, denen ihr das Blut aussaugt?«

Wenn seine blauen Augen echt waren, dann hatte er als Brite gefärbte Linsen getragen, oder umgekehrt. Heutzutage kann man die Farbe der Augen nach Mode und Laune bestimmen.

»Nun ja«, sagte er nach kurzer Überlegung, »du sollst mir zwar keine Fragen stellen, aber ich will dir trotzdem die Mechanismen des alternativen Wirtschaftssystems der Welt erklären. Dein Wissen nimmst du ja mit ins Grab. Ich sage dir, man wird nicht in Ruhe gelassen, wenn man eine gute Idee hat. In unserem Fall wollte sich eine Symbiose verschiedener Mafiagruppen Stücke vom Braten abschneiden, darunter traditionell die Italiener, aber auch Jugoslawen und die Aufsteiger, die Albaner. Sie forderten immer mehr, drohten, stellten Ultimaten. Es waren harte Burschen, also verhandelten wir lieber, anstatt Krieg zu führen. Wir rüsteten unsere Lastwagen und Schiffe mit Tarnwänden aus und nahmen auf dem Rückweg Mädchen mit, wenn wir die Lebensmittel in Osteuropa und gewissen afrikanischen Ländern abgeliefert hatten. Schwarze Mädchen sollen sehr gefragt sein, was weiß ich, die Nachfrage bestimmt das Angebot. Mit diesem Arrangement sind beide Seiten zufrieden, und es funktioniert tadellos. Willst du noch mehr wissen? Noch hast du Gelegenheit dazu.«

Obwohl man meinen Körper gelähmt hatte und ich nur die Augen bewegen konnte, war mein Geist hellwach. »Sind die Mädchen hier im Zimmer?«

»Welche Mädchen?«, fragte er in gleichgültigem Ton, aber ich bemerkte die Spannung dahinter.

»Therese und Maggie. Sie arbeiten doch mit dir und für dich.«

»Tun sie das?«

»Ja.«

Er spitzte nachdenklich die Lippen: »Sagen wir, es ist so. Kennt noch jemand bei der Polizei deine Theorie?«

Die Droge zwang mich zu antworten: »Nein, niemand.«

Er lächelte breit und zwinkerte mir zu. Wer ihn nicht kannte, musste ihn für einen Charmebolzen halten. »Das freut mich. Ein Todgeweihter ist für uns keine Gefahr.«

Er gab ein Zeichen. Therese und Maggie stellten sich zu beiden Seiten neben ihn. Maggie lächelte amüsiert, während Tessan wütend zu sein schien.

»Wie bist du darauf gekommen, dass sie meine Geschäftspartner sind?«, fragte Berloccio.

»Durch viele kleine Puzzleteile. Im Kühlwagen hatte ich Zeit nachzudenken.« Obwohl ich nach wie vor nur lallen konnte, verstanden sie mich gut, als ich erklärte: »Wikman hatte seine Tochter nur selten gesehen, rief sie aber ab und zu an. ›Ich nenne sie Lena‹, waren seine Worte. So drückt man sich nicht aus, wenn sie wirklich Lena heißt. Also eine Kurzform für einen längeren Namen, der auf Lena endet. Inga-Lena, Maja-Lena zum Beispiel. Warum nicht Magdalena? Wenn eine Schwedin einen Iren heiratet, wird aus Magdalena dann Maggie.«

»Meine kleine Tochter ...«

»Aber sie ist nicht deine Tochter. Axel Wikman war ihr Vater. Ihr habt eine andere Beziehung. Wahrscheinlich ist sie eine deiner Geliebten und hat deshalb einen Platz in deiner Organisation.«

Maggie lachte laut heraus und gab mir einen anerkennenden Klaps auf die Wange. »Roland, ich habe dich unterschätzt. Wir haben irreführende Spuren gelegt und falsche Erklärungen geliefert, und wir haben Verräter bestraft. Wir haben dich ständig observiert, aber du hast unsere Inszenierung durchschaut. Mein Kompliment. Ich verspreche, Blumen auf dein Grab zu legen – falls ich gerade in der Nähe bin und mich daran erinnere.«

»Gut, Hassel, aber wer ist dann Therese?«

Tessan schob die Unterlippe vor und warf mir einen ihrer charakteristischen Blicke zu.

Auch wenn ich bald sterben sollte – es war mir ein Vergnügen, ihr zu zeigen, dass ich sie durchschaut hatte: »Sie vertritt die Seite der Mafia. Maggie und sie lernten sich auf Kursen und Konferenzen kennen. Maggie hatte es sicher nicht schwer, die geltungsbedürftige Therese zu überreden, sich an den dunklen Geschäften zu beteiligen. Durch ihre Positionen hatten sie Einblick in die Ermittlungen und verrieten ihre Kollegen und unsere Ideale. Ist sie möglicherweise deine Tochter?«

»Ich beantworte keine Fragen, Hassel. Schade, dass du auf der falschen Seite stehst. Ich gebe zu, auch mir ist der Mafiateil am Geschäft zu blutig, aber damit habe ich fast nichts zu tun. Darum kümmert sich Sverre Stikke, Thereses Freund, oder soll ich sagen: Verehrer?«

»Er ist nicht mein Freund!«, fauchte Tessan. »Das bildet er sich nur ein. Er darf mich nicht anrühren!«

»Nein, das ist klar«, beschwichtigte Berloccio. »Aber du hast dich in der Mafiaorganisation tüchtig hochgearbeitet, wenn ich es richtig verstanden habe. Du rekrutierst die Mädchen und leitest die Transporte.«

Tessan trug diesmal eine silberne Schleife am Zopf. Dafür, dass sie Männer verabscheute, wirkte sie recht kokett. Sie funkelte mich zornig an und wirkte wie ein Racheengel, als sie hervorstieß: »Dich habe ich von Anfang an gehasst! Du bist ein Schwein. Meine Leute wollten dich kaltmachen, weil du allzu viel herumgeschnüffelt hast. Diese Hasenfüße von der anderen Fraktion dagegen meinten, es sei zu gefährlich, einen Bullen umzulegen. Aber wir können uns jeden kaufen, und wir kommen immer davon.«

»Er konnte uns jedenfalls nicht schaden«, wandte Maggie ein. »Du bist zu kurzsichtig, Therese. Du musst alles perspektivisch sehen. Hassel hat uns einen Gefallen getan, indem er wie ein Leithammel alle Polizisten auf falsche Fährten geführt hat.«

»Meine liebe Therese, leider muss ich Maggie Recht geben«, sagte Berloccio. »Ihr denkt zu wenig und schlagt zu viel kaputt. Man kann mehr Geld verdienen, wenn man flexibel ist und saubere Geschäfte macht.«

Der Zopf ließ sich nicht beirren, sondern ging erneut auf mich los: »Hattest du Sex mit den Mädchen im Wagen? Du hattest, stimmt's? Klar hattest du Sex, was sonst, so ein Schweinkerl allein mit fünf Gratishuren. Hast du sie alle vernascht?«

»Nein.«

»Aber wenigstens eine?«

»Nein.«

»Jetzt reicht es, Therese«, mahnte Berloccio. »Der Junge weiß eben, was sich gehört.«

Tessan war so in Fahrt, dass sich die bekannten roten Flecken auf ihren Wagen zeigten. »Du hattest Sex, natürlich! Zwei von den Mädchen haben Aids. Bei jedem Transport lasse ich ein paar von den kleinen Nutten Aidsbakterien spritzen. Nicht HI-Viren, sondern den unmittelbaren Aids-Erreger. Sie glauben, dass sie gegen Grippe geimpft werden. Jede von denen kann über hundert Männer im Monat anstecken. Tausend im Jahr. Nur ich und einer unserer Ärzte wissen davon. Durch infizierte Huren verbreiten wir Aids über ganz

Europa. Sollen die Schweine doch langsam und elend krepieren!«

Ich registrierte, dass sich Berloccio und Maggie ansahen und fast unmerklich die Köpfe schüttelten. Therese war eine junge Frau mit großen psychischen Problemen.

»Nun«, sagte Berloccio leichthin, »lasst uns dieses angenehme und informative Gespräch mit der entscheidenden Frage beenden. Hassel, wen rief Axel Wikman an, als du gegangen warst?«

»Ich weiß es nicht.«

»Komm, komm, Hassel. Thereses Leute haben Toivo und Väino gefoltert. Beide gaben an, Wikman habe dir den Namen genannt. Du hast vielleicht einen Bericht geschrieben oder die Information zum Zwecke einer Erpressung zurückgehalten, und nun wollen wir den Namen wissen. Antworte! Mit wem telefonierte Wikman?«

»Er hat es mir nicht gesagt. Ich weiß es nicht.«

Berloccio zog die Augenbrauen zusammen und sagte nachdenklich: »Warum sollten seine beiden Verwandten dann behaupten, er habe dir den Namen genannt?«

»Vielleicht wollten sie die Folter beenden. Ich weiß jedenfalls nichts.«

Für einen Augenblick verlor er die Fassung: »Verdammter Mist! Haben wir den ganzen Aufwand umsonst betrieben? Wenn du nichts weißt ...«

Therese schrie hysterisch: »Töte ihn! Jetzt können wir ihm Gift in die Adern spritzen! Ich will das Schwein vor meinen Augen verrecken sehen!«

»Gleich, meine Liebe. Er bekommt seine Giftspritze, aber nicht, weil wir Spaß daran haben, sondern weil es notwendig ist.«

»Geh doch zur Hölle mit deinen Predigten! Ich mag es zu töten, und ich werde es genießen.«

»Ich möchte mich zuvor nur noch einmal vergewissern. Hassel, stimmt es, dass außer dir kein einziger Polizist weiß, dass wir hinter dem stehen, was geschieht und geschehen ist?«

»Nein.«

»Nein? Warte mal ... habe ich falsch formuliert? Also, weiß die Polizei von unseren Geschäften?«

»Ja.«

»Was meinst du damit? Heraus damit, ich will alles hören.«

»In Tallinn erhielt ich von Kommissar Ervin Guus einen Brief, der eine Namensliste sowie alle Angaben zu euren kriminellen Machenschaften enthielt. Guus hat lange in ganz Europa und darüber hinaus recherchiert. Diese Liste schickte ich an die Polizei in Stockholm. Wahrscheinlich wird sie bereits aufmerksam studiert.«

Maggie wurde knallrot, während Therese kreischte, man solle mir endlich die Giftspritze verpassen.

Berloccios Ton wurde scharf, aber er wandte sich nicht an mich, sondern an den Zopf: »Du solltest ihn doch in Tallinn unter Kontrolle halten!«

»Jeder seiner Schritte wurde bewacht. Er hat keinen Brief abgeschickt. Das erfindet er nur. Er hat lediglich ein paar Ansichtskarten in den Briefkasten in der Bahnhofshalle geworfen.«

»Nur ein paar Ansichtskarten! Therese, du hast versagt! Der Brief steckte natürlich zwischen den Karten! Maggie, wir müssen aus Schweden verschwinden. In Mailand verschaffen wir uns eine neue Identität.«

»Tötet ihn! Tötet ihn!«

»Ja, wir werden ihn töten, aber an allem trägst du die Schuld! Du hast versagt, und das muss ich den Vertretern der Mafia im Aufsichtsrat mitteilen.«

»Ich will es selbst tun. Wo ist die Spritze?«

Berloccio seufzte und murmelte: »Ihr seid mir einfach zu brutal und zu fanatisch. Die Spritze liegt im Schubfach, in der schwarzen Schachtel. Das Gift ist in der Flasche daneben. Wenn du ihn erledigt hast, sag Bescheid, dann hauen wir ab. Ich mag nicht zusehen. Komm, Maggie, wir gehen so lange hinaus.«

Maggie gab mir erneut einen Klaps auf die Wange und verabschiedete sich: »Bye, bye, Roland. Therese hätte dich ja jeden Tag anspucken wollen, aber ich habe dich wirklich gemocht.«

Sie verließen den Raum.

Therese eilte zu besagtem Schubfach, das ich nicht sehen konnte. Ihre Rachsucht wirkte krankhaft. »Ich bring dich um!«, schrie sie. »Gleich ist es aus mit dir!«

Ich konnte nicht einmal die Muskeln spannen, sondern musste alles ertragen. Langsam schloss ich die Augen. Im nächsten Moment riss ich sie wieder auf, denn plötzlich klirrte eine Scheibe, und dann sah ich, dass auch durch das zweite Fenster ein dunkler, zylinderförmiger Gegenstand geschleudert wurde. Zugleich verbreitete sich ein beißender, erstickender Geruch. Meine Augen begannen zu tränen, und ich musste so heftig husten, dass ich gar nicht wieder aufhören konnte.

Eine metallische Lautsprecherstimme schmetterte: »Hier spricht die Polizei. Das Haus ist umstellt. Gebt auf und kommt mit erhobenen Händen heraus! In zehn Sekunden stürmen wir. Eins ... zwei ... drei ... vier ...«

Weitere Tränengasgranaten kamen geflogen. Ich hörte, wie im ganzen Raum die Scheiben platzten.

»... acht ... neun ... zehn!«

Schüsse fielen, Türen wurden eingetreten, und dann durchsuchten Polizisten in Schutzausrüstung und Gasmaske professionell Zimmer für Zimmer. Ich konnte es nicht sehen, aber ich wusste, wie so ein Einsatz ablief. Gegen die neue Art

Tränengas war man machtlos. Therese schrie und heulte, konnte aber nichts tun. Endlich stürmten die Kollegen herein.

»Hier liegt er! Tragt ihn hinaus, und dann ab mit ihm ins Krankenhaus!«

Es dauert eine Zeit, bis die Wirkung von Kurare nachlässt. Ich fühlte mich, als würde ich nach einer Operation aus einer Narkose erwachen. Ich stellte fest, dass zwei Tage vergangen waren. Der Arzt gab mir ein Beruhigungsmittel, und ich schlief weitere achtundvierzig Stunden. Das Tränengas hatte den Lungen nicht geschadet, aber mir war trotzdem nicht wohl. Immerhin, ich konnte mich wieder bewegen, und man fuhr mich in die Polizeizentrale.

Im großen Konferenzraum erwarteten mich die Chefs sämtlicher Abteilungen, und ich hätte mich geschmeichelt fühlen müssen, aber ich wollte nur nach Hause und schlafen.

Doch sie ließen mich nicht in Ruhe: »Kannst du uns berichten, was geschehen ist, nachdem du Stockholm verlassen hast?«, fragte Maud, und sie legte so viel Gefühl in ihre Stimme, dass ich nicht Nein sagen konnte.

»Also, nachdem ich an Bord gegangen war ...« Kurz und knapp schilderte ich, was ich erlebt hatte, und sie hingen an meinen Lippen wie die Apostel an denen des Meisters. Für mich war das eine ungewohnte Rolle.

»Wir haben die Mädchen gefunden; sie sind in Sicherheit. Und ihre Bewacher sind verhaftet.«

»Die Ärmsten brauchen medizinische Hilfe. Zwei von ihnen wurden mit dem Aidsvirus infiziert. Habt ihr den Brief bekommen?«

»Ja, aber wir konnten ihn nicht entschlüsseln. Die Experten arbeiten Tag und Nacht daran.«

»Versucht es mit der Kurtzov-Methode. Das Letzte, was mir mein Held Ervin Guus zurief, bevor er verbrannte, war das

Wort ›Kurtzov‹. Woher habt ihr gewusst, wo ich war, und wie kam es, dass ihr mich buchstäblich in letzter Sekunde retten konntet?«

Einer der Männer, die, wie ich mich schwach erinnerte, in Stockholm meine Leibwächter gewesen waren, hielt den langen Schlüssel mit dem auffälligen Reklameanhänger hoch.

»Wir hatten unseren Auftrag. Das hier ist ein Peilsender. Ich steckte ihn in deine Tasche, als du an Bord der Regina Baltica gingst. Da man im Ausland selten nach seinem Schlüsselbund greift, hast du ihn nicht bemerkt. So konnten wir dir überall hin folgen. Mit wir meine ich auch unsere estnischen Kollegen. Die Signale führten uns in eine Lagerhalle, wo wir zwei verkohlte Leichname fanden, doch du warst bereits verschleppt worden. Dann peilten wir ein Kühlfahrzeug an, das auf der Regina Baltica nach Stockholm übersetzte. Wir platzierten weitere starke Sender an dem Lkw.«

»Dass ich in dem Trailer vielleicht im Sterben liegen könnte, ist euch wohl nicht eingefallen«, schimpfte ich.

Ein leitender Kommissar der Reichskripo kam dem Kollegen zu Hilfe: »Wir sahen die Chance, die ganze Organisation zu sprengen, wenn wir dem Lastzug bis an den Bestimmungsort folgten«, erklärte er.

»Wer – wir? Du und der liebe Gott?«

»Wir haben uns so entschieden, und der Erfolg hat uns Recht gegeben. Wir waren die ganze Zeit präsent und beobachteten, wie sie dich umluden und in die Villa brachten. Mit einem Riesenaufgebot riegelten wir das ganze Viertel ab und bauten rund um das Haus Richtmikrofone auf. So konnten wir alles belauschen, was dort gesprochen wurde, und erhielten die notwendigen Beweise. Als es für dich zu gefährlich wurde, griffen wir ein.«

»Gefährlich? Diese Furie hatte die Todesspritze bereits aufgezogen! Ihr habt mit meinem Leben gespielt!«

»Du lebst. Das beweist, dass unsere Einschätzung der Lage richtig war.«

Ich wollte ihm sagen, er solle sich zur Hölle scheren, doch als mich Maud lieb anlächelte, ließ ich es bleiben.

»Roland, du solltest wissen, dass Therese und Maggie von Anfang an unter Beobachtung standen. Interpol und Europol hatten Verdachtsmomente gesammelt, aber es fehlte an Beweisen. Wir erhielten die Erlaubnis, ihre Hotelzimmer und ihren gemeinsamen Arbeitsraum abzuhören. Zusammen mit deinen ausführlichen Berichten bekamen wir ein umfassendes Bild aller ihrer Aktivitäten. Apropos Berichte, wenn du dich wieder dazu in der Lage fühlst, möchte ich dich bitten, schriftlich niederzulegen, was du uns gerade erzählt hast.«

Wenn sie keine so gute Chefin gewesen wäre, hätte ich sie dafür auf den Mond schießen mögen. Aber ich riss mich zusammen, murmelte etwas von Schreibhemmung und fragte: »Haben sie gestanden?«

»Nein. Äh, ja. Ludvig Kubiela hat seinen Kumpanen Sverre Stikke der Zuhälterei bezichtigt. Die anderen schweigen. Therese forderte sofort einen Anwalt und nannte den Namen Johnny Torsson. Er übernahm das Mandat, und sie durften im Besuchszimmer miteinander reden. Als Torsson gegangen war ... es war sehr peinlich für das Personal im Untersuchungsgefängnis ... nahm sie sich das Leben. Irgendwie hatte sie es geschafft, die Giftspritze in die Zelle zu schmuggeln. Ein schrecklicher Tod.«

Es war der Tod, den sie mir zugedacht hatten. Vielleicht konnte ich jetzt Ruhe finden. Die Behörden verschiedener Länder würden zusammenarbeiten und dem Unwesen ein Ende machen. Hurra! Hurra! Hurra!

»Entschuldigt mich. Ich muss jetzt ganz dringend meine Frau und meine Tochter anrufen.«

»Mach das«, sagte Maud. »Die letzten offenen Fragen klären wir später.«

»Jawohl. Sehr viel später.«

Ich schlurfte aus dem Zimmer und begab mich in mein Büro. Eine Weile saß ich einfach nur am Schreibtisch und starrte vor mich hin. Es gab so vieles, worüber ich mir erst klar werden musste. Wenn es mir nicht gelang, Ordnung in meine Gedanken zu bringen, würde mir der Schädel platzen.

Meine Entrüstung über den illegalen Handel mit Lebensmitteln hielt sich in Grenzen. Millionen Tiere hätten nicht nur auf Verdacht hin notgeschlachtet werden müssen, und dass Getreide verbrannt wurde, nur um die Preise hoch zu halten, fand ich geradezu verwerflich. Natürlich, Berloccio und seine Organisation wollten nur Geld verdienen, aber welcher Geschäftsmann möchte das nicht? Andererseits gibt es heute keine sauberen Verbrechen mehr. Überall ist Gewalt im Spiel, spätestens dann, wenn es um internationale Deals geht und die Mafia ihren Teil von der Beute verlangt, mit der Drohung, das Geschäft im Falle einer Weigerung ganz zu übernehmen.

Ich unterbrach meine Grübeleien und wählte Virenas Nummer.

»Geht es dir besser?«, erkundigte sie sich sofort. »Beim letzten Mal hast du so wirres Zeug geredet, dass ich mir Sorgen gemacht habe.«

Hatte ich sie angerufen? Ich konnte mich nicht erinnern. »Viel, viel besser. Seid ihr nicht langsam genug geritten?«

»Ja, in zwei Tagen ist der Kurs beendet, und wir kommen zurück.« Ihre Stimme wurde zärtlich, und sie fragte: »Haben wir dir gefehlt? Hast du Sehnsucht nach mir?«

Bevor ich antworten konnte, stürmte Maud herein. Ich gab ihr ein Zeichen und sagte zu Virena: »Warte einen Moment, dann beantworte ich deine Fragen. Ich muss nur schnell eine Nachricht entgegennehmen.«

Ich legte die Hand auf die Sprechmuschel, und Maud sagte: »Wir haben eine Mitteilung aus Bukarest bekommen. Die Mädchen hatten die Namen und Adressen ihrer Eltern angegeben. Als die Polizei hinkam, fanden sie alle Familien tot vor. Erschossen oder in ihren Häusern verbrannt. Das wollte ich dir nur sagen.«

Wir können jeden kaufen. Auch einen Anwalt, der die Organisation informierte. Was hatte mein Einsatz für einen Sinn gehabt? Diese Satansbrut machte einfach weiter, mit neuem Personal, als ob nichts geschehen wäre.

»Virena«, sagte ich leise, »ich sehne mich so nach dir, dass es wehtut. Und Elin vermisse ich genauso. Komm heim zu mir. Ich brauche eure Wärme. Ihr seid meine Welt, denn draußen herrscht eine erbarmungslose Kälte!«

KBV-KRIMI

Egon Olsen

Heideblues

KBV-Krimi Nr. 149
Taschenbuch, 196 Seiten
ISBN 3-937001-66-2

Der eitle Musikmanager Dr. Günther Didier hat jede Menge Feinde in der Haifischbranche. Dass ihm ausgerechnet in der Abgeschiedenheit seines Landsitzes jemand den Schädel einschlagen würde, hätte aber niemand gedacht.
Tatort ist das malerisch gelegene Gut Eichenhof in der winterlichen Lüneburger Heide, auf dem der Ermordete ein Trüppchen illustrer Gäste aus dem Showgeschäft um sich versammelt hatte. Unter ihnen ist der chronisch abgebrannte Songschreiber Paul Nickel. Auch für ihn erweist sich die Landluft als äußerst ungesund: Nicht nur, dass ihn ständig ein Trecker zu überfahren versucht, er gerät er auch noch unter Mordverdacht. Nickel muss die Sache notgedrungen selbst aufklären und entwickelt dabei eine unkonventionelle Methode ...

Carola Clasen

Schwarze Schafe

KBV-Krimi Nr. 147
Taschenbuch, 228 Seiten
ISBN 3-937001-64-6

In der Tierwelt blöken, fressen und vermehren sie sich innerhalb der Herde wie alle ihre Artgenossen, und ihre Fellfarbe ist nur eine Laune der Natur.
Bei den Menschen allerdings verhält es sich etwas anders: Äußerlich meist völlig unauffällige Einzelgänger treiben ihr grausiges Unwesen oft jahrelang unentdeckt und werden nur selten und durch Zufall von den Hütern des Gesetzes aufgespürt und ausgebremst. Mehr als zwei Drittel aller Morde, die diese schwarzen Schafe auf dem Gewissen haben, sind Beziehungstaten. Kein Wunder also, dass es da alle treffen kann, Brüder, Schwiegermütter, Ehemänner, Kollegen, Freunde, Liebhaber ...
Zwanzig bitterböse Geschichten aus der Feder einer Dame, die literarisch versiert zu morden versteht.

F.G. Klimmek

Des Satans Schatten

KBV-Krimi Nr. 144
Taschenbuch, 288 Seiten
ISBN 3-937001-61-1

Lange hat es Frederik von dem Kerkhof nicht in seinem holländischen Exil gehalten.
Es gilt, in Crange eine Dankesschuld abzutragen, die ihn zwingt, einen Mord aufzuklären, der nach menschlichem Ermessen nicht von einem Sterblichen begangen worden sein kann.
Damit betritt unser Held erneut ein mittelalterliches Szenario aus Tod, Intrige und Verrat von ungeahnter Dimension; denn der Ermordete war damit befasst gewesen, dem spurlosen Verschwinden ganzer Familien nachzuspüren.

»Klimmek fabuliert munter und in einer süffigen, plastischen Sprache, die in ihrer Mischung spätmittelalterlicher Prallheit und neuzeitlicher Coolness immer wieder einen Hang zur Parodie durchblicken lässt.«
(GIG, Münster)

KBV-KRIMI

Jacques Berndorf

Der letzte Agent

KBV-Krimi Nr. 134
Taschenbuch, 281 Seiten
ISBN 3-937001-51-4

Siggi Baumeister hat alle Hände voll zu tun. Nicht nur mit der grässlich zugerichteten Leiche, die er im Eifelland findet, gewissermaßen vor seiner Haustür. Auch eine resolute alte Dame aus Berlin tritt plötzlich auf den Plan und stellt sich als seine Tante Anni vor. Baumeister hat noch nie von ihr gehört. Und schließlich entpuppt sie sich als eine mit allen Wassern gewaschene Frau vom Fach, eine pensionierte Kripo-Kommissarin. Baumeister kann jede Hilfe gebrauchen, denn die Fährte, die er verfolgt, führt ihn direkt zu einem alten Stasi-Komplott ...

»Die beste Serie im zeitgenössischen deutschen Kriminalroman.«
(FAZ)

»Jacques Berndorf ist der Eifelkrimi-Guru.«
(DIE ZEIT)

Jürgen Ehlers

Mitgegangen

KBV-Krimi Nr. 135
Taschenbuch, 390 Seiten
ISBN 3-934638-50-6

Düsseldorf, Februar 1929. Am Zaum einer Großbaustelle wird die Leiche eines kleinen Mädchens gefunden. Gewürgt, missbraucht, erstochen, mit Petroleum übergossen und angezündet. »Wer tut so etwas?«, fragt einer der Polizisten erschüttert. Die zynische Antwort lautet: »Meistens der Vater oder der Onkel.« Doch dieser Fall ist anders. Kommissar Wilhelm Berger sieht sich rasch mit einer ganzen Reihe brutaler Überfälle auf Männer, Frauen und Kinder konfrontiert. Ist hier ein Wahnsinniger am Werk? Ein Verdächtiger wird gefasst und gesteht alles. Doch die grausamen Morde gehen weiter ...
Jürgen Ehlers zeichnet das bizarre Bild des authentischen Triebtäters Peter Kürten nach, der unter dem Namen »Der Vampir von Düsseldorf« in die Kriminalgeschichte einging.

Rich Schwab

Perlen vor die Schweine

KBV-Krimi Nr. 136
Taschenbuch, 249 Seiten
ISBN 3-934638-54-9

Schlagzeuger Büb Klütsch hat drei Probleme: Er ist notorisch pleite, hat immer Bierdurst und die Kölner Staatsanwaltschaft will den Tod seiner alten Freundin Kathrinchen unbedingt als Drogenunfall zu den Akten legen. An einen Unfall mag Büb aber gar nicht glauben und beschließt daher, selbst die Wahrheit aufzudecken. Keine ungefährliche Aufgabe angesichts der wenig zimperlichen Zuhälterkreise der Domstadt, in denen Kathrinchen verkehrte.

»Rauh und heiser, in ruppiger Gangart, wie ein Song von Van Morrison.«
(Elke Heidenreich über NIE WIEDER APFELKORN)

»Schärfer als die Songs von Tom Waits.«
(Hajo Steinert, Deutschlandfunk, über EINE ALTE DAME GING HERING)